AF799160

চরিত্রহীন

চরিত্রহীন

শ্রীশরৎচন্দ্র চট্টোপাধ্যায়

দে'জ পাবলিশিং
কলকাতা ৭০০০৭৩
e-mail : deyspublishing@hotmail.com
www.deyspublishing.com

CHARITRAHEEN
A bengali novel *by* SARAT CHANDRA CHATTOPADHYAY
Published by Sudhangshu Sekhar Dey, Dey's Publishing
13 Bankim Chatterjee Street, Kolkata 700 073
Phone : (033) 2241-2330 / 2219-7920 / 2219-2041
e-mail : deyspublishing@hotmail.com
www.deyspublishing.com
(+91) 7605010760 deys publishing
deyspublishing
₹ 300.00

ISBN : 978-81-295-3033-2

প্রথম দে'জ সংস্করণ : নভেম্বর ১৯৯৫, অগ্রহায়ণ ১৪০২
দ্বিতীয় সংস্করণ : জানুয়ারি ২০০৬, মাঘ ১৪১২
তৃতীয় সংস্করণ : জুন ২০১৭, জ্যৈষ্ঠ ১৪২৪
চতুর্থ সংস্করণ : সেপ্টেম্বর ২০২২, আশ্বিন ১৪২৯
পঞ্চম সংস্করণ : জুলাই ২০২৫, আষাঢ় ১৪৩২

প্রথম প্রকাশ : নভেম্বর ১৯১৭ (এম. সি. সরকার অ্যান্ড সন্স)

প্রচ্ছদ : দেবব্রত ঘোষ

৩০০ টাকা

সর্বস্বত্ব সংরক্ষিত
প্রকাশকের লিখিত অনুমতি ছাড়া এই বইয়ের প্রচ্ছদসহ কোনও অংশেরই কোনওরূপ পুনরুৎপাদন বা প্রতিলিপি করা যাবে না, কোনও যান্ত্রিক উপায়ের (গ্রাফিক, ইলেকট্রনিক বা অন্য কোনও মাধ্যম, যেমন ফোটোকপি, টেপ বা পুনরুদ্ধারের সুযোগ সংবলিত তথ্য সঞ্চয় করে রাখার কোনও পদ্ধতি) মাধ্যমে প্রতিলিপি করা যাবে না বা কোনও ডিস্ক, টেপ, পারফোরেটেড মিডিয়া বা কোনও তথ্য সংরক্ষণের যান্ত্রিক পদ্ধতিতে পুনরুৎপাদন করা যাবে না। এই শর্ত লঙ্ঘিত হলে উপযুক্ত আইনি ব্যবস্থা গ্রহণ করা যাবে।

প্রকাশক : সুধাংশুশেখর দে, দে'জ পাবলিশিং
১৩ বঙ্কিম চ্যাটার্জি স্ট্রিট, কলকাতা ৭০০ ০৭৩
বর্ণ-সংস্থাপনা : দিলীপ দে, লেজার অ্যান্ড গ্রাফিক্স
১৫৭বি মসজিদবাড়ি স্ট্রিট, কলকাতা ৭০০ ০০৬
মুদ্রক : সুভাষচন্দ্র দে, বিসিডি অফসেট
১৩ বঙ্কিম চ্যাটার্জি স্ট্রিট, কলকাতা ৭০০ ০৭৩

এক

পশ্চিমের একটা বড় শহরে এই সময়টায় শীত পড়ি-পড়ি করিতেছিল। পরমহংস রামকৃষ্ণের এক চেলা কি-একটা সৎকর্মের সাহায্যকল্পে ভিক্ষা সংগ্রহ করিতে এই শহরে আসিয়া পড়িয়াছেন। তাঁহারই বক্তৃতা-সভায় উপেন্দ্রকে সভাপতি হইতে হইবে এবং তৎপদমর্যাদানুসারে যাহা কর্তব্য তাহারও অনুষ্ঠান করিতে হইবে। এই প্রস্তাব লইয়া একদিন সকালবেলায় কলেজের ছাত্রের দল উপেন্দ্রকে ধরিয়া পড়িল।

উপেন্দ্র জিজ্ঞাসা করিলেন, সৎকর্মটা কি শুনি?

তাহারা কহিল, সেটা এখনো ঠিক জানা নাই। স্বামীজী বলিয়াছেন, ইহাই তিনি আহূত সভায় বিশদরূপে বুঝাইয়া বলিবেন এবং সভার আয়োজন ও প্রয়োজন অনেকটা এইজন্যই।

উপেন্দ্র আর কোন প্রশ্ন না করিয়াই রাজী হইলেন। এটা তাঁহার অভ্যাস। বিশ্ববিদ্যালয়ের পরীক্ষাগুলি এতই ভাল করিয়া পাশ করিয়াছিলেন যে, ছাত্রমহলে তাঁহার শ্রদ্ধা ও সম্মানের অবধি ছিল না। ইহা তিনি জানিতেন। তাই, কাজে-কর্মে, আপদে-বিপদে তাহারা যখনই আসিয়া পড়িয়াছে, তাহাদের আবেদন ও উপরোধকে মমতায় কোনদিন উপেক্ষা করিয়া ফিরাইতে পারেন নাই। বিশ্ববিদ্যালয়ের সরস্বতীকে ডিঙ্গাইয়া আদালতের লক্ষ্মীর সেবায় নিযুক্ত হইবার পরও ছেলেদের জিম্‌ন্যাস্টিকের আখড়া হইতে ফুটবল, ক্রিকেট ও ডিবেটিং ক্লাবের সেই উঁচু স্থানটিতে গিয়া পূর্বের মত তাঁহাকে বসিতে হইত।

কিন্তু এই জায়গাটিতে শুধু চুপ করিয়া বসিয়া থাকা যায় না—কিছু বলা আবশ্যক। একজনের দিকে চাহিয়া বলিলেন, কিছু বলা চাই ত হে! সভাপতি সেজে সভার উদ্দেশ্য সম্বন্ধে একেবারে অজ্ঞ থাকা ত আমার কাছে ভাল ঠেকে না—কি বল তোমরা?

এ ত ঠিক কথা। কিন্তু তাহাদের কাহারো কিছুই জানা ছিল না। বাহিরের প্রাঙ্গণের একধারে একটা প্রাচীন পুষ্পিত জবা বৃক্ষের তলায় এই ছেলের দলটি যখন উপেন্দ্রকে মাঝখানে লইয়া সংসারের যাবতীয় সম্ভব-অসম্ভব সৎকর্মাবলীর তালিকা করিতে ব্যস্ত হইয়া পড়িয়াছিল, তখন দিবাকরের ঘর হইতে একজন নিঃশব্দে সকলের দৃষ্টি এড়াইয়া বাহির হইয়া আসিল। উপেন্দ্র দিবাকরের মামাতো ভাই। শিশু অবস্থায় দিবাকর মাতৃপিতৃহীন হইয়া মামার বাড়িতে মানুষ হইতেছিল। বাহিরের একটি ছোট ঘরে দিনের বেলায় তাহার লেখাপড়া এবং রাত্রে শয়ন চলিত। বয়স প্রায় উনিশ ; এফ. এ. পাস করিয়া বি. এ. পড়িতেছিল।

উপেন্দ্রর দৃষ্টি এই পলাতকের উপর পড়িবামাত্র উচ্চৈঃস্বরে ডাকিয়া উঠিলেন, সতীশ, চুপি চুপি পালিয়ে যাচ্ছিস যে! এদিকে আয়—এদিকে আয়!

ধরা পড়িয়া সতীশ অপ্রতিভভাবে কাছে আসিয়া দাঁড়াইল। উপেন্দ্র জিজ্ঞাসা করিলেন, এতদিন দেখিনি যে?

অপ্রতিভ ভাবটা সারিয়া লইয়া সতীশ হাসিমুখে বলিল, এতদিন এখানে ছিলাম না উপীনদা, এলাহাবাদে কাকার কাছে গিয়েছিলাম।

কথাটা ভাল করিয়া শেষ না হইতেই একজন ছাঁটা-দাড়ি টেরি-চশমাধারী যুবক চোখ টিপিয়া দাঁত বাহির করিয়া বলিয়া বসিল, মনের দুঃখে নাকি সতীশ?

এন্ট্রান্স পরীক্ষায় এবারেও তাহাকে পাঠান হয় নাই এ সংবাদ সকলেই জানিত, তাই কথাটা এমন বেয়াড়া বিশ্রী শুনাইল যে, উপস্থিত সকলেই লজ্জায় মুখ নত করিয়া মনে মনে ছি ছি করিতে লাগিল। যুবকটির পরিহাস ও দাঁতের হাসি কোথাও আশ্রয় না পাইয়া তখনি মিলাইয়া গেল বটে, কিন্তু সতীশ তাহার হাসিমুখ লইয়া বলিল, ভূপতিবাবু, মন থাকলেই মনে দুঃখ হয়। পাস করার আশাই বলুন আর ইচ্ছেই বলুন, আমার ভাল করে জ্ঞান হবার পর থেকেই ছেড়েছি। শুধু বাবা ছাড়তে পারেন নি। তাই, মনের দুঃখে কাউকে দেশান্তরী হতে হলে তাঁর হওয়াই উচিত ছিল ; অথচ তিনি দিব্যি অটল হয়ে তাঁর ওকালতি করে গেলেন। কিন্তু যা বল উপীনদা, এবারে তাঁরও চোখ ফুটেছে।

সকলেই হাসিয়া উঠিল। হাসির কথা ইহাতে ছিল না, কিন্তু এই ভূপতিবাবুর অভদ্র পরিহাস যে সতীশকে ক্ষুণ্ণ করিতে পারে নাই, ইহাতেই সকলে অত্যন্ত তৃপ্তি বোধ করিল।

উপেন্দ্র প্রশ্ন করিল, এবারে তা হলে তুই ছেড়ে দিলি?

সতীশ বলিল, আমি কি কোনদিন ধরেছিলাম যে আজ ছেড়ে দেব? আমি কোনদিন ধরিনি উপীনদা, লেখাপড়া আমাকে ধরেছিল। এবারে আমি আত্মরক্ষা করব। এমন দেশে গিয়ে বাস করব যেখানে পাঠশালাটি পর্যন্ত নেই।

উপেন্দ্র বলিলেন, কিন্তু কিছু করা ত দরকার। মানুষে একেবারে চুপ করে থাকতেও পারে না, পারা উচিতও নয়।

সতীশ বলিল, না, চুপ করে থাকব না। এলাহাবাদ থেকে একটা নূতন মতলব পেয়ে এসেছি। একবার ভাল করে চেষ্টা করে দেখব সেটার কি করতে পারি।

বিস্তারিত বিবরণের আশায় সকলে তাহার মুখপানে চাহিয়া আছে দেখিয়া সে সলজ্জ হাস্যে বলিল, আমাদের গাঁয়ে যেমন ম্যালেরিয়া, তেমনি ওলাউঠা। পাঁচ-সাতটা গ্রামের মধ্যে সময়ে হয়ত একজনও ডাক্তার পাওয়া যায় না। আমি সেইখানে গিয়ে হোমিওপ্যাথিক চিকিৎসা শুরু করে দেব। আমার মা তাঁর মৃত্যুর পূর্বে আমাকে হাজার-কয়েক টাকা দিয়ে গিয়েছিলেন। সে টাকা আমার কাছেই আছে। ঐ দিয়ে আমাদের দেশের বাড়ির বৈঠকখানা ঘরে ডিস্‌পেন্‌সারি খুলে দেব। তুমি হেসো না উপীনদা, তুমি নিশ্চয় দেখো, এ আমি করব। বাবাকেও সম্মত করেছি। তাঁকে বলেছি, মাস-খানেক পরেই কলকাতা গিয়ে হোমিওপ্যাথি স্কুলে ভর্তি হয়ে যাব।

উপেন্দ্র জিজ্ঞাসা করিলেন, মাস-খানেক পরে কেন?

সতীশ বলিল, একটু কাজ আছে। দক্ষিণপাড়া নবনাট্যসমাজ ভেঙ্গে একটা ফ্যাকড়া বার হয়ে গেছে, আমাদের বিপিনবাবু হয়েছেন ওই দলের কর্তা। টেলিগ্রাফের উপর টেলিগ্রাফ করে তিনিই আমাকে এনেছেন, আমি কথা দিয়েছি তাঁদের কনসার্ট পার্টি ঠিক করে দিয়ে তবে অন্য কাজে হাত দেব।

শুনিয়া সকলে হোহো করিয়া হাসিয়া উঠিল, সতীশও হাসিতে লাগিল। কিছুক্ষণে উচ্চহাসি মৃদু হইয়া আসিলে সতীশ বলিল, একটা বাঁশীর অভাব হচ্ছে, সেইজন্যেই আজ

দিবাকরের কাছে এসেছিলাম। যদি থিয়েটারের রাতটায় আমাকে উদ্ধার করে দেয় ত আর বেশী ছুটোছুটি করে বেড়াতে হয় না।

উপেন্দ্র জিজ্ঞাসা করিলেন, কি বলে ও?

সতীশ বলিল, আর কি বলবে—পরীক্ষা সন্নিকট। এটা আমার মাথাতে ঢোকে না উপীনদা, দুই বৎসরের পড়াশুনার পরীক্ষা কেমন করে লোকের একটা রাতের অবহেলায় নষ্ট হয়ে যায়। আমি বলি, যাদের সত্যিই যায় তাদের যাওয়াই উচিত। এমন পাস করার মর্যাদা যাদের কাছে থাকে থাক আমার কাছে ত নেই। তুমি রাগ করতে পারবে না উপীনদা, আমি তোমাকে যত জানি এঁরা তার সিকিও জানেন না। জিমন্যাস্টিকের আখড়া থেকে ফুটবল ক্রিকেটে চিরদিন তোমার সাক্‌রেদি করে সঙ্গে সঙ্গে ফিরে, অনেকদিন অনেক রকমেই তোমার সময় নষ্ট হতে দেখেছি, অনেকগুলো পরীক্ষা দিতেও দেখলাম, সেগুলো রীতিমত স্কলারশিপ নিয়ে পাস করতেও দেখলাম, কিন্তু কোনদিন তোমাকে ত একজামিনের দোহাই পাড়তে শুনলাম না।

উপেন্দ্র কথাটা চাপা দিবার জন্য বলিলেন, আমি যে বাঁশী বাজাতে জানিনে সতীশ।

সতীশ বলিল, আমিও অনেক সময়ে ওই কথাই ভাবি। সংসারের এই জিনিসটা কেন যে তুমি জানলে না, আমার ভারী আশ্চর্য বোধ হয়। কিন্তু সে কথা যাক—তোমাদের দুপুর রোদের এ কমিটিটি কিসের?

শীতের রৌদ্র পিঠে করিয়া মাথায় র‍্যাপার জড়াইয়া ইহাদের এই বৈঠকটি দিব্যি জমিয়া উঠিয়াছিল। বেলা যে এত বাড়িয়া উঠিয়াছে তাহা কেহই নজর করে নাই। সতীশের কথায় বেলার দিকে চাহিয়া সকলেই এককালে চিন্তিত হইয়া উঠিয়া দাঁড়াইল। সভাভঙ্গের মুখে ভূপতি জিজ্ঞাসা করিল, উপেন্দ্রবাবু তা হলে?

উপেন্দ্র বলিলেন, আমি ত বলেছি, আমার আপত্তি নেই। তবে তোমাদের স্বামীজীর উদ্দেশ্যটা যদি পূর্বাহ্নে একটু জানা যেতো ত ভারী স্বস্তি পেতাম। নিতান্ত বোকার মত কোথাও যেতে বাধবাধ ঠেকে।

ভূপতি কহিল, কিন্তু কোন কথাই তিনি বলেন না। বরং এমনও বলেন, যাহা জটিল ও দুর্বোধ্য, তাহা বিশদভাবে পরিষ্কার করিয়া বুঝাইয়া বলিবার সময় ও সুবিধা না হওয়া পর্যন্ত একেবারে না বলাই ভাল। ইহাতে অধিকাংশ সময়ে সুফলের পরিবর্তে কুফলই ফলে।

চলিতে চলিতে কথা হইতেছিল। এতক্ষণে সকলেই বাহির হইয়া রাস্তার একধারে আসিয়া দাঁড়াইল।

সতীশ ধরিয়া বসিল, ব্যাপারটা কি উপীনদা?

উপেন্দ্রকে বাধা দিয়া ভূপতি কহিল, সতীশবাবু, আপনাকেও চাঁদার খাতায় সই করতে হবে। কেন, এখন আমরা ঠিক করে বলতে পারব না। পরশু অপরাহ্নে কলেজের হলে স্বামীজী নিজেই বুঝিয়ে বলবেন।

সতীশ বলিল, তা হলে আমার বোঝা হলো না ভূপতিবাবু। পরশু আমাদের পুরো রিয়ার্সেল—আমি অনুপস্থিত থাকলে চলবে না।

ভূপতি আশ্চর্য হইয়া বলিল, সে কি সতীশবাবু! থিয়েটারের সামান্য ক্ষতির ভয়ে এরূপ মহৎ কাজে যোগ দেবেন না? লোকে শুনলে বলবে কি?

সতীশ কহিল, লোকে না শুনেও অনেক কথা বলে—সে কথা নয়। কথা আপনাদের

নিয়ে। কিছু না জেনেও এই অনুষ্ঠানটিকে আপনারা যতটা মহৎ বলে নিঃসংশয়ে বিশ্বাস করতে পেরেছেন, আমি যদি ততটা না পারি ত আমাকে দোষ দেবেন না। বরং যা জানি, যার ভালমন্দ কিসে হয় না হয় বুঝি, সেটা উপেক্ষা করে, তার ক্ষতি করে একটা অনিশ্চিত মহত্ত্বের পিছনে ছুটে বেড়ানো আমার কাছে ভাল ঠেকে না।

উপস্থিত ছাত্রমণ্ডলীর মধ্যে বয়সে এবং লেখাপড়ায় ভূপতিই সবচেয়ে শ্রেষ্ঠ বলিয়া তিনি কথা বলিতেছিলেন। সতীশের কথায় হাসিয়া বলিলেন, সতীশবাবু, স্বামীজীর মত মহৎ ব্যক্তি যে ভাল কথাই বলবেন, তাঁর উদ্দেশ্য যে ভালই হবে, এ বিশ্বাস করা ত শক্ত নয়।

সতীশ বলিল, ব্যক্তিবিশেষের কাছে শক্ত নয় মানি। এই দেখুন না, এন্ট্রান্স পাস করাও শক্ত কাজ নয়, অথচ, পাস করা দূরে থাক, তিন-চার বৎসরের মধ্যে আমি তার কাছে ঘেঁষতে পারলাম না। আচ্ছা, এই স্বামীজী লোকটিকে পূর্বে কখনও দেখেছেন কিংবা এঁর সম্বন্ধে কোনদিন কিছু শুনেছেন?

কেহই কিছু জানে না, তাহা সকলেই স্বীকার করিল।

সতীশ বলিল, এই দেখুন, এক গেরুয়া বসন ছাড়া আর তাঁর কোন সার্টিফিকেট নেই। অথচ আপনারা মেতে উঠেছেন এবং আমি নিজে কাজ ক্ষতি করে তাঁর বক্তৃতা শুনতে পারিনে বলে সবাই রাগ করছেন।

ভূপতি বলিল, মেতে উঠি কি সাধে সতীশবাবু! এই গেরুয়া কাপড়-পরা লোকগুলি সংসারকে যে অনেক জিনিসই দিয়ে গেছেন। সে যাই হোক, আমি রাগ করিনি, দুঃখ করছি। জগতের সমস্ত বস্তুই সাফাই সাক্ষীর হাত ধরে হাজির হতে পারে না বলে মিথ্যা বলে ত্যাগ করতে হলে অনেক ভালো জিনিস হতেই আমাদের বঞ্চিত হয়ে থাকতে হয়। আপনিই বলুন দেখি, যখন সঙ্গীতের সা-রে-গা-মা সাধতেন, তখন কতটুকু রসের আস্বাদ পেয়েছিলেন? কতটুকু ভালমন্দ তার বুঝেছিলেন?

সতীশ কহিল, আমিও ঠিক সেই কথাই বলছি। সঙ্গীতের একটা আদর্শ যদি আমার সুমুখে না থাকত, মিষ্ট রসাস্বাদের আশা যদি না করতাম, তা হলে এত কষ্ট করে সা-রে গা-মা সাধতাম না। ওকালতির মধ্যে টাকার গন্ধ আপনি যদি অত করে না পেতেন, তা হলে একবার ফেল করেই ক্ষান্ত দিতেন, বারংবার এমন প্রাণপাত পরিশ্রম করে আইনের বইগুলো মুখস্থ করতেন না। উপীনদাও হয়ত একটা ইস্কুল-মাস্টারি নিয়ে এতদিন সন্তুষ্ট হয়ে থাকতেন।

উপেন্দ্র হাসিতে লাগিলেন, কিন্তু ভূপতির মুখ লাল হইয়া উঠিল। একগুণ খোঁচা যে দশগুণ করিয়া সতীশ ফিরাইয়া দিয়াছে, তাহা উপস্থিত সকলেই বুঝিতে পারিল।

রোষ চাপিয়া রাখিয়া ভূপতি কহিলেন, আপনার সঙ্গে তর্ক করা বৃথা। একটা জিনিসের ভালমন্দ যে কত রকমে প্রমাণ হতে পারে, তাই হয়ত আপনি জানেন না।

কথায় কথায় সকলেই ক্রমশঃ রাস্তার একধারে উবু হইয়া বসিয়া পড়িয়াছিল। সতীশ দাঁড়াইয়া উঠিয়া হাত জোড় করিয়া বলিল, মাপ করুন ভূপতিবাবু! ছয় রকম 'প্রমাণ' ও ছত্রিশ রকম 'প্রত্যক্ষে'র আলোচনা এত রোদে সহ্য হবে না। তার চেয়ে বরং সন্ধ্যার পর বাবার বৈঠকখানায় যাবেন, যেখানে দুপুর-রাত্রি পর্যন্ত কালোয়াতি তর্ক হতে পারবে। প্রফেসার নবীনবাবু, সদর-আলা গোবিন্দবাবু, মায় এ-বাড়ির ভট্‌চায্যিমশায় পর্যন্ত এই নিয়ে

গভীর রাত পর্যন্ত চুলোচুলি করতে থাকেন। পাশের ঘরেই আমার আড্ডা। হেরফেরগুলো বেশ কায়দা করে এখনও পেকে উঠেনি বটে, কিন্তু গায়ে আমার রং ধরেচে। অসময়ে পেকে গাছতলায় পড়ে শিয়াল-কুকুরের পেটে যেতে চাইনে। তাই, এটা বাদ দিয়ে আর কিছু যদি বলবার থাকে ত বলুন, না হয় অনুমতি করুন, বিদায় হই।

যুক্তহস্ত সতীশের কথার ভঙ্গীতে সকলেই হাসিয়া উঠিল। রুষ্ট ভূপতি দ্বিগুণ উদ্দীপ্ত হইয়া উঠিলেন। রাগের মাথায় তর্কের সূত্র হারাইয়া গেল, এবং এমন অবস্থায় যাহা প্রথমেই মুখে আসে তাহাই তর্জন করিয়া বলিয়া ফেলিলেন—আপনি তা হলে দেখছি ঈশ্বরও মানেন না।

কথাটা যে নিতান্তই অসংলগ্ন ও ছেলেমানুষের মত হইল, তাহা ভূপতির নিজের কানেও ঠেকিল।

সতীশ ভূপতির আরক্ত মুখের 'পরে একবার তীক্ষ্ণ দৃষ্টিপাত করিয়া উপেন্দ্রের মুখপানে চাহিয়া হোহো করিয়া হাসিয়া উঠিল। বলিল, ও উপীনদা, ভূপতিবাবু এবারে কোণ নিয়েচেন। আমার মত দশ-বারোটা কুকুরেও এবারে আর ঘেঁষতে পারবে না। ভূপতির প্রতি চাহিয়া বলিল, ঠিক করেছেন ভূপতিবাবু, 'চোর-চোর' খেলায় ছুটতে না পারলে বুড়ি ছুঁয়ে ফেলাই ভাল।

এই অপবাদের আঘাতে আগুন হইয়া ভূপতি উঠিয়া দাঁড়াইতেই উপেন্দ্র হাত ধরিয়া বলিলেন, তুমি চুপ কর ভূপতি, আমি এই লোকটিকে জব্দ কচ্ছি। বুড়ি ছোঁয়া, কোণ নেওয়া, এ-সব কি কথা রে সতীশ? বাস্তবিক তোর যেরূপ সন্দিগ্ধ প্রকৃতি, তাতে সন্দেহ হতেই পারে, তুই ঈশ্বর পর্যন্ত মানিস নে।

সতীশ গভীর বিস্ময় প্রকাশ করিয়া বলিল, হা অদৃষ্ট! ঈশ্বর মানিনে? ভয়ঙ্কর মানি। থিয়েটারের আড্ডা ভাঙ্গবার পরে দুপুর-রাত্রে গোরস্থানের পাশ দিয়ে একলা ফিরবার পথে যখন বিশ্বাসের জোরে বুকের রক্ত বরফ হয়ে যায়, তোমরা ভাল মানুষের দল তার কি খবর রাখ? হাসছ কি উপীনদা, ভূত-প্রেত মানি, আর ঈশ্বর মানিনে?

তাহার কথায় ক্রুদ্ধ ভূপতি পর্যন্ত হাসিয়া উঠিলেন। বলিলেন, সতীশবাবু, ভূতের ভয় করলেই ঈশ্বর স্বীকার করা হয়—এ দুটি কি তবে আপনাদের কাছে এক?

সতীশ বলিল, একেবারে এক। পাশাপাশি রাখলে চেনবার জো নেই। শুধু আমাদের কাছেই নয়, আপনার কাছেও বটে, উপীনদার কাছেও বটে, এবং যাঁরা শাস্ত্র লেখেন তাঁদের কাছেও বটে। ও এক কথাই। না মানেন ত বহুৎ আচ্ছা, কিন্তু মানলে আর রক্ষা নেই। দায়ে-ঘায়ে, আপদে-বিপদে, অনেক তরফ দিয়ে অনেক রকম করে ভেবে দেখেছি, বাগ্‌বিতণ্ডাও বিস্তর শুনেছি, কিন্তু যে অন্ধকার সেই অন্ধকার। ছোট একটুখানি নিরাকার ব্রহ্মাই মানো, আর হাত-পা-ওয়ালা তেত্রিশ কোটি দেবতাই স্বীকার কর, কোন ফন্দিই খাটে না। সমস্ত এক শিকলে বাঁধা। একটিকে টান দিলেই সব এসে হাজির হবে। ওই স্বর্গ-নরক আসবে, ইহকাল-পরকাল আসবে, অমর আত্মা এসে পড়বে, তখন কবরস্থানের দেবতাগুলিকে ঠেকাবে কি দিয়ে? কালীঘাটের কাঙালীর মত? সাধ্য কি তোমার একজনকে চুপি চুপি কিছু দিয়ে পরিত্রাণ পাও! নিমেষের মধ্যে যে যেখানে আছেন এসে ঘিরে ধরবেন। ঈশ্বর মানি, আর ভূতের ভয় করিনে—সে হবার জো নেই ভূপতিবাবু!

যেরূপ ভঙ্গী করিয়া সে কথার উপসংহার করিল তাহাতে সকলেই উচ্চরবে হাসিয়া

উঠিল। অপেক্ষাকৃত লঘুবয়স্ক দুইজন বালকের হাস্য-কোলাহলে রবিবারের অলস মধ্যাহ্ন চঞ্চল হইয়া উঠিল।

উপেন্দ্রর স্ত্রী সুরবালার প্রেরিত যে চাকরটা দূরে দাঁড়াইয়া এতক্ষণ বিড়বিড় করিতেছিল, সে পর্যন্ত মুখ ফিরাইয়া মৃদু মৃদু হাসিতে লাগিল।

কলহের যে মেঘখানা ইতিপূর্বে আকার ধারণ করিতেছিল, এই সমস্ত হাসির ঝড়ে তাহা কোথায় উড়িয়া গেল তাহার উদ্দেশ রহিল না।

কেহই হুঁশ করিল না, দ্বিপ্রহর বহুক্ষণ উত্তীর্ণ হইয়া গিয়াছে এবং এতক্ষণে বাড়ির ভিতরে ক্ষুৎপিপাসাতুর ঝি-র দল উঠানে দাঁড়াইয়া চেঁচামেচি করিতেছে ও রান্নাঘরে বামুন-ঠাকুরেরা কর্মত্যাগের দৃঢ় সঙ্কল্প পুনঃ পুনঃ ঘোষণা করিয়া দিতেছে।

দুই

মাস-তিনেক পরে কলিকাতার একটা বাসায় একদিন সকালবেলায় ঘুম ভাঙ্গিয়া সতীশ বিছানায় এ-পাশ ও-পাশ করিতে করিতে হঠাৎ স্থির করিয়া বসিল, আজ সে স্কুলে যাইবে না। সে হোমিওপ্যাথি স্কুলে পড়িতেছিল। এই কামাই করিবার সঙ্কল্পটা তাহার মনের মধ্যে সুধা বর্ষণ করিল এবং মুহূর্তের মধ্যে বিকল দেহটাকে সবল করিয়া তুলিল। সে প্রফুল্ল-মুখে উঠিয়া বসিয়া তামাকের জন্য হাঁকাহাঁকি করিতে লাগিল।

ঘরে ঢুকিল সাবিত্রী। সে অনতিদূরে মেঝের উপর বসিয়া পড়িয়া হাসিমুখে জিজ্ঞাসা করিল, ঘুম ভাঙলো বাবু?

সাবিত্রী বাসার ঝি এবং গৃহিণী। চুরি করিত না বলিয়া খরচের টাকাকড়ি সমস্তই তাহার হাতে। একহারা অতি সুশ্রী গঠন। বয়স বোধ করি একুশ-বাইশের কাছাকাছি, কিন্তু মুখ দেখিয়া যেন আরও কম বলিয়া মনে হয়। সাবিত্রী ফরসা কাপড় পরিত এবং ঠোঁট দুটি পান ও দোক্তার রসে দিবারাত্রি রাঙ্গা করিয়া রাখিত। সে হাসিয়া কথা কহিতে যেমন জানিত, সে হাসির দামটিও ঠিক তেমনি বুঝিত। গৃহসুখ-বঞ্চিত বাসার সকলের উপরই তাহার একটা আন্তরিক স্নেহ-মমতা ছিল। অথচ, কেহ সুখ্যাতি করিলে বলিত, যত্ন না করলে আপনারা রাখবেন কেন বাবু! তা ছাড়া, বাড়ি গিয়ে গিন্নীদের কাছে নিন্দে করে বলবেন, বাসার এমন ঝি যে, পেট ভরে দুবেলা খেতেও দেয় না—ও অপযশের চেয়ে একটু খাটা ভালো, বলিয়া হাসিমুখে কাজে চলিয়া যাইত। বাসার মধ্যে শুধু সতীশই তাহার নাম ধরিয়া ডাকিত। যা-তা পরিহাস করিত এবং যখন-তখন বকশিশ দিত। সতীশের উপর তাহার স্নেহটা কিছু অতিরিক্ত ছিল। সারা দিন সমস্ত কাজকর্মের মধ্যে বোধ করি এইজন্যই সে তাহার একটি চোখ এবং একটি কান এই উন্নত বলিষ্ঠ চারুদর্শন যুবকটির উদ্দেশে নিযুক্ত রাখিত। বাসার সকলেই ইহা জানিত, এবং কেহ কেহ সকৌতুক ইঙ্গিত করিতেও ছাড়িত না। সাবিত্রী জবাব দিত না, মুখ টিপিয়া হাসিয়া কাজে চলিয়া যাইত।

সতীশ কহিল, হাঁ, ঘুম ভাঙলো। বলিয়াই বালিশের তলা হইতে একটা টাকা ঠং করিয়া ফেলিয়া দিল।

সাবিত্রী টাকাটা তুলিয়া লইয়া বলিল, সকালবেলায় আবার কি আনতে হবে?

সতীশ বলিল, সন্দেশ! কিন্তু আমার জন্যে নয়। এখন রেখে দাও, রাত্রে তোমার বাবুর জন্যে কিনে নিয়ে যেও।

সাবিত্রী রাগ করিয়া টাকাটা বিছানার উপর ফেলিয়া দিয়া বলিল, রেখে দিন আপনার টাকা। আমার বাবু সন্দেশ খেতে ভালবাসে না।

সতীশ টাকাটা পুনরায় ফেলিয়া অনুনয়ের স্বরে কহিল, আমার মাথা খাও সাবিত্রী, এ টাকা আমাকে কিছুতেই ফিরুতে পারবে না, আমি সত্যিই তোমার বাবুকে সন্দেশ খেতে দিয়েছি।

সাবিত্রী মুখ ভার করিয়া বলিল, যখন-তখন আপনি মেয়েমানুষের মত মাথার দিব্যি দেন, এ ভারী অন্যায়। বাবু-টাবু আমার নেই। বাবু আমার আপনি—আপনারা।

সতীশ হাসিয়া বলিল, আচ্ছা, দাও টাকা। কিন্তু বলো, আমরা ছাড়া যদি আর কোন বাবু থাকে ত তার মাথা খাই।

সাবিত্রী হাসিয়া ফেলিল। বলিল, আমার বাবু কি আপনার সতীন যে, মাথা খাচ্ছেন?

সতীশ কহিল, আমি তাঁর মাথা খাচ্ছি, না তিনি আমার খাচ্ছেন? আমি ত বরং তাঁকে সন্দেশ খাওয়াচ্ছি!

সাবিত্রী মুখ ফিরাইয়া হাসি দমন করিয়া হঠাৎ গম্ভীর হইয়া বলিল, চাকর-দাসীর সঙ্গে এ-রকম করে কথা কইলে ছোটলোক প্রশ্রয় পেয়ে যায়, আর মানে না, একটু বুঝে সমঝে কথা কইতে হয় বাবু, নইলে লোকেও নিন্দা করে। বলিয়া টাকাটা তুলিয়া লইয়া সে ঘরের বাহির হইয়া গেল। কিন্তু অনতিকাল পরেই ফিরিয়া আসিয়া বলিল, আজ এ বেলা কি রান্না হবে?

রন্ধনশালা সম্পর্কীয় যাবতীয় ব্যাপারে সতীশ যে একজন গুণী লোক সে পরিচয় সাবিত্রী পূর্বেই পাইয়াছিল। সেইজন্য প্রত্যহ সকালবেলা একবার করিয়া আসিয়া সতীশের হুকুম লইয়া যাইত, এবং নিজে দাঁড়াইয়া থাকিয়া বামুনঠাকুরের দ্বারা সমস্তটুকু নিখুঁত করিয়া সম্পন্ন করাইয়া লইত। ইতিমধ্যে চাকর তামাক দিয়া গিয়াছিল, সতীশ আর একবার কাত হইয়া শুইয়া পড়িয়া বলিল, যা খুশি।

সাবিত্রী বলিল, আবার রাগও আছে যে!

সতীশ দেওয়ালের দিকে মুখ ফিরাইয়া তামাক টানিতে টানিতে বলিল, পুরুষমানুষ, রাগ থাকবে না? আজ আমি খাবও না।

সাবিত্রী বলিল, আর কোথাও জুটেছে বোধ হয়? কিন্তু সে যাই হোক সতীশবাবু, ইস্কুলে আপনাকে যেতেই হবে তা বলে রাখছি।

এই অল্পকালের মধ্যেই নিয়মিত স্কুলে যাওয়া ব্যাপারটা পুনরায় সতীশকে বোঝার মত চাপিয়া ধরিতেছিল, এবং নানা ছলে নানা উপলক্ষে সে যে কামাই করিতে শুরু করিয়াছিল, সাবিত্রী তাহা লক্ষ্য করিয়া দেখিতেছিল। আজ সেই ছলনার পুনরাবৃত্তির সূত্রপাতেই সে টের পাইল।

সতীশ ধড়মড় করিয়া উঠিয়া বসিয়া কৃত্রিম ক্রোধের স্বরে বলিল, শুভকর্মের গোড়াতেই টুকো না বলচি।

সাবিত্রী কহিল, তা ত বললেন। কিন্তু এন্ট্রান্স পাস করতে চব্বিশ বছর কেটে গেল,

এই ডাক্তারি পাস করতে চৌষট্টি বছর কেটে যাবে যে!

সতীশ রাগতভাবে বলিল, মিথ্যা কথা বলো না সাবিত্রী। আমি এন্ট্রান্স পাস করিনি।

সাবিত্রী হাসিয়া উঠিল। বলিল, এটাও করেন নি?

সতীশ ঘাড় নাড়িয়া বলিল, না। হিংসুটে মাস্টারগুলো আমাকে পাস করতে যেতেই দেয়নি।

সাবিত্রী এবার মুখে কাপড় দিয়া হাসিতে লাগিল। তারপরে বলিল, তবে এটা হবে কি?

কোন্‌টা?

এই ডাক্তারিটা?

সতীশ খানিকক্ষণ চুপ করিয়া থাকিয়া বলিল, আচ্ছা সাবিত্রী, গাধার মত লোকগুলো একজামিন-পাস করে কি ক'রে বলতে পার?

সাবিত্রী হাসি চাপিয়া বলিল, গাধার মতন, কিন্তু গাধা নয়। যারা ঠিক গাধা, তারা পারে না।

সতীশ ব্যস্তভাবে দরজার বাহিরে গলা বাড়াইয়া একবার দেখিয়া লইল, পরক্ষণেই স্থির হইয়া বসিয়া একটু গম্ভীর হইয়া বলিল, কেউ যদি শোনে ত সত্যিই নিন্দে করবে। আমার মুখের সামনে দাঁড়িয়ে আমাকে গাধা বলছ, এর কোন কৈফিয়তই দেওয়া চলবে না।

হায় রে! কর্মদোষে আজ সাবিত্রী বাসার দাসী! তাই সে এই আঘাতটুকু সহ্য করিয়া লইয়া বলিল, তা বটে! বলিয়াই ধীরে ধীরে বাহির হইয়া গেল।

সতীশ আর একবার অলসের মত বিছানায় শুইয়া পড়িল। তাহার মনের মধ্যে কর্মহীন সারা দিনের যে ছবিটা উজ্জ্বল হইয়া উঠিতেছিল, সাবিত্রীর কথার ঘায়ে তাহার অনেকটাই মলিন হইয়া গেল এবং যে ব্যথাটুকু বহন করিয়া সাবিত্রী নিজে চলিয়া গেল, তাহাও তাহার ছুটির আনন্দকে বাড়াইয়া দিয়া গেল না, এবং যদিচ সে মনে মনে বুঝিল আজ আর কামাই করিয়া লাভ হইবে না, তত্রাচ কিছুই না করিবার লোভও সে ত্যাগ করিতে না পারিয়া অলস বিরক্ত মুখে বিছানাতেই পড়িয়া রহিল। কিন্তু যথাসময়ে স্নানের জন্য তাগিদ পড়িল। সতীশ উঠিল না ; বলিল, তাড়াতাড়ি কি? আমি আজ ত বার হবো না।

সাবিত্রী ঘরে ঢুকিয়া কহিল, সে হবে না। আপনাকে ইস্কুলে যেতেই হবে—যান, আপনি স্নান করে খেয়ে নিন।

সতীশ বলিল, তোমাকে কি আমার অছি বহাল করা হয়েছে যে, এমন করে পীড়াপীড়ি লাগিয়েছ? আজ আমি পাদমেকং ন গচ্ছামি।

সাবিত্রী একটুখানি হাসিল ; বলিল, না যান ত স্নান করে খেয়ে নিন। আপনার কুড়েমিতে দাসী-চাকরে কষ্ট পায় সেটা দেখতে পান না?

সতীশ বলিল, এ কি রকম দাসী-চাকর যে নটা বাজতে না বাজতে কষ্ট পায়! নাঃ—এ বাসা আমাকে বদলাতেই হবে, না হলে শরীর টিকবে না দেখচি।

সাবিত্রী হাসিয়া ফেলিল ; বলিল, তা হলে আমাকেও বদলাতে হবে। কিন্তু বলিয়া ফেলিয়া সে তাড়াতাড়ি নিজের কথাটা চাপা দিয়া বলিয়া উঠিল, ততক্ষণ কিন্তু আপনাকে এই বাসার নিয়মই মেনে চলতে হবে—ইস্কুলেও যেতে হবে। নিন, উঠুন, বেলা হয়ে যাচ্ছে। বলিয়াই সতীশের ধুতি ও গামছা স্নানের ঘরে রাখিয়া আসিতে দ্রুতপদে বাহির

হইয়া গেল।

সতীশ প্রত্যহ নিয়মিত সন্ধ্যাহ্নিক করিত। আজ সে স্নান করিয়া আসিয়া পূজার আসনে বসিয়া দেরি করিতে লাগিল। সাবিত্রী দুই-তিনবার আসিয়া দেখিয়া গিয়া দরজার বাহির হইতে ডাকিয়া বলিল, আর কেন, বাড়া ভাত ঠাণ্ডা হয়ে গেল যে! ইস্কুলে যেতে হবে না আপনাকে, দয়া করে দুটি খেয়ে নিয়ে আমাদের মাথা কিনুন।

সতীশ আরও মিনিট-পাঁচেক নিঃশব্দে বসিয়া থাকিয়া, দাঁড়াইয়া উঠিয়া বলিল, পূজা-আহ্নিকের সময় গোলমাল করলে কি হয় জানো?

সাবিত্রী বলিল, কোশাকুশি সামনে নিয়ে ছল করলে কি হয় জানেন?

সতীশ চোখ কপালে তুলিল, ছল করছিলাম! কখ্খন না।

সাবিত্রী কি একটা বলিতে গিয়া চাপিয়া গেল। তারপরে বলিল, তা আপনিই জানেন। কিন্তু আপনারও ত অন্যদিন এত দেরি হয় না—যান, ভাত দেওয়া হয়েছে; বলিয়া চলিয়া গেল।

আজ শীতের মধুর মধ্যাহ্নে বাসা নির্জন ও নিস্তব্ধ। এ বাসার সকলেই কেরানী। তাঁহারা অফিসে গিয়াছেন। বামুনঠাকুর বেড়াইতে গিয়াছে, বেহারী বাজার করিতে গিয়াছে, সাবিত্রীরও কোন সাড়া-শব্দ পাওয়া যায় না। সতীশ নিজের ঘরে প্রথমে দিবানিদ্রার মিথ্যা চেষ্টা করিয়া এইমাত্র উঠিয়া বসিয়া যা-তা ভাবিতেছিল। তাহার শিয়রের দিকের জানালাটা বন্ধ ছিল। সেটা খুলিয়া দিয়া সম্মুখের খোলা ছাদের দিকে চাহিয়াই তৎক্ষণাৎ বন্ধ করিয়া ফেলিল। ছাদের একপ্রান্তে বসিয়া সাবিত্রী চুল শুকাইতেছিল এবং ঝুঁকিয়া পড়িয়া কি একটা বই দেখিতেছিল। জানালা খোলা-দেওয়ার শব্দে সে চকিত হইয়া মাথার উপরে আঁচল তুলিয়া দিয়া উঠিয়া দাঁড়াইয়া দেখিল জানালা বন্ধ হইয়া গিয়াছে। অনতিকাল পরেই সে ঘরে ঢুকিয়া বলিল, বাবু, ডাকছিলেন আমাকে?

সতীশ বলিল, না, ডাকিনি ত।

আপনার পান, জল আনব?

সতীশ মাথা নাড়িয়া বলিল, আনো।

সাবিত্রী পান, জল আনিয়া বিছানার কাছে রাখিয়া দিয়া, ঘরের সমস্ত দরজা জানালা একে একে বেশ করিয়া খুলিয়া দিয়া মেঝের উপর বসিয়াই বলিল, যাই, আপনার তামাক সেজে আনি।

সতীশ জিজ্ঞাসা করিল, বেহারী কোথায়?

বাজারে গেছে, বলিয়া সাবিত্রী চলিয়া গেল এবং ক্ষণকাল পরে তামাক সাজিয়া আনিয়া হাজির করিয়া খোলা দরজার সুমুখে বসিয়া পড়িয়া হাসিমুখে বলিল, আজ মিথ্যে কামাই করলেন।

সতীশ কহিল, এইটেই সত্যি! আমার ধাতটা কিছু স্বতন্ত্র, তাই মাঝে মাঝে এ-রকম না করলে অসুখ হয়ে পড়ে। তা ছাড়া আমি রীতিমত ডাক্তার হতেও চাইনে। অল্প-স্বল্প কিছু কিছু শিখে নিয়ে আমাদের দেশের বাড়িতে ফিরে গিয়ে একটা বিনি-পয়সার ডাক্তারখানা খুলে দেব। চিকিৎসার অভাবে দেশের গরীব-দুঃখীরা ওলাউঠায় উজাড় হয়ে যায়, তাদের চিকিৎসা করাই আমার উদ্দেশ্য।

সাবিত্রী বলিল, বিনি-পয়সার চিকিৎসায় বুঝি ভাল শেখার দরকার নেই? ভাল ডাক্তার

কেবল বড়লোকের জন্যে, আর গরীবের বেলাই হাতুড়ে। কিন্তু তাই-বা হবে কি করে? আপনি চলে গেলে বিপিনবাবুর ভারী মুশকিল হবে যে!

বিপিনবাবুর উল্লেখে সতীশ লজ্জিত হইয়া বলিল, মুশকিল আবার কি, আমার মত বন্ধু তাঁর ঢের জুটে যাবে। তা ছাড়া, ওখানে আমি আর যাইনে!

সাবিত্রী আশ্চর্য হইয়া বলিল, যান না? তা হলে আর ওঁকে গান-বাজনা শেখায় কে?

সতীশ অত্যন্ত বিরক্ত হইয়া বলিল, গান-বাজনা বুঝি আমি শেখাই?

সাবিত্রী বলিল, কি জানি বাবু, লোক ত বলে।

কেউ বলে না—এ তোমার বানানো কথা।

আপনাকে বিপিনবাবুর মোসাহেব বলে, এও বুঝি আমার বানানো কথা।

কথা শুনিয়া সতীশ আগুন হইয়া উঠিল। তাহার কারণ ছিল। বিপিনের সহিত ঘনিষ্ঠ সংযোগ বাহিরের লোকের সমালোচনার বিষয় হইলে সেই সমালোচনার ফল সাধারণতঃ কি দাঁড়ায়, ইহা সে বিদিত ছিল। কলিকাতাবাসী বিপিনের সাংসারিক অবস্থা ও তাহার আমোদ-প্রমোদের অপর্যাপ্ত সাজ-সরঞ্জামের মাঝখানে প্রবাসী সতীশের স্থানটা লোকের চোখে যে নীচে নামিয়াই পড়িবে, সতীশের অন্তরস্থ এই উৎকণ্ঠিত সংশয় সাবিত্রীর তীক্ষ্ণ ঘায়ে একেবারে উগ্রমূর্তি ধরিয়া বাহিরে আসিয়া পড়িল। সে দুই চোখ দীপ্ত করিয়া গর্জিয়া উঠিল, কি, আমি মোসাহেব—কে বলে শুনি?

সাবিত্রী মনে মনে হাসিয়া বলিল, কার নাম করব বাবু? যাই, রাখালবাবুর বিছানাটা রোদে দিয়ে আসি।

বিছানা থাক—নাম বল।

সাবিত্রী হাসিয়া বলিল, কুমুদিনী।

সতীশ বিস্মিত হইয়া বলিল, তাকে তুমি জানলে কি করে?

সাবিত্রী বলিল, তিনি আমাকে কাজ করবার জন্যে ডেকে পাঠিয়েছিলেন।

তোমাকে? সাহস ত কম নয়! তুমি কি বললে?

এখনো বলিনি—ভাবচি। বেশী মাইনে, কম কাজ, তাই লোভ হচ্চে।

সতীশের চোখ দিয়া অগ্নিস্ফুলিঙ্গ বাহির হইতে লাগিল। সে বলিল, এ বিপিনের মতলব। তোমার নাম সে প্রায়ই করে বটে।

সাবিত্রী হাসি চাপিয়া বলিল, করেন? তা হলে বোধ করি আমাকে মনে ধরেছে!

সতীশ সাবিত্রীর মুখের প্রতি ক্রূর দৃষ্টিক্ষেপ করিয়া বলিল, ধরাচ্ছি; এক শ টাকা ফাইন দিয়ে অবধি লোকজনকে আর চাবকাই নি—আবার দেখচি কিছু দিতে হলো! আচ্ছা, তুমি যাও।

সাবিত্রী চলিয়া গেল। রাখালের বিছানাগুলি রৌদ্রে দিয়া তাড়াতাড়ি ফিরিয়া আসিয়া জানালার ফাঁক দিয়া দেখিল, সতীশ জামা গায়ে দিয়াছে, এবং বাক্স খুলিয়া একতাড়া নোট লুকাইয়া পকেটের মধ্যে লইতেছে। সাবিত্রী দুই চৌকাঠে হাত দিয়া পথরোধ করিয়া বলিল, কোথায় যাওয়া হবে?

কাজ আছে—পথ ছাড়ো।

কি কাজ শুনি?

সতীশ ক্রুদ্ধ হইয়া বলিল, সরো।

সাবিত্রী সরিল না। হাসিয়া বলিল, ভগবান আপনাকে কোন গুণ থেকে বঞ্চিত করেন নি দেখচি। ইতিপূর্বে জরিমানা দেওয়াও হয়ে গেছে!

সতীশ ভ্রূ-কুঞ্চিত করিল, কথা কহিল না।

সাবিত্রী কহিল, এ ত আপনার ভারী অন্যায়! কোথায় কাজ করি, না-করি আমার ইচ্ছে—আপনি কেন বিবাদ করতে চান?

সতীশ বলিল, বিবাদ করি না-করি আমার ইচ্ছে, তুমি কেন পথ আটকাও?

সাবিত্রী হাতজোড় করিয়া বলিল, আচ্ছা, একটু সবুর করুন, আমি এলে যাবেন।

সতীশ ফিরিয়া গিয়া খাটের উপর বসিতেই সাবিত্রী বাহিরে আসিয়া খট্ করিয়া দরজায় শিকল তুলিয়া দিয়া জানালা দিয়া আস্তে আস্তে বলিয়া গেল, শান্ত না হলে দোর খুলব না—নীচে চললুম। বলিয়া সে সত্যই নীচে নামিয়া গেল। বাহিরে যাইতে না পারিয়া সতীশ খানিকক্ষণ চুপ করিয়া বসিয়া থাকিয়া গায়ের জামাটা মাটিতে ছুঁড়িয়া ফেলিয়া দিয়া চিত হইয়া শুইয়া পড়িল।

বিপিনের সহিত তাহার আলাপ এলাহাবাদে। কলিকাতায় আসিয়া ইহা যথেষ্ট ঘনীভূত হইলেও এই বাসার মধ্যে তাহার যখন-তখন আসা-যাওয়াটা যে বাড়াবাড়িতে দাঁড়াইতেছিল, ইহা সে নিজেও লক্ষ্য করিতেছিল। আজ সাবিত্রীর কথায় সেই হেতুটা একেবারে সুস্পষ্ট হইয়া উঠিল। সতীশের বন্ধু বলিয়া এবং বড়লোক বলিয়া এ বাসায় তাহার যথেষ্ট সম্ভ্রম ছিল। সতীশের অনুপস্থিতিতেও তাহার আদর-যত্নের ত্রুটি না হয়, এ ভার সতীশ নিজেই সাবিত্রীর উপরে দিয়াছিল। এই খাতির-যত্ন বিপিনবাবু যে পুরা মাত্রায় আদায় করিয়া লইতেছিলেন এ সংবাদ বাসায় ফিরিয়া আসিয়া সতীশ যখন-তখন পাইতেছিল। নিজের মনের এই সরল উদারতার তুলনায় বিপিনের এই কদাকার লুব্ধতা গভীর কৃতঘ্নতার মত আজ তাহাকে বিঁধিল এবং সমস্ত নিমন্ত্রণ, আমন্ত্রণ, সৌহার্দ্য, ঘনিষ্ঠতা একমুহূর্তেই তাহার কাছে বিষ হইয়া গেল। বাহ্যতঃ সে চুপ করিয়া পড়িয়া রহিল বটে, কিন্তু মর্মান্তিক আক্রোশ পিঞ্জরাবদ্ধ হিংস্র পশুর মত ক্রমাগত তাহার অন্তরের মধ্যে এ-কোণ ও-কোণ করিতে লাগিল।

ঘণ্টা-খানেক পরে ফিরিয়া আসিয়া সাবিত্রী জানালার বাহির হইতে আস্তে আস্তে বলিল, রাগ পড়ল বাবু?

সতীশ জবাব দিল না।

দোর খুলিয়া সাবিত্রী ঘরে আসিয়া দাঁড়াইল, বলিল, আচ্ছা এ কি অত্যাচার বলুন ত?

সতীশ কোনদিকে না চাহিয়া জিজ্ঞাসা করিল, কিসের অত্যাচার?

সাবিত্রী বলিল, সকলেই নিজের ভাল খোঁজে। আমিও কোথাও যদি একটু ভাল কাজ পাই, আপনি তাতে বাদ সাধেন কেন?

সতীশ উদাসভাবে বলিল, বাদ সাধব কেন? তোমার ইচ্ছে হলে যাবে বৈ কি!

সাবিত্রী কহিল, অথচ আমার নূতন মনিবটিকে মারধর করবার আয়োজন কচ্চেন।

সতীশ উঠিয়া বসিয়া বলিল, তুমি কি করতে সাবিত্রী? তোমার জিনিসটি যদি কেউ ভুলিয়ে নিয়ে যায়—

কিন্তু আমি কি আপনার জিনিস? বলিয়াই সাবিত্রী ফিক করিয়া হাসিয়া ফেলিল।

সতীশ লজ্জিত হইয়া বলিল, দূর্—তা—নয়—কিন্তু—

সাবিত্রী বলিল, কিন্তুতে আর কাজ নেই—আমি যাব না। সতীশের পিরানটা মাটিতে লুটাইতেছিল, সাবিত্রী তুলিয়া লইয়া পকেট হইতে নোটগুলি বাহির করিয়া ফেলিল। বাক্সে চাবি লাগানই ছিল, নোটগুলি ভিতরে রাখিয়া চাবি বন্ধ করিয়া চাবি নিজের রিঙে পরাইতে পরাইতে বলিল, আমার কাছে রইল। টাকার আবশ্যক হলে চেয়ে নেবেন।

সতীশ বলিল, যদি চুরি কর?

সাবিত্রী সে কথায় হাসিয়া আঁচল-বাঁধা চাবির গোছা ঝনাৎ করিয়া পিঠের উপর ফেলিয়া দিয়া বলিল, আমি চুরি করলে আপনার গায়ে লাগবে না।

সতীশ সাবিত্রীর মুখের পানে ক্ষণকাল স্থিরদৃষ্টিতে চাহিয়া রহিল। সেই ক্ষণিকের দৃষ্টিতে সে কি দেখিতে পাইল সে-ই জানে, চমকিয়া বলিয়া উঠিল, সাবিত্রী, তোমাদের বাড়ি কোন্ দেশে?

বাঙলা দেশে।

তার বেশী আর বলবে না?

না।

বাড়ি কোথায় না বল, কি জাত বল?

সাবিত্রী একটুখানি হাসিয়া বলিল, তাই বা জেনে কি হবে? হাতে ভাত খাবেন না ত!

সতীশ ক্ষণকাল ভাবিয়া কহিল, সম্ভব নয়। কিন্তু জোর করে একেবারে না বলতেও পারিনে।

সাবিত্রী তাহার দুই আয়ত উজ্জ্বল চক্ষু সতীশের মুখের উপর নিবদ্ধ করিয়া মুহূর্তকাল পরেই হাসিয়া উঠিল। ছেলেমানুষের মত মাথা নাড়িয়া কণ্ঠস্বরে অনির্বচনীয় সোহাগ ঢালিয়া দিয়া বলিল, না বলতে পারেন না—কেন বলুন ত?

অকস্মাৎ সতীশের মাথায় যেন ভূত চাপিয়া গেল। তাহার বুকের রক্ত তোলপাড় করিয়া উঠিল, সে তৎক্ষণাৎ গাঢ়-স্বরে বলিয়া ফেলিল, কেন জানিনে সাবিত্রী, কিন্তু তুমি রেঁধে দিলে খাব না বলা আমার পক্ষে শক্ত।

শক্ত? আচ্ছা, সে একদিন দেখা যাবে। ঐ যাঃ—রাখালবাবুর পাশ-বালিশটা রোদে দিতে ভুলেছি, বলিয়াই চক্ষের নিমিষে সে ঘরের বাহির হইয়া গেল।

একটা কথা শুনে যাও সাবিত্রী, বলিয়াই সহসা সতীশ সম্মুখে ঝুঁকিয়া পড়িয়া হাত বাড়াইয়া তাহার অঞ্চলের ক্ষুদ্র একপ্রান্ত ধরিয়া ফেলিল। সাবিত্রী দুই চক্ষে বিদ্যুৎ বর্ষণ করিয়া 'ছি! আসচি।' বলিয়া এক টান মারিয়া নিজেকে মুক্ত করিয়া লইয়া দ্রুতপদে অদৃশ্য হইয়া গেল।

হঠাৎ কি যেন একটা কাণ্ড ঘটিয়া গেল। তাহার এই অকস্মাৎ সত্রাস পলায়ন, এই চাপা-গলায় 'আসচি', এই চোখের বিদ্যুৎ—বজ্রাগ্নির মত সতীশের সমস্ত দুর্বুদ্ধিকে এক নিমিষে পুড়াইয়া ভস্ম করিয়া ফেলিল। কুৎসিত লজ্জার ধিক্কারে তাহার সমস্ত শরীর শূলবিদ্ধ সর্পের মত গুটাইয়া গুটাইয়া উঠিতে লাগিল। তাহার মনে হইল, ইহজন্মে সে আর সাবিত্রীকে মুখ দেখাইতে পারিবে না এবং পাছে কোন প্রয়োজনে সে আবার আসিয়া পড়ে, এই আশঙ্কায় সে তৎক্ষণাৎ একখানা র‍্যাপার টানিয়া লইয়া ঝড়ের বেগে বাহির হইয়া পড়িল। তিন-চারিটা সিঁড়ি বাকী থাকিতে সতীশ উপর হইতে সাবিত্রীর গলা আবার শুনিতে পাইল। সে রান্নাঘর হইতে ছুটিয়া আসিয়া মুখ বাড়াইয়া ডাকিয়া বলিতেছিল, একেবারে খাবার

খেয়ে বেড়াতে যান বাবু, নইলে ফিরে আসতে দেরি হলে সমস্ত নষ্ট হয়ে যাবে।

কিন্তু যেন শুনিতেই পাইল না, এইভাবে সতীশ ঊর্ধ্বশ্বাসে বাহির হইয়া গেল।

পরদিন সকালবেলা সাবিত্রী যখন রান্নার কথা জিজ্ঞাসা করিতে আসিল, সতীশ আস্তে আস্তে বলিল, কিছু মনে করো না সাবিত্রী।

সাবিত্রী বিস্ময়ের স্বরে প্রশ্ন করিল, কি মনে করব না?

সতীশ ঘাড় হেঁট করিয়া চুপ করিয়া রহিল।

সাবিত্রী মৃদু হাসিয়া বলিল, বেশ যা হোক! আমার সময় নেই—কি রান্না হবে বলুন।

আমি জানিনে—তোমার যা ইচ্ছে।

আচ্ছা, বলিয়া সাবিত্রী চলিয়া গেল, দ্বিতীয় প্রশ্ন করিল না।

ঘণ্টা-দুই পরে ফিরিয়া আসিয়া বলিল, কি কাণ্ড বলুন ত! আজো পাদমেকং ন গচ্ছামি নাকি?

সতীশ চুপ করিয়া রহিল।

সাবিত্রী বলিল, নটা বেজে গেছে যে!

সময় উত্তীর্ণ হইবার সংবাদে সতীশ লেশমাত্র উদ্বেগ প্রকাশ না করিয়া বলিল, বাজুক গে—আমার আর ভাল লাগছে না।

এই সকল অন্যায় আলস্য, বৃথা সময় নষ্ট, সাবিত্রী একেবারে দেখিতে পারিত না। তাই সে কিছুদিন হইতেই ভিতরে ভিতরে ক্রুদ্ধ এবং অসহিষ্ণু হইয়া উঠিতেছিল। একটু রুক্ষস্বরেই প্রশ্ন করিল, বলি, কি ভাল লাগচে না? পড়তে যাওয়া?

সতীশ নিজেও মনে মনে বিরক্ত হইয়া উঠিতেছিল—জবাব দিল না। তাহার মুখের পানে চাহিয়া সাবিত্রী ইহা বুঝিল এবং ক্ষণকাল মৌন থাকিয়া কণ্ঠস্বর মৃদু করিয়া বলিল, লেখাপড়া ভাল লাগছে না! এখন ভাল লাগছে বুঝি মেয়েমানুষের আঁচল ধরে টানাটানি করা? যান আপনি ইস্কুলে। অনর্থক বাসায় বসে থেকে উপদ্রব করবেন না।

তাহার তিরস্কারের মধ্যে যদিচ আন্তরিক স্নেহ ও একান্ত মঙ্গলেচ্ছা ব্যতীত আর কিছুই ছিল না, কিন্তু কথার ভঙ্গীটা সতীশের সর্বাঙ্গে যেন বিছুটি মাখাইয়া দিল। দেখিতে দেখিতে চোখ-মুখ তাহার ক্রোধে রাঙ্গা হইয়া উঠিল। বলিল, যা মুখে আসে তাহাই যে বল দেখছি? প্রশ্রয় পেলে শুধু কুকুরই মাথায় ওঠে না, মানুষকেও মনে করে দিতে হয়।

এ যে গালি-গালাজ! সাবিত্রী মুহূর্তকাল চুপ করিয়া থাকিয়া কণ্ঠস্বর আরো নত করিয়া বলিল, হয় বৈ কি সতীশবাবু! না হলে আপনাকেই বা মনে করে দিতে হবে কেন এটা ভদ্রলোকের বাসা, বৃন্দাবন নয়। বলিয়াই দ্রুতপদে বাহির হইয়া গেল।

দুঃসহ বিস্ময়ে সতীশ স্তম্ভিত হইয়া রহিল। সাবিত্রী যে তাহাকে এমন করিয়া বিঁধিতে পারে, এ কথা সে ত মনে স্থান দিতেও পারিত না। কতক্ষণ একভাবে বসিয়া থাকিয়া হঠাৎ সে উঠিয়া দাঁড়াইল এবং কোনমতে স্নানাহার সম্পন্ন করিয়া লইয়া পড়িবার ছলে বাহির হইয়া গেল।

সেদিন সমস্ত দিন ধরিয়া তাহার অপমানাহত ক্ষুব্ধ চিত্ত তাহার প্রবৃত্তিকে শাসন করিতে লাগিল এবং যতই সে নিজের এই অভাবনীয় অদ্ভুত ব্যবহারের কোন তাৎপর্য খুঁজিয়া পাইল না, ততই তাহার মনের মধ্যে একটা কথাই বারংবার আনাগোনা করিয়া দাগ কাটিতে

লাগিল। কেন যে সে আঁচল ধরিয়াছিল, কি কথা তাহার বলিবার ছিল, এবং সাবিত্রী অমন করিয়া পলাইয়া না গেলে সে কি বলিত, কি করিত, তাহার অপদস্থ ক্রুদ্ধ অন্তঃকরণ নিরন্তর এই সমস্ত তিক্ত প্রশ্নে সাবিত্রীর অপেক্ষাও তাহাকে অধিকতর নিষ্ঠুরভাবে অবিশ্রাম বিঁধিতে লাগিল। এমনি করিয়া সারা দিন সে নিজের অস্ত্রে নিজে ক্ষত-বিক্ষত হইয়া দিন-শেষে গঙ্গার ধারে আসিয়া উপস্থিত হইল এবং কোনমতে খেয়ার মাঝিদের বিনীত আক্রমণ এড়াইয়া নির্জীবের মত একখণ্ড পাথরের উপর গিয়া বসিয়া পড়িল।

কাল যখন সাবিত্রীর কাছে মনের দুর্বলতা হঠাৎ প্রকাশ হইয়া পড়ায় লজ্জায় বাসা হইতে ঊর্ধ্বশ্বাসে পলাইয়াছিল, তখন সে লজ্জার মধ্যে কেমন করিয়া যেন একটু মাধুর্য মিশিয়াছিল। কে যেন আড়ালে থাকিয়া অংশ লইয়াছিল। কিন্তু আজ সাবিত্রীর বিদ্রূপের বহ্নিতে সেই রসের লেশটুকু পর্যন্ত শুকাইয়া গিয়া নিঃসঙ্গ লজ্জা একেবারে শুষ্ক কঠিন হইয়া তাহার বুকের মধ্যে আড় হইয়া বাধিল। সেদিন তাহার আত্মসম্ভ্রম শুধু মাথা হেঁট করিয়াছিল, আজ তাহার ঘাড় ভাঙ্গিয়া পড়িল। আবার সবচেয়ে বাজিতে লাগিল এই দুঃখটা যে, এই স্ত্রীলোকটিকে সে যতদিন যত পরিহাস করিয়াছে, তাহার সমস্তরই আজ একটা কদর্থ করা হইবে। কাল সকালবেলা পর্যন্ত সত্যই যে তাহার পরিহাসের মধ্যে রহস্য ভিন্ন দ্বিতীয় অর্থ ছিল না, নির্জন মধ্যাহ্নের ওইটুকু অসংযমের পরে সে কথা ত মুখে আনিবারও আর পথ রহিল না। আসক্তি যে বহুদিন হইতে লুকাইয়া অপেক্ষা করিয়া ছিল না, এ কথা ত সাবিত্রী কোন মতেই বিশ্বাস করিবে না। সে বলিবে, এঁর মনে এই ছিল! কিন্তু তাহার মনে ত কিছুই ছিল না। এই সত্যটা বুঝাইয়া বলিবার সময়-সুযোগ তাহার কবে মিলিবে? সে সৎ ছেলে নয়, সে লজ্জাও তাহার খুব বেশী ছিল না, কিন্তু ভণ্ডামির অপবাদ সহ্য করিবে সে কি করিয়া? সে মনে মনে বলিল, যদি চোর, তবে চোরের মত সিঁদকাঠি-হাতেই ধরা পড়িল না কেন? সাবিত্রী যেন মনে মনে হাসিয়া বলিবে, এই সাধু জটা-কমণ্ডলু পিঠে বাঁধিয়া ত্রিশূল দিয়া সিঁদ খুঁড়িতেছিল—ধরা পড়িয়াছে। এই অপবাদের কল্পনা তাহাকে দগ্ধ করিতে লাগিল। এমনিভাবে বসিয়া কখন যে রাত্রি বাড়িয়া উঠিল, সে জানিতে পারিল না। কখন ভাঁটা শেষ হইয়া জোয়ারের জল পায়ের কাছে উঠিয়াছে, কখন কলিকাতার অন্ধ্ররন্ধ্র গ্যাসের আলোয় উজ্জ্বল হইয়া উঠিয়াছে, কখন মাথার উপরে আকাশ কালো হইয়া নক্ষত্র ফুটিয়াছে, কিছুই সে টের পায় নাই। শীতের জোলো হাওয়ায় তাহার শীত করিতে লাগিল এবং ওপারের চটকলের ঘড়িতে বারটা বাজিয়া গেল। তখন সতীশ উঠিয়া পড়িয়া বাসার অভিমুখে চলিল। এই সময়টায় কিছুক্ষণের জন্য বোধ করি, সে তাহার কাল্পনিক আশঙ্কাটা ভুলিয়াছিল ; কিন্তু চলিতে চলিতে বাসার দূরত্ব যতই হ্রাস পাইতে লাগিল, মন তাহার পুনর্বার সেই অনুপাতেই ছোট হইয়া আসিতে লাগিল। অবশেষে গলির মোড়ের কাছে আসিয়া পা আর উঠে না, এমনি হইল। ধীরে ধীরে কোনমতে সে বাসার দরজার সম্মুখে আসিয়া চুপ করিয়া দাঁড়াইয়া রহিল। বাসা নিস্তব্ধ! কোথাও কেহ যে জাগিয়া আছে এমন মনে হইল না এবং যদিচ সে জানিত, এত রাত্রে সাবিত্রী নিশ্চয়ই ঘরে ফিরিয়া গেছে, তথাপি দ্বারে ঘা দিতে, শব্দ করিতে সাহস হইল না। ভয় করিতে লাগিল, পাছে সে-ই আসিয়া দোর খুলিয়া দেয়। ঠিক এমনি সময়ে কবাট আপনি খুলিয়া গেল। এক মুহূর্ত সতীশ কথা কহিতে পারিল না, তাহার পরে বলিল, কে, বেহারী?

হাঁ বাবু।

সকলের খাওয়া হয়ে গেছে?

হয়েছে।

ঝি চলে গেছে?

আজ্ঞা হাঁ, আমাকে বসে থাকতে বলে এইমাত্র গেল।

শুনিয়া সতীশ বাঁচিয়া গেল। খুশী হইয়া তাকে দরজা বন্ধ করিতে বলিয়া, প্রফুল্লমুখে উপরে উঠিয়া গেল।

বেহারী আসিয়া বলিল, বাবু, আপনার খাবার—

খাবার থাক বেহারী—আমি খেয়ে এসেছি।

বেহারী বলিল, আপনার পান, জল ওই টেবিলের উপর আছে।

আচ্ছা, তুই শুগে যা।

বেহারী চলিয়া গেলে সতীশ বিছানায় শুইয়া পড়িল এবং তৎক্ষণাৎ ঘুমাইয়া পড়িল।

কলহ করিয়া অবধি সাবিত্রীর মন ভাল ছিল না। সতীশ তাহাকে কটূক্তি করিলেও ফিরাইয়া বলা যে তাহার উচিত হয় নাই, এই অনুতাপ তাহাকে সমস্ত দুপুরবেলাটা ক্লেশ দিয়াছিল। তাই সন্ধ্যার পরে কোন একসময়ে নিভৃতে ক্ষমা ভিক্ষা করিয়া লইবার আশায় অপেক্ষা করিতে করিতে যখন সন্ধ্যা উত্তীর্ণ হইয়া গেল, তখন তাহার আশা আশঙ্কায় পরিণত হইতে লাগিল। সে জানিত এ কলিকাতায় বিপিন ভিন্ন সতীশের যাইবার স্থান নাই। তাই সর্বাগ্রেই ভয় হইল পাছে সে সেই দলেই মিশিয়া থাকে। ক্রমশঃ রাত্রি বাড়িতে লাগিল, সতীশ আসিল না। আর কোথাও যাইবার কথা মনে করিতে না পারিয়া সংশয় যখন বিশ্বাসে দৃঢ় হইয়া উঠিল, তখন প্রতীক্ষা করাও তাহার পক্ষে অসম্ভব হইয়া উঠিল। বস্তুতঃ তাহার ঘৃণাবোধ হইতে লাগিল যে, ক্ষমা চাহিবার জন্য সে এমন লোকেরও পথ চাহিয়া আছে। তাই বেহারীকে বসিতে বলিয়া সাবিত্রী অনেক রাত্রে ঘরে ফিরিয়া গেল। ঘরে গিয়া বিছানায় পড়িয়া রহিল, চোখে ঘুম আসিল না। সমস্ত দেহটা কি এক অদ্ভুত অস্বস্তিতে প্রভাতের জন্য ছটফট করিতে লাগিল। ঘরের ছোট টাইমপিস্‌টিতে সব ক'টা বাজিয়া গেল, সে জাগিয়া থাকিয়া শুনিল এবং প্রভাতের জন্য আর অপেক্ষা করিতে না পারিয়া ঘোর থাকিতেই উঠিয়া পড়িয়া কাপড় ছাড়িয়া চোখে মুখে জল দিয়া বাহির হইয়া পড়িল। পথ দিয়া তখন মারোয়াড়ী রমণীরা দল বাঁধিয়া গান গাহিয়া গঙ্গাস্নানে চলিয়াছিল, সেইদিকে মুখ করিয়া সাবিত্রী যেই বলিল, মা গঙ্গা, গিয়ে যেন সব ভাল দেখি, তাহার ওষ্ঠাধর কাঁপিয়া উঠিয়া তপ্ত অশ্রুতে দুই চোখ ভরিয়া উঠিল এবং এই কল্পিত আশঙ্কায় সমস্ত মন পরিপূর্ণ করিয়া সে পথ দিয়া দ্রুতপদে হাঁটিতে হাঁটিতে সহস্রবার মনে মনে উচ্চারণ করিতে লাগিল, ভাল থাক। যা ইচ্ছে করুক, কিন্তু ভাল থাক। বাসায় পৌঁছিয়া ডাকাডাকির পরে বেহারী দরজা খুলিয়া দিয়াই সংবাদ দিল—সতীশবাবু অনেক রাত্রে আসিয়াছিলেন এবং কোথা হইতে খাইয়া আসিয়াছিলেন। এ সংবাদ যে প্রথমেই দেওয়া প্রয়োজন এই বৃদ্ধের তাহা অজ্ঞাত ছিল না। সাবিত্রী উপরে উঠিতেছিল, থমকিয়া দাঁড়াইয়া পড়িল। ললাট কুঞ্চিত করিয়া প্রশ্ন করিল, খাননি বুঝি?

না, তাঁর খাবার ত ঢাকা পড়ে রয়েছে।

সাবিত্রী শুধু একটা হুঁ বলিয়া উপরে চলিয়া গেল। তাহার দুশ্চিন্তাগ্রস্ত মন নির্ভয় হইবামাত্রই আবার ঈর্ষায় জ্বলিয়া উঠিল।

পরদিন বেলা হইলে সতীশের ঘুম ভাঙ্গিল এবং ঘুম ভাঙ্গিয়াই মনে হইল সাবিত্রী! ঠিক সেই মুহূর্তেই সমস্ত মুখ মেঘাচ্ছন্ন করিয়া সাবিত্রী আসিয়া দাঁড়াইল। তাহার মুখের পানে একবারমাত্র চাহিয়াই সতীশ মাথা হেঁট করিল। খানিক পরে সাবিত্রী বলিল, কি রান্না হবে জানতে এলুম।

সতীশ কোনদিকে না চাহিয়া বলিল, রোজ যা হয় তাই হোক।

'আচ্ছা', বলিয়া সাবিত্রী চলিয়া যাইতে উদ্যত হইয়াই আবার দাঁড়াইল, কহিল, লেখা-পড়ার মত বাবুর কি খাওয়া-দাওয়াও আর ভাল লাগছে না।

সতীশ আস্তে আস্তে বলিল, আমি খেয়ে এসেছিলাম।

সে ভয়ে মিথ্যা বলিয়া ফেলিল। কিন্তু কোথায়, এ কথাও সাবিত্রী ঘৃণায় জিজ্ঞাসা করিল না। খানিকক্ষণ চুপ করিয়া থাকিয়া বলিল, আজ দু দিন ধরে আপনি পালিয়ে বেড়াচ্ছেন কিসের ভয়ে শুনি? অসুবিধা হলে আমাকে ত জবাব দিতেই পারেন।

সতীশ মুখ তুলিয়া বলিল, তোমার অপরাধ? তা ছাড়া আমি ত জবাব দেবার কর্তা নই, বাসা আমার একলার নয়।

সাবিত্রী বলিল, একলার হলে জবাব দিতেন বোধ হয়। আচ্ছা, আমি না হয় নিজেই যাচ্ছি।

সতীশ উত্তর দিল না, মৌন হইয়া রহিল দেখিয়া সাবিত্রী মনে মনে অধিকতর জ্বলিয়া উঠিয়া বলিল, আমি গেলে আপনি খুশী হন? আপনার পায়ে পড়ি সতীশবাবু, হাঁ না একটা জবাব দিন।

তবু সতীশ নিরুত্তর হইয়া রহিল। কারণ, সাবিত্রী যে এ বাসার কতখানি, তাহা সে জানিত এবং এমন করিয়া সে হঠাৎ চলিয়া গেলে কিছুই চাপা থাকিবে না, তখন সমস্ত কথাটা মুখে মুখে ঘাঁটাঘাঁটি হইতে হইতে কিরূপ জঘন্য আকার ধারণ করিবে, তাহাই নিশ্চয় অনুমান করিয়া সে ভয় পাইয়া গেল। ক্ষণকাল চুপ করিয়া থাকিয়া মৃদুকণ্ঠে কহিল, আমাকে মাপ কর সাবিত্রী! যে ক'টা দিন আমি আছি, সে ক'টা দিন অন্ততঃ তুমি কোথাও যেও না।

অন্য কোনো সময় হইলে সে তখনি ক্ষমা করিত, কিন্তু ইহার সম্বন্ধে সে নাকি একটা অমূলক সন্দেহ মনে মনে পোষণ করিতেছিল, তাই এই মৃদু কণ্ঠস্বরকে ছলনা কল্পনা করিয়া নির্দয় হইয়া উঠিল এবং তাহারি গলার অনুকরণ করিয়া তৎক্ষণাৎ বলিয়া ফেলিল, আপনি এত আড়ম্বর করে মাপ চেয়ে সাধু হতে চাচ্ছেন কিসের জন্যে? আমার মত নীচ স্ত্রীলোকের আঁচল ধরে এই কি নূতন টেনেছেন যে, লজ্জায় একেবারে মরে যাচ্ছেন? তার চেয়ে বাড়ি চলে যান, কলকাতায় থেকে মিথ্যে নষ্ট হবেন না। লেখাপড়া আপনার কাজ নয়।

যে সতীশ উগ্র-প্রকৃতিতে কাহাকেও গ্রাহ্য করিত না, কথা সহ্য করা যাহার কোনদিন স্বভাব নয়, সে এখন এতবড় অপমানের কথাতেও নির্বাক হইয়া রহিল। অপরাধী মন তাহার অসহ্য গুরুভারগ্রস্ত ভারবাহী জীবের মত এমনি নিরুপায়ভাবে পথের উপরে দুমড়াইয়া পড়িয়াছিল যে, সাবিত্রীর এই পুনঃ পুনঃ নিষ্ঠুর আঘাতেও সে কিছুতেই মাথা তুলিয়া দাঁড়াইতে পারিল না। সাবিত্রীর কিন্তু চমক ভাঙ্গিয়া গেল। তাহার স্পর্ধা যে ক্রোধকেও

ডিঙ্গাইয়া গেল, ইহা তাহার নিজের কানেও বাজিল। সে অনেকক্ষণ নিঃশব্দে দাঁড়াইয়া থাকিয়া ধীরে ধীরে বাহির হইয়া গেল।

তিন

আজও সাবিত্রী সমস্ত কাজকর্মে ব্যাপৃত থাকিয়া সারা দিন উৎকণ্ঠিত হইয়া রহিল। সতীশ যদি কালকের মত আজও রাগ করিত কিংবা একটা কথারও উত্তর করিত ত ভাল হইত। কিন্তু সে কিছুই করিল না। গম্ভীর বিষণ্ণ মুখে যথানিয়মে আহারাদি শেষ করিয়া পড়িতে চলিয়া গেল এবং ঠিক সময়ে ফিরিয়া আসিয়া নিস্তব্ধ হইয়া ঘরে বসিয়া রহিল। আড়ালে থাকিয়া সাবিত্রী সমস্তই লক্ষ্য করিতে লাগিল ; কিন্তু কোনরকম ছুতা করিয়াও আজ তাহার ঘরে ঢুকিতে সাহস করিল না। প্রত্যহ সন্ধ্যার পূর্বে সে নিজে গিয়া তাহার ঘর ঝাঁট দিয়া আসিত, আজ বেহারীকে পাঠাইয়া দিল এবং সন্ধ্যার সময় সে-ই গিয়া আলো জ্বালিয়া দিয়া আসিল।

রোজ এই সময়টায় রাখালবাবুর ঘরে পাশার আড্ডা বসিত, আজও বসিল এবং ঘোর কলরব থাকিয়া থাকিয়া উত্থিত হইতে লাগিল। সামনের খোলা ছাদে কেহই ছিল না। সাবিত্রী এদিকে ওদিকে চাহিয়া তাহার সমস্ত সঙ্কোচ জোর করিয়া সরাইয়া দিয়া নিঃশব্দ পদক্ষেপে সতীশের ঘরের মধ্যে আসিয়া দাঁড়াইল। সতীশ বিছানায় চিত হইয়া পড়িয়া বোধ করি কড়িকাঠ গুণিতেছিল, উঠিয়া বসিল। ক্ষণকাল নীরব থাকিয়া বলিল, আপনার আহ্নিকের জায়গা করে দেব?

সতীশ বলিল, দাও।

পুনর্বার সাবিত্রীকে নির্বাক হইতে হইল। কিন্তু কয়েক মুহূর্ত পরেই বলিয়া উঠিল, আচ্ছা, লোকে কি বলবে বলুন ত?

সতীশ কোন উত্তর করিল না।

সাবিত্রী বলিল, আপনি আমাকে থাকতে বললেন, কিন্তু নিজে কি রকম কাণ্ডটি করছেন বলুন দেখি?

সতীশ গম্ভীরভাবে বলিল, আমি কোন কাণ্ডই করিনি, চুপ করে আছি মাত্র।

সাবিত্রী বলিল, এই চুপ করে থাকাটাই যে সবচেয়ে বিশ্রী। সবাই যখন চুপ করে নেই, আপনি তখন চুপ করে থাকলেই ত কথা উঠবে—ওটা কি সাধ? মুহূর্তকাল স্থির থাকিয়া বলিল, ঐ যে খুঁচিয়ে ঘা করার একটা কথা আছে আপনি ঠিক তাই করছেন। দোষ নেই, অথচ দোষী সেজে বসে আছেন। এই নিয়ে পাঁচজনে কানাকানি করবে, হাসি-কৌতুক করবে, এ যদি বা আপনার বরদাস্ত হয়, আমার ত হবে না—আমাকে দেখছি তা হলে নিতান্তই যেতে হবে।

সতীশ মনে মনে অস্থির হইয়া বলিল, দোষ কি কিছুই করিনি?

সাবিত্রী বলিল, না। একটু তলিয়ে ভেবে দেখুন দেখি, মনটা আপনিই পরিষ্কার হয়ে যাবে। আমার সম্বন্ধে আপনার মত দোষ—সাবিত্রী আর বলিতে পারিল না। ধাবমান অশ্ব অকস্মাৎ গভীর খাদের মুখে আসিয়া তাহার দুই পা অগ্রসৃত করিয়া যেভাবে প্রাণপণে

রুখিয়া দাঁড়ায় সাবিত্রীর চলন্ত জিহ্বা ঠিক সেইভাবে থামিল। তাহার এই আকস্মিক নিস্তব্ধতায় বিস্মিত সতীশ মুখ তুলিতেই চোখাচোখি হইল—নিজের লজ্জায় সাবিত্রী নিজেই মরিয়া গেল। সে যে এই কথাটাই বলিতে গিয়াছিল যে, তাহার মত নারীর সম্বন্ধে ওরূপ অপরাধে লজ্জার হেতু নাই, এই লজ্জাতেই তাহার চুল পর্যন্ত শিহরিয়া উঠিল।

সতীশও কি-একটা বলিতে যাইতেছিল, কিন্তু সাবিত্রী থামাইয়া দিয়া বলিল, চুপ করুন। আপনিও বুঝুন। মিথ্যে তিলকে তাল করে কষ্ট পাবেন না। ও বেহারী, বাবুর আহ্নিকের জায়গাটা একটু শিগগির করে ধুয়ে দাও, আমি অনেকক্ষণ আসন নিয়ে দাঁড়িয়ে রয়েচি।

বেহারী কি-একটা কাজে এদিকে আসিতেছিল, তৎক্ষণাৎ জল আনিতে ফিরিয়া গেলে সাবিত্রী লাঞ্ছিত অভিমানের সুরে কহিল, আপনার ব্যবহারে আজ দুদিন যে আমি উত্তরোত্তর কি রকম অতিষ্ঠ হয়ে উঠছি, এ কি চোখ চেয়ে একবার দেখতেও পাচ্ছেন না? আশ্চর্যি!

তাহার এত দ্রুত এত কথা সম্পূর্ণ হৃদয়ঙ্গম করিবার অবকাশ সতীশের ঘটিল না, তবুও তাহার ভিতরকার গ্লানিটা যেন স্বচ্ছ হইয়া আসিল এবং পরক্ষণেই ক্ষমাপ্রাপ্ত অপরাধীর ন্যায় অনুতপ্ত-কণ্ঠে বলিল, কিন্তু তোমাকে কি অপমান করিনি?

সাবিত্রী অধীর হইয়া বলিল, না বুঝলে আপনাকে আমি বোঝাব কি করে? একশ'বার হাজারবার বলচি, ওতে আমার মত মেয়েমানুষের কোন অপমান হয়নি। আপনি দয়া করে সুস্থ হোন—এইটুকু শুধু আপনার পায়ে আমি মিনতি জানাচ্ছি।

প্রত্যুত্তরে সতীশ কি একটা বলিতে যাইতেছিল, কিন্তু সাবিত্রী তাহার দুই ভ্রূ কুঞ্চিত করিয়া ইঙ্গিতে নিষেধ করিয়া তাড়াতাড়ি বলিয়া উঠিল, এই যে বেহারী!

বেহারী ঘটিতে জল আনিয়া উপস্থিত হইয়াছিল, সাবিত্রী তাহার হাত হইতে ঘটি লইয়া ঘরের একটা কোণ বেশ করিয়া ধুইয়া ফেলিয়া আঁচল দিয়া মুছিয়া সতীশকে উদ্দেশ করিয়া বলিল, যান, হাত-পা ধুয়ে এসে কাপড় ছেড়ে সন্ধ্যে করতে বসুন। কোশাকুশি ওই কুলুঙ্গিতে আছে, বলিয়া হাত দিয়া দেখাইয়া দিয়া সতীশের দুর্বিষহ হৃদয়-ভারটা নিঃশেষে তুলিয়া লইয়া বেহারীকে সঙ্গে করিয়া ধীরপদে বাহির হইয়া গেল।

সতীশ মন দিয়া সান্ধ্যকৃত্য সমাপন করিয়া উঠিয়াই দেখিল ইতিমধ্যে কে নিঃশব্দে আসিয়া আসন পাতিয়া তাহার খাবার রাখিয়া গিয়াছে। যদিও ঘরে আর কেহ ছিল না, তথাপি সে নিশ্চয়ই বুঝিল সে একা নহে। আসনে বসিয়া সে আস্তে আস্তে বলিল, এখন এত বেশী খেলে আর ত খেতে পারব না।

বাহির হইতে জবাব আসিল, খেতেও হবে না, বিপিনবাবুর ওখান থেকে নিমন্ত্রণ করে গেছে।

সতীশ হাসিয়া ফেলিল। বলিল, যাও—জ্বালাতন করো না, আমি কোথাও যেতে পারব না।

সাবিত্রী আড়াল হইতে বলিল, সে কি হয়! বলে গেছেন কোথায় যেতে হবে আপনি জানেন এবং না গেলে তাঁদের সমস্ত পণ্ড হয়ে যাবে। গান-বাজনা—

হয় হোক, বলিয়া সতীশ এ প্রসঙ্গ বন্ধ করিয়া দিয়া নিঃশব্দে আহার করিতে লাগিল এবং শেষ হইয়া গেলে বিছানার শিয়রে আলো তুলিয়া আনিয়া ভালছেলের মত একখানা ডাক্তারি বই খুলিয়া চিত হইয়া শুইয়া পড়িল। কিন্তু সেদিকে কোনমতেই মন দিতে পারিল

না। তাহার দুশ্চিন্তামুক্ত মন বন্ধন-মুক্ত ঘোড়ার মতই বিনা প্রয়োজনে সর্বত্র ছুটিয়া বেড়াইতে লাগিল।

রান্নাঘরে তখন রান্না চাপাইয়া দিয়া বামুনঠাকুর বেহারীকে দিয়া গাঁজা ডলাইতেছিল এবং রাখালবাবুর ঘরে পাশার কোলাহল উত্তরোত্তর দুরন্ত হইয়া উঠিতেছিল।

সতীশ ডাকিল, সাবিত্রী!

সাবিত্রী তখনও চৌকাঠের বাহিরে বসিয়া ছিল, বলিল, আজ্ঞে!

সতীশ কহিল, বিপিনবাবুর নিমন্ত্রণে যাওয়া মহাপাপ। পাপ না বুঝে করেছি বটে, কিন্তু বুঝে করব না।

সাবিত্রী বাহির হইতে প্রশ্ন করিল, পাপ কেন?

সতীশ কহিল, আমি জানি কোন্ জায়গায় তাঁর গান-বাজনার আয়োজন চলছে। শুধু সেই স্থানটায় যাওয়াই একটা পাপের কাজ।

বেশ ত, তেমন স্থানে নাই গেলেন।

সতীশ উত্তেজিত হইয়া বলিল, নিশ্চয়ই যাব না। কিন্তু তারা যে সহজে আমাকে নিষ্কৃতি দেবে এমন মনে হয় না। তাই তোমাকে আগে থেকেই সাবধান করে দিচ্ছি—যদি কেউ আসে—ফিরিয়ে দিয়ো। বলো, আমি বাড়ি নেই—রাত্রে আসব না, বুঝেছ?

সাবিত্রী বলিল, বুঝেছি।

সতীশ একটা কর্তব্য পালন করিয়া সুস্থভাবে নিশ্বাস ফেলিয়া ক্ষণকাল নীরব থাকিয়া বলিল, কোথা দিয়ে জোলো হাওয়া আসছে সাবিত্রী—জানালাগুলো বন্ধ করে দাও।

সাবিত্রী ঘরে ঢুকিয়া জানালা বন্ধ করিতে লাগিল। সতীশ একদৃষ্টে চাহিয়া রহিল। চাহিয়া চাহিয়া অকস্মাৎ কৃতজ্ঞতায় তাহার বুক ভরিয়া উঠিল ; স্নিগ্ধকণ্ঠে কহিল, আচ্ছা সাবিত্রী, তুমি নিজে নীচ স্ত্রীলোক বল কেন?

সাবিত্রী ফিরিয়া দাঁড়াইয়া বলিল, সত্যি কথা বলব না?

সতীশ বলিল, এ কথা কিছুতেই সত্য নয়। তুমি একগলা গঙ্গাজলে দাঁড়িয়ে বললেও আমি বিশ্বাস করব না।

সাবিত্রী মৃদু হাসিয়া বলিল, কেন করবেন না?

তা জানিনে। বোধ হয়, সত্যি নয় বলেই। নীচের মত তোমার ব্যবহার নয়, কথাবার্তা নয়, আকৃতি নয়—এত লেখাপড়াই বা তুমি শিখলে কোথায়?

সাবিত্রী অদূরে মেঝের উপর বসিয়া পড়িয়া আবার হাসিয়া বলিল, এত—কত শুনি?

সতীশ তাহাই ব্যাখ্যা করিতে খোলা বই একপাশে রাখিয়া হঠাৎ হাঁ করিয়াই থামিয়া গেল। অদূরে বাহিরে অতি দ্রুত জুতার শব্দ শোনা গেল, এবং মুহূর্ত পরেই তাহার ঘরের অতি সন্নিকটে মত্তকণ্ঠে গম্ভীর ডাক আসিল, সতীশবাবু।

সতীশ বুঝিল, এ বিপিনের দল, তাহাকেই ধরিতে আসিয়াছে। আর কোন কথা ভাবিল না—বিবর্ণমুখে ফস করিয়া ফুঁ দিয়া আলো নিবাইয়া দিয়া শুইয়া পড়িল।

অদূরে মেঝের উপর বসিয়া সাবিত্রী ব্যাকুল হইয়া বলিয়া উঠিল, ও কি করলেন?

পর মুহূর্তেই অন্ধকার কবাটের সম্মুখে দুই মূর্তি আসিয়া খাড়া হইল। একজন কহিল, এই ত সতীশবাবুর ঘর।

আর একজন কহিল, বেহারাটা যে বললে বাবু ঘরেই আছেন।

প্রথম ব্যক্তি রাগ করিয়া কহিল, ঘর ত অন্ধকার। ভদ্রলোকে কি কখন সন্ধ্যার সময় বাসায় থাকে? তোমার যত—

দ্বিতীয় ব্যক্তি তাহার উত্তরে অস্ফুটে কি একটা বলিয়া পকেট হাতড়াইয়া দেশলাই বাহির করিয়া অনিশ্চিত কম্পিত-হস্তে আলো জ্বালিতে প্রবৃত্ত হইল।

বিছানার মধ্যে সতীশের দেহের রক্ত জল হইয়া গেল। সে বিলাতী কম্বলটা আগাগোড়া মুড়ি দিয়া ঘামিতে লাগিল, এবং অন্ধকার মেঝের উপর সাবিত্রী লজ্জায় ঘৃণায় কাঠ হইয়া বসিয়া রহিল।

দীপ-শলাকা জ্বলিয়া উঠিল। এই যে এখানে বসে কে হে! প্রথম ব্যক্তি ঘরে ঢুকিয়া সন্ধান করিয়া আলো জ্বালিতেই সাবিত্রী উঠিয়া দাঁড়াইল।

দ্বিতীয় ব্যক্তি একটুখানি সরিয়া দাঁড়াইয়া প্রশ্ন করিল, সতীশবাবু কোথায়?

সাবিত্রী নিঃশব্দে বিছানা দেখাইয়া বাহির হইয়া গেল। সে চলিয়া যাইতেই মাতাল দুইজন অট্টহাসি জুড়িয়া দিল। সে হাসির শব্দ ও অর্থ সাবিত্রীর কানে গিয়া পৌঁছিল এবং কম্বলের মধ্যে সতীশ বারংবার নিজের মৃত্যু কামনা করিতে লাগিল।

তাহারা সতীশকে টানিয়া তুলিল এবং জোর করিয়া ধরিয়া লইয়া গেল ; এবং যতক্ষণ না তাহাদের বিকট হাস্যধ্বনি বাটীর বাহিরে সম্পূর্ণ মিলাইয়া গেল ততক্ষণ পর্যন্ত সাবিত্রী একটা অন্ধকার কোণে দেওয়ালে মাথা রাখিয়া বজ্রাহতের মত কঠিন হইয়া দাঁড়াইয়া রহিল।

কিন্তু বাসায় কেহ কিছুই জানিতে পারিল না। রান্নাঘরে বামুনঠাকুর এইমাত্র গাঁজার কলিকাটি নিঃশেষ করিয়া উহার মোক্ষ দান করিবার আশ্চর্য ক্ষমতা বেদে কিরূপ লেখা আছে তাহাই ভক্ত বেহারীকে বুঝাইয়া বলিতেছিল, এবং ও-ঘরে রাখালবাবুর দল হাড়ের পাশা মানুষের চীৎকার শুনিতে পায় কি না তাহাই যাচাই করিতে লাগিল।

রাস্তায় আসিয়া তিনজনেই একখানা গাড়িতে চড়িয়া বসিল, ইহাদের উন্মত্ত হাসি আর সহ্য করিতে না পারিয়া সতীশ তীক্ষ্ণভাবে বলিল, হয় আপনারা থামুন, না হয় মাপ করুন, আমি নেমে যাই।

প্রথম ব্যক্তি 'আচ্ছা' বলিয়াই ভয়ঙ্কর রবে হাসিয়া উঠিল, এবং তাহার সঙ্গী তাহাকে ধমক দিয়া থামিতে বলিয়া তাহার অপেক্ষাও জোরে হাসিয়া উঠিল। এই মাতাল দুটার সহিত বাক্যব্যয় বিফল বুঝিয়া সতীশ নিষ্ফল ক্রোধে জানালার বাহিরে পথের দিকে চাহিয়া নিঃশব্দে বসিয়া রহিল।

রাত্রে, অন্ধকার বারান্দায় সাবিত্রী চুপ করিয়া বসিয়াছিল। বোধ করি, সন্ধ্যার লজ্জাকর ঘটনাই মনে মনে আলোচনা করিতেছিল। এমন সময় বেহারী আসিয়া দাঁড়াইল এবং তাহাকে লক্ষ্য করিয়া বলিল, মা, সকলের খাওয়া হয়ে গেছে, ঠাকুরমশায় তোমাকে জল খেতে ডাকছেন।

সাবিত্রী মুখ তুলিয়া অবসন্নভাবে কহিল, আজ আমি খাব না বেহারী।

বেহারী সাবিত্রীকে স্নেহ করিত, মান্য করিত। চিন্তিত হইয়া জিজ্ঞাসা করিল, খাবে না কেন মা, অসুখ করেনি ত?

না, অসুখ করেনি, কিন্তু খাবার ইচ্ছে নেই। তোমরা খাও গে যাও বেহারী।

বেহারী বলিল, তবে চল, তোমাকে পৌঁছে দিয়ে আসি।

সাবিত্রী বলিল, আচ্ছা চল। কিন্তু একটা কথা আছে বেহারী, সতীশবাবু এখনো ফেরেননি, তুমি জেগে থাকতে পারবে ত?

বেহারী উদ্বিগ্ন হইয়া বলিল, আমি! কিন্তু আমার সেই কোমরের বাতটা—

তবে কি হবে বেহারী—

বেহারী একটুখানি ভাবিয়া বলিল, আজ যদি তুমি ঠাকুরমশাইকে হুকুম দিয়ে—

সাবিত্রী তাড়াতাড়ি বলিল, সে হবে না বেহারী। বামুন মানুষকে আমি শীতে কষ্ট দিতে পারব না।

অনিচ্ছুক বেহারী ক্ষণকাল নীরব থাকিয়া বলিল, আচ্ছা, আমিই না হয় থাকব। তবে চল, তোমাকে রেখে আসি।

সাবিত্রী উঠিয়া দাঁড়াইল। দুই-এক পা অগ্রসর হইয়া থামিয়া বলিল, কাজ নেই বেহারী, তুমি খেয়ে নাও গে—তার পরেই যাব।

বেহারী চলিয়া গেলে সাবিত্রী সেইখানেই ফিরিয়া আসিয়া বসিল, এবং অন্ধকার আকাশের পানে চাহিয়া চুপ করিয়া রহিল। আজ সতীশের সম্বন্ধে তাহার যথেষ্ট আশঙ্কা ছিল। সে মাতালের হাতে পড়িয়াছে, ইহা চোখে দেখিয়া তাহার কোনমতেই ঘরে ফিরিতে মন সরিতেছিল না। যদিচ, ইতিপূর্বে ইহারই নির্বুদ্ধিতায় নিদারুণ লাঞ্ছিত হইয়া জ্বালায় ছটফট করিয়া সে প্রত্যুষেই কর্মত্যাগের সঙ্কল্প স্থির-নিশ্চয় করিয়া রাখিয়াছিল, কিন্তু আজ রাত্রের মত এই লোকটিকে মনে মনে ক্ষমা না করিয়া, তাহার অবশ্যম্ভাবী দুর্গতির কোন একটা উপায় না করিয়া সে কোনমতেই ঘরে ফিরিতে পারিল না। বেহারী খাইয়া আসিলে বলিল, তুমি শুতে যাও বেহারী, আমিই আছি।

বেহারী আশ্চর্য হইয়া বলিল, ঘরে যাবে না?

বাবু ফিরে আসুন। তার পরে আমাকে রেখে আসতে পারবে না?

কেন পারব না মা? নিশ্চয় পারব।

তবে সেই ভাল। আমি আছি, তুমি শোও গে।

বেহারী খুশী হইয়া চলিয়া গেলে সাবিত্রী সেইখানেই একটা র‍্যাপার গায়ে দিয়া বসিয়া রহিল। এই মাতাল দুটো যাহা চোখে দেখিয়া গিয়াছে, তাহা প্রকাশ করিবেই ইহাতেও তাহার যেমন লেশমাত্র সংশয় ছিল না, এ ঘটনার দ্বিতীয় অর্থও যে কেহ গ্রহণ করিবে না, ইহাতেও তাহার তেমনি সন্দেহ রহিল না। বিপিনবাবু লোকটিকে সাবিত্রী জানিত। সে এ কথা নিশ্চয় শুনিবে এবং এ বাসায় যখন তাহার গতিবিধি আছে তখন কেহই বঞ্চিত থাকিবে না। তাহার পরেও আর কোন্ মুখে সতীশ এখানে একদণ্ডও থাকিবে! এই অভিশস্তির লজ্জা সে কি করিয়া সহ্য করিবে? দৈবাৎ যাহা ঘটিয়া গেল, তাহা ত গেলই; নিজের সম্বন্ধে সে এইখানে থামিল বটে, কিন্তু পুনঃ পুনঃ আলোচনা করিয়াও সতীশের সম্বন্ধে কোন বুদ্ধিই খুঁজিয়া পাইল না।

ক্রমশঃ রাত্রি বাড়িতে লাগিল, অথচ সতীশের দেখা নাই। নিকটে কোন প্রতিবেশীর ঘরের ঘড়িতে টং-টং করিয়া দুটা বাজিয়া গেল—নিস্তব্ধ গভীর রাত্রে তাহা স্পষ্ট শোনা গেল। এলোমেলো শীতল বায়ু খোলা ছাদের উপর দিয়া বহিয়া আসিয়া তাহার দুটি চক্ষুকে ঘুমে চাপিয়া ধরিতে লাগিল, তথাপি সে জাগিয়া থাকিয়া বাহির-দরজায় কান পাতিয়া

রাখিল। এমনি করিয়া শুইয়া বসিয়া রাত যখন আর বড় বাকী নাই, এমন সময়ে একখানা গাড়ির শব্দে চকিত হইয়া উঠিয়া বসিয়াই বুঝিল গাড়ি তাহাদেরই বাসার সম্মুখে দাঁড়াইয়াছে। সাবিত্রী নিঃশব্দে নামিয়া গিয়া দরজার পার্শ্বে আসিয়া সতর্ক হইয়া দাঁড়াইল। পাছে আর কেহ থাকে এই ভয়ে সহসা খুলিতে সাহস করিল না। বিলম্ব হইতে লাগিল, কেহ দরজায় ঘা দিল না। যে গাড়িখানা আসিয়াছিল তাহাও ফিরিয়া গেল। অকস্মাৎ সাবিত্রী আশঙ্কায় পরিপূর্ণ হইয়া ক্ষিপ্রহস্তে অর্গল মুক্ত করিয়া ফেলিল। সতীশ বাহিরের চৌকাঠে হেলান দিয়া পাংশুমুখে চোখ বুজিয়া বসিয়া আছে। তাহার কাপড়ে চাদরে কাদা, মাথা এবং কপালের একধারে রক্তের রেখা অদূরবর্তী গ্যাসের আলোকে স্পষ্ট দেখিতে পাইয়া সাবিত্রী কাঁদিয়া ফেলিল। চক্ষের নিমেষে তাহার সম্মুখে আসিয়া হাঁটু গাড়িয়া বসিয়া দুই হাতে সতীশের মুখ তুলিয়া ধরিয়া বলিল, বাবু, ওপরে চলুন।

সতীশ মাথা নাড়িয়া বলিল, না, বেশ আছি।

সাবিত্রী চোখ মুছিয়া জিজ্ঞাসা করিল, কোথাও লেগেছে?

না, লাগেনি, বেশ আছি।

এ যে রাস্তা, ঘরে চলুন।

সতীশ পুনর্বার মাথা নাড়িয়া বলিল, না, যাব না, বেশ আছি।

সাবিত্রী ধমক দিয়া বলিল, উঠুন বলছি।

ধমক খাইয়া সতীশ রক্তবর্ণ বিহ্বল-চক্ষে খানিকক্ষণ চাহিয়া থাকিয়া তাহার দিকে দুই হাত বাড়াইয়া বলিল, চল।

তখন তাহারি কাঁধে ভর দিয়া সতীশ উঠিয়া দাঁড়াইল এবং তাহাকেই আশ্রয় করিয়া বহু ক্লেশে বহু বিলম্বে টলিতে টলিতে অন্ধকার সিঁড়ি বাহিয়া ঘরে আসিয়া শুইয়া পড়িল। জড়িত-কণ্ঠে বলিতে লাগিল, সাবিত্রী, তোমার ঋণ আমি কোন জন্মে শুধতে পারব না।

সাবিত্রী বলিল, আচ্ছা, আপনি ঘুমোন।

সতীশ চোখের নিমেষে উঠিয়া বসিয়া বলিল, কি ঘুমোব? কখ্‌খন না।

পুনর্বার সাবিত্রী ধমক দিয়া উঠিল, আবার!

সতীশ শুইয়া পড়িল। ক্ষণকাল চুপ করিয়া থাকিয়া বলিল, কিন্তু তোমার ধার—

সাবিত্রী 'আচ্ছা' বলিয়া উঠিয়া গেল এবং আলো কাছে আনিয়া ক্ষত পরীক্ষা করিয়া ধুইয়া দিয়া জিজ্ঞাসা করিল, কোথায় পড়ে গেলেন?

সতীশ মাথা নাড়িয়া বলিল, না, পড়িনি।

সাবিত্রী সজল-কণ্ঠে বলিল, আর যদি কোনদিন মদ খান আপনার পায়ে মাথা খুঁড়ে মরব।

সতীশ তৎক্ষণাৎ বলিল, কোনদিন খাব না।

আমাকে ছুঁয়ে দিব্যি করুন, বলিয়া সাবিত্রী তাহার দক্ষিণ হস্ত বাড়াইয়া দিল।

সতীশ নিজের দুই হাতের মধ্যে তাহার জলসিক্ত শীতল হাতখানি টানিয়া লইয়া বলিল, দিব্যি কচ্ছি।

সাবিত্রী হাত টানিয়া লইয়া বলিল, মনে থাকবে?

না থাকলে তুমি মনে ক'রে দিয়ো।

আচ্ছা, আমি আসচি আপনি ঘুমোন, বলিয়া সাবিত্রী নিঃশব্দে সাবধানে কবাট বন্ধ

করিয়া বাহিরে আসিয়া দাঁড়াইল। ঠিক সুমুখেই শুকতারা দপদপ করিয়া জ্বলিতেছিল, সেইদিকে চাহিয়া সাবিত্রী দুই হাত জোড় করিয়া কাঁদিয়া বলিল, ঠাকুর! তুমি সাক্ষী থেকো।

রাত্রের অন্ধকার তখন স্বচ্ছ হইয়া আসিতেছিল এবং তাহাই ভেদ করিয়া পথে গরুর গাড়ির শব্দ এবং ও-পাড়ার ময়দার কলের বাঁশী শোনা যাইতে লাগিল। সাবিত্রী দ্রুতপদে নীচে নামিয়া গিয়া রান্নাঘরের একটা কোণে র‍্যাপার মুড়ি দিয়া শুইয়া পড়িল এবং পরক্ষণেই নিদ্রা-কাতর দুই চক্ষু তাহার ঘুমে মুদ্রিত হইয়া গেল।

চার

বেলা দশটার পর কোনমতে স্নানাহ্নিক সারিয়া লইয়া দিবাকর রান্নাঘরের সুমুখে দাঁড়াইয়া খাতির করিয়া ডাক দিল, ঠাকুরমশাই গো! তাড়াতাড়ি ভাত বাড়ো, বড় বেলা হয়ে গেছে।

পার্শ্বেই ভাঁড়ার! তাহার গলার শব্দে মামাতো বড়বোন মহেশ্বরী বাহিরে আসিয়া বলিলেন, ও দিবু, তোর জন্যেই অপেক্ষা কচ্ছি দাদা! একবার ওপরে গিয়ে ঠাকুরপুজোটি সেরে এস। সমস্ত যোগাড় ঠিক আছে, লক্ষ্মী ভাইটি আমার যাও।

মহেশ্বরী এ-বাড়ির বড়মেয়ে এবং গৃহিণী। বছর-চারেক পূর্বে বিধবা হইয়া বাপের বাড়ি আসিয়াছেন।

দিবাকর স্তম্ভিত হইয়া গেল। ক্ষণকাল চুপ করিয়া থাকিয়া বলিল, আমি পারব না দিদি। আমার কলেজের প্রথম ঘণ্টা আজো তা হলে নষ্ট হয়ে যাবে।

মহেশ্বরী হাসিয়া বলিলেন, তোর প্রথম ঘণ্টা নষ্ট হবে বলে ঠাকুরপুজো হবে না রে!

দিবাকর প্রশ্ন করিল, ভট্‌চায্যিমশাই কোথা? তাঁর হলো কি?

মহেশ্বরী কহিলেন, তিনি বাবার সঙ্গে পাশায় বসেচেন। এখন কত বেলায় যে উঠবেন তার ঠিকানা কি?

দিবাকর কহিল, মেজদাকে বল দিদি ; আজ তাঁর কাছারি বন্ধ আছে।

মহেশ্বরী বলিলেন, ধীরেনের কাল থেকে শরীর ভাল নেই। সে স্নান করবে না—পুজো করবে কি করে?

তবে ছোটদাকে বল। তিনি সেই বারোটার পরে আদালতে বার হন, এখনো তার ঢের দেরি আছে।

মহেশ্বরী বিরক্ত হইয়া বলিলেন, কি যে তর্ক করিস দিবা, তার কোন ঠিকানা নেই। কাল রাত্তিরে উপীন থিয়েটার দেখতে গিয়েছিল, এখন পর্যন্ত ঘুম থেকে ওঠেনি। এতটা বেলা হলো মুখ ধুলে না, চা খেলে না। রাত জেগে তার দেহটাই কি ভাল আছে? তা ছাড়া সে কি কোনদিন পুজো করে যে আজ যাবে পুজো করতে?

এদিকে বামুনঠাকুর ভাত দিয়া ডাকাডাকি করিতেছে। দিবাকর কহিল, কোন-না-কোন কাজে একটা-না-একটা বিঘ্ন এসে প্রায় রোজ আমার প্রথম ঘণ্টা নষ্ট হয়ে যায়—আমি পরীক্ষা দেব কেমন করে?

মহেশ্বরী রাগিয়া উঠিতেছিলেন, বলিলেন, পরীক্ষা না দিলেও যদি-বা চলে, ঠাকুর-

পুজো না হলে চলতে পারে না। দাঁড়িয়ে তোমার সঙ্গে তর্ক করবার সময় আমার নেই—আরো কাজ আছে।

বামুনঠাকুর হাঁক দিয়া কহিল, দিবাবাবু, ভাত দিয়ে দাঁড়িয়ে আছি যে—আসুন না শিগ্‌গির।

মহেশ্বরী তাহাকে তর্জন করিয়া উঠিলেন, তোমার কোন আক্কেল নেই, ঠাকুর! আমি ওকে পুজো করতে পাঠাচ্ছি—তুমি কচ্চ ডাকাডাকি। ভাত তুলে নিয়ে যাও—পুজো করে এলে দিয়ো, বলিয়াই ভাঁড়ার-ঘরে পুনঃপ্রবেশ করিলেন।

দিবাকর কিছুক্ষণ স্তব্ধ থাকিয়া ধীরে ধীরে উপরে চলিয়া গেল। সেখানে পূজার সাজ প্রস্তুত ছিল। গৃহে নারায়ণ-শিলা প্রতিষ্ঠিত। তাঁহার নিত্যপূজার নিমিত্ত একজন পুরোহিত নিযুক্ত আছেন। তিনি বাড়িতেই থাকেন। কর্তা শিবপ্রসাদের ন্যায় তাঁহারও পাশাখেলার ঝোঁক খুব বেশী। শিবপ্রসাদ কিছুদিন হইল সরকারী চাকরিতে পেনশন লইয়া তাঁহার পশ্চিমের বাটীতে আসিয়া বসিয়াছেন। সকালে চা-পানের পরে পুরোহিতমশায়কে ডাক পাড়ে। 'ভূতো, ভট্টাচায্যিমশায়কে একবার ডাক। একদান রঙে বসা যাক।' পরে একদান দু দান করিয়া বেলা বাড়িয়া উঠে—পুরোহিতের পূজা করিবার অবকাশ হয় না। ইতিপূর্বে পূজার জন্য তাগিদ দিয়া মহেশ্বরী চাকর পাঠাইতেন, কিন্তু উঠি উঠি করিয়াও আর উঠা হইত না—পূজার সময় বহুক্ষণ অতিবাহিত হইয়া যাইত, কাহারো হুঁশ হইত না। ইদানীং পিতার শরীর ভাল নাই, অথচ খেলার ঝোঁকে থাকেন ভাল মনে করিয়া মহেশ্বরী আর পুরোহিতকে ডাকেন না—একে-ওকে-তাকে দিয়া, অর্থাৎ দিবাকরকে দিয়া নিত্যপূজা সারিয়া লন।

সকালে চা খাইবার অভ্যাস এবং অবকাশ দিবাকরের ছিল না। প্রত্যহ প্রভাতেই তাহাকে চাকরের সঙ্গে বাজারে যাইতে হইত। আজ বাজার হইতে ফিরিয়া কোনমতে নিত্যকর্ম সারিয়া লইয়া সে ভাত খাইতে আসিয়াছিল।

দিবাকর পূজা করিতে গেল, কিন্তু আসনে বসিয়া ভাবিতে লাগিল, পরের বাড়ি থাকার সুখ এই! যদিও সে তাহার ভাল করিয়া জ্ঞান হইবার পর হইতেই এই পরের বাড়িতে আছে এবং ইহার অনেক দুঃখ অভ্যাসও হইয়াছে, কিন্তু মানুষের যে জিনিসটি কোন দুঃখেই মরে না—সেই ভবিষ্যতের আশা—আঘাত খাইয়া তাহার বুকের ভিতর হইতে আজ ঘাড় বাঁকাইয়া মাথা তুলিয়া দাঁড়াইল। রাগে তাহার সর্বশরীর জ্বালা করিতেছিল, সে সিংহাসন হইতে ঠাকুর নামাইয়া ঠক্ করিয়া তাম্রকুণ্ডের উপর ফেলিল, এবং বিনা মন্ত্রে গায়ে জল ঢালিয়া দিয়া ভিজা ঠাকুর তুলিয়া রাখিল। তার ফুল দেওয়া, তুলসীপত্র সাজাইয়া দেওয়া, ঘণ্টা বাজান প্রভৃতি হাতের কাজগুলা অভ্যাসমত হইতে লাগিল বটে, কিন্তু বিদ্বেষের জ্বালায় জিহ্বা তার একটি মন্ত্রও আবৃত্তি করিল না।

এমনি করিয়া পূজার তামাশা শেষ করিয়া যখন সে উঠিয়া দাঁড়াইয়াছে, তখন মনে হইল বটে পূজা করা একেবারেই হয় নাই এবং ফিরিয়া বসিবে কি না সে দ্বিধাও একবার জাগিল বটে, কিন্তু সেই সঙ্গেই মনে পড়িল তাহার কলেজের প্রথম ঘণ্টা শেষ হইতেছে। আর সে কোনদিকে না চাহিয়া দ্রুতপদে সিঁড়ি বাহিয়া নীচে নামিয়া গেল। সোজা বাহিরে চলিয়া যাইতেছিল, মহেশ্বরী ভাঁড়ার হইতে দেখিতে পাইয়া ডাকিয়া বলিলেন, খেয়ে গেলিনে রে?

না—সময় নেই।

মহেশ্বরী বলিলেন, তবে কলেজ থেকে একটু সকাল করে ফিরে আসিস—ও বামুনঠাকুর, দিবাবাবুর জন্যে যেন সমস্ত ঠিক থাকে।

দিবাকর উত্তর না দিয়া চলিয়া গেল। তাহার বাহিরের ছোট ঘরটিতে ফিরিয়া আসিয়া কাপড় পরিতে পরিতে চোখে জল আসিয়া পড়িল।

সামনের বৈঠকখানা হইতে তখনও পাশাখেলার হুঙ্কার শোনা যাইতেছিল। হঠাৎ দ্বারের কাছে শব্দ শুনিয়া দিবাকর পিছন ফিরিয়া দেখিল, ঝি দাঁড়াইয়া আছে। তাড়াতাড়ি জামার হাতায় চোখ মুছিয়া জিজ্ঞাসা করিল, কি?

ঝি কহিল, ছোটবৌমা একবার ডাকচেন।

যাচ্ছি, তুমি যাও।

ঝি চলিয়া গেলে দিবাকর ছোটো টাইমপিসটির পানে চাহিয়া মুহূর্তকাল ইতস্ততঃ করিয়া বাঁ হাতের বইগুলো টেবিলের উপর রাখিয়া দিয়া জামার হাতায় আর একবার ভাল করিয়া চোখ মুছিয়া লইয়া ভিতরে ফিরিয়া গেল।

দিবাকরকে ডাকিতে পাঠাইয়া সুরবালা নিজের ঘরের সুমুখেই অপেক্ষা করিতেছিল। দিবাকর কাছে আসিয়া বলিল, কি?

সুরবালা প্রকাশ্যে কথা কহিত না, আড়ালে কহিত। মাথার কাপড়টা আরো একটু টানিয়া দিয়া বলিল, একবার ঘরে এস ; বলিয়াই ঘরে ঢুকিয়া দেখাইয়া দিল—মেঝের উপর আসন পাতা, একবাটি দুধ এবং রেকাবিতে দুই-চারিটি সন্দেশ,—দেখাইয়া দিয়া বলিল, খেয়ে তবে ইস্কুলে যাও।

দিবাকর কোন কথা না বলিয়া খাইতে বসিয়া গেল।

অদূরে শয্যার উপর তাহার ছোটদাদা উপেন্দ্রনাথ তখনও নিদ্রিতের মত পড়িয়া ছিলেন, দিবাকর খাইয়া চলিয়া যাইতেই মাথা তুলিয়া স্ত্রীকে ডাকিয়া বলিলেন, এ আবার কি?

সুরবালা খাবার জায়গাটা পরিষ্কার করিয়া ফেলিতেছিল, চমকিয়া জিজ্ঞাসা করিল, তুমি জেগে আছ নাকি?

ঘণ্টা-দুই। এগারোটা পর্যন্ত মানুষে ঘুমুতে পারে?

সুরবালা হাসিয়া কহিল, তুমি সব পার। নইলে মানুষে কি এগারোটা পর্যন্ত প'ড়ে থাকতে পারে?

উপেন্দ্র কহিলেন, সকলে পারে না, কিন্তু আমি পারি। তার কারণ, শুয়ে থাকার মত ভাল জিনিস সংসারে আমি দেখতে পাইনে। সে যাই হোক, দিবাকরের—

সুরবালা বলিল, ঠাকুরপো রাগ করে না খেয়ে কলেজে যাচ্ছিলেন, তাই ডেকে পাঠিয়েছিলুম!

হেতু?

সুরবালা বলিল, রাগ সত্যিই হয়। ও বেচারার সকালে পড়বার জো নেই—বাজারে যেতে হবে, ফিরে এসে ঠাকুরপুজো করতে হবে। কোনদিন এগারোটা-বারোটা বেজে যায়। বল দেখি, কখনই বা খায়, কখনই বা পড়তে যায়?

ঠিক বুঝলাম না। ভট্‌চায্যিমশায়ের জ্বর নাকি?

সুরবালা কহিল, জ্বর হবে কেন? বাবার সঙ্গে পাশায় বসেছেন। আর তাঁরই বা অপরাধ কি? বাবা ডেকে পাঠালে ত তিনি না বলতে পারেন না।

উপেন্দ্র কহিল, তা ত পারেন না, কিন্তু আগে তিনি চাকরের সঙ্গে সকালে বাজারে যেতেন না?

সুরবালা কহিল, দিন-কতক শখ করে গিয়েছিলেন মাত্র। না হলে ঠাকুরপোকেই বরাবর যেতে হয়।

হুঁ, বলিয়া উপেন্দ্র পাশ ফিরিবার উপক্রম করিতেই সুরবালা সভয়ে বলিয়া উঠিল, কর কি, আবার পাশ ফেরো যে!

উপেন্দ্র চুপ করিয়া আরো মিনিট-পাঁচেক পড়িয়া থাকিয়া উঠিয়া পড়িলেন, এবং নিঃশব্দে বাহিরে চলিয়া গেলেন।

সেইদিন ঠাকুরপূজা হইল না, এই কথা ভাবিতে ভাবিতে দিবাকর অপ্রসন্ন মুখে ধীরে ধীরে কলেজে চলিয়াছিল। বাড়িতে এইমাত্র যে-সব ব্যাপার ঘটিয়া গেল, সে আলোচনা ভিন্ন ভাবিতেছিল ঠাকুরের পূজা হইল না। অনেকদিনের অনেক অসুবিধা সত্ত্বেও এ কাজটিকে সে অবহেলা করে নাই, করিবার কথাও কোনদিন মনে উদয় হয় নাই। বিশেষ করিয়া এই কারণেই সে আজিকার কথা স্মরণ করিয়া পীড়া অনুভব করিতে লাগিল। যদিও যুক্তিতর্ক দ্বারা বারংবার মনকে সান্ত্বনা দিতে লাগিল যে, ভগবান একটিমাত্র স্থানেই আবদ্ধ নহেন, সুতরাং একস্থানে ভোগ না জুটিলেও অন্যত্র জুটিয়াছে ; তবু সেই যে তাহাদের অভুক্ত গৃহদেবতাটি তাঁহার নিত্যপূজা ও ভোগ হইতে বঞ্চিত ক্রুদ্ধমুখে সিংহাসনে বসিয়া রহিলেন, তাঁহার প্রতিহিংসার আশঙ্কা তাহার মন হইতে কিছুতেই ঘুচিতে চাহিল না।

কলেজে গিয়া শুনিল, প্রফেসারের অসুখ হওয়ায় প্রথম ঘণ্টার ক্লাস বসে নাই—শুনিয়া দিবাকর প্রফুল্ল হইল। পরীক্ষা নিকট হইতেছে বলিয়া ছাত্রেরা হাজিরির হিসাবের নিমিত্ত কলেজের কেরানীকে ব্যস্ত করিয়া তুলিয়াছে। আজ অন্যান্য ছাত্রেরা যখন ওই উদ্দেশ্যে অফিস-ঘরের দিকে যাইবার উদ্যোগ করিতেছিল, তখন দিবাকরও প্রস্তুত হইল। কিন্তু অফিসের সম্মুখে আসিয়া ঠাকুরপূজা না করিবার কথা স্মরণ হইবামাত্র সে থামিয়া দাঁড়াইল।

একজন জিজ্ঞাসা করিল, দাঁড়ালে যে?

দিবাকর সংক্ষেপে উত্তর করিল, আজ থাক!

থাকবে কেন, এস না, আজই দেখে নিই।

না থাক, বলিয়া সে ফিরিয়া গেল। হাজিরি সম্বন্ধে মনে মনে তাহার যথেষ্ট সন্দেহ ছিল, সেই সন্দেহের মীমাংসা করিবার সাহস আজিকার দিনে তাহার কোনমতেই হইল না।

খাইয়া না আসিলেও তাহার বাটী ফিরিবার তাড়া ছিল না। নানা কারণে আজ ক্ষুধা ছিল না। ছুটির পরে কলেজের ফটকের নিকটে আসিয়া দেখিল, তাহাদের বি.এ. ক্লাসের ছাত্রের দল দূরে দাঁড়াইয়া তর্ক-কোলাহল করিতেছে, দিবাকর অন্যদিকে মুখ ফিরাইয়া সরিয়া গেল এবং যে পথটা বরাবর গঙ্গায় গিয়া পড়িয়াছে, সেইদিকে চলিয়া গেল। ভাঙ্গা বাঁধানো-ঘাট মৃতের কঙ্কালের মত পড়িয়া আছে। একদিন যে ইহার দেহ ছিল, রূপ ছিল, প্রাণ ছিল, স্থানে স্থানে ইটের ভগ্নস্তূপ সেই কথাই বলে, আর কিছুই বলে না। কবে, কে বাঁধাইয়াছিল, কে আসিয়া বসিত, কাহারা স্নান করিত, কোথাও কোন সাক্ষ্য বিদ্যমান নাই। শীতের শীর্ণ গঙ্গা তাহারি এক প্রান্ত দিয়া অবিশ্রাম একটানা স্রোতে সমুদ্রে চলিয়াছে। তীরে পলির উপরে যবের শীষ মাথা তুলিয়া রৌদ্রের উত্তাপ ও গঙ্গার বায়ু গ্রহণ করিতেছে।

তাহারি একধারে বালুময় সঙ্কীর্ণ পথ দিয়া দিবাকর ঘাটে আসিয়া দাঁড়াইল। একদিকে ছোট একখণ্ড ইষ্টকস্তূপের উপর জুতা খুলিয়া রাখিল, পিরান খুলিয়া ভারী বাঁধান বইগুলা চাপা দিল। তাহার পরে জলে নামিয়া হাতমুখ ধুইয়া মাথায় গঙ্গাজলের ছিটা দিয়া অভুক্ত গৃহদেবতাকে স্মরণ করিল। আগাগোড়া সমস্ত মন্ত্র সাবধানে আবৃত্তি করিয়া গঙ্গায় জলগণ্ডূষ ভাসাইয়া দিয়া প্রণাম করিয়া যখন সে উঠিয়া দাঁড়াইল, তখন তাহার হৃদয়ের ভার অনেক লঘু হইয়া গিয়াছে। জামা গায়ে দিয়া, জুতা পরিয়া, বই লইয়া যখন সে চলিয়া গেল তখনো একটু বেলা ছিল। তখনো হিন্দুস্থানী রমণীরা ঘাটের একান্তে বসিয়া মাথায় সাজিমাটি ঘষিতেছিল।

পাঁচ

সুরবালার পিতা ঠিকাদারি কাজে বিপুল সম্পত্তি উপার্জন করিয়া তাঁহার বক্সারের বাটীতে বাস করিতেছিলেন। তাঁহার দুই মেয়ে। সুরবালা বড়, শচী ছোট। তাহার এখনো বিবাহ হয় নাই, সে বাপের বাড়ি বক্সারেই থাকে।

বাপের বাড়িতে সুরবালার ডাকনাম ছিল পশুরাজ। এইটি তাহার পিতামহের দেওয়া। পাড়ার কানা-খোঁড়া কুকুর-বিড়াল, বিলাতী ইঁদুর, পায়রা-পাখিতে প্রায় শতাধিক জীব তাহার আশ্রয়ে শ্রীবৃদ্ধি লাভ করিয়াছিল। তাহার কোনটিকে কোন দিন সে মমতায় বিদায় করিতে পারে নাই, এখনো তাহারা শচীর কর্তৃত্বে অক্ষয় হইয়া আছে। সুরবালার নামের বিবরণ মহেশ্বরী জানিতেন, তাঁহার দ্বারাই নামটি এখানেও প্রচলিত হইয়া গিয়াছিল। যাঁহারা বড়, তাঁহারা সংক্ষেপে পশু বলিয়া ডাকিতেন, চাকর-দাসীরাও কেহ বা পোশ বৌঠাক্‌রুন কেহ বা ছোট বৌঠাক্‌রুন বলিয়া ডাকিত।

অনেক রাত্রে কাজকর্ম সারা হইলে সুরবালা ঘরে আসিলে উপেন্দ্র বলিলেন, পশু, তোমার বাবা শচীর পাত্র ঠিক করতে আবার তাগিদ দিয়ে চিঠি লিখেছেন। শচী তোমার চেয়ে কত ছোট জানো?

সুরবালা বলিল, তা আর জানিনে! আমার কোলে একটি ভাই হয়ে আঁতুড়েই মারা যায়, তার পরে শচী। তা হলে আমার চেয়ে প্রায় ছ-সাত বছরের ছোটো।

এ হিসাবে তার বয়স বার-তের?

তা হবে বৈ কি! রোগা বলেই শুধু এতদিন পর্যন্ত রাখা গেছে। আমার মতন বাড়ন্ত গড়ন হলে ভারী বিপদ হতো।

উপেন্দ্র হাসিয়া বলিলেন, বিপদ আর কিসের? তোমার বাপের টাকার অভাব ত নেই, ও জিনিসটা থাকলে সব জিনিসই সুলভ হয়ে পড়ে। তোমার সময়ে আমি যে-রকম তাড়া করে গিয়ে পড়েছিলাম, সে-রকম তাড়া করে যাবার লোক সংসারে কম নেই।

সুরবালা বলিয়া উঠিল, তুমি কি বাবার টাকা দেখে গিয়েছিলে?

না বলতে পারলেই তোমার কাছে মান থাকে বটে, কিন্তু মিথ্যে কথাই বা বলি কেমন করে?

কিন্তু এইটেই যে মিথ্যে কথা।

মিথ্যে কথা কেন?

মিথ্যে বলেই মিথ্যে কথা। তুমি যখন-তখন বল বটে, কিন্তু তুমি বাবার টাকা দেখে যাওনি। বাবার টাকা থাক না থাক, তোমাকে যেতেই হতো। আমি যেখানে, যে ঘরে জন্মাতুম, আমাকে আনবার জন্যে তোমাকে সেইখানেই যেতে হতো—বুঝতে পাচ্ছ?

উপেন্দ্র গাম্ভীর্যের ভান করিয়া বলিলেন, কতক পাচ্ছি। কিন্তু ধর, যদি তুমি কায়েতের ঘরে জন্মাতে?

সুরবালা খিলখিল করিয়া হাসিয়া বলিল, বেশ যা হোক তুমি। বামুনের ঘরের মেয়ে কখন কায়েতের ঘরে জন্মায়? এই বুদ্ধি নিয়ে বুঝি ওকালতি কর?

উপেন্দ্র অধিকতর গম্ভীর হইয়া বলিলেন, তাও বটে। এইজন্যেই বোধ করি পসার হচ্ছে না।

সুরবালা নিজের কথায় ব্যথিত হইয়া সান্ত্বনার স্বরে তাড়াতাড়ি বলিয়া উঠিল, কেন পসার হবে না, খুব পসার হবে। তবে, একটু দেরি হতে পারে, এই যা। কিন্তু তাও বলি, তোমার পসারের দরকারই বা কি? হাসিয়া বলিল, বারোটা থেকে চারটে পর্যন্ত আমার সামনে হাজির থাকলে আমি তোমাকে পাঁচ শ’ টাকা করে দিতে পারি। বাবা আমাকে মাসে মাসে ত আড়াই শ’ টাকা দেন, আরো আড়াই শ’ টাকা না হয় চেয়ে নেব!

উপেন্দ্র বলিলেন, তা যেন নিলে ; কিন্তু আমাকে করতে হবে কি? বারোটা থেকে চারটে পর্যন্ত তোমার সামনে দাঁড়িয়ে থাকতে হবে?

সুরবালা বলিল, হাঁ। আর নিতান্ত দাঁড়াতে না পারলে, না হয় বসো।

আর নিতান্ত বসতে না পারলে না হয় শোবো? কি বল?

সুরবালা মুখ টিপিয়া হাসিয়া বলিল, না, শুতে পাবে না। বসতে না পারলে আবার দাঁড়াতে হবে। হাকিমের সামনে বেয়াদপি করলে তোমার ফাইন হবে।

ফাইন দিতে না পারলে?

আটক থাকতে হবে। চারটের পরেও বের হতে পাবে না—বুঝেছ?

উপেন্দ্র মাথা নাড়িয়া বলিলেন, বুঝেছি—হাকিম কিছু কড়া—চাকরি বজায় রাখতে পারলে হয়।

সুরবালা তাহার দুটি কোমল বাহুদ্বারা স্বামীর কণ্ঠ বেষ্টন করিয়া বলিল, হাকিম কড়া নয় গো, কড়া নয়। চাকরি তোমার বজায় থাকবে—একটি দিন শুধু পরীক্ষা করেই দেখ না। ক্ষণকাল পরে সুরবালা নিজেকে মুক্ত করিয়া লইয়া প্রশ্ন করিল, বাবার চিঠির জবাব দেবে?

উপেন্দ্র কহিল, খোঁজাখুঁজির প্রয়োজন নেই, পাত্র আপনি হাজির হবে—এই জবাব দেব।

ছিঃ, ও কি কথা! তাঁর সঙ্গে কি তামাশা চলে?

এতক্ষণ তবে কি তুমি আমার সঙ্গে তামাশা কচ্ছিলে?

সুরবালা অপ্রতিভ হইয়া বলিল, দেখ, তামাশা করিনি, কিন্তু বাবাকে এ কথা লেখবার দরকার নেই। সত্যিই আমি বিশ্বাস করি শচীর পাত্র ঠিক হয়েই আছে এবং সে ছাড়া তার অন্য পথও নেই, কিন্তু তোমার মুখে ও-কথা শুনলে বাবা রাগ করবেন।

উপেন্দ্র হাসিয়া বলিলেন, সত্যিই শচীর পাত্র ঠিক হয়ে আছে। তাকে আমিও জানি, তুমিও জানো।

সুরবালা উৎসুক হইয়া জিজ্ঞাসা করিল, কে বল না?

উপেন্দ্র বলিলেন, এখন না। সব ঠিক করে তবে তোমাকে জানাব।

সুরবালা ক্ষণকাল নীরব থাকিয়া বলিল, আচ্ছা। কিন্তু একটা কথা তোমাকে জানিয়ে রাখি—শচীর একটু দোষ আছে, সেই দোষটুকু গোপন করে পাত্র স্থির করা উচিত নয়। তাতে ফল ভাল হবে না।

উপেন্দ্র উদ্বিগ্ন হইয়া প্রশ্ন করিলেন, দোষ আবার কি?

সুরবালা বলিল, বলছি। বাবার ইচ্ছে বোধ হয় ওইটুকু দোষ গোপন রাখা। না হলে তিনি নিজেই তোমাকে জানাতেন। শচী দেখতে-শুনতে লেখাপড়ায় ভালই, বাবার টাকাও আছে সত্যি, কিন্তু শচীকে কি তুমি ভাল করে দেখনি?

উপেন্দ্র বলিলেন, দেখেছি, কিন্তু ভাল করে দেখবার সাহস—

পায়ে পড়ি তোমার। আগে আমার কথা শোন, তারপর যা খুশি বলো। তুমি ত জানই, শচী ছেলেবেলা থেকে রোগা। দু-তিনবার ভারী ভারী ব্যামোতে মরতে মরতে বেঁচেছে। তার একবার ব্যারাম সেরে গেল, কিন্তু বাঁ পা আগাগোড়া ফুলে পেকে উঠল। ডাক্তার অস্ত্র করে তাকে বাঁচালেন বটে, কিন্তু পা আর সোজা হলো না। সেই অবধি একটু খুঁড়িয়ে চলে। ডাক্তার বলেছিলেন, বয়স হলে সেরে যেতেও পারে, কিন্তু এই আশ্বাসের উপর বিশ্বাস করে কে বিয়ে করতে সম্মত হবে? যে সত্যিই ভাল ছেলে, তার ভাল মেয়েও জুটবে—জেনেশুনে সে শচীর মত মেয়েকে বিয়ে করবে না। আর যে শুধুমাত্র টাকার লোভে রাজী হবে সে অসৎ পাত্র।

উপেন্দ্র স্থির হইয়া শুনিয়া বলিলেন, আমি ত শচীকে অনেকবারই দেখেছি, কিন্তু কোনদিন খুঁড়িয়ে চলতে ত দেখিনি।

সুরবালা মৃদু হাসিয়া কহিল, পুরুষেরা কোন্ জিনিসটা দেখতে পায়! কিন্তু মেয়েদের চোখকে ত ফাঁকি দেওয়া চলবে না—তারা চক্ষের নিমেষে দোষ ধরে ফেলবে।

উপেন্দ্র বলিলেন, কিন্তু তার ত মেয়েদের সঙ্গে বিয়ে দিতে হবে না যে, মেয়েদের চোখকে ভয় করতে হবে!

সে কি কথা! ঠকিয়ে বিয়ে দেবার ইচ্ছে থাকলে ত কানা মেয়েরও বিয়ে দেওয়া যায়, কিন্তু পরে?

উপেন্দ্র ভাবিতেছিলেন, কথা কহিলেন না।

সুরবালা পুনরায় বলিল, গত পূজার সময় আমাদের বক্সারের বাড়িতে ঠিক এই রকম কথাই হয়েছিল। পিসীমা ও মা দুইজনেই বলেছিলেন যে, বিয়ের আগে এ-সব আলোচনার প্রয়োজন নেই। হয়ে গেলে জামাইকে বলে দিলেই হবে।

উপেন্দ্র বলিলেন, বেশ ত।

বেশ নয়, আমি এই কথাই বলি। আমি বলি যে, শাশুড়ী-ননদকে বাদ দিয়ে একলা জামাই নিয়ে চলে না। শচীর যে স্বামী হবে, সে ওকে ভালবাসবেই, কিন্তু তুচ্ছ একটা খুঁত নিয়ে প্রথমেই যদি ও তাদেরি বিদ্বেষের চোখে পড়ে যায় ত কোনদিন সুখে ঘরকন্না করতে পারবে না।

উপেন্দ্র বলিলেন, পারবে। কেননা, দিবাকর তোমার বোনকে অযত্ন করতে পারবে না, তুমি কিংবা দিদিও শচীকে গঞ্জনা দেবে না।

কথা শুনিয়া সুরবালা অবাক হইয়া গেল। অনেকক্ষণ স্থিরভাবে বসিয়া থাকিয়া বলিল, তবে কি ঠাকুরপোর সঙ্গে বিয়ে?

উপেন্দ্র বলিলেন, হাঁ।

কিন্তু বাবা ত রাজী হবেন না।

কেন?

ওর মা-বাপ নেই, বাড়ি-ঘর নেই—এক কথায় কিছুই নেই যে!

উপেন্দ্র সংক্ষেপে বলিলেন, সব আছে, কেননা, আমি আছি।

সুরবালা কহিল, তবুও বাবা সম্মত হবেন না।

উপেন্দ্র কঠিন হইয়া বলিলেন, আর তুমিও হবে না এইটেই বোধ করি আসল কথা!

সুরবালা চুপ করিয়া রহিল।

উপেন্দ্রও ক্ষণকাল নিস্তব্ধ থাকিয়া হঠাৎ অপরদিকে পাশ ফিরিয়া অত্যন্ত নীরসকণ্ঠে বলিলেন, আচ্ছা, রাত অনেক হলো—এখন ঘুমোও।

সে রাত্রে অনেক রাত্রি পর্যন্ত সুরবালা জাগিয়া রহিল। হঠাৎ একসময়ে যখন তাহার নিশ্চয় বোধ হইল স্বামী নির্বিঘ্নে নিদ্রা যাইতেছেন, তখন দুই চক্ষে তপ্ত অশ্রু তাহার উচ্ছ্বসিত হইয়া উঠিল। স্বামীর অসীম স্নেহে সে সন্দিহান নহে, কিন্তু কাঁদিতে কাঁদিতে এই কথাই ভাবিতে লাগিল যে, এ সাত-আট বৎসরের ঘনিষ্ঠ মিলনেও কেন সে এই লোকটির অন্ত পাইল না। প্রথম প্রথম অনেকবার সে মনে করিয়াছে যে, এই খামখেয়ালী লোকটির মেজাজের কিছুই ঠিক নাই। কখন কি হেতু যে ইহার রাগ হইয়া পড়ে জানিবার বা বুঝিবার জো নাই, কিন্তু শেষে একসময়ে জিজ্ঞাসা করিয়া এটুকু সে বুঝিয়াছিল, ইঁহাকে সম্যক্ বুঝিবার ক্ষমতা তাহার কোনদিন হউক বা না হউক, ইঁহার কোন কাজ বা কথা অহেতুক বা অনিশ্চিত-প্রকৃতি লোকের মত নহে। বিশেষ করিয়া সেইজন্যই দুর্বোধ স্বামীটিকে লইয়া তাহার ভয় ও ভাবনার অন্ত ছিল না। খোঁচা খাইয়া সে যখন-তখন এই দুঃখই করিত, ভগবান তাহার অদৃষ্ট যদি এমন ভালই করিলেন তবে সেই অদৃষ্টকে মানাইয়া চলিবার মত বুদ্ধি তাহাকে দিলেন না কেন? আজিও যতই সে মনে মনে এই কথার আলোচনা করিয়া ভিতরে ভিতরে কারণ খুঁজিয়া ফিরিতে লাগিল, ততই সে নিজের কোন দোষ না পাইয়া হতাশ হইয়া পড়িতে লাগিল। ভগিনীর সম্বন্ধে ভগিনীর এই স্বাভাবিক আশঙ্কা কি কারণে যে দোষাবহ এই কথা সে কোনমতেই ভাবিয়া পাইল না।

বাহিরে শীতের সুদীর্ঘ অন্ধকার রাত্রি স্তব্ধ হইয়া রহিল এবং তাহারি পরিমাণ করিয়া দূরে সরকারী কাছারির ঘণ্টা একে একে বাজিয়া যাইতে লাগিল।

ছয়

পরদিন দ্বিপ্রহরের পরে মহেশ্বরী আহারে বসিলে উপেন্দ্র ঘরে ঢুকিয়া অদূরে মেঝের উপর বসিয়া পড়িল। মহেশ্বরী চাহিয়া দেখিয়া বলিলেন, মেজবৌ, উপীনকে একটা আসন পেতে দাও।

উপেন্দ্র কহিল, আসন থাক দিদি। তোমাকে একটা কথা জিজ্ঞাসা করতে এসেছি।

শুনিবার জন্য মহেশ্বরী তাহার মুখপানে চাহিয়া রহিলেন।

উপেন্দ্র বলিল, শ্বশুরমশাই শচীর পাত্র ঠিক করবার জন্যে পরশু একখানা জরুরী চিঠি লিখেছেন। তুমি ওদের সমস্ত কথা যত জানো তত আর কেউ জানে না। তাই জিজ্ঞাসা করছি, শচীর দেহে কি কোন দোষ আছে?

মহেশ্বরীর স্বামী ভগ্নস্বাস্থ্য হইয়া শেষদিকে প্রায় চার-পাঁচ বৎসর বক্সারে প্র্যাকটিস করিয়াছিলেন। সেখানে অবস্থিতিকালে সুরবালার পিতারই একটা বাড়ি ভাড়া করিয়া কাছাকাছি ছিলেন বলিয়া উভয় পরিবারে অতিশয় ঘনিষ্ঠতা জন্মিয়াছিল। সুরবালার বিবাহের সম্বন্ধ মহেশ্বরীই স্থির করিয়াছিলেন। মহেশ্বরী ক্ষণকাল উপেন্দ্রর মুখপানে চাহিয়া বলিলেন, পশু কি বলে?

সে বলে, শচী একটু খোঁড়া।

মহেশ্বরী ঈষৎ হাসিয়া বলিলেন, খোঁড়া নয়; তার ছেলেবেলায় অস্ত্র হবার দরুণ বাঁ পা'টা একটু টেনে চলত—তা এতদিনে বোধ করি সেরে গেছে।

আর দোষ নেই ত?

না।

শুনি ত শ্বশুরমশায়ের অগাধ সম্পত্তি—তোমার কি মনে হয় দিদি?

আমারও ত তাই মনে হয়।

উপেন্দ্র তখন আরও একটু কাছে সরিয়া আসিয়া গলা খাটো করিয়া বলিল, তবে তোমাকে একটা কথা বলি দিদি। শচীরা দুই বোনেই যখন ভবিষ্যতে সমস্ত সম্পত্তির অধিকারিণী হবে, তখন এত বিষয় বেহাত হতে দেওয়া ত সুবুদ্ধির কাজ নয়।

মহেশ্বরী হাসিমুখে বলিলেন, তা ত নয়; কিন্তু উপায়টা কি শুনি? বলিয়াই হাসিয়া ফেলিলেন।

উপেন্দ্রও হাসিয়া বলিল, হাসি নয় দিদি। পশুকেও ক্ষ্যাপাবার জন্যে এ কথা বলিনি। আমি দিবার কথা মনে করেছি।

শুনিবামাত্রই মহেশ্বরীর মুখ কালি হইয়া গেল। তিনি দিবাকরকে দেখিতে পারিতেন না। তীক্ষ্ণদৃষ্টি উপেন্দ্র তাহা দেখিতে পাইয়াও বলিল, কি বল দিদি?

মহেশ্বরী নতমুখে চিন্তার ভান করিয়া ভাত মাখিতেছিলেন, মুখ তুলিয়া হাসি টানিয়া আনিয়া বলিলেন, বেশ ত।

উপেন্দ্র কহিল, শুধু বেশ হলে ত চলবে না দিদি, এ কাজ তোমারি! পশুর বিয়ে তুমিই দিয়েছিলে, এখন সে বলে, তার মত ভাগ্যবতী যেন সবাই হয়। আমার বিশ্বাস, তুমি যাতে হাত দেবে তাতেই সোনা ফলবে।

মহেশ্বরী চিন্তিত-মুখে কহিলেন, কিন্তু শচীর একটু খুঁত আছে যে!

উপেন্দ্র কহিল, আছে বলেই ত তোমাকে হাত দিতে বলছি। তোমার পুণ্যে সমস্ত নিখুঁত হয়ে যাবে।

উপেন্দ্রর কথায় মহেশ্বরীর চিত্ত ক্রমশঃ আর্দ্র হইয়া আসিতেছিল, বলিলেন, কিন্তু উপীন, দিবাকরের মেজাজ বুঝতে পারিনে। বাড়ির মধ্যে থেকেও সে যে বাড়ি-ছাড়া পর। সেইজন্যেই ভয় হয়, পাছে ওইটুকু খুঁত নিয়ে শেষে একটা মস্ত অ-সুখের কারণ হয়ে দাঁড়ায়। আর এক কথা—দিবাকর কি রাজী হবে?

কেন হবে না দিদি ! এ সংসারে তার আপনার বলতে কিছুই নেই। সমস্তই যাকে নিজের হাতে না করলে মাথা গুঁজে দাঁড়াবার জায়গা হবে না, তার এ সুবিধে ত্যাগ করা শুধু বোকামি নয়—পাপ।

মহেশ্বরী হাসিতে লাগিলেন। বলিলেন, একি তোর ওকালতি ব্যবসা উপীন যে, শুধু মক্কেলের টাকার পরেই দুটি চোখ রেখে আর সমস্ত দিক থেকে দৃষ্টি তুলে নিতে হবে? পছন্দ-অপছন্দ বলে একটা কথা আছে ত।

উপেন্দ্র বলিল, থাকে থাক দিদি। যারা ওই নিয়ে তোলাপাড়া করতে চায় করুক, কিন্তু আমরা ও-দলে যেতে চাইনে। আর, শচীর মত মেয়েকে যার পছন্দ হয় না, তার ত বিয়ে করাই চলে না।

উপেন্দ্রর ব্যগ্রতায় মহেশ্বরী কৌতুক বোধ করিলেন। বলিলেন, সে বোধ হয় আজ কলেজে যায়নি ; একবার জিজ্ঞাসা করেই দেখ না, তার মতটা কি! বোধ করি সে তার ঘরেই আছে।

আছে? কে রে ওখানে, ভূতো? একবার দিবাবাবুকে ডেকে দে ত রে, বল, দিদি একবার ডাকচেন।

ক্ষণকাল পরে দিবাকর ঘরে ঢুকিতেই উপেন্দ্র বলিয়া উঠিলেন, তোর বিয়ের সম্বন্ধ স্থির করলাম দিবা। পরীক্ষা-শেষেই দিন স্থির করা যাবে। দিদি, ভট্‌চায্যিমহাশয়কে পাঁজিটা দেখতে বলো, আর বাবাকে জিজ্ঞাসা করে তাঁর মতটাও একবার জেনে নিয়ো। শচীর সঙ্গে বিয়ে হবে শুনলে তিনি ভারী খুশী হবেন। তুই হাঁ করে চেয়ে রইলি যে! তোর ছোট-বৌঠাকরুনের ছোটবোন শচী—তাকে দেখেছিস না? দেখিস নি? তা শচীকে দেখবার প্রয়োজনও নেই। একটু পূর্বেই দিদিকে বলছিলাম, তার মত মেয়েকে যার পছন্দ হয় না, তার বিবাহ করা চলে না। ছেলেবেলায় বাঁ পায়ে অস্ত্র হওয়ায় এই পা'টা বুঝি একটু টেনে চলত। সে কথায় এইমাত্র আমি দিদিকে বলতে যাচ্ছিলাম যে, একটু খুঁত, একটু ত্রুটি, দিবাকর আত্মীয় হয়ে যদি মার্জনা করতে না পারে ত অপরে করবে কি করে ? তা ছাড়া, ছোটোখাটো খুঁটিনাটি নিয়ে হৈচৈ করা ত উচ্চশিক্ষার ফল নয়—সে নীচতা। নির্দোষ নিখুঁত এ জগতে পাওয়া যায় না, সে আশা করে বসে থাকা আর পাগলামি যে এক, দিবা তা বোঝে। আর তোমাকে বলতে কি দিদি, দিবাকরের সঙ্গে বিয়ে হবে শুনলে সুরবালার আনন্দের সীমা থাকবে না। ওঃ—তোর বুঝি সময় নষ্ট হচ্ছে? তবে এখন যা—আমিও শ্বশুরমশায়কে একটা চিঠি লিখে দি গে, বলিয়াই উপেন্দ্র উঠিয়া পড়িলেন এবং মহেশ্বরীকে কটাক্ষে ইঙ্গিত করিয়া চলিয়া গেলেন।

মহেশ্বরী মুখ নীচু করিয়া ভাত নাড়িতে লাগিলেন এবং দিবাকর স্তম্ভিত হইয়া দাঁড়াইয়া রহিল। প্রবল ঝড় যেমন করিয়া খড়কুটা ধূলাবালি উড়াইয়া লইয়া যায়, উপেন্দ্র যে তেমনি

করিয়া বাধা-বিঘ্ন ওজর-আপত্তি নিজের ইচ্ছামত উড়াইয়া লইয়া গেলেন, নিস্তব্ধ হইয়া দুইজনে তাহাই ভাবিতে লাগিলেন। বহুক্ষণেও যখন কোনও কথাও উঠিল না, তখন দিবাকর ধীরে ধীরে বলিল, এ-সব কি দিদি?

মহেশ্বরী মুখ না তুলিয়াই বলিলেন, সবই ত শুনলে!

দিবাকর প্রশ্ন করিল, এত তাড়া কিসের জন্যে?

মহেশ্বরী বলিলেন, শচীর বিয়ের বয়স উত্তীর্ণ হয়ে যাচ্ছে এবং আগামী সমস্ত বছরই অকাল।

ইহার পরে আর কোনও কথা দিবাকরের মাথায় আসিল না, কিন্তু মনে পড়িল, উপেন্দ্র এতক্ষণ পত্র লিখিতেছেন এবং একটু পরেই জরুরী পত্র লইয়া চাকর ডাকঘরে ছুটিয়া যাইবে। সে কোনও দিন বিবাহ করিবে না, এই তাহার জীবনের সঙ্কল্প। এই সঙ্কল্প এমন অকস্মাৎ একটানে ভাসিয়া যাইতেছে মনে হইবামাত্র সে অস্থির হইয়া উপেন্দ্রের ঘরের অভিমুখে চলিয়া গেল। ঘরে ঢুকিতেই সুরবালা তাহার অপ্রসন্ন মুখের 'পরে মাথার কাপড় টানিয়া দিয়া আলমারির পাশে সরিয়া গেল। উপেন্দ্র টেবিলের কাছে কাগজ কলম লইয়া বসিয়াছিলেন, মুখ তুলিয়া জিজ্ঞাসা করিলেন, আবার কি?

দিবাকর যাহা বলিতে আসিয়াছিল, তাহা ঠিকমত ভাবিয়া দেখিবার সময়ও পায় নাই, এবং ওদিকে অঞ্চলের একপ্রান্ত আলমারির পাশে দেখা যাইতে লাগিল, সে চুপ করিয়া দাঁড়াইয়া রহিল।

উপেন্দ্র কহিলেন, কি রে ?

দিবাকর কথা না কহিয়া আলমারির দিকে দৃষ্টি নিক্ষেপ করিল।

উপেন্দ্র সে ইঙ্গিত দেখিয়াও দেখিলেন না, বলিলেন, আমার সময় নেই দিবা—

দিবাকর কাছে সরিয়া আসিয়া মৃদুস্বরে কহিল, এত তাড়াতাড়ি কেন?

উপেন্দ্র বলিলেন, না, তাড়াতাড়ি ত নয়। এখনো যেমন করে হোক প্রায় মাস-দুই সময় আছে— তোর পরীক্ষা হয়ে গেলে—

তবে আজই চিঠি লেখার প্রয়োজন কি। কিছুদিন পরে লিখলেও ত হয়।

হতে পারে ; কিন্তু কিছুদিন পরে লিখলে কি সুবিধে হবে শুনি?

দিবাকর আস্তে আস্তে বলিল, ভেবে দেখা উচিত।

উপেন্দ্র বলিলেন, উচিত বৈ কি! তুমি বিয়ের ভাবনা ভাবো, তোমার পরীক্ষার ভাবনা আমি ভাবি গে।

কিন্তু এরূপ দায়িত্ব-গ্রহণের পূর্বে—

বিজ্ঞের মত কিছু বলা আবশ্যক। আচ্ছা, ওই চেয়ারে বসো। ভেবে কি দেখতে চাও শুনি?

দিবাকর নিরুত্তর হইয়া রহিল।

উপেন্দ্র বলিলেন, দেখ দিবাকর, যে বস্তুরই হোক, শেষ পর্যন্ত ভেবে দেখা মানুষের সাধ্য নয়। যিনি যতবড় বিচক্ষণ পণ্ডিতই হোন না কেন, শেষ ফলটুকু ভগবানের হাত থেকেই নিতে হয়। তবে আগে থেকে যেটুকু ভেবে দেখতে পারা যায় সেটুকুর জন্যে ত আধ-ঘন্টার অধিক সময় লাগে না, তুমি কিছুদিনের সময় চাও কেন?

দিবাকর মুখ তুলিয়া বলিল, সকলেই কি এত দ্রুত ভাবতে পারে?

পারে, কিন্তু এটা মনে রাখা চাই যে, এলোমেলো ভাবনার অন্তও নেই, আর মীমাংসাও হয় না। দু-চারদিন কেন, দু-চার বছরেও স্থির হয় না। তবে এ সম্বন্ধে মোটামুটি যেটুকু লোকে ভেবে দেখে, সেটুকু এই যে, প্রতিপালন করতে পারব কি না। কিন্তু শচীকে বিয়ে করলে সে চিন্তা ত তোমাকে কোনও দিনই করতে হবে না। দ্বিতীয় কথা, পছন্দ-অপছন্দ নিয়ে। অবশ্য, সে মীমাংসা একজনের হয়ে অপরে করতে পারে না। তুই কি সেই কথাই ভাবছিস?

শচীর রূপের ইঙ্গিতে দিবাকরের অত্যন্ত লজ্জা করিয়া উঠিল ; সে তাড়াতাড়ি বলিয়া উঠিল না, কখ্খন না।

তা হলে ত ভালই হলো। কেননা, এই কথাটা যতই অন্তঃসারশূন্য হোক না কেন, বাইরের আড়ম্বর আছেই। প্রথমেই ওই যে রূপের কথাটা এসে পড়ে, সেটা মানুষের অন্তরে বাইরে এমনি ভেলকি লাগিয়ে দেয় যে, ওরই ভালমন্দ অত্যন্ত সাবধানে নিরূপণ করাই মুখ্যবস্তু হয়ে দাঁড়ায়। বস্তুতঃ ওটা ত কিছুই নয়। যে বস্তুটি না পেয়ে লোকে সারা জীবন হায়.হায় করে, সেটি আড়ালেই থেকে যায়। পছন্দ করবার যে সার সামগ্রী, সে জিনিসটি লাভ করতে না পারলে সংসার বিফল হয়ে দাঁড়ায়, সেটির উপরে ত জোর চলে না, তাই তাকে বিনা-পরীক্ষায় নির্বিচারে ভগবানের দোহাই দিয়ে লোকে গ্রহণ করে, আর যেটা কিছুই নয়, দু-চারদিনেই যা নষ্ট হতে পারে, চোখ চাইলেই যার দোষ-গুণ ধরা পড়ে তার পরীক্ষার আর অন্ত থাকে না। দিবাকর, সাড়ে-পনেরো আনাই যদি চোখ বুজে নিতে পার ত বাকী দুটো পয়সার জন্যে গুরুজনের অবাধ্য হয়ে বিদ্রোহ করো না, বরং আমি আশীর্বাদ করি, তোমার ভবিষ্যৎ উজ্জ্বল হতে উজ্জ্বলতর হোক, কোনদিন এ কথাটা ভুলো না যে, রূপই মানুষের সবটুকু নয়, কিংবা শুদ্ধমাত্র সৌন্দর্যচর্চাই বিবাহের উদ্দেশ্য নয়।

দিবাকর মাথা নীচু করিয়া নিরুত্তর হইয়া রহিল। উপেন্দ্রও অনেকক্ষণ চুপ করিয়া থাকিয়া শেষকালে বলিলেন, এখন তবে তুই যা।

দিবাকর মাথা নীচু করিয়া ধীরে ধীরে বলিল, আমার রুচি নেই ছোড়দা, আমাকে মাপ কর। বিশেষ বড়লোকের মেয়ে।

অকস্মাৎ এরূপ উত্তর ক্ষণকালের নিমিত্ত উপেন্দ্রকে অভিভূত করিয়া ফেলিল। তিনি অল্পভাষী দিবাকরের কথার গুরুত্ব বুঝিতেন। কিন্তু কোন বিষয়ে অকৃতকার্য হওয়াও তাঁহার স্বভাব নয়। সুমুখের কাগজ কলম একপাশে ঠেলিয়া দিয়া বলিলেন, রুচি নেই! তা না থাকতে পারে, কিন্তু বড়লোকের মেয়ের অপরাধটা কি শুনি?

দিবাকর কহিল, অপরাধ নয়, কিন্তু আমি দরিদ্র।

উপেন্দ্র বলিলেন এর অর্থ এই যে, গরীবের ঘরের মেয়ে তোমাকে যেরূপ সম্মান বা শ্রদ্ধা-ভক্তি করবে, ধনীর মেয়ে সেরূপ করবে না। কিন্তু জিজ্ঞাসা করি, স্ত্রীর কাছে সম্মান বা ভক্তির কতটুকু ধারণা তোমার আছে? অবশ্য যদি গোঁ ধরে বসো যে, বিয়ে করবে না, সে আলাদা কথা, কিন্তু নিতান্ত অসঙ্গত অমূলক দোষের ভার আর একজনের কাঁধে তুলে দিয়ে নিজের দারিদ্র্যের জবাবদিহি করতে চেয়ো না। আমাদের পুরাণ ইতিহাস ত পড়েছ। তাতে সীতা, সাবিত্রী প্রভৃতি সাধ্বী স্ত্রীর যে উল্লেখ আছে, তাঁরা রাজা-রাজড়া ঘরের মেয়ে হয়েও কোন দরিদ্র ঘরের মেয়ের চেয়ে গুণে খাটো ছিলেন না। বড়লোকের

ঘরের মেয়ের বিরুদ্ধে একটা প্রবাদ প্রচলিত আছে বলেই যে তা নির্বিচারে মেনে নিতে হবে, এর কোন হেতু আমি দেখতে পাইনে।

দিবাকর ভিন্ন আরো একটি শ্রোতা অত্যন্ত মনোনিবেশ করিয়া আড়ালে থাকিয়া শুনিতেছিল, তাহার অঞ্চলপ্রান্তে চোখ পড়িবামাত্র উপেন্দ্র বলিয়া উঠিলেন, বড়লোকের ঘরের আর একটি মেয়ে এই বাড়িতেই আছে, এর অর্ধেক রূপ-গুণ নিয়েও যদি শচী আসে ত পৃথিবীর যে-কোন স্বামীই যেন তা ভাগ্য বলে জ্ঞান করে। ক্ষণকাল স্থির থাকিয়া পুনরায় বলিলেন, রুচি নেই বলছিলে? ছেলেবেলায় পাঠশালে যেতেও ত তোমার রুচি দেখিনি। ধর্মকর্মেও কারো কারো রুচি থাকে না, জন্মভূমির উপরেও কারো বা অত্যন্ত অরুচি, কিন্তু তাই বলে কি এই-সব রুচির প্রশ্রয় দিতে হবে?

হঠাৎ এই সময়ে আলমারির পিছনে চুড়ির শব্দে চকিত হইয়া দিবাকর উঠিয়া দাঁড়াইল এবং মুহূর্তের মধ্যে কি যে স্থির করিল সেই জানে, সুরবালার নিকটে আসিয়া কহিল, বৌদি, তুমি যদি সুখী হও আমি ছোড়দাকে চিঠি লিখতে বলে দি।

সুরবালা তন্ময় হইয়া স্বামীর কথা শুনিতেছিল, একটা অনির্বচনীয় শান্তি ও তৃপ্তির তরঙ্গ তাহার সমস্ত ইচ্ছা, সমস্ত কামনা ও সমস্ত স্বাতন্ত্র্যকে ভাসাইয়া আনিয়া স্বামীর ইচ্ছার পদতলে বারংবার আত্মসমর্পণ করিতেছিল। সে কিছুই স্থির করে নাই, কিন্তু অঞ্চলে চোখ মুছিয়া স্বামীকে উদ্দেশ করিয়া একান্তচিত্তে কহিল, উনি কোনদিন মিথ্যে বলেন না। আমি বলছি ঠাকুরপো, তোমাদের ভাল হবে এবং আমিও অত্যন্ত সুখী হব।

দিবাকর মুহূর্তমাত্র উপেন্দ্রর মুখপানে চাহিয়া দেখিল। মুক্ত বাতায়ন দিয়া অপর্যাপ্ত আলোক তাঁহার মুখের 'পরে আসিয়া পড়িয়াছে। সে মুখে উদ্বেগ নাই, দুশ্চিন্তার এতটুকু দাগ নাই—অত্যন্ত পবিত্র ও মঙ্গলময় বোধ হইল।

দিবাকর কহিল, তুমি যা ভাল বোঝ, কর। আমার সময় নষ্ট হচ্ছে আমি যাই—বলিয়াই ধীরে ধীরে বাহির হইয়া গেল। সে চলিয়া গেলে সুমুখের কেদারায় আসিয়া সুরবালা বসিল। সজল চোখ দুটি স্বামীর মুখের দিকে তুলিয়া বলিল, তুমি আমাকেও মাপ কর। আমি ভুল বুঝেছিলুম; তুমি যা করতে চাইচো, তাতে শচীর ভালই হবে। এইবারটির মত তুমি আমাকে মাপ কর।

উপেন্দ্র চিঠিখানি শেষ করিতে আরম্ভ করিয়াছিলেন, মুখ তুলিয়া হাসিয়া বলিলেন, আচ্ছা।

সাত

তাহার পরক্ষণ হইতে দিবাকর কেবলই ভাবিতে লাগিল তাহার বিবাহের কথা। শচী কেমন, সে কি করে, কি ভাবে, কি পড়ে, তাহার সহিত বিবাহ হইলে কিরূপ ব্যবহার করিবে, এই-সব। রাত্রে পড়াশুনায় অত্যন্ত ব্যাঘাত ঘটিতে লাগিল। আজ তাহার মন মাতাল হইয়া উঠিল। অথচ মাতাল যেমন তাহার কল্পনার আতিশয্যে স্পষ্ট করিয়া কিছুই ভাবিতে পারে না, তাহার মনও তেমনি সুস্পষ্ট কিছুই উপলব্ধি না করিতে পারিয়া আকাশ-কুসুম গাঁথিয়া ফিরিতে লাগিল, কিছুতেই কাজ করিল না।

পরীক্ষার ভয় চাবুকের মত যতবার তাহাকে ফিরাইয়া আনিয়া পাঠে নিযুক্ত করিল, ততবারই সে উধাও হইয়া গিয়া আর একদিকে স্বপ্ন রচনা করিতে লাগিল। বহুক্ষণ অবধি এই বিদ্রোহী মনের পিছনে ছুটাছুটি করিয়া কিছুই না করিতে পারিয়া দিবাকর অনুতাপ করিতে লাগিল যে, তাহার সময় বৃথা নষ্ট হইয়া যাইতেছে। কিন্তু কি অভূতপূর্ব পরিবর্তন! কিসের নেশা যে তাহাকে অকস্মাৎ এমন মাতাল করিয়া তুলিয়াছে, তাহার হেতু খুঁজিতে গিয়াই যে কথা মনে আসিল, অত্যন্ত লজ্জার সহিত দিবাকর তাহার প্রতিবাদ করিয়া দৃঢ়ভাবে এই কথা বলিল যে, ইহাতে তাহার সম্পূর্ণ অনিচ্ছা এবং একান্ত বিতৃষ্ণা। যদি পূজনীয় কাহারো মন এবং মান রক্ষা করিতেই হয় ত নিতান্ত উদাসীনের মতই করিবে। এই বলিয়া দ্বিগুণ আগ্রহের সহিত উচ্চকণ্ঠে পড়িতে আরম্ভ করিয়া দিল। কিন্তু মনকে আজ সংযমে রাখা শক্ত। সে যে খেলার মাঝখান হইতে চলিয়া আসিতেছে, যে আকাশ-কুসুমের অর্ধেক গাঁথা মালা ফেলিয়া রাখিয়া জবরদস্তি পড়া মুখস্থ করিতেছে তাহা সম্পূর্ণ করিবার সুযোগ অনুক্ষণ খুঁজিয়া ফিরিতে লাগিল। তা ছাড়া এই যে কল্পনার বসন্ত বাতাস এইমাত্র তাহার দেহ স্পর্শ করিয়া গিয়াছে, সে স্পর্শ কি মধুর! তাহার চতুর্দিকে যে সৌন্দর্য-সৃষ্টি চলিতেছিল—সে কি সুন্দর! সূর্যের দিকে মুখ তুলিয়া চক্ষু বুজিলেও যেমন আলোকের সঞ্চার বিচিত্র বর্ণে অনুভূত হইতে থাকে, পড়া তৈরির একান্ত চেষ্টার মধ্য দিয়াও অস্পষ্ট মাধুর্যের সাড়া তেমনি করিয়া তাহার সমস্ত দেহে ধীরে ধীরে ব্যাপ্ত হইয়া পড়িতে লাগিল। কণ্ঠস্বর তাহার মন্দ হইতে মন্দতর, দৃষ্টি তাহার ক্ষীণ হইতে ক্ষীণতর হইয়া আসিতে লাগিল এবং এই-সমস্ত ধরপাকড় বাদাবাদির মাঝখানে হঠাৎ এক সময়ে সে নিজেই এই নূতন খেলায় মাতিয়া গেল। তাহার চোখের সুমুখে অসংখ্য আলো, কানের কাছে অগণিত বাদ্য ও মনের মাঝখানে একটা বিবাহের বিরাট সমারোহ অবতীর্ণ হইয়া আসিল ; এবং ইহারই কেন্দ্রস্থলে সে নিজেকে বরবেশে কল্পনা করিয়া রোমাঞ্চিত হইয়া উঠিল। তাহার পরে এ পর্যন্ত যত-কিছু সে শুনিয়াছিল, যাহা কিছু সে দেখিয়াছিল, ছায়াবাজির মত সমস্তই মনের মাঝখান দিয়া বিচিত্র বর্ণে অসম্ভব দ্রুতগতিতে ছুটিয়া চলিয়া গেল। কোথাও সে স্থির হইতে পারিল না, কিছুই ঠিকমত হৃদয়ঙ্গম করিতে পারিল না, শুধু বিস্মিত পুলকে স্বপ্নাবিষ্টের মত স্তব্ধ হইয়া বসিয়া রহিল।

আট

বিপিনের নিমন্ত্রণ রাখিয়া আসার পরদিন আকণ্ঠ পিপাসা লইয়া সতীশচন্দ্র যখন ঘুম ভাঙ্গিয়া বিছানায় উঠিয়া বসিল, তখন বেলা দশটা। তাহার ঘর তখনও বন্ধ। আজ সকাল হইতেই মেঘমুক্ত আকাশে রৌদ্র অত্যন্ত প্রখর হইয়া ফুটিয়া উঠিয়াছিল, সেই খর-উত্তাপে সমস্ত জানালা-দরজা তাতিয়া উঠিয়া এই রুদ্ধ ঘরের ভিতরটা সে কিরূপ অসহ হইয়াছিল, তাহা এতক্ষণ সে নিজে টের না পাইলেও তাহার সর্বশরীর ইহার জবাবদিহি করিতেছিল। সমস্ত বিছানা ঘামে ভাসিয়া গিয়াছে এবং সমস্ত অন্তরিন্দ্রিয় জলের অভাবে উন্মত্তের মত হাহাকার করিতেছে। এমনিধারা দেহ-মন লইয়া সতীশচন্দ্র ভগবানের নূতন দিনের মধ্যে সচেতন হইয়া উঠিয়া বসিল এবং ব্যস্ত হইয়া শিয়রের জানালাটা খুলিয়া ফেলিতেই এক

ঝলক রৌদ্র তাহার মুখের উপর গায়ের উপর পড়িয়া যেন তাহাকে একমুহূর্তে দগ্ধ করিয়া দিয়া গেল।

সমস্ত রাত্রি মাতামাতি করিয়া বেলা দশটায় ঘুম ভাঙ্গার গ্লানি মাতালেই জানে। এই গ্লানি পরিপাক করিয়া সতীশ, বেহারী বেহারী, করিয়া ডাকিতে লাগিল। বেহারী ছুটিয়া আসিয়া উপস্থিত হইল।

সতীশ বলিল, শিগগির এক গ্লাস জল আন ত রে!

বেহারী প্রশ্ন করিল, তামাক দিতে হবে না?

না, জল আন।

চান করবেন না?

এখন না, তুই জল আন।

বেহারী তথাপি গেল না, কহিল, আহ্নিকের—

আহ্নিকের ইঙ্গিতে সতীশ আগুন হইয়া ধমক দিয়া উঠিল, পাজী কোথাকার, তোর অত খোঁজ কেন? যা, জল আন গে!

ধমক খাইয়া বেহারী জল আনিতে নীচে নামিয়া গেল। রান্নাঘরের বারান্দায় বসিয়া সাবিত্রী সুপারি কুচাইতেছিল, স্মিতহাস্যে জিজ্ঞাসা করিল, সতীশবাবু তামাক দিতে বলিলেন?

বেহারী মুখ ভার করিয়া কহিল, না, জল চাই।

স্নান করলেন না, আহ্নিক করলেন না—জল কি হবে?

বেহারী বিরক্ত হইয়া বলিল, আমি তার জানি কি! হুকুম হলো জল চাই, নিয়ে যাচ্চি।

সাবিত্রী জাঁতি রাখিয়া উঠিয়া দাঁড়াইয়া বলিল, আচ্ছা, আমিই নিয়ে যাচ্ছি—তুমি খানিকটা বরফ কিনে আনো গে।

বেহারী পয়সা লইয়া বরফ কিনিতে গেল।

সাবিত্রী উপরে উঠিয়া গিয়া কহিল, যান, চান করে আসুন, আমি ততক্ষণ আহ্নিকের জায়গা করে রাখি।

সতীশ মনে মনে অত্যন্ত বিরক্ত হইয়া বলিল, বেহারী কোথায়?

সাবিত্রী হাসি চাপিয়া বলিল, সে বরফ কিনতে গেছে। বাবু, দোষ করে শাস্তি নেওয়া ভাল—তাতে প্রায়শ্চিত্ত হয়ে যায়। আপনি সন্ধ্যে-আহ্নিক না করে কোনও দিন কি জল খান যে, আজ জলের জন্যে হাঙ্গামা কচ্ছেন? যান, দেরি করবেন না।

সাবিত্রীর কাছে প্রতিবাদ নিষ্ফল বুঝিয়া সতীশ উঠিয়া পড়িল এবং তোয়ালে কাঁধে ফেলিয়া স্নান করিতে নামিয়া গেল।

আহারান্তে সতীশ আর একবার নিদ্রার আয়োজন করিতেই সাবিত্রী আসিয়া দ্বারের বাহিরে দাঁড়াইল। তাহাকে যেন দেখিতেই পায় নাই এইভাবে সতীশ দেওয়ালের দিকে মুখ ফিরাইয়া শুইয়া পড়িল।

সাবিত্রী মনে মনে হাসিয়া বলিল, রাত্রের কথাগুলো বাবুর মনে আছে কি না জানতে এলুম।

সতীশ জবাব দিল না।

সাবিত্রী কহিল, তবে ঘুম ভাঙ্গলে দয়া করে একবার ডেকে পাঠাবেন, সেগুলো একবার

মনে করে দিয়ে যাবো। বলিয়া কবাট বন্ধ করিয়া চলিয়া গেল।

বিগত রাত্রির সমস্ত ঘটনা সতীশের মনে থাকা সম্ভবও নয়, ছিলও না। বিপিনবাবুর মজলিস হইতে কখন কেমন করিয়া আসিয়াছিল, কাহার সহিত আসিয়াছিল, আসিয়া কি করিয়াছিল—এ-সমস্ত তাহার মধ্যে এলোমেলো ও অস্পষ্ট হইয়াছিল। এই অস্পষ্টতাকে স্পষ্ট করিবার স্পৃহা যে তাহার একেবারেই ছিল না তাহা নহে, কিন্তু একটা অনির্দেশ্য লজ্জার আশঙ্কা তাহাকে যেন কোনমতেই পা বাড়াইতে দিতেছিল না। তাহার সান্ধ্য কীর্তিটাই মনে ছিল। এইটাই এতক্ষণে তাহার মেঘাচ্ছন্ন স্মৃতির আকাশে শুকতারার মত জ্বলিতেছিল, কিন্তু অধিকতর জ্যোতিষ্মান্ দুষ্টগ্রহও যে ওই মেঘের আড়ালেই উদ্যত হইয়া আছে, সাবিত্রীর ইঙ্গিত সেইদিকে অঙ্গুলিসঙ্কেত করিবামাত্রই তাহার চোখের ঘুম মরুভূমির বাষ্পের মত উবিয়া গেল। গত সন্ধ্যায় হতবুদ্ধি হইয়া প্রদীপ নিবাইয়া ফেলার ফলটা যে শেষ পর্যন্ত কিরূপ দাঁড়াইবে, সে সম্বন্ধে তাহার মনে যথেষ্ট উৎকণ্ঠা ছিল ; কিন্তু তথাপি তাহার মধ্যে সত্যকার দোষ কিছুই ছিল না বলিয়া তাহাকে দুর্ভাগ্য বলিয়া সে একরকম করিয়া সান্ত্বনা লাভ করিতেছিল এবং দোষ না করার মধ্যে যে একটা সত্যকার জোর প্রচ্ছন্ন হইয়া থাকে সেই জোর তাহার অজ্ঞাতসারেও তাহাকে আশ্রয় দিতেছিল, কিন্তু সাবিত্রী এখন যাহা বলিয়া গেল, যে অন্ধকারের মধ্যে পথ নির্দেশ করিয়া গেল, তাহার মধ্যে প্রবেশ করিবার সাহস তাহার কোথায়? তাহার মাতাল হইবার অভিজ্ঞতা ছিল বটে, কিন্তু অচেতন হইয়া পড়িবার অভিজ্ঞতা সে কোথায় পাইবে? সে কেমন করিয়া আন্দাজ করিবে, সে কি করিয়াছিল না-করিয়াছিল! কত মাতালকে কত কাণ্ড করিতে সে ত নিজের চোখেই দেখিয়াছে। এখন নিজের বেলা কোন্ কাজটাকে সে কি সাহসে অসম্ভব বলিয়া দূরে সরাইয়া দিবে? তাই এই সম্ভব-অসম্ভবের সমস্যা তাহার যতই জটিল হইয়া উঠিতে লাগিল, পীড়িত-চিত্ত তাহার ততই সম্ভব-অসম্ভবের মধ্যে রেখা টানিয়া দিবার জন্য পীড়াপীড়ি করিতে লাগিল। পুনর্বার তাহার মাথার মধ্যে আগুন জ্বলিয়া উঠিল এবং আর একবার উঠিয়া বসিয়া জীবনে মদ স্পর্শ না করিবার প্রতিজ্ঞা আবার একবার উচ্চারণ করিয়া সে প্রায়শ্চিত্ত করিল।

জানালা খুলিয়া দিয়া সতীশ ডাকিল, বেহারী!

বেহারী রাখালবাবুর বিছানা রোদে দিতেছিল, ডাক শুনিয়া কাছে আসিয়া দাঁড়াইল।

সতীশ বলিল, আচ্ছা, যা কচ্চিস কর—সাবিত্রীকে এক গ্লাস জল আনতে বলে দে!

বেহারী বলিল, আমিই আনচি বাবু, তিনি এখন আহ্নিক করচে।

সতীশ আশ্চর্য হইয়া জিজ্ঞাসা করিল, আহ্নিক করচে কি রে?

আজ্ঞে, তিনি ত রোজ করে। একাদশীর দিনে একফোঁটা জলও খায় না। আমরা কত বলি বাবু, কিন্তু তিনি মাছও খায় না, রাত্তিরেও খায় না—তিনি ভদ্দরনোক কিনা তাই।

সতীশ অধিকতর আশ্চর্য হইয়া বলিল, ভদ্দরলোক কি রে—

হাঁ বাবু, ভদ্দরনোক। বলিয়া বেহারী জল আনিতে যাইতেছিল, সতীশ ডাকিয়া বলিল, সাবিত্রী রাত্রে যদি ভাত খায় না তবে কি খায়?

কি আর খাবে বাবু! থাকলে কোনদিন একটু জলটল খায়—না থাকলে কিছুই খায় না।

বাসার আর কেউ জানে?

বেহারী বলিল, ঠাকুরমশায় জানে, আমি জানি, আর কেউ জানে না। তিনি বলতে মানা করে দেছে।

সতীশ বলিল, আচ্ছা, তুই জল আন।

বেহারী দুই-এক পা যাইতেই সতীশ পুনর্বার ডাকিল, আচ্ছা বেহারী—

আজ্ঞে?

ভদ্দরলোক তুই জানলি কেমন করে?

জানি বৈ কি বাবু! ভদ্দরনোকের মেয়ে শুধু অদেষ্টের ফেরে—

আচ্ছা আচ্ছা, তুই যা জল আন।

বেহারী চলিয়া গেলে সতীশ বিছানার উপর উপুড় হইয়া শুইয়া পড়িল। সাবিত্রীকে সাধারণ দাসীর সহিত এক করিয়া দেখিতে কোথায় যে তাহার একটা ব্যথা বাজিত, কেন যে মন তাহার হীনতা ও গুপ্ত লাঞ্ছনার চাপে নিঃশব্দে মাথা হেঁট করিত, তাহা সে কিছুতে ধরিতে পারিতেছিল না। আজ বেহারীর মুখের এতটুকু পরিচয়েই শুধু আনন্দিত বিস্ময়ে নহে, তাহার সমস্ত মন যেন কোন অপরিচিতের ক্লেদাক্ত বাহুপাশ হইতে অকস্মাৎ মুক্তি পাইয়া পবিত্র হইয়া বাঁচিল। সে বেহারীর কথাটাকে সম্পূর্ণ সত্য বলিয়া গ্রহণ করিতে একমুহূর্ত দ্বিধা করিল না।

জল আনিতে বিলম্ব হইতে লাগিল। কোন কারণে দেরি হইতেছে মনে করিয়া সে খানিকক্ষণ চুপ করিয়া রহিল। তবু বেহারীর দেখা নাই। পিপাসায় তাহার ক্লেশ বোধ হইতে লাগিল, সে আর একবার বেহারীকে ডাকিবে মনে করিয়া উঠিয়া বসিয়াই দেখিল জলের গ্লাস হাতে লইয়া সাবিত্রী আসিতেছে। এই আচারপরায়ণা হতভাগিনীকে আজ সে নূতন চক্ষে দেখিল এবং সেই পলকের দৃষ্টিপাতেই তাহার হৃদয়ের অন্ধ্র-রন্ধ্র করুণায় ও শ্রদ্ধায় পরিপূর্ণ হইয়া উঠিল। যে কথা অন্য কোন সময়ে তাহার মুখে বাধিত, এখন বাধিল না। সে হাত হইতে জলের গ্লাস লইয়া সমস্তটুকু নিঃশেষে পান করিয়া খালি গ্লাস নীচে রাখিয়া দিয়া বলিল, অনেক কথা আছে।

সাবিত্রী মৌন-মুখে চাহিয়া রহিল।

সতীশ বলিল, প্রথম দফায় আমাকে মাপ করতে হবে।

সাবিত্রী শান্ত-কণ্ঠে জিজ্ঞাসা করিল, দ্বিতীয় দফায়?

সতীশ বলিল, কাল কখন কি করে এসেছিলাম বলতে হবে।

সাবিত্রী উত্তর দিল, শেষ রাত্রে গাড়ি করে।

তার পরে?

রাস্তার উপরেই শোবার ব্যবস্থা করেছিলেন।

ভাল করিনি। তুলে আনলে কে?

আমি।

আর কে ছিল? এতবড় জড় পদার্থটাকে ওপরে তোলা হলো কি প্রকারে?

সাবিত্রী হাসিয়া বলিল, আপনার ভয় নেই—বাসায় কেউ কিছুই জানে না।

সতীশ নিশ্বাস ফেলিয়া বলিল, বাঁচলাম! কিন্তু তোমার সঙ্গে কোন রকমের দুর্ব্যবহার করিনি ত?

না।

সতীশ অতিশয় প্রফুল্ল হইয়া বলিল, তবে কি কথা মনে করে দিতে চাচ্ছিলে?

আপনার শপথ। আপনি দিব্যি করেছেন আর কোন দিন মদ খাবেন না।

হঠাৎ দিব্যি করতে গেলাম কেন? এ-রকম দুর্বুদ্ধি ত আমার হবার কথা নয়।

বোধ করি আমার কথায় হয়েছিল।

সতীশ কণ্ঠস্বর নত করিয়া বলিল, আমার মনে পড়েছে সাবিত্রী। তোমাকে ছুঁয়ে শপথ করেছি, না?

সাবিত্রী নিস্তব্ধ হইয়া রহিল।

সতীশ বলিল, তাই হবে ; কিন্তু, কাল সন্ধ্যার কথাটা তোমার মনে আছে ত?

এবার সাবিত্রী হাসিয়া ফেলিল। ঘাড় নাড়িয়া সাবিত্রী বলিল, আছে।

লোকে শুনতে পাবে বোধ হয় ; তার উপায় হবে কি?

সাবিত্রী সহসা গম্ভীর হইয়া বলিল, হবে আবার কি! অন্য কোন বাসায়, না হয় বাড়ি চলে যান।

তুমি?

সাবিত্রীর মুখে কোনরূপ উদ্বেগ প্রকাশ পাইল না। শান্ত সহজভাবে বলিল, আমি ভাবিনে। এ বাসার বাবুরা রাখেন, ভালোই ; না রাখেন আর কোথাও কাজের চেষ্টা করে চলে যাব ; যেখানে খাটবো, সেইখানেই দুটি খেতে পাব। আর কোন কথা আছে?

সতীশের সমস্ত মন যেন পর্বতের শিখর হইতে গড়াইয়া পাদমূলে পড়িয়া একেবারে চূর্ণ-বিচূর্ণ হইয়া গেল। তাহার এখানে থাকা না থাকায় সাবিত্রীর কিছু আসে যায় না। এ সম্বন্ধে সে একেবারে উদাসীন! সে ঘাড় নাড়িয়া জানাইল, আর তাহার কোন কথা বলিবার নাই। কারণ, সাবিত্রীর এই নিঃশঙ্ক সংক্ষিপ্ত জবাবের পরে আর কোন প্রশ্নই তাহার মুখে আসিল না। অথচ, কত কথাই না তাহার বলিবার ছিল। সাবিত্রী খালি গ্লাসটা তুলিয়া লইয়া চলিয়া গেল, সতীশ চুপ করিয়া বসিয়া রহিল।

হায় রে মানুষের মন! এ যে কিসে ভাঙ্গে, কিসে গড়ে, তাহার কোন তত্ত্বই খুঁজিয়া পাওয়া যায় না। এই যে কতটুকু আঘাতে একেবারে মাটিতে লুটাইয়া পড়ে, আবার কত প্রচণ্ড আঘাতও হাসিমুখে সহ্য করে তাহার কোন হিসাবই পাওয়া যায় না। অথচ, এই মন লইয়া মানুষের অহঙ্কারের অবধি নাই। যাহাকে আয়ত্ত করা যায় না, যাহাকে চিনিতে পর্যন্ত পারা যায় না, কেমন করিয়া 'আমার' বলিয়া তাহার মন যোগানো যায়! কেমন করিয়াই বা তাহাকে লইয়া নিরুদ্বেগে ঘর করা চলে!

সাবিত্রী অনেকক্ষণ চলিয়া গেলেও সতীশ তেমনিভাবে বসিয়া রহিল। তাহার অন্তরটা ঠিক দুঃখে-কষ্টে নয়, কি একরকমের জ্বালায় যেন জ্বলিয়া জ্বলিয়া উঠিতে লাগিল। যাহাকে ভালবাসি, সে যদি ভাল না বাসে, এমন কি ঘৃণাও করে, তাও বোধ করি সহ্য হয়, কিন্তু যাহার ভালবাসা পাইয়াছি বলিয়া বিশ্বাস করিয়াছি, সেইখানে ভুল ভাঙ্গিয়া যাওয়াটাই সবচেয়ে নিদারুণ! পূর্বেরটা ব্যথাই দেয়, কিন্তু শেষেরটা ব্যথাও দেয়, অপমানও করে। আবার এ ব্যথার প্রতিকার নাই, এ অপমানের নালিশ নাই। যাহার ভালবাসিবার কথা নহে, সে ভালবাসে না—ইহাতে কাহারও কি বলিবার থাকে! তাই, এই না-থাকাটাতেই লাঞ্ছনা এত বেশী বাজে—বেদনার হেতু খুঁজিয়া মিলে না বলিয়াই ব্যথা এমন অসহ্য হইয়া পড়ে।

যাহা হউক ; সাবিত্রীর এই নিশ্চিন্ত ও সরল কর্তব্য নির্ধারণ শুধু তাহার একলার হৃদয়ের

মানচিত্রটাই উদঘাটিত করিল না, তাহা সতীশের নিজের হৃদয়ের ছবিটাও বাহিরের আলোকে টানিয়া আনিয়া ফেলিল। এই দু'খানি মানচিত্রকে পাশাপাশি রাখিয়া সে স্তম্ভিত হইয়া রহিল। সে নিশ্চিত জানিয়াছিল, সাবিত্রী ভালবাসে, সে বাসে না। এখন দেখিল ঠিক বিপরীত, সেই বাসে, সাবিত্রী বাসে না। এই ঘৃণিত কথাটা স্বীকার করিতে শুধু লজ্জাতেই তাহার মাথা কাটা গেল না, নিজের মনের এই নীচ প্রবৃত্তিতে তাহার নিজের উপরে ঘৃণা জন্মিয়া গেল। তাহার গত রাত্রির কাজগুলা লজ্জাকর সন্দেহ নাই ; তাহার জীবনে এমন অনেক রাত্রির অনেক লজ্জা জমা হইয়া আছে সত্য, কিন্তু এই ইতরতার তুলনায় সে-সমস্তই একেবারে অকিঞ্চিৎকর হইয়া গেল!

এ বাসায় ত আর একদিনও থাকা চলিবে না। এখানে থাকা না থাকা সম্বন্ধে সে যে সম্পূর্ণ উদাসীন নয়, এ কথা সে ত কোনও মতেই স্বীকার করিতে পারিবে না। সে কঠোর প্রতিজ্ঞা করিয়া বসিল যে, বেদনার গুরুভারে মন যদি তাহার ভাঙ্গিয়া অণু-পরমাণু হইয়াও যায়, তথাপিও না। কোনমতেই এই নীচতাকেই প্রশ্রয় দিয়া সে একেবারে অধঃপথে যাইবে না।

বাইরে যে বেলা পড়িয়া আসিতেছিল, ঘরের মধ্যে সতীশের হুঁশ ছিল না। সহসা বাসায় প্রত্যাগত কেরানীদের শব্দ-সাড়ায় সে চকিত হইয়া জানালার বাহিরে উঁকি মারিয়াই বিছানা ছাড়িয়া উঠিয়া পড়িল এবং তৎক্ষণাৎ একটা পিরান গায়ে দিয়া চাদর কাঁধে ফেলিয়া অলক্ষিতে নিঃশব্দে বাহির হইয়া গেল। এখনি হাত-মুখ ধুইবার প্রস্তাব লইয়া সাবিত্রী আসিয়া পড়িবে এবং খাবার জন্য জিদ করিতে থাকিবে। আজ তাহার কিছুমাত্র ক্ষুধা ছিল না ; কিন্তু সাবিত্রী সে কথা কোনমতে বিশ্বাস করিবে না, অনুরোধ করিবে, পীড়াপীড়ি করিবে, হয়ত বা শেষে রাগ করিয়া চলিয়া যাইবে। এই-সমস্ত মৌখিক স্নেহের বাগ্‌বিতণ্ডা হইতে তাহার জীবনে আজ এই প্রথম সে নিজেকে অকৃত্রিম ঘৃণার সহিত দূরে সরাইয়া লইয়া গেল।

পথে ঘুরিতে ঘুরিতে সন্ধ্যার প্রাক্কালে দর্জিপাড়ার একটা গলির মোড়ে হঠাৎ পিছনে পরিচিত কণ্ঠের ডাক শুনিতে পাইল—ছোটবাবু না?

সতীশ ফিরিয়া দাঁড়াইয়া বলিল, হ্যাঁ, মোক্ষদা নাকি?

মোক্ষদা বহুদিন পূর্বে তাহাদের পশ্চিমের বাড়িতে দাসীর কাজ করিত, ছুটি লইয়া কলিকাতায় আসিয়া আর ফিরিতে পারে নাই। বলিল, হাঁ বাবু, আমি। ছোটবাবু, আমার একখানা চিঠি পড়ে দেবেন?

সতীশ হাসিমুখে বলিল, এতবড় শহরে একখানি চিঠি পড়িয়ে নেবার আর কি লোক পেলে না ঝি? কৈ, চিঠি কোথায়?

ঝি বলিল, চিঠিখানি আমার ঘরে আছে বাবু। সাহস করে অচেনা লোককে দিয়ে পড়াতে পারিনি, পাছে আর কিছু বা থাকে। তবে আমাদের বাড়িতেই একটি মেয়ে আছে, সে লিখতে পড়তে জানে, কিন্তু তাকেও আজ দু'দিন ধরে পাচ্ছিনে, এত রাত্তির করে বাড়ি ফেরে যে তখন আর সময় হয় না।

সতীশ জিজ্ঞাসা করিল, বাড়ি তোমার কত দূরে?

ঝি বলিল, এখান থেকে একটু দূর পড়ে বৈ কি! বড় রাস্তার ওধারে একটা গলির মধ্যে। বাবু, যদি আপনার ঠিকানাটা বলে দেন, তা হলে কাউকে সঙ্গে নিয়ে আমি না হয় কালই

যাই, চিঠিটা পড়িয়ে আনি।

আচ্ছা, বলিয়া সতীশ তাহার শোভাবাজারের ঠিকানাটা বলিয়া দিল, এবং কোথা দিয়া কেমন করিয়া যাইতে হয়, বুঝাইয়া বলিতে বলিতে পথ চলিতে লাগিল। কতক্ষণ আসার পরে ঝি এক জায়গায় হঠাৎ দাঁড়াইয়া পড়িয়া বলিল, বলতে সাহস পাইনে বাবু, যদি একবার পায়ের ধূলা দেন, ঘর আমার এখান থেকে আর বেশী দূরে নয়।

সতীশ ক্ষণকাল কি ভাবিয়া বলিল, আচ্ছা চল।

তাহার আজ বাসায় ফিরিতে একেবারেই ইচ্ছা ছিল না। পথে পথে ঘুরিয়া রাত্রি অধিক হইলে, সাবিত্রী ঘরে চলিয়া গেলে বাসায় ফিরিবে, এই সঙ্কল্প করিয়াই সে বাহির হইয়াছিল। তাই, সহজেই সম্মতি দিয়া গোটা-দুই গলি পার হইয়া তাহারা একটা মেটে দোতলা বাড়ির সম্মুখে আসিয়া দাঁড়াইল।

'একটু দাঁড়ান', বলিয়া মোক্ষদা ভিতরে প্রবেশ করিল এবং অনতিবিলম্বে একটা কেরোসিনের ডিবা হাতে লইয়া ফিরিয়া আসিয়া পথ দেখাইয়া উপরে লইয়া গেল। ওধারের কোণের ঘরে একটি ছোট টুলের উপর পিতলের পিলসুজে প্রদীপ জ্বলিতেছিল, সেই ঘরখানি দেখাইয়া দিয়া সবিনয়ে বলিল, একটু বসুন, আমি তামাক সেজে আনি।

ঘরের মধ্যে প্রবেশ করিয়া এই ছোট ঘরটির পরিচ্ছন্নতা দেখিয়া সতীশ আরাম বোধ করিল। একধারে একটা জলচৌকির উপর মাজাঘষা কতকগুলি পিতল-কাঁসার বাসন ঝকঝক করিতেছে এবং তাহারই পাশে একটি ছোট আলনাতে কয়েকখানি কাপড় গোছান রহিয়াছে। দেওয়ালে ব্রাকেটের উপর একটি টাইমপিস ঘড়িতে আটটা বাজিয়া গেল। সতীশ চৌকাঠের বাহিরে জুতা খুলিয়া রাখিয়া তক্তপোশে পাতা সাদা ধবধবে বিছানাটির উপর গিয়া বসিল এবং ঘরের অন্যান্য আসবাবগুলির মনে মনে পরীক্ষা লইতে লাগিল। প্রথমেই নজর পড়িয়া গেল একটি ছোট শেল্‌ফের উপরে। কতকগুলি বই সাজানো ছিল, সতীশ উঠিয়া গিয়া একখানা সংগ্রহ করিয়া আনিল এবং প্রথম পাতা উল্টাইতে দেখিতে পাইল ইংরাজি অক্ষরে ভুবনচন্দ্র মুখোপাধ্যায় নাম লেখা। সে বইখানি রাখিয়া দিয়া আরও তিন চারিখানি বই খুলিয়া ওই একই নাম দেখিয়া বইগুলি যথাস্থানে রাখিয়া দিয়া ফিরিয়া আসিয়া বসিল।

মোক্ষদা বাঁধা হুঁকায় তামাক সাজিয়া আনিল।

সতীশ হুঁকা হাতে লইয়া বলিল, ঝির ঘরটি চমৎকার পরিষ্কার-পরিচ্ছন্ন, উঠতে ইচ্ছে করে না।

মোক্ষদা একটুখানি হাসিয়া বলিল, উঠবেন কেন বাবু, বসুন। এ ঘরটি কিন্তু আমার নয়, আর একটি মেয়ের।

সতীশ প্রশ্ন করিল, তিনি কোথায়?

মোক্ষদা বলিল, সে এক বাবুদের বাসায় কাজ করে। আসতে প্রায়ই রাত হয়ে যায়, তাই ঘরের চাবি আমার কাছে থাকে। আমাকে মাসী বলে ডাকে।

সতীশ বলিল, তা ডাকুক, কিন্তু ভুবনবাবুটি আসবেন কখন?

ঝি বিস্মিত হইয়া জিজ্ঞাসা করিল, ভুবনবাবু আবার কে?

ভুবনচন্দ্র মুখুয্যে—চেনো না?

অকস্মাৎ ঝি ভ্রূ প্রসারিত করিল—ও! আমাদের মুখুয্যেমশাই? না না, তাঁকে আর

আসতে হবে না!

কেন, মারা গেছেন নাকি?

মোক্ষদা দুই চক্ষু দৃপ্ত করিয়া বলিল, না, মারা যাননি, কিন্তু গেলেই ছিল ভাল। তিনি বামুনমানুষ, বর্ণের গুরু, আমাদের মাথার মণি, নারায়ণতুল্য। তাঁকে অভক্তি করছি নে, তাঁর চরণের ধুলো নিচ্চি ; কিন্তু কোনদিন দেখা পেলে তিনটি ঝ্যাঁটা মুখে গুনে মারব, তবে আমার নাম মোক্ষদা।

সতীশ হাসিয়া উঠিল। বলিল, রাগের মাথায় বামুনমানুষকে যেন অভক্তি করে মেরে বসো না! বেশ ভক্তি করে গুনে গুনে মেরো, তাতে পাপ হবে না। কিন্তু তিনি লোকটি কে?

মোক্ষদা উদ্ধতভাবে বলিয়া উঠিল, লোকটির পরিচয় আর কি দেব বাবু, তিনি মানুষ নয়, চামার। এই মেয়েটিকে যে পথে বসিয়ে গেলি বাপু, এই কি তোর আপনার লোকের কাজ হলো? ছি ছি, গলায় দেবার দড়ি জুটল না!

সতীশ অত্যন্ত কৌতূহলী হইয়া প্রশ্ন করিল, কে তিনি? কি করেছেন তিনি?

হঠাৎ দ্বারের বাহির হইতে জবাব আসিল, লোকটিকে আপনি চেনেন না, কি হবে আপনার তাঁর কথা শুনে?

সতীশ চমকিয়া উঠিল।

মোক্ষদা মুখ ফিরাইয়া কহিল, সাবি নাকি। কখন এলি তুই?

সাবিত্রী ঘরে ঢুকিয়া বলিল, এইমাত্র আসছি। বাবুটিকে কোথায় পেলে মাসী?

মোক্ষদা কহিল, ইনিই আমাদের ছোটবাবু, সাবিত্রী। আজ দুদিন হলো বৌমার কাছ থেকে একখানি চিঠি পেয়েচি, তা পড়াতে পাইনি, তাই বললুম বাবু যদি দয়া করে পায়ের ধুলো দেন।

সাবিত্রী বলিল, তবে পায়ের ধুলো তোমার ঘরে না দিয়ে আমার ঘরে কেন?

মোক্ষদা ক্ষুণ্ণ হইয়া বলিল, তা রাগ করিস কেন সাবি? আমার ঘরে ত ভদ্রলোককে বসানো যায় না, তাই তোর ঘরে বসিয়েছি। কত বড়দরের লোক এঁরা—কোথায় আহ্লাদ করবি, না রাগ করছিস?

সাবিত্রী হাসিয়া বলিল, রাগ করব কেন মাসী, রাগ নয়। কিন্তু অমনি অমনি পায়ের ধুলো নিলে যে পাপ হয়। কিছু জলযোগ করান উচিত—হাঁ বামুনঠাকুর, আপনার ক্ষিদে পেয়েছে কি?

সতীশ অত্যন্ত সঙ্কুচিত হইয়া বসিয়াছিল, ঘাড় নাড়িয়া বলিল, না।

সাবিত্রীর অভদ্র প্রশ্নে বিরক্ত হইয়া মোক্ষদা বলিয়া উঠিল, এ তোর কি-রকম কথার ছিরি সাবিত্রী? ভদ্রলোকের সঙ্গে কি এইরকম করে কথা কইতে হয়?

সাবিত্রী জোর করিয়া হাসি চাপিয়া বলিল, এ আর মন্দ কথা কি মাসী? আচ্ছা, ওঁর ক্ষিদের কথা না হয় আর জিজ্ঞাসা করব না, তুমি কিন্তু দোকান থেকে কিছু খাবার কিনে আনো, আমি ততক্ষণ জায়গা করে রাখি।

মোক্ষদা অস্ফুটে বকিতে বকিতে দ্রুতপদে চলিয়া গেলে সাবিত্রী কহিল, কাল রাত থেকেই ত একরকম উপোস চলছে—বিকেলবেলা যে কেমন করে পালিয়ে এলেন তাও টের পেলুম না। এখন উঠুন, সন্ধ্যে-আহ্নিক করে কিছু খান। ওই আলনার ওপরে

কাচাকাপড় আছে, পরে আমার সঙ্গে আসুন—না না, দেরি নয়, উঠুন।

সতীশ মাথা নাড়িয়া বলিল, আমার ক্ষিদে নেই।

সাবিত্রী বলিল, না থাকলেও খেতে হবে। তার প্রথম কারণ, ক্ষিদে নেই এ কথা বিশ্বাস করলুম না, দ্বিতীয় কারণ—

সতীশ মুখের ভাব অত্যন্ত শক্ত করিয়া বলিল, দ্বিতীয় কারণটা মিছে কথা, ওই প্রথমই সব। সমস্ত বিষয়েই তোমার জিদ আর জবরদস্তি। এই জিদের সঙ্গে কারু পারবার জো নেই।

সাবিত্রী মুখ তুলিয়া একটুখানি হাসিয়া বলিল, তবে মিথ্যে চেষ্টা করা কেন?

সতীশ আরও গম্ভীর হইয়া বলিল, তা নয় সাবিত্রী! আজ আমার চেষ্টা কোনমতেই মিথ্যা হবে না। হয় তোমার দ্বিতীয় কারণ বলো, না হয় সত্যি বলছি তোমাকে, আমি কোনমতেই এখানে কিছু খাবো না।

সতীশের গোঁ দেখিয়া সাবিত্রী নিঃশব্দে হাসিতে লাগিল। কিছুক্ষণ পরে আস্তে আস্তে বলিল, আমি ভাবছি আজ আপনি এলেন কেন? আজ আমার জন্মদিন তাই, নিজে এসে যখন দাসীর ঘরে পায়ের ধুলো দিয়েছেন, তখন শুধু শুধু আপনাকে ছেড়ে দিতে পারিনে। 'পারিনে' বলিয়াই সাবিত্রী হঠাৎ থামিয়া গেল বটে, কিন্তু তাহার অন্তরের গোপন ব্যথাটা তাহারই কণ্ঠস্বরের মুক্ত পথ ধরিয়া এমনি অকস্মাৎ সতীশের সুমুখে আসিয়া দাঁড়াইল যে, কয়েক-মুহূর্তের জন্য সতীশের সমস্ত বোধশক্তি অসাড় হইয়া গেল। বুদ্ধিমতী সাবিত্রী ইহা চক্ষের নিমিষে অনুভব করিয়া তাহার সমস্ত কথাটাকে সহজ পরিহাসে পরিণত করিয়া হাসিয়া বলিল, ভগবান আজ আপনাকে আমার অতিথি করে পাঠিয়েছেন, সুতরাং খেতেও হবে, দক্ষিণেও নিতে হবে,—আজ নিতান্তই জাতটা মারা গেল দেখচি।

এতক্ষণে সতীশের সহজ শক্তি ফিরিয়া আসিল, জিজ্ঞাসা করিল, সত্যিই কি আজ তোমার জন্মদিন?

সাবিত্রী বলিল, সত্যি।

সতীশ বলিল, তবে এমন দিনে যদি এসেই পড়েচি ত দোকানের কতকগুলো বাসী মেঠাই-মণ্ডা খেয়ে পেট ভরাব না। তা ছাড়া ও-সব ত আমি কোনদিনই খাইনে।

সাবিত্রীও তাহা জানিত। মনে মনে লজ্জিত হইয়া বলিল, কিন্তু আজ যে রাত হয়ে গেছে!

সতীশ বলিল, হলোই বা রাত। আজ বাসায় ফিরে গিয়ে ত বকুনি খেতে হবে না যে, রাতকে আজ ভয় করতে হবে। যাই বল তুমি, কোন মতেই আমি ও-সব খাব না।

তোমার সঙ্গে পারবার জো নেই, বলিয়া সাবিত্রী হাসিয়া উঠিয়া গেল।

সতীশ বসিয়া ছিল, শুইয়া পড়িল। এই ক্ষুদ্র কুটীর এবং এই নির্মল শুভ্র শয্যা ছাড়িয়া যাইতে কোনমতেই তাহার মন উঠিতেছিল না, অথচ, আত্মসম্ভ্রম অক্ষুণ্ণ রাখিয়া বসিয়া থাকিবারও কোনও সদুপায় ছিল না। এখন, এই খাবার তৈরির বিলম্বের সম্ভাবনা তাহাকে যেন একটা আসন্ন কর্তব্যের কঠিন দায় হইতে অব্যাহতি দিয়া গেল। সে পাশবালিশটা জোর করিয়া জড়াইয়া ধরিয়া দেওয়ালের দিকে মুখ করিয়া চুপ করিয়া পড়িয়া রহিল। চলিয়া যাইবার সময় সাবিত্রী বাহির হইতে শিকল তুলিয়া দিয়া গিয়াছিল, ইহাও যেমন সে টের পাইয়াছিল,তাহার 'তুমি' সম্ভাষণও সে তেমনি লক্ষ্য করিয়াছিল। নির্জন ঘরের মধ্যে এই

নবলব্ধ তথ্য দুটি, যাদুকর ও তাহার মায়াকাঠির মত তাহার মনের মধ্যে অপূর্ব ইন্দ্রজাল সৃষ্টি করিয়া চলিতে লাগিল। আজই দুপুরবেলা যে-সমস্ত ভালবাসার আবর্জনা তাহার মনের ভিতর হইতে ভাটার টানে বাহিরের দিকে ভাসিয়া গিয়াছিল, জোয়ারের উলটা স্রোতে আবার তাহারা একে একে ফিরিয়া আসিয়া দেখা দিতে লাগিল। আজই দুপুরবেলায় আত্মাভিমানের আঘাতের সুতীব্র জ্বালা নিজের মনের নীচ প্রবৃত্তির দিকে তাহার চোখ খুলিয়া দিয়াছিল, জ্বালার উপশমের সঙ্গে সঙ্গেই সে চক্ষু আপনি মুদ্রিত হইয়া গেল। এমনি করিয়া নিজেকে লইয়া খেলা করিতে করিতে একসময়ে বোধ করি সে একটু ঘুমাইয়া পড়িয়াছিল, হঠাৎ দ্বার খোলার শব্দে জাগিয়া উঠিয়া পাশ ফিরিয়া দেখিল সাবিত্রী মোক্ষদাকে লইয়া ঘরে ঢুকিতেছে। মোক্ষদা চিঠিখানি সতীশের হাতে দিয়া বলিল, দেখুন ত বাবু, বৌমা কি লিখেচেন?

সতীশ সমস্তটা পড়িয়া লইয়া বলিল, তাঁদের ফিরতে এখনও মাস-দুই দেরি আছে।

মোক্ষদা জিজ্ঞাসা করিল, আর কোন কথা নেই?

সতীশ চিঠিখানি ফিরাইয়া দিয়া বলিল, না, আর বিশেষ কিছু নেই।

আমার মাইনের কথাটা বাবু?

না, সে কথা নেই।

টাকার কথা নাই শুনিয়া মোক্ষদা মনে মনে অত্যন্ত বিরক্ত হইয়া চিঠির জন্য হাত বাড়াইয়া বলিল, তা থাকবে কেন, থাকবে যত-সব বাজে কথা! দিন চিঠি। কাল সাবিত্রী আমাকে একখানা জবাব লিখে দিস ত। হাঁ লা, বাবুর খাবার দিবি কখন? রাত কি হয়নি?

সাবিত্রী বলিল, বামুনঠাকুর সন্ধ্যে-আহ্নিক করবে না, অমনি খাবে?

মোক্ষদা বিরক্ত হইয়া ছিল, আরো বিরক্ত হইয়া বলিল, শোনো কথা একবার! এ কি তোর পুরুতঠাকুর, না ভট্‌চায্যিবামুন পেয়েচিস যে পুজো-আহ্নিক করতে যাবে?

সতীশ হাসিয়া বলিল, ও কি ঝি, সব ভুলে গেলে! আমি ত চিরকালই সন্ধ্যে আহ্নিক করি।

মোক্ষদার বোধ করি হঠাৎ মনে পড়িয়া গেল। অপ্রতিভ হইয়া বলিল, ও মা, তাই ত!

সাবিত্রীর দিকে ফিরিয়া বলিল, দে মা, শিগ্‌গির বাবুর একটা জায়গা করে দে। তোর ঘরে ত সমস্তই ঠিক আছে। দে মা, দে, আর দেরি করিস নে—বলিতে বলিতে মোক্ষদা স্থানান্তরে চলিয়া গেল।

ঘন্টা-খানেক পরে, সতীশের আহারের সময় ঘরে কেহ উপস্থিত নাই—অন্ধকার বারান্দা হইতে মোক্ষদা ইহা লক্ষ্য করিয়া একেবারে জ্বলিয়া উঠিল। রান্নাঘরে আসিয়া দেখিল সাবিত্রী চুপ করিয়া বসিয়া আছে। রুষ্টস্বরে বলিল, এ তোর কি রকম আক্কেল সাবিত্রী! এ কি কাঙ্গালী-ভোজন হচ্চে যে, যা হোক দুটো ফেলে দিয়ে ঠাণ্ডা হয়ে বসে আছিস!

সাবিত্রী কি ভাবিতেছিল, চমকিয়া বলিল, দরকার হলে উনি চেয়ে নেবেন।

এমন বুদ্ধি না হলে আর দাসীবৃত্তি করতে যাস! কোথায় তুই নিজে দাসী-চাকর রাখবি, না—

সাবিত্রী হাসিয়া বলিল, নিজেই দাসী হয়ে আছি। তাতেই বা দোষ কি মাসী, খেটে খেতে লজ্জা নেই।

মোক্ষদা রাগিয়া বলিল, কে বললে নেই? আমার মত বয়সে না থাকতে পারে, কিন্তু তোর বয়সে আছে। তা থাক না থাক, বাবুকে যখন খেতে বলেছিস, তখন বসে থেকে খাওয়াগে যা। মানুষের কপাল ফিরে যেতে বেশী দেরি লাগে না!

সাবিত্রী চলিতে উদ্যত হইয়াই থমকিয়া দাঁড়াইয়া বলিল, কি বকচো মাসী। উনি শুনতে পাবেন যে!

মোক্ষদা তৎক্ষণাৎ স্বর নত করিয়া বলিল, না না, শুনতে পাবেন কেন! আর একটা কথা তোকে বলে রাখি বাছা। ভগবান কপালের মাঝখানে যে দুটো চোখ দিয়েছেন সে দুটো একটু খুলে রাখিস। ঘড়ির চেন, হীরের আংটি না থাকলেই মানুষকে ছোটো মনে করিস নে।

আচ্ছা, বলিয়া সাবিত্রী হাসিয়া চলিয়া যাইতেছিল, মোক্ষদা আবার পিছন হইতে ডাকিয়া বলিল, শোন্ সাবিত্রী!

সাবিত্রী ফিরিয়া দাঁড়াইয়া বলিল, কি?

আয় দেখি একবার আমার ঘরে, একখানা ঢাকাই কাপড় বের করে দি, পরে যা।

সাবিত্রী হাসি চাপিয়া বলিল, তুমি বার কর গে মাসী, আমি এখনি আসচি।

সতীশের খাওয়া প্রায় শেষ হইয়া আসিয়াছিল, সাবিত্রী ঘরে ঢুকিয়া বলিল, চোখ বুজে খাচ্চো নাকি?

সতীশ মুখ তুলিয়া বলিল, না।

কিন্তু, চোখ দুটি ত ঘুমে ঢুলে আসচে দেখচি।

বাস্তবিকই তাহার অত্যন্ত ঘুম পাইতেছিল। গত রাত্রির উচ্ছৃঙ্খল অত্যাচার আজ অসময়েই তাহার চোখের পাতা দুটিকে ভারী করিয়া আনিতেছিল, সে সলজ্জ-হাস্যে কবুল করিয়া বলিল, হাঁ, ভারী ঘুম পাচ্চে।

সাবিত্রী জিজ্ঞাসা করিল, আর কিছু চাই কি?

সতীশ তাড়াতাড়ি বলিয়া উঠিল, কিছু না, কিছু না ; আমার খাওয়া হয়ে গেছে।

বাহিরে পায়ের শব্দে সাবিত্রী টের পাইল, মোক্ষদা আসিয়া দাঁড়াইয়াছে ; বলিল, বাবু আমাকে একখানি ঢাকাই শাড়ি কিনে দিতে হবে।

সে কোনদিনই কিছু চাহে না, সুতরাং এ কথার তাৎপর্য বুঝিতে না পারিয়া সতীশ আশ্চর্য হইয়া গেল। সে মোক্ষদার আগমন টের পায় নাই। মুখ তুলিয়া সবিস্ময়ে বলিল, সত্যি চাই?

সত্যি বৈ কি!

পরবে কখন?

আজ পরবার সময় নেই বলে কোনও দিন সময় হবে না, এমন কি কথা আছে। তা ছাড়া আর একটি কথা ; আমি খেটে খাই বলে মাসী দুঃখ করছিলেন, তাই মনে কচ্চি আর খেটে খাবো না—এখন থেকে বসে বসে খাবো।

সতীশ হাসিয়া বলিল, বেশ ত।

শুধু বেশ হলেই ত হবে না, ওই সঙ্গে একটি দাসী না হলেও আর মান থাকচে না—তাও আপনাকে রেখে দিতে হবে। আপনাকেই—কথাটা সে শেষ করতে পারিল না, মুখে আঁচল গুঁজিয়া দিয়া উৎকট হাসির বেগ রোধ করিতে লাগিল।

মোক্ষদা কাঁচা লোক নহে। সে একমুহূর্তে সমস্তটা বুঝিয়া লইয়া ঘরে ঢুকিয়া বলিল, বাবু বুঝি সাবিত্রীকে চেনেন?

সাবিত্রীর দিকে ফিরিয়া বলিল, মাসীর সঙ্গে এতক্ষণ বুঝি তামাশা হচ্ছিল? তা এ ত ভালো কথা, আহ্লাদের কথা! আগে বললেই ত চুকে যেত! বলিয়া হাসিয়া বাহির হইয়া গেল।

আহারান্তে সতীশ আর একবার শয্যায় আসিয়া বসিল। সাবিত্রী ডিবা ভরিয়া পান আনিয়া দিল এবং বাঁধা হুঁকায় তামাক সাজিয়া আনিয়া সতীশের হাতে দিয়া পায়ের কাছে মাটিতে বসিয়া পড়িয়া হঠাৎ একটুখানি হাসিয়া মুখ নীচু করিল। সতীশের বুকের মধ্যে ঝড় বহিতে লাগিল। সর্বদেহে কাঁটা দিয়া যেন শীত করিয়া উঠিল। ক্ষণকালের নিমিত্ত তাহার হুঁকা টানিবার শক্তিটুকু পর্যন্ত রহিল না। মিনিট-দুই এইভাবে নীরবে কাটিবার পরে সাবিত্রী সহসা মুখ তুলিয়া বলিল, রাত হলো, বাসায় যাবে না?

সতীশ শুষ্ক-গলায় বলিল, না গেলে থাকব কোথায়?

এইখানেই থাকবে। না যেতে পার ত কাজ নেই—মাসী এখনও জেগে আছে, আমি তার বিছানাতেই শুতে পারব—বলিয়া সাবিত্রী সতীশের মুখের দিকে চাহিয়া রহিল।

একমুহূর্তের জন্য সতীশ নির্বাক হইয়া রহিল, কিন্তু পরক্ষণেই প্রবল চেষ্টায় নিজেকে সংবরণ করিয়া লইয়া একেবারে দাঁড়াইয়া উঠিয়া বলিল, নাঃ—চললাম।

আচ্ছা, আর একটু বোসো, বলিয়া সাবিত্রী উঠিয়া গিয়া সতীশের জুতাজোড়াটা বাহির হইতে তুলিয়া আনিল, এবং আঁচল দিয়া পা মুছাইয়া দিয়া জুতার ফিতা বাঁধিয়া দিতে দিতে আস্তে আস্তে কহিল, বাসার লোক যদি জানতে পারে?

কেমন করে জানবে?

আমিই যদি বলে দি!

কি বলবে তুমি—বলবার ত কিছু নেই।

সাবিত্রী আবার একটু হাসিয়া বলিল, কিছুই নেই? সত্যি বলচো?

সতীশ চুপ করিয়া রহিল।

সাবিত্রী মৃদুকণ্ঠে কহিল, বলবার কথা না থাকলে কি জানি, আজ তোমাকে আমি ছেড়ে দিতে পারতুম কি না। বলিয়া হঠাৎ চুপ করিয়া গেল। কিন্তু পরক্ষণেই প্রবলবেগে মাথা নাড়িয়া বলিয়া উঠিল, না, তুমি বাসায় যাও। কিন্তু এই দুষ্টুবুদ্ধি যদি না ছাড় ত একদিন সমস্ত প্রকাশ করে দেব তা বলে দিচ্চি।

এ কি রহস্য! ইহার ভিতরের কথাটা ঠিক ধরিতে না পারিয়া সতীশ ক্ষণকাল স্তব্ধ হইয়া দাঁড়াইয়া থাকিয়া বলিল, বললেই বা। বাসার লোক ত আমার গার্‌জেন নয়।

সাবিত্রী কহিল, নয় জানি। কিন্তু মাসী আমার সে ভারও অনায়াসে নিতে পারবে। তার জিভকে ঠেকিয়ে রাখবে কি দিয়ে?

মোক্ষদার ইঙ্গিতে সতীশ মনে মনে ভয় পাইলেও মুখে বলিল, টাকা দিয়ে।

সাবিত্রী বলিল, তাতে শুধু টাকার অপব্যয় হবে, কাজ হবে না। তা ছাড়া মাসীকেই না হয় টাকায় বশ করবে, কিন্তু আমাকে বশ করবে কি দিয়ে?

সতীশ ফস করিয়া বলিয়া ফেলিল, ভালবাসা দিয়ে।

সাবিত্রীর ওষ্ঠপ্রান্তে কঠিন চাপা-হাসির আভাস দেখা দিল, কহিল, এই নিয়ে চারবার

হলো।

অর্থাৎ?

অর্থাৎ, ইতিপূর্বে আরও তিনজন এই জিনিসটিই দিতে চেয়েছিলেন।

তুমি নাওনি?

না। জঞ্জাল জড় করে রাখবার মত জায়গা নেই আমার।

সতীশ স্থির হইয়া বসিয়া রহিল। সাবিত্রীর বিদ্রূপের হাসি এবং কণ্ঠস্বর কিছুই তাহার লক্ষ্য এড়ায় নাই, তাই তাহার দুপুরবেলার কথাগুলোও মনে পড়িয়া গেল, এবং পড়ামাত্রই প্রেমের নদীতে জোয়ার শেষ হইয়া ভাটার টান ধরিল। সাবিত্রীর কথাগুলাকে সে তামাশা বলিয়া ভুল করিল না। হঠাৎ অত্যন্ত কঠিন হইয়া বলিয়া উঠিল, তারা নির্বোধ! তাদের এমন বস্তু দেওয়ার প্রস্তাব করা উচিত ছিল যা বাক্সে তুলে রাখতে কারো জঞ্জাল বলে মনে হয় না। আমিও নির্বোধ কম নই, কেননা, আমিও ভুলেছিলাম ও-বস্তুটা তোমাদের কত অবহেলার সামগ্রী! এতটা বয়সে এত বড় ভুল হওয়া আমার উচিত ছিল না। আচ্ছা, চললাম।

কথাটা সাবিত্রীকে শূলের মত বিঁধিল। 'তোমাদের' বলিয়া সতীশ যে তাহাকে কাহাদের সহিত অভিন্ন করিয়া দেখিল, সাবিত্রীর তাহা বুঝিতে বাকী রহিল না। কিন্তু পরিহাস কলহে পরিণত হইয়া হাতাহাতির উপক্রম হইতেছে দেখিয়া সে চুপ করিয়া গেল। সতীশ কিন্তু থামিতে পারিল না, বলিল, শিকারী বঁড়শিতে মাছ গেঁথে খেলিয়ে যেমন করে আমোদ করে, এতদিন আমাকে দিয়ে বোধ করি তুমি সেই তামাশাই করছিলে,—না?

সাবিত্রী আর সহিতে পারিল না। তড়িৎবেগে উঠিয়া দাঁড়াইয়া বলিল, বঁড়শিতে গেঁথে তোমাকে টেনেই তোলা যায়—খেলিয়ে তোলবার মত বড় মাছ তুমি নও।

সতীশ নির্মমভাবে বিদ্রূপ করিয়া বলিল, নই আমি?

সাবিত্রী কহিল, না, নও তুমি। তাহার ওষ্ঠাধর কুঞ্চিত হইয়া উঠিল। সতীশের মুখের প্রতি তীব্র দৃষ্টিপাত করিয়া বলিতে লাগিল, অসচ্চরিত্র! আমার মত একটা স্ত্রীলোককে ভালবেসে ভালবাসার বড়াই করতে তোমার লজ্জা করে না? যাও তুমি—আমার ঘরে দাঁড়িয়ে আমাকে মিথ্যে অপমান করো না।

এই অপমানে সতীশ আরও নির্দয় হইয়া উঠিল। এবার অমার্জনীয় কুৎসিত বিদ্রূপ করিয়া বলিল, আমি অসচ্চরিত্র! কিন্তু সে যাই হোক সাবিত্রী, তোমার নামটা কিন্তু তোমার বাপ-মা সার্থক দিয়েছিলেন।

সাবিত্রী সরিয়া গিয়া চৌকাঠ ধরিয়া ক্ষণকাল স্থির হইয়া দাঁড়াইয়া শুধু বলিল, যাও! তাহার মুখ ফ্যাকাশে বিবর্ণ হইয়া গিয়াছিল।

সতীশ অপমান ও ক্রোধের অসহ্য জ্বালায় সেদিকে ভ্রূক্ষেপ মাত্র না করিয়া বলিল, কিন্তু যাবার আগে আর একবার আঁচল দিয়ে পা মুছিয়ে দেবে না? কিংবা আর কোনও খেলা—আর কিছু—

হঠাৎ দুজনের চোখাচোখি হইল। সাবিত্রী এক-পা কাছে সরিয়া আসিয়া বলিল, তুমি কসাইয়ের চেয়েও নিষ্ঠুর,—তুমি যাও! তুমি যাও! তোমার পায়ে পড়ি, তুমি যাও! না যাও ত মাথা খুঁড়ে মরব—তুমি যাও!

তাহার কণ্ঠস্বরের উত্তরোত্তর এবং অস্বাভাবিক তীব্রতায় অকস্মাৎ সতীশ ভীত হইয়া

উঠিল এবং আর একটি কথাও না বলিয়া বাহির হইয়া গেল। কিন্তু অন্ধকার বারান্দার শেষ পর্যন্ত আসিয়া তাহাকে থামিতে হইল। কোন দিকে সিঁড়ি, কোন দিকে পথ, অন্ধকারে কিছুই দেখা যায় না। পকেটে হাত দিয়া দেখিল, দেশলাই নাই। এই নিরুপায় অবস্থাসঙ্কটের মাঝখানে মিনিট-পাঁচেক চুপ করিয়া দাঁড়াইয়া থাকিয়া আবার তাহাকে সাবিত্রীর ঘরের দিকে ফিরিয়া আসিতে হইল। বাহির হইতে দেখিল, সাবিত্রী মেঝের উপর উপুড় হইয়া পড়িয়া আছে। আস্তে আস্তে ডাকিল, সাবিত্রী! সাবিত্রী সাড়া দিল না। পুনর্বার ডাকিয়াও সাড়া না পাইয়া সতীশ ঘরের মধ্যে আসিয়া সাবিত্রীর মাথায় হাত দিল। ঝুঁকিয়া পড়িয়া দেখিল, চক্ষু মুদ্রিত এবং মুখের মধ্যে অঙ্গুলি দিয়া বুঝিল, সাবিত্রী মূর্ছিত হইয়া আছে। মুহূর্তের জন্য তাহার মনের মধ্যে একটা ভয় ও সঙ্কোচের উদয় হইল বটে, কিন্তু পরক্ষণেই সাবিত্রীর অচেতন দেহটা তুলিয়া লইয়া শয্যায় শোয়াইয়া দিল, এবং চাদরের এক অংশ কলসীর জলে ভিজাইয়া লইয়া মুখের উপর, চোখের উপর ছিটাইয়া দিয়া একখানা হাত-পাখা লইয়া বাতাস করিতে লাগিল। মিনিট দুই-তিন পরেই সাবিত্রী চোখ মেলিয়া মাথার উপর কাপড় টানিয়া দিয়া পাশ ফিরিয়া শুইয়া বলিল, তুমি যাওনি?

সতীশ চুপ করিয়া বাতাস করিতে লাগিল।

সাবিত্রী বিছানা হইতে উঠিয়া প্রদীপ হাতে লইয়া বাহিরে আসিয়া দাঁড়াইল। বলিল, চল, তোমাকে দোর খুলে দিয়ে আসি।

তার পরে নিঃশব্দে পথ দেখাইয়া নীচে নামিয়া আসিল এবং দ্বার খুলিয়া দিয়া সরিয়া দাঁড়াইল।

মূর্ছিত সাবিত্রীকে শয্যায় শোয়াইতে সেই যে মুহূর্তের জন্য তাহার অচেতন দেহখানি তাহাকে বুকে তুলিয়া লইতে হইয়াছিল, সেই অবধি সতীশ কি রকম যেন অন্যমনস্ক হইয়াছিল; এখন দরজার বাহিরে আসিতেই তাহার চমক ভাঙ্গিয়া গেল এবং কি একটা কথা বলিবার জন্য মুখ তুলিতেই সাবিত্রী বলিয়া উঠিল, না, আর একটি কথাও না, তোমার দেহটাকে ত তুমি পূর্বেই নষ্ট করেছ, কিন্তু সে না হয় একদিন পুড়েও ছাই হতে পারবে, কিন্তু একটা অস্পৃশ্য কুলটাকে ভালবেসে ভগবানের দেওয়া এই মনটার গালে আর কালি মাখিয়ো না। হয় তুমি কালই ও-বাসা ছেড়ে চলে যাও, না হয়, আমি আর ওখানে যাবো না। বলিয়াই সাবিত্রী উত্তরের জন্য প্রতীক্ষামাত্র না করিয়া সশব্দে দরজা বন্ধ করিয়া দিল।

নয়

সতীশ হতবুদ্ধি হইয়া গিয়াছিল। কেন যে সাবিত্রী অবিশ্রাম আকর্ষণ করে, কেনই বা কাছে আসিলে এমন নিষ্ঠুর আঘাত করিয়া দূরে সরাইয়া দেয়, সেদিন সারা রাত্রি ধরিয়া ভাবিয়াও ইহার একটা অস্পষ্ট কারণও খুঁজিয়া পাইল না। গত রাত্রির এক একটা কথা এখন পর্যন্ত তাহার হাড়ের মধ্যে ঝনঝন করিয়া বাজিতেছিল। তাই সে প্রত্যূষেই বাহির হইয়া গেল এবং একটা বাসা ঠিক করিয়া আসিয়া মুটে ডাকিয়া জিনিসপত্র বোঝাই দিতে লাগিল। ব্যাপার দেখিয়া বাসার সকলেই আশ্চর্য হইল। বেশী হইল বেহারী। সে কাছে আসিয়া আস্তে আস্তে জিজ্ঞাসা করিল, বাবু কি তবে বাড়ি যাচ্ছেন?

সতীশ তাহার হাতে গোটা-পাঁচেক টাকা গুঁজিয়া দিয়া বলিল, না বেহারী, বাড়ি নয়—স্কুলের কাছেই একটা বাসা পেয়েছি, তাই যাচ্ছি।

বেহারী ক্ষণকাল চুপ করিয়া থাকিয়া বলিল, কিন্তু সে ত এখনো আসেনি বাবু।

সতীশ মুখ না তুলিয়াই কহিল, আসেনি? আচ্ছা, তুই বিছানাগুলো আমার বেঁধে দে, আমি ততক্ষণ রাখালবাবুর ঘর থেকে একবার আসি। বলিয়াই বাসার দেনা-পাওনা মিটাইয়া দিতে রাখালবাবুর ঘরে চলিয়া গেল। সে ঘরে অনেকেই উপস্থিত ছিলেন ; বোধ করি এই আলোচনাই চলিতেছিল। কারণ, তাহাকে দেখিয়া সকলেই নিস্তব্ধ হইয়া গেল। রাখাল একটুখানি হাসির চেষ্টা করিয়া বলিলেন, সতীশবাবু এমন হঠাৎ যে!

সতীশ হাতের টাকাগুলো টেবিলের একধারে রাখিয়া দিয়া বলিল, হঠাৎ একদিন এসেও ছিলাম, হঠাৎ একদিন চলেও যাচ্চি। এই টাকাগুলোতেই বোধ করি হবে, যদি না হয়, হিসাব হয়ে গেলে আমাকে জানাবেন, বাকি টাকা পাঠিয়ে দেব।

রাখাল বলিলেন, জানাব কোথায়?

আমার স্কুলের ঠিকানায় একখানা কার্ড লিখে ফেলে দেবেন, তা হলেই পাব, বলিয়া সতীশ আর কোনও সওয়াল-জবাবের অপেক্ষা না করিয়া বাহির হইয়া গেল। ঘরের ভিতর হইতে একটা চাপা-হাসির শব্দ সতীশের কানে আসিয়া পৌঁছিল। বেহারী অদূরে দাঁড়াইয়া ছিল, ঘরে ঢুকিয়া হাতের ছোট পুঁটলিটি কপাটের আড়ালে নামাইয়া রাখিয়া, রাখালকে উদ্দেশ করিয়া বলিল, বাবু, আমার সতের দিনের মাইনেটা হিসাব করে দিন, আমাকে এখুনি বাবুর সঙ্গে যেতে হবে।

রাখাল বিস্মিত ও ক্রুদ্ধ হইয়া বলিলেন, তুই যাবি, এখানে কাজ করবে কে? যাব বললেই ত যাওয়া হয় না।

বেহারী কহিল, কেন হবে না বাবু। আমাকে যে যেতেই হবে!

রাখাল আগুনের মত জ্বলিয়া উঠিয়া বলিলেন, হবে বললেই হবে! রীতিমত নোটিশ দেওয়া চাই, জানিস!

বেহারী কহিল, সে তখন একদিন সময়মত এসে দিয়ে যাব। এখন মাইনেটা দিন, আমাকে জিনিসপত্র গুছিয়ে নিতে হবে।

রাখাল আর কোনও জবাব না দিয়া ঝড়ের বেগে বাহির হইয়া সতীশের ঘরে ঢুকিয়াই বলিয়া উঠিল, সতীশবাবু, এইগুলো কি কাজ?

সতীশ বিছানা বাঁধিতেছিল, মুখ তুলিয়া জিজ্ঞাসা করিল, কোনগুলো?

রাখাল উদ্ধতভাবে কহিল, ঝি আসেনি। সে ত আগেই গেছে দেখচি, আবার বেহারীকে নিতে চান কেন? দোষ করলেন আপনি, শাস্তি ভোগ করবো কি আমরা?

সতীশ বিস্মিত হইয়া বলিল, আপনার কথা ত বুঝলাম না।

রাখাল গলার সুর চড়াইয়া দিয়া বলিলেন, বুঝবেন কেন, না বোঝাই যে সুবিধে। নিজে না গেলে আপনাকে ত বার করতেই হতো ; কিন্তু সে যা হোক, একটা সহজ ভদ্রতার জ্ঞানও কি মানুষের থাকতে নেই?

সতীশের দুই চোখ জ্বলিয়া উঠিল, কাছে সরিয়া আসিয়া বলিল, আপনি এ সমস্ত কি বলছেন?

ঈর্ষার বহ্নি রাখালকে দগ্ধ করিতেছিল, বলিলেন, বলছি ঠিক, আপনিও বুঝছেন ঠিক!

সতীশবাবু, কোন কথাই আমাদের অজানা নেই। আচ্ছা যান আপনি—কি কালসাপকেই ঘরে আনা হয়েছিল, এমন বাসাটা লণ্ডভণ্ড করে দিলে।

সতীশ রাখালের একটা হাত চাপিয়া বলিল, কি বলছেন রাখালবাবু?

রাখাল জোর করিয়া হাত ছাড়াইয়া লইয়া গর্জিয়া উঠিলেন, যান—যান, ন্যাকা সাজবেন না। যান আপনি, দূর হোন।

বেহারী ঘরে ঢুকিয়া বলিল, সতীশবাবু, যেতে দেন ওঁকে, কোথায় ওঁর দরদ, কোথায় ওঁর জ্বালা, সে একদিন আপনাকে আমি বলব। আমি সমস্ত জানি। আসুন, আমরা জিনিসপত্র গুছিয়ে নিই।

রাখাল পদশব্দে বাড়ি কাঁপাইয়া বাহির হইয়া গেল, সতীশ চৌকির উপর বসিয়া পড়িয়া কহিল, এ-সব কি বেহারী!

বেহারী বলিল, আমি আপনার সঙ্গে যাব বাবু, এখানে থাকতে পারব না।

সতীশ আশ্চর্য হইয়া বলিল, আমার সঙ্গে? এখানে কাজ করবে কে?

বেহারী অবিচলিত দৃঢ়তার সহিত বলিল, যার ইচ্ছে করুক, আমি সঙ্গে যাবই! একজন চাকর না থাকলে ত আপনার চলবে না বাবু!

এতক্ষণে ব্যাপারটা বুঝিতে পারিয়া সতীশ ক্ষণকাল চুপ করিয়া থাকিয়া বলিল, এ কথা আগে বললেই ত পারতিস বেহারী?

বেহারী জবাব দিল না। নিঃশব্দে জিনিসপত্র গুছাইয়া লইয়া মুটের মাথায় তুলিয়া দিতে লাগিল। সে যে যাইবেই, তাহাতে আর সন্দেহ রহিল না।

নূতন বাসায় আসিয়া সতীশ ভাবিতেছিল, সে এমন হইয়া গেল কিরূপে? যে-সে তাহাকে শুধু যে অপমান করিতেই সাহস করে, তাহাই নহে, অপমান করিয়া স্বচ্ছন্দে পরিত্রাণ পায় কেন? তাহার অসাধারণ দৈহিক শক্তি একতিলও কমে নাই, অথচ কেন সে মুখ তুলিয়া জোর করিয়া কথা কহিতে পারে না? কেন সে নতমুখে সমস্তই সহ্য করে? নিজের মনের এই শোচনীয় দুর্বলতা আজ তাহাকে অত্যন্ত বাজিল এবং তদপেক্ষা বাজিল এই দুঃখটা যে, প্রতিকার করিবার সাধ্যও যেন তাহার হাতছাড়া হইয়া গেছে। রাখালের ক্রুদ্ধ ভাষা যে, সে-রাত্রির ঘটনারই ইঙ্গিত করিয়াছে তাহাতে সন্দেহমাত্র নাই। ইহাই মনে করিয়া সতীশ লজ্জায় মাটির সহিত মিশিয়া যাইতে লাগিল। বিপিনের লোক তাহাকে কেমন করিয়া কিভাবে ধরিয়াছিল, অন্ধকার ঘরের মধ্যে কেমন করিয়া সে ভয়ে মড়ার মত পড়িয়াছিল, বুদ্ধিমান তাহারা কেমন করিয়া সমস্ত চালাকিটা বুঝিতে পারিয়া আচ্ছাদনের ভিতর হইতে টানিয়া লইয়া গিয়াছিল ইত্যাদি চিত্তগ্রাহী দুর্লভ বিবরণ সত্যে-মিথ্যায়, অলঙ্কারে আড়ম্বরে জড়াইয়া বর্ণিত হইবার সময়টায় উপস্থিত সকলে কিরূপ উৎকট আনন্দ, আগ্রহ ও উচ্চ-হাস্যের সহিত উপভোগ করিয়াছে, তাহার আগাগোড়া চেহারাটা কল্পনায় এতই মর্মান্তিক ও বীভৎস হইয়া দেখা দিল যে, একাকী ঘরের মধ্যেও সতীশের সমস্ত মুখ বেদনায় বিবর্ণ হইয়া উঠিল। আবার, ইহাদেরই সম্মুখে রাখাল তাহাকে অপমান করিয়া বিদায় করিয়াছে, সে একটি কথাও বলিতে পারে নাই! এই কথা সাবিত্রী শুনিয়া কি মনে করিবে!

কিন্তু কোন কথাই সে বলিবে না। স্তব্ধ হইয়া সমস্ত লাঞ্ছনা সহ্য করিবে, একটা জবাবও

দিবে না। তাহার আত্মসম্মানবোধ যে কত বৃহৎ, ইহাও যেমন সে নিঃসংশয়ে বুঝিয়াছিল, তাহার ব্যথিত মুখের চেহারাটাও সে কল্পনায় আজ সুস্পষ্ট দেখিতে লাগিল। সতীশ মনে মনে বলিল বটে, আমার নিজের নির্বুদ্ধিতায় যে অনাসৃষ্টি ঘটিয়াছে, অসহায়া সাবিত্রীকে তাহার মধ্যে ফেলিয়া আসা উচিত হয় নাই, কিন্তু, উচিত যে কি হইতে পারিত তাহাও সে কোনমতেই ভাবিয়া পাইল না। কিন্তু সাবিত্রী কি নিজেই তাহাকে চলিয়া যাইতে বলে নাই! সে কি দর্প করিয়া বলে নাই, উহাতে সে কোন অপমানই বোধ করে না।

বেহারী আসিয়া বলিল, বাবু আপনার চান করবার সময় হয়েছে। তাহার কণ্ঠস্বরে আজ যেন একটু বিশেষ অর্থ ছিল।

সতীশ লজ্জিত হইয়া তাড়াতাড়ি উঠিয়া পড়িল এবং তোয়ালে কাঁধে ফেলিয়া স্নান করিতে চলিয়া গেল।

হায় রে! মন যখন তাহার ছিঁড়িয়া পড়িতেছিল, তখনও নিয়মিত কোন কাজেই অবহেলা করিবার পথ ছিল না। সে স্কুলে গেল, কিন্তু ক্লাসে ঢুকিতে পারিল না। বাহিরে ঘুরিয়া ঘুরিয়া একসময়ে বাসায় ফিরিয়া আসিয়া ঘরে ঢুকিতেই কিসের নৈরাশ্যে যেন সমস্ত হৃদয় পরিপূর্ণ হইয়া উঠিল। এই নূতন ঘরটিকে সাজাইয়া-গুছাইয়া লইতে বেহারী যথাসাধ্য পরিশ্রম করিয়াছে তাহা বুঝা গেল, কিন্তু অপটু হস্তের প্রথম চেষ্টা কোথাও চাপা পড়ে নাই, তাহাও তাঁহার তেমনি চোখে পড়িল। বেহারী সরবৎ তৈরি করিয়া আনিল, তামাক সাজিয়া দিল, এবং দোকান হইতে পানের দোনা কিনিয়া আনিয়া কাছে রাখিল। বৃদ্ধের অনভ্যস্ত এই-সব সেবার চেষ্টায় সতীশ মনে মনে হাসিতে গিয়া কাঁদিয়া চক্ষু মুছিল। রাত্রে বিছানায় শুইয়া সতীশ ভাবিতে লাগিল, যাহা হইবার হইয়াছে, এ-সব কথা সে আর মনেও আনিবে না, লেখাপড়ার জন্য কলিকাতায় আসিয়াছিল, হয় ঐ লইয়াই থাকিবে, না হয়, বাড়ি ফিরিয়া যাইবে। কিন্তু সেদিন ঐ যে মূর্ছিতা নারীর তপ্ত স্পর্শটুকু লইয়া সে বাসায় ফিরিয়াছিল,সে উত্তাপ তাহার সমস্ত সংযমের চেষ্টাকে গলাইয়া শেষ করিয়া ফেলিতে লাগিল। বেহারী মনে মনে সমস্তই বুঝিতেছিল, কিন্তু সান্ত্বনা দিবার সাহস তাহার ছিল না। তাই সে বিষণ্ণ-মুখে চুপ করিয়া দ্বারের বাহিরে বসিয়া রহিল। প্রায় দশটা বাজে, সে আস্তে আস্তে মুখ বাড়াইয়া বলিল, বাবু, আলোটা নিবিয়ে দেব কি?

সতীশ কহিল, দে, কিন্তু তুই শুবি কোথা বেহারী?

আমি এইখানেই আছি বাবু। আমার মাদুরটা দোরগোড়াতেই পেতেছি।

সতীশ জিজ্ঞাসা করিল, এ-বাসায় কি চাকরদের শোবার ঘর নেই?

বেহারী বলিল, নীচে একটা খালি ঘর আছে, কিন্তু আপনার যদি কিছু দরকার হয়, তাই এখানেই থাকব।

সতীশ ব্যস্ত হইয়া বলিয়া উঠিল, সে কি রে, তুই শুতে যা। বুড়োমানুষ, হিমে থাকিস নি।

হিম কোথায় বাবু, বলিয়া সেইখানেই বেহারী গায়ের কাপড়টা মুড়ি দিয়া শুইয়া পড়িল।

কিছুক্ষণ চুপ করিয়া থাকিয়া সতীশ জিজ্ঞাসা করিল, রাত কত হলো রে?

বেশী হয়নি বাবু, বোধ করি দশটা বেজেছে।

সতীশ আবার মৌন হইয়া রহিল। কতক্ষণ পরে মৃদুকণ্ঠে জিজ্ঞাসা করিল, আচ্ছা, তুই

সাবিত্রীদের ঘর চিনিস না বেহারী?

বেহারী উঠিয়া বসিয়া বলিল, চিনি বৈ কি বাবু। কতদিন তাকে পৌঁছে দিয়েছি।

সতীশ আর কিছু বলিতে পারিল না। কিন্তু বেহারী বলিল, একবার গিয়ে দেখে আসব কি?

এবারে সতীশ ব্যস্ত হইয়া বলিয়া উঠিল, না না, তুই যাবি কোথা? সে যে অনেক দূর!

বেহারী কহিল, দূর কিছুই নয় বাবু।

সতীশ ভাবিতে লাগিল, কথা কহিল না।

বেহারী আস্তে আস্তে বলিল, বাবু, যদি ঘণ্টা-খানেকের ছুটি দেন ত দেখে আসি। সকালবেলা আসেনি, বোধ হয় অসুখ-বিসুখ হয়ে থাকবে।

তথাপি সতীশ কথা কহিল না।

বেহারী মনে মনে অস্থির হইয়া উঠিল। আজ সমস্ত দিন ধরিয়া সে অভ্যাসমত কথা বলিতে পায় নাই, উপরন্তু, বলিবার বিষয় ইতিমধ্যে এত বেশী সঞ্চয় হইয়া উঠিয়াছে, তাই আর একবার বলিল, নতুন জায়গায় ঘুম আসছে না বাবু, আর একবার তামাক সেজে দেব কি?

সতীশ অন্যমনস্ক হইয়া পড়িয়াছিল, সাড়া দিল না। তবুও বেহারী কিছুক্ষণ উদ্গ্রীব হইয়া অপেক্ষা করিয়া রহিল, শেষে হতাশ হইয়া গায়ে কাপড়টা আর একবার টানিয়া সেইখানেই অবিলম্বে ঘুমাইয়া পড়িল!

পরদিন ঠিক সময়ে সতীশ স্কুলে চলিয়া গেল। মধ্যাহ্নে বেহারী হাতের কাজকর্ম সারিয়া লইয়া সদ্য নিযুক্ত পাঁড়েঠাকুরের উপর বাসার খবরদারির ভার দিয়া বাহির হইয়া পড়িল, এবং সতের দিনের মাহিনা আদায়ের অছিলায় পুরাতন বাসায় আসিয়া উপস্থিত হইল। অথচ, তাহার এ ভয় ছিল, পাছে রাখালবাবু কোনগতিকে অফিসে না গিয়া থাকেন। তাই ঘরে ঢুকিয়াই নূতন ভৃত্যটার নিকটে সংবাদ জানিয়া লইয়া নির্ভয়ে রান্নাঘরের সম্মুখে আসিয়া গলা বড় করিয়া ডাক দিল, ঠাকুরমশাই, প্রাতঃপ্রণাম হই।

ঠাকুরমশাই গাঁজা খাইয়া দেওয়ালে ঠেস দিয়া চোখ বুজিয়া ধ্যান করিতেছিলেন, চমকাইয়া উঠিয়া বলিলেন, কল্যাণ হোক! তারপর মাথা সোজা করিয়া চোখ চাহিয়া বলিলেন, ও কে, বেহারী! আয় বোস।

বেহারী কাছে আসিয়া পদধূলি লইয়া বসিল। চক্রবর্তী গামছার খুঁট খুলিয়া খানিকটা গাঁজা বাহির করিয়া বেহারীর হাতে দিয়া বলিলেন, ও-বাসায় তা হলে রাঁধচে কে?

বেহারী উঠিয়া গিয়া হাতের তেলোয় ফোঁটা কয়েক জল লইয়া ফিরিয়া আসিয়া বলিল, একটা খোট্টা বামুন। একেবারে জানোয়ার!

চক্রবর্তী খুশী হইয়া মাথা নাড়িয়া বলিলেন, ভগবান ওদের ল্যাজ দিতে ভুলেছেন তাই যা! তাহার পরে বাসার নূতন হিন্দুস্থানী চাকরটাকে উদ্দেশ করিয়া বলিলেন, আমাদের এখানে কালই এক ব্যাটা ভূতকে ধরে আনা হয়েছে, তা সে—বিদ্যে ওর—তার সাক্ষী দ্যাখ না বেহারী, আজ সকালে এক কলকে বার করে দিয়ে বললুম, কৈ তৈরি কর দেখি বাপু! মনে করলুম, বিদ্যেটা একবার দেখিই না! তা বললে বিশ্বাস করবি নে বেহারী, ব্যাটা জিনিসটাকেই মাটি করে ফেললে। তা তোদের ওখানে কষ্ট হবে না, সাবিত্রী আমার চালাক মেয়ে, দুদিনেই শিখিয়ে-পড়িয়ে তালিম করে নেবে।

তাঁহার নিজের পনের আনা বিদ্যাও যে ঐ গুরুর কাছেই শেখা, সে-কথাটা চাপিয়া দিয়া তাড়াতাড়ি বলিলেন, কিন্তু তাও বলি বেহারী, হাঁড়ি ধরলেই হয় না, বাবুভায়াদের খুশী করা, তাঁদের পাতে রান্না তুলে দেওয়া, বড় সামান্য বিদ্যে নয়—বাম্‌নায়ের জোর চাই! ও খোট্টা-মোট্টার কর্মই নয়। কিন্তু আমার এখানে কাজ করা আর পোষাবে না, সে তোকে আগে থেকেই বলে রাখলুম। তুই বলিস দেখি আমার নাম করে সাবিত্রীকে। সে তখনি বলবে, যাও বেহারী, চক্রবর্তীকে ডেকে আনো, না হয় দু'টাকা মাইনে বেশী নেবে। সতীশ বাবু কিন্তু কখখনো না বলবেন না। তাঁর মেজাজ জানি ত। বিশেষ ব্রাহ্মণস্য ব্রাহ্মণ গতিং। আমি দু'টাকা বেশী পেলে সে কিছু আর অপাত্রে পড়বে না, বলিয়া চক্রবর্তী নিজেই হাসিতে লাগিলেন।

বেহারী অবাক হইয়া রহিল। ক্ষণকাল পরে বলিল, ঠাকুরমশাই, সাবিত্রী ত ওখানে নেই।

চক্রবর্তী অবিশ্বাসের হাসি হাসিয়া বলিলেন, আচ্ছা নেই নেই! তুই আমার নাম করে বলিস, তার পরে যা হয় আমি দেখে নেব।

বেহারী মুখ অত্যন্ত গম্ভীর করিয়া বাঁ হাতের পদার্থটা ডান হাতে লইয়া কহিল, ছুঁয়ে দিব্যি করে বলচি দেব্‌তা, সে ওখানে যায়নি।

চক্রবর্তী এতবড় শপথের পরে আর সন্দেহ করিতে পারিলেন না ; রীতিমত আশ্চর্য হইয়া বলিলেন, তুই বলিস কি বেহারী! সে ত এখানেও আসেনি! তবে চব্বিশ ঘণ্টা রাখালবাবু সতীশবাবু বেচারাকে যে—আচ্ছা, তুই যা—একবার তাকে দেখে আয়, তার পরে আমি আছি আর রাখালবাবু আছেন। আমাকে সে-বামুন পাসনি বেহারী!

তাঁহার ব্রাহ্মণত্বে বেহারীর অগাধ শ্রদ্ধা ছিল, সে কলিকাটি চক্রবর্তীর হাতে তুলিয়া দিয়া প্রশ্ন করিল, আচ্ছা সতীশবাবুই বা গেলেন কেন? তিনি বলেন, ইস্কুল দূর পড়ে—এটা কিন্তু কাজের কথাই নয়।

চক্রবর্তী সাবধানে আগুন তুলিতে তুলিতে বলিলেন, না, ভেতরে কথা আছে। অতঃপর দুজনে মিলিয়া কলিকাটি নিঃশেষ করিয়া বেহারী উঠিয়া পড়িল এবং উদ্বিগ্নমুখে সাবিত্রীর ঘরের অভিমুখে চলিয়া গেল। তাহার নিশ্চয় বিশ্বাস হইল সাবিত্রীর অসুখ হইয়াছে।

সাবিত্রীদের বাটীর সদর-দরজা খোলা ছিল, বেহারী নিঃশব্দে প্রবেশ করিল। প্রায় সকল ঘরেরই কপাট বন্ধ, ভাড়াটেরা দিবানিদ্রা দিতেছে। বেহারী ধীরে ধীরে সাবিত্রীর ঘরের সম্মুখে আসিয়া বজ্রাহতের মত স্তব্ধ হইয়া দাঁড়াইয়া পড়িল। একটা কবাট বন্ধ ছিল। তাহার আড়ালে সাবিত্রী মাটির উপর চুপ করিয়া বসিয়া আছে, এবং অদূরে তক্তাপোশের উপর বিছানায় বিপিন মদ খাইয়া মাতাল হইয়া ঘুমাইতেছে। পদশব্দে চকিত হইয়া সাবিত্রী মুখ বাড়াইয়া অকস্মাৎ বেহারীকে দেখিয়া একমুহূর্তে যেন বিবর্ণ হইয়া গেল। কিন্তু পরক্ষণেই আত্মসংবরণ করিয়া বাহিরে আসিয়া জোর করিয়া হাসিয়া বলিল, এস বেহারী, বসো। তাহাকে সঙ্গে করিয়া আনিয়া রান্নাঘরের বারান্দায় মাদুর পাতিয়া দিল, এবং অত্যন্ত সমাদর করিয়া বসাইয়া নিজে অনতিদূরে মেঝের উপর বসিয়া পড়িয়া জিজ্ঞাসা করিল, খবর সব ভাল বেহারী?

বেহারী মাথা নাড়িয়া জানাইল, ভাল। তার পর সাবিত্রীর মুখে আর কথা যোগাইল না। উভয়েই চুপ করিয়া বসিয়া রহিল। কিছুক্ষণ পরে বেহারী হঠাৎ উঠিবার উপক্রম করিয়া

বলিল, চললুম, আমার আবার অনেক কাজ।

সাবিত্রী শুষ্কমুখে জিজ্ঞাসা করিল, এখনি যাবে? একটু বসো না!

বেহারী উঠিয়া পড়িয়া বলিল, না, চললুম।

সাবিত্রী সঙ্গে সঙ্গে সদর-দরজা পর্যন্ত আসিয়া আস্তে আস্তে বলিল, হাঁ বেহারী, বাবুরা খুব রাগ করেছেন?

বেহারী চলিতে চলিতে বলিল, আমি জানিনে ত, আমরা ওখানে আর নেই!

সাবিত্রী ব্যগ্র হইয়া প্রশ্ন করিল, নেই? বাসা ভেঙ্গে গেছে নাকি?

বেহারী বলিল, না ভাঙ্গেনি। শুধু সতীশবাবু আর আমি চলে গেছি।

কেন তোমরা গেলে বেহারী?

সে অনেক কথা, বলিয়া পুনর্বার বেহারী চলিবার উদ্যোগ করিতেই সাবিত্রী দুই হাত দিয়া তাহার হাতখানা ধরিয়া ফেলিয়া অনুনয়ের স্বরে বলিল, আর একটিবার তোমাকে উঠে গিয়ে বসতে হবে বেহারী।

বেহারী অটলভাবে মাথা নাড়িয়া বলিল, না, আমার সময় নেই।

তবে কাল একটিবার আসবে, বলো?

বেহারী তেমনি দৃঢ়কণ্ঠে বলিল, না, আমার সময় হবে না।

পলকমাত্র সাবিত্রী তাহার মুখের পানে তীক্ষ্ণ দৃষ্টিপাত করিয়া হাত ছাড়িয়া দিল। অভিমানে সমস্ত বক্ষ পূর্ণ করিয়া শান্তভাবে বলিল, আচ্ছা, তবে যাও। এই কথা তাঁকে বলো গিয়ে।

কথাটা বেহারীকে আঘাত করিল। সে মুখ তুলিয়া বলিল, তিনি ত তোমার কথা জানতে চাননি।

চাননি?

না।

সাবিত্রী স্থির হইয়া প্রতিঘাত সহ্য করিয়া লইয়া শুষ্কস্বরে বলিল, কোনদিন জানতে চাইলে বলবে বোধ হয়?

বেহারী বলিল, না। আমি মেয়েমানুষ নই—আমার শরীরে দয়ামায়া আছে—বলিয়াই আর কোন প্রশ্নের অপেক্ষামাত্র না করিয়া দ্রুতবেগে ক্ষুদ্র গলি পার হইয়া চলিয়া গেল।

সাবিত্রী সেইখানে চৌকাঠের উপর স্তব্ধ হইয়া বসিয়া পড়িল। তাহার অন্তরে-বাহিরে আর একবার আগুন ধরিয়া উঠিল।

আজ সকালে সে বাড়ি ছিল না। কালী-দর্শন করিতে কালীঘাটে গিয়াছিল। সেই অবকাশে কোথা হইতে বিপিন জন-দুই ইয়ার লইয়া মদ খাইয়া মাতাল হইয়া আসিয়াছে, এবং মোক্ষদার হাতে দু'খানা নোট দিয়া সাবিত্রীর ঘরের তালা খুলিয়া বিছানায় বসিয়াছে। আরো মদ আনাইয়া বাড়িসুদ্ধ সকলে মিলিয়া মদ খাইয়া মাতাল হইয়াছে—এ সব কোনও কথা সাবিত্রী জানিত না। বেলা বারোটার সময় সে বাড়িতে ঢুকিয়া দেখিতে পাইল, এই বাটীর ভাড়াটে, দুজন প্রবীণা মাতাল হইয়া বকাবকি করিতেছে, এবং তাহার মাসী মোক্ষদা সামনের বারান্দায় কাৎ হইয়া পড়িয়া ভাঙ্গা গলায় নিজের মনে বিদ্যাসুন্দরের গান আবৃত্তি করিতেছে। বাড়িময় মুড়ি, কড়াই-ভাজা, হাঁসের ডিমের খোলা, কাঁকড়া-চিবানো, চিংড়ি মাছের খোলা ছড়াছড়ি যাইতেছে—পা ফেলিবার স্থান নাই। মোক্ষদা সাবিত্রীকে দেখিতে

পাইয়াই শিথিল-বস্ত্র কোমরে জড়াইতে জড়াইতে উঠিয়া দাঁড়াইয়া একেবারে তাহার গলা জড়াইয়া কান্না জুড়িয়া দিল—মা, এমন সব বাবু যার, তার আবার কষ্ট, তার আবার চাকরি করা! আমি কিন্তু তোর গরীব মাসী সাবিত্রী—মুখে তাহার উগ্র মদের গন্ধ; গালে, কপালে, কাপড়ে, সর্বাঙ্গে হলুদের শুকনো দাগ, নিশ্বাসে কাঁচা পিঁয়াজের কুৎসিত তীব্র গন্ধ! অসহ্য ঘৃণায় সাবিত্রী তাকে সজোরে দূরে ঠেলিয়া দিয়া বলিয়া উঠিল, মাসী, তুমিও মদ খাও! তুমিও মাতাল?

ঠেলা খাইয়া মোক্ষদা কান্না বন্ধ করিয়া, চোখ রাঙ্গা করিয়া চীৎকার করিয়া উঠিল, মাতাল? আলবত্ মাতাল! পাড়ার লোককে জিজ্ঞাসা কর গে যা—তাহা বলবে মোক্ষদা মাতাল। আমারো একদিন ছিল লো, আমারো একদিন ছিল। আমিও একদিন চব্বিশ ঘণ্টা মদে ডুবে থাকতুম! তুই তার জানবি কি—কালকের মেয়ে!

তাহার তর্জনে গর্জনে কুণ্ঠিত হইয়া সাবিত্রী শান্ত করিবার অভিপ্রায়ে বলিল, কিন্তু তুমি ত খাও না—আজ হঠাৎ খেতে গেলে কেন?

মোক্ষদা আরো রাগিয়া উঠিয়া বলিল, হঠাৎ আবার কি! আমরা হঠাৎ-খাইয়ে মেয়েমানুষ নই। জিজ্ঞাসা কর গে যা তোর বাবুকে, যে এক গেলাস খেয়ে উলটে পড়ে আছে, তাকে! ওরে, আমরা মরি, তবু মর্যাদা হারাইনে—আঁচলে দু'খানা নোট বেঁধে দিয়েচে, তবে গেলাস ধরেছি।—বলিয়া আঁচলটা সদর্পে তুলিয়া ধরিয়া বলিল, বললেই ছুটে গিয়ে গিলব, সে মোক্ষদা আমি নই।

সাবিত্রী চমকিত হইয়া জিজ্ঞাসা করিল, বাবু এসেছেন নাকি?

মোক্ষদা কহিল, না হলে আর এত কাণ্ড করলে কে? কিন্তু তাও বলি, খাও বললেই খাব কেন? মান-ইজ্জত নেই কি?

ইতিপূর্বে বারান্দার ওধারে যাহারা আপোসে বচসা করিতেছিল, উচ্চ-কণ্ঠস্বরে কলহের আশ্বাস পাইয়া তাহারা কাছে আসিয়া দাঁড়াইল। বিধু বলিল, ওগো, মান-ইজ্জত আমাদেরও আছে, ঠেস দেওয়া কথা আমরাও বুঝি। তবে নাকি সাবিত্রী মেয়ের মত, তার বাবু আমাদের হাতে ধরে সাধাসাধি করতে লাগল, তাই খাওয়া। না হলে—

তাহার কথা শেষ না হইতেই মোক্ষদা গর্জন করিয়া উঠিল, হলোই বা সাবিত্রীর বাবু! হলোই বা জামাই! কুড়ি টাকা আঁচলে বেঁধেছি তবে গেলাস ছুঁয়েছি!

কথা শুনিয়া সাবিত্রী লজ্জায় ঘৃণায় মরিয়া যাইতেছিল। বলিয়া উঠিল, থামো মাসী, থামো! চুপ করো!

মোক্ষদা বলিল, চুপ করব কেন? যা বলব সামনেই বলব। তল্লাটের লোক জানে, পষ্ট বলিয়ে যদি কেউ থাকে ত সে মুকি!

এবার বিধুও গলা চড়াইয়া দিয়া বলিল, স্পষ্ট বলতে শুধু তুই জানিস, তা নয়। আমরাও জানি। জামায়ের কাছে দু'খানা নোট নিয়ে মদ খেয়েচিস, তিনখানা পেলে না জানি—

মোক্ষদা লাফাইয়া উঠিয়া বলিল, যত বড় মুখ নয়—আর বলিতে পাইল না। সাবিত্রী হাত দিয়া তাহার মুখ চাপিয়া ধরিল, এবং জোর করিয়া টানিয়া লইয়া তাহার ঘরের মধ্যে ফেলিয়া শিকল তুলিয়া দিল। তথা হইতে মোক্ষদা অকথ্য অশ্রাব্য ভাষা অবিশ্রাম বর্ষণ করিতে লাগিল।

ফিরিয়া আসিয়া সাবিত্রী বিধুর দুটো হাত ধরিয়া বলিল, মাসী, আমাকে মাপ কর। সমস্ত

দোষ আমার।

তাহার নম্র-কথায় শান্ত হইয়া বিধু বলিল, তোর কি সাবি? মুকিকে চিরকাল জানি ঐ রকম। একটু খেলে আর রক্ষে নেই, পায়ে পা তুলে দিয়ে ঝগড়া করবে। ঐ তার স্বভাব। যা, তুই নিজের ঘরে যা। বলিয়া বিধু সঙ্গিনীর হাত ধরিয়া চলিয়া গেল।

সাবিত্রী কাঠের মত দাঁড়াইয়া রহিল। রোষে ও ক্ষোভে তাহার আত্মঘাতী হইতে ইচ্ছা করিতেছিল। সতীশ যে এতবড় নির্লজ্জ হইতে পারে, প্রকাশ্যে দিনের বেলায় এমন উন্মত্ত আচরণ করিতে পারে, ইহা ত সে স্বপ্নেও ভাবিতে পারিত না। তাই কাল্পনিক নহে, একটা সত্যকার ব্যথা তাহার বুকের মধ্যে বিরাট তরঙ্গের মত গড়াইয়া বেড়াইতে লাগিল। তাহার মনে হইতে লাগিল, যে তাহার প্রিয়তম অকস্মাৎ সে যেন তাহারি চোখের সুমুখে মরিয়া গেল, যাহাকে সে মাত্র দুইদিন পূর্বে কটুকথায় অপমান করিয়া বিদায় দিতে বাধ্য হইয়াছিল, সে যখন এত সত্বর, এত সহজে, তাহার সমস্ত আত্মসম্ভ্রম বিসর্জন দিয়া এমন হীন, এমন কদাকার হইয়া ফিরিয়া আসিল, তখন ভরসা করিবার, বিশ্বাস করিবার, তাহার আর কিছুই রহিল না। তাহার দুই চোখ জ্বালা করিতে লাগিল, কিন্তু একফোঁটা জল আসিল না। তাহার সর্বস্ব, তাহার দেবতা, কল্পনার স্বর্গ, তাহার ভ্রষ্টজীবনের ধ্রুবতারা, তাহার ইহকালপরকাল সমস্তই যেন একমুহূর্তে ঐ ইতস্ততঃ বিক্ষিপ্ত উচ্ছিষ্টরাশির মাঝখানে লুটাইয়া পড়িল। সাবিত্রী স্থির হইয়া দাঁড়াইয়া রহিল, ঘরের দিকে যাইতে কিছুতেই পা উঠিল না। তাহার মনে পড়িল, এই সেদিন রাত্রে তাহাকে স্পর্শ করিয়া সতীশ শপথ করিয়াছিল। আজ যখন সে এরই মধ্যে সব ভুলিয়া, মাতাল হইয়া তাহারি শয্যার উপর আসিয়া পড়িল, তখন তাহার মুখের দিকে সে চাহিয়া দেখিবে আর কি করিয়া?

এমন সময় নীচে বাড়িউলীর গলার শব্দ শোনা গেল। তিনিও আজ বাটী ছিলেন না। আসিয়াই একজনের নিকটে মোক্ষদা ও বিধুর বিবরণ, এবং সেই সঙ্গে আর যাহা কিছু সমস্তটুকু শুনিয়া ক্রোধভরে উপরে উঠিতেছিলেন, হঠাৎ সম্মুখেই রাশীকৃত এঁটোকাঁটা দেখিয়া স্থির হইয়া দাঁড়াইলেন। সম্প্রতি প্রয়াগে মাথা মুড়াইয়া আসিয়া তাঁহার বাচ-বিচারের অন্ত ছিল না। সাবিত্রীকে তদবস্থা দেখিয়া বলিলেন, সাবি, তোকে ত ভাল মেয়ে বলেই জানতুম—এ সমস্ত কি অনাছিষ্টি বল ত বাছা!

সাবিত্রী সংক্ষেপে কহিল, আমি বাড়ি ছিলুম না।

বাড়িউলী কহিলেন, এখন ত আছিস, এখন এগুলো মুক্ত করবে কে? আমি? না বাছা, আমার বাড়িতে এ-সব অনাচার চলবে না। যে যার ঘরে বসে যা ইচ্ছে করো, আমি বলতে যাব না, কিন্তু বাইরে বসে এ-সব কাণ্ড হবে না। আমি যে মাড়িয়ে যাব, ছোঁয়াছুঁয়ি করে জাতজন্ম খোয়াব, তা পারব না। এই বলিয়া তিনি দেওয়াল ঘেঁষিয়া ডিঙাইয়া, ডিঙাইয়া কোনও মতে তাঁহার ও-ধারের ঘরে চলিয়া গেলেন। সাবিত্রী আর দাঁড়াইয়া রহিল না। সমস্ত জঞ্জাল পরিষ্কার করিয়া, সমস্ত স্থানটা ধুইয়া মুছিয়া পুনর্বার স্নান করিয়া আসিল এবং একখানা শুষ্ক বস্ত্রের জন্য ঘরে চলিয়া গেল। ভিতরে গিয়া বিছানার দিকে চাহিয়াই সে ভয়ে, বিস্ময়ে চীৎকার করিয়া উঠিল, মা গো? এ যে বিপিনবাবু!

মদ্যপ গাঢ় নিদ্রায় মগ্ন,—জাগিল না। বাহিরের আর কেহ এ শব্দ শুনিতে পাইল না। সাবিত্রী দুই পা পিছাইয়া আসিল, তাহার সর্বাঙ্গ ঝিমঝিম করিতে লাগিল, এবং মাথার মধ্যে হঠাৎ মূর্ছার লক্ষণ অনুভব করিয়া দ্বারের আড়ালে কবাটে মাথা রাখিয়া নির্জীবের মত বসিয়া

পড়িল।

কতক্ষণ পরে সে ভাব কাটিয়া গেল বটে, কিন্তু তবুও সে মাথা তুলিয়া সোজা হইয়া বসিতে পারিল না। ইতিপূর্বে যে ক্ষোভে, যে দুঃখে তাহার অন্তরটাও খণ্ড খণ্ড হইয়া যাইতেছিল, যাহার নির্লজ্জ আচরণের লজ্জায় তাহার মরিতে ইচ্ছা করিতেছিল, সে লজ্জা সত্য নহে, এ সতীশ নয়, আর একজন, তাহা চোখে দেখিয়াও তাহার সে ক্ষোভ, সে দুঃখ যেন বিন্দুমাত্রও নড়িয়া বসিল না। বরং বুক যেন আরো ভারী, অন্তর যেন আরও অন্ধকার হইয়া উঠিল। শয্যার দিকে সে আর চাহিতেও পারিল না। এইবার তাহার দুই চোখ ভরিয়া বড় বড় অশ্রু ঝরঝর করিয়া ঝরিয়া পড়িতে লাগিল।

হায় রে রমণীর ভালবাসা! এত দুঃখে, ইহারই মধ্যে কখন যে সে গোপনে নিঃশব্দে সতীশের সমস্ত অপরাধ ক্ষমা করিয়া তাহাকে সেবা করিবার, সুস্থ করিবার পিপাসায় আর্ত হইয়া উঠিয়াছিল, এবং কখন যে তাহাকে দেখিবার, কথা কহিবার সর্বগ্রাসী ক্ষুধায় উন্মত্ত হইয়া উঠিয়াছিল, এ সংবাদ বোধ করি তাহার অন্তর্যামীও টের পান নাই। এখন, সেই দিককার সমস্ত আশা এই মুহূর্তে মিথ্যায় মিলাইয়া যাইবামাত্রই তাহার সমস্ত অস্তিত্বটাই যেন এক দিগ্বিহীন শূন্যতার মাঝখানে ডুবিয়া গেল। ঠিক এই সময়টাতেই তাহার দ্বারের বাহিরে বেহারী আসিয়া দাঁড়াইয়াছিল।

দশ

সতীশের চিত্তের মাঝে একটা বহ্নির শিখা যে অহর্নিশ জ্বলিতেই লাগিল, এ কথা সে নিজের কাছে অস্বীকার করিতে পারিল না। সেই আগুনে নিরন্তর দগ্ধ হইয়া তাহার অতবড় সবল দেহটাও যে নিস্তেজ হইয়া আসিতেছে, ইহা সে স্পষ্ট অনুভব করিয়া উদ্বিগ্ন হইয়া উঠিল। বেহারীকে ডাকিয়া বলিল, জিনিসপত্র আর একবার বাঁধতে হবে রে, আজ সন্ধ্যার গাড়িতে বাড়ি যাব।

বেহারী প্রশ্ন করিল, দেশের বাড়িতে, না পশ্চিমের বাড়িতে বাবু?

পশ্চিমের বাড়িতে, বলিয়া সতীশ প্রয়োজনীয় জিনিসপত্র কিনিবার টাকা তাহার হাতে দিয়া স্কুলে চলিয়া গেল।

বেহারীর আনন্দ ধরে না। তার বাড়ি মেদিনীপুর জেলায়, পশ্চিমের মুখ সে আজও দেখে নাই। সেই পশ্চিমে আজ রওনা হইতে হইবে। সে তৎক্ষণাৎ সোরগোল করিয়া বাঁধা ছাঁদা শুরু করিয়া দিল। পাঁড়ে আসিয়া আহারের আহ্বান করিল। বেহারী হাসিমুখে বলিল, ঠাকুরজী, তুমি খেয়ে নাও গে। আমার ভাত একধারে ঢাকা দিয়ে রেখো, যদি সময় পাই ত তখন দেখা যাবে,—এখন ত আমার মরবার ফুরসত নেই। পাঁড়েজী আগের কথাটা বুঝিয়াই চলিয়া গেল। শেষের কথাগুলো বুঝিতেও পারিল না, পারার প্রয়োজনও বোধ করিল না।

হাতের কাজ সম্পন্ন করিয়া বেহারী বাহিরে চলিয়া গেল। বাজারে যাইতে হইবে। তা ছাড়া ও-বাসার চক্রবর্তীকে এ সংবাদ দেওয়া চাই। সাবিত্রীর চিন্তাকে সে সেদিন ঘৃণার সহিত বর্জন করিয়াছিল, আজও মনে ঠাঁই দিল না।

আজ সকাল হইতেই সতীশের মাথা ধরিয়াছিল। বেলা বারোটার পরে সে রীতিমত জ্বর লইয়া বাসায় আসিল। বেহারী বাড়ি ছিল না। সে বেলা তিনটা আন্দাজ একরাশ জিনিস মাথায় করিয়া ফিরিয়া আসিয়া একেবারে বসিয়া পড়িল। এই সময়টায় প্রায় চারিদিকেই ইনফ্লুয়েঞ্জা হইতেছিল, সেই কথা স্মরণ করিয়া সতীশ ভয় পাইল। পরদিন জ্বর ও যন্ত্রণা উভয়ই বৃদ্ধি পাইল। সন্ধ্যার পরে সতীশ চিন্তিতমুখে বেহারীকে বলিল, জ্বর যদি শীঘ্র না ছাড়ে, তুই একলা পারবি নে ত।

বেহারী ছলছল চোখে সাহস দিয়া বলিল, ভয় কি বাবু!

সতীশ ক্ষণকাল নীরব থাকিয়া বলিল, একবার ওকে—তাই ভাবছি বেহারী, একবার সাবিত্রীকে খবর দিলে হয় না? বোধ করি, ডাক্তার ডাকতেও হবে।

কোন কারণেই সাবিত্রীকে আহ্বান করিতে বেহারীর লেশমাত্র প্রবৃত্তি ছিল না, কিন্তু সে মনের ভাব দমন করিয়া মৃদুস্বরে বলিল, আচ্ছা, যাচ্ছি।

তখন হইতে সতীশ উন্মুখ হইয়া রহিল। তার জ্বরের যন্ত্রণা যেন আপনিই কমিয়া গেল। ঘণ্টা-দুই পরে বেহারী একা ফিরিয়া আসিলে সতীশ সভয়ে চাহিয়া রহিল।

বেহারী বলিল, সে বাড়ি নেই বাবু।

বাড়ি নেই! তবে ও-বাসায় একবার গেলি না কেন?

বেহারী বলিল, সে-বাসায় ও আর যায় না। তিন-চারদিন ঘরেও যায় না। কোথায় গেছে, কেউ জানে না।

তার মাসীও জানে না?

না, তাকেও বলে যায়নি।

সতীশ চুপ করিয়া রহিল। বেহারী চোখের জল কোনমতে নিবারণ করিয়া বাহিরে আসিয়া দাঁড়াইল। সাবিত্রীর যে ইতিহাস সে তার মাসীর নিকটে শুনিয়া আসিয়াছিল, এবং যে কথা সে নিজে নিঃসংশয়ে বিশ্বাস করিত, কোনও মতেই সে সংবাদ আজ এই রুগ্ন লোকটির সম্মুখে উচ্চারণ করিতে পারিল না।

পরদিন ডাক্তার আসিয়া ঔষধ দিয়া গেলেন। সতীশ ঔষধের শিশি হাতে লইয়া জানালার বাহিরে নিক্ষেপ করিল। এই দেখিয়া বেহারী আর একবার অশ্রু নিরোধ করিয়া সাবিত্রীর সন্ধানে বাহির হইয়া গেল। মোক্ষদা রাঁধিতেছিল, বেহারী জিজ্ঞাসা করিল, আজকেও আসেনি গা?

মোক্ষদা হাতের খুন্তিটা উদ্যত করিয়া চোখমুখ রাঙ্গা করিয়া বলিল, না বাছা, না। কতবার তোমাকে বলব, সে আর আসবে না। যখন অসময় ছিল, তখন ছিল মাসী। এখন যে তার সুসময়।

বাসায় ফিরিয়া বেহারী মৃদুকণ্ঠে জানাইল, আজও সাবিত্রী ফিরিয়া আসে নাই।

দিন-দুই পরে ঔষধ না খাইয়াও সতীশের জ্বর ছাড়িয়া গেল। সে ভাত খাইয়া সুস্থ হইয়া উঠিয়া বসিল। বেহারীকে ডাকিয়া বলিল, আর নয়, আজই রওনা হওয়া চাই।

সেইদিনই সতীশ কলিকাতা ছাড়িয়া চলিয়া গেল।

এগার

উপেন্দ্র সতীশের শীর্ণ শুষ্ক মুখের পানে চাহিয়া বলিলেন, ভায়ার কি এই ডাক্তারি শেখার নমুনা নাকি?

সতীশ হাসিয়া কহিল, হলো না উপীনদা।

উপেন্দ্র আশ্চর্য হইয়া জিজ্ঞাসা করিলেন, হলো না কি রে?

সতীশ লজ্জিত হইয়া বলিল, ডাক্তারি আমার সহ্য হল না উপীনদা।

উপেন্দ্র স্নিগ্ধ দৃষ্টিতে ক্ষণকাল সতীশের উন্নত দেহটার দিকে চাহিয়া থাকিয়া বলিলেন, ভালই হয়েছে। পাড়াগাঁয়ে গিয়ে অনর্থক কতকগুলো জীবহত্যা করতিস, তার পাপ থেকে ভগবান তোকে রক্ষা করেছেন।

মাস-খানেক পরে আর একদিন উপেন্দ্র সতীশকে ডাকিয়া বলিলেন, আমার সঙ্গে একবার কলকাতায় যেতে হবে সতীশ।

সতীশ হাতজোড় করিয়া বলিল, ঐ হুকুমটি করো না উপীনদা। কলকাতা বেশ শহর, চমৎকার দেশ, সব ভাল, কিন্তু আমাকে যেতে বলো না।

কথাটা সতীশ তামাশার ছলেই বলিতে গেল বটে, কিন্তু সে ছলনা তাহার চাপা ব্যথাটাকে চাপিয়া রাখিতে পারিল না। তাহার ছদ্মহাসি বেদনার বিকৃতিতে এমনই রূপান্তরিত হইয়া দেখা দিল যে, উপেন্দ্র আশ্চর্য হইয়া তাহার মুখের দিকে চাহিয়া রহিলেন। তাহার নিশ্চয় বোধ হইল, সতীশ কি যেন সেখানে করিয়া আসিয়াছে, তাহা তাঁহার কাছে গোপন করিতেছে। ক্ষণেক পরে বলিলেন, তবে থাক সতীশ। তোর শরীরও ভাল নয়, আমি একাই যাই।

উপেন্দ্রর মনের ভাব অনুমান করিয়া সতীশ কুণ্ঠিত হইয়া প্রশ্ন করিল, কবে যাবে উপীনদা?

আজ।

আজই? আচ্ছা চলো, আমিও যাই। বলিয়া হঠাৎ সম্মত হইয়া সতীশ ঘরে ফিরিয়া আসিল এবং মুহূর্তকালের মধ্যেই কলিকাতার জন্যই অধীর হইয়া উঠিল। বেহারীকে বলিল, আর একবার তল্পী বেঁধে ফ্যাল বেহারী, কলকাতায় যেতে হবে।

বেহারী চিন্তিতমুখে জিজ্ঞাসা করিল, কবে বাবু?

সতীশ সহাস্যে বলিল, কবে কি রে! আজই রাত্রের ট্রেনে।

আচ্ছা, বলিয়া বেহারী মুখ ভারী করিয়া চলিয়া গেল।

সতীশ তাহার অপ্রসন্ন মুখ লক্ষ্য করিয়া মনে মনে কহিল, বেহারীর এখানে ত কাজকর্ম নেই, তাই ওখানে খাটুনির ভয়ে যেতে চায় না। কিন্তু অন্তর্যামী জানেন, সতীশ বৃদ্ধের মনের কথা একেবারেই বুঝে নাই।

ইতিপূর্বে একদিন সতীশ কথায় কথায় বেহারীকে বলিয়াছিল, আচ্ছা বেহারী, এতদিনে সাবিত্রী ত নিশ্চয়ই ফিরে এসেছে, কিন্তু তখন কোথায় গিয়েছিল বলতে পারিস?

বেহারী সংক্ষেপে বলিয়াছিল, না বাবু! বলিলে ত সে অনেক কথাই বলিতে পারিত, কিন্তু একদিন সাবিত্রীর মুখের উপর সে নাকি তাহার পুরুষত্বের অহঙ্কার করিয়া আসিয়াছিল, কোন উপলক্ষেই সেইটুকু গর্বকে সে ক্ষুণ্ণ করিতে পারিল না।

যেদিন কলিকাতা হইতে বাটী ফিরিয়া আসিয়া সতীশ নিজের ঘরের মধ্যে প্রবেশ

করিয়াই যুক্তকরে আর্দ্রকণ্ঠে বলিয়াছিল, ভগবান, যা কর তুমি ভালর জন্যই কর! সেদিন সৃষ্টিকর্তার কোন্ বিশেষ কর্মটা স্মরণ করিয়া যে সে এতবড় ধন্যবাদ উচ্চারণ করিয়াছিল, জিজ্ঞাসা করিলে বোধ করি সে বলিতে পারিত না। অথচ কতবড় সঙ্কটের মুখ হইতে সে যে নিরাপদে ফিরিয়া আসিতে পারিয়াছে, কতবড় দুশ্ছেদ্য জালের ফাঁস কত সহজে ছিন্ন করিয়া বাহিরে আসিয়া দাঁড়াইতে পাইয়াছে ইহা সে নিশ্চিত জানিত এবং এ সৌভাগ্যকে সে কৃতজ্ঞতার সহিতই গ্রহণ করিতে চাহিয়াছিল, কিন্তু অন্তরশায়ী অবোধ মন তাহার সেদিকে দৃক্‌পাতমাত্র করে নাই, উপুড় হইয়া পড়িয়া নিশিদিন একভাবেই কাঁদিয়া কাটাইতেছিল। তবু চেষ্টা করিয়া সে পূর্বের মতই তাহার ছেলেবেলার বন্ধু-বান্ধব, থিয়েটার, গান-বাজনার আখড়া প্রভৃতিতে মিশিতেছিল, কিন্তু কোনক্রমেই পূর্বের মত আর মিলিতে পারে নাই। বরং যে লোক ঘরের গৃহিণীর সহিত কলহ করিয়া বাহিরের কর্তব্য সম্পন্ন করিতে আসে তাহারই মত সে ছিদ্রান্বেষী ও অসহিষ্ণু হইয়া নির্বিচারে সমস্তই দংশন করিয়া ফিরিতেছিল। এমনি করিয়া দিনযাপনের মাঝখানে হঠাৎ আজ কলিকাতা যাইবার আহ্বান শুনিয়াই তাহার বিদ্রোহী গৃহলক্ষ্মী ধূলিশয্যা ছাড়িয়া উঠিয়া বসিল, এবং ভবিষ্যৎ ভাল-মন্দর প্রতি ভ্রূক্ষেপ না করিয়া যাত্রা করিয়া পা বাড়াইয়া দাঁড়াইল।

সেই রাত্রেই কলিকাতার উদ্দেশে উপেন্দ্র ও সতীশ মেল-গাড়ির একখানা সেকেন্ড ক্লাস কামরায় চড়িয়া বসিলেন।

বাঁশী বাজাইয়া গাড়ি ছাড়িয়া দিলে উপেন্দ্র জানালা হইতে মুখ সরাইয়া লইয়া বিছানায় কাত হইয়া শুইয়া পড়িলেন, কিন্তু সতীশ জানালার বাহিরে চাহিয়া রহিল।

মেল-ট্রেন সব স্টেশনে থামে না। প্রান্তর, নদ-নদী, গ্রাম, পথ অতিক্রম করিয়া হু হু শব্দে ছুটিয়া চলিয়াছে এবং সেই দ্রুত ধাবনের পরিমাণ করিয়া কদাচিৎ নিঃসঙ্গ অদূরবর্তী বনস্পতি নিমেষে অদৃশ্য হইয়া যাইতেছে। দিগন্তে বৃক্ষরাজি ও বাঁশঝাড় অন্ধকার করিয়া আছে এবং তাহারই নিম্নে নদীর বক্রাংশে শুভ্র জলরেখা জানালার নীল কাচের ভিতর দিয়া দেখা যাইতেছে। বাহিরে বৃক্ষ, গুল্ম, মাঠ, লাইনের পাশে উলুবন ও শুষ্ক জল-খাদ সর্বত্র ম্লান জ্যোৎস্না বিকীর্ণ হইয়া আছে। সতীশের চোখে জল আসিয়া পড়িল। এই পথে কতবার সে আসিয়াছে, গিয়াছে, এই নিস্তব্ধ শান্ত প্রকৃতি কতবার সে এমনি ম্লান জ্যোৎস্নালোকে দেখিয়া গেছে, কিন্তু কোনদিন এমনভাবে তাহার চোখে ধরা দেয় নাই। তাহার মনে হইতে লাগিল, সমস্তই বিচ্ছিন্ন, নির্লিপ্ত, মৃত। কেহই কাহারও জন্য ব্যাকুল নয়, কেহই কাহারও মুখ চাহিয়া অপেক্ষা করিয়া নাই। সবাই স্থির, সবাই উদ্বেগশূন্য, সবাই আপনা-আপনি সম্পূর্ণ। এই নির্বিকার, উদাসীন ধরিত্রীর পানে চাহিয়া থাকিতে তাহার ক্লেশ বোধ হইতে লাগিল। সে চোখ মুছিয়া সরিয়া আসিয়া বেঞ্চের উপর চিত হইয়া শুইয়া পড়িল। কিন্তু ক্ষণকাল পরেই উঠিয়া পড়িয়া, তোরঙ্গ খুলিয়া একটা সানাই বাহির করিয়া উপেন্দ্রকে লক্ষ্য করিয়া আস্তে আস্তে কহিল, গাড়ির শব্দে যদি তোমার ঘুমের ব্যাঘাত না হয় ত বাঁশীর শব্দেও হবে না। আমি ত ঘুমুতে পারিনে, বলিয়া সে আর একবার জানালার কাছে সরিয়া আসিয়া বসিল এবং বাহিরের দিকে চাহিয়া বাঁশীতে ফুঁ দিল।

উপেন্দ্রর সাড়া পাওয়া গেল না। ভগবান সতীশকে গাহিবার গলা এবং বাজাইবার হাত দিয়াছিলেন। এদিকে তিনি কৃপণতা করেন নাই। শিশুকাল হইতে শুরু করিয়া এই বিদ্যাটাই সে শিক্ষা করিয়াছিল এবং শিক্ষা বলিতে যাহা বুঝায়, ঠিক তেমনি করিয়াই শিখিয়াছিল।

সতীশ বাঁশী বাজাইতে লাগিল। সেই শুদ্ধসুন্দর অনির্বচনীয় সঙ্গীত-সৃষ্টি বুঝিবার লোক কেহ ছিল না—শুধু বাহিরে আকাশের খণ্ড চন্দ্র তাহাকে অনুসরণ করিয়া ছুটিয়া চলিতে লাগিল, এবং মাটির উপর সুপ্ত জ্যোৎস্নার ঘুম ভাঙ্গিয়া গেল। ক্রমে গাড়ির গতি যখন মন্দ হইয়া আসিল এবং বুঝা গেল, স্টেশন নিকটে আসিয়াছে, তখন সে বাঁশী নামাইয়া রাখিল।

উপেন্দ্র হাই তুলিয়া উঠিয়া বসিলেন, নাঃ, যদি শিখতে হয় ত সানাই বাজাতে শিখব। সেদিন তোর সেতার শুনে মিথ্যে একটা সেতার কিনে ফেললাম। টাকাগুলোই মাটি।

সতীশ হাসিয়া বলিল, রক্ষে কর উপীনদা, তাই বলে যেন সানাই কিনো না। ঘরে বসে ও যন্ত্রটা শেখবার চেষ্টা করলে আর পাড়ায় লোক টিকতে পারবে না।

উপেন্দ্র লেশমাত্র কুণ্ঠিত না হইয়া বলিলেন, না, শিখি ত তোরই ঘরে বসে শিখব। বলিতে দুজনেই হাসিয়া উঠিলেন।

পরদিন অনেক বেলায় গাড়ি হাওড়ায় থামিলে উপেন্দ্র জিজ্ঞাসা করিলেন, তুই কোথায় যাবি রে?

সতীশ আশ্চর্য হইয়া বলিল, ও আবার কি কথা? তোমার সঙ্গে।

তোর যাবার জায়গা নেই?

বেশ যা হোক তুমি!

এ সম্বন্ধে আর কোন কথাও হইল না।

স্টেশনে নামিতেই একজন বিলাতী পোশাক-পরা বাঙ্গালী সাহেব উপেন্দ্রর হাত ধরিলেন। ইনি উপেন্দ্রর বাল্যবন্ধু জ্যোতিষ রায়, ব্যারিস্টার। 'তার' পাইয়া লইতে আসিয়াছেন। বাহিরে তাঁহার গাড়ি দাঁড়াইয়া ছিল। অল্পস্বল্প জিনিসপত্র যাহা সঙ্গে ছিল, কুলি গাড়ির উপরে তুলিয়া দিলে তিনজনে ভিতরে উঠিয়া বসিলেন। বেহারী কোচ-বাক্সে চড়িয়া বসিল এবং কোচম্যান গাড়ি হাঁকাইয়া দিল। অনেক পরে, অনেক রাস্তা গলি পার হইয়া বড় বড় থাম দেওয়া প্রকাণ্ড একটা বাটীর সম্মুখে আসিয়া গাড়ি থামিল। তিনজনে নামিয়া গেলেন।

বার

সন্ধ্যা হইতে আর বিলম্ব নাই। উপেন্দ্র ও সতীশ পাথুরেঘাটায় একটা অতি সঙ্কীর্ণ গলির মোড়ে আসিয়া দাঁড়াইলেন।

উপেন্দ্র কহিলেন, এই গলিটাই নিশ্চয় বোধ হচ্চে।

সতীশ সন্দেহ প্রকাশ করিল, এর ভেতরে থাকতে পারে না, এটা কখনও নয়।

ভাঙ্গা দেওয়ালের গায়ে টিন মারা আছে, খুব সম্ভব ইহাতে একদিন গলির নাম লেখা ছিল, এখন আর পড়া যায় না। সতীশ বলিল, ভাল করে না জেনে ঢোকা যায় না, এটা পাতালপ্রবেশের সুড়ঙ্গও হতে পারে!

উপেন্দ্র সহাস্যে বলিলেন, তুই তবে প্রহরী হয়ে থাক, আমি ভিতরে গিয়ে দেখে আসি।

সতীশ প্রথমে বাধা দিবার চেষ্টা করিল, পরে উপেন্দ্রর পশ্চাতে চলিতে চলিতে বলিল, উপীনদা, আমাদের মত বম্বেটে লোকেরাও এ-সব স্থানে সন্ধ্যের পরে আসতে সাহস করে না, তোমার খুব সাহস ত!

উপেন্দ্র হাসিয়া বলিলেন, বোম্বেটের সাহস কি ভদ্রলোকের চেয়ে বেশী সতীশ? দুষ্কর্ম করতে পারাকেই সাহস বলে না।

সতীশ সে কথার প্রতিবাদ না করিয়া অত্যন্ত সাবধানে পথ দেখিয়া চলিতে লাগিল। পায়ের নীচেই দুর্গন্ধ-পঙ্কিল খোলা নর্দমা, ক্ষীণদৃষ্টি সতীশের তাহাতে পড়িয়া যাইবার সম্পূর্ণ আশঙ্কা ছিল। একস্থানে ক্ষুদ্র গলি অত্যন্ত সঙ্কীর্ণ এবং অন্ধকার গাঢ় হইয়া আসিল। সতীশ পিছন হইতে উপেন্দ্রর জামার খুঁট টানিয়া ধরিল—উপীনদা, করচ কি, এই রাত্রে মারা পড়বে নাকি?

উপেন্দ্র হাসিয়া বলিলেন, আমার এতক্ষণে ঠিক মনে পড়েচে। আর একটা বাড়ির পরেই তেরো নম্বরের বাড়ি। প্রায় বছর-আষ্টেক আগে একদিন মাত্র এখানে এসেছিলাম, সেইজন্যেই প্রথমে চিনতে পারিনি। এখন চিনেছি, এই পথই বটে।

সতীশ বিশ্বাস করিল না। বলিল, পথ বটে, কিন্তু তোমার আমার জন্যে নয়। যাদের জন্যে বিশেষ করে এই পথের সৃষ্টি, তাদের কারো সঙ্গে গা ঠেকাঠেকি হয়ে গেলে, এ রাত্রে স্নান করে মরতে হবে, এইবেলা ফিরে যাই চল।

উপেন্দ্র জবাব না দিয়া সতীশের হাত ধরিয়া টানিয়া লইয়া চলিলেন, এবং আরো একটু আগে আসিয়া একটা বাটীর সম্মুখে দাঁড়াইয়া বলিলেন, তুই সিগারেট খাস, তোর পকেটে দেশলাই আছে ; একবার জ্বেলে দেখ দেখি, এটা ক'নম্বরের বাড়ি।

সতীশ আলো জ্বালিয়া বেশ করিয়া বাড়ির নম্বর পরীক্ষা করিয়া বলিল, ভাল পড়া গেল না, কিন্তু চৌকাঠের গায়ে খড়ি দিয়ে ১৩ নম্বর লেখা আছে। বোধ হয় তোমার কথাই ঠিক। কিন্তু এই কথা জিজ্ঞাসা করি আমি, বাড়ির নম্বর তেরই হোক আর তিপ্পান্নই হোক, এখানে তোমার প্রয়োজনটা কি হতে পারে?

উপেন্দ্র উত্তর না দিয়া ডাকিতে লাগিলেন, হারানদা! ও হারানদা!

উপরে, নীচে, কাছে, দূরে সর্বত্র অন্ধকার, শব্দমাত্রই নাই। সতীশ ভীত হইয়া উঠিল। উপেন্দ্র আবার ডাকিতে লাগিলেন।

বহুক্ষণে উপরের জানালা ঈষৎ মুক্ত করিয়া স্ত্রীকণ্ঠে সাড়া আসিল, কে?

উপেন্দ্র বলিলেন, দরজা খুলে দিতে বলুন। হারানদা কোথায়?

যাচ্চি, একটু দাঁড়ান।

ক্ষণপরেই দরজা খোলার শব্দের সহিত ক্ষীণ আলোর রেখা পথের উপরে আসিয়া পড়িল। উপেন্দ্র দরজা ঠেলিয়া চৌকাঠের উপর দাঁড়াইয়া স্তম্ভিত হইয়া গেলেন। স্ত্রীলোকটি কেরোসিনের ডিবা হাতে করিয়া একপাশে দাঁড়াইয়া আছে। মাথার উপরে অল্প একটুখানি আঁচলের ফাঁক দিয়া সযত্নরচিত কবরীর এক অংশ দেখা যাইতেছে। দেখা গেল, তাহার একটিমাত্র কেশও স্থানভ্রষ্ট হয় নাই। নিখুঁত সুন্দর মুখের উপর হাতের আলোকসম্পাতে ভ্রূযুগের মধ্যে সন্নিবিষ্ট কাঁচপোকার টিপ চিকচিক করিয়া উঠিল এবং ঈষৎ আনত চোখ দুটি দিয়া যে বিদ্যুৎ-প্রবাহ বহিয়া গেল, চতুর্দিকের নিবিড় অন্ধকারে তাহার অপূর্ব জ্যোতি ক্ষণকালের জন্য উভয়কেই বিভ্রান্ত করিয়া ফেলিল। সতীশ স্পষ্ট দেখিতে পাইল, ওষ্ঠাধরে হাসির রেখা বাধা পাইয়া বারংবার ফিরিয়া যাইতেছে। সে উপেন্দ্রর গা ঠেলিয়া দিল। উপেন্দ্র সচকিত ব্যস্তভাবে বলিয়া উঠিলেন, হারানদা কোথায়?

স্ত্রীলোকটি বলিল, তিনি উপরে আছেন। উঠতে হাঁটতে পারেন না। মা-ও আজ সাত-

আটদিন শয্যাগত, বাড়ির মধ্যে শুধু আমি ভাল আছি। আপনি উপেন্দ্রবাবু ত? আমরা আশা করেছিলুম আপনি কাল আসবেন, তাই প্রস্তুত ছিলাম না। রান্নাঘরে থাকলে এদিকের সাড়াশব্দ শোনা যায় না, অনেক ডাকাডাকি করতে হয়। ওপরে আসুন, এখানে বড় ঠাণ্ডা,—বলিয়াই পথ দেখাইয়া উপরে যাইবার সিঁড়িতে উঠিতে লাগিল। দুই-তিন ধাপ উঠিয়া মুখ ফিরাইয়া হাতের আলোটা নীচু করিয়া বলিল, সাবধানে উঠবেন, সিঁড়ির ইঁট অনেকগুলো খসে গেছে।

ইহার আশঙ্কা যে অমূলক নহে, তাহা চাহিবামাত্রই উভয়ে টের পাইলেন এবং সতর্ক হইয়া উঠিতে লাগিলেন। কোঠা-বাড়ি। পূর্বে উপরতলায় চার-পাঁচটি ঘর ছিল, তাহার গোটা দুই একেবারে পড়িয়া গিয়াছে এবং একটা আগামী বর্ষায় পড়িবার জন্য ঠিক হইয়া আছে। বাকী তিনটার মধ্যে সুমুখের ঘরটায় তিনজনেই প্রবেশ করিলেন। প্রবেশমাত্রই বোঝা গেল, অত্যন্ত অনধিকার-প্রবেশ হইয়াছে। মূষিকের দল তখন জীর্ণ ও পুরাতন অব্যবহার্য শয্যা ও উপাধান হইতে তুলা বাহির করিয়া ঘরময় ছড়াইয়া যদৃচ্ছা বিচরণ করিয়া ফিরিতেছিল, অসময়ে আলোক ও জনসমাগমে ছুটাছুটি চেঁচামেচি করিয়া উঠিল। সমস্ত ঘরময় ভাঙ্গা টেবিল-চেয়ার, ভাঙ্গা কাঠের তোরঙ্গ, ভাঙ্গা টিন, খালি শিশি-বোতল এবং আরও কত কি প্রাচীন দিনের গৃহসজ্জার ভগ্নাংশ ইতস্ততঃ বিক্ষিপ্ত রহিয়াছে। তাহারি একধারে একটা তক্তপোশ পাতা। ছেঁড়া গদি, ছেঁড়া তোশক, ছেঁড়া বালিশ প্রভৃতি গাদা করিয়া জোর করিয়া একধারে ঠেলিয়া রাখিয়া তাহারই একাংশে একটা মাদুর পাতা রহিয়াছে। এটা অভ্যাগতদের জন্য।

স্ত্রীলোকটি মেঝের উপর কেরোসিনের ডিবাটা রাখিয়া দিয়া কহিল, একটু অপেক্ষা করুন, আমি সংবাদ দিই। বলিয়া ঘর হইতে বাহির হইবামাত্রই সতীশ জুতাসুদ্ধ সেই অভ্যাগতের আসনটির উপর লাফাইয়া উঠিয়া দাঁড়াইল।

উপেন্দ্র সভয়ে বলিয়া উঠিলেন, ও কি ও?

সতীশ ফিসফিস করিয়া তর্জন করিয়া উঠিল, আগে প্রাণ রক্ষে হোক, তার পরে ভদ্রতা রক্ষে হবে ; দেখচ না, পায়ের কাছে আলো দেখে ঘরের সমস্ত সাপ-খোপ ছুটে আসচে।

সতীশ যেমন করিয়া ভয় দেখাইল, তাহাতে বিচার-বিতর্কের আর অবসর রহিল না। উপেন্দ্রও লাফাইয়া উঠিয়া পড়িলেন।

তক্তপোশের সেই সঙ্কীর্ণ জায়গাটিতে স্থানাভাবে উভয়ে যখন ঠেলাঠেলি করিতে লাগিলেন, স্ত্রীলোকটি ফিরিয়া আসিয়া সেই সময়ে কবাটের সুমুখে দাঁড়াইয়া খিলখিল করিয়া হাসিয়া উঠিল। ইঁহারা যে ভয় পাইয়াছেন, তাহা সে বুঝিতে পারিয়াছিল। বলিল, এটি আমার শ্বশুরের ভিটা, আপনারা অমর্যাদা করছেন!

উপেন্দ্র অপ্রতিভ হইয়া তাড়াতাড়ি নামিয়া পড়িলেন এবং সতীশের উপর অত্যন্ত বিরক্ত হইয়া বিড়বিড় করিতে লাগিলেন, এমনি ভয় দেখিয়ে দিলে,—এমনি করে উঠল—

সতীশ নামিল না। কিন্তু বিনয় করিয়া বলিল, ভয় কি সাধে দেখাই উপীনদা! আমার বিদ্যে চাণক্য শ্লোকের বেশী নয় জানি, কিন্তু এটুকু শিখেচি যে, আত্মরক্ষা অতি শ্রেষ্ঠ ধর্ম।

স্ত্রীলোকটির পানে চাহিয়া বলিল, আচ্ছা, আপনিই বলুন দেখি, আত্মরক্ষার্থে একটু নিরাপদ জায়গা বেছে নেওয়া কি অন্যায় কাজ হয়েছে? আপনার শ্বশুরের ভিটার অসম্মান করা আমাদের সাধ্য নয়, বরং যথেষ্ট সম্মানের সঙ্গেই আপনার আশ্রিত প্রজাপুঞ্জের পথ

ছেড়ে দিয়ে এইটুকু জায়গায় দুজনে দাঁড়িয়ে আছি।

তিনজনেই হাসিয়া উঠিলেন। ইহার পরিহাস যে এই দরিদ্র গৃহলক্ষ্মীটিকে ব্যথিত করে নাই, বরং ইহার ভিতর যে সরলতা ও সমবেদনা প্রচ্ছন্ন ছিল, এই তরুণী অতি সহজেই তাহা গ্রহণ করিতে পারিয়াছেন, তাহার হাস্যোজ্জ্বল মুখের 'পরে ইহার সুস্পষ্ট প্রকাশ দেখিতে পাইয়া উপেন্দ্র মনে মনে অত্যন্ত আরাম বোধ করিলেন। তাহার মুখপানে চাহিয়া মৃদু হাসিয়া বলিলেন, প্রজাপুঞ্জ আপনার সুমুখে কখনই ওর উপরে অত্যাচার করতে সাহস করবে না। এখন ওই লোকটি বোধ করি নেমে আসতে পারে।

নিশ্চয়, বলিয়া কেরোসিনের ডিবাটা হাতে তুলিয়া লইয়া বধূ সতীশের দিকে চাহিয়া ভুবনমোহন হাসি হাসিয়া বলিল, এখন নির্ভয়ে রাজদর্শনে চলুন।

এইটুকু হাস্য-পরিহাসেই অপরিচিতের দূরত্বটা যেন একেবারেই কমিয়া গেল, এবং তিনজনেই প্রফুল্লমুখে ঘর হইতে বাহির হইয়া গেলেন।

রাজ-দর্শনেচ্ছু উপেন্দ্র ও সতীশ হাসিমুখে আর একটি ঘরে ঢুকিয়াই শিহরিয়া স্তব্ধ হইয়া দাঁড়াইয়া পড়িলেন। ক্রুদ্ধ গুরুমশায়ের অতর্কিত চড় খাইয়া হাস্য-নিরত শিশু ছাত্রের মুখের ভাবটা যেমন করিয়া বদলায়, এই দুইজনের মুখের হাসি তেমনি করিয়া এক নিমেষে কালি হইয়া গেল।

ক্ষণেক পরে লাঞ্ছিত ভাবটা কাটিয়া গেলে উপেন্দ্র অদূরবর্তী শয্যার নিকটে গিয়া ডাকিলেন,—হারানদা!

হারান নির্জীবের মত পড়িয়া ছিলেন, অস্ফুটে বলিলেন, এস ভাই, এস। আর উঠতে বসতে পারিনে, তোমাকেও ক্লেশ দিলুম। এইটুকু বলিয়াই তিনি হাঁপাইতে লাগিলেন।

উপেন্দ্র ধপ করিয়া বিছানার একদিকে বসিয়া পড়িলেন। দুই চোখ তাঁহার জলে ভরিয়া গেল এবং সমস্ত বক্ষপঞ্জর দুলাইয়া দিয়া একটা অদম্য বাষ্পোচ্ছ্বাস তাঁহার কণ্ঠের প্রান্তসীমা পর্যন্ত ব্যাপ্ত হইয়া পড়িল। কথা কহিতে সাহস করিলেন না—দাঁতের উপর দাঁত চাপিয়া শক্ত হইয়া বসিয়া রহিলেন। ওদিকে সতীশচন্দ্র মস্ত একটা কাঠের সিন্দুকের উপর শুষ্কমুখে বসিয়া রহিল।

মলিন ও শতচ্ছিন্ন শয্যার শিয়রে একটা মাটির প্রদীপ মিটমিট করিয়া জ্বলিতেছে, ঘরে অন্য আলো নাই, এইটুকু আলো রক্তশূন্য বিবর্ণ শীতল মুখের 'পরে লইয়া হারানের জীবন্ত মৃতদেহটা পড়িয়া আছে। সূর্যের উত্তাপ ও আকাশের বায়ু হইতে চিরদিন বিচ্ছিন্ন এই গৃহের অস্থিমজ্জায় যে জীর্ণতা ও অন্ধকার লালিত ও পুষ্ট হইয়া আসিয়াছে, এই কন্‌কনে শীতের রাত্রে অত্যল্প আলোকে, কুষ্ঠরোগের মত তাহা সমস্ত দেয়ালের গায়ে ফুটিয়া পড়িয়াছে। এই দিবানিশি অবরুদ্ধ গৃহের রুদ্ধ দুষ্ট বায়ু আত্মঘাতীর মুখোদ্গত বিষাক্ত ফেনের মত ফাঁপিয়া ফুলিয়া গৃহবাসীর কণ্ঠনালী যেন প্রতিমুহূর্তে রুদ্ধ করিয়া আনিতেছে। দ্বারে মৃত্যুদূতের প্রহরা পড়িয়াছে। সমস্ত দিকে চাহিয়া সতীশ বারংবার শিহরিয়া উঠিল। তাহার মনে হইতে লাগিল, সে চীৎকার করিয়া ছুটিয়া একেবারে রাস্তার উপর আসিয়া পড়িতে পারিলে বাঁচে, এখানে মানুষের জীবন থাকে কি করিয়া? অনতিদূরে বধূটি দাঁড়াইয়া ছিল, সেদিকে একবার চাহিয়াই সে আরো যেন ভয় পাইয়া গেল। কোথায় গেল ঐ অতুল রূপ! কোথায় গেল ঐ হাসি! তাহার দৃষ্টির সম্মুখে যেন কোন্ এক প্রেতলোকের পিশাচ উঠিয়া আসিল। সে ভাবিতে লাগিল, স্বামী যার এই, সে আবার হাসে, পরিহাসে যোগ দেয়, খোঁপা

বাঁধে, টিপ পরে! একমুহূর্তের জন্য তাহার সমস্ত নারীজাতির উপরেই ঘৃণা জন্মিয়া গেল।

এমন সময়ে হারান ডাকিলেন, কিরণ, উপীন এসেছে মা জানেন?

বধূ কাছে আসিয়া ঝুঁকিয়া পড়িয়া আস্তে আস্তে বলিল, মা ঘুমুচ্ছেন। ডাক্তার বলে গেছেন ঘুমুলে তাঁকে যেন জাগানো না হয়।

হারান মুখ বিকৃত করিয়া চেঁচাইয়া উঠিল, চুলোয় যাক গে ডাক্তার, তুমি যাও, বলো গে তাঁকে।

উপেন্দ্র নিকটে বসিয়া সমস্তই শুনিতে পাইতেছিলেন, ব্যস্ত হইয়া বলিয়া উঠিলেন, আজ রাত্রে জানিয়ে প্রয়োজন নেই হারানদা! কাল সকালে জানালেই হবে।

উপেন্দ্র বুঝিতে পারিলেন, ক্রমাগত রোগে ভুগিয়া হারান অত্যন্ত খিটখিটে হইয়া গিয়াছে। তাই, এই নিরপরাধিনী সেবাপরায়ণা বধূটির অকারণ তিরস্কারে একটা ব্যথা অনুভব করিয়া একটুখানি সান্ত্বনার ইঙ্গিত করিতে একবার তাহার মুখপানে চাহিয়া দেখিলেন। কিছুই দেখা গেল না। কিরণময়ীর আনত মুখে দীপের আলোক পড়ে নাই।

মুহূর্তমাত্র। পরক্ষণেই ক্রুদ্ধ বধূ দ্রুতপদে ঘর হইতে বাহির হইয়া গেল।

উপেন্দ্র বিমর্ষ হইয়া বসিয়া রহিলেন, এবং হারান পূর্বের মত হাঁপাইতে লাগিলেন। নিস্তব্ধ কক্ষ সতীশের কাছে আরও ভীষণ হইয়া উঠিল। অনতিকাল পরেই হারান হাত বাড়াইয়া উপেন্দ্রকে স্পর্শ করিয়া কাছে আসিতে ইশারা করিয়া অতি ক্ষীণকণ্ঠে জিজ্ঞাসা করিলেন, সাত-আট বছর পরে দেখা, এর মধ্যে একবারও কি তোমার এখানে আসা হয়নি?

ইহার মধ্যে অনেকবারই উপেন্দ্রকে এদিকে আসিতে হইয়াছিল, কিন্তু তাহা স্বীকার করিতে পারিলেন না। বলিলেন, অসুখটা কি হারানদা?

হারান কহিলেন, জ্বর, কাসি ইত্যাদি। এখন ও-প্রসঙ্গের আর প্রয়োজন নেই, সমস্তই শেষ হয়েছে।

ওধারে সিন্দুকের উপর উপবিষ্ট সতীশ মনে মনে মাথা নাড়িল।

হারান পুনশ্চ বলিলেন, আমারও তোমার কথা মনে পড়েনি, সময়ে মনে পড়লে হয়ত কাজ হতো।

ক্ষণকাল মৌন থাকিয়া নিজেই বলিলেন, কাজ আর কি হতো, তা নয়, থাক গে ও-সব কথা, একটা কাজ করো ভাই, আমার হাজার-দুই টাকার লাইফ-ইন্‌সিওর আছে, আর আছে এই ভাঙ্গা বাড়িটা, তুমি উকিল, একটা লেখাপড়া করে দাও, যেন সব জিনিসের উপর তোমারি পুরো হাত থাকে। তার পরে রইলে তুমি, আর আমার বুড়ো মা।

উপেন্দ্র বলিলেন, আর তোমার স্ত্রী?

আমার স্ত্রী কিরণ? হাঁ, ও ত আছেই। ওর বাপ-মা কেউ বেঁচে নেই, ওকেও দেখো।

উপেন্দ্র নির্নিমেষ-চোখে মুমূর্ষুর মুখের পানে চাহিয়া চাহিয়া ভাবিতে লাগিলেন।

সতীশ পকেট হইতে ঘড়ি বাহির করিয়া দাঁড়াইয়া উঠিয়া বলিল, উপীনদা, রাত্রি দশটা বেজে গেছে, ওখানে ওঁরা বোধ হয় ব্যস্ত হচ্চেন।

হারান চাহিয়া দেখিয়া বলিলেন, এটি কে উপীন?

আমার বন্ধু, একসঙ্গেই কলকাতায় এসেছি। এখন তবে আসি হারানদা, কাল সকালেই আবার আসব।

না, কাল নয়, একেবারে কাগজ তৈরী করে পরশু এসো। যা-কিছু আমার আছে, আর

যা-কিছু আমার বলবার আছে, সেইদিনেই বলে দেব, কোথায় আছ এখানে?

শহরের একধারে একজন বন্ধুর ওখানে উঠেছি।

যাইতে উদ্যত হইলে হারান ডাকিয়া বলিলেন, কিরণ?

উপেন্দ্র তাড়াতাড়ি বাধা দিয়া বলিলেন, থাক হারানদা! সতীশের পকেটে দেশলাই আছে, স্বচ্ছন্দে নেমে যেতে পারব। তিনি বোধ করি কাজে ব্যস্ত আছেন।

তদুত্তরে হারান কি যে বলিলেন, বোঝা গেল না।

সতীশ কবাট খুলিতেই বোধ হইল কে যেন দ্রুতপদে সরিয়া গেল। সে সভয়ে পিছাইয়া দাঁড়াইল।

উপেন্দ্র জিজ্ঞাসা করিলেন, কি সতীশ?

কিছু না—তুমি এস, বলিয়া সে উপেন্দ্রর হাত ধরিয়া বাহিরে আসিয়া দাঁড়াইল। কি নিবিড় অন্ধকার! একে কৃষ্ণপক্ষের আকাশে মেঘ করিয়া আছে, তাহার উপরে চতুষ্পার্শ্বের উঁচু বাড়িগুলো সেই অন্ধকারকে যেন ঠেলিয়া আনিয়া নীচের অপ্রশস্ত উঠানটির উপরে, এই ভাঙ্গা খোলা বারান্দার ভিতরে একেবারে জমাট বাঁধাইয়া দিয়াছে। দুজনে আন্দাজ করিয়া সিঁড়ির নিকটে আসিতেই দেখিলেন, নীচে সেই কেরোসিনের ডিবাটা রাখিয়া কিরণময়ী স্থির হইয়া বসিয়া আছে। যাইতেই দাঁড়াইয়া উঠিয়া বলিল, আলো দেখাচ্ছি, সাবধানে নেমে আসুন। আপনাদের জন্যই বসে আছি।

এই অন্ধকার শীতল রাত্রে, এই দুরন্ত হিমের মধ্যে স্যাঁতসেতে ভিজা মাটির উপর একাকিনী বধূকে তাঁহাদের অপেক্ষায় বসিয়া থাকিতে দেখিয়া এবং তাহার আসন্ন বৈধব্যের কথা মুহূর্তে স্মরণ করিয়া উপেন্দ্রর চোখে জল আসিয়া পড়িল।

সদরের কপাট তখনও বন্ধ করা হয় নাই, নীচে নামিয়াই সতীশ একেবারে গলির মধ্যে আসিয়া দাঁড়াইল, কিন্তু উপেন্দ্র পিছন হইতে বাধা পাইয়া ফিরিয়া দাঁড়াইলেন।

কিরণময়ী তাহার সকরুণ তীব্র চক্ষু দুটি তাঁহার মুখের উপরে পাতিয়া একটা বিশেষ ভঙ্গী করিয়া দাঁড়াইয়া আছে। ক্ষণকালের নিমিত্ত উপেন্দ্র হতবুদ্ধির মত নিশ্চল হইয়া রহিলেন।

কিরণ জিজ্ঞাসা করিল, উপেন্দ্রবাবু, আপনি আমাদের কে?

এই অদ্ভুত প্রশ্নের কি উত্তর উপেন্দ্র ভাবিয়া পাইলেন না। সে পুনরায় বুঝাইয়া বলিল, আপনি, আমার স্বামীর কি কোন আত্মীয়? এতদিন এ বাড়িতে এসেছি, কিন্তু কোনদিন আপনার নাম ওঁর কাছেও শুনিনি, মার কাছেও শুনিনি। শুধু যেদিন আপনাকে চিঠি লেখা হয়, সেদিন শুনি—তাই জিজ্ঞাসা কচ্চি।

বাহির হইতে সতীশ ডাকিল, উপীনদা, এস না!

উপেন্দ্র বলিলেন, না, আত্মীয় নয়—তবে বিশেষ বন্ধু। বাবা যখন নওয়াখালিতে ছিলেন, হারানদার পিতাও সরকারী স্কুলে মাস্টারি করতেন, আমাকেও বাড়িতে পড়াতেন। হারানদা আর আমি অনেকদিন একসঙ্গে পড়ি।

কিরণময়ী, একটুখানি হাসিয়া বলিল, ওঃ এই! এর জন্যে লেখাপড়া করা! আচ্ছা উপীনবাবু, আপনি সমস্তই নিজের নামে লিখে নেবেন?

বিলম্ব দেখিয়া সতীশ মুখ বাড়াইয়াছিল, সে-ই চট করিয়া জবাব দিয়া ফেলিল, সেই রকম ত স্থির হয়েছে।

হারানের ঘর হইতে বাহির হইবার সময়ে কে যে দ্রুতপদে বাহিরে সরিয়া গিয়াছিল, তাহা সে পূর্বেই বুঝিয়াছিল।

বধূ তাহার দিকে ফিরিয়া চাহিয়া বলিল, এই যে, আপনিও আছেন। বেশ কথা! ভাল কথা! এতদিন এত কষ্ট করেও যা করে হোক দু'সন্ধ্যা দু'মুঠো জুটেছিল—এখন পথে দাঁড়াতে হবে। তাই হোক, আপনারাই সমস্ত ভাগ করে নিন।

উপেন্দ্র স্তম্ভিত হইয়া গেলেন।

সতীশ জবাব দিল, যার জিনিস সে যদি দিয়ে যায়, কারো কিছু বলবার নেই।

কিরণময়ীর দুই চোখ আগুনের মত জ্বলিয়া উঠিল। বলিল, আমার আছে। মরণকালে মতিচ্ছন্ন হয়, আমার স্বামীর তাই হয়েছে। কিন্তু আপনারা লিখে নেবার কে?

সতীশ কিছুমাত্র কুণ্ঠিত না হইয়া তৎক্ষণাৎ বলিয়া উঠিল, তা জানিনে, কিন্তু হারানবাবুর আজো যে বুদ্ধি আছে, আমার অন্তর্যামী এ কথায় সায় দিচ্ছেন।

কিরণময়ী অত্যন্ত বিদ্রূপের স্বরে জবাব দিল, চমৎকার যুক্তি! লোকে কথায় বলে—যাক লোকের কথা। উপেন্দ্রকে উদ্দেশ করিয়া কহিল, কিন্তু এই কথা জিজ্ঞাসা করি, আমি কি করে জানব, শেষকালে ইনি পথে বসাবেন না? কেমন করে বিশ্বাস করব, ইনি ফাঁকি দেবেন না?

এতবড় আঘাত হঠাৎ উপেন্দ্রর যেন অসহ্য বোধ হইল ; কি একটা বলিতেও গেল, কিন্তু না বলিয়া চুপ করিয়া নিজেকে সামলাইতে লাগিল।

সতীশ মৃদুস্বরে বলিল, বৌঠাকরুন, জানবার আবশ্যক আপনার নেই।

কিরণময়ীও তৎক্ষণাৎ জবাব দিতে পারিল না! এই বিদ্রূপাত্মক আত্মীয় সম্বোধনের স্পর্ধায় সে অবাক হইয়া গিয়াছিল। ক্ষণকাল চাহিয়া থাকিয়া শুধু কহিল, বৌঠাকরুন! আবশ্যক নেই!

সতীশ বলিল, না। আপনি নিজের অধিকার যদি নিজে নষ্ট না করতেন, হারানবাবুর এ সতর্কতার আবশ্যক ছিল না। এত রাত্রে রাগারাগি করবেন না—একটু বুঝে দেখুন দেখি।

তীব্র কার্বলিকের গন্ধে সাপ যেমন করিয়া তাহার উদ্যত ফণা মুহূর্তে সংবরণ করিয়া আঘাতের পরিবর্তে আত্মরক্ষার পথ অন্বেষণ করে, এই নিরুপমা, এই লীলাকৌশলময়ী তেজস্বিনী যুবতী চক্ষের পলকে তেমনি সঙ্কুচিত হইয়া বলিল, আমার কথা উনি কি বলেচেন শুনি?

উপেন্দ্র আর চুপ করিয়া থাকিতে পারিলেন না। এই গর্বিতা নারীর সন্দিগ্ধ তিরস্কার তাঁহাকে তপ্তশেলে বিঁধিতে থাকিলেও তাঁহার উচ্চশিক্ষিত ভদ্র-অন্তঃকরণ সতীশের এই গোয়েন্দাগিরির বিরুদ্ধে বিদ্রোহ করিয়া উঠিল। সে যে অন্যায় উত্তেজনার দ্বারা কি একটা গুপ্ত রহস্য টানিয়া বাহির করিবার চেষ্টা করিতেছিল, ইহা তিনি বুঝিয়াছিলেন। সতীশকে বাধা দিয়া কিরণময়ীকে বলিলেন, কেন আপনি সতীশের পাগলামিতে কান দিয়ে নিজেকে উদ্বিগ্ন করচেন! স্বামীর বিষয় থেকে বঞ্চিত করবার অধিকার কারো নেই—আপনি নিশ্চিন্ত হোন। তবে বোধ করি, আপনাদের বিশেষ সুবিধা হবে মনে করেই হারানদা একটা লেখা পড়ার কথা তুলেচেন। কিন্তু আপনার অমতে ত কোনমতেই হতে পারবে না। রাত্রি অনেক হয়েছে, কবাট বন্ধ করে দিন। চল্ সতীশ, আর দেরি করিস নে। সতীশকে ঠেলিয়া দিয়া গলির মধ্যে দাঁড়াইয়া মৃদু হাসিয়া বলিলেন, কাল-পরশু আবার দেখা হবে—নমস্কার।

তেরো

সেই জনশূন্য গলি হইতে নিষ্ক্রান্ত হইয়া দুইজনে একটা ভাড়াটে-গাড়িতে উঠিয়া বসিলেন এবং খোলা জানালার ভিতর দিয়া রাস্তার মন্দীভূত জনস্রোতের পানে নীরবে চাহিয়া রহিলেন। কথা কহিবার মত মনের অবস্থা কাহারও ছিল না। উপেন্দ্র ব্যথিত-চিত্তে ভাবিতে লাগিলেন, কালই বাড়ি ফিরিয়া যাইব। ভাল হোক, মন্দ হোক, আমার হাত দিবার প্রয়োজন নাই। শুধু ফিরিবার পূর্বে এইটুকু দেখিয়া যাইব যে হারানদার চিকিৎসা হইতেছে—তার পরে? তার পরে আর কিছুই নয়—আট বৎসর যে লোক মনের বাহিরে পড়িয়াছিল, সে বাহিরেই পড়িয়া থাকিবে। এই বলিয়া দেহ-লগ্ন কীট-পতঙ্গের ন্যায় এই বিরক্তিকর চিন্তাকে গা-ঝাড়া দিয়া সবেগে দূরে নিক্ষেপ করিয়া উপেন্দ্র গাড়ির মধ্যেই একবার নড়িয়া চড়িয়া বসিলেন। সতীশকে ডাকিয়া বলিলেন, সতীশ, একটা চুরুট দে ত রে, ভারী ঠাণ্ডা।

সতীশ পকেট হইতে চুরুট প্রভৃতি বাহির করিয়া হাতে দিয়া তেমনি বাহিরের দিকে চাহিয়া রহিল, কথা কহিল না।

উপেন্দ্র চুরুট ধরাইয়া লইয়া পুনঃ পুনঃ ধূমোদ্গার করিতে করিতে সতীশকে শুনাইয়া বলিলেন, ভিতরের অন্ধকার যেন এমনি করে ধুঁয়োর মত বার হয়ে যায়।

সতীশ সায় দিল না।

ঝড়্-ঝড়্ করিয়া ভাড়াটে-গাড়ি পরিচিত অপরিচিত রাস্তা-গলি ঘর-বাড়ি দোকান-বাজার পার হইয়া চলিতে লাগিল, চুরুট পুড়িয়া গেল, তাহার ধুঁয়া কোথায় আকাশে মিলাইয়া গেল, তথাপি দুইজনে রাস্তার দুইধারে তেমনি নিঃশব্দে চাহিয়া রহিলেন। উপেন্দ্র মনে মনে ভাবিলেন, সতীশ, নিশ্চয়ই এই সমস্ত আন্দোলন করিতেছে এবং যা হোক একটা কিছু স্থির করিতেছে, না হইলে সে এতক্ষণ চুপ করিয়া থাকিবার লোক নহে ; এবং কি যে সম্ভবতঃ তাহার আলোচ্য বিষয় সেই অনুমান করিতে গিয়া উপেন্দ্রের আগাগোড়া সমস্তই স্মরণ হইয়া গেল। গোপনে শিহরিয়া উঠিয়া মনে মনে বলিলেন, কি কাণ্ডই ঘটিয়াছে! এবং যাহা ঘটিয়াছে, তাহা যতই শোচনীয় হউক না কেন, সমস্তরই একটা সঙ্গত হেতু তিনি ইতিমধ্যে নির্দেশ করিতে পারিয়াছেন, কিন্তু সতীশ যে কি দেখিয়া এই অসহায় অপরিচিতার সহিত কলহে প্রবৃত্ত হইয়াছিল, সেইটাই কোনমতে বুঝিয়া উঠিতে পারিলেন না। বাড়ির বধূ যে নিজের উদ্যত বিপদের আশঙ্কা হইতে শুদ্ধমাত্র আত্মরক্ষার জন্যও দুটা রূঢ় কথা বলিতে পারে, এমন সোজা কথাটাও যে সতীশ বুঝিতে পারে নাই, এইটাই তিনি বিশ্বাস করিতে পারিতেছিলেন না। সতীশ লেখাপড়া না করুক, নির্বোধ নহে। উপেন্দ্র ইহা জানিতেন বলিয়াই এত বেশী পীড়া অনুভব করিলেন। মুমূর্ষু হারানের উইলের প্রস্তাবে একটা বিশেষত্ব ছিল বলিয়াই উপেন্দ্র অল্প সময়ের মধ্যেই অনেক কথা ভাবিয়াছিলেন। বাল্যসখার জীবন্মৃত দেহটার পাশে বসিয়া মনে করিয়াছিলেন, এই অনাথা রমণী দুটির যাবজ্জীবন ভরণপোষণ রক্ষণাবেক্ষণ করিবেন। একটা স্বাস্থ্যকর তীর্থে একটি ছোট রকমের বাড়ি কিনিয়া দিবেন। তাহা গাছপালা দিয়া, সৎ ও ভদ্র প্রতিবেশী দিয়া, শান্ত অথচ সুদৃঢ়ভাবে ঘেরা থাকিবে। গৃহপালিত গো-বৎসের সেবা করিয়া, অতিথি-ব্রাহ্মণের পূজা করিয়া বার-ব্রত আচরণ করিয়া এই দুটি নারীর দিনগুলি যেমন করিয়া অতিবাহিত

হইয়া যাইবে, ইহার খসড়া-চিত্রটাই কল্পনায় মধুর হইয়া উঠিয়াছিল। এই ছবিটির একধারে গাছপালার আড়ালে, সমস্ত প্রয়োজনীয় দ্রব্যের পিছনে নিজের একটুখানি স্থান বোধ করি আপন অজ্ঞাতসারেই চিহ্নিত করিবার প্রয়াস পাইতেছিলেন, এমনি সময়ে কিরণময়ীর কদর্য অভিযোগ, সংশয়ক্ষুব্ধ ক্রুদ্ধ তপ্তশ্বাস ঘূর্ণা ঝড়ের মত সে ছবির চিহ্ন পর্যন্ত লুপ্ত করিয়া দিল। উপেন্দ্র আর চুপ করিয়া থাকিতে পারিলেন না। ডাকিয়া বলিলেন, সতীশ কি ভাবছিস রে!

সতীশ বাহির হইতে দৃষ্টি সরাইয়া লইয়া উপেন্দ্রের দিকে চাহিয়া বলিল, ভাবচি কি জানো উপীনদা, ছেলেবেলায় একটা বাংলা নভেল পড়েছিলাম—সেই কথাই ভাবছি!

উপেন্দ্র প্রশ্ন করিলেন, কি নভেল?

সতীশ বলিল, নাম মনে নেই। গ্রন্থকারের নামটাও ঠিক মনে পড়ে না—কিন্তু খুব বড়লোক। কিন্তু গল্পটা স্পষ্ট মনে আছে—এমনি সুন্দর।

উপেন্দ্র কৌতূহলী হইয়া তাহার দিকে চাহিয়া রহিলেন।

সতীশ অনুযোগের স্বরে বলিল, চিরকাল ইংরেজী পড়েই দিন কাটালে উপীনদা, কোনও দিন বাংলার দিকে চাইলে না। কিন্তু আমাদের দেশে এমন সব বই আছে যে, একবার পড়লে জ্ঞান জন্মে যায়। এই বলিয়া সে একটা সুদীর্ঘ নিঃশ্বাস ফেলিয়া চুপ করিয়া রহিল।

উপেন্দ্র বিরক্ত হইয়া বলিলেন, আগে গল্পটা বল্ শুনি, তার পরে দেখা যাবে, কতটা জ্ঞান জন্মায়।

সতীশ হাসিল। রাগ করবে না বল?

না—তুই বল্।

সতীশ বলিল, অতি সুন্দর গল্প। বইতে লেখা আছে, একজন বড়লোক জমিদার নৌকা করিয়া যাইতেছিলেন। একদিন সন্ধ্যাবেলা হঠাৎ মেঘ করিয়া ভয়ানক ঝড়-বৃষ্টি শুরু হইয়া গেল। তিনি ত ভয়ে ডাঙায় উঠিয়া পড়িলেন। সুমুখের একটা মস্তবড় ভাঙ্গা-বাড়ি, বৃষ্টির ভয়ে তাহাতেই ঢুকিলেন, বাড়িটার ঘরে ঘরে অন্ধকার—জনমনুষ্য নাই। সমস্ত বাড়িময় ঘুরিয়া ঘুরিয়া শেষে উপরের একটা ঘরে দেখিলেন, মিটমিট করিয়া প্রদীপ জ্বলিতেছে এবং ছেঁড়া-বিছানায় একটা লোক মর-মর হইয়া পড়িয়া আছে এবং তাহার পদ্মপলাশাক্ষী রূপসী স্ত্রী লুটিয়া লুটিয়া কাঁদিতেছে। সে রাত্রে সে কি-একটা ভয়ঙ্কর স্বপ্ন দেখিয়াছিল। আচ্ছা উপীনদা, তুমি স্বপ্ন বিশ্বাস করো?

উপেন্দ্র সংক্ষেপে বলিলেন, না। তার পরে?

সতীশ বলিল, তার পরে সেই রাত্রেই লোকটা মারা গেল। জমিদারবাবু সেই পদ্মপলাশাক্ষী বিধবাকে ঘরে আনিয়া জোর করিয়া বিবাহ করিয়া ফেলিলেন। চতুর্দিকে ছি ছি পড়িয়া গেল। আর সেই দুঃখে তাঁর প্রথম স্ত্রী বিষ খাইয়া আত্মঘাতী হইলেন।

পুনঃ পুনঃ পদ্মপলাশাক্ষীর উল্লেখে উপেন্দ্র বুঝিলেন, সতীশ বিষবৃক্ষের পঙ্কোদ্ধার করিতেছে এবং সতীশের এই অদ্ভুত স্মৃতিশক্তির পরিচয়ে অন্য সময়ে বোধ করি খুব হাসিতেন, কিন্তু এখন হাসি আসিল না। এই এলোমেলো আখ্যানের ভিতর হইতে একটা কুৎসিত ইঙ্গিত তীরের মত আসিয়া তাঁহার বুকে বিঁধিল। এ ত সতীশের স্মৃতি নয়—এ তাহার আশঙ্কা। এই আশঙ্কা যে কি, এবং কাহাকে আশ্রয় করিয়া বিষবৃক্ষের ডাল-পালা ভাঙ্গিয়া নিজের ছাঁচে গড়িয়া তুলিয়াছে, সেই কথাটা মনে করিয়া উপেন্দ্র গভীর লজ্জায় কুঞ্চিত হইয়া উঠিলেন।

সতীশ অন্ধকারে দেখিতে পাইল না যে, ক্ষণকালের নিমিত্ত উপেন্দ্রর মুখ পাণ্ডুর হইয়া গিয়াছে। সতীশ ব্যথার উপর ব্যথা দিয়া পুনরায় কহিল, খাল খুঁড়ে কুমীর এনো না উপীনদা।

উপেন্দ্র উত্তর দিতে পারিলেন না। অনেকক্ষণ চুপ করিয়া থাকিয়া ধীরে ধীরে বলিলেন, বাংলা নভেলের কথা থাক। কিন্তু কি রকম উপদেশ দিতে চাও শুনি?

সতীশ হাসিয়া বলিল, এই দেখ উপীনদা, তুমি রাগ করেচ। তোমাকে উপদেশ আমি দিতে পারিনে—কিন্তু পা ধরে অনুরোধ করতে পারি, ওখানে তোমার গিয়ে কাজ নেই—ওঁরা ভাল লোক নন।

ওঁরা-টা কারা শুনি?

সতীশ বলিল, রাগ করো না উপীনদা, বহুবচনটা ভদ্রতা মাত্র। আমি হারানবাবুর কথা বলিনি—তিনি ভাল-মন্দের বাইরে গিয়েছেন। তাঁর মাকেও চোখে দেখিনি, আমি তৃতীয় ব্যক্তির উল্লেখ করেচি।

তৃতীয় ব্যক্তির অপরাধ? দেখ সতীশ, তোমার বাবা যদি আর একজনকে তাঁর সর্বস্ব লিখে দেবার সঙ্কল্প করেন, তুমি বোধ করি, খুব আনন্দ কর, না?

না ; আশীর্বাদ করো উপীনদা, বাবার যেন সে দরকার না হয়। তিনি আমাকে তার ভাল ছেলে বলে আহ্লাদ করেন না জানি, আমি তাঁর মন্দ ছেলে, কিন্তু এই মন্দ ছেলেটি তাঁর মৃত্যুর সময় সাজগোজ করে টিপ পরে ঘুরে বেড়াবে না। আজ আমার বাচালতা মাপ কর উপীনদা, কিন্তু, তোমার একটুখানি চোখ থাকলেও দেখতে পেতে, হারানবাবুর এ-রকম প্রস্তাব কেবল খেয়াল নয়, বরং অনেকদিনের অনেক চিন্তার ফল।

সতীশ পুনশ্চ বলিল, তুমি মনে কোরো না উপীনদা, হারানবাবু তোমাকে সমস্ত ভারার্পণ করবার সময়ে তাঁর স্ত্রীর কথাটাই ভুলে ছিলেন, কিংবা লজ্জায় বলতে পারছিলেন না। বরং আমার বিশ্বাস, তুমি যদি নিজে উল্লেখ না করতে, তিনি স্বেচ্ছায় কোন কথাই বলতেন না।

উপেন্দ্র মনে মনে যৎপরোনাস্তি বিরক্ত হইতে থাকিলেও এতক্ষণ পর্যন্ত মৌন হইয়া শুনিতেছিলেন ; কিন্তু পরস্ত্রী সম্বন্ধে এই সমস্ত সন্দিগ্ধ ইঙ্গিত তাঁহার অসহ্য হইয়া উঠিল। কঠোরস্বরে বলিয়া উঠিলেন, সতীশ, তুমি যে এত ইতর হয়ে গেছ, আমার ধারণা ছিল না ; বোধ করি, তুমি আলাপ পরিচয়েরও নীচে গেছ।

সতীশ হাসিল। বলিল, ইতর কিসে? মন্দকে মন্দ বলচি, এইজন্যে?

ভাল হোক মন্দ হোক, তোমার অধিকার?

অধিকার আবার কি! ওটা ইংরাজী কথা, বাংলায় ওর মানে হয় না। আমাদের সমাজে অত সূক্ষ্ম বিচার চলে না। জেলখানার কয়েদীকে চোর বলতেও অনেকে আপত্তি করেন, কিন্তু সে কথা ত সাধারণ পাঁচজনে মেনে চলতে পারে না।

সেটা আলাদা কথা। চুরি প্রমাণ হবার পরে তাকে চোর বলে, চোর জেলে যায়, কিন্তু এঁর সম্বন্ধে কি প্রমাণ তুমি পেয়েছ?

প্রমাণ না হয়েও অনেকে জেলে যায়, সেটা জজসাহেবের হাতে। আমরা যেটা বুঝতে পারিনে, তিনি সেটা বোঝেন। আবার তুমি-আমি যেটা জলের মত সোজা দেখি, অতবড় জজসাহেবের কাছে হয়ত সেটা পাহাড়-পর্বত! আজ তোমার সম্বন্ধেও এ কথা খাটে। মনে কোরো না ভুল বকচি উপীনদা। এতবড় দুনিয়াটা চোখের উপর রেখেও অনেকে ঈশ্বরের

প্রমাণ খুঁজে পায় না। তুমি রাগ করবে জানি, কেননা চিরকালটা তুমি ভালর সঙ্গে মিশে, ভাল দেখে, ভাল হয়েই আছ, কিন্তু আমার মত ভাল-মন্দ দেখে যদি পাকা হতে, আমার কথা বলবার আবশ্যক হতো না, তোমার নিজের চোখেই অনেক জিনিস ধরা পড়ে যেত!

উপেন্দ্র ক্ষণকাল চুপ করিয়া থাকিয়া বলিলেন, সমস্ত জিনিস চোখে পড়বার প্রয়োজন আমার নেই, কিংবা পাকা হবার জন্যে তোর মত ইতর হতেও পারব না। তুই এ প্রসঙ্গ বন্ধ কর, গাড়ি ফটকের মধ্যে ঢুকছে। কিন্তু একটা কথা মনে রাখিস সতীশ, কাঁচার দাম যে কি, সে কেবল তখন বুঝবি যখন আরও পাকা হবি।

পরদিন উঠিতে উপেন্দ্রর বেলা হইয়া গেল। বহুক্ষণ সূর্যোদয় হইয়াছে, তাহা জানালার ফাঁক দিয়া আলোর পানে চাহিয়াই বোঝা গেল। উপেন্দ্র ব্যস্ত হইয়া উঠিয়া পড়িলেন। ঘরে সতীশ ছিল না, সে কোথায় গিয়াছে। বাহিরে বেহারী দাঁড়াইয়া ছিল, আসিয়া সংবাদ দিল, সতীশবাবু সামনের বাগানে কুস্তি করিতেছেন এবং নীচে চা দেওয়া হইয়াছে, তথায় সাহেব প্রভৃতি অপেক্ষা করিয়া আছেন।

উপেন্দ্র অবিলম্বে প্রস্তুত হইয়া নীচে নামিতেই জ্যোতিষ হাত ধরিয়া চায়ের টেবিলে উপস্থিত করিলেন। সেখানে তাঁহার ভগিনী সরোজিনী অপেক্ষা করিয়া ছিলেন। তিনি খবরের কাগজটা ফেলিয়া দিয়া হাসিমুখে বলিলেন, কাল রাত্রি দশটা পর্যন্ত আমরা আপনাদের পথ চেয়ে বসেছিলুম। শেষে মেজদা বললেন, নিশ্চয়ই কোন নির্দয় বন্ধু পথ হতে গ্রেপ্তার করে নিয়ে গেছেন, এবং আপনারা হয়ত রাত্রে ফিরতেই পারবেন না। ফিরতে কাল কত রাত্রি হয়েছিল উপীনবাবু?

উপেন্দ্র হাসিয়া বলিলেন, বারোটা। বিশেষ কাজে আবদ্ধ হয়ে গিয়ে সকলকে ক্লেশ দিয়েছি।

জ্যোতিষ বলিলেন, সেটুকু আমরা বুঝি। আমরা মনে করিনি, তোমরা মিছামিছি পথে ঘুরে বেড়াচ্ছিলে। সতীশবাবু গেলেন কোথায়?

বেহারী হাজির হইয়া নিবেদন করিল, সতীশবাবু বাগানের ওদিকে কুস্তি করিতেছেন এবং তাঁহাকে সংবাদ দেওয়া হইয়াছে।

বেহারী চলিয়া গেলে, জ্যোতিষ উপেন্দ্রর দিকে চাহিয়া বলিলেন, কুস্তি কি হে! আরো কেউ আছে নাকি?

উপেন্দ্র বলিলেন, আমি ত জানিনে। কুস্তি বোধ হয় নয়, ছেলেবেলা থেকে ওর ব্যায়াম করা অভ্যাস, তাই কোনও রকম কিছু করচে বোধ হয়।

সরোজিনী কাল দুপুরবেলা মিউজিয়াম দেখিতে গিয়াছিলেন। সন্ধ্যার পরে বাড়ি ফিরিয়া শুনিতে পান, উপেন্দ্রবাবু ও তাঁহার বন্ধু আসিয়াছেন। তখন কিন্তু ইঁহারা পাথুরেঘাটার উদ্দেশে বাহির হইয়া গিয়াছিলেন। জিজ্ঞাসা করিলেন, সতীশবাবু কে উপীনবাবু? আমি ত দেখিনি।

কাল যে সময়ে আমরা আসি, আপনি ছিলেন না। সতীশ আমার ছেলেবেলার বন্ধু, যদিও বয়সে অনেক ছোটো—ঐ যে—

সতীশ ঘরে প্রবেশ করিল। কি সুন্দর বলিষ্ঠ উন্নত দেহ! কপালে তখনও বিন্দু বিন্দু ঘাম রহিয়াছে, সুশ্রী গৌরবর্ণ মুখে রক্তাভা পড়িয়া আরও সুন্দর দেখাইতেছে।

সরোজিনী মুহূর্তমাত্র চাহিয়াই চোখ নত করিলেন।

জ্যোতিষ বলিলেন, বেহারী বলছিল, আপনি কুস্তি করছিলেন। কিন্তু কুস্তিই করুন, আর যাই করুন, আপনার দেহের দিকে চাইলে হিংসে হয়, আমাদের মত চার-পাঁচজনেও বোধ করি আপনার কাছে ঘেঁষতে পারে না।

সতীশ একটুখানি হাসিয়া বলিল, বিনা-পরীক্ষায় অতবড় সার্টিফিকেট দেবেন না। তা ছাড়া শুধু গায়ের জোর নিয়েই বা কি হবে, আমার আর কোন জোরই নেই।

কথার শেষদিকটায় দুঃখের আভাস বাজিল। সরোজিনী চা ঢালিতে ঢালিতে মনে মনে আন্দাজ করিলেন, সতীশবাবুর সাংসারিক অবস্থা বোধ করি ভাল নয়। জ্যোতিষ পূর্বেই উপেন্দ্রর নিকট সমস্ত শুনিয়াছিলেন, তিনি চুপ করিয়া রহিলেন। ইতিমধ্যে চায়ের বাটিগুলি পরিপূর্ণ হইয়া উঠিল। সতীশ সেদিকে ভ্রূক্ষেপমাত্র না করিয়া দেয়ালে টাঙ্গানো একটা ছবির দিকে একদৃষ্টে চাহিয়া রহিল।

জ্যোতিষ বলিলেন, আসুন সতীশবাবু, সমস্তই প্রস্তুত।

সতীশ সরিয়া আসিয়া একটুখানি হাসিয়া বলিল, আপনারা শুরু করে দিন, আমি স্নান না করে কিছুই খাইনে।

বিলক্ষণ! আমি ত এ কথা জানিনে, তবে যান, আর দেরি করবেন না,—বেয়ারা—

না না, আপনি ব্যস্ত হবেন না। স্নান আমার যথাসময়েই হবে, তা ছাড়া সকালবেলা খাওয়া আমার অভ্যাস নেই। মধ্যাহ্নের ভোজনটা আমার সাধারণ পাঁচজনের চেয়ে কিছু বেশী—সেটা অসময়ে চা প্রভৃতি বাজে জিনিস খেয়ে নষ্ট করতে ভালবাসি নে। তার চেয়ে আমি ঐ হারমনিয়ামটা খুলে দুটো ভজন করি, আপনাদের দু'কাজই চলুক।

গান গাইবার প্রস্তাবে সরোজিনী অত্যন্ত প্রফুল্ল হইয়া উঠিল। মুখ তুলিয়া হঠাৎ বলিয়া ফেলিল, সেই ভাল। কিন্তু পরক্ষণেই অপ্রতিভ হইয়া মুখ নত করিল। কথাটা তাহার নিজের কানেও কেমন শুনাইল। জ্যোতিষ হাসিয়া বলিলেন, বোনটি আমার গান পেলে আর কিছুই চায় না। না না সতীশবাবু, আপনি—

উপেন্দ্র এতক্ষণ চুপ করিয়া মনে মনে বিরক্ত হইতেছিলেন, বলিয়া উঠিলেন, না না তবে কি? ও স্নান না করে খায় না, সকালবেলা খায় না। আমরা ওকে ক্রমাগত সাধ্য-সাধনা করতে থাকি, আর চা'র বাটি ঠাণ্ডা জল হয়ে যাক । নে সতীশ, তোর কি ভজন-টজন আছে সেরে নে, আমার আরও কাজ আছে। বলিয়া চা'র বাটি মুখে তুলিয়া দিলেন।

জ্যোতিষ মনে মনে অত্যন্ত আরাম বোধ করিয়া মৃদু মৃদু হাসিতে লাগিলেন।

সতীশ দূরে একটা চেয়ারে বসিয়া পড়িল, ইহার পরে আর তাহার গান গাহিবার উৎসাহ রহিল না। সরোজিনী বিমর্ষ হইয়া নতমুখে চা নাড়িতে লাগিলেন।

উপেন্দ্র চা খাইতে খাইতে বলিলেন, কোথাও ওকে নিয়ে যদি স্বস্তি পাওয়া যায়! এমন ছিষ্টিছাড়া স্বভাব ওর একটা-না-একটা কিছু বাধিয়ে দেবেই। ও যে সকালবেলা গান গাইবার বদলে সানাই বাজাবার প্রস্তাব করেনি, এই ভাগ্য।

কথাটার মধ্যে যে সত্যের আভাস বিন্দুমাত্রও ছিল, তাহা কেহই অনুমান করিতে না পারিয়া পরিহাসচ্ছলে সকলেই হাসিতে লাগিলেন। ইতিমধ্যে চা-খাওয়া চলিতে লাগিল। ওদিকে সতীশ আর চুপ করিয়া বসিয়া থাকিতে না পারিয়া ঘরের ছবিগুলি ঘুরিয়া ঘুরিয়া দেখিতে লাগিল।

সন্ধ্যার পর এক সময়ে সরোজিনী আস্তে আস্তে উপেন্দ্রকে বলিলেন, সকালে আপনি

গান শুনতে দেননি, আপনার ভারী অন্যায়।

উপেন্দ্র বলিলেন, আচ্ছা, এ বেলা তার প্রতিকার হতে পারবে, আসুক সতীশ।

জ্যোতিষ বলিলেন, বাস্তবিক উপেন, যে ঠাণ্ডা পড়েছে, কোথাও বার হতে ইচ্ছে হয় না, একটু গান-বাজনা হলে মন্দ হতো না। কিন্তু সতীশবাবু কৈ? ডাক্তারি করতে যাননি ত?

উপেন্দ্র বলিলেন, হতেও পারে। আলাপী বন্ধুদের সঙ্গে দেখা করতে গেছে বোধ হয়।

সরোজিনী আশ্চর্য হইয়া প্রশ্ন করিলেন, সতীশবাবু ডাক্তার বুঝি?

উপেন্দ্র হাসিয়া বলিলেন, হ্যাঁ।

জ্যোতিষ বলিলেন, না হে উপেন, শুধু স্কুলে পড়লে হবে না। কোন ভাল হোমিওপ্যাথের সঙ্গে যদি কিছুদিন ঘুরে বেড়াতে পারেন, তা হলেই কিছু শিখবেন। না হলে ঐ যে কথায় বলে, শতমারী সহস্রমারী—কেবল মেরে মেরেই বেড়াবেন! আমি একজন ভদ্র.লোকের সঙ্গ জুটিয়ে দিতে পারি, কিন্তু কেমন বনিবনাও হয় বলা যায় না—তুমি যে রকম সার্টিফিকেট দিচ্ছ—

উপেন্দ্র বলিলেন, লোক ভাল হলে নিশ্চয় বনবে, অন্যথায় রক্তারক্তি ঘটবে।

সরোজিনী বিস্ময়ে চাহিয়া রহিলেন, জ্যোতিষ বলিলেন, আরও ভাল।

উপেন্দ্র বলিলেন, ভালই। ওকে চিনতে পেরে, ওর দোষগুণ সমস্ত বুঝে নিয়ে, যে ওর মন পাবে, সে বড় ভাল জিনিসটিই পাবে। কিন্তু পাওয়াই শক্ত। ও যে জটিল বা দুর্বোধ তা নয়, বরং খুব সোজা, খুব স্পষ্ট। আমার মনে হয়, এত স্পষ্ট বলেই মানুষে ওকে ভুল বোঝে। মতে অনৈক্য হলে আমরা যেখানে ভদ্রতার দোহাই পাড়ি এবং শিষ্টভাবে মতভেদ করে মন ভার করে চলে আসি, ও সেখানে হাতাহাতি করে মীমাংসা করেই আসে, মন ভার করে আসে না। ছেলেবেলা থেকে ওকে জানি, কখনও দেখিনি ওর মুখের কথা আর মনের কথা আলাদা হয়েছে। এত ভালবাসি এইজন্যেই।

জ্যোতিষ হাসিতে লাগিলেন। বলিলেন, এইজন্যেই সাধারণের মাঝে নিয়ে চলাফেরা শক্ত বলছিলে?

জ্যোতিষের দিকে তখন উপেন্দ্রর মন ছিল না। তাই তাঁহার কথাগুলো কানে গেলেও অন্তরে প্রবেশ করিল না। বাল্যবন্ধুর বিরুদ্ধে কাল রাত্রির ব্যবহার ও রূঢ় ভাষা তাঁহাকে ভিতরে ভিতরে ক্লেশ দিতেছিল, সেইজন্য কথায় কথায় মন তাঁহার গত দিনের অতি নিভৃত প্রদেশে প্রবিষ্ট হইয়া পড়িয়াছিল। কিশোর-দিনের ছোট-বড় কলহ-বিবাদে বিভিন্ন পাড়ার সম ও অসম-বয়সীদের সহিত হাতাহাতি, পেটাপেটি, বাদ-বিসংবাদ এবং আরও অনেক আপদ-বিপদে সর্বত্র সতীশ তাহার মস্ত দেহ ও মস্ত জোর লইয়া তাঁহার পাশে আসিয়া দাঁড়াইয়াছে। সেই সমস্ত স্মৃত ও বিস্মৃত কাহিনীর মাঝখানে আসিয়া হঠাৎ তাঁহার হৃদয় অত্যন্ত অনুতপ্ত হইয়া উঠিল এবং জ্যোতিষের কথায় উপেন্দ্র যখন বলিলেন, হ্যাঁ এই জন্যই। ঠিক এইজন্যই চিরকাল ওকে এত ভালবাসি। জ্যোতিষ ও সরোজিনী উভয়েই বিস্মিতমুখে চাহিয়া রহিলেন। এই অসংবদ্ধ কথার কেহই অর্থ গ্রহণ করিতে সমর্থ হইলেন না।

কিন্তু দ্বিতীয় প্রশ্নেরও সময় রহিল না। নিঃশব্দে পর্দা সরাইয়া সতীশ প্রবেশ করিল। তাহাকে প্রথমে দেখিতে পাইলেন সরোজিনী। তিনিই আনন্দকলরবে সংবর্ধনা করিয়া

উঠিলেন—বেশ হয়েছে, সতীশবাবু এসে পড়েচেন।

সতীশ নীরবে সকলকে চাহিয়া দেখিয়া হাসিমুখে বলিল, আমার কথা হচ্ছিল বুঝি! উপীনদা আমাকে আর মুখ দেখাতে দেবে না, বলিয়া অনতিদূরে একটা কোচের উপর বসিতে গেলে, উপেন্দ্র হাত দিয়া হারমনিয়ম যন্ত্রটা দেখাইয়া দিয়া বলিলেন, একেবারে ঐখানে গিয়ে বসো, সরোজিনী এইমাত্র আমাকে দোষ দিচ্ছিলেন, শুধু আমার জন্যেই ও-বেলা গান হতে পায়নি।

সতীশ নির্দিষ্ট আসনে উপবিষ্ট হইয়া সকৌতুকে বলিল, এখন ত গান হতে পারবে না—এটা যে আমার সানাই বাজাবার সময় উপীনদা!

সে রাত্রে একটু অধিক রাত্রে সভা ভাঙ্গিবার পরে বিছানায় শুইয়া সরোজিনী দীর্ঘনিশ্বাস ফেলিয়া মনে মনে বলিল, উনি যদি আমাদের কোনো আত্মীয় হতেন ত ওঁর কাছেই শিখতুম। সঙ্গীত-শিক্ষার জন্য তাহার একজন হিন্দুস্থানী ওস্তাদ নিযুক্ত ছিল। ইহারই স্থানে সতীশকে কল্পনা করিবার জন্য নানাবিধ উপায় উদ্ভাবন করিতে করিতে এক সময়ে ঘুমাইয়া পড়িল।

চোদ্দ

উপেন্দ্র ও সতীশ চলিয়া গেলে কবাট রুদ্ধ করিয়া সেইখানেই কিরণময়ী দাঁড়াইয়া রহিল। অন্ধকারে তাহার চোখ দুটো হিংস্র জন্তুর মতই জ্বলিতে লাগিল। তার মনে হইতে লাগিল, ছুটিয়া গিয়া কাহারো বক্ষঃস্থলে দংশন করিতে পারিলে সে বাঁচে। হাতের দীপটা উঁচু করিয়া ধরিয়া উন্মাদ ভঙ্গী করিয়া বলিল, আগুন ধরিয়ে দেবার উপায় থাকলে দিতুম। দিয়ে যেখানে হোক চলে যেতুম। ডাকাডাকি চেঁচামেচি করে একটু একটু করে পুড়ে মরত, শত্রুতা করবার সময় পেত না। শীতের রাত্রেও তাহার কপালে মুখে ঘাম দিয়াছিল। সেগুলা হাত দিয়া মুছিতে মুছিতে সহসা নিজেকে ধিক্কার দিয়া বলিয়া উঠিল, কেন সংবাদ দিতে দিলুম! কেন নিজের পায়ে কুড়ুল মারলুম! কিন্তু আমি নিশ্চয় বলতে পারি, সমস্তই ওই হতভাগী বুড়ীর কাজ। ছেলের সঙ্গে মতলব করে ও-ই এমন ঘটিয়েছে।

সতীশের কথাগুলা বিছার কামড়ের মত রহিয়া রহিয়া জ্বলিয়া উঠিতে লাগিল। এই দুটি লোক যে কতক শুনিয়াছে, তাহাতে তাহার লেশমাত্র সন্দেহ ছিল না, কিন্তু কত এবং কি কি শুনিয়াছে, সেইটা নিশ্চয় বুঝিতে না পারিয়া সে আরও ছটফট করিতে লাগিল। তাহাকে স্বামী ও শাশুড়ী দুজনে মিলিয়া বুঝাইয়াছিল, উপীনের মত লোক নাই। সে আসিয়া পড়িলে আর কোন দুঃখ থাকিবে না। কেন সে বিশ্বাস করিয়াছিল! কেন সে নিজের হাতে চিঠি লিখিয়া দিয়াছিল! অন্ধকার স্যাঁতসেঁতে প্রাঙ্গণের একধারে দাঁড়াইয়া এই ক্রোধোন্মত্তা নারী ইহাদিগকে মিথ্যাবাদী, কুচক্রী, শয়তান, শয়তানী প্রভৃতি কত কি বলিয়াও তৃপ্তি লাভ করিতে পারিল না! ক্রোধ ও হিংসা তাহার হৃদয়ে যে আক্ষেপ তুলিয়াছে তাহার কণামাত্র প্রকাশ করিবার ভাষাও তাহার মনে পড়িল না। তখন সে কায়মনে প্রার্থনা করিতে লাগিল, যেন ওই অর্ধমৃত মানুষটির রাত্রি আর না পোহায়।

দিন-দুই পরে সকালে কিরণ রান্নাঘরে বসিয়া তরকারি কুটিতেছিল, ঝি আসিয়া সংবাদ

দিল, ডাক্তারবাবু এসেছেন।

কিরণ বঁটি হইতে মুখ না তুলিয়া বলিল, মা আজ ভাল আছেন। তাঁকে বল্‌ গে।

ঝি কিছু আশ্চর্য হইয়া গেল। কিছুক্ষণ চাহিয়া থাকিয়া বলিল, তিনি সেই ও-ঘরেই বসে আছেন।

তাহার কথার বিশেষ অর্থটার দিকে কিরণ লেশমাত্র মনোযোগ না দিয়া সহজভাবে কহিল, ওর ওষুধ কেউ ত খায় না, তবু কেন যে ও আসে জানিনে। তুই নিজের কাজে যা, ও আপনিই চলে যাবে।

এই ডাক্তারটির ঔষধ যে ব্যবহারে আসে না, ঝির নিকট ইহা নূতন সংবাদ নহে। সুতরাং উল্লেখের আবশ্যকতা ছিল না। কিন্তু কেন যে সে আসে, এ প্রশ্ন সম্পূর্ণ নূতন। সে বিস্ময়াপন্ন হইয়া ভাবিতে লাগিল, কাল সন্ধ্যার সময় সে ঘরে গিয়াছে, ইহার মধ্যে হঠাৎ কি এমন ঘটিল যে ডাক্তারের এ বাটীতে আসা অনাবশ্যক হইয়া উঠিল! তথাপি সাহস করিয়া আর একবার বলিল, না হয় তরকারি আমি কুটে দিচ্চি, তুমি একবার যাও না।

কিরণময়ী সহসা অত্যন্ত রুক্ষভাবে বলিয়া উঠিল, তুই যা যা। নিজের কিছু কাজকর্ম থাকে ত কর গে।

এই আকস্মিক ও অত্যন্ত অনাবশ্যক উগ্রতায় ঝি এতটুকু হইয়া গেল। এ বাড়িতে সে খুব পুরাতন না হইলেও একেবারে নূতন নয়। ইতিপূর্বে এরূপ অকারণ তীব্রতার পরিচয় পাইয়াছে, কিন্তু ঠিক এমন ধারাটি সে স্মরণ করিতে পারিল না। আর কোন সময়ে সেও বোধ করি রাগ করিত, কিন্তু আজ করিল না, অতি-বিস্ময়ে সে অভিভূত হইয়া পড়িয়াছিল। তাই খানিকক্ষণ চুপ করিয়া থাকিয়া সে ধীরে ধীরে ও-ঘরে দ্বারের কাছে আসিয়া ডাক্তারকে বলিল, তিনি কাজে ব্যস্ত আছেন, এখন আপনি যাও।

ডাক্তার পায়ের কাছে ব্যাগটা রাখিয়া সেই তক্তপোশটার উপরেই উদ্বিগ্ন-মুখে বসিয়াছিল, কহিল, ব্যস্ত আছে কি গো! কাজ আমারো ত আছে!

ঝি বলিল, তবে যাও না বাবু।

ডাক্তার অবাক হইয়া গেল; কহিল, একবার বল গে, আমার একটু বিশেষ কাজ আছে।

ঝি বলিল, আপনি বোঝ না কেন ডাক্তারবাবু! আমি খুব বলেছি—আর বলতে পারব না। ও-সব আমি কিছু জানিনে, আজ আপনি যাও, বলিয়া সে চলিয়া গেল।

এই অবহেলা ও লাঞ্ছনা প্রথমটা ডাক্তারকে গভীর আঘাত করিল, কিন্তু পরক্ষণেই একটা লজ্জাকর দুর্ঘটনার সম্ভাবনা তাহার মনে উদয় হইবামাত্রই সে ভিতরকার ব্যাপারটা শুনিবার জন্য ব্যাকুল হইয়া উঠিল। তাহার অপেক্ষা করিয়া থাকিতে আপত্তি ছিল না এবং অপেক্ষা করিয়াই রহিল, কিন্তু কেহই ফিরিয়া আসিল না। তখন দাঁড়াইয়া দাঁড়াইয়া কত কি ভাবিয়া চলিয়া যাইবে মনে করিয়া হাতব্যাগটা তুলিয়া লইয়া মুখ তুলিয়াই দেখিল, দ্বারের সুমুখে কিরণময়ী। ডাক্তার উদ্যত অভিমান দমন করিয়া বলিল, একটু সরো, বড় দেরি হয়ে গেল, আরো অনেক রুগী পথ চেয়ে বসে আছে—মা ভাল আছেন আজ?

ভাল আছেন, বলিয়া কিরণময়ী পথ ছাড়িয়া একপাশে সরিয়া দাঁড়াইল!

ডাক্তারের কিন্তু পা উঠিল না। অথচ যাওয়ার প্রস্তাব নিজে করিয়া দাঁড়াইয়া থাকাও শক্ত হইয়া পড়িল।

কিরণময়ী মৃদু মৃদু হাসিতে লাগিল। বলিল, যাও না।

ডাক্তার মুখ তুলিয়া ভ্রূ কুঞ্চিত করিল ; কহিল, তুমি কি মনে কর আমি যেতে জানিনে?

আমি কি পাগল যে মনে করব তুমি যেতে জান না? হ্যাঁ ডাক্তার, কতগুলি রুগী তোমার পথ চেয়ে আছে শুনি? বলিয়াই মুখ ফিরাইয়া হাসিতে লাগিল।

কুপিত ডাক্তারের প্রথমে ইচ্ছা করিল ঐ মুখ চড় মারিয়া বন্ধ করিয়া দেয়, কিন্তু সেটা ত সম্ভব নহে, শুধু বলিল, যাও তুমি।

আমি যাব কোথায়? বাড়ি আমার, যেতে হলে তোমাকেই হয়!

আমি যাচ্ছি, বলিয়া সে গমনোদ্যত হইতেই কিরণময়ী দুই চৌকাঠে হাত দিয়া পথরোধ করিয়া বলিল, যাচ্চো, কিন্তু জেনে যাও, এই যাওয়াই শেষ যাওয়া।

তাহার কণ্ঠস্বর ও মুখের বিস্ময়কর পরিবর্তনে ডাক্তার শঙ্কিত হইল। কিন্তু মুখে বলিল, বেশ তাই, এই শেষ যাওয়া।

কিরণময়ী বলিল, সত্যিই শেষ যাওয়া। যখন এসে পড়েছ তখন স্পষ্ট করেই সবটা জেনে যাও। আচ্ছা, ঐ ওখানে বসো, সমস্ত খুলে বলচি, বলিয়া ডাক্তারের হাতব্যাগটা লইয়া নিজে মেঝের উপর রাখিয়া দিল এবং হাত দিয়া চৌকি দেখাইয়া দিয়া বলিল, বাঁধতে হবে, বেশী সময় নেই, সংক্ষেপে বলচি—

এমন সময়ে ঝি আসিয়া সংবাদ দিল, দু'জন বাবু আসচে। সেই সঙ্গেই নীচে জুতার শব্দ শুনিয়া কিরণময়ী ব্যাধ-ভয়ে ভীতা হরিণীর ন্যায় ঝিকে সবেগে ঠেলিয়া দিয়া ঘর হইতে ছুটিয়া পলাইয়া গেল। ডাক্তার ও ঝি আশ্চর্য হইয়া পরস্পরের মুখের দিকে চাহিয়া রহিল।

অনতিকাল পরেই জুতার শব্দ দ্বারের কাছে আসিয়া থামিল। ডাক্তার দেখিল, দুটি অপরিচিত ভদ্রলোক। ভদ্রলোক দুটি দেখিলেন, ডাক্তার। তাহার কোটের পকেট হইতে বুক পরীক্ষার চোঙটা গলা বাড়াইয়া পরিচয় জানাইয়া দিল। উপেন্দ্রও সতীশ দেখিলেন ডাক্তারের মুখ অতিশয় শুষ্ক। দুর্ঘটনা আশঙ্কা করিয়া জিজ্ঞাসা করিলেন, কেমন দেখলেন ডাক্তারবাবু।

ডাক্তার নীরব। মুখ তাহার আরো কালি হইয়া গেল।

উপেন্দ্র অধিকতর শঙ্কিত হইয়া প্রশ্ন করিলেন, এখন কি রকম দেখলেন?

তথাপি ডাক্তার কথা কহিল না, বিহ্বলের মত চাহিয়া রহিল।

ঝি কহিল, তুমি যাও না ডাক্তারবাবু, এখনো দাঁড়িয়ে আছ কেন?

ডাক্তার ব্যস্ত হইয়া ব্যাগটা তুলিয়া বলিল, আমি যাই, অনেক কাজ আছে আমার, বলিয়াই উপেন্দ্র সতীশের মাঝখান দিয়া দ্রুতপদে নীচে নামিয়া গেল। এবং এই মহাজনের পদাঙ্ক অনুসরণ করিয়া ঝিটি যে কোথায় মিলাইয়া গেল তাহা জানাও গেল না।

সেই নিস্তব্ধ ভাঙ্গা বাড়ির ভাঙ্গা বারান্দার উপর বেলা ন'টার সময়ে উপেন্দ্র সতীশ নির্বাক-বিস্ময়ে উভয়ে উভয়ের মুখপানে চাহিয়া রহিলেন।

কিছুক্ষণ পরে সতীশ বলিল, উপীনদা, হারানবাবুর মা কি পাগল?

উপেন্দ্র বলিলেন, ও হারানদার মা নয়, আর কেউ—বোধ করি ঝি। কিন্তু আমি ভাবচি, ডাক্তার ও-রকম করে গেল কেন?

সতীশ বলিল, ঠিক চোরের মত যেন ধরা পড়বার ভয়ে পালিয়ে গেল।

উপেন্দ্র অন্যমনস্কভাবে বলিলেন, প্রায়। কাউকে ত দেখা যায় না, ঐ ঘর হারানদার

না?

সতীশ বলিল, হাঁ, যাই চল।

কিন্তু হঠাৎ ঢুকতে সাহস হয় না। আমার ভয় হচ্চে হয়ত কিছু ঘটেছে।

সতীশ কহিল, সে হলে চীৎকার করবার লোক জুটত—তা নয়।

এমন সময় দেখিতে পাওয়া গেল, ও-ধারের বারান্দা ঘুরিয়া বধূ আসিতেছে। মনে হইল, যেন এইমাত্র সে কাঁদিতেছিল—চোখ মুছিয়া উঠিয়া আসিয়াছে। কাল দীপের আলোকে যে মুখ সুন্দর দেখাইয়াছিল, আজ দিনের বেলা, সূর্যালোকে স্পষ্ট বোঝা গেল, এমন সৌন্দর্য আর কোনদিন চোখে পড়ে নাই। জীবিতও না, ছবিতেও না।

বধূ কহিল, আজ আমরা প্রস্তুত ছিলুম না। ভেবেছিলুম আসব বলে গেলেও হয়ত আসতে পারবেন না। সতীশের দিকে চাহিয়া সহসা মৃদু হাসিয়া কহিল, ঠাকুরপো যে!

আজ সতীশ মাথা হেঁট করিল।

উপেন্দ্র জিজ্ঞাসা করিলেন, হারানদা কেমন?

বধূ সংক্ষেপে উত্তর দিল, তেমনি। আসুন ও-ঘরে যাই।

হারানের ঘরে তাঁর জননী অঘোরময়ী শয্যার পার্শ্বে উপবিষ্টা ছিলেন। উপেন্দ্র প্রণাম করিতেই তিনি উচ্চৈঃস্বরে কাঁদিয়া উঠিলেন।

হারান শ্রান্তকণ্ঠে নিষেধ করিয়া বলিল, চুপ কর মা।

উপেন্দ্র লজ্জায় দুঃখে এক ধারে বসিয়া পড়িলেন।

সতীশ এদিক ওদিক চাহিয়া মুখ যথাসাধ্য ভারী করিয়া সেই কাঠের সিন্দুকটির উপর গিয়া বসিল।

বধূ মুহূর্তমাত্র দাঁড়াইয়া সতীশের দিকে বিদ্যুদ্দাম কটাক্ষ করিয়া বাহির হইয়া গেল, যেন স্পষ্ট শাসাইয়া গেল, তোমরা কাজটা ভাল করিতেছ না।

পনর

সতীশ স্থির করিল, সে ডাক্তারী পড়া ছাড়িবে না। তাই পরদিন সন্ধ্যার সময় কাহাকেও কিছু না বলিয়া বেহারীকে সঙ্গে করিয়া তাহার সাবেক বাসায় আসিয়া উপস্থিত হইল। বাড়িটা তখনও খালি পড়িয়া ছিল, বাড়িওয়ালাকে ধরিয়া ছয় মাসের বন্দোবস্ত করিল এবং নিকটবর্তী হিন্দু-আশ্রমে গিয়া সন্ধান করিয়া এক পাচক নিযুক্ত করিয়া খুশী হইয়া বাহির হইয়া পড়িল। বেহারীকে কহিল, আমরা কালই চলে আসব—কি বলিস বেহারী?

বেহারী সম্মতি জানাইল।

পথে চলিতে চলিতে সতীশ বলিল, কাজটা ভাল হয় না বেহারী। যাই হোক সে আমার ঢের করেছে; তা ছাড়া একরকম ধরতে গেলে আমার জন্যেই তার ও-বাসার কাজটা গেল, একবার খবর দেওয়া উচিত।

বেহারী বুঝিল, কাহার কথা হইতেছে—চুপ করিয়া রহিল।

সতীশ বলিতে লাগিল, যে কেউ হোক না কেন, পথের ভিখিরী হলেও দুঃখে পড়লে দেখা চাই—না হলে মানুষ-জন্মই বৃথা।

কিন্তু আমি তাদের বাড়িতে ঢুকব না—গলির মধ্যেও না—মোড়ের উপর দাঁড়িয়ে

থাকব ; তুই একটিবার গিয়ে জেনে আসবি, কষ্টে পড়েছে কিনা। কষ্টে ত নিশ্চয় পড়েছে—সে আমি বেশ দেখতে পাচ্চি, তাই কোন রকমে কিছু দিয়ে আসা। বেহারী নিঃশব্দে পিছনে চলিতে লাগিল। সতীশ বলিল, কিন্তু আমাকে সে সব কথা বলবে না, অথচ তোর কাছে কিছুই লুকোবে না—বুঝলি না বেহারী!

বেহারী তথাপি কথা কহিল না।

সাবিত্রীদের গলির মোড়ে আসিয়া সতীশ দাঁড়াইল। বলিল, বেশী দেরি করিস নে যেন।

বেহারী গলির মধ্যে প্রবেশ করিল, সতীশ কাছাকাছি পায়চারি করিয়া বেড়াইতে লাগিল—দূরে যাইতে সাহস করিল না, পাছে নির্বোধ বেহারী তাহাকে দেখিতে না পাইয়া আর কোথাও যায়।

মিনিট-দশেক পরেই বেহারী ফিরিয়া আসিয়া বলিল, নেই!

সতীশ উৎসুক হইয়া প্রশ্ন করিল, কখন ফিরে আসবে?

বেহারী কহিল, সে আর আসবে না। দু'মাস হতে চললো একদিনও আসে না!

সতীশ গ্যাস পোস্টে হেলান দিয়া দাঁড়াইয়া ভীষণ-কণ্ঠে বলিল, মিথ্যা কথা। তোকে ঠকিয়েছে।

বেহারীও দৃঢ়ভাবে মাথা নাড়িয়া বলিল, কেউ ঠকায় নি। সত্যিই সে আর আসে না। সত্যিই সে বাড়ি চলে গেছে।

তার ঘরের জিনিস?

পড়ে আছে। সে আর এমন কি জিনিস বাবু, যে তার জন্যে মায়া হবে।

সতীশ রাগিয়া বলিল, এমনই বা সে কি বড়লোক যে হবে না? তুই নিতান্ত বোকা, তুই বুঝে চলে এলি সে আর আসে না! একি হতে পারে বেহারী, একটা লোক নিরুদ্দেশ হয়ে গেল, আর কেউ তার খবর নিলে না? আমি পুলিশে জানাব।

বেহারী মৌন-নতমুখে দাঁড়াইয়া রহিল।

সতীশ বলিল, মোক্ষদা কি বলে, সে জানে না? আমি বিশ্বাস করি না। সে নিশ্চয়ই জানে। আমি যাচ্চি তার কাছে।

বেহারী ব্যস্ত হইয়া উঠিল, আপনি যাবেন না বাবু!

কেন যাব না? কেন তারা লুকোচ্চে? আমি কাউকে খেয়ে ফেলতে এসেছি, যে আমার কাছে লুকোচুরি! আমি বলছি তোকে, যেমন করে পারি আমি জানব সে কোথায় আছে।

বেহারী ভীত হইয়া কহিল, তার মাসীর দোষ নেই বাবু। সাবিত্রী নিজের ইচ্ছায় বাড়ি ছেড়ে গেছে। ঝগড়া করে গেছে—কাউকে জানিয়ে যায়নি।

সতীশ ধমকাইয়া উঠিল—তবু বলবি জানিয়ে যায়নি। জানিয়ে গেছে—নিশ্চয়ই গেছে।

বেহারী মাথা নাড়িয়া বলিল, না। কিন্তু সে শহরেই আছে।

কোন্ ঠিকানায় আছে? গাধার মত হাঁ করে থাকিস নে বেহারী! কি হয়েছে বল।

বেহারী ক্ষণকাল স্থির থাকিয়া কি ভাবিয়া লইয়া বলিল, আপনি দুঃখ পাবেন তাই—না হলে সব কথা সবাই জানে—আমিও জানি।

সতীশ অধীর হইয়া উঠিল—কি জানিস তাই বল্ না?

বেহারী আবার চুপ করিয়া রহিল।

সতীশ প্রায় চীৎকার করিয়া বলিয়া উঠিল, তোর পায়ে পড়ি হারামজাদা, শিগগির বল।

বেহারী তৎক্ষণাৎ ভূমিষ্ঠ প্রণাম করিয়া জুতার ধূলা মাথায় লইয়া কাঁদ-কাঁদ হইয়া বলিল, বাবু আমাকে নরকে ডুবালেন। একটু আড়ালে চলুন, বলচি, বলিয়া অন্ধকার গলিটার ভিতরে ঢুকিয়া একপাশে দাঁড়াইল।

সতীশ সামনে দাঁড়াইয়া বলিল, কি?

বেহারী ঢোক গিলিয়া বলিল, সাবিত্রীর মাসী মনে করেছে সে আপনার কাছে আছে। কিন্তু আমি জানি, তা নয়।

সতীশ অস্থির হইয়া বলিল, তুই খুব পণ্ডিত। সে আমিও জানি—তার পরে কি বল্।

সবুর করুন বাবু, বলচি, বলিয়া বেহারী আর একবার বেশ করিয়া ঢোক গিলিয়া বলিল, আমার খুব আশা হচ্চে—

কি আশা হচ্চে?

বেহারী মরিয়া হইয়া বলিয়া ফেলিল, সে ঐখানেই গেছে ; ঐ বিপিনবাবুর কাছেই—

কোন্ বাবু? আমাদের বিপিন?

হাঁ বাবু তিনিই—হাঁ হাঁ—ওখানেই বসবেন না, চান করতে হবে! রাজ্যের লোক যে ওখানে—

সতীশ সে কথা কানেও তুলিল না। ওধারের দেওয়ালে পিঠ দিয়া সোজা হইয়া বসিয়া শুষ্ক ভাঙ্গা-গলায় জিজ্ঞাসা করিল, তবে তার মাসী কেন মনে করলে সে আমার কাছে আছে?

বেহারী কহিল, সাবিত্রী যেদিন বিপিনবাবুকে অপমান করে বিদেয় করে দেয়, সেদিন স্পষ্ট করে বলে, সে সতীশবাবু ছাড়া আর কারো কাছে যাবে না—বাড়ির লোক আড়ালে দাঁড়িয়ে তাদের ঝগড়া শুনেছিল।

সতীশ উঠিয়া দাঁড়াইল। জোর করিয়া নিজেকে কতকটা প্রকৃতিস্থ করিয়া প্রশ্ন করিল, তবে তুই কেমন করে জানলি, সে বিপিনবাবুর কাছেই গেছে?

বেহারী মৌন হইয়া রহিল।

সতীশ বলিল, বল।

বেহারী আর একবার ইতস্ততঃ করিল, সাবিত্রীর কাছে সেই যে বলিবে না বলিয়া অহঙ্কার করিয়া আসিয়াছিল, তাহা মনে করিল। শেষে আর একবার ঢোঁক গিলিয়া কহিল, আমি নিজের চোখে দেখে গেছি।

সতীশ চুপ করিয়া শুনিতে লাগিল।

বেহারী বলিল, আমরা যেদিন বাসা বদল করি, তার পরদিন দুপুরবেলায় আমি আসি। তখন বিপিনবাবু সাবিত্রীর বিছানায় ঘুমুচ্ছিলেন।

সতীশ ভয়ানক ধমক দিয়া উঠিল, মিথ্যে কথা।

বেহারী চমকাইয়া উঠিয়া বলিল, না বাবু, সত্যি কথাই বলচি।

সতীশ তাহার মুখের দিকে তীব্র দৃষ্টি করিয়া মুহূর্তকাল চুপ করিয়া থাকিয়া প্রশ্ন করিল, সাবিত্রী নিজে কোথায় ছিল?

সাবিত্রী সেই ঘরেই ছিল। বাইরে এসে আমাকে মাদুর পেতে বসালে। জিজ্ঞাসা করতে লাগল, বাবুরা রাগ করেছেন কিনা, আমরা বাসা বদলালুম কেন এই-সব।

তার পরে?

আমি রেগে চলে এলুম। সেইদিন থেকেই সে বাবুর সঙ্গে চলে গেছে।

এতদিন বলিস নি কেন?

বেহারী চুপ করিয়া রহিল।

সতীশ জিজ্ঞাসা করিল, তুই নিজের চোখে দেখেছিস না শুনেছিস?

না বাবু, আমার স্বচক্ষে দেখা! একেবারে নিরীক্ষণ করে দেখা!

আমার পা ছুঁয়ে দিব্যি কর্,—তোর চোখে দেখা! বামুনের পায়ে হাত দিচ্ছিস, মনে থাকে যেন!

বেহারী তৎক্ষণাৎ নত হইয়া সতীশের পায়ে হাত দিয়া বলিল, সে কথা আমার দিবারাত্রই মনে থাকে বাবু! আমার স্বচক্ষে দেখা।

সতীশ আবার একমুহূর্ত চুপ করিয়া থাকিয়া কহিল, আচ্ছা বাসায় যা। উপেনদাকে বলিস, আজ রাত্রে আমি ভবানীপুরে যাব, ফিরব না।

বেহারী বিশ্বাস করিল না, কাঁদিয়া ফেলিল।

সতীশ বিস্মিত হইয়া বলিল, ও কি রে, কাঁদিস কেন?

বেহারী চোখ মুছিতে মুছিতে বলিল, বাবু, আমি আপনার ছেলের মত, আমাকে লুকোবেন না। আমিও সঙ্গে যাব।

সতীশ জিজ্ঞাসা করিল, কেন?

বেহারী বলিল, বুড়ো হয়েছি সত্যি, কিন্তু জাতে গোয়ালা। একগাছা হাতে পেলে এখনো পাঁচ-ছ'জনের মোয়াড়া রাখতে পারি। আমরা দাঙ্গা করতেও জানি, দরকার হলে মরতেও জানি।

সতীশ শান্তভাবে বলিল, আমি কি দাঙ্গা করতে যাচ্চি? আহাম্মক কোথাকার! বলিয়াই চলিয়া গেল।

বেহারী এবার বোধ হয় বুঝিল কথাটা মিথ্যা নয়। তখন চোখটা মুছিয়া ফেলিয়া সেও প্রস্থান করিল।

সতীশ ময়দানের দিকে দ্রুতপদে চলিয়াছিল। কোথায় যাইবে, স্থির করে নাই—কিন্তু কোথাও তাহাকে যেন শীঘ্র যাইতেই হইবে। তাহার প্রধান কারণ সে নিঃসংশয়ে অনুভব করিতেছিল, একমুহূর্তেই তাহার মুখের চেহারায় এমন একটা বিশ্রী পরিবর্তন ঘটিয়াছে যাহা লইয়া কাহারও সম্মুখে দাঁড়ানো চলে না।

ময়দানের একটা নিভৃত অংশে গাছতলায় বেঞ্চ পাতা ছিল। সতীশ তাহার উপরে গিয়া বসিল এবং নির্জন দেখিয়া স্বস্তি বোধ করিল। অন্ধকার বৃক্ষতলে বসিয়া প্রথমেই তাহার মুখ দিয়া বাহির হইল, কি করা যায়! প্রশ্নটা কিছুক্ষণ ধরিয়া তাহার দুই কানের মধ্যে অর্থহীন প্রলাপের মত ঘুরিতে লাগিল। শেষে উত্তর পাইল, কিছুই করা যায় না।

প্রশ্ন করিল, সাবিত্রী এমন কাজ করিল কেন?

উত্তর পাইল, এমন কিছুই করে নাই, যাহাতে নূতন করিয়া তাহাকে দোষ দেওয়া যায়।

প্রশ্ন করিল, এতবড় অবিশ্বাসের কাজ করিল কিজন্য?

উত্তর পাইল, কোন্ বিশ্বাস তোমাকে সে দিয়াছিল, তাই আগে বল?

সতীশ কিছুই বলিতে পারিল না। বস্তুতঃ সে ত কোন মিথ্যা আশাই দেয় নাই।

একদিনের জন্যও ছলনা করে নাই। বরং, পুনঃ পুনঃ সতর্ক করিয়াছে, শুভ কামনা করিয়াছে, ভগিনীর অধিক স্নেহ-যত্ন করিয়াছে। সেই রাত্রির কথা সে স্মরণ করিল। সেদিন নিষ্ঠুর হইয়া তাহাকে ঘর হইতে বাহির করিয়া দিয়া রক্ষা করিয়াছিল। কে এমন করিতে পারিত! কে নিজের বুকে শেল পাতিয়া লইয়া তাহাকে অক্ষত রাখিত? সতীশের চোখের পাতা ভিজিয়া উঠিল, কিন্তু, এ সংশয় তাহার কিছুতেই ঘুচিতে চাহিল না, যে, এই প্রশ্নোত্তর মালার কোথায় যেন একটা ভুল থাকিয়া যাইতেছে।

সে আবার প্রশ্ন করিল, কিন্তু, তাকে যে ভালবাসিয়াছি।

উত্তর পাইল, কেন বাসিলে? কেন জানিয়া বুঝিয়া পঙ্কের মধ্যে নামিলে?

প্রশ্ন করিল, তা জানিনে। পদ্ম তুলিতে গেলেও ত পাঁক লাগে।

উত্তর পাইল, ওটা পুরাতন উপমা—কাজে লাগে না। মানুষ ঘরে আসিবার সময় পাঁক ধুইয়া পদ্ম লইয়া আসে। তোমার পদ্মই বা কি, আর এ পাঁক কোথায় ধুইয়াই বা ঘরে আসিতে?

প্রশ্ন করিল, না হয়, নাই ঘরে আসিতাম।

উত্তর পাইল, ছিঃ! এ-কথা মুখেও আনিও না।

তাহার পরে কিছুক্ষণ পর্যন্ত সে স্তব্ধ হইয়া নক্ষত্র-খচিত কালো আকাশের পানে চাহিয়া হঠাৎ বলিয়া উঠিল, আমি ত তার আশা ছাড়িয়াই ছিলাম। তাহাকে পাইতেও চাহি না। কিন্তু আমাকে সে এমন করিয়া অপমান করিল কেন? একবার জিজ্ঞাসা করিল না কেন? কি দুঃখে সে এ কাজ করিতে গেল? টাকার লোভে করিয়াছে, এ কথা যে কোনমতেই ভাবিতে পারি না? বিপিনের মত অনাচারী মদ্যপকে সে মনে মনে ভালবাসিয়াছিল, এ কথা বিশ্বাস করিব কি করিয়া? তবে কেন?

গঙ্গায় শীতল বাতাসে তাহার শীত করিতে লাগিল। সে র‍্যাপারটা আগাগোড়া মুড়িয়া দিয়া চোখ বুজিয়া বেঞ্চের উপর শুইয়া পড়িতেই সাবিত্রীর মুখ উজ্জ্বল হইয়া ফুটিয়া উঠিল। পতিতার কোন কালিমাই ত সে মুখে নাই! গর্বে দীপ্ত, বুদ্ধিতে স্থির, স্নেহে স্নিগ্ধ, পরিণত যৌবনের ভারে গভীর অথচ রসে, লীলায় চঞ্চল—সেই মুখ, সেই হাসি, সেই দৃষ্টি, সেই সংযত পরিহাস, সর্বোপরি তাহার সেই অকৃত্রিম সেবা! এমন সে তাহার এতখানি বয়সে কোথায় কবে পাইয়াছিল! ভস্মাচ্ছাদিত বহ্নির মত তাহার আবরণটা লইয়া খেলা করিতে গিয়া সে আগুন বাহির হইয়া পড়িয়াছে, ইহার দাহ হইতে কেমন করিয়া কোন্ পথে পলাইয়া আজ সে নিষ্কৃতি লাভ করিবে! নিষ্কৃতি লাভ করিয়াই বা কি হইবে! তাহার দুই চোখ দিয়া অশ্রু ঝরিয়া পড়িতে লাগিল। এ অশ্রু সে দমন করিতে চাহিল না—এ অশ্রু সে মুছিয়া ফেলিতে ইচ্ছা করিল না। অশ্রু যে এত মধুর, অশ্রুতে যে এত রস আছে, আজ সে তাহার পরম দুঃখের মধ্যে এই প্রথম উপলব্ধি করিয়া সুখী হইল এবং যাহাকে উপলক্ষ্য করিয়া এতবড় সুখের আস্বাদ সে জীবনে এই প্রথম গ্রহণ করিতে পাইল, তাহারি উদ্দেশে দুই হাত যুক্ত করিয়া নমস্কার করিল।

সতীশ আর যাই হোক,—ভগবান আছেন, তাঁকে ফাঁকি দেওয়া যায় না, ছোটবড় সকলকেই একদিন তাঁর কাছে জবাবদিহি করিতে হয়, এ কথাগুলা অসংশয়ে বিশ্বাস করিত। চোখ মুছিয়া উঠিয়া বসিয়া মনে মনে বলিল, ভগবান! কার হাত দিয়ে তুমি কখন যে কাকে কি পাঠিয়ে দাও, কেউ বলতে পারে না। আজ তোমারি হুকুমে সাবিত্রী দাতা, আমি ভিক্ষুক।

তাই সে ভাল হোক, মন্দ হোক, সে বিচার আর যে-ই করুক আমি যেন না করি। আমার বুক থেকে সব জ্বালা, সব বিদ্বেষ মুছে দাও—তার বিরুদ্ধে আমি যেন কৃতঘ্ন হয়ে না থাকি।

ওদিকে জ্যোতিষসাহেবের বাড়িতে সন্ধ্যার পরে, বসিবার ঘরে সরোজিনী, জ্যোতিষ, উপেন্দ্র এবং আরও একজন খর্বাকৃতি গোঁফ-দাড়ি-কামানো গুলিভাঁটার মত শক্ত-সমর্থ ভদ্রলোক বসিয়াছিলেন। ইঁহার নাম শশাঙ্কমোহন। ইনিও বিলাত-প্রত্যাগত—সুতরাং সাহেব। অল্পদিনেই সরোজিনীর প্রতি আকৃষ্ট হইয়াছেন এবং তাহা প্রাণপণে ব্যক্ত করিতে প্রয়াস পাইতেছেন। সে প্রয়াস যে কতদূর সফলতার দিকে অগ্রসর হইতেছিল, সে শুধু বিধাতাপুরুষই জানিতেছিলেন। আজ সতীশের প্রসঙ্গ উত্থিত হইয়াছিল। উপেন্দ্র তাহার অসাধারণ গায়ের জোর এবং অদ্ভুত সাহসের ইতিহাস শেষ করিয়া, আশ্চর্য কণ্ঠস্বর ও তদপেক্ষা আশ্চর্য শিক্ষার কথা পাড়িয়াছিলেন। অদূরে সোফার উপর বসিয়া সরোজিনী দুই হাতের উপর চিবুক রাখিয়া ঝুঁকিয়া পড়িয়া নিবিষ্টচিত্তে শুনিতেছিল। এমনি সময়ে বেহারী ভগ্নদূতের মত ঘরে ঢুকিয়া সতীশের ভবানীপুর যাওয়ার সংবাদ ঘোষণা করিয়া দিল।

উপেন্দ্র কিছু বিস্মিত হইয়া প্রশ্ন করিলেন, তার কে আছে সেখানে?

বেহারী সংক্ষেপে 'জানি না' বলিয়াই চলিয়া গেল।

সতীশের জন্যই সকলে অপেক্ষা করিতেছিলেন, অতএব সকলেই নিরাশ হইলেন।

সরোজিনী সোজা হইয়া বসিয়া হঠাৎ নিশ্বাস ফেলিয়া বলিয়া উঠিল, তবে আর কি হবে!

জ্যোতিষ তাহার মুখের পানে চাহিয়া দেখিয়া সস্নেহে একটুখানি হাসিলেন ; কিন্তু, দমিলেন না শুধু শশাঙ্কমোহন। বরং খুশী হইয়া প্রস্তাব করিলেন, এখন সরোজিনীই কর্ণধার হউন। সঙ্গীত হইতে কতটা পরিমাণে আনন্দ আহরণ করিবার ক্ষমতা তাঁহার ছিল তাহা তিনিই জানিতেন, কিন্তু সরোজিনী দৃঢ় আপত্তি প্রকাশ করিতেই বলিয়া বসিলেন, বরং আমি ত বলি, পুরুষের গান গাওয়াটাই ভুল। তার স্বভাবতঃ গলা মোটা এবং ভারী, সুতরাং শিক্ষা তার যতই হোক এবং যত ভাল করেই গাইবার চেষ্টা করুন না কেন, কোনমতেই শোনবার যোগ্য হতে পারে না।

এ কথার আর কেহ যদিও প্রতিবাদ করিলেন না, কিন্তু সরোজিনী করিল। সে বলিল, আপনার কাছে নিশ্চয়ই যোগ্য নয়। হারমোনিয়ম পিয়ানোর গোড়ার মোটা ও ভারী পর্দাগুলো তৈরি করাও হয়ত ভুল, কিন্তু তবু সেগুলো তৈরীও হচ্চে, লোকেও কিনচে।

শশাঙ্কমোহনের তরফে এ কথার উত্তর ছিল না। তথাপি তিনি তাঁহার গৌরবর্ণ মুখ ঈষৎ রক্তাভ করিয়া কি একটা বলিতে যাইতেছিলেন, কিন্তু সরোজিনী হঠাৎ দাঁড়াইয়া উঠিয়া বলিল, মাকে খবর দিয়ে আসি—তিনি আবার খাবার নিয়ে বসে থাকবেন।

উপেন্দ্র চকিত হইয়া বলিলেন, ওহো, তার খাওয়া-দাওয়া বুঝি ঐ-দিকেই হচ্ছে—হমব্যাগ্!

উপেন্দ্রর বলার মধ্যে যে আন্তরিক স্নেহ ভিন্ন আর কিছুই ছিল না এবং সতীশ তাঁহার নিতান্ত স্নেহাস্পদ না হইলে তিনি এ ভাষা যে মুখে আনিতেও পারিতেন না ইহা সরোজিনী সম্পূর্ণ বুঝিতে পারিয়া সহাস্যে কহিল, এ আপনার ভারী অন্যায়। তাঁর রুচি যদি আপনার কুরুচির সঙ্গে না মেলে ত দোষ আপনার—তাঁর নয়! আচ্ছা, মাকে বলেই আসচি। বলিয়া

সরোজিনী দ্রুতপদে বাহির হইয়া গেল।

সে চলিয়া যাইতেই শশাঙ্কমোহন উপেন্দ্রর দিকে ফিরিয়া বলিলেন, আপনার বন্ধু বুঝি খুব গোঁড়া?

উপেন্দ্র একটুখানি হাসিয়া বলিলেন, কম নয়। পুজো-আহ্নিকও করে জানি।

সতীশ যে মাঝে মাঝে লুকাইয়া মদ খাইত, এ কথা তিনি জানিতেন না, বোধ করি স্বপ্নেও ভাবিতে পারিতেন না।

শশাঙ্কমোহন প্রশ্ন করিলেন, কি করেন তিনি?

উপেন্দ্র বলিলেন, কিছুই না ; কোনদিন যে কিছু করবে এ ভরসাও কারো নেই।

এই সংবাদে শশাঙ্কমোহনের মনের উপর হইতে যেন একটা পাথর নামিয়া গেল। খুশী হইয়া বলিলেন, তাইতেই!

জ্যোতিষ এতক্ষণ চুপ করিয়া শুনিতেছিলেন, উপেন্দ্রকে লক্ষ্য করিয়া বলিলেন, কথাটি ঠিক হলো না, উপেন। শারীরিক উৎকর্ষটা কিছুই নয় নাকি? তা ছাড়া আমি ত তাঁর গানে একেবারে মুগ্ধ হয়ে গেছি। যা কিছু তিনি করেছেন, আমাদের এদেশে সে সম্মান যদি তাঁর নাও মেলে দুঃখের বিষয় সন্দেহ নেই, কিন্তু সে দোষ আমাদেরই—তাঁর নয়। মকদ্দমার নথি-পত্র না ঘেঁটে, এটর্নির সঙ্গে ধস্তাধস্তি না করে, হাকিমের তাড়া না খেয়েও যার ষোলআনা আদায় হয়েই আছে, সে যদি একটু এদিকে না তাকায় ত সংসারটা নিতান্ত মারোয়াড়ীর কাপড়ের দোকান হয়ে দাঁড়ায়। আমার ত তোমার বন্ধুটিকে দেখে সত্যিই হিংসা হয়। ভাল কথা, বৃদ্ধের আয় কত হে?

এই সময় সরোজিনী নিঃশব্দে ঘরে ঢুকিয়া তাহার দাদার চৌকির পিঠের উপর ভর দিয়া দাঁড়াইয়া জিজ্ঞাসা করিল, কার দাদা?

জ্যোতিষ বলিলেন, সতীশবাবুর বাবার।

উপেন্দ্র বলিলেন, ঠিক জানি না, বোধ করি, প্রায় দু লাখ।

জ্যোতিষ দুই চক্ষু বিস্ফারিত করিয়া বলিয়া উঠিল, রাজা নাকি হে!

উপেন্দ্র বলিলেন, না, রাজা নয়, তবে বরাবরই ওরা বড় জমিদার। তার ওপর বৃদ্ধ বিশেষ করেই বৃদ্ধি করেছেন।

জ্যোতিষ চৌকিতে হেলান দিয়া পড়িয়া একটা নিশ্বাস ফেলিয়া বলিলেন, একেবারে সৌভাগ্যের প্রিয়তম পুত্র! স্বাস্থ্য, শক্তি, রূপ, ঐশ্বর্য! মানুষ যা-কিছু কামনা করে, একাধারে সমস্তই।

উপেন্দ্র হাসিতে লাগিলেন। শেষে বলিলেন, একটা মারাত্মক দোষও আছে। পরের দায় যেচে ঘাড়ে নিয়ে অসময়ে অপঘাতে মারা না পড়ে ত তুমি যা বলচ সে-সবই ঠিক বটে।

জ্যোতিষ সোজা হইয়া বসিয়া বলিলেন, অপঘাতে মারা পড়বে কেন?

উপেন্দ্র বলিলেন, অসম্ভব নয়, এবং পূর্বে হয়েও গেছে। রাগ পদার্থটি ওর দেহে যেমন ভয়ানক বেশী, প্রাণের মায়াটাও ঠিক তেমনি পরিমাণে কম। এই কলিযুগে বাস করেও যাদের অন্যায় অত্যাচারের ধারণাটা সত্যযুগের মতই থাকে, এবং রেগে উঠলে যাদের হিতাহিত বোধ থাকে না, তাদের বেঁচে থাকা-না-থাকার উপর আমি ত বেশী আস্থা রাখিনে। সহ্য করতে পারাও যে একটা ক্ষমতা, অনাহূত সাহায্য করবার লোভ সংবরণ করতে পারাও যে অবস্থাবিশেষে প্রয়োজন, সেটা ও বোঝেই না। ও যেন সেই সেকালের

ইউরোপের নাইট, একালে বাঙলাদেশে এসে জন্মেছে।

জ্যোতিষ হাসিয়া বলিলেন, কিন্তু যাই বল, শুনে শ্রদ্ধা হয়।

উপেন্দ্র বলিলেন, হয়ও না! সংসারে বাস করতে গেলে অনেক ছোটখাটো মন্দ জিনিসকে অগ্রাহ্য করতে হয়—এ শিক্ষা ওর আজো হয়নি। কোনদিন হবে কি না জানি না, কিন্তু যদি না হয়, শেষকালের ফলটা মধুর হবে না। ওরও না, ওর আত্মীয়-বন্ধুদেরও না।

জ্যোতিষ বলিলেন, কিন্তু তুমি ওর আত্মীয়-বন্ধু, তুমি কেন শেখাও না?

উপেন্দ্রর মুখে হাসি ফুটিয়া উঠিল। বলিলেন, আমি ওর বন্ধু বটে, কিন্তু এ শিক্ষার ভার এ-রকম বন্ধুর উপরে নয়। যিনি সব বন্ধুর বড় বন্ধু হবেন, যিনি সমস্ত আত্মীয়ের উপর আত্মীয় হবেন, এ বিদ্যা হয় তিনি শেখাবেন, না হয় চিরদিন ওকে অশিক্ষিত হয়েই থাকতে হবে।

সরোজিনী এতক্ষণ নীরবে স্থির হইয়া শুনিতেছিল, এখন মুখ ফিরাইয়া বোধ করি একটুখানি হাসি গোপন করিল।

উপেন্দ্র বলিলেন, কিন্তু সতীশের কথা আজ এই পর্যন্ত। আমাকে উঠতে হবে, খান-দুই চিঠি লেখবার আছে।

জ্যোতিষেরও জরুরী কাগজপত্র দেখিবার ছিল, তাঁহারও বসিবার জো ছিল না, তাই তিনিও উঠি-উঠি করিতেছিলেন। কিন্তু সকলের পূর্বেই উঠিয়া পড়িল সরোজিনী। একবার মনে হইল সে উপেন্দ্রকে কি কথা যেন বলিতে চাহিল, কিন্তু শেষে কিছুই বলিল না, কাহাকেও একটি ক্ষুদ্র নমস্কার পর্যন্ত করিল না—অন্যমনস্কের মত ধীরে ধীরে বাহির হইয়া গেল। আজিকার সভা যেমন করিয়া জমিবার কথা ছিল, তেমন করিয়া জমিতে পারে নাই বটে, কিন্তু ভাঙ্গিল আরো বিশ্রী করিয়া।

উপেন্দ্র কিছুই জানিতেন না, তিনি কিছুই জানিলেন না।

ষোল

তীক্ষ্ণ বুদ্ধিমতী কিরণময়ী স্বামীর পীড়া উপলক্ষে এই কয়টা দিন উপেন্দ্রকে ঘনিষ্ঠভাবে কাছে পাইয়া তাহাকে চিনিল। ইহাতে শুধু যে তাহার স্বার্থহানির ব্যাকুল আশঙ্কাটাই তিরোহিত হইল তাহা নহে, এই অপরিচিতের উদ্দেশে একটা গভীর শ্রদ্ধার ভারে তাহার সমস্ত হৃদয় জলভারাক্রান্ত মেঘের মত বর্ষণোন্মুখ হইয়া উঠিল। এমন লোক সে কখন দেখে নাই। এমন লোকের সংসর্গে আসিতে পারার ভাগ্য কোন দিন সে কল্পনা করিতে পারে নাই। তাই এই অত্যল্পকালের পরিচয়েই সে তাহার ভবিষ্যতের সকল সুখদুঃখ ইহারই হাতে নিঃশঙ্কচিত্তে তুলিয়া দিল, এবং নির্ভয়ে নির্ভর করিতে পারা যে কি, তাহা এই প্রথম উপলব্ধি করিয়া তাহার চিরকারারুদ্ধ প্রাণ যেন মুক্ত পথের আলোক দেখিতে পাইল।

উপেন্দ্র প্রভাত হইতে রাত্রি পর্যন্ত থাকিয়া মুমূর্ষু বন্ধুর সেবা করিতেছিলেন। প্রয়োজন হিসাবে এ সেবার মূল্য ছিল না, কারণ হারানের জীবনের আশা আদৌ ছিল না—কিন্তু, এই সেবা, কিরণময়ীর চোখে তাঁহার স্বামীর শুষ্ক দেহটাকেও আজ মহামূল্য করিয়া দিল। এই অর্ধমৃত দেহটার লোভেই অকস্মাৎ সে ভয়ানক লুব্ধ হইয়া উঠিল। তাহার আচার-

ব্যবহারের এই আকস্মিক অভাবনীয় পরিবর্তন মৃত্যুর উপকূলে দাঁড়াইয়া হারানও লক্ষ্য করিলেন। ছেলেবেলায় কিরণ আত্মীয়ের ঘরে মানুষ হইয়া ছেলেবেলাতেই ততোধিক অনাত্মীয় স্বামীভবনে আসিয়াছিল। শ্বশ্রূ অঘোরময়ী তাহাকে কোনদিন আদরযত্ন করেন নাই ; বরং যতদূর সম্ভব নির্যাতন করিয়া আসিয়াছেন। স্বামীও তাহাকে একদিনের জন্য ভালবাসেন নাই। তিনি দিনের বেলা স্কুলে শিক্ষা দিতেন, রাত্রে নিজে অধ্যয়ন করিতেন, বধূকে শিক্ষা দান করিতেন। বিদ্যার্জনের নেশা তাঁহাকে এমনি গ্রাস করিয়াছিল যে উভয়ের মধ্যে গুরু-শিষ্যের কঠোর সম্বন্ধ ভিন্ন স্বামী-স্ত্রীর মধুর সম্বন্ধের কিছুমাত্র অবকাশ ঘটে নাই। এমনি করিয়াই এই নিরুপমা প্রখর বুদ্ধিশালিনী রমণী শৈশব অতিক্রম করিয়া পরিপূর্ণ যৌবনের মাঝখানে আসিয়া দাঁড়াইয়াছিল,—এমনি করিয়াই সংসারের সৌন্দর্য মাধুর্য হইতে নির্বাসিতা, শুষ্ক কঠোর হইয়া উঠিয়াছিল, এবং এমনি স্নেহপ্রেমে বঞ্চিত হইয়াই সে নারীর শ্রেষ্ঠ ধর্মেও জলাঞ্জলি দিতে বসিয়াছিল। অঘোরময়ী সমস্ত জানিতেন। তাঁহার রূপসী বধূ যে ইদানীং সতীধর্মের সম্পূর্ণ মর্যাদা বহন করিয়া চলে না, ইহাও তিনি বুঝিতেন। কিন্তু, পুত্র তাঁহার মৃতকল্প ; দুঃসহ দুঃখের দিন সমাগতপ্রায়। এই মনে করিয়াই বোধ করি, বধূর বিসদৃশ আচার-ব্যবহারও উপেক্ষা করিয়া চলিতেন। যে ডাক্তার হারানের চিকিৎসা করিতেছিল, সে যে কি আশায় বিনা ব্যয়ে ঔষধপথ্য যোগাইতেছে, কেন সংসারের অর্ধেক ব্যয়ভারও বহন করিতেছে, ইহা তাঁহার অগোচর ছিল না। কিন্তু মৃতকল্প সন্তানের চিকিৎসার কাছে কোন অন্যায়কেই বড় করিয়া দেখিবার তাঁহার সাহস ছিল না, শিক্ষাও ছিল না। অধিকন্তু তিনি পুত্রবধূকে ভালবাসিতেন না। উপেন্দ্রও যে এই জালে ধীরে ধীরে আবদ্ধ হইতেছিল, তাহার অকাতর অর্থব্যয় এবং অক্লান্ত সেবার গোপন উদ্দেশ্য যে, আশৈশব বন্ধুত্বকে অতিক্রম করিয়া নিঃশব্দে আর একস্থানে মূল বিস্তার করিতেছিল, এ বিষয়ে তাঁহার সন্দেহও ছিল না, আপত্তিও ছিল না। কাল হইতে উপেন্দ্র আসে নাই। এই কথা অঘোরময়ী তাঁহার ঘরের চৌকাঠের বাহিরে একখানা জীর্ণ মলিন বালাপোশ গায়ে দিয়া বসিয়া ভাবিতেছিলেন।

শীতের সূর্য তখনও অস্ত যায় নাই, কিন্তু এ বাড়ির ভিতরটায় ইহারই মধ্যে অন্ধকারের ছায়া পড়িয়াছিল। সূর্যদেব কখন উদয় হন, কখন অস্ত যান, সুদিনেও সে সংবাদটা এ বাটীর লোকে রাখে নাই, এখন দুঃখের দিনে তাঁহার সহিত প্রায় সমস্ত সম্বন্ধই বিচ্ছিন্ন হইয়া গিয়াছিল।

অঘোরময়ী ডাকিলেন, বৌমা, সন্ধ্যেটা জ্বেলে দিয়ে একবার বস ত মা, একটা কথা আছে।

কিরণময়ী তাঁহারই ঘরের মধ্যে কাজ করিতেছিল, বলিল, এখনো সন্ধ্যে হয়নি মা, তোমার বিছানাটা পেতে দিয়েই যাচ্চি।

অঘোরময়ী বলিলেন, আমার আবার বিছানা! শোবার সময় আমিই পেতে নেব। না না, তুমি যাও মা, প্রদীপগুলো জ্বেলে দিয়ে একটু ঠাণ্ডা হয়ে বসো। দিবারাত্রি খেটে খেটে দেহ তোমার আধখানি হয়ে গেল, সেদিকে একটু দৃষ্টি রাখা যে দরকার মা। বলিয়া একটা দীর্ঘনিঃশ্বাস ফেলিয়া চুপ করিয়া রহিলেন। অনতিকাল পরে বধূ কাছে আসিয়া বসিতে গেলে, তিনি বাধা দিয়া বলিয়া উঠিলেন, আগে প্রদীপগুলো—

বধূ শ্রান্তভাবে বলিল, তুমি কেন ব্যস্ত হচ্চ মা, সন্ধ্যের এখনো ঢের দেরি আছে।

অঘোরময়ী বলিলেন, তা হোক—নীচে যে অন্ধকার, একটু বেলা থাকতেই সিঁড়ির আলোটা জ্বেলে দেওয়া ভাল। এখনি হয়ত উপীন এসে পড়বে, কাল থেকে সে

আসেনি—কৈ বৌমা, এখনো তোমার ত গা-ধোয়া, চুল-বাঁধা হয়নি দেখচি—কি কচ্ছিলে গা এতক্ষণ?

শ্বশ্রূর কণ্ঠস্বরে অকস্মাৎ এই বিরক্তির আভাসে বিস্মিত বধূ ক্ষণকাল তাঁহার মুখের পানে চাহিয়া থাকিয়া একটুখানি হাসিয়া বলিল, আমি রোজ এমনি সময়ে গা ধুই, না কাপড় ছাড়ি মা? এখনো ত আমার রান্নাঘরেরই কাজ মেটে না। তার পরে—

শাশুড়ী বিরক্ত হইয়া বলিয়া উঠিলেন, তার পরের কাজ তার পরে হবে বৌমা, এখন যা বলি শোন।

বধূ যাইতে উদ্যত হইয়া কহিল, যাই প্রদীপগুলো জ্বেলে দিয়ে তোমার কাছে এসেই বসি।

অঘোরময়ী রাগ করিয়া উঠিলেন—আমার কাছে এখন মিছিমিছি বসে থেকে কি হবে বাছা! কাজ আগে, না বসা আগে? দিন দিন তুমি কি-রকম যেন হয়ে যাচ্ছো বৌমা!

তাঁহার স্নেহের অনুযোগ হঠাৎ তিরস্কারের আকার ধরিতেই কথাগুলো অত্যন্ত শক্ত ও রুক্ষ হইয়া কিরণময়ীর কানে গিয়া বিঁধিল। সেও রাগ করিয়া জবাব দিল, তোমরাই আমাকে কি-রকম করে তুলচ মা। সব সময়ে উলটো উলটো কথা বললে শোনা চুলোয় যাক, বুঝতেই ত পারা যায় না। কি বলতে চাও তুমি স্পষ্ট করেই বল না? বলিয়া উত্তরের জন্য মুহূর্তকাল অপেক্ষা না করিয়া দ্রুত চলিয়া গেল। বধূর দ্রুতপদে চলিয়া যাওয়া যে কি, তাহা এ বাড়ির সকলেই বুঝিত, অঘোরময়ীও বুঝিলেন।

কিরণময়ী নীচে উপরে আলো জ্বালিয়া তাহার শাশুড়ীর ঘরে যখন প্রদীপ দিতে আসিল, তখন শাশুড়ী কাঁদিতেছিলেন। তাঁহার কান্না যখন-তখন, যে-সে কারণেই উচ্ছ্বসিত হইয়া উঠিত।

কিরণময়ী থমকিয়া দাঁড়াইয়া বলিল, তোমার হরিনামের মালাটা এনে দেব মা?

শাশুড়ী বালাপোশের কোণে চোখ মুছিয়া কাঁদ-কাঁদ স্বরে বলিলেন, দাও।

সে ঘরে গিয়া দেয়ালে টাঙ্গান মালার ঝুলিটা পাড়িয়া আনিয়া হাতে দিতে গেলে তিনি ঝুলিটা না লইয়া বধূর হাতখানি ধরিয়া ফেলিয়া একটুখানি বসো মা, বলিয়া টানাটানি করিয়া নিজের কাছে বসাইয়া তাহার মুখে কপালে মাথায় হাত বুলাইয়া দিলেন, চিবুক স্পর্শ করিয়া চুমো খাইলেন এবং বহুক্ষণ পর্যন্ত কিছুই না বলিয়া কাঁদিতে লাগিলেন। কিরণময়ী শক্ত হইয়া বসিয়া এই সমস্ত স্নেহের অভিনয় সহ্য করিতে লাগিল।

খানিক পরে অঘোরময়ী আর একবার বালাপোশের কোণে চোখের জল মুছিয়া বলিলেন, শোকে-তাপে আমি পাগল হয়ে গেছি, আমার সামান্য একটা কথায় রাগ করলে কেন বল ত মা?

কিরণ অবিচলিতভাবে বলিল, শোক-তাপ তোমার ত একলার নয় মা। আমরাও মানুষ, সেটা ভুলে গিয়ে একটা কথা বলাই যে যথেষ্ট। না হলে হাজার কথাতেও রাগ হয় না।

অঘোরময়ী চোখ মুছিতে মুছিতে বলিলেন, সে কথা কি জানি না মা, জানি। কিন্তু আমার একে একে সবাই গেল, এখন তুমিই আমার সব, তুমিই আমার ছেলেমেয়ে। হারানের শোকে যদি বুক বাঁধতে পারি, ত তোমার মুখ চেয়েই পারব। বলিয়া আর একবার বালাপোশ চোখে দিয়া কাঁদিতে লাগিলেন। কিন্তু, এ ছলনায় কিরণ ভুলিল না। সে মনে মনে জ্বলিয়া উঠিয়াও শান্তভাবেই বলিল, তুমি কি করে বুক বাঁধবে, সেটা এখন থেকে ঠিক করে রেখেচ, কিন্তু আমি কি করে বুক বাঁধব, সেটা ত ভাবোনি মা! আবার তাও বলি—এ-সব কথা এখনি

বা কেন? যখন সত্যই বুক বাঁধাবাঁধির দিন আসবে, তখন সময়ের টানাটানি হবে না ; ও-সময় এত কম করে আসে না, মা, যে আগে থেকে ঠিক হয়ে না থাকলে সময়ে কুলোয় না।

বধূর কথাগুলি মধুর না শুনাইলেও ইহার ভিতরে যে কতখানি শ্লেষ ছিল, অঘোরময়ী ধরিতে পারিলেন না। বরঞ্চ বলিলেন, সময় আসা বৈ কি মা, উপীন সেদিন যে সাহেব ডাক্তারকে এনেছিলেন, তিনিও ত ভাল কথা কিছুই বলে গেলেন না। আমি তাই কেবলি ভাবছি বৌমা, উপীন যদি এ সময়ে না এসে পড়ত, তা হলে কি দুর্দশাই না আমাদের হতো।

বৌ চুপ করিয়া শুনিতেছে দেখিয়া তিনি একটু উৎসাহিত হইয়াই বলিতে লাগিলেন, ওকে ছেলেবেলা থেকেই জানি কিনা! ন'খালিতে ওরা দুটি ভায়ের মত আসত যেত—তখন হতেই আমাকে মাসী বলে ডাকত। যেমন বড়লোকের ছেলে, তেমনি নিজেও বড় হয়েছে। সেদিন আমাকে কাঁদতে দেখে বললে, মাসীমা, আমাকে হারানদার ছোট বলেই মনে করবেন, এর বেশী আমার আর কিছুই বলবার নেই। আমি বললুম, বাবা, আমাকে কোন একটি তীর্থস্থানে রেখে দিস। যে-ক'টি দিন বাঁচি, যেন গঙ্গাস্নান করতে করতে মা গঙ্গার কোলে আমার হারানের কাছে যেতে পারি।

আর তিনি বলিতে পারিলেন না, এইবার আকুল হইয়া কাঁদিয়া উঠিলেন। বৌ চুপ করিয়া ছিল, চুপ করিয়াই রহিল। তিনি কিছুক্ষণ কাঁদিয়া বুকের ভার লঘু করিয়া পরিশেষে চোখ মুছিয়া গাঢ়স্বরে বলিলেন, থেকে থেকে এই কথাই মনে ওঠে, ও যদি না এসে পড়ত! নীচে কে ডাকলে না বৌমা?

বৌ কহিল, নীচে ঝি বাসন ধুচ্ছে, কেউ ডাকলেই খুলে দেবে।

শাশুড়ী অস্থির হইয়া বলিলেন, না না বৌমা, তুমিই যাও। ঝি কাজে ব্যস্ত থাকলে কিছুই শুনতে পায় না।

কিরণ কিছুমাত্র উদ্বেগ প্রকাশ না করিয়া আস্তে আস্তে বলিল, আমারও কাজ আছে মা, খাবার তৈরি—

অঘোরময়ী অকস্মাৎ আগুন হইয়া উঠিলেন—খাবার ত পালিয়ে যাচ্চে না বাছা! তুমি কিছুই বোঝ না কেন গা? যে না হলে—

কিরণ উঠিয়া দাঁড়াইয়া বলিল, আমার বুঝেও কাজ নেই। আমাদের আপনার লোক সবাই গেলেও যদি আমাদের দিন চলে ত উপীনবাবু না থাকলেও আটকাবে না—বলিয়া রান্নাঘরের দিকে চলিয়া গেল।

অঘোরময়ী ক্রোধে কথা কহিতে পারিলেন না ; এবং যতক্ষণ বধূকে দেখা গেল, ততক্ষণ তাঁহার জ্বলন্ত চোখ দুটো আগুন ছড়াইয়া তাহাকে যেন ঠেলিয়া বিদায় করিয়া দিয়া আসিল। তারপর তিনি অত্যন্ত ক্রোধের সহিত ঝিকে পুনঃ পুনঃ ডাকাডাকি করিতে লাগিলেন। তাহারও সাড়া পাওয়া গেল না। সে শীতের ভয়ে সন্ধ্যার পূর্বেই খনখন ঝনঝন শব্দ করিয়া মাজা-ধোয়া সারিয়া লইতেছিল, তাঁহার ক্রুদ্ধ আহ্বান শুনিতে পাইল না। তখন ঘরের প্রদীপটা হাতে লইয়া বারান্দার ধারে আসিয়া চেঁচাইয়া বলিলেন, তুই কি কানের মাথা খেয়েচিস লা? শুনতে পাসনে, উপীনবাবু একঘণ্টা বাইরে দাঁড়িয়ে ডাকাডাকি কচ্চেন!

এ চীৎকার ঝি শুনিতে পাইল এবং উপেন্দ্রর নাম শুনিয়া ধড়ফড় করিয়া উঠিয়া পড়িয়া ছুটিয়া গিয়া কবাট খুলিয়া ফেলিল, কিন্তু, কেহই নাই। বাহিরে গলা বাড়াইয়া অন্ধকারে

যতদূর দেখা যায়, ভাল করিয়া দেখিয়াও কাহাকেও দেখিতে না পাইয়া ফিরিয়া আসিয়া বলিল, কেউ নেই ত মা!

অঘোরময়ী প্রদীপ-হাতে উদ্বিগ্ন হইয়া অপেক্ষা করিতেছিলেন, অবিশ্বাস করিয়া বলিলেন, নেই কি রে! আমি যে নিজের কানে তার ডাক শুনলুম। তুই গলির মধ্যে গিয়ে একবার দেখলি নে কেন?

ঝি বলিল, দেখেছি, কেউ নেই।

কথাটা বিশ্বাস করিবার মত নয়। উপীন কাল আসে নাই, আজও আসিবে না? তাই বিরক্ত হইয়াই বলিলেন, তুই আর একবার ভাল করে দেখ দেখি, কেউ আছে কিনা?

বাহিরে অন্ধকার গলির মধ্যে যাইতে ঝির আপত্তি ছিল। সেও বিরক্ত হইয়া জবাব দিল, তোমার এ কি কথা মা! তিনি কিঁ লুকোচুরি খেলচেন যে, অন্ধকার গলির মধ্যে গিয়ে হাতড়ে দেখতে হবে!—বলিয়া সে নিজের কাজে মন দিল।

অঘোরময়ী ঘরে ফিরিয়া আসিয়া নির্জীবের মত বিছানায় শুইয়া পড়িলেন। পীড়িত সন্তানের সংবাদ লইবার উৎসাহও তাঁহার রহিল না। তাঁহার ফিরিয়া ফিরিয়া কেবলি মনে হইতে লাগিল, সে কাল আসে নাই, আজিও আসিল না। সম্ভব অসম্ভব নানারূপ কারণ খুঁজিয়া ফিরিবার মধ্যে এ কথাটি তাঁহার কিন্তু একবারও মনে হইল না যে, সে কলিকাতাবাসী নহে, অন্যত্র তাহার বাড়ি-ঘর আত্মীয়-স্বজন আছে-তথায় ফিরিয়া যাওয়াও সম্ভব। ভাবিতে ভাবিতে হঠাৎ তাঁহার মনে হইল, রাগ করে নাই ত? কথাটা আবৃত্তি করিতেই তাঁহার অন্তঃকরণ আশঙ্কায় পূর্ণ হইয়া উঠিল; এবং বধূর ক্ষণপূর্বের আচরণের সহিত মনে মনে মিলাইয়া দেখিয়াই সন্দেহ সুদৃঢ় হইল—তাই ত বটে! বৌ যদি এমন কিছু—তিনি আর শুইয়া থাকিতে পারিলেন না, উঠিয়া রান্নাঘরের দিকে গেলেন।

কিরণময়ী প্রজ্বলিত উনানের দিকে চাহিয়া চুপ করিয়া বসিয়া ছিল। জ্বলন্ত ইন্ধনের উজ্জ্বল রক্তাভ আলোক প্রচুর পরিমাণে তাহার মুখের উপর পড়িয়াছে। মাথায় কাপড় ছিল না, আজ সে চুল বাঁধে নাই—এলোমেলো চুলের রাশি কোনমতে জড়াইয়া রাখিয়াছিল।

অঘোরময়ী দ্বারের সম্মুখে নির্বাক হইয়া দাঁড়াইয়া রহিলেন। আজ যে বস্তুটি তাঁহার চোখে পড়িল, তাহা সম্পূর্ণ হৃদয়ঙ্গম করিবার সামর্থ্য তাঁহার ছিল না। সে স্তব্ধ মুখের উপরে উনানের রক্তাভ আলোক বিচিত্র তরঙ্গের মত খেলিয়া ফিরিতেছিল, সেই মুখ তাঁহার সমস্ত অভিজ্ঞতার বাহিরে। এ মুখে খুঁত আছে কিনা সে আলোচনা চলে না। নিখুঁত বলিয়াও ইহাকে প্রকাশ করা যায় না। ইহা আশ্চর্য! ইহাকে পূর্বে দেখেন নাই—ইহা অপূর্ব! নির্নিমেষ-চোখে অনেকক্ষণ চাহিয়া থাকিয়া হঠাৎ মুখ দিয়া তাঁহার একটা দীর্ঘশ্বাস পড়িল।

সেই শব্দে বধূ চকিত হইয়া দেখিল শাশুড়ী দাঁড়াইয়া। স্খলিত আঁচলটা মাথায় তুলিয়া দিয়া কহিল, তুমি এখানে কেন মা?

স্বর শুনিয়া তাঁহার আরও চমক লাগিয়া গেল ; এমন শান্ত, এমন করুণ কণ্ঠস্বর তিনি আর কখনও শোনেন নাই। খপ্ করিয়া বলিয়া ফেলিলেন, তুমি একলাটি রান্না করচ মা, তাই একবার বসতে এলুম।

বধূ তাঁহার দিকে একটা পিঁড়ি ঠেলিয়া উনানের দিকে চাহিয়া চুপ করিয়া রহিল। তাহার মনের মধ্যে আবার বিরক্তি মাথা তুলিয়া উঠিল। গন্ধ যেমন বাতাস আশ্রয় করিয়া ফুলের বাহিরে আসে, অথচ ঝড়ে উড়িয়া যায়, কিরণময়ীর তৎকালীন মনের ভাবটা শাশুড়ীর

আকস্মিক আগমনে তেমনি মুহূর্তের মধ্যে বাহিরে আসিয়াই এই ছদ্ম-স্নেহের ঝড়ে উড়িয়া গেল। ইহা সত্য নহে—কদর্য প্রতারণা মাত্র ; কিন্তু কথা কাটাকাটি করিতে তাহার আর ভাল লাগিতেছিল না, নিরন্তর ঝগড়া করিয়া সে সত্যই শ্রান্ত হইয়া পড়িয়াছিল।

কিছুক্ষণ স্থির থাকিয়া অঘোরময়ী বলিলেন, ঝিকে একবার ডেকে দিয়ে যাব?

কিরণময়ী অন্তরস্থ সমস্ত বিদ্রোহ দমন করিয়া শান্তভাবে বলিল, কি দরকার মা। আমি রোজই একলা রাঁধি—একলা থাকা আমার অভ্যাস হয়ে গেছে। বরং উনি ঘরে একলা আছেন—তাঁর কাছে গিয়ে কেউ বসলে ভাল হয়।

পীড়িত সন্তানের উল্লেখে জননী আঘাত পাইয়া ব্যস্ত হইয়া বলিলেন, তাই যাই। তুমিও একটু শীঘ্র করে কাজ সেরে চলে এস মা।

ইতিমধ্যে উপেন্দ্র বাড়ি ফিরিয়া গিয়াছেন, সতীশও আর একটি দিন মাত্র উপেন্দ্রর সঙ্গে হারানকে দেখিতে আসিয়াছিল—আর আসে নাই। সে নিজের ব্যথা লইয়াই বিব্রত ছিল। উপেন্দ্র তাহার অন্যমনস্ক ভাব এবং এ বাটীতে আসিতে অনিচ্ছা জানিয়া তাহাকে আর আহ্বান করেন নাই, চিকিৎসা এবং অন্যান্য ব্যবস্থা একাকীই স্থির করিতেছিলেন। শুধু কলিকাতা ছাড়িয়া বাড়ি ফিরিয়া যাইবার দিন সতীশকে ডাকিয়া মধ্যে মধ্যে সংবাদ লইতে এবং তাঁহাকে চিঠি লিখিয়া জানাইতে অনুরোধ করিয়া চলিয়া গিয়াছেন। আজ সতীশ ইস্কুল হইতে ফিরিয়াই উপেন্দ্রর পত্র পাইল। তিনি লিখিয়াছেন,—ভরসা করি, তোমার লেখাপড়া ভালই হইতেছে। কয়দিন হারানদার সংবাদ না পাইয়া ভাবিত হইয়াছি। যদিও জানি, সংবাদ দিবার প্রয়োজন হয় নাই বলিয়াই দাও নাই, তথাপি তাঁহার চিকিৎসাটা কিরূপ হইতেছে, লিখিয়া জানাইবে।

সতীশের পিঠে চাবুক পড়িল। সে একদিনও যাইয়া সংবাদ লয় নাই। ইতিমধ্যে ও-বাটীতে কত কি ঘটিয়া থাকিতে পারে, অথচ, তাহারই উপরে নির্ভর করিয়া উপীনদা বাড়ি গিয়াছেন। সে দ্রুতপদে নীচে নামিয়া গেল। বেহারী জলখাবার আনিতেছিল, ধাক্কা খাইয়া তাহার থালা গেলাস ছড়াইয়া পড়িল—সতীশ ফিরিয়া দেখিল না। রাস্তায় আসিয়া একখানা খালি গাড়িতে চড়িয়া বসিল এবং দ্রুত হাঁকাইতে অনুরোধ করিয়া পথের দিকে সতর্ক হইয়া রহিল। তাহার ভয় ছিল পাছে চিনিতে না পারায় গলিটা পার হইয়া যায়। মিনিট-কুড়ি পরে, যখন গাড়ি ছাড়িয়া সে ক্ষুদ্র গলির মধ্যে প্রবেশ করিল, তখনও বেলা আছে। পায়ের নীচে খোলা নর্দমা ও চলিবার পথ, এবং মাথার উপরে আকাশ ও আলো তখনও অন্ধকারে একাকার হয় নাই। দ্রুতপদে হাঁটিয়া ১৩ নম্বর বাটীর সম্মুখে আসিতেই কবাট খুলিয়া গেল। কে যেন তাহারি জন্য অপেক্ষা করিয়া পথ চাহিয়া ছিল। সতীশের বুকের ভিতরটা কাঁপিয়া উঠিল, সহসা প্রবেশ করিতে পারিল না।

কবাটের পার্শ্বেই কিরণময়ী, সে তাহার হাসিমুখ একটুখানি বাহির করিয়া ভারী সমাদরের সহিত কহিল, এস ঠাকুরপো, দাঁড়িয়ে রইলে যে!

আবার সেই ঠাকুরপো! লজ্জায় সতীশের মুখ রাঙ্গা হইয়া উঠিল, কিন্তু, তখনি সামলাইয়া লইয়া বিনীতভাবে কহিল, আপনি দেখছি আমাকে এখনো মাপ করেন নি।

কিরণময়ী কহিল, না, তুমি ত মাপ চাওনি। চাইবার আগেই গায়ে পড়ে দিলে, মানী লোকের অমর্যাদা করা হয়। অমর্যাদা করবার মত কম-দামী জিনিস ত তুমি নও ঠাকুরপো।

তাহার এই প্রসন্ন রহস্যালাপের মধ্যেও এমন একটা গভীর কারুণ্য স্পষ্ট হইয়া উঠিল যে, সতীশ আনতমুখে মৃদুকণ্ঠে কহিল, আমার কোন দাম নেই বৌঠাকরুন! আমার কোন অমর্যাদা হবে না—আমাকে আপনি মাপ করুন।

কিরণময়ী একটুখানি হাসিয়া বলিল, এমন জিনিস অনেক আছে ঠাকুরপো, যাকে ক্ষমা করলেই তার শেষ হয়ে যায়। আজ তোমাকে ক্ষমা করতে গিয়ে যদি আবার সতীশবাবু বলে ডাকতে হয়, তা হলে বলে রাখচি ঠাকুরপো, সে ক্ষমা তুমি পাবে না। তোমাকে ধরে রাখবার ঐ একটুখানি শেকল তুমি নিজে আমার হাতে তুলে দিয়েচ, সেটি যে মিষ্টি কথায় ভুলিয়ে ফিরিয়ে নেবে, তত নির্বোধ এই বৌঠাকরুনটি নয়। এই বলিয়া সে একটু বিশেষভাবে ঘাড় নাড়িল। কিন্তু সতীশ চমকাইয়া উঠিল। এই শেকল-বাঁধাবাঁধির উপমাটা তাহার ভাল লাগিল না, বরং হঠাৎ তাহার মনে হইল, তাহাকে অসাবধান পাইয়া এই মেয়েটি যেন সত্যই কিসের শক্ত শিকল তাহার পায়ে জড়াইয়া দিতেছে এবং মুহূর্তেই তাহার সমস্ত সহজ বুদ্ধি আত্মরক্ষার্থে সাজিয়া দাঁড়াইল। বাটীতে প্রবেশ করিবার সময় তাহার চক্ষে যে দৃষ্টি কর্তব্য-ত্রুটির ধিক্কারে কুণ্ঠিত ও লজ্জায় বিনম্র দেখাইয়াছিল, ধাক্কা খাইয়া তাহা সন্দিগ্ধ ও তীব্র হইয়া উঠিল।

কিরণময়ী কহিল, তোমার মুখ কিন্তু শুকিয়ে গেছে ঠাকুরপো, হয়ত এখনো জল খাওয়াও হয়নি। এস, কিছু খাবে চল।

সতীশ কিছুই না বলিয়া নিমন্ত্রণ রক্ষা করিতে প্রস্তুত হইল এবং এই সমস্ত রহস্যকৌতুকের কতটুকু শুধুই রহস্য এবং কতটুকু নয়, অত্যন্ত সংশয়ের সহিত ইহাই বিচার করিতে সে এই রহস্যময়ীর অনুসরণ করিয়া চলিল।

উপরে উঠিয়া বৌ ফিরিয়া চাহিয়া বলিল, আজ ঝিকে নিয়ে মা কালীবাড়ি গেছেন। রান্নাঘরে বসে তুমি আমার লুচি বেলে দেবে, আমি ভেজে তুলব—পারবে ত ? বলিয়াই হাসিয়া উঠিয়া বলিল, তুমি যে পারবে, সে তোমাকে দেখলেই বোঝা যায়—এস।

সতীশ অন্তরের দ্বন্দ্ব থামাইয়া রাখিয়া ভাল মানুষের মত প্রশ্ন করিল, লুচি বেলতে পারি সে কথা কি আমার গায়ে লেখা আছে বৌঠাকরুন?

কিরণময়ী বলিল, লেখা পড়তে জানা চাই ঠাকুরপো। সে রাত্রে আমার গায়েতেই কি কিছু লেখা ছিল—অথচ তুমি পড়েছিলে?

সতীশ আবার মুখ হেঁট করিল। রান্নাঘরে গিয়া প্রথমে এমনিধারা ঠোকাঠুকি এবং তার পরে দুজনে মিলিয়া খাবার তৈরির মধ্যে যখন এই সংঘর্ষের উত্তাপ অনেকটা শীতল হইয়া গেল, তখন কিরণময়ী জিজ্ঞাসা করিল, তোমার অনেক কথাই তোমার উপীনদার মুখে শুনেছি। আচ্ছা ঠাকুরপো, তিনি এখন এখানে নেই বুঝি। বাড়ি ফিরে গেছেন, না?

সতীশ 'হাঁ', বলিলে কিরণময়ী কহিল, আমি জানি, তিনি এখানে নেই, কিন্তু মা বিশ্বাস করতে চান না। মা বলেন, তাঁকে না জানিয়ে উপীনবাবু কখনই যাবেন না—তাঁকে বুঝি হঠাৎ যেতে হয়েছে?

সতীশ ইহা ঠিক জানিত না। বস্তুতঃ সে কিছুই জানিত না। ইতিমধ্যে ইহাদিগকে উপলক্ষ্য করিয়া দুই বন্ধুতে যে-সকল অপ্রিয় কথা হইয়া গেছে, তাহাও বলা যায় না—সতীশ চুপ করিয়া রহিল। তাঁহার না বলিয়া চলিয়া যাইবার কারণ সে কিছুতেই অনুমান করিতে পারিল না। কিন্তু কিরণময়ী কথাটা চাপা পড়িতে দিল না, কহিল, কাজটা

তোমার দাদার ভাল হয়.নি ঠাকুরপো, জানিয়ে গেলে কেউ তাঁকে ধরে রাখত না ; অথচ, মা এমন ভেবে সারা হতেন না। আমি কোন রকমেই তাঁকে বোঝাতে পারিনে যে, উপেনবাবু চিরকাল এ দেশেই থাকেন না ; অন্যত্র তাঁর ঘর-বাড়ি আছে, কাজকর্ম আছে—এ-সমস্ত ছেড়ে কতদিন মানুষে পরের দুর্ভাগ্য নিয়ে আটকে থাকতে পারে? কিন্তু বুড়োমানুষের কাছে কোন যুক্তিই যুক্তি নয়—তাঁদের নিজের প্রয়োজনের বাড়া সংসারে আর কিছু তাঁরা দেখতেই পান না।

সতীশ সে কথার ঠিক জবাব না দিয়া বলিল, উপীনদা এতদিন বাইরে ছিলেন, এই ত আশ্চর্য! কোথাও বেশীদিন থাকা তাঁর স্বভাব নয়। বিশেষ, বিয়ের পর থেকে একটা রাতও কোথাও রাখতে হলে মাথা-খোঁড়াখুঁড়ি করতে হয়। আগে, সমস্ত বিষয়েই তিনি আমাদের কর্তা ছিলেন, এখন, একে একে সব ছেড়ে দিয়ে ঘরের কোণ নিয়েছেন—আদালতে নিতান্তই না গেলে নয়, তাই বোধ করি, একটিবার যান। এই একবার দেখুন না—

বৌ বাধা দিয়া বলিল, বসো ঠাকুরপো, তোমার খাবার জায়গা করে দিয়ে বসি। তুমি খেতে খেতে গল্প করবে, সেই বেশ হবে। বলিয়া আসন পাতিয়া থালের উপর পরিপাটি করিয়া আহার্য সাজাইয়া দিয়া কাছে বসিয়া একান্ত আগ্রহের সহিত বলিল, তার পরে?

সতীশ একখণ্ড লুচি মুখে পুরিয়া দিয়া বলিল, সে একটা বিয়ে দিতে যাবার কথা, বৌঠাকরুন! উপীনদা একজন মস্ত ঘটক—কত লোকের যে বিয়ে দিয়েছেন ঠিক নেই। আমাদের দলের একটি ছেলের বিয়ে, উপীনদা ঘটকালি থেকে শুরু করে সমস্ত উদ্যোগ আয়োজন নিজের হাতে করেন। অথচ, বিয়ের রাত্রে দাদাকে আর পাওয়া গেল না। ছোটবৌর শরীর ভাল নেই বলে কিছুতেই ঘর থেকে বার হলেন না। আমরা সমস্ত লোক মিলে ওঃ—সে কি অনুরোধ, বৌঠাকরুন! কিন্তু কিছুতেই না। পাথরের দেবতা হলে বর পাওয়া যেত, কিন্তু উপীনদাকে রাজী করা গেল না। ভাল আছি বলে ছোটবৌ নিজে অনুরোধ করাতে বললেন, তোমার ভাল-মন্দ বিবেচনা করবার ভার আমার ওপরে, তোমার নিজের ওপরে নয়, তুমি চুপ করো।

কিরণময়ী স্তব্ধ হইয়া বসিয়া রহিল। তাহার সমস্ত বিগত জীবন, তাহারই হৃদয়ের অন্ধকার অন্তঃস্থলে নামিয়া আঁচড়াইয়া আঁচড়াইয়া কি যেন একটা রত্ন খুঁজিয়া ফিরিতে লাগিল। কিন্তু সতীশ কিছুই বুঝিল না। কোন কাহিনী কোথায় কি করিয়া বাজে, সে তার কি সংবাদ রাখে! সে বলিয়া চলিল, এই অনুপস্থিতিতে কে কিরূপ নিন্দা করিয়াছিল, কে কি বলিয়া উপহাস বিদ্রূপ করিয়াছিল, কত আনন্দ পণ্ড হইয়াছিল, এই-সব।

কিন্তু শ্রোতা কোথায়? এই তুচ্ছ কাহিনী হইতে কিরণময়ী তখন অনেক দূরে সরিয়া গিয়াছিল।

হঠাৎ একসময়ে সতীশ তাহার লুচি খাওয়া ও গল্প বলা বন্ধ করিয়া জিজ্ঞাসা করিল, আপনি শুনচেন না—কি ভাবচেন?

কিরণময়ী চকিত হইয়া হাসিয়া বলিল, শুনচি বৈ কি ঠাকুরপো! কিন্তু আমি বলি, অসুখ-বিসুখে যত্ন করাই ত ভাল।

সতীশ উত্তেজিত হইয়া বলিল, ভাল কিন্তু বাড়াবাড়ি করা কি ভাল? এই সেবার ছোটবৌর পান-বসন্ত হয়েছিল, উপীনদা আট-দশদিন তাঁর শিয়র থেকে উঠলেন না।

বাড়িতে এত লোক আছে, তাঁর নাওয়া-খাওয়া বন্ধ করার কি প্রয়োজন ছিল?

কিরণময়ী ক্ষণকাল তাহার মুখের পানে নিঃশব্দে চাহিয়া থাকিয়া জিজ্ঞাসা করিয়া উঠিল, আচ্ছা ঠাকুরপো তোমার উপীনদা কি ছোটবৌকে বড্ড ভালবাসেন?

সতীশ তৎক্ষণাৎ বলিল, ওঃ—ভয়ানক ভালবাসেন।

কিরণময়ী আবার কতক্ষণ চুপ করিয়া চাহিয়া থাকিয়া বলিল, ছোটবৌ দেখতে কেমন ঠাকুরপো? খুব সুন্দরী?

হাঁ, খুব সুন্দরী।

কিরণময়ী মৃদু হাসিয়া বলিল, আমার মতন?

সতীশ মুখ নীচু করিয়া রহিল ; খানিক পরে কি ভাবিয়া লইয়া মুখ তুলিয়া জিজ্ঞাসা করিল, আপনি কি এ কথা সত্যিই জানতে চান?

সত্যি বৈ কি ঠাকুরপো।

সতীশ বলিল, দেখুন, আমার মতামতের বেশী দাম নেই। কিন্তু যদি থাকে, তা হলে এই বলি আমি, আপনার মত রূপ বোধ করি পৃথিবীতে আর নেই।

কিরণময়ী কি একটা জবাব দিতে যাইতেছিল, কিন্তু ঠিক এই সময়ে নীচে ডাকাডাকির শব্দে সে উঠিয়া পড়িল। মা কালীবাড়ি হইতে ফিরিয়া আসিয়াছেন।

সতীশ তাহার জল-খাওয়া শেষ করিয়া বাহিরে আসিতেই অঘোরময়ীর সম্মুখে পড়িয়া গেল। তিনি মুখপানে চাহিয়া বধূকে জিজ্ঞাসা করিলেন, উপীনের ভাই না বৌমা? সে কোথায়?

কিরণময়ী বলিল, তিনি বাড়ি ফিরে গেছেন।

অঘোরময়ী সংক্ষেপে 'ভাল' বলিয়া তাঁহার সিন্দূর ও চন্দনচর্চিত মুখখানি কালি করিয়া তাঁহার ছেলের ঘরের মধ্যে চলিয়া গেলেন।

সতীশ কহিল, আমি তবে যাই বৌঠাকরুন।

কিরণময়ী অন্যমনস্কভাবে বলিল, এস।

সতীশ দুই-এক পা গিয়াই ফিরিয়া আসিয়া বলিল, উপীনদা চিঠি দিয়েছেন। জানতে চেয়েছেন, হারানদার চিকিৎসা কিরূপ হচ্ছে।

কিরণময়ী বলিল, চিকিৎসা বন্ধ আছে। যে ডাক্তার দেখছিল, তাঁকে দেখান অমত ; অথচ, কি মত, তাও বলে যাননি।

সতীশ আশ্চর্য হইয়া বলিয়া উঠিল, সে কি কথা! চিকিৎসা একেবারে বন্ধ করে বসে আছেন—এ কি-রকম ব্যবস্থা?

ব্যবস্থা না করেই তিনি চলে গেছেন। আমার মনে হচ্চে, একবার যেন তিনি বলেছিলেন, সতীশ রইল, সে-ই ব্যবস্থা করবে—তুমি তো আসনি ঠাকুরপো।

সতীশ ক্ষণকাল অবাক হইয়া দাঁড়াইয়া থাকিয়া কহিল, কাল সকালেই আসব, বলিয়াই দ্রুতপদে বাহির হইয়া গেল।

সতীশ চলিয়া গেলে, কিরণময়ী স্বামীর ঘরের কবাট একটুখানি খুলিয়া দেখিয়া লইল, তিনি একটা মোটা তাকিয়া হেলান দিয়া মায়ের সহিত আস্তে আস্তে কথা কহিতেছেন। তাঁহার আজো সন্ধ্যায় জ্বর আসে নাই, এই খবরটুকু লইয়াই সে নিঃশব্দে ফিরিয়া আসিল, এবং বাহিরের অন্ধকারে চুপ করিয়া বসিয়া অপূর্ব মমতার সহিত এইটুকুকে মনের মধ্যে

লালন করিতে লাগিল। আজ সতীশের মুখে উপেন্দ্রর অধঃপতনের ইতিহাস তাহার সমস্ত বক্ষ মাধুর্যে ভরিয়া দিয়াছিল, আজ তাই যাহা কিছু এখানে আসিয়া পড়িল, তাহাই মধুর হইয়া কিরণময়ীকে অনির্বচনীয় রসে স্নিগ্ধ করিয়া দিতে লাগিল।

সতের

সে রাত্রে সতীশ চলিয়া যাইবার পর বহুক্ষণ পর্যন্ত কিরণময়ী অন্ধকার বারান্দায় চুপ করিয়া বসিয়া থাকিয়া অবশেষে উঠিয়া গিয়া রান্নাঘরে প্রবেশ করিল এবং রান্না চাপাইয়া দিয়া পুনর্বার স্তব্ধ হইয়া বসিল।

তাহার বুকের মাঝখানে আজ সতীশ নিজের অজ্ঞাতসারে আসর বাঁধিয়া সুরবালা প্রভৃতি অপরিচিত নর-নারীর দল আনিয়া এই যে এক অদ্ভুত নাটকের অস্পষ্ট অভিনয় শুরু করিয়া দিয়া সরিয়া গেল, নির্জন ঘরের মধ্যে একলাটি বসিয়া তাহাকে স্পষ্ট করিয়া দেখিবার লোভ একদিকে কিরণময়ীর যেমন প্রবল হইয়া উঠিতে লাগিল, অন্যদিকে কিসের অনির্দেশ্য শঙ্কায় তাহার হাত-পা চোখের দৃষ্টি তেমনি ভারী করিয়া দিতে লাগিল। এ যেন অন্ধকার রাত্রির ভয়ঙ্কর ভূতের গল্পের মত তাহাকে ক্রমাগত এক-হাতে টানিতে এবং আর হাতে ঠেলিতে লাগিল। এমনি করিয়া বিচিত্র স্বপ্নজালের মধ্যে সে যখন নিরতিশয় অভিভূত তেমনি সময়ে জুতার পদশব্দে চমকিয়া চাহিয়া দেখিল, দ্বারের বাহিরেই ডাক্তার অনঙ্গমোহন আসিয়া দাঁড়াইয়াছেন।

কিরণময়ী মাথার কাপড় অনেকখানি টানিয়া দিয়া উঠিয়া দাঁড়াইল, ডাক্তার ইহা দেখিয়া ভ্রূকুটি করিলেন।

ইতিপূর্বে এই ডাক্তারটি ঠিক এই জায়গায় অনেকবার আসিয়া দাঁড়াইয়াছেন এবং পদ্মহস্তের রান্নার লোভে অতিথি হইবার আবেদন জানাইয়া পুনঃ পুনঃ রহস্য করিয়া গেছেন, সেই পুরাতন পরিহাসের পুনরাবৃত্তির কল্পনা করিয়াই কিরণময়ীর সমস্ত চিত্ত তিক্ত হইয়া উঠিল। সে কঠিন হইয়া তাহারই প্রতীক্ষা করিয়া দাঁড়াইয়া রহিল। কিন্তু ডাক্তার রহস্য করিলেন না, ক্রুদ্ধ গম্ভীর-মুখে কিছুক্ষণ চুপ করিয়া থাকিয়া বলিলেন, দশ-বারো দিন বাইরে থাকতে হয়েছিল বলে হারানবাবুর জন্য বড় চিন্তিত হয়েছিলুম, কিন্তু এসে দেখচি উদ্বেগের কিছুমাত্র কারণ ছিল না।

কিরণময়ী ঘাড় নাড়িয়া কহিল, না, উনি ভালই ছিলেন।

ভাল থাকলেই ভাল। আমাকে তাহলে আর আবশ্যক নেই, কি বল?

কিরণময়ী তাহার উত্তরে ঘাড় নাড়িয়া বলিল, না—

ডাক্তার কহিলেন, তোমাদের আবশ্যক না থাকলেও আমার আবশ্যক এখনও শেষ হয়নি, এইটুকু বলবার জন্যই আমাকে এতদূর পর্যন্ত আসতে হলো।

কিরণময়ী মুখ না তুলিয়াই ধীরে ধীরে বলিল, বেশ ত, মা এখনও জেগে আছেন, তাঁকে বলা দরকার—আমাকে বলা নিরর্থক।

ডাক্তার মুখখানা অতি ভীষণ করিয়া পুনর্বার কহিলেন, আমি তাঁর কাছ থেকেই আসচি। তিনিও বলেন, প্রয়োজন নেই। প্রয়োজন যে শেষ হয়েচে, সে আমিও বুঝেচি,

কিন্তু ডাক্তার-বিদায় বলে একটা কথা আছে, সেটা ভুলে গেলে ত চলে না।

কিরণময়ী চুপ করিয়া রহিল।

ডাক্তার শ্লেষ করিয়া বলিতে লাগিলেন, আজ পাঁচ-ছ মাস পরে এই ভারটা তুমিই নেবে, কিংবা তোমার শাশুড়ীই নেবেন, সে তোমাদের কথা, কিন্তু যাও বললেই ত ডাক্তার যায় না কিরণ।

ডাক্তারের মুখ দিয়া তাহার নিজের নাম আজ হঠাৎ যেন তীরের মত তাহাকে বিঁধিল। সে এমনি শিহরিয়া উঠিল যে, ওই ক্ষীণ আলোকেও ডাক্তার তাহা দেখিতে পাইল।

কিরণময়ী মৃদুকণ্ঠে জিজ্ঞাসা করিল, কি চান আপনি, টাকা?

ডাক্তার হাসির ভান করিয়া বলিলেন, 'আপনি' কেন কিরণ? এখানে আর কেউ উপস্থিত নেই, 'তুমি' বললেও দোষ হবে না। কিন্তু এতদিন কি চেয়েছিলুম শুনি? সে কি টাকা?

পুনর্বার কিরণময়ীর সর্বাঙ্গ কাঁটা দিয়া উঠিল।

ডাক্তার বলিলেন, টাকা চাইনে এ কথা বলা শক্ত। এখন তোমার ও-অভাব যখন নেই, তখন টাকা দিয়েই বিদেয় কর। আমি—দু'দিকেই ঠকতে রাজী নই। কিন্তু, তুমি যে এতদিনে আমার মনের কথাটা টের পেয়েছ, এজন্য তোমাকে ধন্যবাদ দিই। আজ আর বেশী বিরক্ত করব না, বলি, কাল একবার আসতে পারি?

এই লোকটি ভিতরে ভিতরে যে কিরূপ দগ্ধ হইতেছিল এবং এই-সমস্ত যে তাহারই উৎক্ষিপ্ত ভস্মাবশেষ, কিরণময়ী তাহা নিশ্চিত বুঝিয়াও শান্ত-দৃঢ়স্বরে মুখ তুলিয়া কহিল, না, আপনি একটু দাঁড়ান, আমি এখনি এনে দিচ্ছি, বলিয়াই পাশের দরজা খুলিয়া দ্রুতপদে চলিয়া গেল।

এইবার ডাক্তার শঙ্কিত হইয়া উঠিলেন। কিরণকে তিনি চিনিতেন। কোথায় কি যে আনিতে গেল, হঠাৎ এতরাত্রে কি একটা অসম্ভব কাণ্ড করিয়া কোথাকার হাঙ্গামা কোথায় টানিয়া আনিবে, এই দুর্ভাবনা তাঁহাকে তদ্দণ্ডেই চাপিয়া ধরিল। সে আঘাত খাইয়া চলিয়া গিয়াছে, ফিরিয়া আসিয়া নির্দয় প্রতিঘাত করিবেই। সেই নিঃসন্দেহ প্রতিশোধের কঠোরতা কল্পনা করিয়া অনঙ্গমোহন আশঙ্কায় স্তম্ভিত হইয়া রহিল।

ফিরিয়া আসিতে কিরণময়ীর বিলম্ব হইল না। সে নীরবে নতমুখে আঁচলে বাঁধা কতকগুলো অলঙ্কার ডাক্তারের পায়ের কাছে উজাড় করিয়া দিয়া আস্তে আস্তে কহিল, এই নিন আপনি। আপনার দাবী যে কত, সে হিসাব এতদিন পরে করতে যাওয়া বৃথা। অত সময়ও আমার নেই, ধৈর্যও থাকবে না—যা-কিছু আমার ছিল, সমস্তই আপনাকে এনে দিয়েছি, এই নিয়ে আমাদের মুক্তি দিন,—আপনি যান।

অনঙ্গ পাংশুমুখে চুপ করিয়া রহিলেন ; কিরণ কহিল, দেরি করচেন কিসের জন্য? বিশ্বাস করুন আর আমার কিছুই নেই—যা ছিল সমস্তই এনে দিয়েচি —রাত হচ্চে, আপনি বিদেয় হোন।

অনঙ্গ সভয়ে বলিলেন, আমি ত তোমার গায়ের গয়না চাইনি—টাকা চেয়েছিলুম মাত্র। তাও—

কিরণ অত্যন্ত অসহিষ্ণুভাবে বলিয়া উঠিল, গয়না যে টাকা, সে কথা বোঝবার বয়স আপনার হয়েচে। অনর্থক ছুতো করে কেন মিছে দেরি করচেন।

এবার অনঙ্গ সবেগে মাথা নাড়িয়া বলিয়া উঠিলেন, না, আমি কিছুতেই এ-সব নিতে

পারব না।

কিরণময়ী অদূরে বসিয়া পড়িয়াছিল, বিদ্যুদ্বেগে উঠিয়া দাঁড়াইল—কেন পারবেন না? আপনি দয়া করচেন কাকে? আপনাকে যা দিলুম, কোনমতেই আর তা ফিরিয়ে নিতে পারব না, এ কথা নিশ্চয় বললুম। একমুহূর্ত মৌন থাকিয়া কহিল, আপনি যদি নাও নেন, কাল সমস্তই গরীব-দুঃখীকে বিলিয়ে দেব, কিন্তু বাড়িতে রেখে কোনমতেই আমার স্বামীর অকল্যাণ করব না,—বলিয়া পা দিয়া সেগুলা ঈষৎ ঠেলিয়া দিয়া কহিল, নিন, তুলুন ও-সব! শেষ কথাগুলা এতই কঠিন শুনাইল যে, হতবুদ্ধি অনঙ্গমোহন হেঁট হইয়া সেগুলা কুড়াইতে লাগিল।

কিরণময়ী ক্ষণকাল সেইদিকে চাহিয়া থাকিয়া উগ্রতা সংবরণ করিয়া নিরতিশয় ঘৃণাভরে কহিল, নিয়ে যান। এ-সব চিহ্ন এ বাড়িতে থাকা পর্যন্ত আমার মুখে অন্নজল রুচবে না, চোখে ঘুম আসবে না।

ডাক্তার সবগুলি কুড়াইয়া লইয়া উঠিয়া দাঁড়াইল। কিরণময়ী অধীরভাবে কহিল, রাত অনেক হলো যে!

ডাক্তার কহিলেন, যাচ্চি। কিন্তু তুমিও ভুল করলে। এ-সব আমি দিইনি, সমস্তই তোমার নিজের। তবুও কেন যে আমি না নিলে গরীব-দুঃখীকে বিলিয়ে দেবে, বুঝতে পারলুম না। আমাকে মাপ কর কিরণ।

কিরণময়ী ধমকাইয়া উঠিল—আবার নাম করে! হাঁ, ওগুলো আমার জিনিসই বটে, কিন্তু ঐ-গুলোর মায়াতেই আপনার সাহায্য নিয়েছিলুম।—রাত ঢের হলো যে ডাক্তারবাবু।

ডাক্তার নিজের নাম-ছাপানো একখণ্ড কার্ড বাহির করিয়া বলিলেন, আমার বাড়ির ঠিকানাটা—

দিন,—বলিয়া কিরণময়ী হাত বাড়াইয়া গ্রহণ করিল এবং পিছাইয়া আসিয়া জ্বলন্ত উনানে উহা নিক্ষেপ করিয়া বলিল, এর বেশি আমার আবশ্যক হবে না। আপনি এইমাত্র ক্ষমা চাইছিলেন না? আপনাকে সম্পূর্ণ ক্ষমা করতে পারব বলেই আপনার সমস্ত ঋণ, সমস্ত সম্বন্ধ, নিঃশেষ করে দিলুম। কোনদিন কোন কারণে যেন আপনাকে আমার মনে না পড়ে, যাবার সময় শুধু এই কথা বলে যান। আর কোনরূপ প্রশ্নোত্তরের অপেক্ষা না করিয়াই সশব্দে কবাট বন্ধ করিয়া দিয়া তাহার রান্নার জায়গায় ফিরিয়া আসিয়া বসিল।

বাহিরে ডাক্তারের পায়ের শব্দ যখন তাহার কানে দূরে চলিয়া গল, তখন সে একটা দীর্ঘনিশ্বাস ফেলিয়া চাহিয়া দেখিল, উনুন নিবিয়া গিয়াছে। ফুঁ দিয়া জ্বালিয়া দিয়া আর একটা দীর্ঘনিশ্বাস ফেলিয়া চুপ করিয়া বসিল।

তৃষ্ণায় গলা শুকাইয়া গেছে, তথাপি সে উঠিতে পারিল না। তাহার মনে হইতে লাগিল, বাহিরের অন্ধকারে তখনও কি-একটা আতঙ্ক যেন তাহারই জন্য হাত বাড়াইয়া অপেক্ষা করিয়া আছে। বুকের ভিতরটা এমনি অশান্ত হইয়া উঠিল যে, দুই বাহু দিয়া সজোরে চাপিয়া রাখিল। এই বিদায়ের পালাটা একদিন তাহাকে সমাপন করিতেই হইবে, ইহা সে নিশ্চয় জানিত, কারণ আগাছা তাহার সর্বদেহে মূল বিস্তার করিয়া তাহাকে নিরন্তর আচ্ছন্ন করিতেছে এ কথা সে যতই মনে করিয়াছে ততই মন তাহার তিক্ত বিষাক্ত হইয়া উঠিয়াছে, তথাপি এই বীভৎস বন্ধনপাশ হইতে নিজেকে মুক্ত করিয়া লইবার মত জোর সে নিজের মধ্যে কিছুতেই খুঁজিয়া পায় নাই। এমনি করিয়া দিন বহিয়া গিয়াছে—অনুক্ষণ সহ্য

করিয়াছে, কিন্তু কিছুই করিতে পারে নাই। সেই এতবড় শক্ত কাজটা যে এত সহজে হইয়া গেল, তাহাই কিরণময়ী চুপ করিয়া বসিয়া অন্তরে অন্তরে অনুভব করিতে লাগিল। প্রয়োজনের অনুরোধে যে পাপ নিজের ঘরে ডাকিয়া আনিয়া বড় করিয়াছে, সে যে আজ 'যাও' বলিতেই গেল, এমন অসম্ভব কেমন করিয়া হইল! মান-ভিক্ষা, সাধাসাধি, কান্নাকাটি, মর্ম্মস্পর্শী অনুনয়-বিনয় এ কাজের অবশ্যম্ভাবী ব্যাপারগুলো যাহার কল্পনামাত্র তাহাকে প্রতিদিন তপ্তশেলে বিঁধিয়া গেছে, সে-সমস্তই যে বাকী রহিল! সে কি আর একদিনের জন্য, না সত্যই সমস্ত নিঃশেষ হইল!

হঠাৎ দুয়ার খোলার শব্দে কিরণ চকিত হইয়া মুখ তুলিয়া দেখিল, ঝি বলিতেছে, উনুন নিবে যে জল হয়ে গেছে বৌমা! রাতও ত কম হয়নি।

কিরণময়ী তাড়াতাড়ি উঠিয়া পড়িয়া কাছে সরিয়া আসিয়া চুপি চুপি জিজ্ঞাসা করিল, ডাক্তার আছে, না গেছে রে?

সে ত প্রায় দু'ঘণ্টা হলো ; হাতের প্রদীপটা উজ্জ্বল করিতে করিতে বলিল, কিন্তু তোমাকেও বলি বৌমা,—অকস্মাৎ জিহ্বা তাহার রুদ্ধ হইয়া গেল। প্রদীপটা উঁচু করিয়া ধরিয়া সম্পূর্ণ নিরাভরণা বধূর সর্বাঙ্গ বার বার নিরীক্ষণ করিয়া মেঝের উপর প্রদীপটা ধপ করিয়া রাখিয়া দিয়া বসিয়া পড়িয়া বলিল,—এ-সব কি কাণ্ড বৌমা!

আঠার

দিবাকরের বড় দুঃখের রাত্রি প্রভাত হইল। কাল সকালে সে গোপনে বি.এ. ফেল হওয়ার সংবাদ পাইয়াছিল, এবং সন্ধ্যাবেলায় তাহারই বিবাহের কথাবার্তা তাহারই ঘরের সম্মুখে দাঁড়াইয়া উপীনদাকে হৃষ্টচিত্তে, পরম উৎসাহে ভট্‌চায্যি মহাশয়ের সহিত আলাপ করিতে শুনিয়া যথার্থই সে অকপটে নিজের মরণ-কামনা করিয়াছিল। সদ্য-পুত্রহারা জননী যেমন ব্যথায় ঘুমাইয়া পড়েন, ব্যথায় জাগিয়া উঠেন, সেই হতভাগিনীর মতই আজ সে ব্যথা লইয়া ঘুম ভাঙ্গিয়া উঠিল। চোখ মেলিয়া দেখিল, ঘরের পূর্বদিকের সার্সীর গায়ে আলোর আভাস লাগিয়াছে। আজ, এই আলোকের সহিত সে নিজে লেশমাত্র সম্বন্ধ অনুভব করিল না। দিবসের এই প্রথম রশ্মিকণাটুকুকে যে সসম্ভ্রমে গাত্রোত্থান করিয়া অভিবাদন করিয়া লইতে হয়, এ কথা তাহার মনেও পড়িল না। পান্থশালার সম্পূর্ণ অপরিচিত অতিথির মুখের মত এই আলোক-কণাটুকুর পানে সে পরম ঔদাস্যভরে চাহিয়া বিছানাতেই পড়িয়া রহিল। স্বচ্ছ কাঁচের বাহিরে অসীম নীলাকাশ দেখা যাইতেছিল, হঠাৎ মনে হইল, এই বিরাট সৃষ্টির কোথাও কোনও কোণে তাহার জন্য একটুকু স্থান আছে কিনা। তাহার পর যতদূর দেখা যায় তলাইয়া দেখিল, না কোথাও নাই। সৃষ্টিকর্তা এত সৃজন করিয়াছেন বটে, কিন্তু উপরে, নীচে, আশেপাশে, জলে-স্থলে সূচ্যগ্র-পরিমিত স্থানও তাহার জন্য সৃষ্টি করিয়া রাখেন নাই। তাহার মা নাই, বাপ নাই, গৃহ নাই, বুঝি জন্মভূমিও নাই। না, যথার্থই আপনার বলিতে কোথাও কিছুই নাই। এই যে অতি ক্ষুদ্র কক্ষটুকু, শত-সহস্র বন্ধনে যাহার সহিত সে জড়িত, জ্ঞান হওয়া পর্যন্ত যাহা তাহাকে মাতৃস্নেহে আশ্রয় দিয়া রাখিয়াছে, তাহাও তাহার নিজের নয়—এ তাহার মামার বাড়ি। এ আশ্রয় তাঁহার জননীর নহে—বিমাতার।

এইরূপে দুঃখের চিন্তা যখন ক্রমশঃ জটিল ও বিস্তীর্ণ হইয়া পড়িতেছিল, অকস্মাৎ উপেন্দ্রের কণ্ঠস্বরে তাহা একমুহূর্তে সোজা পথে ফিরিয়া আসিল। সে তাড়াতাড়ি উঠিয়া বসিয়া জানালা খুলিয়া মুখ বাড়াইয়া দেখিল, উপেন্দ্র ভৃত্যকে কি একটা আদেশ করিয়া বাহির হইয়া গেলেন, তিনি ত কোনদিকে না চাহিয়াই সোজা চলিয়া গেলেন, কিন্তু দিবাকর নিজের সেই দুই চোখে ব্যথা অনুভব করিয়া মুখ ফিরাইয়া লইল। তাহার মনে হইল, ছোড়দার উন্নত দৃঢ় ললাটের উপর কতকটা সূর্যরশ্মি যেন ধাক্কা খাইয়া তাহার চোখের উপর আসিয়া আছাড় খাইয়া পড়িল। সে আর একবার শয্যা আশ্রয় করিয়া নির্জীবের মত চোখ বুজিয়া শুইয়া পড়িল এবং দুশ্চিন্তারাশি তদ্দণ্ডেই তাহাকে আবার চাপিয়া ধরিল।

আজিও অভ্যাসমত তাহার প্রত্যূষেই ঘুম ভাঙ্গিয়াছিল বটে, কিন্তু গত রাত্রিতে সে যে ঘুমাইতে পারে নাই, দুঃস্বপ্ন-ভূতপ্রেতের দল সারারাত্রিই এই দেহটাকে লইয়া টানাছেঁড়া করিয়া এইমাত্র ফেলিয়া গেছে, তাহাদের পরিত্যক্ত নিশ্বাসের বাষ্প এখনও ঘরের কোণে জমা হইয়া আছে, ইহা সে চোখ বুজিয়াই অনুভব করিতে লাগিল। আবার মনে পড়িল, সে ফেল হইয়াছে,—তাহার অনেক দুঃখের লেখাপড়া ব্যর্থ হইয়া গিয়াছে। আজ এ সংবাদ সবাই শুনিবে। তার পরে? তার পরে ধুঁয়া যেমন একটুখানি রন্ধ্রের সাহায্যে সমস্ত ঘর নিমিষে ব্যাপ্ত করিয়া ঘোলা করিয়া দেয়, তেমনি করিয়া একটিমাত্র নিষ্ফলতার ক্ষুদ্র দ্বার ধরিয়া নৈরাশ্যের গাঢ় অন্ধকারে তাহার সমস্ত মন পরিপূর্ণ হইয়া গেল।

বেলা প্রায় আটটা। সে দুই-হাত মুঠা করিয়া উঠিয়া বসিয়া কহিল, না, কোন মতেই না। ছোড়দা রাগ করুন, কিংবা বৌদি দুঃখ করুন, এ আমি কিছুতেই পারব না। যিনি গৃহলক্ষ্মী হবেন, হয় তিনি আমার গৃহেই আসবেন, না হয় কোনদিনই আসবেন না। পারি, সসম্মানে প্রতিষ্ঠা করব, না পারি অন্ততঃ অসম্মানের মধ্যে টেনে আনব না। এ সঙ্কল্প হতে কেউ আমাকে বিচলিত করতে পারবে না।

দিবাকর ধীর-পদে অন্তঃপুরে প্রবেশ করিয়া সুরবালার ঘরের সুমুখে দাঁড়াইয়া ডাকিল, বৌদি!

ভিতর হইতে মৃদুকণ্ঠের আহ্বান আসিল, ঘরে এস।

দিবাকর প্রবেশ করিয়া দেখিল, আলমারি উজাড় করিয়া সুরবালা নতমুখে বসিয়া তোরঙ্গ সাজাইতেছে ; জিজ্ঞাসা করিল, ছোড়দা মফঃস্বলে যাবেন?

সুরবালা তেমনিভাবে কহিল, না, কলকাতায় যাবেন।

ইহার পরে আর দিবাকরের মুখে কথা যোগাইল না। নিজের নির্জন ঘরের মধ্যে যে শক্তি তাহাকে ঠেলিয়া তুলিয়া দিয়া এতদূরে আনিয়াছিল, প্রয়োজনের সময় সে শক্তি অন্তর্ধান করিল। সে মৌনমুখে ভাবিতে লাগিল, কি করিয়া শুরু করা যায়।

এমন সময় বারান্দায় জুতার শব্দ শোনা গেল, এবং পরক্ষণেই উপেন্দ্র পর্দা সরাইয়া ঘরে ঢুকিলেন। দিবাকর অত্যন্ত সঙ্কুচিত হইয়া পলাইবার উপক্রম করিতেই উপেন্দ্র 'দাঁড়া' বলিয়া ধীরে-সুস্থে খাটের উপর বসিলেন এবং জামা খুলিতে খুলিতে জিজ্ঞাসা করিলেন, ফেল হলি কি করে? রোজ রাত্রি একটা পর্যন্ত জেগে জেগে এতদিন তবে করেছিলি কি?

এ কথার আর জবাব কি? দিবাকর অধোবদনে দাঁড়াইয়া রহিল।

উপেন্দ্র বলিতে লাগিলেন, এ বাড়িতে থেকে তোর কিছু হবে না দেখচি। যা, কলকাতায় গিয়ে পড়্ গে, তা হলে যদি মানুষ হতে পারিস।

তারপর একটু হাসিয়া বলিলেন, বৌদির কাছে কি দরবার করতে এসেছিলি? বিয়ে করবি নে, এই ত?

কথা শুনিয়া দিবাকর বাঁচিয়া গেল। তাহার সমস্ত দুঃখ যেন একেবারে ধুইয়া মুছিয়া গেল, সে সহসা হাসিয়া ফেলিয়া মুখ তুলিয়া চাহিল।

উপেন্দ্র হাসিলেন, যদিচ সে হাসির মর্ম কেহ বুঝিল না, তারপরে বলিলেন, আচ্ছা, এখন মন দিয়া পড়্ গে—আগামী অঘ্রাণ পর্যন্ত তোর ছুটি—তার এখনও অনেক বাকী। স্ত্রীর দিকে চাহিয়া বলিলেন, সতীশ টেলিগ্রাফ করেছে, হারানদার অবস্থা ভারী খারাপ—আমি রাত্রির ট্রেন পর্যন্ত অপেক্ষা করতে পারব না, এই এগারটার গাড়িতেই যাব, একবার থারমোমিটারটা দাও ত দেখি, জ্বরটা বাড়ল কি না—ওকি, অত বড় তোরঙ্গ কি হবে? একটা ছোটখাটো দেখে দাও না।

সুরবালা কাপড় পাট করিয়া তোরঙ্গ বোঝাই করিতেছিল, কাজ করিতে করিতে মৃদুস্বরে কহিল, ছোট তোরঙ্গে দুজনার কাপড় আঁটবে না,—আমিও সঙ্গে যাব।

উপেন্দ্র অবাক হইয়া কহিলেন, তুমি যাবে! ক্ষেপে গেলে নাকি?

সুরবালা মুখ না তুলিয়াই বলিল, না। পরে দিবাকরের উদ্দেশে কহিল ঠাকুরপো, একটু শিগগির করে স্নান করে খেয়ে নাও, তুমিও আমার সঙ্গে যাবে।

দিবাকর সবিস্ময়ে উপেন্দ্রের মুখের দিকে চাহিতেই তিনি হাসিয়া উঠিয়া বলিলেন, তুইও কি পাগল হলি নাকি? হারানদার ভারী ব্যারাম, বোধ করি দিন শেষ হয়ে এসেছে, আমি যাচ্চি তাঁর সৎকার করতে, তোরা তার মাঝখানে যাবি কোথায়? যা, তুই নিজের কাজে যা।

সুরবালা এবার মুখ তুলিল। দিবাকরের দিকে চাহিয়া শান্ত অথচ দৃঢ়স্বরে বলিল, আমি আদেশ করছি ঠাকুরপো, তুমি প্রস্তুত হও গে। তোমার ছোড়দা তিনদিন জ্বরে ভুগছেন, আজও জ্বর ছাড়েনি—তাই আমিও সঙ্গে যাব, তোমাকেও যেতে হবে। যাও, দেরি করো না।

উপেন্দ্র মনে মনে ভারী আশ্চর্য হইয়া গেলেন। তিনি ইতিপূর্বে কোনদিন সুরবালার এরূপ কণ্ঠস্বর শোনেন নাই। সে যে স্বচ্ছন্দে একজন পুরুষমানুষকে এমন ছোট ছেলেটির মত হুকুম করিতে পারে, তাহা স্বকর্ণে না শুনিলে বোধ করি তিনি বিশ্বাস করিতেই পারিতেন না। তথাপি তিরস্কারের স্বরে কহিলেন, আমি যাচ্চি বিপদের মাঝখানে। তোমরা কেন সঙ্গে গিয়ে সেই বিপদ বাড়িয়ে তুলবে? তোমার যাওয়া হবে না। তাঁহার শেষ কথাটা কিছু কঠোর শুনাইল।

সুরবালা দাঁড়াইয়া উঠিয়া স্বামীর মুখপানে চাহিয়া পূর্ববৎ দৃঢ়কণ্ঠে কহিল, কেন তুমি সকলের সামনে সব কথায় আমাকে বকো? তুমি অসুখ নিয়ে বাইরে গেলে আমি সঙ্গে যাবোই। নটা বাজে, দাঁড়িয়ে থেকো না ঠাকুরপো, যাও।

দিবাকরের সুমুখে নিজের রূঢ়তায় উপেন্দ্র অত্যন্ত লজ্জিত হইয়া কহিলেন, বকবো কেন তোমাকে, বকিনি। কিন্তু বাবা শুনলে কি মনে করবেন বল ত? যা দিবাকর, তুই খেয়ে নিগে।

সুরবালা কহিল, বাবা আমাকে সঙ্গে যেতে বলেছেন।

এর মধ্যে তাঁর কাছেও গিয়েছিলে?

হাঁ, যাই তোমার দুধ নিয়ে আসি, বলিয়া সুরবালা ঘর ছাড়িয়া চলিয়া গেল। উপেন্দ্র

গলার উড়ানিটা আলনা লক্ষ্য করিয়া ছুঁড়িয়া ফেলিয়া দিয়া চিত হইয়া শুইয়া পড়িলেন। সুরবালা যে সঙ্গে যাইবেই, স্বামীর অসুস্থ দেহটা সে যে কিছুতেই চোখের আড় করিবে না, ইহাতে আর কাহারও সংশয় রহিল না। দিবাকর প্রস্তুত হইবার জন্য ধীরে ধীরে বাহির হইয়া গেল।

উপেন্দ্র ভাবিতে লাগিলেন, জিদ করিয়া সুরবালা এই যে এক নূতন সমস্যার সৃষ্টি করিল, কলিকাতায় পৌঁছিয়া তাহার কি মীমাংসা করা যাইবে! কোথায় গিয়া উঠা যাইবে! হারানদাদার ওখানে অসম্ভব, কারণ, শুধু যে সেখানে স্থানাভাব, তাহা নহে, সেখানে কিরণময়ীর স্বামী মরিতেছে। তথাপি তাহারই চোখের উপর সুরবালা যে নিজের স্বামীর বিন্দু-পরিমাণ পীড়াটুকুও উপেক্ষা করিবে না, শোভন অশোভন কিছুই মানিবে না, স্বামীর স্বাস্থ্যটুকু অনুক্ষণ সতর্ক প্রহরা দিয়া ফিরিবে, ব্যাপারটা মনে করিয়াও তাঁহার লজ্জাবোধ হইল। বন্ধু জ্যোতিষের বাটীতে উপস্থিত হওয়াও প্রায় তদ্রূপ। সুরবালা বিষম হিন্দু ; এই বয়সেই রীতিমত জপ-তপ আরম্ভ করিয়াছে,—সে বাটীতে এতটুকু অহিন্দু-আচার চোখে দেখিলে হয়ত জলগ্রহণ পর্যন্ত করিবে না। অতবড় বাটীর মধ্যে একমাত্র মায়ের আচার-বিচার বিশেষ কোন কাজেই লাগিবে না। তা ছাড়া, সেখানে সরোজিনী তাহার প্রায় সমবয়সী। তাহার বাড়িতে বসিয়া তাহাকেই ছুঁই ছুঁই করিয়া বাস করা সুখেরও নয়, উচিতও নয়। বাকী রহিল সতীশ। উপেন্দ্র শুনিয়াছিলেন, তাহার নূতন বাসায় সে একা থাকে। স্থানও যথেষ্ট। বিশেষতঃ সেও এই জপ-তপের দলভুক্ত। সতীশ ও দিবাকর—আচারনিষ্ঠ এই দুটি দেবর লইয়া সুরবালা ভালই থাকিবে।

উপেন্দ্র তৎক্ষণাৎ সতীশকে তার করিয়া দিলেন, তিনি রওনা হইয়াছেন।

সংবাদ পাইয়া সতীশ স্টেশনের উদ্দেশে যাত্রা করিল।

ভগবান সতীশকে যথার্থ-ই দেহ-মনে বড় শক্ত করিয়া গড়িয়াছিলেন। তাই সেদিন হইতে মুমূর্ষু হারানের হতভাগ্য পরিবারের সমস্ত গুরুভার মাথায় লইয়া যেমন বহিতেছিল, সাবিত্রী বিপিনের ইতিহাসটাও সেদিন সে তেমনি সহ্য করিয়া লইয়াছিল।

এই ইতিহাস জানিত শুধু বেহারী এবং তাহার পরম পূজ্যপাদ চক্রবর্তীমশাই। বেহারী মনে করিত, সে সাবিত্রীকে অত্যন্ত ঘৃণা করে। তাই কাল দুপুরবেলাতেও সে চক্রবর্তীর প্রসাদ পাইয়া ক্ষুদ্র কলিকাটি উপুড় করিয়া দিয়া দীর্ঘশ্বাস ফেলিয়া বলিয়াছিল, ছি, ছি, দেবতা, মেয়েটা করলে কি! বাবুকে আমার সে চিনলে না, তাই সোনা ফেলে আঁচলে গেরো বাঁধলে! শেষকালে কিনা বিপিনবাবুর সঙ্গে চলে গেল!

চক্রবর্তী হেলিয়া দুলিয়া জবাব দিলেন, বেহারী নিমাই-সন্ন্যাসে লেখা আছে, 'মুনিণাঞ্চ মতভ্রম', না হলে সাবিত্রীর মত মেয়ে এতবড় আহাম্মুকি করে ফেলবে কেন! কিন্তু এই বলে রাখচি তোকে, পস্তাতে তাকে হবেই। মেয়েটা দেখতে শুনতেও মন্দ ছিল না, আমার সঙ্গে বসে দাঁড়িয়ে, শুনে শুনে, বাবু-ভায়াদের সঙ্গে দুটো কথাবার্তা কইতেও শিখেছিল, যুবোকাল, সতীশবাবুর নজরেও লেগে গিয়েছিল, টিঁকে থাকতে পারলে আখেরে ভাল হতো। কিন্তু আমার একটা মতলব পর্যন্ত ত নিলে না! ওরে বাপু, ঘোড়া ডিঙ্গিয়ে ঘাস খেলে কি চলে? রাজ্যের লোক বিপদে পড়লেই যে ছুটে এসে এই চক্কোত্তিমশায়ের পা-দুটো ধরে, তা কেন? এই সেদিন সদির মা—

সদির মার ভাল-মন্দের জন্যে বেহারীর কৌতূহল ছিল না, সে কথার মাঝেই বলিয়া উঠিল, কিন্তু যাই বল দেবতা, বাবু বলতে হয় ত আমার মনিবকে। বড়লোক কলকাতা শহরে ঢের দেখলুম, কিন্তু এমন জোয়ান, এমন বুকের পাটা ত কারু দেখলুম না। যেন হাতীকে দাঁত, মরদকে বাত! সেই যে সেদিন বলে দিলুম, বাবু আর না, বাস্‌! ঘেন্নায় একটি দিন তার নাম পর্যন্ত মুখে আনলেন না, অথচ, কতখানিই না ভালবাসতেন—কি বলেন ঠাকুরমশাই?

চক্রবর্তী মাথা নাড়িয়া জবাব দিলেন, সেকথা ত শুরুতেই বলে দিয়েছি। এই থেকেই যত খুন-জখম, জেল, ফাঁসি—একবার চোখোচোখি হয়ে গেলে কি আর রক্ষে আছে বেহারী!

বেহারী শিহরিয়া উঠিল ; পাংশু-মুখে সভয়ে বলিল, না না, ঠাকুরমশাই, বাবু আমার সে ধাতের লোক নয়। কিন্তু, কোন্‌ ঠিকানায় সে আছে জান কি? এর মধ্যে পথে-টথে কখন—

চক্রবর্তী অট্টহাসি হাসিয়া বলিলেন, মুখ্যু বলে আর কাকে! সে কি বিপিনবাবুর কাছে দাসীবৃত্তি করতে গেছে বেহারী, যে, পথে-ঘাটে দেখা হবে? সে নিজেই এখন কত গণ্ডা দাসদাসী রেখেচে দেখ গে যা!

বেহারী নিরুদ্বিগ্ন হইল। স্মিতমুখে মাথা নাড়িয়া বলিল, সে বটে। তাই ত মনে করলুম, যাই একবার ঠাকুরমশায়ের কাছে, দেখি তিনি কি বলেন! তাই বল দেবতা আশীর্বাদ কর সে রাজরানী হোক, গাড়ি-পালকি চড়ে বেড়াক, দুজনের চোখাচোখি এ জন্মে আর যেন না হয়! এই বলিয়া সে মনের আনন্দে চক্রবর্তীর পদধূলি মাথায় লইয়া বাহির হইয়া পড়িল।

এবার কলিকাতায় আসিয়া অবধি সতীশ বাসার বাহির হইলেই ফিরিয়া না আসা পর্যন্ত বেহারী এই ভয়ে ব্যাকুল হইয়া থাকিত, পাছে দৈবাৎ কোথাও দুজনের দেখা হইয়া যায়। সতীশ যে অত্যন্ত বদ্‌রাগী, এ সংবাদ সে বাটীর পুরাতন দাসদাসীর মুখে শুনিয়া আসিয়াছিল, এবং সাবিত্রী যত বড় গর্হিত কাজ করিয়াছে তাহাতে খুনোখুনি কাটাকাটি হয় ইহাও তাহার এতটা বয়সে অবিদিত ছিল না। শুধু সাবিত্রী যে কোনদিন দাসদাসী লইয়া যানবাহনে চলাফেরা করিতে পারে এই সম্ভাবনাটাই তাহার মাথায় ঢোকে নাই। আজ চক্রবর্তীর মুখের আশ্বাসবাক্যে সে নির্ভয় হইয়া বাঁচিল। সাবিত্রীর উপরে বিষম ক্রোধ তাহার পড়িয়া গেল, সে নিরুদ্বেগে পথ চলিতে চলিতে প্রতি মুহূর্তে আশা করিতে লাগিল, হয়ত মস্ত একটা জুড়ির উপর রাজরানী-বেশে এইবার সে সাবিত্রীকে দেখিতে পাইবে। সাবিত্রীকে বেহারী সত্যই ভালবাসিত। সে কি, কিংবা কোন্‌ পথে তাহার রানী হওয়া সম্ভব, এ-সকল অনাবশ্যক প্রশ্ন তাহার মনে ঠাঁই পাইত না। চিরদিনই সাবিত্রী তাহার পরম স্নেহের, পরম শ্রদ্ধার পাত্রী। সে দুঃখী, সে তাহাদের মত লোকের সঙ্গে এক আসনে দাঁড়াইয়া দাসীবৃত্তি করে মনে করিতেও তাহার লজ্জায় সঙ্কোচে মাথা হেঁট হইয়া যাইত। তথাপি সেইদিন হইতে অন্তরে বড় দুঃখ, বড় যাতনা পাইয়াই বেহারী তাহার উপর রুষ্ট হইয়াছিল। কিন্তু আজ যেই শুনিল, সাবিত্রী তাহার মনিবের পথের কণ্টক, সুখের অন্তরায় নয়, সে সর্বান্তঃকরণে বারংবার আশীর্বাদ করিতে লাগিল, সাবিত্রী সুখী হোক, নির্বিঘ্ন হোক, রাজরাজেশ্বরী হোক।

উনিশ

হারানের জীবন-মরণের লড়াই ক্রমশঃ যেন একটা করুণ তামাশার ব্যাপার হইয়া দাঁড়াইয়াছিল। ক্ষুধার্ত সাপের মত মৃত্যু তাহাকে যতই অবিচ্ছিন্ন আকর্ষণে জঠরে টানিতেছিল, ব্যাঙের মত ততই সে দুই পায়ে তাহার চোয়াল আটকাইয়া ধরিয়া কোন এক অদ্ভুত কৌশলে দিনের পর দিন মৃত্যু এড়াইয়া যাইতেছিল। বস্তুতঃ, অশেষ দুঃখময় প্রাণটা তাহার যেন কোনমতেই শেষ হইবে না, এমনি মনে হইতেছিল।

এই বিপদে সতীশ আসিয়াছিল সাহায্য করিতে। কিন্তু কিরণময়ীর স্বামী-সেবা দেখিয়া বিস্ময়ে হতবুদ্ধি হইয়া গেল। সে নিজেও অনেক দেখিয়াছে, স্ত্রীলোকের স্বামীর বড় কেহ নাই, তাহাও জানিত, কিন্তু যে কারণেই হোক, কোন মানুষ যে সমস্ত জানিয়া বুঝিয়া এতবড় পণ্ডশ্রম এমন প্রাণ ঢালিয়া করিতে পারে, তাহা ত সে কল্পনা করিতেও পারিত না।

এ কি আশ্চর্য সেবা! প্রত্যহ সারারাত্রি একভাবে শয্যাপার্শ্বে জাগিয়া বসিয়া সমস্তদিন এ কি অক্লান্ত পরিশ্রম! অথচ, মুখের উপর অবসাদ-বিষাদের দাগটুকু পর্যন্ত নাই। মুখ দেখিয়া বুঝিবার সাধ্য নাই কতবড় বিপদ তাহার উপর আসন্ন হইয়া রহিয়াছে!

সতীশ তাহার এই বৌঠানটিকে যথার্থই জ্যেষ্ঠা ভগিনীর মত ভালবাসিয়াছিল। তাঁহার এই একান্ত উদ্বেগলেশহীন পতিসেবা দেখিয়া তাহার অত্যন্ত ব্যথার সহিত কেবলই মনে হইতেছিল, যে কারণেই হউক, বৌঠানের আশা হইয়াছে স্বামী বাঁচিবেন। অতএব শেষ পর্যন্ত তাঁহার মনে যে কি বেদনাই বাজিবে ইহাই কল্পনা করিয়া সে ব্যাকুল হইয়া উঠিতেছিল, এবং কি উপায়ে এই অপ্রিয় সত্য গোচর করা যায়, ইহাই তাহার অনুক্ষণ চিন্তার বিষয় হইয়া উঠিয়াছিল।

এমন একদিন ছিল, যখন নিজের সম্বন্ধে সতীশের ভারী বিশ্বাস ছিল, সে বুদ্ধিমান ; লোকচরিত্র বুঝিতে বিশেষ অভিজ্ঞ। কিন্তু সাবিত্রীর কাছে ঘা খাইয়া অবধি এ দর্প তাহার ভাঙ্গিয়া গিয়াছিল। সাবিত্রী তাহাকে ত্যাগ করিয়া বিপিনের কাছে চলিয়া গেল, সংসারে ইহাও যখন সম্ভব হইতে পারিল, তখনই সে টের পাইয়াছিল লোকচরিত্র সে কিছুই বুঝে না। মানুষের মনের ভিতর কি আছে, না আছে, তা লইয়া যার খুশি সে আলোচনা করিয়া বড়াই করুক, সে আর করিবে না। কথাটা স্মরণ করিলেও তাহার লজ্জা ও অনুশোচনার অন্ত থাকে না, যে, এই বুদ্ধির গর্বেই সে এই বৌঠানটির সম্বন্ধে অনেক কথা ভাবিয়াছিল এবং উপীনদাকে শিখাইতে গিয়াছিল।

আজ সকালে সতীশ ও-বাড়িতে উপস্থিত হইয়া দেখিল কিরণময়ী তেমনি প্রসন্ন শান্তোজ্জ্বল মুখে একা গৃহকর্ম করিতেছেন। দুই-তিনদিন শাশুড়ী আবার অসুখে পড়িয়াছেন। গত রাত্রে জ্বরটা কিছু বৃদ্ধি হওয়ায় এখনও শয্যাত্যাগ করেন নাই। কিরণময়ীর মুখ দেখিয়া কোন কথাই অনুমান করিবার জো ছিল না বলিয়া প্রত্যহ সতীশকে সব কথা জিজ্ঞাসা করিয়াই জানিতে হইত। আজ প্রশ্ন করিতেই তিনি কাজ হইতে মুখ তুলিয়া ক্ষণকাল চাহিয়া থাকিয়া বলিলেন, ঠাকুরপো আর দেরি করার আবশ্যক নেই, তোমার দাদাকে একবার আসতে লেখ।

সতীশ ভীত হইয়া প্রশ্ন করিল, কেন বৌঠান?

কিরণময়ীর মুখের উপর দিয়া শরতের একখণ্ড লঘু মেঘ ভাসিয়া গেল মাত্র। এ মুখের সহিত যাহার বিশেষ পরিচয় নাই, এ ছায়াটুকু তাহার নজরে পড়িবে না। একটা নিশ্বাস

ফেলিয়া বলিলেন, এইবার বোধ করি যন্ত্রণার শেষ হয়ে এসেছে—তুমি একখানা টেলিগ্রাফ করে দাও।

সতীশ ক্ষণকাল নিঃশব্দে চাহিয়া থাকিয়া কহিল, এ আমি জানতুম বৌঠান। কিন্তু পাছে তুমি ভয় পাও, তাই বলতে সাহস করিনি।

কিরণময়ী সহজভাবে বলিলেন, ভয় পাবার কথা বৈ কি ঠাকুরপো, তাঁর শ্বাসের লক্ষণ পরশু টের পাই, কাল রাত্রে আরও একটু বেড়েচে। এ কমবে না, তাই একবার তাঁকে আসতে বলচি।

সতীশ এ খবর জানিত না, চমকিয়া বলিল, কৈ, সে ত আমি টের পাইনি। তুমিও বলনি।

কিরণময়ী কহিলেন, না। ও এত ধীরে ধীরে উঠেচে যে, পরের টের পাবার কথাও না। তবে আজ বিশেষ ভয় নেই। কিন্তু বিপদের ওপর বিপদ, দেখ ঠাকুরপো, কাল থেকে মায়ের অসুখটাও বাঁকা পথ ধরেচে। এইমাত্র দেখলুম বেশ জ্বর, মাঝে মাঝে ভুলও বকচেন,—বলিয়া তিনি একটু হাসিলেন। কিন্তু, এ হাসি দেখিলে কান্না পায়।

সতীশের চোখে জল আসিল, সে সজল-কণ্ঠে আস্তে আস্তে কহিল, উপীনদা আসুন।

কিরণময়ী কহিলেন আর একটা খবর শুনবে ঠাকুরপো?

সতীশ মৌনমুখে চাহিয়া রহিল, কিরণময়ী বলিলেন, পরশুদিন বিকালে একটা উকীলের চিঠি পাই, তাতে জানা গেল, বছর-দুই পূর্বে উনি এক বন্ধুর জামিন হয়ে হাজার-তিনেক টাকা কর্জ করেন। বন্ধু ব্যবসা ফেল করে সুদে-আসলে প্রায় হাজার-চারেক টাকা এঁর মাথায় তুলে দিয়ে বিষ খেয়ে মরেছেন। সে টাকা এই ভাঙ্গা বাড়ির ইঁট কাঠ বেচে শোধ হতে পারবে কিনা, উকীল সেই সংবাদটা অতি অবশ্য জানতে চেয়েছেন। বলিয়া তিনি আবার ঠিক তেমনি করিয়া হাসিয়া উঠিলেন।

সতীশ মুখ নামাইয়া মাটির দিকে চাহিয়া রহিল। সে চোখ তুলিয়া দেখিতেও সাহস করিল না, প্রশ্নের জবাব দিতেও ভরসা করিল না।

সতীশ উপেন্দ্রকে টেলিগ্রাফ করিয়া যখন ফিরিয়া আসিল, তখন বেলা দশটা। আস্তে আস্তে রান্নাঘরে গিয়া উপস্থিত হইল। কিরণময়ী শাশুড়ীর জন্য সাগু তৈরি করিতেছিলেন, মুখ তুলিয়া বলিলেন, বোসো ঠাকুরপো। তাঁহার গলাটা ঈষৎ ভারী। সতীশ লক্ষ্য করিয়া দেখিল, চোখে অশ্রু নাই বটে, কিন্তু পাতা দুটি ভিজা। সে অদূরে মেঝের উপর বসিয়া পড়িল। আজ কিরণময়ী আসন দিবার কথাও তুলিলেন না। সে কোথায় বসিল, কি করিল বোধ করি তাহা দেখিতে পাইলেন না। তাঁহার কোন সামান্য বিষয়েও কিছুমাত্র ত্রুটি এ পর্যন্ত সতীশ দেখে নাই। এতদিনের এত আসা-যাওয়া এত মেশামেশির মধ্যে একটি দিনের তরেও সে বৌঠানের সহজ সরল ব্যবহারে সৌজন্যের এতটুকু অভাব, ঘনিষ্ঠতার বিন্দুপ্রমাণ অনাচার খুঁজিয়া পায় নাই, তাই আজ এইটুকুমাত্র অবহেলা যেন চোখে আঙুল দিয়া তাহাকে দেখাইয়া দিল, কি গুরুভারে বৌঠানের সমস্ত মন আচ্ছন্ন হইয়া আছে।

বহুক্ষণ উভয়েই চুপ করিয়া রহিল। হঠাৎ একসময় কিরণময়ী যেন আপনাকে আপনি তীব্র ব্যঙ্গ করিয়া হাসিয়া উঠিলেন। বোধ হয় এতক্ষণ তিনি এই চিন্তাতেই মগ্ন ছিলেন, কহিলেন, আচ্ছা বল ত ঠাকুরপো, যমের সঙ্গে এই-সব দেনা-পাওনার ঝঞ্ঝাট মিটে যাবার পরে আমার চাকরি করা উচিত, না ভিক্ষে করা উচিত?

কথাটা সতীশ বুঝিতে পারিল। কহিল, উপীনদাকে জিজ্ঞেস কোরো, তিনি জবাব দেবেন।

কিরণময়ী কহিলেন, জিজ্ঞেসা না করেও বুঝতে পারচি, হয়ত দয়া করে তিনি আমাকে দুটো খেতে দেবেন, কিন্তু, এই পরের উপর নির্ভর করে থাকাই ত ভিক্ষে করা ঠাকুরপো!

সতীশ হঠাৎ বোধ করি প্রতিবাদ করিতে গেল, কিন্তু কথা খুঁজিয়া না পাইয়া চুপ করিয়া চাহিয়া রহিল।

কিরণময়ী তাহার মনের ভাব বুঝিয়া একটুখানি হাসিয়া কহিলেন, মুখ ফুটে বললেই রূঢ় হয় তা জানি ঠাকুরপো, কিন্তু কথাটা যে সত্যি! ক্ষণকাল থামিয়া কহিলেন, মনে কোরো না তোমার দাদাকে আমি চিনতে পারিনি। আমি তাঁকে চিনেচি। বুঝেচি, অনাথাকে দিতে তিনি জানেন, কিন্তু, শুধু দেওয়াই ত নয়, নেওয়াও ত আছে। দিয়ে কখনও দেখিনি ঠাকুরপো, কিন্তু, সারাজীবন পরের মন যুগিয়ে নিতে পারা যে কম কঠিন নয়, সে কথা যে হাড়ে হাড়ে টের পেয়েচি।

তথাপি সতীশ উত্তর খুঁজিয়া পাইল না। কিন্তু, কিরণময়ীর যেন ঝোঁক চাপিয়া গিয়াছিল, প্রত্যুত্তরের অপেক্ষা করিলেন না, কহিলেন, এই পৃথিবীর সঙ্গে কারবার আমার বেশীদিনের নয়—দেনা-পাওনা চুকিয়ে নিতে এখনও ঢের বাকী। এই দীর্ঘ জীবনের হিসেব নিকেশে দোষঘাট ভুলভ্রান্তি হতেও পারে। তখন, তিনিই বা কি বলে দেবেন, আর আমিই বা কোন্ মুখে হাত পাতব? তখন যে আবার গোড়া থেকে নিজের পথে নিজে চলতে হবে।

এতক্ষণ সতীশ শ্রদ্ধার সহিত, ব্যথার সহিত, তাহার ভাবী আশঙ্কার কথাগুলো শুনিতেছিল, কিন্তু শেষ কথাটায় যেন খোঁচা খাইয়া চমকিয়া উঠিল। কহিল, ও-কি কথা বৌঠান। দোষঘাট সকলেরই হয়, ভুলভ্রান্তি হবে কেন?

কিরণময়ী সতীশের উৎকণ্ঠিত বিস্ময় লক্ষ্য করিয়া হাসিলেন। একমুহূর্তে নিজের ব্যগ্র উত্তপ্ত কণ্ঠস্বর শান্ত কোমল করিয়া কহিলেন, কে জানে ঠাকুরপো, আমিও ত মানুষ।

হাসি দেখিয়া সতীশ নিজের ভ্রম বুঝিল। মুহূর্তের উত্তেজনায় তাহার মন যে কু-অর্থ গ্রহণ করিতে গিয়াছিল, সেই লজ্জায় মাথা হেঁট করিয়া আস্তে আস্তে কহিল, আমাকে মাপ কোরো বৌঠান, আমি যেমন নির্বোধ, তেমনি অশুচি!

কিরণময়ী জবাব দিলেন না, আবার একটু হাসিলেন মাত্র।

অকস্মাৎ সতীশের অনুতপ্ত অপরাধী মন উদ্দীপ্ত হইয়া উঠিল, জোর দিয়া বলিয়া উঠিল, কিন্তু কেবল উপীনদার কথাই হবে কেন? তিনিই কি সব, আমি কেউ নয়? আমি তোমাকে তাঁর আশ্রয় নিতে দেব না।

কিরণময়ী হাসিমুখে কহিলেন, সে ত এক কথাই ঠাকুরপো। তুমি আর তোমার দাদা ত পর নয়। তোমার আশ্রয়ে তোমারও ত মন যুগিয়ে ভিক্ষে নিতে হবে।

সতীশ বলিল, না, হবে না, তার কারণ, আমি তোমার ছোট ভাই, কিন্তু উপীনদা তোমার স্বামীর বন্ধু। দরকার হয়, আমার বোনের ভার আমিই নিতে পারব।

কিন্তু যদি তোমার মন যুগিয়ে না চলতে পারি?

আমিও তোমার মন যুগিয়ে চলব না।

কিরণময়ী প্রশ্ন করিলেন, যদি দোষ অপরাধ করি?

সতীশ জবাব দিল, তা হলে ভাই-বোনে ঝগড়া হবে।

কিরণময়ী আবার প্রশ্ন করিলেন, জীবনে যদি ভুল-ভ্রান্তি হয়ে যায়, সে কি আমার এই ছোট ভাইটিই ক্ষমা করতে পারবে?

সতীশ মুখ তুলিয়া মুহূর্তকাল চাহিয়া থাকিয়া সহসা অত্যন্ত ব্যথিতস্বরে কহিল, এ ভুল-ভ্রান্তির মানে আমি বুঝতে পারিনে বৌঠান। ছোট ভাইকে অর্থ বুঝিয়ে বলা আবশ্যক মনে কর, বল, আবশ্যক না মনে কর, ব'লো না। কিন্তু অর্থ তোমার যাই হোক, যে অপরাধ মনে আনাও যায় না, তাও যদি সম্ভব হয়, তবুও ভুলতে পারব না দিদি, আমি তোমার ছোট ভাই!

তাহার সাবিত্রীর কথা মনে পড়িল। কহিল, বৌদি, আজ তোমার এই ছোট ভাইটির অহঙ্কার মার্জনা কর—কিন্তু, যে অপরাধ এ জীবনে আমি ক্ষমা করতে পেরেচি, সে অপরাধ ক্ষমা করতে স্বয়ং ভগবানের বুকেও বাজত। বলিয়াই চাহিয়া দেখিল, কিরণময়ীর দুই চোখ দিয়া জল গড়াইয়া পড়িতেছে। সতীশ নড়িয়া চড়িয়া বসিয়া পুনরায় গাঢ়স্বরে কহিল, আজ আমাকে একবার ভাল করে চেয়ে দেখ দিদি, যে-সতীশ নিজের দুর্বুদ্ধির স্পর্ধায় তোমাকে বৌঠান বলে ব্যঙ্গ করেছিল, সে তোমার এ-ভাইটি নয়। বলিতে বলিতে তাহার সমস্ত মুখ প্রদীপ্ত হইয়া উঠিল, সে প্রবলবেগে মাথা নাড়িয়া কহিল, না, না, সে আমি নই! সে কখনো তোমাদের চিনতে পারেনি, কখনো তোমাদের পূজা করতে শেখেনি, তাই জগন্নাথকে সে কাঠের পুতুল বলে উপহাস করেছিল। নিজের মহাপাতকের ভরা নিয়ে সে ডুবে গেছে বৌদি, সে আর নেই। বলিয়া সে ঘাড় হেঁট করিয়া নিজের অন্তরের ভিতর তলাইয়া দেখিতে লাগিল।

কিরণময়ী নির্নিমেষ চোখে তাহার পানে চাহিয়া রহিলেন। তার পর ধীরে ধীরে অতি মৃদুকণ্ঠে প্রশ্ন করিলেন, কি করে আমাদের চিনলে ভাই?

সতীশ ঘাড় হেঁট করিয়াই বলিল, সে কথা গুরুজনের সুমুখে বলবার নয় বৌদি!

বলবার নয়? এ কি কথা! অকস্মাৎ সংশয়ে, ভয়ে কিরণময়ীর মুখ বিবর্ণ হইয়া গেল। ডাকিল, ঠাকুরপো?

কেন, বৌদি!

মুখ তোল দেখি?

সতীশ মুহূর্তকাল স্তব্ধভাবে থাকিয়া মুখ উঁচু করিল।

কিরণময়ী কিছুক্ষণ একদৃষ্টে চাহিয়া থাকিয়া কহিলেন, ঠাকুরপো, তুমি যে একটা বড় ব্যথা নিয়ে এস যাও, সে আমি অনেকদিন টের পেয়েচি। কিন্তু জিজ্ঞাসা করবার অধিকার ছিল না বলেই জানতে চাইনি। কিন্তু আজ তুমি আমার ছোট ভাই—কি হয়েচে বল।

সতীশ মাথা হেঁট করিয়া বলিল, সে লজ্জার কথা বৌঠান।

কিরণময়ী কহিলেন, হোক লজ্জার। তবু তোমার এই বোনটিকে তার ভাগ দিতে হবে। ব্যথা তোমাকে আমি একা বয়ে বেড়াতে দেব না।

তার পরে একটু একটু করিয়া কিরণময়ী গোড়া হইতে এই দুঃখের অনেকখানি ইতিহাস সংগ্রহ করিয়া লইয়া শেষে কহিলেন, কিন্তু, কেন এমন কাজ করলে?

সতীশ নির্বাক হইয়া রহিল।

কিরণময়ী প্রশ্ন করিলেন, কে সে?

সতীশ মুখ নীচু করিয়া অস্ফুটকণ্ঠে বলিল, হতভাগিনী—

কিন্তু কোথায় সে?

জানিনে।

খোঁজ করোনি?

সতীশ মৃদুস্বরে কহিল, না, তার আবশ্যক নেই। শুনেছি সে ভাল আছে।

কিরণময়ী ব্যথিত হইয়া কহিলেন, ভাল আছে। ছি ছি কেন এমন করে নিজেকে ঠকতে দিলে!

এবার সতীশ আর একবার মুখ উঁচু করিল। সুস্পষ্ট-কণ্ঠে জবাব দিল, আমি ঠকিনি বৌদি, কারণ আমি ভালবাসতে পেরেছিলাম। কিন্তু ঠকেছে সে,—সে ভালবাসতে পারেনি।

তার পরে?

সতীশ কহিল, প্রথমে সে নিজের মন বুঝতে পারেনি। কিন্তু যখন পারলে, তখনই সে চলে গেল।

না বলে লুকিয়ে গেল?

সতীশ মাথা নাড়িয়া কহিল, না, তাও নয়। যাবার আগে সাবধান করে গেল, একটা অস্পৃশ্য কুলটাকে ভালবেসে ভগবানের দেওয়া এই মনটার গায়ে যেন কালি না মাখাই।

কিরণময়ী গভীর বিস্ময়ে সোজা হইয়া বসিয়া কহিলেন, কি বলে গেল?

সতীশ পুনরায় তাহা কহিলে, কিরণময়ী কিছুক্ষণ ধরিয়া সেই কথাগুলো অস্ফুটে বারংবার আবৃত্তি করিয়া হঠাৎ বলিয়া উঠিলেন, কিন্তু আবার যখন দেখা হবে ঠাকুরপো, তাকে একবার আমাকে দেখাবে?

সতীশ বিপিনের কথা স্মরণ করিয়া কহিল, কিন্তু আর ত দেখা হবে না বৌদি।

কিরণময়ীর ওষ্ঠাধরে ম্লান হাসি দেখা দিল। কহিলেন, আবার দেখা হবে।

কবে হবে? না হওয়াই ত মঙ্গল।

কিরণময়ী ঘাড় নাড়িয়া কহিলেন, কবে যে হবে তা জানিনে। কিন্তু যদি কখন দুঃখে পড়, বিপদে পড়, তখনই দেখা হবে—সে দেখায় মঙ্গল ছাড়া অমঙ্গল হবে না। ঠাকুরপো সে যেখানেই থাক, তোমার নিজের চেয়েও সে তোমার অধিক মঙ্গলাকাঙ্ক্ষিণী, এ কথা যেন কোনদিন ভুলো না।

সেইদিন সন্ধ্যার প্রাক্কালে কিরণময়ী মুমূর্ষু স্বামীর উত্তপ্ত শয্যাপ্রান্ত হইতে উঠিয়া আসিয়া কয়েক মুহূর্তের জন্য বাহিরে দাঁড়াইলেন। দরজার পাশে দেওয়ালে ঠেস দিয়া সতীশ চুপ করিয়া বসিয়া ছিল, ক্লান্তিবশতঃ বোধ করি একটু ঘুমাইয়া পড়িয়াছিল, কিরণময়ী বিস্মিত হইয়া কহিলেন, কেন ঠাকুরপো এমন করে বসে? বাসায় যাওনি কেন?

সতীশ তন্দ্রা ভাঙ্গিয়া ধড়মড় করিয়া উঠিয়া দাঁড়াইয়া কহিল, না বৌঠান।

কোথায় ছিলে এতক্ষণ?

পথে পথে ঘুরে বেড়াচ্ছিলুম—আজ আর বাসায় যাব না।

কিরণময়ী আপত্তি প্রকাশ করিয়া বলিলেন, ছি ছি, সে কি কথা? খাওয়া হবে না, শোয়া হবে না—না না, লক্ষ্মী ভাইটি আমার, বাসায় যাও—আজ তোমার কোন ভয় নেই।

সতীশ ঘাড় নাড়িয়া বলিল, ভয় থাক আর না থাক, আজ আমি তোমাকে একলা ফেলে যেতে পারব না। তা ছাড়া আমি দোকান থেকে খেয়ে এসেচি।

কিরণময়ী কহিলেন, সে হতে পারবে না। আমি জানি, তোমার দোকানের জলখাবারে পেট ভরে না। আমাকে তা হলে আবার রাঁধতে হয়, সে না হয় রাঁধলুম, কিন্তু এই ক'দিন ধরে তোমার সময়ে নাওয়া-খাওয়া হয়নি, কাল পরশু ভাল করে ঘুমোতে পাওনি, দেহের ওপর যথেষ্ট অত্যাচার হয়ে গেছে ঠাকুরপো, আর না। আজ রাত্রে এখানে থাকলে অসুখ হয়ে পড়বে, সে আমি কিছুতেই হতে দেব না।

সতীশ রাগ করিয়া বলিল, আমার দিন-দুই আহার নিদ্রা একটু কম হলেই অসুখ হবে, আর তুমি যে এই একমাস শোওনি? যা খেয়ে দিন-রাত কাটাচ্চ, তা মানুষকে দেখতে দিচ্চ না বটে, কিন্তু ভগবান ত দেখছেন। তারপর অবিশ্রান্ত এই খাটুনি,—এতেও তুমি দাঁড়িয়ে রয়েচ, আর এইটুকুতে আমি মরে যাব?

কিরণময়ী কহিলেন, তার মানে তুমিও কি একমাস না খেয়ে, না শুয়ে দাঁড়াতে পার?

সতীশ কহিল, সে কথা বলচি নে, কিন্তু —

কিরণময়ী হাসিয়া কহিলেন, এতে আবার কিন্তু আছে কোনখানটায়? ঠাকুরপো, আমি যে মেয়েমানুষ! মেয়েমানুষের কি কখনো অসুখ হয়, না মেয়েমানুষ মরে? কোথায় শুনেচ, অযত্নে অত্যাচারে মেয়েমানুষ মরে গেছে?

সতীশ কহিল, না শুনিনি। বরঞ্চ শুনেচি, মেয়েমানুষ অমর।

কিরণময়ী হাসিয়া কহিলেন, সত্যিই তাই। প্রাণ থাকলে তবে যায়, না থাকলে যায় না। ভগবান মেয়েমানুষের দেহে তা কি দিয়েছেন, যে যাবে? আমার ত মনে হয়, এ জাতকে গলায় দড়ি বেঁধে দশ-বিশ বছর টাঙ্গিয়ে রেখে দিলেও মরে না।

সতীশ ক্রুদ্ধ হইয়া কহিল, তোমার এ-সব তামাশা আমি শুনতে চাইনে বৌঠান, শুনলেও পাপ হয়।

কিরণময়ী এবার গম্ভীর হইয়া বলিলেন, আচ্ছা ঠাকুরপো হঠাৎ মেয়েমানুষের এতবড় পক্ষপাতী হয়ে উঠেচ কেন বল ত?

সতীশ বলিল, বৌঠান, আমি বেশ বুঝতে পারি, যখন-তখন তুমি স্ত্রীলোকের নাম করে শুধু নিজের উপরেই কঠোর বিদ্রূপ কর। কেন কর জানিনে, কিন্তু তোমার সম্বন্ধে ব্যঙ্গ -বিদ্রূপ তোমার নিজের মুখ থেকেও আমি যেন সইতে পারি না। ওতে আমাকে ভারী আঘাত করে। আচ্ছা চললুম।

শোন ঠাকুরপো!

সতীশ ফিরিয়া দাঁড়াইল। কহিল, কি?

সত্যি রাগ করলে নাকি?

রাগ হয় বৌঠান। সংসারে দু'টি লোককে আমি দেবতার মত ভক্তি করি—উপীনদাকে আর তোমাকে, একজনকে মনে করলেই আমি তোমাদের দুজনকে একসঙ্গে দেখি। এখানে নীচ ধরনের ঠাট্টা-তামাশা আমার সহ্য হয় না। চললুম, হয়ত খেয়ে আবার আসব,—বলিয়া সতীশ দুপদুপ করিয়া নীচে নামিয়া গেল।

কিরণময়ী চোখ বুজিয়া চৌকাঠে মাথা রাখিয়া নিস্পন্দের মত দাঁড়াইয়া রহিলেন। তাঁহার দুই কানের মধ্যে কেবলি প্রতিধ্বনি ঘুরিতে লাগিল—আমি একজনকে ভাবলেই দুজনকে দেখি।

কুড়ি

ভাষায় হউক, ইঙ্গিতে হউক, কখন কাহারও কাছে সতীশ সাবিত্রীর উল্লেখ করে নাই। তাই যখন হইতে এ কথা কিরণময়ীর কাছে প্রকাশ পাইয়াছে, তখন হইতেই তাহার দেহ ভরিয়া অমৃত-স্রোত বহিয়াছে। কিরণময়ীকে সতীশ দেবী মনে করিত, তাঁহার সমস্ত কথাই একান্ত শ্রদ্ধায় বিশ্বাস করিত। তিনি বলিয়াছিলেন, দুঃখের দিনে আবার দেখা হইবে। সেই অবধি তাহার নিভৃত অন্তরবাসী শোকার্ত বিচ্ছেদ সেই পরম ঈপ্সিত দুঃখের দিনের আশায় উন্মুখ হইয়া উঠিয়াছিল। কোন দুঃখ কিভাবে কতদিনে যে তাহাকে দেখা দিয়া দয়া করিবে, এই চিন্তা লইয়া সে ধীরে ধীরে পথ চলিতে চলিতে রাত্রি আটটার সময় বাসায় আসিয়া উপস্থিত হইল। ঘরে ঢুকিয়া যেদিকে যে বস্তুটির দিকে চাহিল, তাহাই আজ একটু বিশেষভাবে তাহার দৃষ্টি আকর্ষণ করিল। জামাটা খুলিয়া আলনায় রাখিতে গিয়া দেখিল, কাপড়গুলি গোছানো—থাক-করা। হরিণের শিঙে টাঙানো আহ্নিক করিবার কাচা কাপড়খানি কোঁচানো। বসিতে গিয়া দেখিল, চেয়ারের উপরে রাখা ময়লা কাপড়ের রাশ আজ নাই। দু হপ্তা ধরিয়া রজক আসে না, সুতরাং ময়লা বস্ত্রের রাশি প্রত্যহ বসিবার চৌকিটার উপরেই ধীরে ধীরে উঁচু হইয়া উঠিতেছিল। বসিবার সময় সতীশ সেগুলি মাটিতে ফেলিয়া দিয়া বসিত, উঠিয়া গেলে বেহারী আবার যথাস্থানে তুলিয়া দিত। সাতদিন ধরিয়া প্রভু ও ভৃত্য এই কার্যই করিতেছিল, হঠাৎ আজ সেগুলি পুঁটুলি-বাঁধা হইয়া আলনার অন্তরালে সরিয়া গিয়াছে। বিছানার চাদর, বালিশের অড় অতিশয় মলিন ছিল, আজ সাদা ধপধপ করিতেছে। মশারিটা চিরদিন অভদ্রের মত উটমুখো হইয়াই টাঙ্গানো থাকিত, সেটাও আজ চারিকোণ সোজা করিয়া ভদ্র হইয়া দাঁড়াইয়াছে। আলোটার এক কোণে বরাবর কালি উঠিত, আজ সেটার কোন বালাই নাই—চমৎকার জ্বলিতেছে। সবদিকেই একটা শ্রীর লক্ষণ দেখিয়া সতীশ অত্যন্ত তৃপ্তি বোধ করিল ; কিন্তু বৃদ্ধ বেহারীর এই আকস্মিক রুচি-পরিবর্তনের কোন হেতু খুঁজিয়া পাইল না। ডাকিল, বেহারী?

বেহারী অন্তরালে দাঁড়াইয়া ছিল, সুমুখে আসিয়া কহিল, আজ্ঞে?

সতীশ বলিল, বেশ বেশ! যদি পারিস এ-সব, তবে কেন ঘরদোর এত নোংরা করে রাখিস? ভারী খুশী হলুম।

বেহারী সবিনয়ে মুখখানা ঈষৎ অবনত করিয়া বলিল, আজ্ঞে আপনার একখানা তারের চিঠি এসেছে।

কৈ রে? বলিয়া ইতস্ততঃ দৃষ্টি-নিক্ষেপ করিতেই টেবিলের উপর রক্ষিত হলদে খামখানা চোখে পড়িল। খুলিয়া দেখিল উপীনদার সংবাদ! তিনি সাড়ে-নয়টার ট্রেনে হাওড়া স্টেশনে পৌঁছিবেন। ঘড়িতে প্রায় সাড়ে-আটটা বাজিয়াছিল, ব্যস্ত হইয়া কহিল, শিগগির একখানা গাড়ি নিয়ে আয় বেহারী, উপীনদা আসচেন।

পাঁচ মিনিটের মধ্যে বেহারী গাড়ি ডাকিয়া আনিয়া সংবাদ দিল এবং কবাটের আড়ালে দাঁড়াইয়া জিজ্ঞাসা করিল, বাবুকে নিয়ে বাসায় ফিরবেন ত?

সতীশ চিন্তা করিয়া কহিল, না, আজ রাতে আর ফিরব না।

উপীনদা যে সোজা হারানবাবুর ওখানেই উপস্থিত হইবেন, সতীশের তাহাতে সংশয়মাত্র ছিল না। কারণ, তাঁহার সস্ত্রীক আসিবার খবর টেলিগ্রামে ছিল না।

সতীশ ইত্যবসরে খান-দুই লুচি গিলিয়া লইতেছিল, বেহারী আড়াল হইতে কহিল, বাবু একটা নিবেদন আছে।

প্রার্থনা জানাইতে হইলে বেহারী পণ্ডিতী ভাষা প্রয়োগ করিত।

সতীশ মুখ তুলিয়া জিজ্ঞাসা করিল, কি নিবেদন?

'আজ্ঞে', বলিয়া বেহারী চুপ করিল।

সতীশ প্রশ্ন করিল, কি আজ্ঞে শুনি?

বেহারী ইতস্ততঃ করিয়া বলিল, আজ্ঞে গোটা-তিরিশ টাকা হলে—

সতীশ বিস্মিত হইয়া কহিল, পরশুও ত তিরিশ টাকা নিলি ; বাড়ি পাঠিয়েছিলি?

বেহারী মৃদুস্বরে কহিল, আজ্ঞে, অভিপ্রায়টা তাই ছিল বটে, কিন্তু চক্রবর্তীঠাকুরের বাড়িতে—

চক্রবর্তীর নামে সতীশ জ্বলিয়া উঠিয়া কহিল, সে টাকা চক্রবর্তীকে দেওয়া হয়েচে—এ টাকাটা কাকে দান করা হবে শুনি?

আজ্ঞে, দান নয়, একজন বড় দুঃখে পড়ে—

কর্জ চাইচে?

আজ্ঞে, কর্জ আর তাকে কি দেব—

সতীশ অধীরভাবে দাঁড়াইয়া উঠিয়া কহিল, তোমার থাকে, তুমি দাও গে বেহারী, আমি এত বড়লোক নই যে, রোজ টাকা নষ্ট করতে পারি। আমি দিতে পারব না।

এবার বেহারী জিদ করিয়া বলিল, না দিলেই নয় বাবু। না হয় আমার মাইনে থেকে দিন।

মাহিনার নামে সতীশ চমকাইয়া উঠিল, মাইনের টাকা? এ পর্যন্ত কত টাকা নিয়েছিস বল ত বেহারী।

বেহারী বলিল, যেমন নিয়েচি, তেমনি ছেলেদের দেশে তিন বিঘে জমি, একজোড়া হেলে খরিদ করে দিয়েছি। তা ছাড়া একখানা নতুন ঘর তুলেও দিয়েছি—এ কি আমার মাইনের টাকা থেকে? আমার টাকা আপনার কাছেই জমা আছে—আজ তাই থেকে দিন।

সতীশ হাসিয়া ফেলিল, কহিল, ছেলেদের জন্যে কিনে দিয়ে আমার ভারী উপকার করেচ। যা, আমার টাকা নেই, বলিয়া উড়ুনিটা কাঁধে ফেলিয়া স্টেশনের উদ্দেশে বাহির হইয়া গেল।

বেহারী নিজের ঘরে আসিয়া কহিল, মা, আহ্নিক-টাহ্নিক করে এখন একটু জল খাও, কাল সকালে আমি যেমন করে পারি দেব।

সাবিত্রী ঘরের মেঝেতে আঁচল পাতিয়া শুইয়া ছিল, উঠিয়া বসিয়া জিজ্ঞাসা করিল, বাবু দিলেন না?

বেহারী বলিল, জানো ত মা, পরের দুঃখের নাম করে যখন চেয়েচি তখন পাবই। আমার দাতাকর্ণ মনিব। এখন না দিয়ে ইস্টিশানে চলে গেলেন, কিন্তু কাল সকালে যখন ফিরে আসবেন, তখন, ডেকে দেবেন। তোমার কোন চিন্তা নেই মা, এখন উঠে একটু জলটল খাও, সারাদিন শুকিয়ে আছো।

সাবিত্রীর কৃশ পাণ্ডুর মুখে একটুখানি হাসি ফুটিল। কহিল, ভালই হয়েচে, আজ রাত্রে আর ফিরবেন না। তা হলে কাল দুপুরবেলার গাড়িতেই কাশী চলে যেতে পারব, কি বল

বেহারী?

বেহারী বলিল, নিশ্চয় মা! একটা নিশ্বাস ফেলিয়া কহিল, আমার মনিবও মনিব, তোমার মনিবও মনিব। দেশে থেকে বুড়ী একখানা দুঃখ জানিয়ে পত্তর দিয়েছিল—বাবুকে পড়াতে গেলুম, পড়ে বললেন, বেহারী তোর কি কিছু নেই নাকি রে? বললুম, গরীব-দুঃখীর আর কি থাকে বাবু? আর কথা কইলেন না। চারদিন পরে ছ'শ টাকা হাতে দিয়ে দেশে পাঠিয়ে দিলেন—জমি-জায়গা কিনলুম,—গরু-বাছুর করলুম,—ঘর-দুয়ার তুললুম—ছেলেদের হাতে দিয়ে একমাসের মধ্যে মনিবের পায়ের তলায় ফিরে এলুম। বুড়ী কেঁদে বললে, আমাকে সঙ্গে নিয়ে চল, একবার দর্শন করে আসি। বললুম, না রে, আর ঋণ বাড়াস নে। তুই গেলেই দু-এক শ' তোর হাতে দিয়ে দেবেন। আর এই তোমার মনিব! অসুখে পড়ে পাঁচ-সাত টাকার ওষুধ খরচ হয়েছে বলে তোমাকে স্বচ্ছন্দে বললে, ধার শোধ করে তবে যাও! চাকরি করতে গিয়ে কত দুঃখ পেয়েছিলে মা, আর আমরা কিছুই না জেনে বিপিনবাবুর নাম করে তোমার কত নিন্দেই না করেচি! মার্জনা কর মা, নইলে আমার জিভ খসে যাবে।

বিপিনের ইঙ্গিতে সাবিত্রী ঘৃণায় কণ্টকিত হইয়া অস্ফুটে ছি ছি করিয়া উঠিল। কিন্তু তৎক্ষণাৎ চাপিয়া গিয়া হাসিয়া কহিল, স্নান করব বেহারী, একখানা কাপড় দিতে পারবে?

কাপড়? বেহারী মলিন হইয়া কহিল, তোমার আশীর্বাদে একখানা কেন, পাঁচখানা দিতে পারি। কোন দুঃখই নেই মা, কিন্তু শুদ্দুরের পরা-কাপড় কেমন করে তোমাকে পরতে দেব মা? বরং চল, বাবুর একখানা ধোয়া কাপড় বার করে দিই গে।

বেহারী দেব-দ্বিজে অত্যন্ত ভক্তিমান। অতএব প্রতিবাদ নিষ্ফল বুঝিয়া সাবিত্রী সম্মত হইয়া তাহার অনুসরণ করিয়া ঘর হইতে বাহির হইয়া গেল।

স্নান করিয়া সাবিত্রী সতীশের ধোয়া দেশী বস্ত্র পরিয়া মনে মনে একটু হাসিল। তাহার ঘরে তাহারই কোশাকুশিতে আহ্নিক করিল এবং বেহারীর সযত্ন আহরিত বিলাতী চিনিতে প্রস্তুত পরম পবিত্র কাঁচাগোল্লা সন্দেশ সমস্ত দিনের অনাহারের পর আহার করিয়া সুস্থ বোধ করিল।

তাহার পান ও দোক্তা খাওয়ার কু-অভ্যাস ছিল। অথচ দোকানের তৈরী পান খাইত না জানিয়া বেহারী ইতিমধ্যে কিছু পান সুপারি প্রভৃতি সংগ্রহ করিয়া আনিয়াছিল। সেইগুলি একটা থালায় করিয়া হাজির করিতেই সাবিত্রী হাসিয়া কহিল, বেহারী, আমাকে একটুও ভোলনি দেখচি।

বেহারী জবাব দিল, তবু ত আমি মানুষ। তোমাকে একবার দেখলে পশুপক্ষীতেও ভুলতে পারে না যে মা! বলিয়া টেবিলের উপর হইতে আলো আনিয়া দোরগোড়ায় রাখিল, এবং থালাটা কাছে দিয়া পান সাজিতে বলিয়া দোক্তা-তামাকের সন্ধানে রান্নাঘরে হিন্দুস্থানী পাচকের উদ্দেশে প্রস্থান করিল।

কেরোসিনের উজ্জ্বল আলোক পুরোভাগে লইয়া মেঝের উপর সাবিত্রী পান সাজিতে বসিয়াছিল। মাথায় কাপড় নাই, আর্দ্র কেশভার সমস্ত পিঠ ব্যাপিয়া মেঝের উপর ছড়াইয়া পড়িয়াছে। দু-একটা চূর্ণ-কুন্তল আঁচলের কালো পাড়ের সহিত মিশিয়া কাঁধ হইতে কোলের উপর ঝুলিয়া রহিয়াছে। নারীর রোগ-ক্লিষ্ট শীর্ণ পাণ্ডুর মুখের যে নিজস্ব গোপন মাধুর্য আছে, তাহাই এই কৃশাঙ্গীর সদ্যস্নাত মুখের উপর বিরাজ করিতেছিল। সে কিছু অন্যমনস্ক,

চিন্তামগ্ন। সহসা দূরবর্তী জুতার পদশব্দ সন্নিকটবর্তী হইয়া আসিল, তথাপি তাহার কানে গেল না। যখন গেল, তখন উপেন্দ্র সতীশ একেবারে দরজার উপরে আসিয়া দাঁড়াইয়াছে। ধ্যান ভাঙ্গিয়া মুখ তুলিয়া সাবিত্রী বিবর্ণ আত্মহারা হইয়া গেল, এবং সেই মুহূর্তের অসতর্ক অবসরে বঙ্গরমণীর জন্ম-জন্মার্জিত অন্ধ-সংস্কার তাহাকে অপরিসীম লজ্জায় একেবারে অভিভূত করিয়া ফেলিল, এবং পরমুহূর্তেই সে দুই হাত বাড়াইয়া তাহার আরক্ত মুখের উপরে আবক্ষ দীর্ঘ ঘোমটা টানিয়া দিল।

সতীশ হতবুদ্ধির মত বলিয়া উঠিল, সাবিত্রী! তুমি!

সুরবালা এতক্ষণে আলোকের সাহায্যে বেহারী ও দিবাকরের সঙ্গে উপরে উঠিয়াছিল। উপেন্দ্র ফিরিয়া দাঁড়াইয়া বলিলেন, বাস, আর এস না সুরবালা, ঐখানে দাঁড়াও।

সুরবালা আশ্চর্য হইয়া বলিল, কেন?

উপেন্দ্র সে প্রশ্নের জবাব না দিয়া বলিলেন, দিবাকর, তোর বৌদিকে গাড়িতে ফিরিয়ে নিয়ে যা। সতীশ, আমিও চললুম—বলিয়া ধীর পদে চলিয়া গেলেন।

একুশ

উপেন্দ্রর পদশব্দ ক্ষীণ হইতে ক্ষীণতর হইয়া সিঁড়িতে মিলাইয়া গেল। অবসন্ন, অভুক্ত, সস্ত্রীক—এই অন্ধকার রাত্রি—তত্রাচ, এতটুকু সংশয়, বিন্দুপ্রমাণ দ্বিধা তাঁহার মনে জাগিল না। সতীশের ঘরের মধ্যে বসিয়া যে তরুণী নিদারুণ লজ্জায়, ভয়ে অমন করিয়া মুখ ঢাকিয়া ফেলিল, তাহার সম্বন্ধে একটা প্রশ্ন পর্যন্ত তিনি জিজ্ঞাসা করার প্রয়োজন অনুভব করিলেন না। ঘৃণায় সেই যে বিমুখ হইলেন, আর মুখ ফিরাইয়া চাহিলেন না।

কিন্তু, এ কি ঘটিয়া গেল! মুহূর্ত পরেই অবস্থাটা সম্যক উপলব্ধি করিয়া সাবিত্রী শিহরিয়া উঠিল। সহস্র পুরুষের দৃষ্টির সম্মুখেও আর যে তাহার লজ্জা করিবার অধিকার ছিল না, মুহূর্তের ভুলে এ কথা ভুলিয়া আজ সে এ কি বিষম ভুল করিয়া বসিল! তাহার মনে হইতে লাগিল, এই তাহার শরমের ক্ষুদ্র মুখাবরণটুকু যেন নিমিষে দিগন্ত-বিস্তৃত হইয়া কুৎসিত লজ্জায় তাহার পদনখ হইতে মাথার চুল পর্যন্ত আঁটিয়া বন্ধ করিয়া দিয়া গেল। এতটুকু লজ্জা বাঁচাইতে গিয়া যে লজ্জার পাহাড় তাহার মাথায় ভাঙ্গিয়া পড়িবে, মুহূর্ত পূর্বে এ কথা কে ভাবিয়াছিল!

শ্বাসরোধের উপক্রমে মানুষ প্রাণপণে যেমন করিয়া মুখখানা বাহির করিবার চেষ্টা করে, সাবিত্রী ঠিক তেমনি করিয়া তাহার মুখের ঘোমটাটা মাথার উপরে সজোরে ঠেলিয়া দিয়া ঋজু হইয়া বসিল ; প্রশ্ন করিল, উনি কে?

সতীশ আচ্ছন্নের মত দ্বারের কাছে দাঁড়াইয়া ছিল, আচ্ছন্নের মতই উত্তর দিল—উপীনদা আর বৌঠান।

অ্যাঁ, ঐ উপীনদা? ঐ বৌঠাকরুন? ওঁরা! সাবিত্রী তীরের মত উঠিয়া দাঁড়াইয়া চেঁচাইয়া কহিল, তবে সর সর, ফিরিয়ে আনি। ছি ছি, আমি যে কেউ নই—বাসার সামান্য একটা দাসী মাত্র! সর—সর—

উপীন যে কে, সাবিত্রী তাহা বিলক্ষণ জানিত। সতীশের কথায়বার্তায় অনেকবার

অনেক পরিচয় তাঁর পাইয়াছিল।

এতক্ষণে সতীশের যেন ঘুম ভাঙ্গিয়া গেল। এই চেঁচামেচি, এই মহা ত্রস্তব্যস্ত ভাব তাহার সমস্ত বিহ্বলতা মুহূর্তে ঘুচাইয়া দিয়া একেবারে সজাগ করিয়া দিল। এইবার সে সোজা হইয়া দাঁড়াইয়া দুই হাত প্রসারিত করিয়া দ্বার রোধ করিয়া কহিল, না।

সাবিত্রী ব্যাকুল হইয়া হাতজোড় করিয়া বলিল, না কি গো? সর্বনাশ কোরো না সতীশবাবু, পথ ছাড়ো। আমার সত্য পরিচয় তাঁদের জানতে দাও।

সতীশ পথ ছাড়িল না। পরন্তু, তাহার দৃঢ়নিবদ্ধ ওষ্ঠাধরে সর্প-জিহ্বার মত দ্বিধাভিন্ন বিষাক্ত হাসির অতিসূক্ষ্ম আভাস দেখা দিল কি? বোধ করি দেখা দিল। কহিল, ওঃ— তোমার সর্বনাশ! না, সে বিষয়ে নিশ্চিন্ত থাকো। কিন্তু কি তোমার সত্য পরিচয় নিজে আগে শুনি?

সাবিত্রী সহসা জবাব দিতে পারিল না, শুধু চাহিয়া রহিল। এমনি নিরুত্তর চাহনি সতীশ পূর্বেও দেখিয়াছে। কিন্তু এ ত সে নয়! এ চাহনিতে এতবড় আঘাতেও আজ আগুন জ্বলিল কৈ? এ কি আশ্চর্য স্নিগ্ধ-করুণ চোখ দুটি! এ কি সেই সাবিত্রী?

ক্ষণেক পরে সে ধীরে ধীরে বলিল, আমার পরিচয়? ঐ ত বললুম—বাসার দাসী। সতীশবাবু দয়া করুন—আমি তাঁদের ফিরিয়ে নিয়ে আসি। এই অন্ধকার অজানা শহরে তাঁরা কি পথে পথে বেড়াবেন? সেই কি ভাল হবে?

সতীশ তিলার্ধ বিচলিত না হইয়া জবাব দিল—তাঁদের ভাল-মন্দ বোঝবার ভার তাঁদের ওপরেই থাক। কিন্তু পথে পথে বেড়ানোও ঢের ভাল—তবুও আমি কিছুতেই বৌঠানকে আর এ বাড়ি মাড়াতে দিতে পারব না।

কেন পারবে না? আমি এ-বাড়ি মাড়িয়েচি বলে? সতীশবাবু, মা বসুমতীও কি আমার স্পর্শে অশুচি হয়ে যান?

সতীশ মুহূর্ত কাল মৌন থাকিয়া প্রশ্ন করিল, তুমি এ বাড়িতে ঢুকলে কেন?

সাবিত্রী মুখ তুলিয়া চাহিতে পারিল না। মাটির দিকে চাহিয়া অশ্রুজড়িত-স্বরে বলিল, আপনি আমার পুরোনো মনিব। তাই, অসময়ে কিছু ভিক্ষে চাইতে এসেছিলুম।

সতীশ বিদ্রূপ করিয়া হাসিল, কহিল, অসময়ে ভিক্ষা চাইতে? কিন্তু মনিব তোমার ত একটি নয় সাবিত্রী। এতদিন একে একে সব মনিবের বাড়িগুলোই ঘুরে এলে বোধ করি?

সতীশের নিষ্ঠুরতম আঘাত তাহার বুকের ভিতরটা কুচি কুচি করিয়া কাটিয়া দিতে লাগিল, কিন্তু আর সে মুখ তুলিল না—কথাটি কহিল না।

সতীশ পুনরায় কহিল, বিপিনবাবু তোমাকে তাড়ালেন কেন? তাঁর শখ মিটে গেল বোধ করি?

সাবিত্রী তেমনি নিরুত্তর।

হঠাৎ সতীশের বেহারীর প্রার্থনা মনে পড়িয়া গেল। জিজ্ঞাসা করিল, কি ভিক্ষা চাও? ত্রিশটা টাকা, না?

সাবিত্রী হেঁট-মাথা নাড়িয়া সায় দিল, কথা কহিল না।

আচ্ছা—বলিয়া সতীশ দেরাজের কাছে গিয়া দাঁড়াইল, এবং চক্ষের পলকে ঘরের চতুর্দিকে দৃষ্টি নিক্ষেপ করিয়া একবার থামিল।

এই গৃহের যে নূতন পারিপাট্য কিছুক্ষণ পূর্বে তাহাকে এত আনন্দ দিয়াছিল, এখন তাহাই তাহাকে যেন মারিতে লাগিল। অদূরে ঐ যে শয্যা, ইহাও ঐ স্ত্রীলোকটার হস্ত রচিত।

স্টেশনে যাইবার পূর্বে শুইয়া ক্ষণকালের জন্য বিশ্রাম করিয়া গিয়াছিল স্মরণ করিয়া তাহার সর্বাঙ্গ সঙ্কুচিত হইল। চোখ ফিরাইয়া লইয়া তাড়াতাড়ি দেরাজ খুলিয়া কয়েকখানা নোট টানিয়া বাহির করিয়া সাবিত্রীর পায়ের কাছে ছুঁড়িয়া ফেলিয়া দিয়া বলিল, যাও যাও, নিয়ে বিদেয় হও—আর কখনো এসো না।

সাবিত্রী তিনখানি মাত্র নোট গণিয়া লইয়া উঠিয়া দাঁড়াইল। এই সময়টুকু সতীশ নীরবে চাহিয়াছিল। সাবিত্রী দাঁড়াইবামাত্র তাহাকে কি একটা বলিতে গিয়া অকস্মাৎ তাহার কণ্ঠরোধ হইয়া গেল।

হায় রে! এ সংবাদ সে ত রাখে নাই। শেষ-জ্যৈষ্ঠের খর-রৌদ্রের মত তাহার তপ্ত ক্রোধ যখন এই হতভাগিনীকে নিরুপায় নির্বাক ধরাতলের মত দগ্ধ করিতেছিল, তখনই অলক্ষ্য আকাশে তাহার বিন্দু বিন্দু বারি-সঞ্চয়ে গুরু মেঘ ঘনাইয়া উঠিতেছিল। সে যে এমন অজ্ঞাতসারে এত শীঘ্র, এত নিঃশব্দ সঞ্চরণে তাহাকে ঘিরিয়া ধরিতে পারে এ কথা ত সতীশ জানিত না। তাহার কণ্ঠ, তাহার মুখ তাহার চক্ষু যেন কিসের অদৃশ্য আক্রমণে চাপিয়া আসিতে লাগিল,—সহসা সে প্রবল চেষ্টায় নিজেকে মুক্ত করিয়া ডাকিল, সাবিত্রী!

আজ্ঞে।

গল্পে শুনতুম, অমুক অমুককে ঘৃণা করে। আমার বিশ্বাস হতো না। ভাবতুম, ওটা শুধু রাগের কথা। কখনও ভেবে পাইনি, মানুষ কি করে মানুষকে ঘৃণা করতে পারে। আজ দেখছি পারে—লোক লোককে ঘৃণা করতে পারে। সাবিত্রী, শপথ করে বলচি, আমি মরণ এড়াতেও আর তোমাকে স্পর্শ করতে পারিনে।

সাবিত্রী নির্বাক।

আচ্ছা সাবিত্রী, সংসারে টাকার বড় তোমাদের ত আর কিছু নেই,—নইলে ঐ তিনখানা নোট কিছুতেই হাত দিয়ে তুলতে পারতে না—আজ আমার কাছে যা আছে, তোমাকে সমস্ত দেব, একটা কথা আমাকে সত্যি বলে যাও।

জিজ্ঞাসা করুন।

করচি, বলিয়া সতীশ ক্ষণকাল নীরব থাকিয়া কহিল, প্রশ্ন করতেও লজ্জা করে, তবু জানতে সাধ হয় সাবিত্রী, কখন কোনদিন কি কাউকে ভালবাস নি?

সাবিত্রী পলকমাত্র মৌন থাকিয়া মৃদু অথচ সুস্পষ্ট-কণ্ঠে কহিল, কি হবে আপনার আমার কথা জেনে?

সতীশ এ কথার জবাব খুঁজিয়া পাইল না।

সাবিত্রী দ্বারের দিকে অগ্রসর হইয়া বলিল, সংসারে অনেক কথাই ত আপনি জানেন না; তবু ত দিন কেটে যায়,—এ কথাটা না জানলেও আপনার ক্ষতি হবে না।

হয়ত হবে না, বলিয়া সতীশ দীর্ঘশ্বাস চাপিবার চেষ্টা করিল, কিন্তু সাবিত্রীর কানে গেল। সে মুখ ফিরাইয়া দাঁড়াইতেই তাহার রোগপাণ্ডুর কৃশ মুখখানির উপর সতীশের চোখ পড়িল। চমকিয়া জিজ্ঞাসা করিল,—তোমার অসুখ নাকি সাবিত্রী?

সাবিত্রী চোখের পলকে মুখ নামাইয়া বলিল, না।

বড় রোগা দেখলুম যেন।

ও কিছু না, বলিয়া সাবিত্রী যাইবার জন্য পা বাড়াইল।

চললে?

সাবিত্রী নিরুত্তরে দ্বারের বাহিরে আসিয়া পড়িল। ঘরের ভিতর হইতে একটা রুদ্ধকণ্ঠের ডাক আসিল, সাবিত্রী সত্যিই কি একটা দিনের জন্যেও আমাকে ভালবাস নি?

সাবিত্রী চৌকাঠে ভর দিয়া দাঁড়াইল, আর মুখ ফিরাইল না।

ভিতরের সজলকণ্ঠ এবার কান্নায় ভাঙ্গিয়া পড়িল,—সাবিত্রী, একটিবার বলে যাও, আমি এতদিন কি শুধু ঘুমের ঘোরেই এই দুঃখের বোঝা বয়ে বেড়িয়েচি? আমার ভাগ্যে কি সবই ভুল, সবই মিথ্যে? এই অপরিসীম দুঃখটাও কি আমার অদৃষ্টে আগাগোড়া ফাঁকি?—

সাবিত্রী ক্ষণকাল চিন্তা করিয়া ফিরিয়া দাঁড়াইয়া বলিল, বাবু, আমি নিতান্ত দায়ে ঠেকেই বেহারীর কাছে টাকা ধার করতে এসেছিলুম, কিন্তু সত্যি বলচি আপনাকে, এমন হাঙ্গামায় পড়ব জানলে আসতুম না।

সতীশ অবাক হইয়া রহিল! এ কণ্ঠস্বর শান্ত এবং মৃদু, কিন্তু কোমলতার লেশমাত্র নাই। ক্ষণকাল পূর্বে সে ত এ গলায় তাহার কাছে ভিক্ষা চাহে নাই।

সে পুনরায় কহিল, আপনি শপথ করে বললেন, আমাকে ঘৃণা করেন, আপনার খুশী হলে ভালবাসতেও পারেন, রাগ হলে ঘৃণা করতেও পারেন—আপনারা করেও থাকেন তাই, কিন্তু আমাদের হাত-পা বাঁধা। এ-পথে যখন পা দিয়েছি, তখন সুপথ-কুপথ যাই হোক, এই ধরে না চললে ত উপায় নেই।

সতীশ নির্বাক স্তব্ধ। শুধু বিহ্বল-বিস্ফারিত চক্ষে তাহার দিকে অনিমিষে চাহিয়া রহিল।

সাবিত্রী এ দৃশ্য সহ্য করিতে পারিল না। অন্যদিকে মুখ ফিরাইয়া একবার থামিল। তাহার নিজের কথা নিজের বুকেই মৃত্যুশেল হানিতেছে, তথাপি, মরণাহত সৈনিকের মত শেষবারের মত সতীশের লজ্জাকর প্রণয়ের উপরে খড়্গাঘাত করিল। কহিল, আপনি জিজ্ঞাসা করছিলেন, কোনদিন আপনাকে ভালবেসেছিলুম কিনা? না, বাসিনি। সে সমস্তই ছিল আমার ছলনা। কাকে ভালবাসি সে খবর ত পেয়েছেন!

শুনিয়া সতীশের হঠাৎ মনে হইল, তাহার গৃহ-প্রতিমাটিকে নদীর জলে বিসর্জন দিয়া দলিয়া পিষিয়া খড়ের পিণ্ড করিয়া কে যেন তাহারই চোখের উপরে ফেলিয়া দিয়া গিয়াছে। সে চোখ ফিরাইয়া লইয়া বলিল, যাও—যাও তুমি আমার সুমুখ থেকে।

সাবিত্রী চৌকাঠের উপর মাথা ঠেকাইয়া প্রণাম করিয়া নিঃশব্দে চলিয়া গেল। সতীশ চাহিয়া দেখিল না, শুধু অতি মৃদু একটুখানি শেষ পদশব্দ শুনিতে পাইল।

নীচে বেহারীর ঘরে নিব-নিব হইয়া একটা আলো জ্বলিতেছিল, সেই ঘরে সাবিত্রী অর্ধ-মুদ্রিত চক্ষে টলিতে টলিতে প্রবেশ করিয়া দুই হাত বাড়াইয়া কিছু একটা যেন ধরিতে চাহিল, এবং পরক্ষণেই ভূমিতলে মুখ গুঁজিয়া মূর্ছিত হইয়া পড়িয়া গেল।

বেহারী উপেন্দ্র প্রভৃতিকে জ্যোতিষ সাহেবের বাড়ির দিকে খানিকটা পথ আগাইয়া দিয়া মিনিট-পাঁচেক পূর্বে ফিরিয়া আসিয়াছিল এবং অন্ধকারে লুকাইয়া সাবিত্রীর শেষ কথাগুলো শুনিতেছিল। আজ সারাদিন ধরিয়া সে তাহার সহিত গল্পই করিয়াছিল ; নিষ্ঠুর গৃহস্থের ঘরে কাজ করিতে গিয়া যে দুঃখ-কষ্ট পাইয়াছিল, রোগে পড়িয়া যত যন্ত্রণা সহিয়াছিল, শুনিতে শুনিতে বেহারী কাঁদিয়া অস্থির হইয়া পড়িয়াছিল। অথচ এইমাত্র বাবুর সাক্ষাতে কেন যে সাবিত্রী আগাগোড়া মিথ্যা বলিয়া গেল, তাহার কোন তত্ত্বই বুড়া খুঁজিয়া

পাইল না। সাবিত্রী নামিয়া গেলে সে-ও আঁধারের আশ্রয়ে বাবুর দৃষ্টি এড়াইয়া নীচে আসিয়া তাহাকে দেখিতে না পাইয়া রাস্তায় ছুটিয়া গেল। এদিকে ওদিকে কোথাও না পাইয়া আবার বাড়ি ঢুকিয়া তাড়াতাড়ি সে নিজের ঘরটা খুঁজিতে আসিয়া একবার স্থির হইয়া দাঁড়াইল। তার পর সাবধানে সরিয়া আসিয়া প্রদীপ উজ্জ্বল করিয়া দিয়া মুখের কাছে আসিয়া ডাকিল, এমন করে মাটিতে পড়ে কেন মা?

সাড়া না পাইয়া সস্নেহ-কণ্ঠে বলিল, রোগা দেহ, ঠাণ্ডায় অসুখ করবে যে মা! উঠে বোস, আমি একটা মাদুর পেতে দিই।

সাবিত্রী নির্বাক, স্থির।

বেহারী বিস্মিত হইল। ভাল দেখা যাইতেছিল না, প্রদীপটা মুখের কাছে আনিয়া একটু ঝুঁকিয়া ঠাহর করিয়া দেখিয়াই বুড়া চীৎকার করিয়া উঠিল, মা গো, এ কি করলি মা!

সাবিত্রীর নয়ন মুদ্রিত, সমস্ত মুখ নীলবর্ণ। এতবড় চীৎকারেও সে সাড়া দিল না—তেমনি মৃতবৎ পড়িয়া রহিল।

উপরের ঘরে সতীশ তখনও একই ভাবে মূর্তির মত বসিয়া ছিল, বেহারীর কান্নার শব্দে চমকিয়া উঠিল। রান্না ফেলিয়া বামুনঠাকুর ছুটিয়া আসিয়া খবর দিল।

সতীশ বেহারীর ঘরে ঢুকিয়া সাবিত্রীর মাথার কাছে হাঁটু গাড়িয়া বসিল, এবং আলো লইয়া মুখপানে চাহিয়াই বুঝিল সে মূর্ছিত হইয়াছে। কহিল চেঁচাস নে বেহারী, ওর মুখেচোখে জল দে—বামুনকে বল্, একটা পাখা নিয়ে বাতাস করুক।

সাহস পাইয়া বেহারী সজোরে জলের ছিটা দিতে লাগিল এবং হিন্দুস্থানী পাচক প্রাণপণে পাঙ্খা হাঁকিতে লাগিল।

খানিক পরে সাবিত্রী নিশ্বাস ফেলিল এবং পরক্ষণেই চোখ মেলিয়া মাথায় কাপড় টানিয়া দিয়া উঠিয়া বসিল।

সতীশ কহিল, ঠাকুর বেশী করে খানিকটা গরম দুধ নিয়ে আসুক ; আর ভিজে কাপড়টা শিগগির ছেড়ে ফেলতে বল বেহারী।

ঠাকুর দুধ আনিতে গেল, বেহারী মৃদুস্বরে বোধ করি তাহাই কহিল।

মিনিট-খানেক চুপ করিয়া থাকিয়া সতীশ পুনরায় কহিল, সুস্থ বোধ করলে কোথায় ও যাবে, জিজ্ঞেসা করে একটা গাড়ী ডেকে দিস বেহারী—এর ওপর যেন হেঁটে না যায়।

সাবিত্রীর সর্বাঙ্গ কাঁপিয়া উঠিল, কিন্তু ক্ষীণ আলোকে কেহ তাহা লক্ষ্য করিল না। সে প্রাণপণে আত্মসংবরণ করিয়া নিশ্চল হইয়া রহিল।

সতীশ আরও মিনিট-খানেক স্থির থাকিয়া বলিল, আর যদি সুস্থ বোধ না করে, না হয়, আমার ঘরেই শুতে বলিস, আমি আর কোথাও যাচ্চি।

সাবিত্রী শিহরিয়া অনুভব করিল, বুঝি-বা সে কোনমতেই আর আপনাকে ধরিয়া রাখিতে পারে না।

সতীশ একটা ক্ষুদ্র চাবি বেহারীর কাছে ফেলিয়া দিয়া বলিল, আর দ্যাখ, দেরাজের চাবিটা তোর কাছেই রইল, যা টাকার দরকার হয়, যাবার সময় যেন নিয়ে যায়, রুগ্ন শরীরে যেন—

সতীশের কথাগুলো বিষ এবং অমৃতে মিশিয়া সাবিত্রীর কণ্ঠ পর্যন্ত ফেনাইয়া উঠিল। সতীশ কহিল, আমি পাথুরেঘাটায় যাচ্চি বেহারী—কাল ফিরতে বোধ করি একটু বেলা

হবে। এক-পা পিছাইয়া গিয়া কহিল, সাবিত্রী, কোন সঙ্কোচ কোরো না, যা আবশ্যক হয় নিয়ো—আমি চললুম।

সতীশ চলিয়া গেল।

সাবিত্রী আর একবার ভূমিতলে লুটাইয়া পড়িল। বুকফাটা-কণ্ঠে কাঁদিয়া বলিল ওগো, কেন তুমি এই পাপিষ্ঠাকে এত ভালবেসেছিলে? এই যে শপথ করলে আমাকে ঘৃণা কর, এই কি ঘৃণা করা? তোমাকে এই দুঃখ দেওয়া, এত মিথ্যা বলা, সবই তোমার স্নেহের আগুনে পুড়ে কি ছাই হয়ে গেল? কে আমাকে বলে দেবে কি করলে আমি তোমার ঘৃণা পাব?

বেহারী এই কান্নার বিন্দুমাত্র অর্থও বুঝিতে পারিল না, একটুখানি কাছে সরিয়া সান্ত্বনার স্বরে বলিল, আচ্ছা, কেন মা, বাবুর কাছে এত মিথ্যে কথা বললে? যেখানে যাওনি, যে দোষ করনি, কি জন্যে সেই-সব নিজের ঘাড়ে নিয়ে এত অপরাধী হয়ে রইলে?

সাবিত্রী কাঁদিতে কাঁদিতে কহিল, ধর্ম জানেন বেহারী, আমার সমস্ত কথাই মিথ্যে। বলতে বুক ফেটে গেছে, তবুও বলতে হয়েছে। কিন্তু, কোন কাজেই ত এলো না বেহারী, কোন কাজেই যে এলো না।

বেহারী মূঢ়ের মত মুখপানে চাহিয়া বলিল, মিথ্যে আবার কি কাজে আসে মা?

সাবিত্রী উঠিয়া বসিয়া চোখ মুছিল। তাহার মুখের পানে চাহিয়া বলিল, ঠিক জানো বেহারী, কোন কাজেই কি আসে না?

বেহারী ক্ষণকাল চিন্তা করিয়া বলিল, তা আসে বৈ কি। আদালতে মিথ্যাতেই ত কাজ হয়—সেখানে মিথ্যা কথারই ত জয়-জয়কার।

সাবিত্রী জবাব দিল না। বহুক্ষণ স্থিরভাবে বসিয়া থাকিয়া বলিল, কেন এত মিথ্যা বলে গেলুম, হয়ত একদিন বুঝতে পারবে। কিন্তু সে কথা যাক, বেহারী আমার দুটি কথা রাখবে?

রাখব বৈ কি মা। কি কথা?

একটা কথা এই যে, আমি চলে গেলেও কোনদিন বাবুকে জানিয়ো না, আমি তাঁকে আগাগোড়া মিথ্যে বলে গিয়েছিলুম।

বেহারী মৌন হইয়া রহিল। সাবিত্রী কহিল, আর একটা কথা—আমার ঠিকানা তোমাকে লিখে জানাব। যদি কখনো বোঝো, আমার আসা দরকার, আমাকে জানিয়ো। তোমাকে বলতে লজ্জা নেই বেহারী, আমি ছাড়া ওঁকে কেউ শাসন করতে পারবে না, আমার চেয়ে বিপদের দিনে কেউ সেবা করতেও পারবে না।

বেহারী কাঁদিয়া ফেলিল। চোখ মুছিয়া রুদ্ধস্বরে বলিল, সব জানি মা।

সাবিত্রী উঠিয়া দাঁড়াইয়া বলিল, তবে চললুম, ওঁকে তোমার হাতেই দিয়ে গেলুম—দেখো বেহারী, আমার দুটি কথা রেখো। ভগবান করুন, তোমরা সুখে থাকো—আমার এই পোড়ামুখ নিয়ে যেন আর তোমাদের সামনে আমাকে আসতে না হয়। বলিয়া সাবিত্রী চোখ মুছিয়া অগ্রসর হইল।

রাস্তায় আসিয়া গাড়ি ভাড়া করিয়া সাবিত্রীকে তুলিয়া দিয়া বেহারী গড় হইয়া প্রণাম করিল। চোখ মুছিয়া গলা পরিষ্কার করিয়া বলিল, মা, আমারও একটি নিবেদন আছে। আজ যেমন ছেলে বলে মনে করেছিলে, দরকার হলে আবার স্মরণ করবে?

করব বৈ কি।

গাড়ি ছাড়িয়া দিল। বেহারী আর একবার পথের উপর মাথা ঠেকাইয়া প্রণাম করিয়া কোঁচার খুঁটে চোখ মুছিয়া বাসায় ফিরিয়া গেল।

বাইশ

পাথুরেঘাটায় চললুম,—বলিয়া সতীশ রাত্রি এগারোটার সময় বাসার বাহিরে আসিয়া খানিকটা পথ চলিয়াই বুঝিল ক্লান্তির সীমা নেই। পা অচল, সর্বাঙ্গ পাথরের মত ভারী। কত বড় গভীর অবসাদ তাহার দেহ-মনে আজ পরিব্যাপ্ত হইয়াছে।

কিছুদিন পূর্বের এমনই আর একটা রাত্রির কথা স্মরণ হইল—যেদিন বেহারী সাবিত্রীদের বাড়ি হইতে ফিরিয়া আসিয়া বলিয়াছিল, সে নাই, বিপিনবাবুর কাছে চলিয়া গিয়াছে। সেদিন সংবাদটা শুধু কয়েক মুহূর্তের জন্য তাহাকে অবশ করিয়া ফেলিয়াছিল। পরক্ষণেই অভিমান ও অপমানের যে ভীষণ অগ্নি প্রজ্বলিত হইয়া উঠিয়াছিল, তাহা কেল্লার নির্জন প্রান্তরে, স্তব্ধ আকাশের তলে চোখের জলে নিবিয়া না গেলে, যেখানে যতদিনে হউক, সাবিত্রীকে দগ্ধ না করিয়া শান্ত হইত না, তেমনি রাত্রি ত আজিও আসিয়াছিল, তবে তেমনি করিয়া আগুন জ্বলিল না কেন?

একখানা খালি গাড়ি যাইতেছিল, ডাকিয়া কহিল, পাথুরেঘাটায় যাবি রে?

গাড়োয়ান গাড়ি থামাইয়া রাস্তার আলোকে সতীশের প্রতি চাহিয়াই ভাবিল—মাতাল। বলিল, সে যে অনেকদূর! তিন টাকা কেরায়া লাগবে বাবু—টাকা আছে ত?

'আছে', বলিয়াই সতীশ চড়িয়া বসিল এবং গাড়ির একটা কোণে মাথা রাখিয়া চোখ বুজিল। ক্লান্তি তাহাকে এমন করিয়াই ছাইয়া ফেলিয়াছিল যে, ইহার অধিক কথা কহিবার তাহার শক্তি ছিল না।

অনেক পরে অনেক পথ ঘুরিয়া গাড়োয়ান বিরক্ত হইয়া জিজ্ঞাসা করিল, কোন ঠিকানায় যাবেন বাবু, ঠিক করে বলে দিন। মিছিমিছি ঘুরতে পারিনে। সতীশ নিজের বাসার ঠিকানা দিল। কিছু পরে গাড়ি আসিয়া তাহার দ্বারে পৌঁছিল। বহু ডাকাডাকির পরে, বেহারী আসিয়া কবাট খুলিয়া দিলে সতীশ চুপি চুপি জিজ্ঞাসা করিল, বেহারী, সাবিত্রী কি আমার ঘরে?

বেহারী বিহ্বলের মত চাহিয়া থাকিয়া বলিল, না বাবু, সে ত নেই। তখুনি চলে গেছে।

গেছে?

হাঁ বাবু, সে নেই।

সতীশ নিশ্বাস ফেলিয়া বেহারীর শয্যার একাংশে বসিয়া পড়িল। এই না থাকাটা সুখের কিংবা দুঃখের, সতীশ ঠিক যেন উপলব্ধি করিতে পারিল না।

বেহারী খানিক পরে মৃদুস্বরে কহিল, আমি গাড়ি ঠিক করে দিয়েছিলুম। চলুন আপনার ঘরে আলো জ্বেলে দিয়ে আসি।

না থাক, আমিই জ্বেলে নিতে পারব, বলিয়া সতীশ উঠিয়া গেল।

পরদিন সকালে যখন তাহার অতৃপ্ত নিদ্রা ভাঙ্গিল, তখন বেলা হইয়াছিল।

অকস্মাৎ প্রচণ্ড ঝটিকার মত সমস্ত ওলট-পালট করিয়া দিয়া কত কাণ্ডই না এই একটা

রাত্রির মধ্যে ঘটিয়া গিয়াছে। সেই ইতস্ততঃ বিক্ষিপ্ত বিপর্যস্ত চিহ্নগুলার মাঝখানে বহুক্ষণ পর্যন্ত তাহার মন অসাড় হইয়া রহিল। বেহারী আসিয়া তামাক দিয়া বাহির হইয়া যাইতেছিল, সতীশ ডাকিয়া কহিল, শোন বেহারী, কাল কখন সে এখানে এসেছিল রে?

সাবিত্রী চলিয়া যাওয়া অবধি তাহার সকল প্রকার দুর্ভাগ্য স্মরণ করিয়া বেহারীর ব্যথিত মনটা ভিতরে ভিতরে ভারী কাঁদিতেছিল। সে অবনতমুখে মৃদুকণ্ঠে বলিল, দুপুরবেলা।

কেমন ক'রে সে এ-বাড়ির সন্ধান পেলে?

সে ত জানিনে বাবু।

সতীশ তাহার মুখপানে কঠোর দৃষ্টিপাত করিয়া কহিল, হাঁ রে বেহারী, তুই কি সত্যিই আমাকে এতবড় গরু পেয়েচিস যে, এটাও বুঝতে পারিনে? সত্যি কথা বল।

বেহারী আশ্চর্য হইয়া দুই চক্ষু বিস্ফারিত করিয়া প্রভুর মুখপানে চাহিয়া রহিল।

সতীশ কহিল, চেয়ে রইলি যে! তুই বিপিনের ওখানে যাসনে? সাবিত্রীর সঙ্গে তোর দেখাশুনা কথাবার্তা হয় না?

না বাবু, বলিয়া বেহারী বাহির হইবার উপক্রম করিতেই সতীশ অধিকতর ক্রুদ্ধকণ্ঠে বলিল, দাঁড়া, যাসনে। তুই তাকে এখানে আসতে শিখিয়ে দিসনি?

বেহারী নিঃশব্দে মাথা নাড়িয়া জানাইল, না।

সতীশ ধমক দিয়া উঠিল—ফের না!

বেহারী অবনত-মস্তকে ছিল, চমকাইয়া মুখ তুলিয়া চাহিল। সতীশ বলিতে লাগিল, ফের না? তবে কেমন করে সেই শয়তানটা এ বাসার সন্ধান পেলে? যাও তুমি, তার কাছে গিয়েই থাক গে, আমার দরকার নেই। আমি ঘরের মধ্যে শত্রু পুষতে পারব না। আজই তুমি যাও—তোমাকে জবাব দিলুম।

বেহারী একটি কথাও কহিল না। শুধু তাহার বিস্ময়-প্রসারিত দুই চক্ষের প্রান্ত বাহিয়া অশ্রুধারা গড়াইয়া পড়িল।

এই অশ্রু সতীশ দেখিল। ক্ষণকাল মৌন থাকিয়া প্রশ্ন করিল, রাত্রে কোথায় গেল সে?

বেহারী চোখ মুছিয়া বলিল, জানিনে। চিঠি লিখে তার ঠিকানা জানাবে বলে গেছে।

সতীশ আবার ক্ষণকাল স্থির থাকিয়া নরম হইয়া কহিল, ভারী রোগা দেখলুম, খুব ব্যারাম হয়েছিল বুঝি?

বেহারী মাথা নাড়িয়া বলিল, হাঁ।

তাই বুঝি সেখানে আর জায়গা হল না।

বেহারী তেমনি মাথা নাড়িয়া সায় দিল।

সতীশ আবার কিছুক্ষণ চুপ করিয়া থাকিয়া বলিল, কিন্তু এবার তোমাকে সাবধান করে দিচ্চি বেহারী, আমার বাসায় আর যেন সে না ঢোকে। কিংবা কোন রকম ছুতো করেও আমার সঙ্গে দেখা করবার চেষ্টা না করে। আমার চাবি কৈ? যাবার সময় কত টাকা তাকে দিলি?

বেহারী চাবি বাহির করিয়া দিয়া বলিল, টাকা দিইনি।

দিসনি? কেন দিলি নে? তোকে ত দিতে বলে গিয়েছিলুম।

সে নিতে চায়নি, বলিয়া বেহারী বাহির হইয়া গেল। সতীশ তাহাকে পুনরায় ডকিয়া ফিরাইল। সাবিত্রী উপস্থিত নাই, বেহারী তাহাকে ভালবাসে—সুতরাং, এই বেহারীকে আঘাত করিতে পারিলেও যেন কতকটা ক্ষোভ মিটে। সে সুমুখে আসিতেই সতীশ জিজ্ঞাসা

করিল,—তার পরে তোমাদের কি কি পরামর্শ হলো?

বেহারী আর নিজেকে চাপিয়া রাখিতে পারিল না। অশ্রুরুদ্ধ-কণ্ঠে বলিয়া উঠিল, বাবু, সাবিত্রী কি পরামর্শ করবে আমার মত লোকের সঙ্গে? আপনার চরণে দোষ-ঘাট করে থাকি, মাথা পেতে দিচ্চি, যা ইচ্ছে হয় শাস্তি দিন, কিন্তু বুড়ো মানুষকে এমন করে পোড়াবেন না। বলিয়া ঝরঝর করিয়া কাঁদিয়া ফেলিল।

সতীশের নিজের চোখের কোণও সহসা যেন আর্দ্র হইয়া উঠিল ; আচ্ছা তুই যা,—বলিয়া তাহাকে বিদায় করিয়া দিয়া আর একবার শুইয়া পড়িল এবং চোখ বুজিয়া তামাক টানিতে লাগিল। বড় জ্বালায় জ্বলিয়া তাহার মুখ দিয়া যে ভাষাই সাবিত্রীর উদ্দেশে বাহির হউক না কেন, তাহার সেই রোগতপ্ত শীর্ণ মুখের স্মৃতি ভিতরে ভিতরে তাহাকে বড় কাঁদাইতেছিল। এখন বেহারীর কথায় পরিষ্কার যদিও কিছুই হইল না, কিন্তু ভাবে বোধ হইল সাবিত্রী যেন সত্যই আর কোথায় চলিয়া গেল। কোথায় গেল? বছর-দুই পূর্বে সতীশদের নবনাট্য-সমাজে বিল্বমঙ্গল প্লে হইয়া গিয়াছিল। হঠাৎ তাহার সেই কথাটা মনে পড়িল—'তবু কেন ভুলিতে না পারি তারে?' এ কি আশ্চর্য! যে সাবিত্রী দুষ্টগ্রহের মত তাহাকে শুধু অবিশ্রাম দুঃখ দিতেছে, যে মাত্র কয়েক ঘণ্টা পূর্বেও নিজের মুখে স্বীকার করিয়া গিয়াছে, সে তাহার কেহ নয়—উভয়ের কোন বন্ধনই নাই—যাহার বিরুদ্ধে আজ তাহার ঘৃণার অন্ত নাই, তবুও তাহারই জন্য কেন সমস্ত মন জুড়িয়া হাহাকার উঠিতেছে! এ কি বিচিত্র ব্যাপার! এমন ভীষণ বিদ্বেষ এবং এতবড় আকর্ষণ একই সঙ্গে কি করিয়া তাহার বুকের ভিতরে স্থান পাইতেছে! হায় রে! এ যদি সে একটিবার দেখিতে পাইত, তাহার নিভৃত অন্তরবাসী তাহার সমস্ত চক্ষু-কর্ণ দৃঢ়রুদ্ধ করিয়া এখনও এক বিশ্বাসে অটল হইয়া আছে—সে শুধু আমারই—আমার বড় আর তাহার কিছুই নাই—যাহাকে কোন প্রতিকূল সাক্ষ্য, এমন কি, সাবিত্রীর বিরুদ্ধে তাহার নিজের মুখের কথাও তিলার্ধ বিচলিত করিতে সমর্থ হয় নাই—তাহা হইলে হয়ত সতীশ এই পরমাশ্চর্যের অর্থ বুঝিতে পারিত।

তেইশ

ঘণ্টা-দুই পরে সতীশ পাথুরিয়াঘাটার উদ্দেশে নিষ্ক্রান্ত হইয়া মনে মনে কহিল, উঃ কি শয়তান! যাক, আমিও বাঁচিয়া গেলাম। আমার কাঁধের উপর হইতে ভূত নামিয়া গেল। পথে চলিতে চলিতে ভাবিতে লাগিল, কিন্তু উপীনদাকে আজ মুখ দেখাইব কেমন করিয়া? কারণ, আগুনে হাত দিলে কি হয়, ইহা যেমন সে নিশ্চিত জানিত, তাহার আবাল্য-সুহৃৎ উপীনদাকে সে ঠিক তেমনি চিনিত। তাঁহার কাছে এ-সকল অপরাধের ক্ষমা নাই, আজন্ম স্নেহের মূল্যেও বিন্দুপরিমাণ প্রশ্রয় কিনিবার ভরসা নাই, এ কথা তাহার চেয়ে বেশী আর কে বিদিত ছিল?

কিরণময়ীদের বাটীর সদর দরজা খোলা ছিল। সেইখানে আসিয়া সতীশ চুপ করিয়া দাঁড়াইল, এবং ভিতরে প্রবেশ করিবার পূর্বে সমস্ত কথা আর একবার ভাল করিয়া ভাবিয়া দেখিতে লাগিল।

মনে হইল, শুধু কি উপীনদা তাহার পরম মিত্র, গুরু এবং আদর্শ? তাঁর চেয়ে যথার্থ আপনার কে আছে? সেই উপীনদার পাশে গিয়া মাথা তুলিয়া দাঁড়াইবার তাহার আর এতটুকু পথ নাই। সে কল্পনায় স্পষ্ট দেখিতে লাগিল, আজ দেখা হইবামাত্রই তাঁহার সেই অত্যন্ত কঠোর শুদ্ধ-চক্ষের জ্বলন্ত চাহনি তাহাদের আজন্ম বন্ধুত্ব, স্নেহ, প্রেম সমস্তই নিঃশেষে দগ্ধ করিয়া দিবে—কিছুই ক্ষমা করিবে না।

আবার ইহাই কি সব? এ বাটীর কবাটও নিশ্চয়ই তাহার মুখের উপর আজ হইতে চিরদিনের মত রুদ্ধ হইয়া যাইবে। আর এখানে প্রবেশ করিবে সে কোন মুখ লইয়া?

কিন্তু, এত ক্ষতি, এত লাঞ্ছনা যাহার জন্য, এতবড় সর্বনাশ যে সাধিয়া গেল, সে তাহার কে ছিল? যে নিজে ধরা দেয় নাই, অথচ বাঁধিয়া গেল ; দুঃখ ভোগ করে নাই, অথচ দুঃখের সাগরে ডুবাইয়া গেল। যাহাকে সত্য বলিয়া স্বীকার করা যায় না, অথচ মিথ্যা বলিয়া উড়াইয়া দেওয়া অসাধ্য! নিশ্বাস ফেলিয়া সতীশ মনে মনে কহিল, সাবিত্রী, দুঃখ দিয়াছ, সেজন্য আর দুঃখ নাই—কিন্তু সত্য-মিথ্যায় জড়াইয়া এ কি বিষম বিড়ম্বনায় আমাকে বাঁধিয়া রাখিয়া গেলে!

দাসী হঠাৎ মুখ বাড়াইয়া কহিল, বৌমা ডাকচেন আপনাকে।

সতীশ চমকিয়া চাহিল। প্রশ্ন করিল, উপেন্দ্রবাবু এসেছেন?

হাঁ, কাল অনেক রাত্তিরে।

তাঁর ছোটভাই? বৌঠাকরুন?

দাসী ঘাড় নাড়িয়া কহিল, কৈ না। তিনি একলা এসেছেন। এসে পর্যন্ত আমাদের বাবুর কাছে বসে আছেন।

বাবু কেমন আছেন?

দাসী নিশ্বাস ফেলিয়া বলিল, আর বাবু! শেষ হলেই হয়।

সতীশ মুহূর্তকাল মৌন থাকিয়া প্রশ্ন করিল, বৌঠান কোথায়?

তিনি এইমাত্র স্নান করে রান্নাঘরে গেলেন।

সতীশ আর কোন প্রশ্ন না করিয়া পা টিপিয়া যথাসাধ্য পদশব্দ বাঁচাইয়া সোজা রান্নাঘরে চলিয়া গেল। কিরণময়ী বোধ করি অপেক্ষা করিয়াই ছিল, সতীশ দ্বারের কাছে আসিতেই উৎসুকভাবে জিজ্ঞাসা করিল, বাড়িতে না ঢুকে বাইরে দাঁড়িয়ে—ও কি ঠাকুরপো, চোখ-মুখ যে ভয়ানক বসে গেছে—রাত্রে ঘুমোও নি নাকি?

প্রশ্নটা সতীশের কানে প্রবেশ করিবামাত্রই তাহার মুখখানা ক্রোধে অগ্নিবর্ণ হইয়াই তৎক্ষণাৎ নিবিয়া ছাই হইয়া গেল। কহিল, হাঁ, সারারাত্রি জেগে তাকে নিয়ে আমোদ-আহ্লাদ করেচি। শুনে সন্তুষ্ট হলে ত? আর এখানে যেন না ঢুকি, এই ত? কিন্তু সেই ছোটলোক উপীনবাবুকে বোলো, আমাকে জিজ্ঞাসা করলে আমি সত্য কথাই বলতাম। সংসারে সে ছাড়া সত্যি কথা বলতে পারে, এমন লোক আরও আছে। তা ছাড়া সে আমার এমন কেউ নয় যে, ভয়ে মিথ্যে বলতে হতো। বোলো তাকে—বুঝলে বৌঠান! বলিয়াই সতীশ ফিরিয়া চলিল।

অকস্মাৎ সতীশের এই ভাব, এই অত্যুগ্র কণ্ঠস্বর—কিরণময়ী যেন দিশাহারা হইয়া গেল। সতীশ বড় ঘরের দরজা পার হইয়া যায় দেখিয়া কিরণময়ী ব্যস্ত হইয়া বাহিরে আসিয়া ডাকিল, যেয়ো না ঠাকুরপো, শোনো—

সতীশ ফিরিয়া দাঁড়াইয়া চেঁচাইয়া কহিল, কি হবে শুনে? সত্যি বলচি বৌঠান, সে যে এতবড় ছোটলোক, তা স্বপ্নেও ভাবিনি। যেখানে সে থাকে, সেখানে আমি থাকিনে। আজ বুঝতে পারচি, হঠাৎ কেন সেদিন বাবা ও-রকম চিঠি লিখেছিলেন। কিন্তু বোলো সেই ইতরটাকে, আমি তাকে গ্রাহ্যও করিনে।

কিরণময়ী ব্যাকুল হইয়া কহিল, কাকে? কি বলচ ঠাকুরপো?

ঠিক বলচি বৌঠান, ঠিক বলচি। তাকে বললেই সে বুঝবে। কিন্তু তোমাকেও বলে যাই আজ—বিনা দোষে তোমার বাড়ির দরজা আমার মুখের ওপর বন্ধ করে দিলে বটে,—কিন্তু একদিন বুঝবে—সতীশ যত মন্দই হোক, তাকে বিশ্বাস করে কেউ কোনদিন ঠকেনি। আর একটা কথা তাকে বোলো, সে যত ইচ্ছে—প্রাণভরে আমার সর্বনাশের চেষ্টা করে যেন, কিন্তু আমিও তাকে আর মুখ দেখাব না, সেও যেন আমাকে—হঠাৎ সতীশ দরজার দিকে চাহিয়া থামিয়া গেল, এবং পরক্ষণেই মুখ ফিরাইয়া ঝড়ের বেগে প্রস্থান করিল। তাহারই দৃষ্টি অনুসরণ করিয়া কিরণময়ীরও দুই চক্ষু পাথরের মূর্তির মত স্তব্ধ উপেন্দ্রর মুখের উপর গিয়া পড়িল। তিনি চেঁচামেচি শুনিয়া রোগীর শয্যাপার্শ্ব হইতে উঠিয়া আসিয়া ঘরের কবাট ঈষন্মুক্ত করিয়া দাঁড়াইয়া শুনিতেছিলেন।

কিরণময়ীর একবার মনে হইল, ব্যাপারটা কি, উপেন্দ্র তাহা জানিতে চাহিবেন। কিন্তু তিনি কোন কথাই বলিলেন না, নিঃশব্দে কবাট বন্ধ করিয়া দিয়া ভিতরে সরিয়া গেলেন।

কিরণময়ীর বিস্ময়ের অবধি নাই। এ কি কাণ্ড! সতীশ তাহার উপীনদাকে এমন করিয়া তাহারি মুখের উপর অপমান করিয়া গেল কেমন করিয়া? কিসের জন্য? সে রান্নাঘরে ফিরিয়া গিয়া হাতের কাজগুলো যেন স্বপ্নাবিষ্টের মত করিয়া যাইতে লাগিল, কিন্তু মনের মধ্যে একটা গভীর ক্ষুব্ধ বিস্ময় সহস্র রূপ ধরিয়া নিরন্তর চক্রাকারে পরিভ্রমণ করিয়া ফিরিতে লাগিল। তাহার ঘরের মধ্যে যে এতবড় একটা বিপদ আসন্ন হইয়া রহিয়াছে, ক্ষণকালের জন্য সে তাহাও ভুলিল, শুধু ভাবিতে লাগিল, কাল সন্ধ্যার পর সতীশ বাসায় ফিরিয়া গেছে, তার পরে এই একটা রাত্রির মধ্যে এমন কি ঘটনা ঘটিতে পারে যাহাতে সে এমন উন্মত্ত আচরণ করিয়া চলিয়া গেল।

অথচ উপেন্দ্র একটা কথাও জানিতে চাহিলেন না। তাহার মনে হইল, ক্ষণকালের জন্য উপেন্দ্রর শুষ্ক কঠিন মুখের উপর যেন দুঃসহ বিস্ময় ফুটিয়া উঠিয়াছিল, কিন্তু ইহা সত্য কিংবা শুধু তাহারই মনের কল্পনা, তাই বা কে জানে!

উপেন্দ্র ফিরিয়া গিয়া মুমূর্ষুর শয্যাপ্রান্তে তাঁহার পূর্ব স্থানটিতে বসিয়া রহিলেন। তিনি স্বভাবতঃই শান্ত-প্রকৃতির । সহসা কাহারো সপক্ষে বা বিপক্ষে মতামত গ্রহণ করিতেন না। কিন্তু সেই সহজ নির্মল বিচার-ক্ষমতা তাঁহার ছিল না, কাল রাত্রে যখন সুরবালা প্রভৃতিকে জ্যোতিষের বাটীতে পৌঁছাইয়া দিয়া গভীর রাত্রে একাকী হারানের কক্ষে আসিয়া প্রবেশ করিয়াছিলেন, হারানের শ্বাসকষ্ট তখন ভয়ানক বৃদ্ধি পাইয়াছে। ভিতরে সংজ্ঞা আছে কি না, তাহা অনুমান করা কঠিন। চারিদিকে চাহিয়া ব্যাপারটা তাঁহার কি ভীষণ ঠেকিয়াছিল! অথচ, কোথাও যেন এতটুকু ব্যাকুলতা নাই। ইতিপূর্বে তিনি যে দুই-একটা মৃত্যুশয্যা চোখে দেখিয়াছিলেন, ইহার সহিত তাহাদের কতবড় প্রভেদ। রোগীর শিয়রে তেমনি একটা তেলের প্রদীপ অত্যন্ত ম্লান হইয়া জ্বলিতেছে। মা ঘরের একটা কোণে মাদুর পাতিয়া নিদ্রিত—শুধু কিরণময়ী জাগিয়া বসিয়াছিল বটে, কিন্তু তাহারও আচরণে উদ্বেগের কোন

লক্ষণ খুঁজিয়া না পাইয়া তাঁহার নিশ্চয় বোধ হইয়াছিল, সে যেন পরম ঔদাস্যে স্বামীর মৃত্যু প্রতীক্ষা করিয়া বসিয়া আছে। মায়েরও কেমন যেন নির্লিপ্ত ভাব,—নিজের রোগ ও রুগ্নদেহ লইয়াই অস্থির।

কাল রাত্রে উপেন্দ্র যেন অত্যন্ত সুস্পষ্ট দেখিতে পাইয়াছিলেন, শুধু যে মৃত্যুর বিভীষিকাই এই দুটি রমণীর মধ্যে আর ছিল না তাহা নহে, পরন্তু ইহার বাঁচিয়া থাকাটাই যেন একটা বাঁধের মত হইয়া এই ক্ষুদ্র পরিবারটির সুখ-দুঃখের প্রবাহকে বাধাগ্রস্ত করিয়া, আবর্জনায় নিরতিশয় পীড়িত করিয়া তুলিয়াছে। যেমন করিয়াই হউক, এর অবরোধ হইতে মুক্তি পাইলেই ইহারা যেন নিঃশ্বাস ফেলিয়া বাঁচে।

উপেন্দ্র আজিও কিরণময়ীকে চিনিতে পারেন নাই—সে সুযোগই তাঁহার ঘটে নাই। কিন্তু সতীশ চিনিয়াছিল। তাই প্রথম যেদিন ইঁহারা হারানের আহ্বানে এ বাটীতে পদার্পণ করিয়াছিলেন কিরণময়ীর সে রাত্রির আচরণ সতীশ ত ভুলিয়া ছিলই, অধিকন্তু নিজের বূঢ়তার সহস্র অপরাধ স্বীকার করিয়া, তাঁহার ক্ষমা লাভ করিয়া, ভাইয়ের স্থান অধিকার করিয়াছিল। কিন্তু উপেন্দ্রর সে অবকাশ ঘটে নাই। তাই কাল রাত্রে ঘরে ঢুকিয়া এক মুহূর্তেই তাঁহার অপ্রসন্নচিত্ত মায়ের বিরুদ্ধে বিতৃষ্ণা ও স্ত্রীর বিরুদ্ধে নিবিড় ঘৃণায় পরিপূর্ণ হইয়া গিয়াছিল। তাই সকালে কিরণময়ী যখন চা দিয়া গেল তিনি স্পর্শও করিলেন না।

সকালে সতীশের আসা-যাওয়া অঘোরময়ী টের পান নাই। তখন তিনি নীচে নিজের কাজে ব্যাপৃত ছিলেন, এখন পা টিপিয়া ঘরে ঢুকিয়া ছেলের পানে চাহিয়া কাঁদিতে লাগিলেন। কেহ তাঁহাকে সান্ত্বনা দিল না, নিষেধও করিল না। হঠাৎ তাঁহার চায়ের বাটির প্রতি চোখ পড়ায় কান্নার সুরে প্রশ্ন করিলেন, কৈ বাবা, চা খেলে না যে?

উপেন্দ্র সংক্ষেপে কহিলেন, না—

অঘোরময়ী অত্যন্ত ব্যগ্র হইয়া উঠিলেন,—না না, সে হবে না বাবা—সারা রাত্রি জেগে আছ,—এর উপর আবার তোমার অসুখ-বিসুখ হয়ে পড়লে আমি আর বাঁচব না উপীন।

উপেন্দ্র কথা কহিলেন না, শুধু কেবল অঘোরময়ীর মুখের পানে একটা তিক্ত দৃষ্টি নিক্ষেপ করিয়া আর এক দিকে চাহিয়া রহিলেন। ইহার অর্থবোধ করা অঘোরময়ীর সাধ্য ছিল না। তিনি পুনঃ পুনঃ জিদ করিতেই লাগিলেন, কিন্তু সে দৃষ্টির অর্থ বুঝিল কিরণময়ী। এই ঘরে এই মৃতকল্প সন্তানের পার্শ্বে বসিয়া পরের ছেলের জন্য জননীর এই উৎকট ব্যাকুলতা কত যে অসঙ্গত ও অশোভন দেখাইল, তাহা তাহার তীব্র বুদ্ধির অগোচর রহিল না। কিন্তু সে যাই হোক, উপেন্দ্রও কেন যে এই একটা তুচ্ছ অনুরোধের বিরুদ্ধে এইরূপ দৃঢ় পণ করিয়া শক্ত হইয়া বসিয়া রহিলেন, তাহারও কারণ কিরণময়ী অনুমান করিতে পারিল না। ইঁহার আচরণটাও তাহার চোখে কম অরুচিকর ঠেকিল না।

এই জেদাজেদি স্থগিত হইল ডাক্তারের আগমনে। সাহেব ডাক্তার মিনিট দুই-তিন পরীক্ষার পরে তাঁহার শেষ জবাব দিয়া গেলেন, এবং এই সঙ্গে ভরসাও দিয়া গেলেন যে, আগামী শেষ-রাত্রির এদিকে শেষ হইবার সম্ভাবনা নাই।

বেলা তখন দশটা। কিরণময়ী একটুখানি কাছে সরিয়া আসিয়া মৃদুস্বরে কহিল, আপনার একবার সেখানে দেখা দিয়ে আসাও ত দরকার।

উপেন্দ্র কোন দিকে না চাহিয়া কহিল, তেমন দরকার নেই। তাঁরা সমস্ত জানেন।

কিরণময়ী কহিল, তবুও একবার যান। এখন ত কোন ভয় নেই—ততক্ষণ স্নান করে

একটু বিশ্রাম করে ফিরে আসতে পারবেন।

উপেন্দ্র কথা কহিল না। কিরণময়ী মৃদু অথচ দৃঢ়কণ্ঠে কহিল, একটুখানি বুঝে দেখুন, স্নানাহার না করে উপোস করে এখন মুখোমুখি বসে থেকে কোন ফল নেই। গাড়িতে এসেচেন, কাল সমস্ত রাত্রি জেগে বসে আছেন, তার উপর আজ সারা দিনরাত্রি এমন করে বসে থাকলে অসুখ হয়ে পড়তে পারে। সতীশ ঠাকুরপোও নেই—এ সময় আপনি যদি—তা ছাড়া আপনাকে সত্যিই বড় ক্লান্ত দেখাচ্চে। আমি বসে আছি—ততক্ষণ আপনি একটুখানি ঘুরে আসুন। কথা শুনুন—উঠুন।

সহসা উপেন্দ্র মুখ তুলিয়া চাহিয়াই দৃষ্টি অবনত করিয়া ফেলিল। এমন করিয়া এত কথা কিরণময়ী আর কখনো তাঁহার সাক্ষাতে কহে নাই। এ কণ্ঠস্বরে শুভাকাঙ্ক্ষার আতিশয্য নাই, অথচ কি দৃঢ়! কি কোমল! উপেন্দ্রর কানের মধ্যে কিরণময়ীর এই প্রথম সস্নেহ অনুরোধ কি অপরূপ হইয়াই ঠেকিল। বহুদিন পূর্বে একদিন রাত্রে যে তীব্রকণ্ঠ, যে কঠিন ভাষা ইহারই কাছে সে শুনিয়া গিয়াছিল, তাহার সহিত ইহার কি আশ্চর্য প্রভেদ!

উপেন্দ্র কোনদিকে না চাহিয়া প্রশ্ন করিল, আপনাদের আজ কিরকম হবে?

কিরণময়ী কহিল, সে কথা কেন জিজ্ঞাসা করচেন? আমাদের আজ যে দুঃখের দিন, তার ত কেউ ভাগ নিতে পারবে না। আপনি কিন্তু আর দেরি করবেন না, এইবেলা উঠে পড়ুন!

সত্য কথা বলিবার এ কি অদ্ভুত শান্ত-কঠিন ভঙ্গী! মুহূর্তের জন্য উপেন্দ্র সমস্ত ভুলিয়া তাহার বিস্ময়-বিস্ফারিত দুই চক্ষের পরিপূর্ণ দৃষ্টি কিরণময়ীর মুখের উপর নিবদ্ধ করিল। প্রথমেই চোখ পড়িল তাহার সিঁথার পুরোভাগে সিঁদুরের উজ্জ্বল রেখাটা—নারী-সৌভাগ্যের সর্বশ্রেষ্ঠ নিদর্শন—এ জীবনের পরম শ্রেয়ঃ এখনো নিশ্চিহ্ন হয় নাই—আয়তির সমস্ত গৌরব বহন করিয়া এখনও বিদ্যমান আছে। প্রবল বাষ্পোচ্ছ্বাসে উপেন্দ্রর সর্বশরীর একবার কাঁপিয়া নড়িয়া উঠিল।

কিরণময়ী তাহা দেখিতে পাইল, কিন্তু তাহার আভাসমাত্রও তাহার মুখে প্রকাশ পাইল না। কহিল, আপনি উঠুন, আমি একটু দুধ খাইয়ে দিই।

উপেন্দ্র সরিয়া বসিয়া কহিল, ওষুধটা—

কিরণময়ী ব্যথিত স্বরে বাধা দিয়া বলিয়া উঠিল, না না, আর তাতে কাজ নেই। অনেক ওষুধই জোর করে খাইয়েচি, আর খাওয়াতে চাইনে।

উপেন্দ্র প্রতিবাদ করিল না। ঔষধের অনাবশ্যকতা সে নিজেও কম জানিত না। স্বামীকে দুধ পান করাইয়া সে পুনর্বার অনুরোধ করিতেই উপেন্দ্র উঠিয়া দাঁড়াইল এবং অতি শীঘ্র স্নানাহার করিয়া ফিরিয়া আসিবে বলিয়া দ্বার পর্যন্ত অগ্রসর হইতেই কিরণময়ী মৃদুকণ্ঠে প্রশ্ন করিল, আসবার সময় সতীশঠাকুরপোর বাসাটা হয়ে আসবেন কি?

উপেন্দ্র ফিরিয়া দাঁড়াইয়া কহিল, কেন?

কিরণময়ী কহিল, আমার ত লোক নেই যে, তাঁর বাসায় একবার পাঠাব, সেই জন্যে বলছিলুম, আপনি যদি একবার—

উপেন্দ্রর সহসা মনে হইল, এই ডাকিতে পাঠাইবার প্রস্তাবের দ্বারা তাহাকেই যেন বিশেষভাবে একটু খোঁচা দেওয়া হইল। তাই তিক্তকণ্ঠে প্রশ্ন করিল, তাকে কি আপনার বিশেষ কোন প্রয়োজন আছে?

এই কণ্ঠস্বর ও তাহার তাৎপর্য কিরণময়ীর অগোচরে রহিল না। কিন্তু, তাই বলিয়া নিজের কণ্ঠস্বরের দ্বারা আর তাহাকে সে বাড়াইয়া তুলিল না। শুধু বলিল, এ দুঃসময়ে ত আমার সকলকেই প্রয়োজন উপীনবাবু। তা ছাড়া, কেন যে হঠাৎ তিনি আপনার উপর অমন রাগ করে চলে গেলেন, তাও ত জানিনে। তাই ভাবচি, একবার তাঁকে ডেকে আনবার চেষ্টা করা কি ভাল নয়?

উপেন্দ্র মনে মনে বিরক্ত হইয়া কহিল, আপনি সেজন্য উদ্বিগ্ন হবেন না। সে ত আমারই বন্ধু, আমাদের ভাল-মন্দ আমরাই স্থির করে নিতে পারব। তবে, আপনার যদি বিশেষ কাজ থাকে ত—তার কাছে লোক পাঠিয়ে দিতে পারি—আমার নিজের যাবার সময় হবে না।

কিরণময়ী মৃদুস্বরে কহিল, সেই ভাল। লোক পাঠিয়ে দেবেন। তার আসাই চাই। বন্ধুর সঙ্গে বন্ধুর বোঝাপড়া যবে হয় হোক, কিন্তু আমি তার বোন। আমার এতবড় বিপদের দিনে আমাকে শাস্তি দিতে আপনাদের আমি দেব না।

না না, তার আবশ্যক কি, আমি খবর পাঠিয়ে দেব—বলিয়া উপেন্দ্র বাহির হইয়া গেল। অবশ্য, ভাই-বোনের নূতন সম্বন্ধ কোথায় কিভাবে গড়িয়া উঠিবে তাহা স্থির করিয়া দিবার ভার তাহার উপরে নাই, এ কথা সে মনে মনে স্বীকার করিয়া লইল। কিন্তু তথাপি যে আত্মীয়তার ধারা একদিন শুধু তাহার মধ্য দিয়াই পথ পাইয়াছিল, সে যে আজ তাহাকেই অতিক্রম করিয়া প্রবাহিত হইতেছে, এ সংবাদ তাহাকে আঘাত না করিয়া পারিল না। বন্ধুর প্রতি সে যা খুশী করিতে পারে, কিন্তু তাহাদের এই ভাই-বোনের নিকটতম সম্বন্ধের মধ্যে কিরণময়ী কোন বন্ধুকেই যে হস্তক্ষেপ করিতে দিবে না, ইহা বুঝিবার পক্ষে সে অস্পষ্টতার লেশমাত্র স্থান রাখে নাই।

ক্ষুদ্র গলি দ্রুতপদে পার হইয়া আসিয়া উপেন্দ্র বড় রাস্তায় গাড়ি ভাড়া করিল। অন্ধকার-শীতল মৃত্যুপুরীর বাহিরে, শহরের এই প্রখর সূর্যালোকদীপ্ত, জীবন্ত, কর্মচঞ্চল রাজপথের উপরে দাঁড়াইয়াও কিন্তু সে আরাম বোধ করিল না। মনের ভিতরটায় কেমন যেন একরকম জ্বালা করিতেই লাগিল।

আবশ্যক হইলে কিরণময়ী যে কিরূপ উগ্রভাবে কঠিন হইয়া উঠিতে পারে, তাহা সে একদিন দেখিয়াছিল, কিন্তু তাহার শান্ত বিরুদ্ধতাও যে তাহা অপেক্ষা অল্প কঠিন নয়, আজিকার এই গুটি-কয়েক কথাতেই স্পষ্ট অনুভব করিল। সতীশের সহিত তাহার যে একটা বিবাদ ঘটিয়াছে, কিরণময়ী তাহা টের পাইয়াছে বুঝা গেল। কিন্তু, কলহের কারণ যাহাই হোক, দোষ-গুণের বিচার সে নিজেই করিবে, আর কাহাকেও হাত দিতে দিবে না, এই কথাটাই ঘুরিয়া ফিরিয়া তাহার মনের মধ্যে যাতায়াত করিতে লাগিল।

চব্বিশ

নারীর সম্বন্ধে উপেন্দ্রর মত পরিবর্তন করিবার সময় আসিয়া উপস্থিত হইল। আজ তাহাকে মনে মনে স্বীকার করিতে হইল, স্ত্রীলোক সম্বন্ধে তাহার জ্ঞানের মধ্যে মস্ত ভুল ছিল। এমন নারীও আছে, যাহার সম্মুখে পুরুষের অভ্রভেদী শির আপনি ঝুঁকিয়া পড়ে। জোর খাটে না, মাথা অবনত করিতে হয়। এমনি নারী কিরণময়ী। সেই প্রথম পরিচয়ের

রাত্রে ইহারই সম্বন্ধে উপেন্দ্র সতীশের কাছে, মুখে অন্যরূপ কহিলেও অন্তরে সকরুণ অবজ্ঞার সহিত ভাবিয়াছিল, ইহারা সেই-সব উগ্র-স্বভাবা রমণী—যাহারা অতি সামান্য কারণেই জ্ঞান হারাইয়া উন্মাদের মত বিষ খাইয়া, গলায় দড়ি দিয়া ভয়ঙ্কর কাণ্ড করিয়া বসে। আজ দেখিতে পাইল না, তাহা নয়। ইহারা একান্ত সঙ্কটের মধ্যেও মাথা ঠিক রাখিতে জানে, এবং লেশমাত্র উগ্র না হইয়াও অবলীলাক্রমে আপন ইচ্ছা প্রয়োগ করিতে পারে। এ বাটীতে সতীশের আসা-যাওয়া উচিত-অনুচিত যাই হোক, কিরণময়ী ডাকিয়াছে, এ খবরটা সতীশকে দিতেই হইবে।

এই কথাটা পথে যাইতে যাইতে সে যতই আলোচনা করিতে লাগিল, ততই তাহার মন আক্ষেপে ভরিয়া উঠিল। কারণ, সতীশকে অত ভালবাসিত বলিয়াই তাহার উপর আজ উপেন্দ্রর বিতৃষ্ণার যেন অন্ত ছিল না। সে যে অপরাধ করিয়াছে, তাহার বিচার আর একদিন হইবে, কিন্তু, আজ যে সতীশ প্রকাশ্যে, তাহারি মুখের উপর তাহার চিরদিনের অধিকৃত অগ্রজের সম্মানিত আসনটিকে সদর্পে মাড়াইয়া গেল, কোন সঙ্কোচ মানিল না, সকল দুঃখের চেয়ে এই দুঃখই উপেন্দ্রর মর্মে গিয়া বিঁধিয়াছিল।

কিছুদিন পূর্বে উপেন্দ্র বাড়িতে বসিয়াই একখানা অনামা পত্রে সতীশের কথা শুনিয়াছিল। সে পত্র, রাখালের লেখা। যখন দুজনের ভাব ছিল, তখন সতীশের নিজের মুখেই রাখাল তাহার এই পরম বন্ধুটির বহু অসাধারণ কাহিনী অবগত হইয়াছিল। উপেনদার অসামান্য বিদ্যা-বুদ্ধি এবং তাহার তুষার-শুভ্র অকলঙ্ক চরিত্রের খ্যাতি এবং সকল গর্বের বড় গর্ব ছিল তাহার সেই উপীনদার অপরিমেয় স্নেহ। সেইখানে ঘা দেওয়ার মত মারাত্মক আঘাত যে সতীশের পক্ষে আর কিছুই হইতে পারে না, ধূর্ত রাখাল তাহা ঠিক বুঝিয়াছিল।

কিন্তু, সে পত্র তখন কোন কাজই করে নাই। উপেন্দ্র চিঠি পড়িয়া ছিঁড়িয়া ফেলিয়া দিয়া পত্র-প্রেরকের উদ্দেশে হাসিয়া বলিয়াছিল, তুমি যেই হও এবং সতীশের যত গোপনীয় কথাই জানিয়া থাকো, আমি তোমার চেয়েও তাহাকে বেশী জানি ; এবং দিন-দুই পরে সতীশের পিতার প্রশ্নে সহাস্যে কহিয়াছিল, সতীশ ভালই আছে। তবে, বোধ করি, কাহারও সহিত ঝগড়া-বিবাদ করিয়া সাবেক বাসা ত্যাগ করিয়া অন্যত্র গিয়াছে। সে লোকটা একখানা অনামা পত্রে তাহার সম্বন্ধে যা-তা লিখিয়া জানাইয়াছে।

বৃদ্ধ উদ্বিগ্নমুখে জিজ্ঞাসা করিয়াছিলেন, কিরকম যা-তা উপীন?

উপেন্দ্র জবাব দিয়াছিল, সে-সকল মিথ্যা গল্প শুনিয়া আপনার সময় নষ্ট করিয়া লাভ নাই। আমি ত সতীশকে হাতে করিয়া মানুষ করিয়াছি—আমি জানি, সে এমন কিছু করিবে না যাহাতে আত্মীয় কাহারও মাথা হেঁট হয়। আপনি নিশ্চিন্ত থাকুন।

তাহার সেই বিশ্বাসের শিরে বজ্রপাত হইল সাবিত্রীকে স্বচক্ষে দেখিয়া। সতীশের নির্জন কক্ষের মধ্যে প্রসাধননিরতা একাকিনী রমণী! তাহার সে কি সুগভীর লজ্জা! এবং সমস্ত লজ্জা ছাপাইয়া সেই দুটি আয়ত চক্ষুর ব্যথিত ব্যাকুল দৃষ্টিতে কি ত্রাসই না ফুটিয়া উঠিয়াছিল। সে কি ভুল করিবার? এক মুহূর্তেই উপেন্দ্রর মনের মধ্যে রাখালের সেই বিস্মৃতপ্রায় চিঠিখানির আগাগোড়া একেবারে যেন আগুনের অক্ষরে জ্বলিয়া উঠিয়াছিল। প্রশ্ন করিবার, সংশয় করিবার আর কিছুমাত্র প্রয়োজন ছিল না।

সে চিঠিখানিকে বিশ্বাসযোগ্য করিয়া তুলিতে রাখাল চেষ্টার ত্রুটি করে নাই। তাহাতে

সাবিত্রীর নাম ত ছিলই, নানাবিধ বিবরণের মধ্যে তাহার ভ্রূর উপর একটি ছোট কাল আঁচিলের কথা উল্লেখ করিতেও সে ভুলে নাই। চিহ্নটি এতই সুস্পষ্ট যে, পলকের দৃষ্টিপাতেই তাহা উপেন্দ্রর লক্ষ্যগোচর হইয়াছিল।

সতীশকে ডাকিয়া দিবার অপ্রিয় কাজটা যাইবার পথেই শেষ করিয়া যাইবে কি না, স্থির করিতে করিতেই ভাড়াটে গাড়ি জ্যোতিষ-সাহেবের বাটীর সম্মুখীন হইল এবং ফটকে প্রবেশ করিতেই তাহার উৎসুক দৃষ্টি কিসে যেন বাড়ির দক্ষিণ দিকের দোতলা কক্ষের অভিমুখে আকর্ষণ করিয়া লইল।

উপেন্দ্র মুখ বাড়াইয়া দেখিল, যাহা নিঃসংশয়ে প্রত্যাশা করিয়াছিল, ঠিক তাহাই। উন্মুক্ত সুদীর্ঘ বাতায়ন ধরিয়া একখানি স্তব্ধ প্রতিমা এই পথের পরেই যেন সমস্ত প্রাণমন পাতিয়া দিয়া দাঁড়াইয়া আছে। এতটা দূর হইতে ভাল করিয়া দেখা সম্ভব নহে, তবুও তাহার মনশ্চক্ষে ওই বাতায়নবর্তিনীর ওষ্ঠাধরের ঈষৎ কম্পনটুকু হইতে চক্ষুপল্লব-প্রান্তের জলের রেখাটি পর্যন্ত এড়াইল না। তাহার এতক্ষণকার চিন্তাজ্বালা, অভিমান ও অপমানের ঘাত-প্রতিঘাতের বেদনা মুছিয়া গিয়া শুধু কেবল এই একটা কথা মনে জাগিল, সুরবালার সারারাত্রি এবং এই-সমস্ত সকালটা না জানি কি করিয়াই কাটিয়াছে। যে সাধ্য থাকিলে হয়ত তাহাকে ঘরের বাহির হইতেই দেয় না, সে যে এই অপরিচিত শহরের মধ্যে গভীর রাত্রে তাহার অসুস্থ স্বামীকে একাকী বাড়ির বাহিরে যাইতে দিয়া এতটা বেলা পর্যন্ত কিরূপ করিয়াছে, তাহা চিন্তা করিয়া একদিকে তাহার যেমন হাসি পাইল, অন্যদিকে তেমনি চোখের কোণে জল আসিয়া পড়িল।

সরোজিনী বোধ করি খবর পাইয়া সেইমাত্র ভিতর হইতে ছুটিয়া আসিয়া বাহিরের বারান্দায় উপস্থিত হইয়াছিল, উপেন্দ্রকে দেখিবামাত্র তাহার চোখ-মুখ হাসির ছটায় ভরিয়া গেল। গাড়ি হইতে নামিতে না নামিতেই বলিয়া উঠিল, বাইরে আর একদণ্ডও নয়, একেবারে উপরে চলুন।

উপেন্দ্র যথাসাধ্য গম্ভীর-মুখে হেতু জিজ্ঞাসা করিতে গিয়া নিজেও হাসিয়া ফেলিল। সরোজিনী তখন সহাস্যে কহিল, বেশ মানুষটিকে কাল রাত্রে আমার জিম্মা করে দিয়েছিলেন—না নিজে ঘুমিয়েছে, না আমাকে ঘুমুতে দিয়েছে। সারারাত্রি গাড়ির শব্দ শুনেচে, আর জানালা খুলে দেখেচে—ও কি, চিঠি লিখতে বসে গেলেন যে! না না, সে হবে না—একবার দেখা দিয়ে এসে তার পরে যা ইচ্ছে করুন—এখন নয়।

বাহিরের বারান্দায় একটা ছোট টেবিলের উপর লিখিবার সাজ-সরঞ্জাম প্রস্তুত ছিল, উপেন্দ্র একখানা কাগজ টানিয়া লইয়া কহিল, বরং চিঠি লিখে তার পরে যা বলুন করতে পারি, কিন্তু তার পূর্বে নয়। পাঁচ মিনিটের বেশী লাগবে না—ইচ্ছে হয় গিয়ে খবর দিতে পারেন।

সরোজিনী তেমনি হাসিমুখে বলিল, আমার খবর দেবার দরকার নেই— তিনিই আমাকে খবর দিতে বাইরে পাঠিয়েছেন। আচ্ছা, পাঁচ মিনিট আমি দাঁড়িয়ে রইলুম—আপনাকে সঙ্গে করে নিয়ে তবে যাব।

উপেন্দ্র আর জবাব না দিয়া চিঠি লিখিতে লাগিল। লিখিতে লিখিতে তাহার মুখের উপর ব্যথা ও বিরক্তির সুস্পষ্ট চিহ্নগুলি যে অদূরে দাঁড়াইয়া সরোজিনী নিরীক্ষণ করিয়া দেখিতেছিল, তাহা সে জানিতেও পারিল না।

পত্র সমাপ্ত করিয়া তাহা খামে পুরিয়া ঠিকানা লিখিয়া উপেন্দ্র মুখ তুলিয়া চাহিল। কোচম্যান আসিয়া সরোজিনীকে লক্ষ্য করিয়া জানাইল, গাড়ি প্রস্তুত হইয়াছে।

উপেন্দ্র জিজ্ঞাসা করিল, আপনি বেরুবেন নাকি?

সরোজিনী কহিল, হাঁ। আমার ছোট পিয়ানোটা মেরামত করতে দিয়েচে, সেইটে একবার দেখে আসব।

উপেন্দ্র খুশী হইয়া কহিল, ঠিকানা লেখা আছে, একটু কষ্ট স্বীকার করে এই চিঠিখানা সহিসকে দিয়ে বাড়ির মধ্যে পাঠিয়ে দেবেন। বলিয়া উপেন্দ্র সরোজিনীর প্রসারিত হাতের উপর চিঠিখানি রাখিয়া দিল।

সরোজিনী কিছুক্ষণ ধরিয়া তাহার শিরোনামার প্রতি চাহিয়া রহিল। ঐ দুই ছত্র নাম ও ঠিকানা পড়িতে এতটা সময় লাগে না। তার পরে মুখ তুলিয়া কহিল, সতীশবাবু এবার আমাদের বাড়িতে উঠলেন না কেন?

সে ত আমাদের সঙ্গে আসেনি—সতীশ বরাবরই এখানে আছে।

সংবাদ শুনিয়া সরোজিনী চমকিয়া গেল। উপেন্দ্রর এ-সকল লক্ষ্য করিবার মত মনের অবস্থা ছিল না,থাকিলে সে আশ্চর্য হইত।

সরোজিনী নিজের লজ্জা চাপা দিতে সহজভাবে বলিবার চেষ্টা করিল, তিনি কখনো এদিকে মাড়ান না—অথচ এতদিন এত কাছে রয়েচেন।

উপেন্দ্র অন্যমনস্ক হইয়া আর একটা কিছু ভাবিতেছিল, কহিল, বোধ করি আপনাদের কথা তার মনে নেই। কথাটা কত সহজ, কিন্তু কি কঠিন হইয়াই আর একজনের কানে বাজিল।

ভাল কথা, দিবাকর কৈ, তাকে দেখছিনে যে?

তিনি দাদার সঙ্গে হাইকোর্টে বেড়াতে গেছেন। চলুন, আপনাকে সঙ্গে করে আগে ভিতরে দিয়ে আসি ; বলিয়া সরোজিনী বাড়ির ভিতর প্রবেশ করিল।

মিনিট-কুড়ি পরে ফিরিয়া আসিয়া সে যখন গাড়িতে উঠিয়া বসিল, এবং আদেশমত গাড়ি সতীশের বাসার অভিমুখে রওনা হইল, তখন ভিতরে বসিয়া সরোজিনীর বুকের ভিতরটা কাঁপিতে লাগিল এবং গাড়ি যতই অগ্রসর হইতে লাগিল, হৃৎস্পন্দন ততই যেন দুর্নিবার হইয়া উঠিতে লাগিল।

ঠিক মনে হইতে লাগিল, সে এমনই কি একটা গুরুতর কাজের ভার লইয়া চলিয়াছে—যাহার সিদ্ধির উপর তাহার নিজেরই যেন সমস্ত ভবিষ্যতের ভাল-মন্দ নির্ভর করিয়া আছে।

অনতিকাল পরে গাড়ি সতীশের বাসার সম্মুখে আসিয়া থামিল এবং সহিস পত্রখানি হাতে করিয়া নামিয়া গেল। সরোজিনী গাড়ির একটা কোণ ঘেঁষিয়া আড়ষ্ট হইয়া কান পাতিয়া দরজার উপর সহিসের করাঘাত শুনিল। কিছুক্ষণ পরে দরজা খোলার শব্দ এবং তাহার ভিতরে যাওয়া অনুভব করিল এবং তাহার পর প্রতি-মুহূর্তে কাহার সুপরিচিত গম্ভীর কণ্ঠস্বর কানে আসিবার আশঙ্কায় ও আকাঙ্ক্ষায় স্তব্ধ কণ্টকিত হইয়া বসিয়া রহিল। সে নিশ্চয় জানিত, গাড়ি এবং গাড়ির ভিতরে যে বসিয়া আছে, সহিসের কাছে তাহার পরিচয় অবগত হইয়া সতীশ নিজেই আসিয়া উপস্থিত হইবে। তাহার একবারও মনে হইল না, যে ব্যক্তি এতকাল এত কাছে বাস করিয়াও এমন করিয়া ভুলিয়া থাকিতে পারে, এ সংবাদ

তাহাকে হয়ত অণুমাত্রও বিচলিত না করিতে পারে।

আবার সহিসের কণ্ঠস্বর দ্বারের কাছে শুনিতে পাওয়া গেল—সে দ্বার রুদ্ধও হইল এবং ক্ষণকাল পরেই সে চিঠি হাতে লইয়া একা ফিরিয়া আসিল। কহিল, বাবু বাড়ি নেই।

বাড়ি নেই? মুহূর্তকালের জন্য সরোজিনী সুস্থ হইয়া বাঁচিল। মুখ বাড়াইয়া কহিল, চিঠিটা ফিরিয়ে নিয়ে এলি কেন, রেখে আয়।

সহিস জানাইল, বাবু কলিকাতায় নাই, বেলা দশটার ট্রেনে বাড়ি চলিয়া গেছেন।

কথাটা শুনিয়া কেন যে তাহার এই বাসাটা একবার স্বচক্ষে দেখিয়া লইবার দুর্দমনীয় স্পৃহা হইল, তাহার হেতু সে ঠিকমত নিজেও বুঝিতে পারিল না। কিন্তু, পরক্ষণেই নামিয়া আসিল এবং আর একবার কবাট খুলিয়া ভিতরে প্রবেশ করিল। হিন্দুস্থানী পাচক জিনিসপত্রের পাহারায় নিযুক্ত ছিল, তাহার সাহায্যে সমস্ত ঘরগুলো ঘুরিয়া ফিরিয়া দেখিয়া নীচে আসিবার পথে দড়ির আলনায় ঝুলানো একটা অর্ধমলিন চওড়া পাড়ের শাড়ির প্রতি সরোজিনীর দৃষ্টি পড়িল। কৌতূহলী হইয়া প্রশ্ন করায় ব্রাহ্মণ নিজের ভাষায় ব্যক্ত করিল, এ বস্ত্রখানি মা-জীর।

সাবিত্রী অপরাহ্নবেলায় স্নান করিয়া তাহার পরিধেয় সিক্ত বস্ত্রখানি শুকাইতে দিয়াছিল, তাহা তখন পর্যন্ত তেমনিই টাঙ্গানো ছিল। সরোজিনী বিস্মিত হইয়া জিজ্ঞাসাবাদ দ্বারা এই মাইজীর সম্বন্ধে যতটুকু অবগত হইল, তাহাতে আরও আশ্চর্য হইয়া গেল। যে-সকল ব্যাপার সচরাচর এবং সহজভাবে ঘটে না, এবং যাহার মধ্যে পাপ আছে, তাহা তলাইয়া বুঝিতে না পারিলেও সকলেই নিজের বুদ্ধি অনুসারে একরকম করিয়া বুঝিতে পারে। এই হিন্দুস্থানীটিও সস্ত্রীক উপেন্দ্রর আসা এবং অমন করিয়া তৎক্ষণাৎ চলিয়া যাওয়া হইতে আজ সকালে মনিবের অকস্মাৎ প্রস্থানের মধ্যে মাইজীটির যে সংস্রব ছিল, তাহা অনুমান করিতে পারিয়াছিল। বিশেষ করিয়া সতীশের উদভ্রান্ত আচরণ কোন লোকেরই দৃষ্টি এড়ানো সম্ভব ছিল না। তাই সে সাবিত্রীর অসুখ প্রভৃতি অনেক কথাই কহিল এবং তাহাকে দেখা-শুনা করিবার জন্যই যে তাহার মনিবকে এমন ব্যস্ত ও ব্যাকুল হইয়া অকস্মাৎ প্রস্থান করিতে হইয়াছে তাহাও সে একরকম করিয়া বুঝাইয়া দিল। সরোজিনী এই একটি নূতন তথ্য অবগত হইল যে, উপেন্দ্ররা সর্বপ্রথম এই বাড়িতেই আসিয়াছিলেন, মোট-ঘাট নামানো পর্যন্ত হইয়াছিল কিন্তু তৎক্ষণাৎ সমস্ত তুলিয়া লইয়া সেই গাড়িতেই প্রস্থান করিয়াছিলেন। অথচ, তাঁহারা কেহই সতীশের নাম পর্যন্ত উল্লেখ করেন নাই। তাহার পরে আজ এই পত্র,—স্পষ্ট বুঝা গেল, উপেন্দ্র তাহার বন্ধুর আকস্মিক প্রস্থানের কথাটা বিদিত নহেন। অধীর ঔৎসুক্যে সে ক্রমাগত এই রমণীটির সম্বন্ধে নানাবিধ প্রশ্ন করিয়া ইহার বয়স এবং সৌন্দর্যের যে তালিকা পাইল তাহা সত্যকে ডিঙ্গাইয়াও বহু ঊর্ধ্বে চলিয়া গেল। অবশেষে ফিরিয়া আসিয়া সে যখন গাড়িতে উপবেশন করিল, তখন তাহার পিয়ানো সারানোর শখ চলিয়া গেছে এবং অজ্ঞাত গুরুভারে বুকের ভিতরটা ভারাক্রান্ত হইয়া উঠিয়াছে।

এই রহস্যময়ী যে কে, এবং কি সূত্রে আসিয়াছিল তাহা জানা গেল না। কিন্তু একটা লুকোচুরির অস্তিত্ব তাহার মনের মধ্যে দৃঢ়মুদ্রিত হইয়া রহিল।

সতীশ ও কিরণময়ীর উপর বিরক্তি ও অভিমান উপেন্দ্রের যত বড়ই হউক, তাহাকে

প্রাধান্য দিয়া কর্তব্য অবহেলা করা তাহার স্বভাব নয়। তাই আহারাদির পর পাথুরেঘাটার বাড়িতে ফিরিয়া যাওয়াই তাহার ইচ্ছা ছিল বটে, কিন্তু নিদারুণ শ্রান্তি আজ তাহাকে পরাস্ত করিল। অধিকন্তু সুরবালা এমনি বাঁকিয়া দাঁড়াইল যে, তাহা অবহেলা করিয়া যাওয়াও অসাধ্য হইয়া পড়িল।

ঘণ্টা-কয়েক পরে তাহার উৎকণ্ঠিত নিদ্রা যখন ভাঙ্গিয়া গেল, তখন বেলা আর নাই। ধড়মড় করিয়া উঠিয়া বসিতেই পাশের টিপয়ের উপর চিঠিখানার উপর চোখ পড়িল। তুলিয়া লইয়া দেখিল, পত্র তেমনি বন্ধ রহিয়াছে—যে কারণেই হউক, তাহা সতীশের হাতে পড়ে নাই। সাড়া পাইয়া সুরবালা ঘরে ঢুকিয়া কহিল, সতীশ-ঠাকুরপো এখানে নেই, বেলা দশটার গাড়িতে বাড়িতে চলে গেছেন।

সংবাদ শুনিয়া উপেন্দ্রের মুখ কালি হইয়া গেল। প্রথমেই মনে হইল, এই অপরিচিত শহরের মধ্যে হারানের আসন্ন মৃত্যু-সংক্রান্ত যাবতীয় কর্তব্য এখন একাকী তাহাকেই সম্পন্ন করিতে হইবে। উঃ, সে কত কাজ! এবং ভীষণ নিদারুণ! লোক ডাকা, জিনিসপত্র যোগাড় করা, সদ্যবিধবা ও জননীর কোলের ভিতর হইতে তাহার একমাত্র সন্তানের মৃতদেহ টানিয়া বহন করিয়া লইয়া যাওয়া! এই মর্মান্তিক শোকের দৃশ্য কল্পনা করিয়াই তাহার সর্বাঙ্গ পাথরের মত ভারী ও সমস্ত চিত্ত পাথুরেঘাটার প্রতিকূলে মুখ বাঁকাইয়া দাঁড়াইল। নিজের অজ্ঞাতসারে সে যে ভিতরে ভিতরে সতীশের উপর কতখানি নির্ভর করিয়া বসিয়াছিল, তাহা এইবার অভিমান ও অপমানের আবরণ ভেদ করিয়া দেখা দিল।

এই-সকল কার্য উপেন্দ্রর নিতান্তই প্রকৃতি-বিরুদ্ধ। সাধ্যমত কোনদিন সে ইহার মধ্যে পড়িতে চাহিত না। কিন্তু সতীশের কাছে তাহা কতই না সহজ! দেশে এমন লোক মরে নাই, যেখানে সে তাহার কর্মপটু সুস্থ সবল দেহটি লইয়া সর্বাগ্রে উপস্থিত হয় নাই, এবং সমস্ত অপ্রিয় কার্য নিঃশব্দে বিনা-আড়ম্বরে সম্পন্ন করিয়া দেয় নাই। এ দুঃসময়ে সকলেই তাহাকে খুঁজিত, এবং তাহার আগমনে শোকার্ত ও বিপন্ন গৃহস্থ এই দুঃখের মাঝেও সান্ত্বনা এবং সাহস পাইত। সে যখন একেবারে কলিকাতা ছাড়িয়া চলিয়া গেল, তখন ক্ষণকালের জন্য উপেন্দ্র কোনদিকে চাহিয়া আর পথ দেখিতে পাইল না।

সুরবালা স্বামীর মুখের ভাব লক্ষ্য করিয়া হারানের অবস্থা জিজ্ঞাসা করিল, কিন্তু সতীশের প্রসঙ্গ উত্থাপন করিল না। সরোজিনী ফিরিয়া আসিয়া কথা বাহির করিবার জন্যে গল্পচ্ছলে যাহা বিবৃত করিয়াছিল, তাহা হইতেই সে কাল রাত্রির ব্যাপারটা অনুমান করিয়া লইয়াছিল, সতীশ যে তাঁহার স্বামীর কত বড় বন্ধু, তাহা জানিত বলিয়াই এই ব্যথাটা এখন এড়াইয়া গেল।

সুরবালার সাংসারিক বুদ্ধির উপরে উপেন্দ্রর কিছুমাত্র আস্থা ছিল না বলিয়াই সে কোনদিন স্ত্রীর কাছে কোন সমস্যার উল্লেখ করিত না, কিন্তু এইমাত্র সে নিজেকে এতই বিপন্ন ভাবিতেছিল যে, তৎক্ষণাৎ সমস্ত অবস্থাটা প্রকাশ করিয়া ফেলিয়া ব্যাকুল হইয়া কহিল, সে যে আমাকে এই বিপদের মাঝে ফেলে রেখে চলে যাবে সুরো, এ আমি স্বপ্নেও ভাবিনি। একা এই অজানা জায়গায় আমি কি উপায় করি! বলিয়া উপেন্দ্র যেন অসহায় শিশুর মত স্ত্রীর মুখের পানে চাহিয়া রহিল।

কিন্তু আশ্চর্য স্বামীর এতবড় বিপদের বার্তা পাইয়াও সুরবালার মুখে লেশমাত্র উদ্বেগ প্রকাশ পাইল না। সে কাছে সরিয়া আসিয়া তাহার একটা হাত ধরিয়া পুনরায় বিছানার

উপর বসাইয়া দিয়া ধীরভাবে কহিল, তা অত ভাবচ কেন, এ কলকাতায় কারো জন্যেই কারো আটকায় না। তোমার চা তৈরি হয়েছে, হাতমুখ ধুয়ে তুমি চা খেয়ে নাও। ছোটঠাকুরপোকে সঙ্গে করে আমিও যাচ্চি চল।

উপেন্দ্র অবাক হইয়া কহিল, তুমি যাবে?

সুরবালা অবিচলিতভাবে কহিল, যাব বৈ কি! মেয়েমানুষের এ দুঃসময়ে কাছে থাকা মেয়েমানুষেরই কাজ—বলিয়া সে অনুমতির জন্য অপেক্ষামাত্র না করিয়া পাশের ঘর হইতে চা আনিয়া হাজির করিল এবং দিবাকরকে সংবাদ দিয়া নিজে প্রস্তুত হইবার জন্য শীঘ্র বাহির হইয়া গেল।

গৃহস্থের ঘরে ঘরে যখন সবেমাত্র সন্ধ্যাদীপ জ্বলিয়া উঠিয়াছে, ঠিক এমনি সময়ে তাহারা পাথুরেঘাটার বাড়িতে প্রবেশ করিল। সদর দরজা খোলা, কিন্তু নীচে কোথাও কেহ নাই। অন্ধকার ভাঙ্গা বাড়ি শ্মশানের মত স্তব্ধ। উভয়কে সাবধানে অনুসরণ করিতে ইঙ্গিত করিয়া উপেন্দ্র নিঃশব্দে উপরে উঠিয়া হারানের রুদ্ধ কবাটের সম্মুখে আসিয়া ক্ষণকালের জন্য স্তব্ধ হইয়া দাঁড়াইল। ভিতর হইতে শুধু একটা মর্মভেদী দীর্ঘশ্বাস কানে আসিয়া বাজিল। কম্পিতহস্তে দ্বার ঠেলিয়া চাহিতেই আঁধার শয্যাতলে আপাদমস্তক বস্ত্রাচ্ছাদিত হারানের মৃতদেহ চোখে পড়িল। তাহার দুই পায়ের মধ্যে মুখ গুঁজিয়া সদ্যবিধবা উপুড় হইয়া পড়িয়া ছিল—সে একবার মাথা উঁচু করিয়া দেখিল এবং পরক্ষণেই বিদ্যুদ্বেগে উঠিয়া দাঁড়াইয়া আর্তকণ্ঠে 'মা' বলিয়া চীৎকার করিয়াই উপেন্দ্রর পদতলে মূর্ছিত হইয়া পড়িয়া গেল এবং সেই মুহূর্তেই চক্ষের নিমেষে সুরবালা উদ্‌ভ্রান্ত হতবুদ্ধি স্বামীকে এক পাশে ঠেলিয়া দিয়া ঘরে ঢুকিয়া কিরণময়ীর মুখখানি কোলের উপর তুলিয়া লইল।

পঁচিশ

অস্থি-মাংস-মেদ-মজ্জা-রক্তে গঠিত এই মানব-দেহে সমস্ত বস্তুরই একটা সীমা নির্দিষ্ট আছে। মাতৃস্নেহও অসীম নহে, তাহারও পরিমাণ আছে। গুরুভার অহর্নিশ অবিচ্ছেদে টানিয়া ফিরিয়া রক্ত-চলাচল যখন বন্ধ হইয়া আসিতে থাকে, তখন সেই সীমারেখার একান্তে দাঁড়াইয়া জননীও আর সন্তানকে বহন করিয়া এক পদও অগ্রসর হইতে পারে না। তাহা স্নেহের অভাবে কিংবা ক্ষমতার অভাবে সে মীমাংসার ভার অন্তর্যামীর হাতে, মায়ের হাতে নয়। তাই সেদিন যখন হারানের মৃতদেহ মাতৃ-অঙ্কচ্যুত হইয়া শ্মশানে চলিয়া গেল, তখন অঘোরময়ীর বক্ষ ভেদিয়া যে দীর্ঘশ্বাস সেই অসীমেরই পদপ্রান্তে এই মৃত্যুর বার্তা বহন করিয়া লইয়া গেল, তাহা আরও কিছু সঙ্গে লইয়া গেল কি না, সে অনুমান করিবার সাধ্য মানুষের নাই।

তাঁহার অত্যন্ত জ্বরের উপরেই হারানের মৃত্যু ঘটে। তারপর আট-দশ দিন যে কেমন করিয়া কোথা দিয়া গেছে, তাহা তিনি জানিতেও পারেন নাই।

শ্রাদ্ধটা কোনমতে শেষ হইয়া গেলে তিনি উপেন্দ্রকে ধরিয়া পড়িলেন, বাবা, পাশের বাড়ির মল্লিকদের বড়বৌ কাশী বৃন্দাবন প্রয়াগ বেড়াতে যাবেন, আমার কি সেই সঙ্গে যাওয়া

হতে পারে না?

কেন হতে পারবে না মাসী, স্বচ্ছন্দে হতে পারে। কিন্তু—,বলিয়া সে একবার কিরণময়ীর মুখের দিকে চাহিল।

কিরণময়ী বুঝিতে পারিয়া কহিল, আমার জন্যে চিন্তা নেই ঠাকুরপো, আমি ঝিকে নিয়ে বেশ থাকতে পারব।

উপেন্দ্র কিন্তু ইহাতে তৎক্ষণাৎ সায় দিতে পারিল না, চুপ করিয়া রহিল।

কিরণময়ী তাহার মুখের দিকে ক্ষণকাল চাহিয়া থাকিয়া কহিল, কিংবা এও ত স্বচ্ছন্দে হতে পারে। দিবাকর ঠাকুরপো ত কলকাতায় থেকেই বি. এ. পড়বেন স্থির হয়েছে, তাঁকে কেন আমার কাছেই রেখে দাও না? একটা অজানা বাসায় থাকার চেয়ে আমার চোখের উপর থাকা ত ঢের ভাল। যত্নও হবে, কলকাতায় একলা রাখার যে-সব ভয় আছে, সে ভয়ও থাকবে না। বলিয়া সে উপেন্দ্রর মুখের প্রতি দৃষ্টি স্থাপিত করিল।

অঘোরময়ী একেবারে পূর্ণ সম্মতি দিয়া বলিয়া উঠিলেন, সে হলে ত আর কোন কথাই নেই উপীন—তাই কর বাবা, তাই কর। সে ছেলেটারও যত্ন হবে, এ হতভাগীও যা হোক একটু নাড়াচাড়া করে বাঁচবে। তিনি কোনগতিকে একটু বাহির হইয়া পড়িতে পারিলেই বাঁচেন। এতশীঘ্র এমন সোজা পথ আবিষ্কৃত হইতে দেখিয়া তিনি নিশ্চিন্তভাবে একটা নিশ্বাস ফেলিলেন। কিন্তু উপেন্দ্র কিরণময়ীর সাহস দেখিয়া একেবারে স্তম্ভিত হইয়া গেল। এমন একটা অভাবনীয় প্রস্তাব সে মুখ দিয়া বাহির করিল যে কি করিয়া, ইহাই ত সে প্রথমে ভাবিয়া পাইল না। দিবাকর যাই হউক, সে শিশু নহে,—সেও প্রাপ্তযৌবন পুরুষ। অথচ ঠিক যেন শিশুর মতই এই সর্বরূপ-যৌবনা রমণী একাকিনী এই নির্জন গৃহমধ্যে তাহাকে লালন-পালন ও মানুষ করিয়া দিবার সর্বপ্রকার দায়িত্ব অসঙ্কোচে গ্রহণ করিতে উদ্যত দেখিয়া উপেন্দ্রর মুখ দিয়া ভালমন্দ কোন কথাই বাহির হইল না। এই রমণী যে কিরূপ অসাধারণ বুদ্ধিমতী তাহা জানিতে তাহার বাকী নাই। সে যে সঙ্গত-অসঙ্গত সাংসারিক ও সামাজিক বিধিব্যবস্থা সবিশেষ জানিয়া বুঝিয়াই এ প্রসঙ্গ উত্থাপিত করিয়াছে তাহাতেও সংশয় নাই—তবে, এ কি কথা? কেমন করিয়া কহিল?

নিমেষের মধ্যে সে তাহার সংশয়োত্তেজিত সমস্ত পর্যবেক্ষণ-শক্তি জাগ্রত ও একত্র করিয়া এই অনন্ত সৌন্দর্যময়ীর অন্তরের মধ্যে প্রেরণ করিতে চাহিল, কিন্তু কোনখানে তাহারা প্রবেশের পথ পাইল না। বরঞ্চ কোথায় যেন সবেগে প্রতিহত হইয়া তৎক্ষণাৎ ফিরিয়া আসিল।

কিন্তু, এই যে মুহূর্তকালের জন্য উভয়ে উভয়ের মুখের প্রতি নীরবে চাহিয়া রহিল, ইহাতে দুজনের মধ্যে যেন একটা নূতন পরিচয়ে চেনাশুনা হইয়া গেল। তাহার মনে হইল, এমন শুদ্ধ শান্ত ও একান্ত আত্মসমাহিত বৈরাগ্যের মূর্তি সে আর কখনও দেখে নাই। সেদিন রাত্রে ইহার বেশের পারিপাট্য দেখিয়া সদ্যসমাগত তাহার ও সতীশের দৃষ্টি ঝলসিয়া গিয়াছিল, মনে হইয়াছিল, ইহার তুলনা নাই—এমন করিয়া সাজিতে না পারিলে বুঝি কাহারও সাজাই হয় না, আজ আবার তাহারই এই রুক্ষ শিথিল অসংবদ্ধ কেশপাশ ও বিধবার সাজ দেখিয়া মনে হইল, এমন বুঝি আর কোন দিন ইহাকে দেখায় নাই। অত্যন্ত অকস্মাৎ নবলব্ধ চেতনার মত এই একটি কথা তাহার শিরায় শিরায় প্রবাহিত হইয়া গেল যে, সৌন্দর্যের এই যে অপরিসীম সমাবেশ, ইহা ঠিক যেন অগ্নিশিখার মতই তরঙ্গিত হইয়া

ঊর্ধ্বে উত্থিত হইতেছে—ইহাকে দুই চক্ষু ভরিয়া গ্রহণ করিতে হয়, স্পর্শ করিতে নাই—যে করে, সে মরে। এই তীব্র শিখারূপিণী বিধবা যে অসঙ্কোচে অকুতোভয়ে দিবাকরকে গ্রহণ করিতে চাহিয়াছে, সে ইহার সত্যকার অধিকারের গর্বেই করিয়াছে। দুঃসাহস বা স্পর্ধা প্রকাশ করে নাই।

উপেন্দ্র তখনও কথা কহিতে পারিল না বটে, কিন্তু তাহার মনশ্চক্ষের দৃষ্টিতে এই বিধবার কাছে দিবাকর একেবারে নিতান্ত ক্ষুদ্র শিশুর মতই অকিঞ্চিৎকর হইয়া গেল ; এবং সেদিন কেন সতীশকে ছোট ভাইটির মত কাছে পাঠাইয়া দিতে অনুরোধ করিয়াছিল, তাহাও আজ একেবারে সুস্পষ্ট হইয়া গেল। পরিতৃপ্ত মন তাহার নিঃশব্দ করযোড়ে এই মহামহিমময়ীর সম্মুখে নিজের অপরাধ বারংবার স্বীকার করিয়া মনে মনে ক্ষমা ভিক্ষা করিয়া লইল। তিন জনেই নির্বাক; কিরণময়ী প্রথমে কথা কহিল। তাহার দুই চক্ষের করুণ দৃষ্টি তেমনিই উপেন্দ্রর মুখের প্রতি নিবদ্ধ রাখিয়া অনুনয়ের কণ্ঠে কহিল, দিবাকরকে আমার কাছে কি রাখতে পারবে না ঠাকুরপো?

উপেন্দ্র মন্ত্রমুগ্ধের মত বলিয়া উঠিল, কেন পারব না বৌঠান! আপনি যদি তার ভার নেন, সে ত আমার পরম ভাগ্য। এতকাল পরে উপেন্দ্র আজ প্রথম তাহাকে আত্মীয়ার মত সম্বোধন করিল। কহিল, দিবাকর আমার সঙ্গেই ত এসেছিল, কখন একলা চলে গেছে বুঝি, নইলে এখনই তাকে ডেকে বলে দিতাম।

কথা শুনিয়া কিরণময়ী চকিত হইয়া উঠিল। এবার তাহারই মুখ দিয়া কথা ফুটিল না। অকস্মাৎ আনন্দের বন্যায় তাহার দুই কূল যেন ভাসাইয়া দিবার আয়োজন করিয়া তুলিল। তাই সে ক্ষণকালের জন্য অন্যত্র মুখ ফিরাইয়া আপনাকে সংবরণ করিয়া লইতে লাগিল। এইটুকু আত্মীয় সম্বোধন! তা কতটুকুই বা! কিন্তু ইহারই জন্য সে যেন কত যুগ হইতে তৃষ্ণার্ত হইয়া ছিল, তাহার এমনি মনে হইল। সতীশ এই বলিয়া ডাকিয়াছে, দিবাকর তাহাই বলিয়া ডাকে, কিন্তু তাহাতে ইহাতে কি অপরিমেয় ব্যবধান! এই আহ্বানটুকুর দ্বারা এতদিন পরে উপেন্দ্র যে তাহাকে কাছে আকর্ষণ করিল, হঠাৎ তাহার আশঙ্কা হইল, ইহার প্রচণ্ড বেগ সে বুঝি-বা সহ্য করিতেই পারিবে না।

কিন্তু, ইহাদের এই আকস্মিক মৌনতায় অঘোরময়ী মনে মনে শঙ্কিত হইয়া উঠিলেন। একজন যদি-বা রাজী হইল, আর একজন মুখ ফিরাইয়া রহিল। তিনি আর থাকিতে পারিলেন না, কহিলেন, বাবা উপীন তা হলে, আমার যাবার ত কোন বিঘ্নই নেই। কিন্তু সে ত আর দেরি নেই, আমি কেন এখনি গিয়ে মল্লিকগিন্নীকে বলে আসিনে?

উপেন্দ্র কিরণময়ীর প্রতি আর একবার দৃষ্টিপাত করিয়া কহিল, আমি ত বলেছি মাসীমা, আমার তাতে কোন আপত্তি নেই। তোমার বৌমা সম্মত হলেই হলো। তাঁরও যখন মত আছে, তখন তোমার তীর্থযাত্রার কোন বাধাই ত আমি দেখিনে।

তবে যাই বাবা, আমি এখনি গিয়ে তাকে বলে আসি। জেনেও আসি,কবে তাঁদের যাওয়া হবে; বলিয়া অঘোরময়ী আর কালবিলম্ব না করিয়া ঝিকে ডাকিয়া লইয়া প্রফুল্লমুখে নীচে নামিয়া গেলেন।

তাঁহার এই ত্বরাটুকুতে উপেন্দ্র মনে মনে তৃপ্তি বোধ করিয়া কহিল, ভালই হলো যেমন করে হোক, এখন দিন-কতক ওঁর বাইরে যাওয়া নিতান্ত আবশ্যক।

কিরণময়ী কিছুই বলিল না। এই সময়টুকুর মধ্যে সে কেমন যেন একটু বিমনা হইয়া

পড়িয়াছিল। জবাব না পাইয়া উপেন্দ্র পুনরায় কহিল, আপনার যথার্থ সম্মতি আছে ত বৌঠান?

উপেন্দ্রর কণ্ঠস্বরে সে ক্ষণকাল অবোধের মত তাহার মুখপানে চাহিয়া থাকিয়া সহসা যেন সচেতন হইয়া উঠিল। কহিল, আছে বৈ কি ঠাকুরপো, নিশ্চয় আছে। এ যে কি অন্ধকূপ, সে শুধু আমরাই জানি। যান যান, দিন-কতক এই দুঃখের গণ্ডী থেকে অব্যাহতি পেয়ে বাঁচুন।

তাহার কথাগুলি এমন করিয়াই তাহার মুখ দিয়া বাহির হইয়া আসিল যে, উপেন্দ্র ব্যথা অনুভব করিল। পীড়িত-চিত্তে কিছুক্ষণ মৌন থাকিয়া কহিল, এ দুঃখের গণ্ডী থেকে শুধু তাঁর নয় বৌঠান, আপনারও বার হওয়া উচিত।

কিরণময়ী কাতর-দৃষ্টিতে চাহিয়া কহিল, আমার আর কে আছে ঠাকুরপো, কার কাছে যাব?

উপেন্দ্র প্রশ্ন করিল, আপনার বাপের বাড়িতে কি কেউ নেই?

কিরণময়ী হাসিল। কহিল, বাপের বাড়ি যে কোথায়, তাই ত জানিনে, মামার বাড়িতে মানুষ হয়েছিলুম, তাঁদের খবরও আট-দশ বছর জানিনে। দশ বছর বয়সে বিয়ে হয়ে সেই যে এ-বাড়িতে ঢুকেছি মরণ না হলে বোধ করি আর বার হতেই পারব না।

উপেন্দ্র অধিকতর ব্যথিত হইল। একটু চিন্তা করিয়া কহিল, তবে আপনিও কেন মাসীমার সঙ্গে পশ্চিমে যান না! বেড়ানোও হবে, তীর্থ করাও হবে, বলিয়া, সে কিরণময়ীর ভাব দেখিয়া আশ্চর্য হইয়া গেল। কারণ, এমন প্রস্তাবে সে কিছুমাত্র আনন্দ প্রকাশ করিল না। তেমনি নিরুৎসাহ-মুখে নীরবে চাহিয়া রহিল।

উপেন্দ্রর তৎক্ষণাৎ মনে পড়িল, সে বাড়ি ছাড়িয়া যাইতে পারিতেছে না। কহিল, আপনি এই বাড়ির জন্যে ভাবচেন ত? কোন চিন্তা করবেন না। আমি দেখবার শোনবার বন্দোবস্ত করতে পারব। কোন জিনিস নষ্ট হবে না।

এইবার কিরণময়ী মুচকিয়া হাসিল। কহিল, তুমি আমার সেই প্রথম রাত্রির পাগলামি স্মরণ করে বুঝি এ কথা বললে ঠাকুরপো?

উপেন্দ্র অপ্রতিভ হইয়া তাড়াতাড়ি কহিল, না, না, তা নয়। কিন্তু তাও যদি হয়, তাকেই বা পাগলামি বলচেন কেন? ও-অবস্থায় ও-রকম সতর্ক হওয়া ত সকলেরই উচিত।

কিরণময়ী সহাস্যে কহিল, ঐ অতখানি সতর্ক হওয়া ঠাকুরপো?

উপেন্দ্র কহিল, নয় কেন? নিজের ঘর-বাড়ি, বিষয়-সম্পত্তির প্রতি মমতা কার নেই? ভবিষ্যতের দুশ্চিন্তা কার হয় না? না, না, অমন কথা আপনি বলবেন না। তাতে অসঙ্গতি বা অস্বাভাবিকতা কিছুমাত্র ছিল না।

না থাকলেই ভাল। কিন্তু আমি ত এখন সেটা নিছক পাগলামি ছাড়া আর কিছুই ভাবতে পারিনে ; এবং হঠাৎ গম্ভীর হইয়া কহিল, তোমাকেও সন্দেহ! ছি, ছি, কি কটুকথাই না বলেছিলুম! মনে হলে এখন নিজেই লজ্জায় মরে যাই। বলিতে বলিতেই তাহার স্বভাবসুন্দর মুখখানি সকৃতজ্ঞ অনুতাপে যেন বিগলিত হইয়া গেল। উপেন্দ্র প্রতিবাদ করিল না, নীরবে চাহিয়া রহিল। একমুহূর্ত মৌন থাকিয়া সে পুনরায় কহিল, কিন্তু সে মমতা এখন কৈ ঠাকুরপো? একটিবারও ত মনে হয় না, এ বাড়ি-ঘর আমার থাকবে কি যাবে। থাকে থাক, না থাকে যাক! ভাবি, পথের গাছতলা ত কেউ ঘুচাতে পারবে না। আমার সেই ঢের হবে।

উপেন্দ্র ইহারও প্রত্যুত্তর করিল না। সদ্য-বিধবার বৈরাগ্যের এই ক'টি কথায় তাহার হৃদয় শ্রদ্ধায় করুণায় কানায় কানায় ভরিয়া উঠিল।

কিরণময়ী কহিল, বাড়ির জন্যে নয় ঠাকুরপো, কিন্তু মায়ের সঙ্গে তীর্থে গিয়েই বা আমি কি শান্তি পাব? সে-সকল স্থান মাত্রেই ত বহু লোকের ভিড় শুনি।

উপেন্দ্র ঘাড় নাড়িয়া কহিল, তীর্থস্থানে লোকের ভিড় ত হয়ই বৌঠান, কিন্তু আপনার আর কিছু না হোক, তীর্থ করা ত হবে। সে-ও ত একটা কাজ।

আবার কিরণময়ী উপেন্দ্রর মুখপানে চাহিয়া মুখ টিপিয়া হাসিল, কিছু বলিল না। সে কেন যে হাসিল, তাহার তাৎপর্য গ্রহণ করিতে না পারিয়া উপেন্দ্র কি যেন বলিতে যাইতেছিল, কিন্তু হঠাৎ আশ্চর্য হইয়া দেখিল, পাশের ঘর হইতে দিবাকর বাহির হইল।

তুই কি এতক্ষণ ও-ঘরেই ছিলি না কি রে?

কিরণময়ী কহিল, দিবাকর ঠাকুরপো দয়া করে আমার বইগুলি গুছিয়ে দিচ্ছিলেন। আমি তোমাকে বলতে ভুলে গিয়েছিলুম।

দিবাকর কাছে আসিয়া বলিল, কত বই কি হয়েই আছে বৌদি! কিন্তু খুলে দেখলে জানা যায়, তিনি কি যত্ন করেই সমস্তই পড়েছিলেন।

কিরণময়ী সায় দিয়া কহিল, সত্যিই তাই। যাকে পড়া বলে, তিনি তেমনি করেই পড়তেন। তোমার হাতে ওখানা কি বই ঠাকুরপো?

দিবাকর সলজ্জভাবে কহিল, আমি সংস্কৃত জানিনে, তবু একবার পড়বার চেষ্টা করব। এখানি কঠোপনিষৎ।

কিরণময়ী কহিল, এত বই থাকতে পছন্দ হলো কঠোপনিষৎ?

দিবাকর প্রশ্নটা ঠিক বুঝিতে পারিল না। মুখপানে চাহিয়া কহিল, কেন বৌদি, এর চেয়ে ভাল বই সংসারে আর কি আছে? তবে আমার পক্ষে হয়ত অনধিকারচর্চা। বুঝতে পারব না। কিন্তু যথাসাধ্য চেষ্টা করা ত উচিত।

কিরণময়ী মৃদু হাসিয়া কহিল, যা মনে করেচ ঠাকুরপো, তা নয়। অমন করে চেষ্টা করবার কোন মূল্য এর নেই। তবে স্থানে স্থানে মন্দ লাগে না বটে। হাতে কাজকর্ম না থাকলে আত্মা-টাত্মার নানারূপ আজগুবি গল্প পড়লে সময়টা কেটে যায়, এই পর্যন্ত।

তামাশা শুনিয়া দিবাকরের মুখখানা একেবারে পাংশুবর্ণ হইয়া গেল। কহিল, বলেন কি বৌদি, শুনেছি উপনিষৎ যে বেদ! এর প্রতি-অক্ষর যে অভ্রান্ত সত্য!

তাহার বিস্ময়ের পরিমাণ দেখিয়া কিরণময়ী আবার হাসিল। কহিল, কোন ধর্মগ্রন্থই কখনও অভ্রান্ত সত্য হতে পারে না। বেদও ধর্মগ্রন্থ। সুতরাং, এতেও মিথ্যার অভাব নেই।

দিবাকর দুই কানের মধ্যে আঙুল দিয়া সজোরে মাথা নাড়িয়া বলিল, বেদ মিথ্যা! আর বলবেন না! বলবেন না! শুনলেও পাপ হয়—বেদ মিথ্যা! লোকে কথায় বলে বেদবাক্য। এ কি মানুষের তৈরি যে মিথ্যা হবে? এ যে বেদ!

তাহার কাণ্ড দেখিয়া কিরণময়ী খিলখিল করিয়া হাসিয়া উঠিল।

দিবাকর কান হইতে আঙুল খুলিয়া লইয়া নিজের উত্তেজনায় লজ্জিত হইয়া কহিল, সত্যিই পাপ হয় বৌদি। বেদ কখনও মিথ্যা হয়? এ কি বাজে ধর্মগ্রন্থ যে, শিবের উক্তি বলে লোকে দুটো প্রক্ষিপ্ত রচা-শ্লোক, দশটা বানানো উপকথা ঢুকিয়ে দেবে? বেদ মানেই যে সাক্ষাৎ সত্য।

কিরণময়ী মুখের হাসি চাপিয়া হঠাৎ গম্ভীর হইয়া কহিল, কি জানি ঠাকুরপো ওঁর কাছে যা শুনেছিলুম তাই বললুম। কিন্তু তুমিও ত এইমাত্র স্বীকার করলে, ধর্মগ্রন্থ যার নাম, তাতেও শিবের উক্তি বলে মিথ্যা উক্তি ঢোকানো আছে।

দিবাকর মানিয়া লইল। কিছুদিন পূর্বেই পুরাণ সম্বন্ধে সে মাসিক পত্রিকার সমালোচনা পড়িয়াছিল ; কহিল, অত্যন্ত অন্যায়, কিন্তু উপকথা, মিথ্যা শ্লোক যে আছে, এ কথা অস্বীকার করতে পারিনে। কিন্তু, সে ত বেশী দিন চলে না বৌদি। যা মিথ্যা, তা দুদিনেই ধরা পড়ে যায়।

কি করে ধরা পড়ে ঠাকুরপো?

দিবাকর কহিল, সে আমি ঠিক জানিনে বৌদি। কিন্তু, যা মিথ্যা, তার খুঁটিনাটি, আলোচনা করলেই পণ্ডিতেরা টের পান কোনটা সত্য, কোনটা মিথ্যা, কোনটা খাঁটি, কোনটা প্রক্ষিপ্ত ; কিন্তু তাই বলে আপনি বেদ সত্য বলে স্বীকার করতে চান না, এ অন্যায়, বড় অন্যায়!

উপেন্দ্র এতক্ষণ কোন কথা কহে নাই। কিরণময়ীর এই সমস্ত উগ্র পরিহাসের তাৎপর্য যে কি তাহা ঠিক অনুমান করিতে না পারিয়া চুপ করিয়া বাগবিতণ্ডা শুনিতেছিল। কিরণময়ী তাহার পানে একবার কটাক্ষে চাহিয়া বোধ করি একটু হাসি গোপন করিল। পরে গম্ভীর হইয়া দিবাকরকে কহিল, কি জানো ঠাকুরপো, আমি একবার একটা ধর্মশাস্ত্রে পড়েছিলুম যে, এক ব্রাহ্মণের ছেলে কোন কারণে যমের সঙ্গে দেখা করতে যায়। যম তখন বাড়ি ছিলেন না,—বোধ করি বা শ্বশুরবাড়ি গিয়েছিলেন—তিন দিন পরে ফিরে এসে, বাড়ির লোকের কাছে শুনতে পেলেন, ব্রাহ্মণ-বালক উপোস করে আছে। কিচ্ছুটি খায়নি। একে ব্রাহ্মণ, তায় অতিথি! যম ত বড় দুঃখিত হয়ে পড়লেন। শেষে অনেক বিনয় করে বললেন, তুমি বাপু তিন দিনের উপোসের বদলে বর নাও। আচ্ছা—

কথাটা শেষ করিবার পূর্বেই দিবাকর হোহো করিয়া হাসিয়া উঠিল। কহিল, এ কোন উপন্যাস শুরু করে দিলেন বৌদি?

কিরণময়ী নিরীহভাবে কহিল, কি করব ঠাকুরপো, যা পড়েছিলুম তাই বলচি। আচ্ছা এমন কাণ্ড হতে পারে বলে কি তোমার বিশ্বাস হয়?

দিবাকর জোর দিয়া কহিল, নিশ্চয় না। অসম্ভব।

কেন অসম্ভব? ধর্মশাস্ত্রেই ত আছে।

থাক ধর্মশাস্ত্রে। এ প্রক্ষিপ্ত—উপন্যাস!

উপন্যাস কি করে টের পেলে ঠাকুরপো?

বৌদি, সকলেরই একটু-আধটু বুদ্ধি সুদ্ধি আছে। আমি বেশী কিছু জানিনে বটে, কিন্তু এ যে মিথ্যা ঘটনা, তাতে কোন সন্দেহ নেই। এমন হতেই পারে না।

কিরণময়ী কহিল, ঠাকুরপো, এমনি করে সবাই নিজের বিদ্যে-বুদ্ধি এবং অভিজ্ঞতা দিয়েই সত্য-মিথ্যা ওজন করে। এ ছাড়া আর মানদণ্ড নেই। কিন্তু এ জিনিস সকলের এক নয়—তুমি যাকে সত্য বলে বুঝতে পার, আমি যদি না পারি ত আমাকে দোষ দেওয়া চলে না।

দিবাকর তৎক্ষণাৎ কহিল, নিশ্চয় না।

কিরণময়ী কহিল, তবেই দেখ ঠাকুরপো, এতেই যখন অমিল হলে দোষ দেওয়া যায়

না, তখন যে জিনিস বুদ্ধি এবং অভিজ্ঞতা দুয়েরই বাইরে তার সম্বন্ধে মতের কত অনৈক্য হওয়াই সম্ভব। কিন্তু, এ বিষয়ে আমাদের গরমিল নেই। আমরা দুজনেই মনে করি, এ ঘটনা, আমাদের বুদ্ধির বাইরে, তাই, এটা উপন্যাস, না ঠাকুরপো?

কিরণময়ী যে তাহাকে কোথায় ঠেলিয়া লইয়া যাইতেছে, তাহা ঠিক বুঝিতে না পারিয়া দিবাকর সংক্ষেপে কহিল, হ্যাঁ।

কিরণময়ী পুনর্বার হাসিয়া উঠিয়া বলিল, বেশ বেশ। কিন্তু আমার এই উপন্যাসটির শেষ-ভাগটা তোমার হাতের ঐ বইখানিতেই পাবে।

দিবাকর চকিত হইয়া কহিল, এই উপনিষদে?

কিরণময়ী তেমনি কৌতুকভরে কহিল, হ্যাঁ, ওতেই পাবে, বেশী খোঁজাখুঁজি করতে হবে না। কিন্তু যদি পাও, তখন তোমার প্রতি-বর্ণটি অভ্রান্ত সত্য বলে মনে হবে না ত?

দিবাকর জবাব দিল না। হতবুদ্ধির মত বসিয়া রহিল।

কিরণময়ী উপেন্দ্রর নির্বাক মুখের প্রতি চাহিয়া বলিল, তোমার কি মত ঠাকুরপো?

উপেন্দ্র শুধু একটুখানি হাসিল, কিছুই বলিল না।

দিবাকর নিজেকে সামলাইয়া লইয়া কহিল, কিন্তু এটা রূপক হতেও পারে।

কিরণময়ী কহিল, তা পারে। কিন্তু রূপক ত সত্য ঘটনা নয়। ঐ বইখানি যে আগাগোড়াই মিথ্যা, তা না হতে পারে। কিন্তু আগাগোড়া যে সত্য নয়, সে কথা বুদ্ধির তারতম্য হিসেবে বেছে নিতে হবে না? তাই তোমার বুদ্ধিতে যদি বার-আনা সত্য বলে ঠেকে, আমার বুদ্ধিতে হয়ত পনের-আনা মিথ্যে বলে মনে হতে পারে। তাতেও ত আমার অন্যায় হবে না ঠাকুরপো!

দিবাকর হাতের বইখানির প্রতি নীরবে চাহিয়া রহিল। কিরণময়ীর কথাগুলা তাহার বুকে বেদনার মত বাজিতে লাগিল। খানিক চুপ করিয়া থাকিয়া কহিল, বৌদি, যাকে আপনি মিথ্যা ঘটনা বলচেন, তার হয়ত কোন গূঢ় অভিসন্ধি থাকতে পারে। তাই—

তাই মিথ্যার অবতারণা? তুমি যা আন্দাজ করছ তা হতে পারে, আমি মেনে নিচ্চি। তবুও সেটা আন্দাজ ছাড়া আর কিছু নয় ; আর অভিসন্ধি যাই থাক, পথটা সাধু পথ নয়। এই কথাটা সব সময়ে মনে রাখা উচিত যে, মিথ্যে দিয়ে ভুলিয়ে সত্য প্রচার হয় না। সত্যকে সত্যের মত করেই বলতে হয়। তবেই মানুষ যে যার বুদ্ধির পরিমাণে বুঝতে পারে। আজ না পারে ত কাল পারে। সে না পারে ত আর একজন পারে। না-ও যদি পারে, তবুও তাকে মিথ্যার ভূমিকা দিয়ে মুখরোচক করার চেষ্টার মত অন্যায় আর নেই। ঠাকুরপো, মিথ্যা পাপ, কিন্তু মিথ্যায়-সত্যে জড়িয়ে বলার মত পাপ সংসারে অল্পই আছে।

দিবাকর বিমর্ষ মলিন-মুখে চুপ করিয়া রহিল। কিরণময়ী তাহার মুখ দেখিয়া মনের ভাব স্পষ্ট বুঝিতে পারিল। কোমলস্বরে কহিল, এতে দুঃখিত হবার ত কিচ্ছু নেই ঠাকুরপো। যা সত্য, তাকেই সকল সময় সকল অবস্থায় গ্রহণ করবার চেষ্টা করবে। তাতে বেদই মিথ্যা হোক, আর শাস্ত্রই মিথ্যা হয়ে যাক। সত্যের চেয়ে এরা বড় নয়, সত্যের তুলনায় এদের কোন মূল্য নেই। জিদের বশে হোক মমতায় হোক, সুদীর্ঘ দিনের সংস্কারে হোক, চোখ বুজে অসত্যকে সত্য বলে বিশ্বাস করায় কিছুমাত্র পৌরুষ নেই। একটুখানি চুপ করিয়া কহিল, তাই বলে এমন কথাও মনে ভেবো না আমি অসত্য বলে বুঝেছি বলেই তা অসত্য হয়ে গেছে। আমার মোট কথাটা এই যে, সত্য-মিথ্যা যাই হোক, তাকে বুদ্ধিপূর্বক গ্রহণ

করা উচিত। চোখ বুজে মেনে নেওয়ার কোন সার্থকতা নেই। তাতে তারও গৌরব বাড়ে না, তোমারও না।

দিবাকর অনেকক্ষণ মৌন থাকিয়া বলিল, আচ্ছা বৌদি যে বস্তু বুদ্ধির বাইরে, তার সম্বন্ধে সত্য-মিথ্যা বুদ্ধিপূর্বক কি করে স্থির করবেন?

কিরণময়ী তৎক্ষণাৎ প্রত্যুত্তর করিল, করব না ত। যা বুদ্ধির বাইরে, তাকে বুদ্ধির বাইরে বলেই ত্যাগ করব। মুখে বলব অব্যক্ত, অবোধ্য, অজ্ঞেয়, আর কাজে কথায় তাকেই ক্রমাগত বলবার চেষ্টা, জানবার চেষ্টা কিছুতেই করব না। যিনি করবেন, তাঁকেও কোনমতে সহ্য করব না। তুমি এই-সব বই পড়নি ঠাকুরপো, পড়লে দেখতে পাবে, সর্বত্র এই চেষ্টা, আর এই জিদ। কেবল গায়ের জোর আর গায়ের জোর। যে মুখে বলচেন জানা যায় না, সেই মুখেই আবার এত কথা বলচেন, যেন এইমাত্র সমস্ত স্বচক্ষে দেখে এলেন। যাকে কোনমতে উপলব্ধি করা যায় না, তাকেই উপলব্ধি করবার জন্যে পাতার পর পাতা, বইয়ের পর বই লিখে যাচ্ছেন। কেন? যে লোক জীবনে রাঙ্গা রঙ দেখেনি, তাকে কি মুখের কথায় বোঝান যায় রাঙ্গা কি? আর তাই না বুঝলে, না মানলে রাগারাগি শাপ-সম্পাৎ আর ভয় দেখানোর সীমা-পরিসীমা থাকে না। কেবল বড় বড় কথার মারপ্যাঁচ। নির্গুণ, নিরাকার, নির্লিপ্ত, নির্বিকার এ-সব কেবল কথার কথা। এর কোন মানে নেই। যদি কিছু থাকে ত সে এই যে, যাঁরা এ-সকল কথা আবিষ্কার করেচেন, তাঁরাই প্রকারান্তরে বলচেন, এ সম্বন্ধে কেউ চিন্তামাত্র করবে না—সব নিষ্ফল, সমস্ত পণ্ডশ্রম।

দিবাকর অনেকক্ষণ চুপ করিয়া রহিল। তার পরে ধীরে ধীরে কহিল, বৌদি, আপনি আত্মা মানেন না?

না।

কেন?

মিথ্যে কথা বলে। তা ছাড়া এমন দম্ভ আমার মনে নেই যে, সমস্তই নাশ হবে, শুধু আমার এই মহামূল্য আমিটির কোনদিন ধ্বংস হবে না। এমন কামনাও করিনে যে, আমার মৃত্যুর পরেও আমার আমিটি বেঁচে থাকুক।

আচ্ছা ঈশ্বর? তাঁকেও কি আপনি স্বীকার করেন না?

কিরণময়ী হাসিয়া কহিল, অত ভয়ে ভয়ে বলচ কেন ঠাকুরপো? এতে ভয়ের কথা কিছু নেই; না, আমি অস্বীকারও করিনে।

দিবাকর প্রগাঢ় অন্ধকারের মধ্যে যেন একটু আলোর রেখা দেখিতে পাইল। জিজ্ঞাসা করিল, তাঁকে আপনি কি করে চিন্তা করেন?

কিরণময়ী কহিল, যে বস্তুকে অজ্ঞেয় বলে নিশ্চয় বুঝেচি, তাকে চিন্তা করাও যায় না, করিও নে। বস্তুতঃ অচিন্তনীয়কে চিন্তা করব কি দিয়ে? তাই অসম্ভবকে সম্ভব করবার চেষ্টা কোনদিন আমার নেই। একটা জিনিসকে বাড়িয়ে বড় করা যায়। আরও বাড়ালে আরো বড় করা যায় তাও জানি, কিন্তু তাকে টেনে অনন্ত করে তোলা যায়, এ ভুল আমার কখনো হয় না।

তবে কি তাঁকে ভাবাই যায় না?

যায় ঠাকুরপো, ছোট করে নিয়ে ভাবা যায়। মানুষের দোষ-গুণ জড়িয়ে দিয়ে ছোটখাট ঠাকুর-দেবতা করে নিয়ে, নিরক্ষর লোকে যেমন করে ভক্তি দিয়ে ভাবে, তেমনি করেই

শুধু যায়। নইলে, জ্ঞানের অভিমানে ব্রহ্ম করে নিয়ে যারা ভাবতে চায়, তারা শুধু নিজেকে ঠকায়। কিন্তু, আজ আর না। এ-সব কথা আর একদিন হবে। উপেন্দ্রর মুখপানে চাহিয়া হাসিমুখে কহিল, কিন্তু, তুমি ঠাকুরপো, ভারী সেয়ানা। আমরা যখন ঝোঁকের উপর তর্কাতর্কি করে নিজেদের ফাঁকা করে ফেললুম, তুমি তখন মুখ বুজে নিজেকে একেবারে গোপন করে রাখলে। আমি জনি, তুমি সমস্ত জানো, কিন্তু নিজের মনের একটি কথাও কাউকে জানতে দিলে না।

উপেন্দ্র হাসিয়া ফেলিল। কহিল, না বৌঠান, আমি এ সম্বন্ধে একেবারে মহামূর্খ। আমি স্তম্ভিত হয়ে শুধু আপনার কথাই শুনছিলুম।

কিরণময়ীও হাসিয়া বলিল, বিদ্রূপ করচ বুঝি ঠাকুরপো!

না বৌঠান, সত্যি কথাই বলচি। কিন্তু ভাবচি, আপনার এইটুকু বয়সের মধ্যে এত পড়লেন বা কবে, এত ভাবলেন বা কবে?

প্রশংসা শুনিয়া কিরণময়ীর অন্তঃকরণ পুলকে, গর্বে উচ্ছ্বসিত হইয়া উঠিল। কিন্তু তাহা দমন করিয়া বিনয়ের সহিত কহিল, না না, ও-কথা বলো না ঠাকুরপো, আমিও মহামূর্খ। কিছুই জানিনে। তবে শুধু এইটুকু জেনেছি বটে যে, কিছুই জানবার জো নাই। তাই, এই সমস্ত শাস্ত্রের জবরদস্তি আর দাম্ভিক উক্তি দেখলেই আমার গা-জ্বালা করে ওঠে—কিছুতেই যেন আর নিজেকে সামলে রাখতে পারি না। কেবলই মনে হয়, তুমিও জান না, আমিও জানিনে। তবে বাপু, তোমার এত গায়ের জোর, এত বিধি-নিষেধের ঘটা, এত মিথ্যে নিয়ে ভক্তি করা কেন? সমস্ত কাজেই যে ভগবান তাঁদের মধ্যস্থ রেখে কাজ করেছেন, এমনি দাম্ভিক অনুশাসনের বহর? খেতে, শুতে, বসতে ভগবানের দোহাই আর ধর্মের দাঁত-খিচুনি! কেন বাপু? কেন এমন করে হাঁচব, আর তেমন করে কাসব? অথচ, এত তেজ যে, কোথাও এতটুকু কারণ পর্যন্ত কেউ দেখবার দরকার মনে করেন নি। শুধু জবরদস্তি। তোমার গো-হত্যার ব্রহ্ম-হত্যার পাতক হবে, তুমি উচ্ছন্ন যাবে, তোমার চৌদ্দপুরুষ নরকে যাবে। কেন যাবে? কে তোমাকে বলেচে? শ্রুতি, স্মৃতি, তন্ত্র, পুরাণ সমস্তই এই গায়ের জোর আর চোখ-রাঙ্গানি। বাস্তবিক, এত অন্যায় জোর সহ্য হয় না ঠাকুরপো।

উপেন্দ্র কথা কহিল না। কিন্তু দিবাকর তাহার শেষ চেষ্টা করিয়া বলিল, কিন্তু সে জোর হয়ত আমাদের মঙ্গলের জন্যই তাঁরা করেচেন।

কিরণময়ী জ্বলিয়া উঠিয়া বলিল, অত ভালয় কাজ নেই ঠাকুরপো! যেন তাঁরাই শুধু মানুষ হয়ে দেশসুদ্ধ গরুর পাল লাঠির গুঁতো দিয়ে ভাল পথে তাড়িয়ে নিয়ে যাবার জন্যেই অবতীর্ণ হয়েছেন। নিজের ভাল কে চায় না? বুঝিয়ে বললেই ত হয় বাপু, এইজন্যে তোমার ভাল—তাই, এই সব বিধি-নিষেধ তৈরি করে দিলুম। আমাকেও ত বুঝতে দেওয়া চাই কেন এই পথে আমার মঙ্গল। তাতে ত এত চোখ-রাঙ্গানি, এত মিথ্যে উপন্যাস রচনা করবার আবশ্যক হত না। বলিতে বলিতে তাহার ভিতরের ক্রোধটা অতি স্পষ্ট হইয়া উঠিল।

উপেন্দ্রর অকস্মাৎ সেই প্রথম রাত্রির কথা মনে পড়িয়া গেল। এ সেই মূর্তি! পিঞ্জরাবদ্ধ বন্যপশুর সেই মর্মান্তিক গর্জন। কিন্তু, কি চায় এ? কিসের বিরুদ্ধে ইহার এত আক্রোশ? শাস্ত্র এবং শাস্ত্রকারের কোন্ অনুশাসনের শৃঙ্খল চূর্ণ করিয়া এই বিধবা মুক্তি প্রার্থনা করে?

তাহাকে শান্ত করিবার অভিপ্রায়ে উপেন্দ্র সবিনয় হাস্যের সহিত কহিল, আমরা দুজনে ত জবাব দিতে পারলাম না বৌঠান ; কিন্তু একজন আছে—যার কাছে আপনাকেও তর্কে

হেরে আসতে হবে, তা বলে দিচ্চি।

কিরণময়ী নিজের উত্তেজনা নিজেই উপলব্ধি করিয়া অবশেষে মনে মনে লজ্জা পাইয়াছিল। সেও হাসিয়া কহিল, এমন কে বল ত ঠাকুরপো?

উপেন্দ্র গম্ভীর হইয়া কহিল, আপনি তামাশা মনে করবেন না। সত্যিই বলচি, সেখানে তাকে জিতে আসা ভারী কঠিন। তার পড়াশুনা যে বেশী আছে তা নয়, কিন্তু তর্কের বুদ্ধি অতি সূক্ষ্ম। সেও এ-সমস্ত বিশ্বাস করে—তাকে নিরুত্তর করে দিয়ে আসতে পারেন, তবে ত বুঝি।

কিরণময়ী উৎসাহিত হইয়া কহিল, তা না পারি, অন্ততঃ কিছু শিখেও আসতে পারব ত? হাসিয়া কহিল, কে তিনি ঠাকুরপো? আমাদের ছোটবৌ নয় ত?

উপেন্দ্র হাসিতে লাগিল। কহিল, সে-ই। বাস্তবিক বৌঠান, তার বিচার করবার শক্তি অদ্ভুত। তর্কের বুদ্ধি দেখে সময়ে সময়ে আমি যথার্থই মুগ্ধ হয়ে যাই। আমি কি জবাব দেব, কি প্রশ্ন করব, তা যেন খুঁজেই পাই না। হতবুদ্ধি হয়ে বসে থাকি।

উপেন্দ্রর মুখে সুরবালার এই উচ্ছ্বসিত প্রশংসায় কিরণময়ীর মুখের দীপ্তি নিবিয়া গেল। অথচ, ইহাতে যোগ দেয়, তাহাও ইচ্ছা করিল, কিন্তু ঈর্ষার বেদনা সর্বাঙ্গ বেড়িয়া যেন কণ্ঠরোধ করিয়া ধরিল। সহসা সে কথা কহিতেই পারিল না।

কিন্তু, উপেন্দ্র ইহা লক্ষ্য করিল না। জিজ্ঞাসা করিল, তার সঙ্গে আপনার বোধ করি এ প্রসঙ্গে আলোচনা কোনদিন হয়নি?

কিরণময়ী ঘাড় নাড়িয়া বলিল, না। মোটে দুটি দিন ত সে এখানে এসেছিল। সেও আবার এমন সময় নয় যে কোন কথাবার্তা হয়। চল না ঠাকুরপো, আজ একবার তোমার তর্কবীরকে দেখে আসি।

উপেন্দ্র হাসিতে লাগিল। কহিল, না বৌঠান, সে তার্কিক একেবারেই নয়। বস্তুতঃ, এই বিষয়টা ছাড়া সে তর্কই করে না—যা বলবেন, তাই মেনে নেবে। দিন-তিনেক পরে সে বাড়ি ফিরে যাবে—অনুমতি করেন ত এইখানেই নিয়ে আসি।

কিরণময়ী ত্রস্ত হইয়া কহিল, না ঠাকুরপো, না, এখানে এনে তাকে কষ্ট দিতে চাইনে। যে দুটি দিন ক্লেশ স্বীকার করে এসেছিল, সেই আমার বহু ভাগ্য। আমাকে নিয়ে চল, আমি যাব। আচ্ছা, একটা কথা জিজ্ঞাসা করি ঠাকুরপো, এত বড় তার্কিক গুরু থাকতেও তোমরা দুটি ভাই আমার জবাব দিতে পারলে না কেন?

কথাগুলি কিরণময়ী সরল পরিহাসের আকারেই বলিতে চাহিল, কিন্তু তাহার বেদনার ভারে শেষ কথাগুলি ভারী হইয়া প্রকাশ পাইল।

দিবাকর চুপ করিয়া রহিল। উপেন্দ্র কহিল, না বৌঠান, সে-সব যুক্তি তার শেখা যায় না। কতবার ত শুনেচি, কোনমতেই আয়ত্ত করতে পারলাম না। যারা ভগবান মানে, তারা বলবে এ তাঁরই ডান হাতের সর্বশ্রেষ্ঠ দান। সত্যি বলচি বৌঠান, আমার অনেকবার ঈর্ষা হয়েচে যে, এর সহস্র ভাগের এক ভাগও যদি আমি পেতাম, তা হলে ধন্য হয়ে যেতাম!

কিরণময়ী ঠিক বুঝিতে পারিল না, কি এ! তথাপি তাহার সমস্ত মুখ কালো হইয়া গেল; এবং ইহা নিজেই সে স্পষ্ট অনুভব করিয়া কোনমতে এক টুকরা শুষ্ক হাসি দিয়া পুরোবর্তী এই দুই পুরুষের দৃষ্টিপথ হইতে নিজেকে আবৃত করিয়া ফেলিতে চাহিল। কিন্তু কিছুতেই তাহার মুখে হাসি ফুটিল না।

সহসা সে একেবারে সোজা হইয়া দাঁড়াইয়া উঠিয়া কহিল, চল ঠাকুরপো, আজই আমি তার সঙ্গে দেখা করে আসব। তোমারও যার জন্যে হিংসা হয়, এ দুর্লভ বস্তু কি, তা না দেখে আমি কোনমতেই স্বস্তি পাব না।

তাহার এই আগ্রহাতিশয্যে উপেন্দ্র কোনমতেই আর হাসি চাপিতে পারিল না। কিরণময়ী ঈর্ষায় এত আচ্ছন্ন না হইয়া পড়িলে তাহার এতক্ষণের ছদ্ম গাম্ভীর্য চক্ষের পলকে ধরিয়া ফেলিতে পারিত। কিন্তু, সেদিকে তাহার দৃষ্টিই ছিল না। কহিল না ঠাকুরপো, তোমার পায়ে পড়ি, আমাকে নিয়ে চল।

উপেন্দ্র ব্যস্ত হইয়া দুই হাত মাথায় ঠেকাইয়া কহিল, ছি ছি, অমন কথা মুখে আনবেন না বৌঠান। আপনি বয়সে ছোট হলেও আমার পূজনীয়া। বেশ ত, মাসীমা ফিরে আসুন, চলুন আজই আপনাকে নিয়ে যাই।

ছাব্বিশ

প্রায় অপরাহ্ণবেলায় কিরণময়ী জ্যোতিষবাবুদের বাটীতে আসিয়া উপস্থিত হইল। পরনে মোটা থানের কাপড়, গায়ে অলঙ্কারের চিহ্নমাত্র নাই, সুদীর্ঘ রুক্ষ কেশরাশি বিপর্যস্তভাবে মাথায় জড়ানো, দুই-একটা চূর্ণকুন্তল কপালে ঝুলিয়া পড়িয়াছে, চোখে তাহার শ্রান্ত উদাস দৃষ্টি। যেন বৈধব্যের অলৌকিক ঐশ্বর্য তাহার সর্বাঙ্গ ঘিরিয়া মূর্তিমতী হইয়াছে। সে মুখের পানে চাহিলেই চক্ষু আপনিই যেন তাহার পদপ্রান্তে নামিয়া আসে। সরোজিনী বাহিরের বারান্দায় একটা চৌকিতে বসিয়া বই পড়িতেছিল, চোখ তুলিয়া অকস্মাৎ এই আশ্চর্য রূপ দেখিয়া একেবারে বিহ্বল হইয়া গেল। সে কিরণময়ীকে কখনো চোখে দেখে নাই, তাহার নাম এবং সৌন্দর্যের খ্যাতি সুরবালার মুখে শুনিয়াছিল মাত্র। কিন্তু, সে সৌন্দর্য যে এই প্রকার, তাহা কল্পনাও করে নাই।

উপেন্দ্র তাহার পরিচয় দিল, আমাদের বৌঠাকরুন—সরোজিনী।

সরোজিনী কাছে আসিয়া নমস্কার করিল।

কিরণময়ী তাহার হাত ধরিয়া সহাস্যে কহিল, তোমার নাম আমি সকলের কাছে শুনেছি ভাই, তাই আজ একবার চোখে দেখতে এলুম।

প্রত্যুত্তরে সরোজিনী কি বলিবে, তাহা তখনও খুঁজিয়া পাইল না। অপরিচিত নরনারীর সহিত মিশিতে, আলাপ করিতে সে শিশুকাল হইতেই শিক্ষিত এবং অভ্যস্ত, কিন্তু এই আশ্চর্য বিধবা নারীর সম্মুখে সে নির্বাক হইয়া রহিল।

উপেন্দ্রর দিকে একবার ফিরিয়া চাহিয়া কিরণময়ী কহিল, কিন্তু আজ ত আর বেলা নেই। বেশীক্ষণ থাকবার সময় হবে না—চল ঠাকুরপো, একেবারে ছোটবৌয়ের ঘরে গিয়ে বসি গে; বলিয়া সে সরোজিনীর করতলে একটু চাপ দিয়া ইঙ্গিত করিল।

কিন্তু, যে ঝোঁকের বশে কিরণময়ী আজ এই অসময়ে সুরবালার সহিত সাক্ষাৎ করিতে আসিয়াছিল, সেই উত্তেজনার হেতুটা আর তাহার অগোচর ছিল না। পথে আসিতে আসিতে তাহার অনেকবার মনে হইয়াছিল, তাহার সহিত মাত্র দুটি দিনের পরিচয়, সেই সুরবালার বিশ্বাস এবং বিদ্যাবুদ্ধি যাহাই হউক, অকারণে তাহার ঘর চড়িয়া আক্রমণ করিতে

যাওয়ার মত অদ্ভুত হাস্যকর ব্যাপার আর কিছুই হইতে পারে না। সুতরাং ফিরিয়া যাওয়াই কর্তব্য, ইহাতেও তাহার সন্দেহ ছিল না। অথচ কিছুতেই ফিরিতে পারে নাই। কিসে যেন তাহাকে ক্রমাগত টানিয়া আনিয়া হাজির করিয়া দিল। অন্যায়! অসঙ্গত! এ কথাও সে মনে মনে বার বার বলিল ; কিন্তু প্রেয়সী ভার্যার যে অমূল্য ঐশ্বর্যকে উপেন্দ্র ঈশ্বরের সর্বশ্রেষ্ঠ দান বলিয়া স্বীকার করিতেও লজ্জা বোধ করে নাই, সে যে কিছুই নয়, তাহাকে সে যে চক্ষের নিমিষে পরাস্ত খণ্ডবিখণ্ড করিয়া তাহারই চক্ষের উপর ধূলার মত উড়াইয়া দিতে পারে, ইহাই সপ্রমাণ করিবার অদম্য আকাঙ্ক্ষা তাহার বুকের ভিতর প্রতিহিংসার মত গড়াইয়া বেড়াইতেছিল। কোনমতেই সে ইহাকে নিরস্ত করিতে পারে নাই। অথচ, গোড়া হইতেই তাহার এই খটকা বাজিয়াছিল যে, সতীশের কাছে উপেন্দ্রর যে পরিচয় সে পাইয়াছিল, তাহাতে তাহার মন বার বার বলিতেছিল, ইচ্ছা করিলে উপেন্দ্র জবাব দিতে পারিত। কিন্তু, কথাটি কহে নাই, শুধু মৃদু মৃদু হাসিয়াছে। কেন? কিসের জন্য? সে কি শুধু সুরবালার কাছে লইয়া গিয়া তাহাকে একেবারে তুচ্ছ অকিঞ্চিৎ করিয়া দিবার জন্য? কিন্তু সুরবালা যদি কোন উত্তর না দেয়? স্বামীর মত অমনি মুখ টিপিয়া হাসিয়া চুপ করিয়া থাকে? কি করিয়া সে তাহার বিজয়-পতাকা প্রতিষ্ঠিত করিবে?

এমনি ভাবিতে ভাবিতে যখন সে সরোজিনীর পিছনে পিছনে সুরবালার ঘরে আসিয়া প্রবেশ করিল, তখন মেঝের উপর বসিয়া কাশীদাসী মহাভারত হইতে ভীষ্মের শরশয্যা পড়িয়া সুরবালা কাঁদিয়া আকুল হইয়া উঠিয়াছিল। অকস্মাৎ কিরণময়ীকে দেখিয়া শশব্যস্তে বই মুড়িয়া চোখ মুছিয়া ফেলিল, এবং উঠিয়া দাঁড়াইয়া তাহার হাত দুটি ধরিয়া পরম সমাদরে কহিল, দিদি এস।

সেইখানে কার্পেটের উপর বসাইয়া বলিল, আমি কাল তোমার ওখানে যাব মনে করেছিলুম দিদি।

কিরণময়ী কহিল, আমিও তাই আজ এলুম ভাই।

উপেন্দ্র অদূরে একটা চৌকি টানিয়া লইয়া বসিয়াই কহিল, কান্না হচ্ছিল— ওটা মহাভারত বুঝি?

সুরবালা মহা লজ্জায় আঁচল দিয়া নিজের চোখ দুটি ক্রমাগত মুছিতে লাগিল।

উপেন্দ্র কহিল, কেন যে তুমি ঐ মিথ্যে রাবিশ বইখানা নিয়ে প্রায়ই সময় নষ্ট কর, আমি ত ভেবে পাইনে। তার উপর কান্নাকাটি, চোখের জলের— কথাটা শেষ হইল না। সুরবালা চোখ মোছা ভুলিয়া রাগিয়া উঠিয়া বলিল, এক শ'বার কি তুমি বল যে—

উপেন্দ্র কহিল, বলি যে ওর আগাগোড়া মিথ্যে। আর কিছু না।

এ-সকল বিষয়ে তাহাকে রাগাইতে বেশী বিলম্ব হইত না। সে তাহার রুষ্ট আরক্ত চোখ দুটি স্বামীর মুখের প্রতি স্থির করিয়া কহিল, মহাভারত মিথ্যে? অমন কথাটি তুমি কখনো মুখে এনো না। এ তামাশা নয়—এতে অপরাধ হয় তা জান?

উপেন্দ্র বলিল, জানি, কিচ্ছু হয় না। আচ্ছা, ওঁদের জিজ্ঞেস কর—ওঁরাও বিশ্বাস করেন না।

এবার সুরবালা কিরণময়ীর মুখের পানে চাহিয়া ফিক করিয়া হাসিয়া ফেলিল। কহিল, শোন কথা দিদি! তোমরা মহাভারত বিশ্বাস কর না। ওঁর ঐ রকম কথা। যা হোক একটা বলে দিলেই হলো।

কিরণময়ী চুপ করিয়া রহিল। স্বামী-স্ত্রীর এই অদ্ভুত বাকবিতণ্ডার সে অর্থ গ্রহণ করিতে

পারিল না। তাহার মনে হইল, ইহা একটা অভিনয় এবং তাহাকেই উপলক্ষ করিয়া ইহার অন্তরালে কি একটা রহস্য প্রচ্ছন্ন রহিয়াছে।

উপেন্দ্র সরোজিনীকে উদ্দেশ করিয়া প্রশ্ন করিল, আচ্ছা, আপনি মহাভারতের গল্পগুলো সত্য মনে করেন?

সরোজিনী সরলভাবে বলিল, কিছু সত্য নিশ্চয়ই আছে, কিন্তু আগাগোড়াই সত্য কেউ মনে করে না, আমিও করিনে।

সুরবালা প্রথমে অবাক হইল, তাহার পর তামাশা মনে করিয়া উড়াইয়া দিতে গেল, কিন্তু সরোজিনী আরও দুই-চারিটা কথায় এবং উপেন্দ্রর ব্যঙ্গ-বিদ্রূপের খোঁচায় অধিকতর বিস্মিত এবং ক্রুদ্ধ হইয়া উঠিল ; এবং দেখিতে দেখিতে তিনজনের তর্ক উদ্দাম হইয়া উঠিল। কিন্তু, তখন পর্যন্ত কিরণময়ী একটি কথাও কহে নাই। কারণ, এই-সকল বাদানুবাদ পরিহাস ভিন্ন যে আর কিছু হইতে পারে তাহা মনে করিতেই পারিল না। যাহার সহিত সে দর্শন লইয়া তর্কযুদ্ধ করিতে আসিয়াছে, সে যখন সমস্ত মহাভারতটাই অখণ্ড সত্য বলিয়া প্রমাণ করিতে কোমর বাঁধিয়া বসিয়াছে—এমন অচিন্তনীয় ব্যাপার সত্য বলিয়া সে কেমন করিয়া মনের মধ্যে গ্রহণ করিবে! এদিকে তর্ক এবং কথা কাটাকাটি অবিরাম চলিতে লাগিল। কিন্তু কিরণময়ী শুধু তীক্ষ্ণদৃষ্টিতে সুরবালার পানে নীরবে চাহিয়া রহিল। দেখিতে দেখিতে তাহার সন্দেহের ঘোর বাষ্পের মত মিলাইয়া গেল। দেখিল সুরবালার কণ্ঠস্বর, চোখের চাহনি, সমস্ত মুখখানি, এমন কি সর্বাঙ্গ হইতে সংশয়-লেশহীন দৃঢ় প্রত্যয় যেন ফুটিয়া পড়িতেছে। এই বিপুল বিরাট গ্রন্থখানি তাহার কাছে প্রত্যক্ষ-সত্য। এ ত কৌতুক নয়, এ যেন জীবন্ত বিশ্বাস! তাহার পর কিছুক্ষণের জন্য কে কি বলিতে লাগিল, সেদিকে তাহার চেতনা রহিল না। কেমন যেন আচ্ছন্নের মত এই সুরবালার মধ্যে একটা অপরিচিত ভাবের আকৃতি দেখিতে লাগিল। তাহা অদৃষ্টপূর্ব।

কিন্তু, এরূপ কতক্ষণ থাকিত বলা যায় না, সহসা সে উপেন্দ্র ও সরোজিনীর সমবেত উচ্চ হাসির শব্দে আপনাতে আপনি ফিরিয়া আসিল। দেখিতে পাইল, হাসির ছটায় সুরবালা বিব্রত হইয়া পড়িয়াছে। সে বেচারা একা। তাই, সে কিরণময়ীকে হঠাৎ মধ্যস্থ মানিয়া ক্ষুব্ধস্বরে কহিল, আচ্ছা দিদি, এ কি মিথ্যে কখনও হতে পারে?

উপেন্দ্র কিরণময়ীর প্রতি চাহিয়া হাসি দমন করিয়া কহিল, বৌঠান তর্কটা এই, সরোজিনী বলচেন, ভীষ্মের শরশয্যার সময় অর্জুন যে বাণ দিয়ে পৃথিবী বিদীর্ণ করে গঙ্গা এনেছিলেন, সে মিথ্যা কথা। কখনো আনেন নি।

সুরবালা স্বামীর মুখের প্রতি তীব্র দৃষ্টিপাত করিয়া কহিল, যদি আনেন নি, তবে শোন বলি। ভীষ্মদেব শরশয্যায় শুয়ে জল খেতে চাইলেন। দুর্যোধন সুবর্ণ ভৃঙ্গারে জল আনলে, তিনি খেলেন না! এ ত আর মিথ্যে নয়। গঙ্গা যদি না এলেন, তবে তাঁর পিপাসা মিটল কিসে?

সরোজিনী অসহিষ্ণু হইয়া কহিল, কিসে! যদি বলি পিপাসা মিটল তাঁর সেই ভৃঙ্গারের জলে। তিনি দুর্যোধনের সেই ভৃঙ্গারের জলই খেয়েছিলেন।

এবার সুরবালা ভয়ানক উত্তেজিত ও রুষ্ট হইয়া কহিল, তবে লেখা আছে কেন, খাননি? আর তাই যদি তিনি ভৃঙ্গারের জলই খাবেন, তা হলে অর্জুনের অত কষ্ট করে বাণ দিয়ে পৃথিবী বিদীর্ণ করে গঙ্গা আনবার কি দরকার হয়েছিল! তা বল? দিদি, তুমিই বল, এ ত

আর কিছুতেই মিথ্যে হতে পারে না? বলিয়া সে ক্রুদ্ধ অথচ করুণ দুই চক্ষুর দ্বারা কিরণময়ীকে আবেদন জানাইল। মুহূর্তমধ্যে উপেন্দ্রর উচ্চহাস্যে ঘর ভরিয়া গেল। সরোজিনীও খিলখিল করিয়া হাসিয়া উঠিল।

উপেন্দ্র কহিল, নিন বৌঠান, জবাব দিন। গঙ্গা যদি না এলেন, তবে পিপাসা মিটল কিসে? আর পিপাসা যখন মিটল তখন গঙ্গা আসবেন না কেন? বলিয়া আর একবার উচ্চহাস্য করিয়া উঠিল।

কিন্তু আশ্চর্য! কিরণময়ী এই হাসিতে যোগ দিতে পারিল না। সে বিস্ময়স্তব্ধ-নেত্রে ক্ষণকাল সুরবালার মুখপানে চাহিয়া স্থির হইয়া রহিল। তারপর অকস্মাৎ বিপুল আবেগে তাহাকে বক্ষে টানিয়া লইয়া চুপি চুপি কহিল, মিথ্যে নয় বোন, কোথাও এর মধ্যে এতটুকু মিথ্যে নেই। গঙ্গা এসেছিলেন বৈ কি! তুমি যা বুঝেছ, যা পড়েচ সব সত্যি। সত্যি ত সবাই চিনতে পারে না দিদি, তাই ঠাট্টা-তামাশা করে। বলিতে বলিতেই তাহার দুই চক্ষু অশ্রুজলে প্লাবিত হইয়া গেল।

সরোজিনী এবং উপেন্দ্র উভয়েই বিস্ময়ে হতবুদ্ধি হইয়া তাহার মুখপানে চাহিয়া রহিল। কিরণময়ী সেদিকে ভ্রূক্ষেপমাত্র করিল না। তাহাকে তেমনি বুকে চাপিয়া রাখিয়া চোখ মুছিয়া ধীরে ধীরে কহিল, বোন, যারা অনেক ধর্মগ্রন্থ পড়েছে, তারা জানে, আজ তুমি যেমন করে বিচার করে দিলে, এর চেয়ে বেশী বিচার কোন ধর্মগ্রন্থে, কোন পণ্ডিত কোনদিন করতে পারেন নি— তাঁদের সবাইকে এমনি করেই নিজেদের মনের কথা বলতে হয়েছে। এ কথা যে জানে, তার সাধ্য নেই আজ তোমার মুখের কথা কয়টি শুনে হাসে। বলিয়া তাহাকে ছাড়িয়া দিয়া সরোজিনীর দিকে ফিরিয়া চাহিয়া কহিল, তুমি বোধ করি, ভাই, আমার কাণ্ড দেখে আশ্চর্য হয়ে গেছ। হবারই কথা। বলিয়া একটুখানি হাসিল।

কিন্তু সর্বাপেক্ষা অধিক হতবুদ্ধি হইয়াছিল উপেন্দ্র নিজে। বস্তুতঃ, কিরণময়ীর এই অদ্ভুত ভাব-পরিবর্তনের হেতু সে একেবারেই বুঝিতে পারে নাই। যে, মাত্র কিছুক্ষণ পূর্বেই স্পষ্ট করিয়া বলিয়াছে, বুদ্ধি এবং অভিজ্ঞতা ভিন্ন অন্য কোন প্রকার তুলাদণ্ডই সে গ্রাহ্য করে না, এবং যে-বস্তু ইহার বাহিরে, তাহাকে ভিতরে প্রবেশ করাইবারও কিছুমাত্র প্রয়োজন অনুভব করে না, সে সুরবালার এই একান্ত সরল ও ছেলেমানুষিতে বিচলিত হইল কি প্রকারে! তাহাকে বুকে টানিয়া লইয়া যে কথাগুলি এইমাত্র কহিল, সে ত মনরাখা কথা নয়! তা ছাড়া সে নিশ্চয় জানিত, যাহা বলিয়াছে, তাহার যথার্থ তাৎপর্য হৃদয়ঙ্গম করা সুরবালার সাধ্য নয়। সর্বাপেক্ষা বিস্ময়কর তাহার আকস্মিক উদ্গত অশ্রু। সে আসিল কি প্রকারে! এতদ্ব্যতীত আর একটা কথা। উপেন্দ্র নিঃসংশয়ে জানিত, এই প্রকার তীক্ষ্ণবুদ্ধি নর-নারী আবেগ প্রকাশ করিতে কিছুতে চাহে না। কোনমতে প্রকাশ পাইলেও তাহাদের লজ্জার পরিসীমা থাকে না। কিন্তু, লেশমাত্র লজ্জাও সে যে নিজের ব্যবহারে অনুভব করিয়াছে, সে লক্ষণ ত সম্পূর্ণ অপরিচিতা সরোজিনীর কাছেও ধরা পড়িল না।

সন্ধ্যা হইয়া গেল। কিরণময়ী সকলের কাছে বিদায় গ্রহণ করিয়া ধীরে ধীরে গাড়িতে আসিয়া উপবেশন করিল।

দিবাকর বাড়ি ছিল না ; সান্ধ্য-ভ্রমণে বাহির হইয়াছিল। সুতরাং ইতস্ততঃ করিয়াও উপেন্দ্রকে একাই ভিতরে গিয়া বসিতে হইল। কিন্তু কিরণময়ী আর তাহাকে যেন লক্ষ্যই

করিল না। গাড়ির একটা কোণে মাথা রাখিয়া স্তব্ধ হইয়া রহিল।

কিছুক্ষণ কাটিয়া গেল। অমন চুপচাপ বসিয়া থাকাও অপ্রীতিকর। তা ছাড়া উপেন্দ্র নিশ্চয় বুঝিতেছিল কিরণময়ী কিছু ভাবিতেছে। কিন্তু কি ভাবিতেছে, তাহাই যাচাই করিবার জন্য কহিল, দেখে এলেন ত! এই বুদ্ধিমতীটিকে নিয়ে আমাকে ঘর করতে হয়, কিন্তু, এমনিই ত তাঁকে আঁটবার জো নেই, তাতে আপনি আজ তামাশা করে যে সার্টিফিকেট দিয়ে এলেন, এবার আর তার নাগাল পাওয়াই যাবে না।

কিরণময়ী ইহার কোন উত্তর করিল না। একটুখানি অপেক্ষা করিয়া উপেন্দ্র হাসিয়া কহিল, কিন্তু এইখানেই এর শেষ নয় বৌঠান। ও এত বড় বোকা যে জন্মাবধি কখনো মিথ্যা কথা বলতে পারে না।

কিরণময়ী তেমনি নিস্তব্ধ হইয়া রহিল।

উপেন্দ্র বলিল, কেন জানেন? একে ত তেত্রিশ কোটি দেব-দেবতা তাকে চতুর্দিকে ঘিরে দিবা-রাত্রি পাহারা দিয়ে আছে,—তা ছাড়া, যা ঘটেনি, সেইটুকু সে নিজের বুদ্ধি খরচ করে বানিয়ে বলবে সে ক্ষমতাই ওর নেই।

কিরণময়ী রুদ্ধকণ্ঠে সংক্ষেপে কহিল, ভালই ত।

উপেন্দ্র কহিল, অতটাই যে ভাল, তা আমার মনে হয় না বৌঠান। সংসার করতে গেলে একটু-আধটু মিথ্যার আশ্রয় নিতেই হয়। যাতে কারো কোন ক্ষতি নেই, অথচ একটা অশান্তি, একটা উপদ্রব থেকে রেহাই পাওয়া যায়, তাতে দোষ কি? আমি ত বলি বরং ভালই।

বেশ ত, শেখাতে পার না?

শিখবে কি করে বৌঠান? একটি অতি ছোট মিথ্যের জন্য যুধিষ্ঠিরের দুর্গতি হয়েছিল সে যে মহাভারতে লেখা আছে। দেব-দেবতারা যেরকম হাঁ করে তার পানে চেয়ে বসে আছে, তাতে জেনে শুনে মিথ্যে কথা বললে আর কি তার রক্ষা আছে! তারা হিড়হিড় করে টেনে ওকে নরকে ডুবিয়ে দেবে। একটু থামিয়া কহিল, বৌঠান, ঠাকুর-দেবতার চেহারা ও চোখ বুজে এমনি স্পষ্ট দেখতে পায় যে, সে এক আশ্চর্য ব্যাপার। কেউ ঢাল খাঁড়া নিয়ে শঙ্খ-চক্র-গদা-পদ্ম নিয়ে, কেউ বাঁশী হাতে করে এমনি প্রত্যক্ষ হয়ে ওর সামনে এসে দাঁড়ান যে, শুনে আমার গা পর্যন্ত শিউরে ওঠে। আর কারো মুখ থেকে ও-রকম শুনলে আমি মিথ্যা বানানো গল্প বলে হেসেই উড়িয়ে দিতাম। কিন্তু তার সম্বন্ধে এ অপবাদ ত মুখে আনবারই জো নেই। বলিয়া, শ্রদ্ধায় প্রেমে গর্বে বিগলিত-চিত্তে সস্নেহ কৌতুকের স্বরে কহিল, তাই দেখে-শুনে ওকে মানুষ না বলে একটি জানোয়ার বললেও চলে। বলিহারি তাঁর বুদ্ধি—যিনি ছেলেবেলায় ওর পশুরাজ নাম রেখেছিলেন—ও কি বৌঠান?

গাড়ি মোড় ফিরিতেই পথের উজ্জ্বল গ্যাসের আলোক সহসা কিরণময়ীর মুখের উপর আসিয়া পড়ায় উপেন্দ্র অত্যন্ত চমকিয়া দেখিল তাহার সমস্ত মুখখানি চোখের জলে ভাসিয়া যাইতেছে।

উপেন্দ্র লজ্জায় স্তব্ধ অধোবদনে বসিয়া রহিল। না জানিয়া যেখানে সে আনন্দ মাধুর্যে মগ্ন হইয়া স্নেহে সম্ভ্রমে পরিহাসের পর পরিহাস করিয়া চলিতেছিল, আর একজন সেইখানে ঠিক তাহারই মুখের সম্মুখে বসিয়া কি জানি কিসের বেদনায় নিঃশব্দ রোদনে বক্ষ বিদীর্ণ করিতেছিল।

পাথুরেঘাটার বাটীতে উভয়ে যখন আসিয়া উপস্থিত হইল, তখন রাত্রি একপ্রহর হইয়াছে। প্রায় সমস্ত পথটাই কিরণময়ী মৌন হইয়া ছিল; কিন্তু ভিতরে পা দিয়াই হঠাৎ অত্যন্ত অনুতপ্ত-কণ্ঠে বলিয়া উঠিল, আ, আমার পোড়া কপাল! কেবল ঘুরিয়ে নিয়েই ত বেড়াচ্চি। কিন্তু এতক্ষণ পর্যন্ত একফোঁটা জলটুকু যে খেতে পেলে না ঠাকুরপো, তা আর এ হতভাগীর চোখে পড়ল না। হাত-মুখ ধোবে? তবে থাক গে। আমার সঙ্গে রান্নাঘরে এস, দুখানা লুচি ভেজে দিতে দশ মিনিটের বেশী লাগবে না। তুই কাঠের উনুনটা জ্বেলে দিয়ে তবে বাড়ি যাস্ ঝি! যা মা, চট করে যা। লক্ষ্মী মা আমার।

ঝি কবাট খুলিয়া দিতে আসিয়াছিল, এবং অমনি ঘরে যাইবে ভাবিয়াছিল। কিন্তু আদেশ পালন করিতে আবার তাহাকে উপরে যাইতে হইল। সদর দরজা বন্ধ করিয়া সে দ্রুতপদে চলিয়া গেল।

কিন্তু এই লুচি ভাজার প্রস্তাবে উপেন্দ্র একেবারে শশব্যস্ত হইয়া উঠিল। তীব্র প্রতিবাদ করিয়া কহিল, সে কিছুতেই হতে পারবে না। বৌঠান! আজ আপনি অত্যন্ত শ্রান্ত হয়ে পড়েছেন। আমি ফিরে গিয়েই খাব—আমার জন্যে কোনমতেই কষ্ট করতে পারবেন না।

পারব না কেন?

উপেন্দ্র কহিল, না না, সে কিছুতেই হবে না—কোনমতেই না।

কিরণময়ী মুচকিয়া হাসিল, হাসিমুখে বলিল, তুমি ঠাকুরপো বড্ড যশের কাঙাল। এত যশ নিয়ে রাখবে কোথায় বল ত?

সহসা এরূপ মন্তব্যের হেতু বুঝিতে না পারিয়া উপেন্দ্র কিছু বিস্মিত হইল।

কিরণময়ী কহিল,তা বৈ কি ঠাকুরপো! তোমার পরোপকারের যশ এমন নিঃস্বার্থ, এমন নির্লিপ্ত হওয়া চাই, যেন স্বর্গে মর্ত্যে কোথাও তার জোড়া না থাকে। আমাদের জন্যে তুমি যা করেছ ঠাকুরপো, তাতে আমি বুক চিরে পা ধুইয়ে দিতে গেলেও ত তোমার আপত্তি করা সাজে না। আর এই দুটো খাবার তৈরি করে দেওয়ার কথাতেই ঘাড় নাড়চ? ছি, ছি, কি আমাদের তুমি ভাবো বল ত? মানুষ নই আমরা? না, মানুষের রক্ত আমাদের দেহে বয় না!

উপেন্দ্র অত্যন্ত লজ্জিত ও কুণ্ঠিত হইয়া বলিল, এ-সব কোন কথা ভেবেই আমি আপত্তি করতে যাইনি বৌঠান। আমি শুধু—

শুধু কি ঠাকুরপো? তবে বুঝি ঘরে ফেরবার তাড়ায় কি বলছি না বলছি হুঁশ ছিল না?

উপেন্দ্র বাঁচিয়া গেল। পরিহাস আবার সহজপথে ফিরিয়া আসায় সে খুশী হইয়া সহাস্যে কহিল, ও বদনামটা আমার আছে বটে বৌঠান, সে আমি অস্বীকার করতে পারিনে। কিন্তু এখন সেজন্য নয়। যথার্থই আমি ভেবেছিলুম, আজ আপনি বড় ক্লান্ত হয়ে পড়েছেন।

ক্লান্ত হয়ে পড়েচি? হলুমই বা! বলিয়া কিরণময়ী পুনরায় একটু হাসিল। তার পরে সহসা গম্ভীর হইয়া কহিল, হায় রে! আজ যদি আমার সতীশ-ঠাকুরপো থাকতেন! তা হলে নিজের কথা আর নিজের মুখে বলতে হতো না। তিনি সহস্রবদন হয়ে বক্তৃতা শুরু করে দিতেন। না ঠাকুরপো, আমার নিজের ত ও-সব শ্রান্তি-ক্লান্তির শখ করবার অবস্থাই নয়, তা ছাড়া বাঙালীর ঘরের কোন মেয়ের পক্ষেই ও বদনামটা বোধ করি খাটে না। আত্মীয়ই হোক আর অনাত্মীয়ই হোক, পুরুষমানুষের খাওয়া হয়নি শুনলে বাঙালীর মেয়ে মরতে বসলেও একবার উঠে দাঁড়ায়। তা জানো?

উপেন্দ্র এবার হাসিয়া কহিল, জানি বৈ কি বৌঠান, বেশ জানি। স্বীকার করছি অপরাধ হয়েচে—আর না। ক্ষিদেও পেয়েছে, চলুন কি খেতে দেবেন।

এসো, বলিয়া কিরণময়ী পথ দেখাইয়া রান্নাঘরের অভিমুখে চলিল। শাশুড়ীর ঘরের সুমুখে আসিয়া দোর ঠেলিয়া উঁকি মারিয়া দেখিল, তিনি অকাতরে ঘুমাইতেছেন।

রান্নাঘরে আসিয়া সতীশকে যেমন পিঁড়ি পাতিয়া বসাইত, তেমনি করিয়া উপেন্দ্রকে বসাইল।

ঝি উনুন জ্বালিয়া দিয়া অন্যান্য আয়োজন করিতে বাহির হইয়া গেলে কিরণময়ী তাহার এই নূতন অতিথিটির প্রতি চাহিয়া কহিল, আচ্ছা ঠাকুরপো, আমার কষ্ট হবে বলে না খেয়ে চলে যাবার এই যে প্রস্তাবটি করেছিলে, সেটি যদি আর কোথাও আর কারো সামনে করে বসতে, আজ তা হলে তোমাকে কি শাস্তি ভোগ করতে হতো জানো?

উপেন্দ্র বলিল, জানি। কিন্তু এখানে ত আর সে শাস্তিভোগের ভয় ছিল না বৌঠান!

ঝি ময়দার থালাটা রাখিয়া চলিয়া গেল। কিরণময়ী সুমুখে টানিয়া লইয়া নতমুখে মৃদুস্বরে কহিল, বলা যায় না ঠাকুরপো, কপালে শাস্তি লেখা থাকলে কিসে যে কি ঘটে কোথায় এসে কোন ভোগ ভুগতে হয়, আগে থাকতে তার কোন হিসেবই পাওয়া যায় না। অদৃষ্টের লেখা কি এড়ান যায়? যায় না ঠাকুরপো, তারা আপনি এসে ঘাড়ে পড়ে।

উপেন্দ্র রহস্যটা ঠিক বুঝিতে পারিল না। শুধু কহিল, তা বটে। কিরণময়ীও তখনিই আর কোন কথা কহিল না। একবার শুধু উপেন্দ্রর মুখপানে চাহিয়াই চোখ নত করিয়া ময়দা মাখিতে লাগিল। বোধ হইল, সে যেন চুপি চুপি হাসিতেছে।

কিছুক্ষণ নিঃশব্দে কাজ করিতে করিতে হঠাৎ এক সময়ে চোখ না তুলিয়াই কহিল, আচ্ছা, আজ এত ঘটা করে বৌ দেখাতে নিয়ে যাবার অভিপ্রায়টা কি ছিল এখন বল দেখি?

উপেন্দ্র একটু আশ্চর্য হইয়া কহিল, ঘটা-পটা ত কিছুই করিনি বৌঠান।

কিরণময়ী বলিল, তবে বুঝি আমার বলতে ভুল হয়েচে। বলি, এত রকমের ছলচাতুরী করে যাওয়া হলো কেন?

উপেন্দ্র কহিল, ছল-চাতুরীই বা কি করলুম?

কিরণময়ী কহিল, এই যেমন বোকা-টোকা নানারকম কথার বাঁধুনি করে। কিন্তু মিছে কতকগুলো কথা-কাটাকাটি করে আর কি হবে ঠাকুরপো? সে বৌটিকে বোকা বলেই যদি জানতে পেরে থাক, এ বৌঠানটিরও ত কতক পরিচয় পেয়েচ? অত সহজে ভোলাতে পারবে বলেই কি মনে কর?

না, তা করি না।

কিরণময়ী মুখ তুলিয়া চাহিল। কারণ, যেমন লঘু করিয়া উপেন্দ্র জবাব দিতে চাহিয়াছিল, তেমনি করিয়া পারে নাই। অনিচ্ছাসত্ত্বেও তাহার কণ্ঠস্বর গম্ভীর হইয়াই বাহির হইয়াছিল, কিন্তু কিরণময়ী তাহা লক্ষ্য করিয়াছিল কি না, জানিতে দিল না। তেমনি সহজ পরিহাসের স্বরে কহিল, তবে?

উপেন্দ্র নিজের কণ্ঠস্বরে গাম্ভীর্য অনুভব করিয়া মনে মনে লজ্জা পাইয়াছিল, এই অবকাশে সেও নিজেকে সামলাইয়া ফেলিল। হাসিয়া বলিল, বৌঠান, আপনাকে ফাঁকি দেওয়া কি সহজ কাজ? কিন্তু ছল-চাতুরী না করলে ত আপনি যেতেন না। আমি যে কতবড় নির্বোধকে নিয়ে ঘর করি সে ত দেখতে পেতেন না।

কিরণময়ী কহিল, সে দেখে আমার লাভ?

উপেন্দ্র বলিল, লাভ আপনার নয়, লাভ আমার। সবাই নিজের দুঃখ জানিয়ে দুঃখটা কম করে ফেলতে চায়। মানুষের স্বভাবই এই। তাই ছল-চাতুরী করে যদি কিছু ক্লেশ দিয়েই থাকি ত সে আপনার দয়া পাবার জন্যেই। আর কোন কারণে নয়।

কিরণময়ী কিছুক্ষণ চুপ করিয়া রহিল । তার পরে কথা কহিল, কিন্তু মুখ তুলিয়া চাহিল না, কহিল, আর যে পারিনে ঠাকুরপো, এই ব্যাজস্তুতির পালাটা এইবার বন্ধ কর না। তোমার নির্বোধটিকে নির্বোধ বলে যদি কিছু কম ভালবাসতে, তা হলেও না হয় আর কিছুক্ষণ শোনা যেতে পারত। একটু দয়াও হয়ত পেতে। কিন্তু সতীশ-ঠাকুরপোর কাছে যে আমি সব শুনেচি। বেশ ত, ভাল না হয় তাকেই খুবই বাসো, কিন্তু তাই বলে কি এমন করে ঢাক পিটে বেড়াতে হয়? একটু বাধ-বাধও কি করে না?

কথা শুনিয়া উপেন্দ্র যে কি বলিবে, কি ভাবিবে ঠাহর করিতেই পারিল না। এ কি বলিবার ভঙ্গী! এ কি কণ্ঠস্বর! পরিহাস ত ইহা কিছুতেই নয়, কিন্তু কি এ? বিদ্রূপ? ঈর্ষা? বিদ্বেষ? এ কিসের আভাস, এই বিধবা রমণী এই রাত্রে, এই নির্জন ঘরের মধ্যে আজ তাহার সাক্ষাতে ব্যক্ত করিবার প্রয়াস করিয়া বসিল!

আর কাহারও মুখে কথা নাই। কিছুক্ষণ পর্যন্ত উভয়েই নীরবে নতমুখে বসিয়া রহিল।

ঝি দরজার বাহির হইতে একবার কাসিল। তার পরে একটুখানি মুখ বাড়াইয়া কহিল, আর ত আমি থাকতে পারিনে বৌমা। সদরটা একটু বন্ধ না করে দিলেও ত যেতে পারচি নে।

কিরণময়ী মুখ তুলিয়া কহিল, যাবি? তবে একটুখানি বসো ঠাকুরপো, আমি সদরটা বন্ধ করে দিয়ে আসি। বলিয়া সে চলিয়া যাইবামাত্রই এই ঘরের মধ্যে একাকী বসিয়া উপেন্দ্রর অন্তঃকরণ এমন এক অভাবনীয় বিতৃষ্ণায় ভরিয়া উঠিল যাহা জীবনে কখনো সে অনুভব করে নাই। তাহার উন্মুক্ত চরিত্র চিরদিন স্ফটিকস্বচ্ছ প্রবাহের মত বহিয়া গিয়াছে। কোথাও কখনও বাধা পায় নাই। কোথাও কোনদিন বিন্দুমাত্র কলঙ্কের বাষ্প আসিয়াও তাহাতে ছায়া ফেলিয়া যায় নাই। কিন্তু আজ এই নির্জন কক্ষের মধ্যেই সেই একান্ত নির্মলতা যেন মলিন হইয়া উঠিল।

সাতাশ

দাসীকে বিদায় দিয়া কিরণময়ী স্বস্থানে ফিরিয়া আসিয়া যখন বসিল, উপেন্দ্র ঘাড় তুলিয়া একবার চাহিতে পর্যন্ত পারিল না। কিরণময়ীর তাহা দৃষ্টি এড়াইল না, কিন্তু, সেও কোন কথা না কহিয়া নীরবে কাজ করিয়া যাইতে লাগিল।

মিনিট-দশেক এইভাবে যখন গেল, তখন কিরণময়ী ধীরে ধীরে কহিল, আচ্ছা ঠাকুরপো, আড়াল থেকে কেউ যদি আমাদের এই রকম চুপচাপ বসে থাকতে দেখে কি মনে করে বল দেখি? বলিয়া সে মুখ টিপিয়া হাসিল।

এ হাসি উপেন্দ্র চোখে না দেখিলেও অন্তরে অনুভব করিল। কহিল, হয়ত ভাল মনে করে না।

তবে?

কি করব বৌঠান, কোন কথাই যেন খুঁজে পাচ্চিনে।

কিরণময়ী সহাস্যে কহিল, পাচ্চ না? আচ্ছা, আমি খুঁজে বার করে দিচ্চি। কিন্তু মাঝখানে একটা খবর দিয়ে রাখি যে, আমার খাবার তৈরি থেকে তোমাকে খাইয়ে বিদায় করা পর্যন্ত আধ-ঘণ্টার বেশী লাগবে না। এই সময়টুকুর জন্যে তুমি একটুখানি প্রসন্নমুখে কথা কও, অমন মনভারী করে বসে থেকো না।

উপেন্দ্র জোর করিয়া হাসিয়া কহিল, বেশ বলুন।

কিরণময়ী আবার মুখ টিপিয়া হাসিল। কহিল, তবু ভাল বৌঠানের মান রেখে একটু হেসেচ। তোমাকে দেখে পর্যন্ত একটা কথা আমার প্রায় মনে হয় ঠাকুরপো। কিন্তু শুনে আবার উলটো বুঝে রাগ করে বসবে না ত?

না, রাগ কিসের?

কি জানো ঠাকুরপো, ভাল ভাল কাব্যে পড়া যায় ত, তা আমাদের দেশেরই বল, আর বিদেশেরই বল, প্রথম চোখের দেখাতেই একটা প্রগাঢ় ভালবাসা—আচ্ছা, এ কি সম্ভব বলে মনে কর?

উপেন্দ্রর মুখ চক্ষের পলকে লজ্জায় রাঙ্গা হইয়া উঠিল। কহিল, ভাল-মন্দ কোন কাব্য সম্বন্ধেই আমার বিশেষ কোন জ্ঞান নেই বৌঠাকরুন, এ-সব আমি জানিনে।

কিরণময়ী বলিল, সে কিকথা ঠাকুরপো? এত লেখাপড়া শিখেচ, এতগুলো পাস করে কত টাকার জলপানি আদায় করেচ, আর কাব্য সম্বন্ধে কিছুই জান না? শকুন্তলা, রোমিও-জুলিয়েট এ দুটোও কি তোমাকে পড়তে হয়নি?

উপেন্দ্র কহিল, কিন্তু পড়ে পাস করতে ত সম্ভব-অসম্ভব স্থির করতে হয়নি। বইয়ে যা লেখা আছে, মুখস্থ করে লিখে দিয়ে এসেছিলুম। আপনার মত কোন পরীক্ষক কখনো প্রশ্ন করেন নি—তা হয় কি না। আমাকে মাপ করতে হবে বৌঠান, এ-সব আলোচনা আপনার সঙ্গে আমি করতে পারব না।

কিরণময়ী বিষণ্ণ হইয়া একটা নিশ্বাস ফেলিয়া কহিল, তাই জিজ্ঞাসা করেছিলুম, শুনে রাগ করবে না ত?

কিন্তু রাগ ত করিনি।

না করলেই ভাল, বলিয়া কিরণময়ী জ্বলন্ত উনানের উপর ঘিয়ের কড়া চাপাইয়া দিল।

খান তিন-চার লুচি নীরবে ভাজিয়া তুলিয়া কিরণময়ী সহসা বলিল, যে কথা আমি জানতে চেয়েছিলুম, সে আলোচনাই তুমি করতে চাইলে না। আমার কপাল! কিন্তু আর একটা কথা জিজ্ঞাসা করি ঠাকুরপো, প্রণয়কে লোক অন্ধ বলে কেন?

উপেন্দ্র কহিল, বোধ করি চোখ থাকলে যে-পথে মানুষ যায় না—এতে তেমন পথেও তাকে নিয়ে যায়।

কিরণময়ী উৎসুক হইয়া প্রশ্ন করিল, যায় কি? কথাটা কি সত্যি, ভালবাসা অন্ধ?

সত্যি বৈ কি। অনেকের অনেক অভিজ্ঞতাই ত প্রবাদ-বচন।

কিরণময়ী কহিল, বেশ কথা। তা যদি হয়, কানা খানায় পড়লে লোকে ছুটে এসে তাকে তুলে দেয়। তার জন্যে দুঃখ করে, যার যেমন সাধ্য তার ভালর চেষ্টা করে, কিন্তু ভালবাসায় অন্ধ হয়ে সে যখন গর্তে পড়ে, কেউ ত তুলে ধরতে ছুটে আসে না। বরং আরও তার হাত-

পা ভেঙ্গে দিয়ে সেই গর্তের মাটি চাপা দিতে চায়। যে-সত্য মানুষ নিজেই প্রচার করে, প্রয়োজনের সময় সে সত্যের কোন মর্যাদাই রাখে না! আমার কথাটা বুঝতে পারচো ঠাকুরপো?

উপেন্দ্র ঘাড় নাড়িয়া কহিল, পারচি বৈ কি!

কিরণময়ী কহিল, পারবে বলেই ত তোমাকে জিজ্ঞাসা করচি। কিন্তু তা হলেই দেখ, অপরের বেলায় অনেক জিনিস জেনেও জোর করে ভুলতে চায়। অন্ধকে চক্ষুষ্মানের শাস্তি দিয়ে আপনাকে বাহাদুর মনে করে। পরকে বিচার করবার সময় এ কথাটা তার মনেও পড়ে না যে, চোখ হারালে তার নিজেরও খানায় পড়বার সম্ভাবনা ওই লোকটার চেয়ে একটুও কম থাকে না।

উপেন্দ্র একটুখানি অপ্রসন্ন বিস্ময়ের সহিত কহিল, তা না হতে পারে, কিন্তু আমি ভেবে পাচ্চিনে বৌঠান, এ-সব আলোচনা কেন করচেন? সত্যি হোক, মিথ্যা হোক, আপনার জীবনের সঙ্গে এ মীমাংসার কোন সম্বন্ধ নেই।

কিরণময়ী উপেন্দ্রর অপ্রসন্নতা লক্ষ্য করিয়াও হাসিল, কহিল, অন্ধ আলোচনা করে খানায় পড়ে না ঠাকুরপো, পড়ে আলোচনা করে। আমি যে পড়িনি কিংবা পড়বার জন্যে সেদিকে এগিয়ে যাচ্চিনে, সেই বা কি করে জানলে?

উপেন্দ্র কহিল, কিন্তু আপনি ত অন্ধ নন। আমি যে আপনার বড় বড় দুটো চোখ দেখতে পেয়েছি বৌঠান।

কিরণময়ী বলিল, ঐখানেই ত মুশকিল ঠাকুরপো, দু'রকমের অন্ধ আছে কিনা! যারা চোখ বুজে চলে, তাদের সম্বন্ধে ত ভাবতে হয় না—তাদের চেনা যায়। কিন্তু, যারা দু'চোখ চেয়ে চলে দেখতে পায় না, তাদের নিয়েই যত গোল। তারা নিজেরাও ঠকে, পরকেও ঠকাতে ছাড়ে না।

উপেন্দ্র কুণ্ঠিত হইয়া বসিয়া রহিল। তাহার কাছে উত্তর না পাইয়া কিরণময়ী সহসা অত্যন্ত উৎসুক হইয়াই যেন প্রশ্ন করিল, আচ্ছা, আমার যে বড় বড় দুটো চোখ দেখেছিলে বললে ঠাকুরপো, সে কবে, জিজ্ঞাসা করতে পারি কি?

উপেন্দ্র বলিল, সে আপনার স্বামীর মৃত্যুর পরেই। সেদিন আপনাকে যে দেখেচে তার কোনদিন আপনাকে ভুল হবে না। কেন যে আপনি নিজেকে অন্ধ বলে ভয় করচেন, সে আপনি জানেন, কিন্তু আমি জানি এ কথা সত্য নয়। সেদিন আপনার দুটি চোখে যে জ্যোতি আমি দেখতে পেয়েছিলাম, তাতে নিশ্চয় জানি যত অন্ধকারই আপনার চারিপাশে ঘনিয়ে আসুক, আপনাকে ভুলোতে পারবে না। আপনি ঠিক পথটি দেখে চিরজীবন চলে যেতে পারবেন।

কিরণময়ী কিছুক্ষণ চুপ করিয়া থাকিয়া কহিল, কথাটা এতক্ষণে বোধ হয় বুঝেছি ঠাকুরপো। সেদিন যেমন করে আমি চৈতন্য হারিয়ে তাঁর পায়ের তলায় পড়ে গিয়েছিলুম, তাই দেখে বোধ করি তোমার এ ধারণা জন্মেছে।

উপেন্দ্র মাথা নাড়িয়া বলিল, হতেও পারে, কিন্তু সে দেখা কি ভুল করবার বৌঠান?

শুনিয়া কিরণময়ী একটুখানি হাসিল। তার পরে অসঙ্কোচে একান্ত সহজকণ্ঠে কহিল, ভুল বলেই ত মনে হয়। আমি ত আমার স্বামীকে ভালবাসতুম না।

উপেন্দ্র অবাক হইয়া চাহিয়া রহিল। কিরণময়ী বলিতে লাগিল, সত্যই তাঁকে কোনদিন

ভালবাসি নি। আর শুধু আমিই নয়, তিনিও আমাকে বাসেন নি। তবে কি সে-দিনের সেটা আমার ছলনা? তাও নয় ঠাকুরপো, সেও সত্যি। সত্যিই সেদিন জ্ঞান হারিয়েছিলুম—বলিয়া উপেন্দ্রর, স্তম্ভিত মুখ দেখিয়া সে একটুখানি থমকিয়া গেল। কিন্তু পরক্ষণেই তাহা জোর করিয়া কাটাইয়া বলিল, না ভয় পেলে আমার চলবে না। তোমার কাছে আমার সব কথা আজ বলতেই হবে।

উপেন্দ্র কষ্টে মুখ তুলিয়া কহিল, চলবে না কেন? আমি শুনতে চাইনে, তবু আমাকে শুনতেই হবে কেন?

কিরণময়ী বলিল, তার কারণ তুমি আমার গুরু। তোমার কাছে সমস্ত স্বীকার না করে আমি কোনমতেই শান্তি পাব না।

উপেন্দ্র স্থির হইয়া চাহিয়া রহিল। কিরণময়ী দৃঢ় অথচ মৃদুস্বরে বলিতে লাগিল,—আমার মধ্যে যে গভীর অন্তর্দৃষ্টি দেখেছিলে ঠাকুরপো সে চোখের ভুল নয়, সত্যি ; কিন্তু সে বড় ক্ষণিকের। স্বামীকে আমি কোনদিন ভালবাসি নি, কিন্তু কায়মনে ভালবাসতে চেষ্টা করতে শুরু করেছিলুম। কিন্তু, তিনি বাঁচলেন না, আমারও সে চেষ্টা স্থায়ী হলো না। বইয়ে এ-সব কথা পড়ে কখনো বা ভাবতুম মিছে কথা, কখনো বা ভাবতুম কবির কল্পনা, কখনো বা মনে করতুম, হয়ত আমার মধ্যে ভালবাসার শক্তি নেই বলেই এ-রকম মনে হয়। এ শক্তি আমার আছে কিনা আজও জানিনে ঠাকুরপো, কিন্তু ভালবাসার সাধ যে আমার কত বেশী, সে কথা প্রথমে টের পাই তোমাকে দেখে। তাই তুমিই গুরু। একটুখানি থামিয়া কতকটা যেন আত্মগতভাবেই কহিল, দুদিন পরে তোমরা চলে যাবে। আবার যখন দেখা হবে, তখন নিজের কথা বলবার মত মনের অবস্থা হয়ত থাকবে না। হয়ত এই বলার জন্যে তখন লজ্জায় মরে যাব। না ঠাকুরপো, সে হবে না, আজই তোমাকে আমার সমস্ত কথা শুনিয়ে দিয়ে তবে আমি নিরস্ত হব।

উপেন্দ্র কাতর হইয়া বলিল,বৌঠান, আজ নানা কারণে আপনার মন অত্যন্ত উত্তেজিত হয়ে আছে আমি দেখতে পাচ্ছি। এ অবস্থায় কি বলা উচিত, কি উচিত নয়, ভাবতে না পেরে—না না, বৌঠান, আমি অনুরোধ করচি, আর একদিন এসে আপনার সমস্ত কথা শুনে যাব, কিন্তু আজ নয়।

কিরণময়ী কহিল, ঠিক এই জন্যই ত আজই সমস্ত কথা শুনোতে চাই ঠাকুরপো। পাছে সেদিন লজ্জা এসে বাধা দেয়, সাংসারিক ভাল-মন্দর বিচার-বুদ্ধি মুখ চেপে ধরে। আজ আমার রেখে-ঢেকে বুঝে-সমঝে সাজিয়ে-বাঁচিয়ে বলবার সাধ্যও নেই, প্রবৃত্তিও নেই—আজই ত বলবার দিন। এর পরে হয়ত তুমি ইহজন্মে আর আমার মুখ দেখবে না,—তবু প্রার্থনা করি আরো কিছুক্ষণ এই দুর্বুদ্ধি, এই উন্মাদ মন আমার থাক ঠাকুরপো, আমি তোমার কাছে সমস্ত যেন খুলে বলতে পারি।

তাহার মুখের প্রতি চাহিয়া উপেন্দ্রর নির্মল শুদ্ধ সদন্তঃকরণ অজানা ভয়ে ত্রস্ত হইয়া উঠিল। শেষবারের মত বাধা দিয়া বলিল, বৌঠান, মানুষমাত্রেরই গোপনীয় কথা থাকে। সে ত কারো কাছে খুলে দেবার আবশ্যকতা নেই। বরঞ্চ প্রকাশ করাতেই বেশী অমঙ্গল। শুধু তোমার আমার নয়, আরো দশজনের।

কিরণময়ী কোন উত্তর করিল না। লুচিগুলি ভাজা শেষ হইয়াছিল, একটি থালায় পরিপাটী করিয়া সাজাইয়া উপেন্দ্রর সম্মুখে রাখিয়া দিয়া কহিল, তুমি খাও, আমি বলাটা

শেষ করে ফেলি।

নাই বললেন বৌঠান।

কিরণময়ী কহিল, আমি হাতজোড় করে মিনতি জানাচ্চি ঠাকুরপো, আর আমাকে বাধা দিয়ো না। সমস্ত শুনে তোমার ইচ্ছা হয় আমার শাশুড়ীর সঙ্গে আমারও ভার নিয়ো, না ইচ্ছে হয়, আমার নিজের পথ আমি নিজে খুঁজে নেব। আমি অনেককে ঠকিয়েছি ঠাকুরপো, কিন্তু তোমাকে ঠকাতে পারব না।

তবে বলুন, বলিয়া উপেন্দ্র একখণ্ড লুচি ছিঁড়িয়া মুখে পুরিয়া দিল।

কিরণময়ী কহিল, তোমাকে বলেছি ত ঠাকুরপো, স্বামীকে আমি ভালবাসি নি ; ভালবাসা পাইনি। সেজন্যে আমাদের কোন খেদ ছিল না। বাড়ির মধ্যে স্বামী আর শাশুড়ী। একজন দার্শনিক,—তিনি আমাকে প্রাণপণে পড়িয়েই খুশী, আর একজন ঘোর স্বার্থপর—তিনি প্রাণপণে আমাকে খাটিয়ে নিয়েই খুশী ছিলেন। এমনি করেই দিন কেটেছিল, এবং কেটেও যেত বোধ করি, কিন্তু হঠাৎ এক সময়ে সব উলটে-পালটে গেল। স্বামী অসুখে পড়লেন। তাঁর কাছে আমি বই পড়েছি অনেক। নাটক নভেলও কম পড়িনি, কিন্তু দুজনেই পড়ে পড়ে শুধু হাসতুম। ভালবাসার নামগন্ধও আমাদের বাড়িতে ছিল না, তাই এক-একজন লোক যেমন থাকে জন্ম-বধির, জন্মান্ধ, আমার স্বামীও ছিলেন তেমনি জন্ম-নীরস। কিন্তু, আমার মধ্যে যে কত রস ছিল তা তখনও জানতে পারিনি বটে, কিন্তু এটা একদিন হঠাৎ টের পেয়ে গেলুম যে, ভালবাসার এবং তা ফিরিয়ে পাবার তৃষ্ণাটা আমারও কোন মেয়ের চেয়েই কম,—না না, এর মধ্যেই ও-গুলো অমন করে ঠেলে রাখলে চলবে না—

উপেন্দ্র বিরসমুখে কহিল, কেমন যেন খেতে ভাল লাগচে না বৌঠান।

কিরণময়ী ক্ষণকাল মৌন হইয়া কি যেন চিন্তা করিয়া লইয়া কহিল, আমি জানি ঠাকুরপো, আর একটু পরেই লুচি-তরকারির স্বাদ তোমার জিভের উপর বিষিয়ে উঠবে, কিন্তু এখনো ত তার দেরি ছিল। আর একখানা খেতে পারতে।

উপেন্দ্র আরও মলিন হইয়া গেল।

কিরণময়ী তাহার প্রতি চাহিয়াই কহিতে লাগিল, যদি বলি, তোমার এই না-খাওয়ার দুঃখটা আমার নিজের ডান হাতটা নষ্ট হওয়ার চেয়েও আমার কাছে বেশী, সে ত তুমি বিশ্বাস করতে পারবে না। কিন্তু, কর আর না কর, আমি ত জানি এ সত্যি। তবু থামবার জো নেই ঠাকুরপো—আমাকে বলতেই হবে।

বেশ বলুন।

বলি। আমার স্বামীর পীড়ায় শুধু আমার গহনাগুলা ছাড়া সঞ্চিত যা-কিছু ছিল যখন সব একে একে গেল, তখন এলেন একজন টাটকা পাস-করা-ডাক্তার—আচ্ছা ঠাকুরপো, অনঙ্গ ডাক্তারকে তোমরা দেখেছিলে না?

উপেন্দ্র কহিল, হাঁ।

কিরণময়ী বিষের মত একটুখানি হাসিয়া কহিল, তিনিই! হায় রে পোড়া কপাল! এ-ঘরে স্বামী মর-মর, ও-ঘরে গেলুম তাঁকে নিয়ে ভালবাসার স্বাদ মিটোতে।

উপেন্দ্র ঘাড় হেঁট করিয়া নিঃশব্দে বসিয়া রহিল। কিরণময়ী কথা কহিতে গেল, কিন্তু কে যেন গলাটা তাহার চাপিয়া ধরিয়া কণ্ঠরোধ করিল। খানিকক্ষণ প্রবল চেষ্টার পরে

শুষ্কস্বরে বলিয়া উঠিল, শুনেই তোমার ঘাড় হেঁট হয়ে গেল ঠাকুরপো, তবু ত সেই অনঙ্গ ডাক্তারকে তুমি চেন না। চিনলে বুঝতে পারতে, কত বৎসরের দুর্দান্ত অনাবৃষ্টির জ্বালা আমার এই বুকের মাঝখানে জমাট বেঁধে ছিল বলেই এমন অসম্ভব সম্ভব হতে পেরেছিল। কি জানো ঠাকুরপো, যে তৃষ্ণায় মানুষ নর্দমার গাঢ় কালো জলও অঞ্জলি ভরে মুখে তুলে দেয়, আমারও ছিল সেই পিপাসা। কিন্তু সে খবর পেলুম সেই জল গলায় ঢেলে দিয়ে। তার পরে—উঃ, সে কি গা-বমি-বমির দিনগুলোই কেটেছে! বলিতে বলিতেই তাহার আপাদমস্তক বারংবার শিহরিয়া উঠিল। একটা উৎকট দুর্গন্ধময় বিষাক্ত উদ্‌গার যেন তাহার কণ্ঠ পর্যন্ত উচ্ছ্বসিত হইয়া উঠিল। ক্ষণকাল স্থির থাকিয়া আপনাকে সামলাইয়া লইয়া কিরণময়ী পুনশ্চ কহিল, কিন্তু বমি করতেও পারলুম না ঠাকুরপো, শাশুড়ী আমার মুখ চেপে ধরলেন। অনঙ্গ তখন সংসারের অর্ধেক ভার নিয়েছিল।

উপেন্দ্র সেই একভাবে পাথরে-গড়া মূর্তির মত বসিয়া রহিল। তাহার নির্বাক নত মুখের দিকে একবার কটাক্ষে দৃষ্টিপাত করিয়া কিরণময়ী বলিল, তার পরে আসক্তি-ঘৃণার, তৃষ্ণা-বিতৃষ্ণার অবিশ্রাম সংঘর্ষে যে গরল অহরহ উঠতে লাগল ঠাকুরপো, দেব-দানবের নিষ্ঠুর আকর্ষণে মন্দার-পীড়িত বাসুকিও বোধ করি ততখানি বিষ তার অতবড় মুখ দিয়ে ছড়াতে পারেনি! আমার মনে হয়, এ বাড়ির প্রত্যেক ইট-কাঠ দরজা-জানালা, কড়ি-বরগা পর্যন্ত বিষে নীল হয়ে আছে।

একটুখানি থামিয়া কহিল, কতদিনে কেমন করে যে এর শেষ হতো, আমি জানিনে। কত ভেবেচি, কিন্তু কোনদিকে কোন কূলকিনারাই চোখে দেখিনি। কিন্তু কি অমৃত হাতে করেই তুমি উদয় হলে ঠাকুরপো, কোথায় বা গেল বিষের জ্বালা, আর কোথায় বা রইল বিদ্বেষ-বিতৃষ্ণা। চোখের পলকে এ-সব এমনি তুচ্ছ হয়ে গেল যে, অনঙ্গকে বিদায় দিতে আমার একটা মিনিটও লাগল না। তুমিই যেন এসে আমার কানে কানে উপায় বলে দিয়ে গেলে। জানো ত ঠাকুরপো, মেয়েমানুষ গহনা কত ভালবাসে! আমার বড় দুঃখের গহনাগুলি ছিল যেন আমার বুকের পাঁজর। ওই যেখানে মাথা হেঁট করে তুমি এখন বসে আছ, ঠিক ঐখানেই সেই পাঁজরগুলো খসিয়ে তার পায়ে ঢেলে দিলুম। আমার প্রতি আসক্তি তার যত বড়ই হোক, এতগুলো গহনা হাতে পেলে সে যে আর কখনো মুখ দেখাবে না, জন্মের মত রেহাই দিয়ে সে যে চলে যাবে, এ মন্ত্রটা তুমিই যেন আমাকে শিখিয়ে দিলে। উঃ—কত ভয়, কত ভাবনাই ছিল আমার, পাছে এই দুর্দিনের চাপে একদিন সেই গয়নাগুলোই আমার নষ্ট হয়ে যায়। তাই ত গেল—কৈ ধরে রাখতে তাদের ত পারলুম না। কিন্তু আঃ—সে কি তৃপ্তি, সে কি আশ্চর্য আনন্দ ঠাকুরপো? এমনি এক অন্ধকার সন্ধ্যায় যখন সেইগুলোর লোভে সে তার বীভৎস পুচ্ছপাশ আমার সর্বাঙ্গ থেকে খুলে নিয়ে চোরের মত নিঃশব্দে সরে গেল, মনে হল বাঁচলুম! আমি বাঁচলুম।

উপেন্দ্রর মনে পড়িল তাহার এবং সতীশের মাঝখান দিয়া একদিন সকালে চোরের মত অনঙ্গ ডাক্তার সরিয়া গিয়াছিল। কিন্তু কোন কথা না কহিয়া চুপ করিয়া রহিল।

কিরণময়ী কহিতে লাগিল, তোমার মনে পড়ে কি ঠাকুরপো, আমার সে রাতের উগ্রমূর্তি? সেদিন কত কাণ্ডই করেছিলুম। আড়ি পেতে তোমাদের কথাবার্তা শোনা, নীচে গিয়ে তোমাদের চোখ রাঙ্গিয়ে কত ভয় দেখান, তার পরে তোমরা চলে গেলে। নিজের বিষের সে কি জ্বালা! কিন্তু তার বদলে যে দুটি জিনিস পেলুম ঠাকুরপো, সে আমার স্বর্গ,

সে আমার অমৃত। শ্রীরামচন্দ্রের পাদস্পর্শে পাষাণ অহল্যা যেমন মানুষ অহল্যা হয়েছিলেন, আমিও যেন তেমনি বদলে গেলুম। অহল্যা মানুষ হয়ে কি পেয়েছিলেন জানিনে, কিন্তু আমি যা পেলুম, তার তুলনা নেই। আমার ভাই ছিল না, সতীশকে পেলুম আমার মায়ের পেটের ভাই, আর পেলুম তোমাকে—ছিঃ! অমন মলিন হয়ো না ঠাকুরপো, পুরুষমানুষের কি অত লজ্জা সাজে?

উপেন্দ্র জোর করিয়া মাথা সোজা করিয়া দৃঢ়স্বরে কহিল, যা লজ্জার বস্তু, মেয়েপুরুষের উভয়েরই সমান বৌঠান। আমি এ-সব কথা শুনতে চাইনে—হয় আপনি চুপ করুন, না হয় আমি এই মুহূর্তেই উঠে যাব।

কিরণময়ী কহিল, জোর করে নাকি?

উপেন্দ্র কহিল, হাঁ।

কিরণময়ী কহিল, তা হলে আমিও জোর করে ধরে রাখবার চেষ্টা করব। কিন্তু বলে রাখচি ঠাকুরপো, এই জোরের পরীক্ষায় আমার লাভ ছাড়া লোকসান নেই।

এই উত্তরের পর উপেন্দ্র ঘাড় হেঁট করিয়া বসিয়া রহিল। কিরণময়ী পুনরায় হাসিয়া কহিল,—ভয় নেই গো, ভয় নেই—তোমার অনিচ্ছায় গায়ে পড়ে তোমার গায়ে হাত দেব এত উন্মাদ এখনো হইনি। ইচ্ছা হয় উঠে যাও—আমি বাধা দেব না।

উপেন্দ্র অধোমুখে স্তব্ধ হইয়া বসিয়া রহিল। মেঘে ঢাকা চাঁদ চোখে দেখা না গেলেও চারিদিকে ঝাপসা জ্যোৎস্নার ইঙ্গিতে আসল বস্তুটা যেমন জানা যায়, এই দুটি নর-নারীর গোপন সম্বন্ধটাও এতক্ষণ পর্যন্ত ততটুকু মাত্রই আড়ালে ছিল। কিন্তু হাওয়া উঠিয়াছে, মেঘ দ্রুত সরিয়া যাইতেছে, অন্তরের মধ্যে উপেন্দ্র তাহা নিশ্চিত অনুভব করিয়াই এমন করিয়া পালাইবার চেষ্টা করিতেছিল, কিন্তু সমস্ত বিফল হইয়া গেল। সহসা একটা দমকা বাতাসে সমস্ত আবরণ ছিঁড়িয়া দিয়া যতদূর দেখা যায়, সম্মুখের আকাশ অনাবৃত হইয়া উঠিল।

কিরণময়ী ধীরে ধীরে কহিল, যাক, তোমাকে যে ভালবাসি তা জানিয়ে দিয়ে আমি বাঁচলুম। এখন তোমার যা খুশি করো, আমার কিছুই বলবার নেই। কিন্তু মনে করো না ঠাকুরপো, আমি অন্ধ-আশায় ভুলে এ কথা জানালুম। আমি তোমাকে চিনি, আমি জানি এ নিষ্ফল! একেবারে নিষ্ফল! রক্ষক হয়ে এসে যে তুমি ভক্ষক হতে পারবে না, কোনমতেই না, এ আমি জানি।

এতক্ষণে উপেন্দ্র কথা কহিল, মৃদুকণ্ঠে প্রশ্ন করিল, এ শ্রদ্ধা যদি আমার পরে আছে, তবে জানালেন কেন?

কিরণময়ী কহিল, তার দুটো কারণ আছে। প্রথম কারণ, না জানালে আমি পাগল হয়ে যেতুম। দ্বিতীয় কারণ, তোমাকে সব কথা না বলে তোমার আশ্রয় নেওয়া আমার অসম্ভব। তা হলে আমার কেবল মনে হতো সুরবালাই আমাকে যেন খাওয়াচ্ছে পরাচ্ছে,—কিন্তু এখন যদি এর পরেও তুমি আমার ভার নাও—মনে হবে এ শুধু তোমারই খাচ্চি পরচি, আর কারো নয়। আচ্ছা, সুরবালাকে আমার কথা বলবে ত?

উপেন্দ্র কহিল, না।

কিরণময়ী প্রশ্ন করিল, না কেন? শুনলে সে কষ্ট পাবে?

উপেন্দ্র কহিল, না বৌঠান, কষ্ট সে পাবে না। সে ভারী বোকা। ভদ্রলোকের মেয়ে স্বামী ছাড়া আর কোন লোককে কোন অবস্থাতেই ভালবাসতে পারে, এ কথা হাজার

বললেও তার মাথায় ঢুকবে না। কিন্তু অনুমতি করেন ত এখন উঠি।

কথাটা কিরণময়ীকে তীক্ষ্ণ আঘাত করিল, কিন্তু সে সহজকণ্ঠে কহিল, অনুমতি না করে ত উপায় নেই, করতেই হবে। কিন্তু আর একটু বসো। তোমাকে যে ভালবেসেছিলুম সেইটেই শুধু বলা হলো, কিন্তু ভুলতে যে চেয়েছিলুম, আজ, সে কথাটাও ত তোমার জানা চাই। কিন্তু তাতে কে আমার গুরু জান ঠাকুরপো? সেই যে নির্বোধের অগ্রগণ্য মেয়েটি ছোটবৌ হয়ে তোমাদের বাড়িতে ঢুকেচেন তিনিই।

উপেন্দ্রর মুখে বিস্ময়ের একটুখানি আভাস দেখিয়া কিরণময়ী কহিল, হাঁ তিনিই—তোমরা যাকে পশুরাজ বলে তামাশা কর, সেই সুরবালাই আমার গুরু। তুমি যা শেখালে, তিনি তাই ভুলিয়ে দিতে চাইলেন। তিনি আমার নমস্য।

উপেন্দ্র মৌন হইয়া বসিয়া রহিল। কিরণময়ী কহিতে লাগিল, তোমাকে বার বার বলচি ঠাকুরপো, আজ যে তোমার পায়ে আমার লজ্জা-শরমের সমস্ত জঞ্জাল জলাঞ্জলি দিলুম, তার সমস্ত ফলাফল জেনেই। আমি জানি তোমার সুরবালা আছে। আর আছে তোমার নিষ্ঠুর কঠিন পবিত্রতা। সে স্ফটিকের মত স্বচ্ছ, বজ্রের মত শক্ত। তার গায়ে দাগ দিতে পারি, সে আমার সাধ্য নয়। কিন্তু জান ত ঠাকুরপো, মানুষের এমনি পোড়া স্বভাব, যা তার সাধ্যাতীত, তাতেই তার সবচেয়ে লোভ। ভগবানকে পাওয়া যায় না বলেই মানুষ এমন করে সব দিয়ে তাঁকে চায়। তাই আমার মনে হয়, তুমি আমার এতবড় অপ্রাপ্য বস্তু না হলে বোধ করি তোমাকে এত ভাল আমি বাসতুম না। কিন্তু যাক সে কথা।

ক্ষণকাল নীরব থাকিয়া সহসা একটা নিশ্বাস ফেলিয়া কিরণময়ী কহিল, একলব্যের যেমন দ্রোণ গুরু, আমার গুরু তেমনি সুরবালা। কিন্তু কেমন করে হলো, সেই কথাটা জানিয়ে তোমাকে আজ ছুটি দেব। ঐ যেখানে তুমি খেতে বসেচ ঠাকুরপো, একদিন রাত্রে সতীশ-ঠাকুরপোও তেমনি খেতে বসেছিলেন। কিসে মনে নেই, হঠাৎ তোমাদের কথা উঠে পড়ল। জান ত, ভাইটি আমার তোমাদের কথায় একেবারে মেতে ওঠেন। তখন তাঁকে সামলানোই শক্ত। আমার নিজেরও তখন প্রায় সেই দশা। ভালবাসার মদ তখন সবেমাত্র পাত্র ভরে খেয়ে তোমার নেশায় তখন আমার হাত-পা অবশ, দুই চক্ষু ঢুলে ঢুলে আসছে, এমনি সময়ে সতীশ-ঠাকুরপো কত নজীর কত দৃষ্টান্ত দিয়ে বললেন, তুমি তোমার সুরবালাকে কত ভালবাসো। কবে তুমি তার পান-বসন্ত হলে আহার-নিদ্রা ত্যাগ করেছিলে, কবে সে তোমার একটুখানি মাথা-ধরা নিয়ে সারারাত্রি পাখা হাতে শিয়রে বসে কাটিয়েছিল—এমনি কত দিন-রাতের কত ছোটখাটো কাহিনী। তাঁর ত সে-সব শোনা-কথা। হয়ত বা কোনটা মিথ্যে, না হয় ত বাড়ানো, কিন্তু তাতে আমাদের দুজনের কারো কোন ক্ষতি হলো না। তোমাদের স্ত্রী-পুরুষের মধ্যে যে প্রেমের গঙ্গা বয়ে যাচ্চে, আমরা দুটি ভাই-বোনে দেখতে দেখতে যেন তাতে ডুবে তলিয়ে গেলুম। তার পর অনেক রাত্রিতে সতীশ বাসায় চলে গেলেন, আমি কিন্তু এই রান্নাঘরে বসে রইলুম। কতক্ষণ জানিনে, বেরিয়ে দেখি সুমুখেই শুকতারা। আমার হঠাৎ মনে হলো সুরবালার মুখখানি যেন এমনি। এমনি মধুর, এমনি উজ্জ্বল। ঠিক এমনিধারাই বুঝি তার মুখ থেকে চোখ ফেরান যায় না। মনে মনে তাকে বললুম, তোমাকে ত দেখিনি তুমি কেমন, কিন্তু যেমনই হও, আজ থেকে তুমি হলে আমার গুরু। তোমার কাছ থেকেই আমি স্বামীপ্রেমের পাঠ নিলুম। ভালবাসার স্বাদ আমি পেয়েছি—এ আমি আর ছাড়তে পারব না। ভালবাসা আমার চাই-ই—ভাল আমাকে বাসতেই হবে। তবে,

অন্যকে ভালবেসে কেন এ ব্যর্থ করি? আজও ত আমার স্বামী বেঁচে আছেন, এখনো ত বিধবা হইনি—তবে, কেন এ ভুল করি? তোমার মত আজ থেকে আমিও আমার স্বামীকেই ভালবাসব—আর কারুকে নয়। বলামাত্রই আমার মন যেন তার সমস্ত শক্তি এক করে সায় দিয়ে বললে, 'ভালবাসা ফিরে পাবার তোমার আশা নেই সত্যি, কিন্তু তবুও তোমাকে তাঁকেই ভালবাসতে হবে।' কিন্তু আমার এমনি পোড়া অদৃষ্ট ঠাকুরপো, তিনি বাঁচলেন না। আমার বড় সাধের সাধনা অঙ্কুরেই শুকিয়ে গেল। তাই তাঁর মৃত্যুর দিনে আমার যে চেহারা তোমরা দেখতে পেয়েছিলে, তার মধ্যে একবিন্দু ছলনা ছিল না—বলিতে বলিতে তাহার কণ্ঠস্বর যে করুণ এবং আর্দ্র হইয়া উঠিতেছিল, উপেন্দ্র তাহা লক্ষ্য করিল, কিন্তু কথা কহিল না। কিরণময়ী নিজেও কিছুক্ষণ মৌন থাকিয়া বলিল, ঠাকুরপো যারা মূর্খ, যারা গোঁড়া, তারা বুঝবে না বটে, কিন্তু তুমি ত জানো সংসারের সমস্ত জিনিসেরি প্রাকৃতিক নিয়ম আছে। সে নিয়ম অগ্রাহ্য করে স্বামী-স্ত্রীর কেউ কখনো তাদের সেই চিরমধুর সম্বন্ধে পৌঁছুতে পারে না। বিয়ের মন্ত্র কর্তব্যবুদ্ধি দিতে পারে, ভক্তি দিতে পারে, সহমরণে প্রবৃত্তি দিতেও পারে, কিন্তু মাধুর্য দেওয়ার শক্তি ত তার নেই। সে শক্তি আছে শুধু ঐ প্রকৃতির হাতে। তাঁর দেওয়া নিয়ম-পালনের মধ্যে যখন সময় ছিল, সামর্থ্য ছিল, তখন দুজনেই দু পায়ে সে নিয়ম মাড়িয়ে গেছি, তার কোন সম্মানই রাখিনি, আজ অসময়ে স্বামী যখন মৃতকল্প তখন প্রয়োজন বলে তাঁর কাছে যাব আমি কোন্ পথে? কিন্তু তবুও হাল ছেড়ে আমি দিইনি ঠাকুরপো। আশা ছিল একটা পথ বুঝি তখনও খোলা ছিল। সে তাঁর সেবা। ভেবেছিলুম আমরণ স্বামী-সেবা নিয়েই হয়ত বা একদিন তাঁকে পাবো, কিন্তু এমনি হতভাগিনী আমি—সেটুকু অবসরও আমার মিলল না, তিনি ইহলোক ত্যাগ করে গেলেন।

উপেন্দ্র সবিস্ময়ে মুখ তুলিয়া দেখিল, কিরণময়ীর দুই চক্ষু অশ্রুজলে ভাসিতেছে। কহিল, শুনেছি, আপনি যেমন তাঁর সেবা করেছেন তেমন মানুষে পারে না। সেদিকে স্ত্রীর কর্তব্যে আপনার লেশমাত্র ত্রুটি ঘটেনি।

কিরণময়ী বলিল, তা হয়ত ঘটেনি, কিন্তু মানুষে না পারলে আমিই বা কি করে পারলুম ঠাকুরপো? তা নয়,—তেমন সেবা স্ত্রীলোকমাত্রেই পারে। কিন্তু আমি ত কর্তব্য বলে কিছুই করিনি, আমার অন্য সমস্ত পথ বন্ধ ছিল বলে আমি চেয়েছিলুম আমার সেবার মধ্যে দিয়ে তাঁকে পেতে। তাই সেদিকে সাধ্যমত কখনো অবহেলা করিনি। ভেবেছিলুম, একবার যদি তাঁকে বুকের মধ্যে পাই, যতদিন বাঁচি, যেখানে যেভাবেই থাকি, ভদ্রভাবে জীবনটা কাটিয়ে দিতে পারব। কিন্তু সমস্ত চেষ্টা আমার নিষ্ফল হয়ে গেল। তাঁকে পেতে শুরু করেছিলুম বটে কিন্তু পেলুম না। প্রথম থেকে সেই যে তুমি আমার বুক জুড়ে রইলে, কোনমতেই সেখান থেকে তোমাকে আর নড়াতে পারলুম না,—আমার স্বামীকেও আমার অন্তরের মধ্যে পেলুম না।

উপেন্দ্র উঠিয়া দাঁড়াইয়া কহিল, অনেক রাত্রি হয়েছে বৌঠান, আমি চললাম।

কিরণময়ীও উঠিয়া দাঁড়াইয়া কহিল, চল, চল তোমাকে দোর পর্যন্ত পৌঁছে দিয়ে সদরটা বন্ধ করে আসি। কাল দেখা হবে?

না, কাল আমি বাড়ি যাবো।

আর কোনদিন দেখা হবে?

হওয়াই ত সম্ভব। নমস্কার বৌঠান!

নমস্কার ঠাকুরপো। দিবাকরকে এখানে পাঠাবে কি?

পাঠাব বৈ কি বৌঠান। তার বাপ-মা নেই, আমিই তাকে এতদিন দেখে এসেচি। আজ থেকে তাকে মানুষ করবার ভার আপনি যখন নিতে চেয়েছেন, সে ভার আপনার হাতেই সঁপে দিলুম।

কিরণময়ীর চোখে জল আসিয়া পড়িতেছিল। কহিল, এত কথা শোনার পরও তুমি এতবড় বিশ্বাসের ভার আমার উপর কি করে দেবে ঠাকুরপো। তুমি যে দিবাকরকে কত ভালবাস সে ত আমি জানি।

উপেন্দ্র দরজার বাহিরে আসিয়া পড়িয়া কহিল, সেইজন্যেই ত দিলাম বৌঠান। আমি যাকে ভালবাসি তার অমঙ্গল আপনার দ্বারা কখনো হবে না এই ত আমার ভরসা—বলিয়া দ্রুতপদে অগ্রসর হইল।

কিরণময়ী অন্ধকার গলির মধ্যে মুখ বাড়াইয়া উচ্চকণ্ঠে জিজ্ঞাসা করিল, আর একটা কথা বলে যাও ঠাকুরপো, সতীশ কি কলকাতায় নেই?

উপেন্দ্র দূর হইতেই জবাব দিল, না।

কিরণময়ী পুনরায় প্রশ্ন করিল, সে যখন আমাকে না জানিয়ে চলে গেছে, তখন অনেক দুঃখেই গেছে ঠাকুরপো। তাকে কি তুমি এ বাড়িতে ঢুকতে নিষেধ করে দিয়েছিলে?

উপেন্দ্র কহিল, দেবার ইচ্ছে ছিল, কিন্তু দিইনি।

কিরণময়ী জিজ্ঞাসা করিল, যদি ইচ্ছাই ছিল দিলে না কেন?

উপেন্দ্র চুপ করিয়া রহিল।

উত্তর না পাইয়া কিরণময়ী কহিল, এমন ইচ্ছা কেন হয়েছিল তাও কি জানতে পারিনে।

উপেন্দ্র কহিল, আমার ভুল হয়ে থাকতেও পারে। যাই হোক, কোথায় সে আছে খোঁজ করে আপনার কাছে আসতে তাকে চিঠি লিখে দেব। তাকেই জিজ্ঞাসা করবেন—বলিয়া উপেন্দ্র দ্বিতীয় প্রশ্নের অপেক্ষা না করিয়াই দ্রুতবেগে অন্ধকার গলি পার হইয়া গেল।

আটাশ

যে পাকা রাস্তাটা বরাবর সাঁওতাল পরগনার ভিতর দিয়া বৈদ্যনাথ হইতে দুমকায় গিয়াছে, তাহারই ধারে বাগানের মধ্যে, বৈদ্যনাথ হইতে প্রায় ক্রোশ-দুই দূরে একটা বাঙ্‌লো ছিল। কলিকাতা হইতে চলিয়া আসিয়া সতীশ খোঁজ করিয়া এই বাড়িটা ভাড়া লইয়া বাস করিতেছিল। নিজের সঙ্গে একটা বোঝাপড়া করিয়া লইবার জন্যই সে এই নিরালায় অজ্ঞাতবাস করিতে আসিয়াছিল। সুতরাং যখন দেখিতে পাইল, ইহার আশেপাশে গ্রাম নাই, সম্মুখের রাস্তাটায় লোক-চলাচলও নিতান্ত বিরল, তখন খুশী হইয়াই বলিয়াছিল, 'এই আমার চাই। এমনি নির্জন নীরবতাই আমার প্রয়োজন।' কলিকাতা হইতে সে যে অপযশ ও দুঃখের বোঝা বহিয়া আনিয়াছিল, বিরলে বসিয়া একটা একটা করিয়া এইগুলারই হিসাব-নিকাশ করা তাহার মনোগত অভিপ্রায়। প্রথম দফায় সাবিত্রীকে তাহার যারপরনাই ঘৃণা করা প্রয়োজন, দ্বিতীয় দফায় পাথুরেঘাটার বৌঠাকরুনকে ভোলা চাই এবং তৃতীয় দফায়

উপীনদার সহিত সমস্ত সম্বন্ধ বিচ্ছিন্ন করিয়া ফেলিতেই হইবে। এই-সমস্ত কঠিন কাজ এই বনের মধ্যে বসিয়া শেষ করাই তাহার উদ্দেশ্য। সঙ্গে ছিল বেহারী এবং একজন এদেশী পাচক-ব্রাহ্মণ। বেহারীর কাজ ছিল বাবুর সেবা করিয়া অবশিষ্ট সময়টুকু পাচকের সহিত বাদানুবাদ করিয়া তাহাকে মূর্খ এবং আনাড়ী প্রতিপন্ন করা, আর অন্যের কাজ ছিল ভাত ডাল সিদ্ধ করিয়া বাকী সময়টুকু বেহারীর সহিত কলহ করিয়া সে যে বাজারের পয়সা দুই হাতে চুরি করিতেছে ইহাই সাব্যস্ত করা। অতএব এ-পক্ষের দিনগুলা ত এক রকম করিয়া কাটিতে লাগিল, কিন্তু প্রভু যিনি, তিনি অনুক্ষণ কেবল তত্ত্ব-চিন্তাতেই মগ্ন রহিলেন। সংসারে কামিনী-কাঞ্চনই যে সকল অনর্থের মূল, বৈরাগ্যই যে পরম বস্তু, পাখির ডাকই যে চরম সঙ্গীত, বন-জঙ্গল পাহাড়-পর্বতই যে সৌন্দর্যের নিখুঁত আদর্শ, এই সত্য সম্পূর্ণ হৃদয়ঙ্গম করাই তাহার সম্প্রতি সাধনার বস্তু। সুতরাং, বারান্দার উপর একখানা ভাঙ্গা আরাম-কেদারায় সতীশ সারাদিন গাছের ডালে পাখির কিচিমিচি কান খাড়া করিয়া শুনিতে লাগিল, মহুয়া বৃক্ষে বাতাসের সোঁসোঁ শব্দ কোন্ রাগ-রাগিণীতে পূর্ণ, চিন্তা করিতে লাগিল, আকাশে যা-তা মেঘ দেখিয়া উচ্ছ্বসিত হইয়া মনে মনে প্রশংসা করিতে লাগিল, এবং দূরে পাহাড়ের গায়ে শুষ্ক বাঁশ-পাতায় আগুন ধরিলে সারারাত্রি জাগিয়া চাহিয়া রহিল।

এদিকে মাছ-মাংস ছাড়িয়া দিয়া সাত্ত্বিক আহার ধরিল এবং কোথা হইতে একটা সাদা পাথরনুড়ি কুড়াইয়া আনিয়া দিনের বেলা পূজা এবং রাত্রে আরতি করিতে শুরু করিয়া দিল।

অথচ, এই নব-প্রণালীর জীবনযাত্রার সহিত তাহার কোনকালেই পরিচয় ছিল না। ইতিপূর্বে চিরকাল তাহার কাছে পাখির শব্দের চেয়ে সেতারের শব্দই মিষ্ট লাগিয়াছে, বাতাসের মধ্যে রাগ-রাগিণীর অস্তিত্ব কখনো সে স্বপ্নেও কল্পনা করে নাই এবং আকাশের গায়ে মেঘোদয় কোনদিনই তাহাকে বিচলিত করে নাই। বস্তুতঃ প্রকৃতি-দেবীর এই-সকল শোভা-সম্পদ, তা সে যতই থাক, খবর লইবার ফুরসত সতীশের কোনকালে ছিল না। যেখানে গান-বাজনা, যেখানে থিয়েটার কনসার্ট, যেখানে ফুটবল ক্রিকেট, সেখানেই সতীশ দিন কাটাইয়াছে। কোথায় মারপিট করিতে হইবে, কোন, আসরে স্টেজ বাঁধিতে হইবে, কার বাড়ির মড়া পোড়াইতে হইবে, কার দুঃসময়ে দশটা টাকা যোগাড় করিয়া দিতে হইবে, এই ছিল তাহার কাজ।

পাখির গানে মাধুর্য আছে কি না কোকিল পঞ্চমে ডাকে কি ডাকে না, আকাশপটে কার তুলি রঙ ফলায়, নদীর জল কুলকুল শব্দে কোন বাণী ঘোষণা করে, কামিনী-কাঞ্চন সংসারে কতখানি অনর্থের মূল—এ-সব সূক্ষ্মতত্ত্ব কোনকালেই তাহার মাথায় প্রবেশ করে নাই এবং সেজন্য দুঃখ করিতে তাহাকে কেহ দেখে নাই। সে সোজা মানুষ, সংসারের কারবার সে সোজা করিয়াই করিতে পারে। যাহাকে ভালবাসে তাহাকে নির্বিচারেই ভালবাসে এবং তাহাতে ঘা পড়িলে কি করিবে ভাবিয়া পায় না। পৃথিবীতে দুটি লোককে সে সর্বাপেক্ষা অধিক ভালবাসিয়াছিল। একজন সাবিত্রী আর একজন তাহার উপীনদা। সাবিত্রী তাহাকে ফাঁকি দিয়া কদাচারী বিশ্বাসঘাতক বিপিনকে সঙ্গে করিয়া কোথায় চলিয়া গেল, উপীনদা কোন প্রশ্ন না করিয়াই একটা অন্ধকার রাত্রে তাহাকে ত্যাগ করিয়া গেলেন। শুধু দাঁড়াইবার একটা জায়গা ছিল, সে কিরণময়ীর কাছে। কিন্তু সে দ্বারটাও রুদ্ধ দেখিয়া ফিরিয়া আসিবার আর তাহার সাহস হইল না। তাই সে এই নির্জনে আসিয়া আকাশবাতাস গাছপালা পশুপক্ষীর সঙ্গে জোর করিয়া একটা নূতন সম্পর্ক পাতাইয়া লইয়া বৈরাগ্য-সাধনে প্রবৃত্ত হইয়াছিল।

কিন্তু চিরকাল যে লোক আমোদ-প্রমোদ বন্ধু-বান্ধব লইয়া হৈচৈ করিয়া কাটাইয়াছে, তাহার এই অভিনব চেষ্টায় বুড়া বেহারীর চোখে যখন-তখন জল আসিতে লাগিল।

সে হয়ত কোনদিন আসিয়া বলে, বাবু, দুজন ভদ্দর বাঙালী সুমুখের রাস্তা দিয়ে বোধ করি ত্রিকূট দেখতে যাচ্ছেন—

কথা শেষ না হইতেই সতীশ 'কৈ রে?' বলিয়া তড়াক করিয়া লাফাইয়া উঠিয়া পরক্ষণেই 'যাক গে' বলিয়া বিমর্ষমুখে তাহার চেয়ারে বসিয়া পড়ে।

বেহারী বলে, ডেকে একবার আলাপ-টালাপ—

সতীশ কহে, কিসের জন্যে? তার পরে একটুখানি উচ্চ ধরনের শুষ্ক হাসি হাসিয়া বলে, আমার আর ও-সব আলাপ-টালাপের দরকার নেই—ভালই লাগে না। জানিস বেহারী, বনের পাখিরা আজকাল আমাকে গান শোনায়, গাছপালা কথা কয়, বাতাস হুহু করে আমার কানে কত রাজ্যের গল্প বলে যায়, আমার কি আর বাজে লোকজনের সঙ্গে হাসি-তামাশায় সময় নষ্ট করতে ইচ্ছে হয় রে? আমার যথার্থ বন্ধু যদি বলতে হয় ত এরাই—বুঝলি নে বেহারী? বেহারী নিরুত্তর ম্লানমুখে ফিরিয়া যায়।—কিন্তু বহুক্ষণ পর্যন্ত প্রভুর এই বেদনা-বিদ্ধ কণ্ঠস্বর তাহার কানের মধ্যে রি রি করিতে থাকে।

বেহারীর একটা স্বভাব ছিল, সে কথা দিয়া কথা ভাঙ্গিতে পারে না। অনেক বিশিষ্ট ভদ্রলোকেরা যে লোভ সামলাইতে পারে না, এই ছোটলোক বেহারীর সে শক্তি ছিল। সে মনে মনে একপ্রকার করিয়া বুঝিতে পারিত সাবিত্রী সে রাত্রে কি একটা জুয়াচুরি করিয়া গিয়াছিল। সে যে সতীশের অশেষ মঙ্গলাকাঙ্ক্ষী এবং সতীশকে প্রাণাধিক ভালবাসিত, বেহারীর তাহাতে সংশয় ছিল না। কেন যে সে, যে দোষ করে নাই তাহাই স্বীকার করিয়া এবং যে-পাপ কোনদিন ছিল না তাহারই বোঝা স্বহস্তে নিজের মাথায় তুলিয়া তাহার প্রভুকে এত ব্যথা দিয়া গেল, এই কথাটা নিরন্তর চিন্তা করিয়াও সে মীমাংসা করিতে পারিত না। তবে কিনা সাবিত্রীর উপর বেহারীর অসীম ভক্তি ছিল। তাহাকে মা বলিত এবং শাপভ্রষ্টা দেবী মনে করিত। তাই নিজের বুদ্ধিতে কূল-কিনারা না পাইয়া এই বলিয়া মনকে প্রবোধ দিত যে, শেষকালে একটা কিছু ভালই হইবে; এবং এই ভালর আশাতেই সে ও-সম্বন্ধে একেবারে নীরব হইয়া গিয়াছিল। প্রভুর মুখ দেখিয়া সাবিত্রীর আসল ব্যাপারটা প্রকাশ করিতে মাঝে মাঝে যখন তাহার ভারী একটা আবেগ উপস্থিত হইত, তখন এই বলিয়া সে আত্মসংবরণ করিত যে, আমার মা'র চেয়ে বাবুকে ত আর আমি বেশী ভালবাসি নে, তিনি নিজেই যখন এ দুঃখ দিয়ে গেলেন, তখন আমি কেন ব্যাঘাত ঘটাই? তিনি না বুঝে ত আমাকে মাথার দিব্যি দিয়ে নিষেধ করে যাননি।

এমনি করিয়াই ইহাদের নির্জনবাসের দিনগুলা কাটিতেছিল এবং বোধ করি আরও কিছুকাল কাটিতে পারিত, কিন্তু হঠাৎ একদিন বাধা পড়িল।

যাহাকে বলে কাল-বৈশাখী, সেদিন সময়টা ছিল তাই। সমস্ত দিনমানটায় যদিচ দুর্যোগের কোন লক্ষণ ছিল না, কিন্তু অপরাহ্ণের কাছাকাছি মিনিট-কুড়ির মধ্যেই আকাশে প্রবল ঝড় উঠিল। ক্ষণকালেই সতীশ অশ্ব-পদশব্দে চকিত হইয়া গলা উঁচু করিয়া দেখিল একটা ভালো ঘোড়া পিঠের উপর সাজসজ্জা লইয়া ঝড়ের সঙ্গে উন্মত্ত বেগে ছুটিয়া যাইতেছে। সতীশ ডাকিয়া কহিল, বেহারী, ও কার ঘোড়া ছুটে পালাল জানিস রে?

বেহারী ঘরের মধ্যে বাতি পরিষ্কার করিতে করিতে কহিল, কোন বাবু-টাবুর হবে বোধ হয়!

সতীশ প্রশ্ন করিল, এদিকে বাবু-টাবু আবার কে আছে রে?

বেহারী কহিল, এদিকে নাই থাকলো, দেওঘর থেকে প্রায়ই ত বাবু-ভায়ারা গাড়ি ক'রে ত্রিকূট দেখতে, তপোবন দেখতে আসে। তাদেরই কারো হবে। ঝড়ের ভয়ে ছুট মেরেচে।

তা হলে ত তার ভারী মুশকিল, বলিয়া সতীশ পুনরায় তাহার আরাম-কেদারায় শুইয়া পড়িল। কিন্তু কথাটা সে মন হইতে তাড়াইতে পারিল না। তাহার মনে হইতে লাগিল, যেই হোন, সঙ্গে স্ত্রীলোক থাকিলে বিপদ ত সোজা নয়। এ জায়গায় গাড়ি পালকি ত দূরের কথা, একটা লোকের সাহায্য পাওয়াও কঠিন। তা ছাড়া সন্ধ্যারও বিলম্ব নাই, সম্ভবতঃ বৃষ্টিও নামিবে। সতীশ থাকিতে পারিল না, লাঠিটা বারান্দার কোণ হইতে তুলিয়া লইয়া বাহির হইয়া পড়িল। রাস্তায় আসিয়া দেখিল, পাথরের কুচিগুলো ঝড়ের বেগে ছররার মত গায়ে বিঁধিতেছে এবং সমস্ত পথটা ধূলা-বালুতে অন্ধকার হইয়া গেছে। হঠাৎ সেই অন্ধকার হইতে ঝড়ের মুখে একটা হোহো চীৎকার ভাসিয়া আসিল। হোলির দিনের ছুটি পাইয়া হিন্দুস্থানী দরোয়ানের দল যে-ধরনের চীৎকার-শব্দে পথে বাহির হইয়া পড়ে—এ সেই। ব্যাপারটা কি, জানিবার জন্য সতীশ সেই ধূলার মধ্যে কতকটা পথ অগ্রসর হইতেই দেখিতে পাইল, পথের উপরে একটা টমটম; এবং সেটাকে বেষ্টন করিয়া আট-দশজন লোক আনন্দ-ধ্বনি করিতেছে। কাহারও মাথায় টুপি, কাহারও মাথায় পাগড়ি—সকলেরই হিন্দুস্থানী পোশাক।

আনন্দটা কিসের জ্ঞাত হইবার অভিপ্রায়ে সতীশ আরও কয়েক পা আগাইয়া আসিতেই দেখিতে পাইল, টমটমের একটা হাতল ধরিয়া একটি স্ত্রীলোক মাথা গুঁজিয়া অত্যন্ত জড়সড় হইয়া দাঁড়াইয়া আছে, এবং ইহাকেই উদ্দেশ করিয়া লোকগুলা যে ভাষা ব্যবহার করিতেছে, তাহা হিন্দুস্থানী জিহ্বা ছাড়া উচ্চারণ করিতে পারে এতবড় জিভ পৃথিবীর আর কোন জাতের নাই। সতীশের প্রথমে মনে হইল, ইহারা এই দিকে কোথাও এই স্ত্রীলোকটিকে লইয়া আমোদ করিতে আসিয়াছিল এখন ঘোড়া পলাইয়া যাওয়ায় এ আর-এক প্রকারের আমোদ করিতেছে। একবার ভাবিল ফিরিয়া যায়, কিন্তু কি জানি কেন আজ সে কোনমতেই কৌতূহল দমন করিতে পারিল না। ঠিক এমনি সময়ে তাহার সবিস্ময় দৃষ্টি পড়িল মেয়েটির পোশাকের উপর। সন্ধ্যা ও ধূলাবালির আঁধারেও মনে হইল, তাহার পরনের কাপড়খানা যেন বাঙালী-মেয়ের মত করিয়া পরা। পায়ে জুতা, কিন্তু সে জুতা লক্ষ্ণৌয়ের লপেটা নয়—ইংরাজ রমণীরা যাহা পায়ে দেয়, তাই।

অকস্মাৎ মেয়েটি উচ্চকণ্ঠে ডাকিয়া কহিল, মশাই, আমাকে বাঁচান।

'বাঁচান'! একমুহূর্তে সতীশের বৈরাগ্যের নেশা ছুটিয়া গেল। কামিনী-কাঞ্চন যে একান্ত হেয় এ তত্ত্ব ভুলিয়া গেল—বাঘের মত লাফ দিয়া সে একেবারে মেয়েটির কাছে আসিয়া দাঁড়াইল। কহিল, কি হয়েছে?

মেয়েটি এতক্ষণ পর্যন্ত একাকী অনেক নির্যাতন সহ্য করিয়াছিল, এইবার মুখ ঢাকিয়া বসিয়া পড়িয়া কাঁদিয়া ফেলিল।

সতীশ ব্যগ্রকণ্ঠে প্রশ্ন করিল, ব্যাপার কি? হয়েছে কি?

এরা আমাকে বড্ড অপমান করচে!

অপমান করচে! কে এরা?

জানিনে।

জান না? সতীশ একসঙ্গে একরাশ প্রশ্ন করিয়া ফেলিল, তুমি কে? কোথা থেকে এখানে এলে? তোমার সঙ্গের লোক কৈ? গাড়ি কার?

মেয়েটি চোখ মুছিয়া রুদ্ধস্বরে বলিল, আমার সহিস ঘোড়া ধরতে সঙ্গে সঙ্গে ছুটেছে—আর কেউ নেই। আমি ত্রিকূট দেখতে এসেছিলুম—প্রায় আসি—সেখান থেকে এরা আমাকে বিরক্ত করতে করতে আসচে।

সতীশ ক্রুদ্ধ হইয়া কহিল, বেশ করেছে। আপনি কি মেমসাহেব যে টমটম হাঁকিয়ে এত দূরে এসেচেন? আপনি কি ইংরেজের মেয়ে যে, যেখানে ইচ্ছে একলা গেলেও কোন ভয় নেই? আমাদের দেশী লোক অসহায় দেশী মেয়ে পেলেই তাকে অপমান করবে—অত্যাচার করবে—এই এ দেশের নিয়ম, এ কি আপনার বাপ-মায়েরা জানেন না? বলিয়া হিন্দুস্থানীদের যেটি সকলের বড় তাহার প্রতি অগ্নিদৃষ্টি নিক্ষেপ করিয়া কহিল, তুমলোক খাড়া কাহে হ্যায়?

সে বলিল, হামারা খুশি!

তাহাদের চোখের পানে চাহিলেই বুঝা যায় তাহারা হয় ভাঙ, না হয় গাঁজা, না হয় দুই-ই সেবন করিয়াছে।

সতীশ হাত তুলিয়া সোজা রাস্তা দেখাইয়া দিয়া সংক্ষেপে কহিল, যাও—

উত্তরে লোকটা মুখখানা অতি বিকৃত করিয়া কহিল, আরে, যাও রে—

প্রত্যুত্তরে সতীশ তাহার গালের উপর এমন করিয়া একটা চড় কশাইয়া দিল যে, সে ঐ 'রে' শব্দটাই আর একটুখানি টানিবার অবসর পাইল মাত্র, তার পরে অজ্ঞান হইয়া পথের উপর ঘুরিয়া শুইয়া পড়িল ; এবং সেই মুহূর্তেই তাহার পাশের নিরীহ গোছের রোগা ছোকরাটা বিনাদোষে সতীশের বাঁ হাতের চড় খাইয়া প্রথমে টমটমের সহিসের বসিবার জায়গায় এবং তাহার পরে চাকার তলায় চোখ বুজিয়া বসিয়া পড়িল। বাকী কয়েকজন কতক বা নেশার গুণে কতক বা চড়ের কল্যাণে হতবুদ্ধির মত চাহিয়া দাঁড়াইয়া রহিল। সতীশ সুমুখের লোকটাকে আহ্বান করিয়া বলিল, অব্ তুম আও—

প্রত্যুত্তরে সে বিদ্যুদ্বেগে সকলের পিছনে গিয়া দাঁড়াইল।

সতীশ তখন মেয়েটিকে কহিল, উঠুন—

মেয়েটি নীরবে উঠিয়া দাঁড়াইল। সতীশ কহিল, জল এলো বলে—আসুন আমার সঙ্গে।

মেয়েটি ভয়ে ভয়ে কহিল, আমি কি টাউন পর্যন্ত হাঁটতে পারব?

সতীশ বলিল, টাউন নয়, আমার বাসায়। ঐ বাগানের মধ্যে। জল আসচে, আর দাঁড়িয়ে ভাবলে হবে না। না যান ত এখানেই দাঁড়িয়ে ভিজুন—আমি চললুম।

মেয়েটি কহিল, চলুন না। আপনার সঙ্গে যাব তার আর ভাবব কি?

ফোঁটা ফোঁটা জল পড়িতে শুরু করিয়াছিল এবং ঝড়ের বেগ মন্দীভূত হইলেও থামে নাই। দুইজনে কিছুক্ষণ নীরবে আসিয়া বাগানের গেটের সম্মুখে সতীশ সহসা থামিয়া কহিল, আমার বাসায় কিন্তু স্ত্রীলোক নেই—আমি একা থাকি।

মেয়েটি জিজ্ঞাসা করিল, তা হলে আপনার রাঁধাবাড়া ঘরকন্নার কাজ করে কে? নিজে?

না, চাকর আছে। কিন্তু তারাও স্ত্রীলোক নয়।

নাই হলো, কিন্তু আপনি দাঁড়ালেন কেন? যেতে যেতে বলুন না।

সতীশ কুণ্ঠিত হইয়া কহিল, তাই বলচি যে আমার ওখানে স্ত্রীলোক নেই। এই রাত্রে ভিতরে যাবার পূর্বে আপনাকে জানানো উচিত।

মেয়েটি কহিল, যদি উচিত, তবে ওখানেই জানালেন না কেন? আমি কিন্তু আর দাঁড়াতে পারচি নে—আমার হাত-পা কাঁপচে। তা ছাড়া আমার বড় তেষ্টাও পেয়েছে।

আসুন আসুন, বলিয়া সতীশ অপ্রতিভ হইয়া অন্ধকার বাগানের মধ্যে পথ দেখাইয়া অগ্রসর হইল। এই-সমস্ত বিশ্রী ঘটনার পরে মেয়েটি যে কিরূপ অবসন্ন হইয়া পড়িয়াছে তাহা মনে মনে অনুভব করিয়া সতীশ লজ্জা পাইল। একটু পরেই সে ধীরে ধীরে কহিল, আপনার গলা যেন কোথায় শুনেচি মনে হয়।

মেয়েটি তাহার জবাব দিল না। কিন্তু বুঝিতে পারিল, সতীশ অন্ধকারে তাহার মুখ দেখিতে পায় নাই। বারান্দায় উঠিয়া সে সতীশের ভাঙ্গা আরাম-চেয়ারের উপর গিয়া বসিয়াই কহিল, সঙ্গে বেহারী আছে ত? বলিয়াই উচ্চকণ্ঠে ডাক দিল, বেহারী, আমার জন্যে এক গেলাস জল আন ত?

বেহারী ওদিকের ঘরে ছিল। ডাক শুনিয়া জল লইয়া উপস্থিত হইল। বারান্দার দেওয়ালের গায়ে মিটমিট করিয়া একটা কেরোসিনের ল্যাম্প জ্বলিতেছিল, সেই ক্ষীণ আলোকেও সে মেয়েটিকে দেখিবামাত্র চিনিয়া সবিস্ময়ে কহিল, দিদিমণি, আপনি যে?

সে অনেক কথা, বলিয়া মেয়েটি নিজে উঠিয়া বেহারীর হাত হইতে জলের গেলাস লইয়া সমস্তটা এক নিশ্বাসে পান করিয়া বেহারীর হাতে ফিরাইয়া দিয়া কহিল, দাদাকে খবর দিতে হবে যে বেহারী। ঠিকানা বলে দিলে, এই রাত্তিরে তুমি বাড়ি খুঁজে বার করতে পারবে কি?

বেহারী ঘাড় নাড়িয়া বলিল, না দিদিমণি, আমি ত শহরের কিছুই চিনিনে। তা ছাড়া, বুড়োমানুষ, এই জল-ঝড় অন্ধকারে পথ চলতে পারব না।

তা হলে কি হবে বেহারী? ঘোড়াটা যদি গিয়ে আস্তাবলে ঢুকে থাকে, দাদা ভেবে সারা হয়ে যাবেন। কোন উপায়ে তাঁকে জানাতেই হবে যে ভয় নেই, আমি নিরাপদে আছি।

বেহারী চিন্তা করিয়া কহিল, আমাদের বামুনঠাকুর এই দেশের লোক, পথঘাট সব চেনে। জ্যোতিষ-সাহেবের বাসা বলে দিলে নিশ্চয় যেতে পারবে। তাকে গিয়ে ডেকে আনি, বলিয়া রান্নাঘরে চলিয়া গেল।

সতীশ চিনিল মেয়েটি কে। কহিল, দাদাকে একখানা চিঠি লিখে দিন।

মেয়েটি কহিল, সে ত দিতেই হবে।

সতীশ বলিল, অমনি লিখে দেবেন, বোনকে মেমসাহেব করে তোলবার ফলটা আজ কি হয়েছিল, সাহেব-মানুষ শুনলে হয়ত খুশীই হবেন।

খোঁটা খাইয়া সরোজিনী ক্রুদ্ধ হইল। তাহার আজিকার আচরণ দৈব-বিড়ম্বনায় অত্যন্ত বিশ্রী হইয়া পড়িয়াছিল সত্য, এবং সেজন্য তাহার নিজেরও অনুশোচনা কম হয় নাই, কিন্তু, আর একজন তাই বলিয়া বারংবার মেমসাহেবের সহিত তুলনা করিয়া বিদ্রূপ করিলে সহা যায় না। সে তিক্তস্বরে জবাব দিল, দাদাকে আপনিই লিখে দিন, তাঁর বোনকে কি বিপদে আজ একাকী রক্ষা করেছেন।

তাঁহার বিরক্তির হেতুটা সতীশ বুঝিল। কিন্তু নিজে এই-সকল সাহেবিয়ানা সে একেবারে দেখিতে পারিত না। বলিল, লেখাই উচিত। তবু যদি আপনাদের সমাজের একটু চেতনা হয়।

সরোজিনী কহিল, আমাদের সমাজের প্রতি আপনার খুব ঘৃণা—না? ধারণা এই যে আমরা মানুষ নই?

সতীশ বলিল, আমার ধারণা যাই হোক নিজেদের ধারণা আপনারা ছাড়া বাঙলাদেশে আর মানুষ নেই, এই না?

সরোজিনী কহিল, অন্ততঃ আমাদের মধ্যে এ ধারণা যাঁদের আছে, আমি তাঁদের দোষ দিইনে।

সতীশ বলিল, সে জানি। সেই জন্যেই আজ আপনার শাস্তি আরো ঢের বেশী হওয়া উচিত ছিল। ওখানে আপনাকে চিনতে পারলে আমি চুপ করে চলে আসতাম—কথাও কইতাম না।

সরোজিনী কহিল, শাস্তিটা কি শুনি? অপমান আর অত্যাচার—এই ত?

সতীশ কহিল, তাই।

সরোজিনী কহিল, তা হলে এতক্ষণে বুঝতে পেরেচি, কেন বলছিলেন অসহায়া স্ত্রীলোকের অপমান করাটাই আপনাদের দেশী লোকের চরিত্র। আপনার উচিত ছিল আমার বাকী অপমানটা বাড়িতে এনে নিজেই করা। এখন চেনা লোক বলে বাধচে বলেই আপনার রাগ।

সরোজিনী কহিল, শাস্তিটা কি শুনি? অপমান আর অত্যাচার—এই ত?

সতীশ কহিল, তাই।

সরোজিনী কহিল, তা হলে এতক্ষণে বুঝতে পেরেচি, কেন বলছিলেন অসহায়া স্ত্রীলোকের অপমান করাটাই আপনাদের দেশী লোকের চরিত্র। আপনার উচিত ছিল আমার বাকী অপমানটা বাড়িতে এনে নিজেই করা। এখন চেনা লোক বলে বাধচে বলেই আপনার রাগ।

সরোজিনীর কথার ঝাঁজে সতীশ রাগিয়াও হাসিয়া ফেলিল। কহিল, ঠিক তাই। আপনাকে অপমান করতে না পেরেই আমার যত রাগ। আমাদের বাঙ্গালা ভাষায় কৃতজ্ঞতা বলে একটা কথা আছে। আপনাদের সাহেব-মেমের অভিধানে সে কথাটাও হয়ত লেখা নেই।

সরোজিনীর ওষ্ঠাধরে একটা চাপা-হাসির ছটা মেঘাবৃত বিদ্যুতের মত খেলিয়া গেল। তবুও সে ক্রোধের স্বরেই জবাব দিল। কিন্তু কণ্ঠস্বর এত বেশী কৃত্রিম যে তাহা অতিবড় অমনোযোগী শ্রোতার কানেও ঠেকে। সরোজিনী বলিল, না নেই। এই সাহেব-মেমগুলো যেমন অকৃতজ্ঞ, তেমনি পাষণ্ড। আপনি দলে না এলে তাদের পরিত্রাণের উপায় নেই। আসবেন তাদের দলে?

প্রত্যুত্তরে সতীশও হাসি চাপিয়া কি-একটা বলিতে যাইতেছিল, এমনি সময়ে বেহারী হনুমান পাঁড়েজীকে আনিয়া হাজির করিল। সরোজিনী হাতের ব্যাগটা খুলিয়া গোটাপাঁচেক টাকা বাহির করিয়া চেয়ারের হাতার উপর রাখিয়া দিয়া কহিল, এই তোমার বকশিশ পাঁড়েজী, যদি এখনি শহরে গিয়ে একটা চিঠি দিয়ে আসতে পার,—বলিয়া সে নাম-ধাম

যথাশক্তি নির্দেশ করিয়া দিল।

পাঁড়েজী তাহার এক মাসের আয়ের প্রতি লোলুপ দৃষ্টিপাত করিয়া একমুহূর্তে রাজী হইয়া পত্রের জন্য হাত বাড়াইল। তাহার প্রসারিত করকমলে সরোজিনী টাকা কয়টি অর্পণ করিয়া চিঠি লিখিবার জন্য ঘরের মধ্যে চলিয়া গেল। লিখিবার টেবিল সুমুখেই ছিল। অনতিকাল পরে সে পত্র আনিয়া পাঁড়েজীর হাতে দিল। পাঁড়েজী সাবধানে তাহা মেরজাইয়ের মধ্যে রক্ষা করিয়া বাম-হস্তে হারিকেন লণ্ঠন এবং ডান-হস্তে সুদীর্ঘ বংশ-যষ্টি গ্রহণ করিয়া বাহিরের মুষলধার-বারিপাতের মধ্যে চক্ষের পলকে অন্তর্হিত হইয়া গেল।

বেহারী কুণ্ঠিতভাবে কহিল, বাবু, ঠাকুর কখন যে ফিরবে তার ঠিক নেই—রান্নার কি হবে?

সতীশ সরোজিনীর মুখের দিকে একবার চাহিয়া কথাটাকে চাপা দিবার জন্য তাচ্ছিল্যের সহিত বলিল, ওঃ—সে হবে তখন।

বেহারীর উদ্বেগ তাহাতে কিছুমাত্র কমিল না। বলিল, কি করে হবে, আমি ত ঠাউরে পাইনে বাবু।

সতীশ অপ্রসন্ন হইয়া কহিল, তোর ঠাওরাতে হবে না বেহারী, তুই যা না। সে-সব আমি ঠিক করে নেব। তাছাড়া আজ আমার ক্ষিদেও নেই।

বেহারী এক পা-ও নড়িল না। কারণ কথাটা সে একেবারে বিশ্বাস করিল না। কারণ, একে ত সাধারণ পাঁচজনের অপেক্ষা মনিবের ক্ষুধার পরিমাণ বেশী, তা ছাড়া এতদিনের চাকরির মধ্যে সে তাঁহার এই বস্তুটার অভাব একটা দিনও লক্ষ্য করে নাই। সংক্ষেপে কহিল, সে কি হয় বাবু!

সতীশ তিরস্কার করিয়া বলিল, এই তোর দোষ বেহারী, তুই সব কথায় তর্ক করিস। বলছি সে-সব ঠিক করে নেব, তুই যা, তা নয়, মুখের ওপর দাঁড়িয়ে সমানে জবাব করচিস।

বেহারী ক্ষুব্ধচিত্তে চলিয়া যাইতেছিল, সরোজিনী ডাকিয়া ফিরাইয়া কহিল, আজ আমার জন্যেই তোমাদের যত বিপদ বেহারী। রান্নার যোগাড় কি কিছু হয়নি?

বেহারী কহিল, হবে না কেন দিদিমণি, কিন্তু রাঁধবে কে? ঠাকুরের ফিরে আসতে যে কত দেরি হবে তার ত ঠিকানা নেই। বলিয়া অপ্রসন্নমুখে চলিয়া গেল।

সরোজিনী কহিল, মেমসাহেব বা যাই হই, তবু আপনার সঙ্গে একই জাত ত। তার হাতে খেলে কি কারো জাত যাবে?

প্রশ্ন শুনিয়া সতীশ হাসিল। কহিল, জাত যাবে কিনা বলতে পারিনে, কিন্তু মেমসাহেবের হাতের রান্না গলা দিয়ে যাবে কি না সেইটেই আসল কথা।

ইস! তাই বৈ কি! মেমসাহেবের হাতের রান্না খেলে তিনি ভুলতে পারবেন না, বলিয়া সরোজিনী হাসি ও এসেন্সের গন্ধে সমস্ত স্থানটা যেন তরঙ্গিত করিয়া ত্বরিৎপদে উঠিয়া ঘরের মধ্যে চলিয়া গেল। মিনিট পাঁচ-ছয় পরে যখন সে বাহির হইয়া আসিল, তখন তাহার পানে চাহিয়া সতীশ ক্ষণকালের জন্য মুগ্ধ হইয়া রহিল।

জুতা-মোজার পরিবর্তে পা-দুখানি খালি, রেশমের জামা-কাপড়ের বদলে শুদ্ধমাত্র সেমিজের উপর সতীশের একখানি সাদাসিধে লালপেড়ে ধুতি পরা। দেখিয়া সতীশের দু'চক্ষু জুড়াইয়া গেল। সে উচ্ছ্বসিত আবেগে বলিয়া ফেলিল, কি চমৎকারই আপনাকে মানিয়েচে! যেন লক্ষ্মীঠাকরুনটি!

কথা শুনিয়া সরোজিনীর শিরার মধ্যে আনন্দের বান ডাকিয়া গেল। কিন্তু দারুণ লজ্জায় মাথা হেঁট করিয়া কহিল, যান—ঠাট্টা করলে রাঁধব না বলে দিচ্ছি। তখন উপোস করতে হবে।

কিন্তু এই লজ্জার প্রকাশটাকে সে তৎক্ষণাৎ দমন করিয়া ফেলিল। কারণ সে জানিত, লজ্জাকে প্রশ্রয় দিলে তাহা উৎকট হইয়া উঠে। তাই মাথা তুলিয়া সহাস্যে কহিল, সুখ্যাতি পরে হবে। এখন রান্নাঘরটা কোন্ পাড়ায় দেখিয়ে দিতে বলে দিন। বলিয়া নিজেই অগ্রসর হইয়া গেল।

ঊনত্রিশ

রাঁধা এবং খাওয়া শেষ হইয়া গেল, বারান্দায় দুখানা চেয়ারে দুজনে মুখোমুখি বসিয়া ছিল।

সরোজিনী কহিল, একটা কথা আমাদের কারো মনে হলো না যে, দাদার বাড়ির ঠিকানা ঠাকুর যদি না পায় ত নিজেই একটা গাড়ি ডেকে আনবে। কিন্তু, তা না হলে কি হবে সতীশবাবু?

সতীশ কহিল, কথাটা মনে হলেও বিশেষ কোন কাজ হতো না। এত রাত্রে, এত দূরে কোন গাড়িওয়ালাই বোধ করি আসতে চাইত না। হয় আপনাকে এইখানেই রাত্রিবাস করতে হবে, না হয় হাঁটতে হবে। এ-ছাড়া তৃতীয় উপায় নেই।

আমি হাঁটতে পারি, কিন্তু আপনি ছাড়া কারো সঙ্গে নয়।

তার মানে? আমার সঙ্গে গেলেই কি বিপদের সম্ভাবনা নেই?

নেই কেন, আছে। কিন্তু তার সব ভার আপনার উপরে। জবাবদিহি আপনাকেই করতে হবে, আমাকে নয়।

সতীশ কহিল, আমাকে জবাবদিহি করতে হবে কেন? আমার অপরাধ?

আর কারো কাছে না করুন, নিজের কাছে ত করতে হবে! বলিয়া হঠাৎ সরোজিনী স্তব্ধ হইয়া থামিয়া গেল।

সতীশ আর তাহার প্রতিবাদ করিল না। কিন্তু স্পষ্ট অনুভব করিল, দু'জনের ক্ষণিক নীরবতার মাঝখান দিয়া লজ্জার একটা দমকা বাতাস বহিয়া গেল।

কে আসছে না?—বলিয়া সরোজিনী চেয়ার ছাড়িয়া উঠিয়া গিয়া কিছুক্ষণ পর্যন্ত বারান্দার রেলিঙে ভর দিয়া অন্ধকার বাগানের দিকে চাহিয়া দাঁড়াইয়া রহিল।

খানিক পরে সে যখন 'কেউ না', বলিয়া স্বস্থানে ফিরিয়া আসিল এবং কাপড়চোপড় আর একবার বেশ করিয়া সামলাইয়া লইয়া উপবেশন করিল, তখন সতীশ কোন কথাই কহিতে পারিল না।

অতঃপর উভয়েই চুপ করিয়া বসিয়া রহিল। তখন বাহিরে ঝড় থামিলেও বৃষ্টি থামে নাই। মাথার উপরে অন্ধকার আকাশ এবং চারিদিকে মহুয়ার বনের মধ্যে সে অন্ধকার দশগুণ গভীর হইয়াছিল। তাহারই একান্তে স্বল্পালোকিত বারান্দার উপর এই দুটি তরুণ বয়স্ক নর-নারী মুখোমুখী বসিয়াও কথার অভাবে যখন নীরব হইয়া রহিল তখন আর একটি

অন্ধ দেবতা অলক্ষ্যে থাকিয়া নিশ্চয়ই মুখ টিপিয়া হাসিতে লাগিলেন, এবং সেই চাপা হাসির দীপ্তি কালো মেঘের আড়ালে রহিয়া রহিয়া খেলা করিতে লাগিল।

বাহিরের প্রকৃতি তাহার আকাশ-বাতাস-আলো-অন্ধকারের লীলায় মানুষের মনোভাব ও হৃদয়বৃত্তিকে যে কেমন করিয়া টানিয়া লইতে পারে, সতীশ কিছুকাল পূর্বে একদিন রাত্রে তাহার পরিচয় পাইয়াছিল। সেদিন বেহারীর মুখে বিপিনের সহিত সাবিত্রীর গৃহত্যাগের সংবাদ পাইয়া তাহার সমস্ত ভবিষ্যৎ দুঃখের সাগরে ডুবিয়া গেছে মনে করিয়া সে যখন দিগ্বিদিক জ্ঞানশূন্য হইয়া একাকী ছুটিয়া গিয়া কেল্লার জনহীন নীরব প্রান্তরের মধ্যে শুইয়া পড়িয়াছিল, তখন এমনিই কালো আকাশ তাহার শীতল হাতখানি দিয়া সতীশের সমস্ত জ্বালা মুছিয়া দিয়া, সেই সাবিত্রীকেই ক্ষমা করিতে শিখাইয়া দিয়াছিল। আবার, আজিকার এই উদ্দাম-চঞ্চল বহিঃপ্রকৃতি তাহার সমস্ত সজীবতার স্পর্শ দিয়া, সতীশের নিরাশা-পীড়িত চিত্তকে আজ আবার আর এক পথে দুর্নিবার বেগে ঠেলিতে লাগিল।

সরোজিনী হঠাৎ প্রশ্ন করিল, আপনার এই বনবাসের অর্থটা কি?

সতীশ কহিল, অর্থ একটা কিছু নিশ্চয়ই আছে।

তা ত আছে। কিন্তু কাউকে না বলে পালিয়ে এলেন কেন?

কিন্তু পালিয়ে এসেচি এ খবর কে দিলে?

সরোজিনী একটুখানি হাসিয়া কহিল, এ খবর আমি নিজেই আবিষ্কার করেচি! আপনি যেদিন সকালে চলে এলেন, আমি নিজেই সেদিন আপনার বাসায় গিয়েছিলুম।

সতীশ বিস্মিত হইয়া বলিল, বুঝেছি। উপীনদা বোধ করি আমাকে খুঁজতে গিয়েছিলেন, আর আপনি তাঁর সঙ্গে ছিলেন। তিনি যে যাবেন, সে আমি জানতাম, কিন্তু আমি নেই দেখে কি বললেন তিনি?

সরোজিনী কহিল, নিশ্চয় কিছু বলেছিলেন, কিন্তু আমি শুনিনি। কারণ, তিনি নিজে সেখানে যাননি, আমাকে দিয়ে একখানা চিঠি পাঠিয়েছিলেন।

সতীশ জিজ্ঞাসা করিল, তার পরে?

সরোজিনী বলিল, আমি গিয়ে শুনলুম আপনি সকালের গাড়িতে চলে গেছেন। কি মনে হলো, বামুনঠাকুরকে বলে দরজা খুলিয়ে সমস্ত বাসাটা ঘুরে ঘুরে দেখলুম। বাইরের বারান্দায় একখানা শাড়ি শুকোচ্ছিল, জিজ্ঞাসা করে শুনলুম, এ কাপড় মাইজীর। তাঁর অসুখে আপনি তাঁকে নিয়ে পশ্চিমে চলে গেছেন। আচ্ছা, তিনি কে? কৈ, এ বাসায় ত তাঁকে দেখছি নে?

সতীশ পাংশু-মুখে কিছুক্ষণ স্থির থাকিয়া কহিল, বামুনঠাকুর বললে, আমি তাঁকে নিয়ে পশ্চিমে গিয়েছি? রাস্কেল ! মিথ্যাবাদী! উপীনদা তাই বিশ্বাস করলেন?

সতীশের মুখের চেহারা এবং কণ্ঠস্বর শুনিয়া সরোজিনী আশ্চর্য হইয়া গেল। কহিল, উপীনবাবু ত ছিলেন না। আর বিশ্বাস করলেই বা দোষ কি? এ মাইজী আপনার কে সতীশবাবু?

সতীশ রুক্ষ হইয়া বলিল, আমার আবার কে? কেউ না, আমাদের সাবেক বাসার দাসী। শয়তান বদমাইস মেয়েমানুষ। বুড়ো-বয়সে ব্যারামে মরচে, তাই এসেছিল কিছু ভিক্ষে চাইতে। আমি তাকে নিয়ে পশ্চিমে চলে গেছি! হারামজাদা বেটা আমার মুখের সামনে এ কথা বললে তার—

সরোজিনীর বিস্ময়ের অবধি রহিল না। খানিকক্ষণ চুপ করিয়া চাহিয়া মৃদুকণ্ঠে কহিল, দাসী! কিন্তু তাতে আপনি এত উত্তেজিত হচ্চেন কেন?

সতীশ কহিল, অন্যায় অপবাদ দিলে কে উত্তেজিত না হয় বলুন?

তিনি সে রাত্রে অজ্ঞান হয়ে পড়েছিলেন?

সতীশ ঠিক তেমনি উত্তপ্ত-স্বরে কহিল, হাঁ পড়েছিল; কিন্তু তাতেই বা কি? তার অজ্ঞান হওয়াটা কি আমার অপরাধ? আর আপনিই বা তার সম্বন্ধে এত সসম্মানে কথা কইচেন কেন? বাড়ির দাসী-চাকরকে কি আপনারা আপনি আজ্ঞা করে কথা বলেন?

সরোজিনী ইহার উত্তর দিল না, চুপ করিয়া বসিয়া রহিল। এতক্ষণ পর্যন্ত তাহার হৃদয়ের মধ্যে যে আনন্দের চাঁদ উঠিয়াছিল, কোথা হইতে কালো মেঘ আসিয়া তাহাকে ঢাকিয়া দিল। একবার তাহার মনের মধ্যে এই প্রশ্ন জাগিল, কেন সে-রাত্রে উপেন্দ্র তাহার বাসায় সস্ত্রীক উপস্থিত হইয়া তৎক্ষণাৎ চলিয়া গিয়াছিলেন,—কিন্তু প্রশ্ন করিল না। মনে মনে সে একপ্রকার বুঝিয়াছিল—ইহাতে এমন একটা কিছু আছে যাহা উপেন্দ্র নিজেও প্রকাশ করিতে পারে নাই এবং সতীশও পারিবে না।

কিন্তু এই ক্ষুব্ধ নীরবতা উভয়কেই যেন পীড়িত করিতে লাগিল। আর চুপ করিয়া থাকিতে না পারিয়া সরোজিনী ধীরে ধীরে জিজ্ঞাসা করিল, আচ্ছা, একটা কথা আপনাকে জিজ্ঞেসা করতে পারি?

সতীশ ঈষৎ অভিমানের সুরে কহিল, কি কথা?

আপনি এতদিনে আমাদের এত কাছে থেকেও দেখা দেননি কেন?

সতীশের তরফে এ প্রশ্নের জবাব ছিল না। কহিল, নানা কারণে সময় পাইনি।

কারণটা কি? লেখাপড়া?

না, লেখাপড়া আমার নামমাত্র। তাতে আমাকে কোনদিন কোথাও যেতে বাধা দেয় না।

তবে?

সতীশ একটুখানি হাসিবার চেষ্টা করিয়া কহিল, দেখুন, সত্যি কথাটা আপনাকে বলতে পারি। আপনাদের কথা কখনো যে আমার মনে হয়নি তা নয়, কিন্তু কি জানেন, আমাদের যে-রকম সমাজ, যে-রকম তার শিক্ষা তাতে আপনাদের মধ্যে যেতে কেমন একটা বাধ-বাধ ঠেকে। বোধ হয় এই জন্যই যেতে পারিনি।

সরোজিনী কহিল, বোধ হয়! কিন্তু কি-রকম আপনাদের সমাজের শিক্ষা একটু শুনতে পাই কি? উপীনবাবুদের সমাজের সঙ্গে বোধ করি তার বিশেষ কোন মিল নেই; কারণ তাঁর মেলামেশা করতে বাধে না।

সতীশের বাসার সেই অজ্ঞাত স্ত্রীলোকটির প্রসঙ্গ উত্থিত হওয়া পর্যন্তই তাহার অন্তরে একটা জ্বালা ধরিয়াছিল। এই এলোমেলো কৈফিয়তে সেই ঈর্ষার দাহ আরও একমাত্রা বাড়িয়া গেল। সতীশকে সে লুকাইয়া না ভালবাসিলে ইহার সমস্ত লুকোচুরিটা হয়ত তাহার কাছে লুকানই থাকিত, কিন্তু প্রণয়ের অন্তর্দৃষ্টিকে অত সহজে প্রতারিত করা গেল না। ব্যাপারটা ঠিক না জানিয়াও তাহার হৃদয় কেমন করিয়া যেন আসল কথাটা বুঝিয়া লইল। সতীশ ব্যথিত বিস্ময়ের সহিত সরোজিনীর প্রতি চাহিল। তাহার কণ্ঠস্বরে কলহের চাপা সুরটা সতীশের কানের মধ্যে তীক্ষ্ণভাবে বাজিয়া সাবিত্রীকে স্মরণ করাইয়া দিল। কিন্তু

ইতিমধ্যে সরোজিনীও যে তাহাকে ভালবাসিয়া ফেলিতে পারে এমন সম্ভাবনা সতীশের মনে স্বপ্নেও উদয় হইল না। সুতরাং তাহার এই উত্তপ্ত প্রশ্নোত্তর-মালার যথার্থ হেতু সে সত্যকার আলোকে দেখিতে পাইল না। ইহাকে উচ্চশিক্ষিতা রমণীর নিছক স্পর্ধিত অভিমান কল্পনা করিয়া সে নিজেও মনে মনে জ্বলিয়া উঠিল এবং জবাবও দিল তেমনি করিয়া। কহিল, উপীনদার সমাজ ও শিক্ষা যে কি, সে ত বেশ জানেন! কিন্তু, তবুও তিনি হয়ত আপনাদের সঙ্গে মেলামেশা করতে পারেন, কিন্তু, আর কেউ না পারলে তাকে জবাবদিহি করতে হবে এর কোন মানে নেই। যাই হোক, আমাকে মাপ করবেন, এ-সব আলোচনার আমি কোন সার্থকতা দেখতে পাইনে।

সরোজিনী স্তব্ধ হইয়া রহিল, এবং সতীশও নিঃশব্দে অধোমুখে চুপ করিয়া রহিল।

একটা গাড়ি আসিয়া ফটকের সম্মুখে দাঁড়াইল এবং জ্যোতিষবাবু উচ্চকণ্ঠে সতীশের নাম ধরিয়া ডাকিতে ডাকিতে আলোক ও লোকজন সঙ্গে বাগানে প্রবেশ করিলেন।

অসংখ্য ধন্যবাদ, নিমন্ত্রণ আমন্ত্রণ ইত্যাদি যথারীতি সমাধা করিয়া জ্যোতিষ যখন ভগিনীকে লইয়া প্রস্থানের উদ্যোগ করিলেন, তখন সতীশ সরোজিনীকে প্রশ্ন করিল, একটা খবর আপনাকে আমার জিজ্ঞাসা করা হয়নি। হারানবাবু বলে উপীনদার একজন বন্ধু ছিলেন, তাঁর কি হয়েছে বলতে পারেন?

জ্যোতিষ আশ্চর্য হইয়া তাহার জবাব দিলেন, বাঃ, আপনি শোনেন নি? তিনি ত মারা গেছেন।

সংবাদ শুনিয়া সতীশ ক্ষণকাল চুপ করিয়া দাঁড়াইয়া থাকিয়া কহিল, তাঁর মা, তাঁর স্ত্রী এঁরা কোথায় আছেন জানেন?

সরোজিনী ইহার উত্তর দিল। কহিল, তাঁরা বাড়িতেই আছেন। স্থির হয়েচে, দিবাকরবাবু তাঁদের বাড়িতে থেকে কলেজে পড়বেন—তিনি তাঁদের ভার নেবেন।

জ্যোতিষ হঠাৎ ভগিনীকে প্রশ্ন করিলেন, হারানবাবুর স্ত্রী আমাদের বাড়িতে একদিন এসেছিলেন না?

সরোজিনী কহিল, হাঁ, অনেকক্ষণ ছিলেন, অনেক কথাবার্তা কয়েছিলেন।

তাহার নিজের কথা কি হইয়াছিল, স্বামীর শোক বৌঠান কিভাবে গ্রহণ করিয়াছেন ইত্যাদি জানিবার জন্য সতীশ সরোজিনীর মুখের প্রতি একটা উৎসুক-দৃষ্টি নিক্ষেপ করিল। কারণ, তাহার নিজের সম্বন্ধে আলোচনা যে খরতর হইয়াছিল, তাহাতে তাহার সংশয় ছিল না। কিন্তু সেই অস্পষ্ট আলোকে হয় সরোজিনী তাহার মুখের ইঙ্গিত বুঝিল না, না হয় বুঝিয়াও সতীশের কৌতূহল নিবৃত্তি করার প্রয়োজন বোধ করিল না। সে দাদাকে অগ্রসর হইবার জন্য একটুখানি ঠেলা দিয়া মৃদুকণ্ঠে কহিল, আর দেরি করো না দাদা, চল—

হাঁ বোন চল, বলিয়া সতীশকে নমস্কার করিয়া বলিলেন, আর একবার অসংখ্য ধন্যবাদ সতীশবাবু। কাল-পরশু একদিন যেন গরীবের ওখানে পদধূলি পড়ে।

সতীশ প্রতি-নমস্কার করিয়া অব্যক্ত স্বরে যাহা কহিল, তাহা বুঝা গেল না। সরোজিনী ফিরিয়া দাঁড়াইয়া সতীশকে একটি ক্ষুদ্র নমস্কার করিয়া চলিয়া গেল।

সেই সিঁড়ির উপর দাঁড়াইয়া এইবার সতীশের চোখ দিয়া জল পড়িতে লাগিল। ঠিক কেন যে পড়িতে লাগিল, তাহা সে নিঃসংশয়ে অবধারিত করিতে পারিল না, কিন্তু, কেমন যেন একটা অনির্দিষ্ট অনুভূতি তাহাকে বারংবার জানাইতে লাগিল, তাহার সাবিত্রী, তাহার

বৌঠান, তাহার উপীনদা সকলেই একই কালে তাহাকে চিরদিনের তরে বিসর্জন দিয়াছে। এই নির্জন কুটীর ছাড়িয়া তাহার যাইবার স্থান আর নাই।

ত্রিশ

মাস-দুই পূর্বে হারানের মৃত্যুর সময় দিবাকর মাত্র দুই-চারি দিনের জন্য কলিকাতায় বাস করিয়াই ফিরিয়া যাইতে বাধ্য হইয়াছিল। এবার কিরণময়ীর তত্ত্বাবধানে থাকিয়া কলিকাতার কলেজে বি.এ. পড়িবে স্থির হওয়ায় তাহার নূতন কেনা স্টিলের তোরঙ্গ ভরিয়া কেতাব-পত্র এবং কাপড়-চোপড় লইয়া দিবাকর হারানবাবুর পাথুরেঘাটার বাড়িতে একদিন সন্ধ্যার সময় আসিয়া উপস্থিত হইল।

কিরণময়ী তাহাকে অল্পবয়স্ক ছোট ভাইটির মত সস্নেহে গ্রহণ করিল।

মাতুলাশ্রমে সুরবালা ভিন্ন দিবাকরকে যত্ন করিবার কেহ ছিল না। আবার সে যত্নের মধ্যেও মহেশ্বরীর খরদৃষ্টি শনির দৃষ্টির মত অনেক রস অনেক সময়ে শুকাইয়া শুষ্ক করিয়া দিত। কিন্তু এখানে সে-সকল কোন উৎপাতই ছিল না।

অযত্ন পালিত টবের গাছ দৈবাৎ ধরণীর ক্রোড়ে আশ্রয় পাইয়া অপর্যাপ্ত রসের আস্বাদে তাহার বুভুক্ষু শীর্ণ শিকড়গুলা যেভাবে মাটির মধ্যে সহস্র বাহু বিস্তার করিতে থাকে, কিরণময়ীর আশ্রয়েও দিবাকরের ঠিক সেই মত হইল।

মহানগরীর বিস্তীর্ণ ও বিচিত্র আবহাওয়ার মধ্যে পড়িয়া দেখিতে দেখিতে তাহার সঙ্কুচিত আশা ও সঙ্কীর্ণতর ভবিষ্যৎ বিস্ফারিত হইয়া উঠিল। নিজেকে সে বড় করিয়া অনুভব করিল। বি. এ. ফেল করিয়া বিদ্যাভ্যাসের পুরাতন বন্ধন তাহার ছিন্ন হইয়াছে, অথচ নূতন বন্ধনের এখনও বিলম্ব আছে, এই মধুর অবকাশ-কালটায় সে নিরন্তর সর্বত্র ঘুরিয়া ঘুরিয়া জ্ঞান আহরণ করিতে লাগিল।

সে থিয়েটার দেখিয়া আসিয়া স্বপ্ন দেখিল, জু দেখিয়া অবাক হইল, মিউজিয়ম দেখিয়া স্তম্ভিত হইল, শিবপুরে সরকারী বাগান দেখিয়া প্রবন্ধ লিখিল, প্রাসাদতুল্য সৌধশ্রেণীর দিকে হাঁ করিয়া চাহিয়া রহিল ; অবশেষে একদিন গাড়ি চাপা পড়িয়া পা মচকাইয়া ঘরে ফিরিয়া আসিল।

আঘাত যৎসামান্য। কিরণময়ী তাড়াতাড়ি চুন-হলুদ গরম করিয়া আনিয়া প্রলেপ দিতে দিতে মুখ টিপিয়া হাসিয়া বলিল, কি চাপা পড়লে ছোটঠাকুরপো? ঘোড়ার গাড়ি, না গরুর গাড়ি?

দিবাকর মুখ রাঙ্গা করিয়া বলিল, ঘোড়ার গাড়ি।

কিরণময়ী কহিল, তবু রক্ষা। নইলে এই খোঁড়া-পা নিয়ে আবার জরিমানা দিতে থানায় যেতে হতো।

দিবাকর লজ্জিত মুখে বলিল, কিছুই লাগেনি, এ কাল সকালেই সেরে যাবে।

কিরণময়ী কহিল, তা যাবে। কিন্তু বেশী দূরে আর যেয়ো না। শুনচি নাকি একদল ছেলেধরা কলকাতায় এসেচে।

এমনি করিয়া দিন কাটিতেছিল ; অঘোরময়ী নানা তীর্থে ঘুরিয়া একদিন বাড়ি ফিরিয়া

আসিলেন। ইতিপূর্বে যে দু-একদিন তিনি দিবাকরকে দেখিয়াছিলেন তখন পুত্রশোকে হৃদয়-মন এমনি মুহ্যমান ছিল যে, ইহার মুখখানা চোখেই পড়ে নাই। আজ এই শ্মশ্রুগুম্ফহীন নধরকান্তি চারুদর্শন ছেলেটির পানে চাহিবামাত্রই তাঁহার মায়ের প্রাণ স্নেহে বিগলিত হইয়া গেল। বলিলেন, দিবু, আমি সম্পর্কে তোর মাসীমা হই, আমাকে মাসীমা বলে ডাকিস্ বাবা!

ইহারও মা-বাপ বাঁচিয়া নাই শুনিয়া তাঁহার দু'চক্ষু ছলছল করিয়া উঠিল এবং বড় বড় দু'ফোঁটা চোখের জল অঞ্চলপ্রান্তে মুছিয়া ফেলিলেন। বলিলেন, ভগবান আমার হারানকে কেড়ে নিয়েও যদি হতভাগিনীকে বাঁচিয়ে রাখলেন, তবে যে কটা দিন বাঁচি, তুই বাবা আমাকে ছেড়ে কোথাও যাসনে। বলিয়া হাত দিয়া তাহার মস্তক স্পর্শ করিয়া নিজের অঙ্গুলি-প্রান্ত চুম্বন করিলেন। তাঁহার কথা শুনিয়া এবং চোখের জল দেখিয়া দিবাকর নিজের চোখের জল লুকাইয়া সুমুখ হইতে সরিয়া গেল। ইহার অল্প কয়েকদিনের মধ্যেই তাঁহার দিবাকরের প্রতি অপত্যস্নেহ, যাদুকরের মায়াতরুর মত শাখায় পল্লবে বাড়িয়া উঠিল। আসল কথা এই যে, এই পুত্রহীনা জননী কিছুকাল প্রবাস-যাপনের পর বাটী ফিরিয়া পুত্রের অভাবটা সমস্ত হৃদয় দিয়া পূর্ণ করিয়া লইতে চাহিলেন। এই বাটীতেই মাস-কয়েক পূর্বে যখন তাঁহার নিজের ছেলে মরিয়াছিল, তখন সেই সর্বগ্রাসী নিষ্ঠুর শোকই তাঁহার মাতৃত্বের খোরাক যোগাইয়া কোনমতে তাঁহাকে খাড়া রাখিয়াছিল, এখন সেই শোক অপেক্ষাকৃত শান্ত হওয়ায় তাঁহার ক্ষুধাতুর মাতৃ-হৃদয় সন্তানের অভাবে একেবারে ভাঙ্গিয়া পড়িতেছিল। সন্তান-পরিত্যক্ত সেই শূন্য সিংহাসনে দিবাকরকে তিনি অত্যন্ত সমারোহে অভিষিক্ত করিয়া লইলেন।

একদিকে তিনি এবং অপরদিকে কিরণময়ী—এই দু'জনের মাঝখানে পড়িয়া এ বাটীতে দিবাকরের যত্ন-আদরের আর অবধি রহিল না।

ক্ষুধা না থাকিলে যে কৈফিয়ত দিতে হয়, সামান্য অসুখেও পুনঃ পুনঃ জবাবদিহি করিতে হয়, স্নেহের এই-সকল নিগূঢ় রহস্য তাহার এই বিংশবর্ষব্যাপী জীবনে আদৌ জানা ছিল না। জীবনের এই আকস্মিক পরিবর্তনের প্রথম কয়েকটা দিন তাহার বাধ-বাধ ঠেকিয়াছিল, চিরাভ্যস্ত অনধিকারের সঙ্কোচ একদমে কাটিতে চাহে নাই, তথাপি অল্পদিনেই তাহার বিশীর্ণ মন এই দুটি নারীর পরিমিত স্নেহে অপরিমিতরূপে প্রসারিত হইয়া গল। অবশেষে কোন একদিন যে তাহার বহু ক্লেশার্জিত দুঃখসহ অভ্যাসগুলি শুষ্ক ত্বকের মত দেহ হইতে অজ্ঞাতসারে ঝরিয়া পড়িয়া গেল, তাহা সে জানিতেও পারিল না।

এদিকে ক্রমশঃ যাহা দেখিবার ছিল, দেখা হইয়া গেল। পুনর্বার গাড়ি-চাপা পড়ার আর যখন সম্ভাবনা রহিল না, তখন সে সভা-সমিতিতে যোগ দিতে শুরু করিয়া দিল এবং সামান্য দিনেই এক মাসিকপত্রের উৎসাহী এবং মান্য লেখক হইয়া উঠিল। ছেলেবেলা হইতে তাহার গান-বাজনা এবং সাহিত্যে অনুরাগ ছিল। 'হায়', 'আছিল' প্রভৃতি দিয়া কবিতা মিলাইতে পারিত, এখন দিবাকর বন্দ্যোপাধ্যায় নাম দিয়া গল্প লিখিতে লাগিল। কতকগুলি কলেজের ছেলেরা মিলিয়া 'চন্দ্রোদয়' নাম দিয়া এক মাসিকপত্র বাহির করিয়াছিল, ইহাতেই দিবাকর মাতিয়া উঠিল।

এখন সে আর যখন তখন বাড়ির বাহির হয় না, তার ঢের কাজ। ভাঙ্গা ছাদের এক নির্জন কোণে খাতা পেনসিল লইয়া গম্ভীর-মুখে বসিয়া থাকে—স্নানাহারের কথা মনে থাকে না—বিস্তর ডাকাডাকি করিয়া নামাইয়া আনিতে হয়। তাহার মানস-রাজ্যের এই

নূতন উৎপাতগুলি অঘোরময়ী সভয়ে লক্ষ্য করিয়া বলিতে লাগিলেন, এ বাড়িরই দোষ! হারান আমার লিখে-পড়ে প্রাণটা দিলে, একেও দেখচি সেই রোগেই ধরেচে—না বাপু পরের ছেলে—

কিরণময়ী সমস্তই লক্ষ্য করিতেছিল, হাসিয়া কহিল, সে ভাবনা করো না মা, উনি যে লেখাপড়ায় মন দিয়েচেন, তাতে পরমায়ু কমে না, বরং বাড়ে।

ইহার কিছুদিন পরেই উক্ত 'চন্দ্রোদয়ে' 'বিষের ছুরি' গল্প বাহির হইল। 'সূর্যোদয়' পত্রিকা তাহার সমালোচনা করিয়া বলিলেন, বাঙালীর গৌরব, সুপ্রসিদ্ধ নবীন লেখক শ্রীযুক্ত দিবাকর বন্দ্যোপাধ্যায় লিখিত একখানি প্রেমের নিখুঁত ছবি।

অতঃপর এই নিখুঁত ছবিখানিতে কি কি আছে এবং সমালোচক মহাশয় কেমন করিয়া পড়িতে পড়িতে অশ্রু সংবরণ করিতে পারেন নাই, এবং এইরকম আর একখানি দেখিবার আশায় কিরূপ উদ্‌গ্রীব হইয়া আছেন, উপসংহারে সে আভাসও দিয়াছেন।

এই নির্লজ্জ চাটুতাকে নিরপেক্ষ সত্য বলিয়া গ্রহণ করিতে দিবাকর তিলার্ধ ইতস্ততঃ করিল না। তাহার কারণ এইযে, মানব-জীবনের যে সময়টায় আশা এবং আকাশকুসুম কল্পনার মাতৃক্রোড় ছাড়িয়া পৃথক হইয়া দাঁড়ায় নাই, এটা তাহার সেই অবস্থা—প্রথম যৌবন। ইতিমধ্যেই সে দুই-চারিজন ভক্ত বন্ধু-বান্ধবের সাহায্যে সাহিত্যের জরির টুপি মাথায় পরিয়া বসিয়াছিল, 'সূর্যোদয়ে'র সম্পাদক তাহারই চারিপাশে একছড়া পুঁতির মালা জড়াইয়া দিলেন।

এই অপরূপ সাহিত্যের কিরীট মাথায় পরিয়া দিবাকর একদিন সকালে গর্বোজ্জ্বল মুখে রান্নাঘরে আসিয়া উপস্থিত হইল। হাতে তাহার সেই 'সূর্যোদয়' কাগজখানা।

কহিল, বৌদি, বড় ব্যস্ত নাকি?

কিরণময়ী রাঁধিতেছিল, বলিল, না, আর বড় ব্যস্ত নই ভাই—প্রায় শেষ হলো। তোমার হাতে ও কাগজখানা কি ছোটঠাকুরপো?

ওঃ, এখানা? এটা একটা মাসিকপত্র—'সূর্যোদয়'—নূতন বেরুচ্চে। কিন্তু যাই বল বৌদি, লিখচে বেশ।

কিরণময়ী 'সূর্যোদয়ে'র অস্তিত্বও অবগত ছিল না, আগ্রহ সহকারে বলিল, সত্যি? তা হলে একবার দেখবো।

এখনি দেখবে?

না এখন নয়—আমার বিছানায় রেখে দাও গে—দুপুরবেলা দেখব।

দুপুরবেলা কাজকর্ম খাওয়া-দাওয়া শেষ হইলে কিরণময়ী 'সূর্যোদয়' খুলিয়া বসিল। এদিকে-ওদিকে চাহিতে চাহিতে ঠিক জায়গাটাতেই চোখ পড়িয়া গেল। দিবাকর পাশের ঘরেই ছিল, উঠিয়া গিয়া তাহাকে কহিল, কৈ ঠাকুরপো, 'বিষের ছুরি' কৈ? সমালোচনা দেখালে, এবার আসল জিনিস বার করো।

দিবাকর সলজ্জ বিনয়ের সহিত কহিতে লাগিল, ওঃ, সেই গল্পটা তা—ও—সে—কিছুই নয় বৌদি—তাড়াতাড়ির লেখা—

কিরণময়ী হাসিয়া বলিল, তা হোক, দাও, বলিয়া নিজেই খুঁজিয়া পাতিয়া 'চন্দ্রোদয়' পত্রিকাখানি টানিয়া বাহির করিয়া সেইখানেই সেটা খুলিয়া একটা চৌকির উপর বসিয়া পড়িল। সে নিঃশব্দে পড়িতে লাগিল, কিন্তু দিবাকর আশা ও আকাঙ্ক্ষার তীব্র উত্তেজনা

গোপন করিয়া মিছামিছি একখানা বইয়ের পাতা উলটাইতে লাগিল। তাহার 'বিষের ছুরি' গল্পের নায়িকা অসামান্যা সুন্দরী এবং ষোড়শী। ধনবান জমিদার-কন্যা হইয়াও দৈবচক্রে এক দরিদ্র রূপবান যুবককে ভালবাসিয়া ফেলিয়াছেন। জমিদার ঘটনা অবগত হইয়া নায়ক বিজয়েন্দ্রকুমারকে দেশছাড়া করিয়াছে। কিন্তু, নগেন্দ্রনন্দিনী কিছুই জানে না—বসন্তসন্ধ্যায় মালতীকুঞ্জে বসিয়া আপন মনে মালা গাঁথিতেছে। ওদিকে রূপে মুগ্ধ পূর্ণচন্দ্র গাছের আড়ালে উঁকিঝুঁকি মারিতেছে, কিন্তু আকাশে উঠিতে সাহস করিতেছে না। প্রভাত কল্পনা করিয়া মধ্যে মধ্যে কোকিল কুহুকুহু করিয়া উঠিতেছে, উপরে লুব্ধ ভ্রমর গুনগুন করিয়া নিদ্রালসা মালতীর ঘুম ভাঙ্গাইতেছে। এমন সময় ধীরে ধীরে কে আসে ওই? বিজয়েন্দ্র না? হাঁ, সেই বটে! কিন্তু এ কি বেশ? গেরুয়া বস্ত্র, কপালে বিভূতি, কণ্ঠে রুদ্রাক্ষ যে! নগেন্দ্রনন্দিনীর হাত হইতে মালতীর মালা পড়িয়া গেল। বিজয়েন্দ্র নিকটে আসিয়া গদগদকণ্ঠে কহিল, বিদায়! চলিলাম!

নগেন্দ্রনন্দিনীর মস্তকে যেন সহসা বজ্রপাত হইল। বক্ষে লক্ষ লক্ষ বৃশ্চিক দংশন করিয়া উঠিল। মনে হইল, হৃৎপিণ্ড যেন শতধা বিদীর্ণ হইতেছে। তাহার চোখে চাঁদের আলো মসীবর্ণ হইয়া গেল, কর্ণবিবরে কুহুধ্বনি পেচক-চীৎকারে পরিণত হইল। যুবতী আর দাঁড়াইতে পারিল না—ভূতলে মূর্ছিত হইয়া পড়িয়া গেল।

এ পর্যন্ত পড়িয়া কিরণময়ী সহসা মুখ তুলিয়া কহিল, ছোট্‌ঠাকুরপো নিশ্চয়ই কাউকে ভালবাস ? না?

দিবাকর আশ্চর্য হইয়া বলিল, আমি?

হাঁ গো তুমি ; নিশ্চয়ই তুমি লুকিয়ে কাউকে ভালবাস।

এই আকস্মিক অপবাদের প্রবল লজ্জায় দিবাকর হতবুদ্ধি হইয়া গেল। মুহূর্তকাল পরে কুণ্ঠিত ও ব্যস্ত হইয়া প্রতিবাদ করিয়া উঠিল, আমি? ছিঃ—রাম বল—কখ্‌খন না—কিছুতেই না—

না! ঠাকুরপোকে কোনদিন বৃশ্চিক দংশন করেনি?

না—কোনদিন না।

কিরণময়ী কহিল, আশ্চর্য! কাউকে কোনদিন দংশন করতেও দেখনি?

না, তাও দেখিনি।

কিরণময়ী অধিকতর আশ্চর্য হইয়া বলিল, হৃদয়ও যে তোমার কোনদিন শতধা বিদীর্ণ হয়েছে, তাও মনে হচ্চে না। কোনদিন ভালবাস নি, একটি ছোট্ট বৃশ্চিকও কখনও চোখে দেখনি, বজ্রাঘাতের ব্যথাও যে কেমন, তাও জান না, তবে বিরহ যে এমন ভয়ানক টের পেলে কি করে?

কিরণময়ী যে তাহাকে কোন্ দিকে ঠেলিতেছিল, দিবাকর ক্রমশঃ তাহা বুঝিতেছিল—মুখ রাঙ্গা করিয়া বলিল, তা বুঝি জানা যায় না?

কিরণময়ী বলিল, কেমন করে যায় আমি তা জানিনে—কিন্তু শুনে কিংবা পরের বই থেকে চুরি করে লেখা যায়—সে কথা ঠিক।

দিবাকর উত্তেজিত হইয়া উঠিল। বলিল, আমি কি চুরি করেছি বলতে চাও?

কিরণময়ী সহাস্যে কহিল, তাই চাই। চুরি করেচ ত নিশ্চয়ই, তা ছাড়া চুরি যে করেচ, তাও টের পাওনি এমনি অন্ধ তুমি। রাগ করো না ঠাকুরপো, কিন্তু এক বৃশ্চিক আর বজ্রাঘাত

ছাড়া হাতে তোমার আর কোন সম্বল নেই ; এইটুকুমাত্র পুঁজি নিয়ে এই সমুদ্রে পাড়ি জমাবে? নভেল-লেখা এত ছোট জিনিস নয়। তবে যদি লাফ মেরে সমুদ্র ডিঙোতে চাও, তাতেও দেবতার আশীর্বাদ চাই—অমনি হয় না। বলিয়া হাসিতে লাগিল।

এই অপ্রত্যাশিত রূঢ়বাক্যে দিবাকর স্তম্ভিত হইয়া গেল। এতদিন পর্যন্ত যাহার কাছে শুধু ভাল কথা আর অম্ল-মধুর পরিহাস লাভ করিয়াই আসিয়াছে, তাহারই কাছে এই তাচ্ছিল্য ও শুষ্ক ব্যঙ্গের প্রত্যুত্তরে সে যে কি উত্তর দিবে তাহা ভাবিয়া পাইল না।

খানিকক্ষণ চুপ করিয়া থাকিয়া আস্তে আস্তে কহিল, তবে এত লোক যে লিখচে তাদের সবাই কি ভালবেসেছে, না বিচ্ছেদের জ্বালা সয়েচে? কবে জ্বালা সইতে পাব, সেই আশায় বসে থাকতে গেলে ত দেখচি সাহিত্য-চর্চাই ছেড়ে দিতে হয়।

তাহার উত্তাপ দেখিয়া কিরণময়ী হাসিমুখে কহিল, একে সাহিত্য-চর্চা বলে? একে বলে অনধিকার-চর্চা।—বলিতে বলিতেই তাহার মুখের হাসি অকস্মাৎ অত্যন্ত কঠিন হইয়া উঠিল এবং তাহার নিজের কথাগুলাই যেন ডুব মারিয়া বুকের অন্তস্থল আলোড়িত করিয়া রক্তে ভিজিয়া ভারী এবং রাঙ্গা হইয়া উঠিয়া আসিল। মলিনমুখে কহিল, আমার কথা আজ তুমি বুঝবে না ঠাকুরপো, আর আশীর্বাদ করি, কোনদিন যেন বুঝতেও না হয়, কিন্তু আমি ত তোমার বয়সে বড়, এই কথাটা আমার শুনো ঠাকুরপো, যা নিজে বোঝ না, তা পরকে বোঝাবার মিথ্যা চেষ্টা করো না। যাকে চেন না, তার যা তা পরিচয় পরের কাছে দিও না।

দিবাকর কথা কহিল না। কিরণময়ী ক্ষণকাল মৌন থাকিয়া ভারী গলা পরিষ্কার করিয়া লইয়া কহিল, এ রাগ-অভিমানের কথা নয় ঠাকুরপো, এ দৈবের কথা, এ অতিবড় দুর্ভাগ্যের কথা। এ সংসারে যে দু-চারজন হতভাগ্যের এই নিগূঢ় রহস্যের পরিচয় দেবার সত্যকার অধিকার জন্মায়, এ গুরুভার তাদেরই হাতে ছেড়ে দিয়ে যদি অন্য কাজে মন দাও, তাতে কাজও হয়ত হয়, অকাজও কমে। অনর্থক ছাতের কোণে মুখ ভারী করে বসে কল্পনা করে লাভ হবে না, এ তোমাকে আমি নিশ্চয় বলচি। গিল্টি দিয়ে তোমার মত আনাড়ীকেই ভোলাতে পারবে, কিন্তু যে লোক পুড়ে পুড়ে সোনার রং চিনেছে, এ দুঃখের কারবারে যার ভরাডুবি হয়ে গেছে, তাকে ফাঁকি দেবে কি করে ছোটঠাকুরপো।

দিবাকর নরম হইয়া কহিল, তবে কল্পনা কি কিছুই নয়?

কিরণময়ী কহিল, কিছুই নয় এ কথা বলিনে, কিন্তু নিছক কল্পনা গড়তেও যদি বা পারে, প্রাণ দিতে পারে না ; বইতে পারে, পথ দেখাতে পারে না। সেই পথ দেখবার আলোর সন্ধান তুমি যতদিন না পাচ্চ, ততদিন তোমার বৃশ্চিক শুধু তোমাকেই দংশন করবে, আর কারো গায়ে হুল ফোটাতে পারবে না।

তাহার শেষ কথাটায় দিবাকর মনে মনে জ্বলিয়া উঠিল, এবং মুখ ভার করিয়া বসিয়া রহিল দেখিয়া কিরণময়ী পুনরায় মৃদু হাসিয়া বলিল, কিন্তু আমি ভাবচি ছোট্‌ঠাকুরপো, তোমার এই 'সূর্যোদয়' মহাশয়ের অশ্রু সংবরণ না করতে পারার হেতুটা কি? নগেন্দ্রনন্দিনী শেষকালে বিষ খেয়ে ম'ল না ত?

ক্রুদ্ধ দিবাকর জবাব দিল না।

কিরণময়ী গল্পের শেষ-দিকপানে ক্ষণকাল চোখ বুলাইয়া লইয়া বলিয়া উঠিল, এই যে! বলিয়া উচ্চকণ্ঠে পড়িতে লাগিল, কিন্তু শ্মশানে ওই কাহার শব নীত হইতেছে? কিসের পশ্চাতে ওই অসংখ্য লোক বক্ষে করাঘাত করিতে করিতে অগ্রসর হইতেছে? কাহার

শোকে নৃপতিতুল্য দোর্দণ্ডপ্রতাপ জমিদার উন্মত্তবৎ হইয়াছেন? অহো! এ কি করুণ হৃদয়বিদারক দৃশ্য! বিজয়েন্দ্র ধীরে ধীরে সেই দিকে অগ্রসর হইতে লাগিল। কিরণময়ী আর পড়িতে পারিল না। হাসিয়া বইখানা দিবাকরের গায়ের উপর ছুঁড়িয়া ফেলিয়া দিয়া কহিল, বেলা গেল, যাই তোমার খাবার তৈরি করি গে, বলিয়া হাসিতে হাসিতে চলিয়া গেল।

একত্রিশ

দিন পাঁচ-ছয় পরে একদিন দুপুরবেলায় দিবাকর কিরণময়ীর ঘরে ঢুকিয়া বিশেষ একটু আশ্চর্য হইয়া দেখিল, সে অত্যন্ত নিবিষ্টচিত্তে মেঝেয় বসিয়া একখানা হাতের লেখা মূল সংস্কৃত রামায়ণ অধ্যয়ন করিতেছে। কিরণময়ী সাধারণ গৃহস্থ-ঘরের মেয়েদের চেয়ে যে বেশী লেখাপড়া করিয়াছে এবং বাংলা ইংরাজী দুই-ই একটু ভাল করিয়া জানে, দিবাকর তাহা জানিত। কিন্তু তাই বলিয়া সে ভাল যে হাতের লেখা পুঁথি পড়িবার মত এতটা ভাল, এমন কথা দিবাকর স্বপ্নেও মনে করে নাই। চক্ষের পলকে বিস্ময়ে, শ্রদ্ধায় অবনত হইয়া সে সেখানেই বসিয়া পড়িল।

কিরণময়ী হাতের পাতাটা যথাস্থানে রাখিয়া দিয়া মুখ তুলিয়া কহিল, হঠাৎ এমন অসময়ে যে?

দিবাকর একটু কুণ্ঠিত হইয়া বলিল, তুমি পড়ছিলে তা মনে করিনি বৌদি। আমি বলি বুঝি—

ঘুমুচ্ছি। তাই নিরিবিলি ভেবে জাগাতে এসেচ?

দিবাকর লজ্জায় রক্তবর্ণ হইয়া বলিল, যখন-তখন ওরকম ঠাট্টা করলে আমি বাড়ি ছেড়ে পালাব, তা বলে দিচ্চি বৌদি।

কিরণময়ী হাসিয়া কহিল, পালাব বললেই কি পালানো যায় ঠাকুরপো? গোলকধাঁধার পথ জানা চাই। আচ্ছা বসো বসো, রাগ করে আর উঠতে হবে না। আমি মনে করি ঠাকুরপো, দোর দিয়ে বসে বুঝি বিষের ছুরির পর খাঁড়া-টাঁড়া একটা কিছু বড় জিনিস তৈরি করচ। তাই আমিও ডাকিনি। নইলে আমারই কি দুপুরবেলায় রামায়ণ পড়া ভাল লাগে?

দিবাকর প্রশ্ন করিল, রামায়ণ তুমি বিশ্বাস কর?

কিরণময়ী কহিল, করি।

দিবাকর অত্যন্ত বিস্ময়াপন্ন হইয়া কহিল, কিন্তু অনেকেই করে না। বাস্তবিক এর মধ্যে এত মিথ্যা, এত অসম্ভব, এত প্রক্ষিপ্ত ব্যাপার আছে যে, সে কথা কোন মতেই অস্বীকার করা যায় না।

কিরণময়ী একটু হাসিয়া পুঁথিটা হাত দিয়া ঠেলিয়া দিয়া বলিল, এই ত মূল গ্রন্থ, কৈ, প্রক্ষিপ্ত ব্যাপারগুলি বার করে দাও দেখি?

দিবাকর অপ্রতিভ হইয়া বলিল, আমি কি করে বার করব বৌদি, আমি ত সংস্কৃত জানিনে।

কিরণময়ী কহিল, জান না বলেই অমন কথা চট করে তোমার মুখ দিয়ে বেরুলো। বিদ্যে

না থাকলেই অবিদ্যে এসে জোটে। তার ফলেই মানুষ যা জানে না তাই অপরকে বেশী করে জানাতে চায় ; যা বোঝে না তাই বেশী করে বোঝাতে চায়। এই বদ্ অভ্যাসটা ছাড় দেখি।

দিবাকর নিতান্ত কুণ্ঠিত হইয়া পড়িল। কথাটা বলিবার তাহার বিশেষ কোন উদ্দেশ্য ছিল না। সে ভাবিয়াছিল, ধর্মগ্রন্থে অশ্রদ্ধা অবিশ্বাস দেখাইলে বৌদি খুশী হইবে।

কিরণময়ী একটু হাসিয়া কহিল, লেখা হচ্চে কেমন?

দিবাকর কহিল, আমি ত আর লিখিনে।

কিরণময়ী অত্যন্ত বিস্ময়ের ভাব দেখাইয়া বলিল, লেখ না? বল কি ঠাকুরপো? কিন্তু যা লিখেছিলে, সে ত মন্দ হয়নি। কেন ছাড়লে বল দেখি?

দিবাকর বলিল, কেন লজ্জা দাও বৌদি, আমি তার পরে অনেক ভেবে দেখেচি, তোমার কথাই সত্যি। আমার সে লেখা পরের ঠিক চুরি না হোক, অনুকরণ বটে! যথার্থ-ই ত,—আমি ভালবাসার কি জানি যে অত কথা লিখতে গেলাম। তাই এখন আর আমি লিখিনে—শুধু ভাবি।

ভাবো? দিনরাত কি ভাবো বল ত? আমাকে নয় ত?

দিবাকর কথাটা কানে না তুলিয়া বলিল, অথচ, দেখচি নভেল লেখার ঝোঁকটাও আমি কাটাতে পারব না। আজ তাই এই মনে করে এলাম যে, তোমার কাছেই আমি শিখব।

কিরণময়ী বলিল, আমার কাছে আবার কি শিখবে ঠাকুরপো, ভালবাসা?

দিবাকর প্রবল লজ্জা কোনমতে দমন করিয়া গম্ভীর হইয়া বলিল, সমস্তই শিখব। দরকার হয় তাও শিখব।

কিরণময়ীও মুখখানা কৃত্রিম গাম্ভীর্যে পরিপূর্ণ করিয়া বলিল, কিন্তু তাতে একটা গোল আছে ঠাকুরপো। আমাকে ধরে ভালবাসা শিখতে গেলে লোকে বলবে কি?

দিবাকর তড়াক করিয়া উঠিয়া দাঁড়াইয়া কহিল, যাও, আমি চললুম, তোমার কেবলি ঠাট্টা।

কিরণময়ী খপ্ করিয়া তাহার হাতখানা ধরিয়া ফেলিয়া মুখ টিপিয়া হাসিয়া বলিল, তাই স্পষ্ট করে বল না ভাই, যে তুমি ঠাট্টা চাও না, সত্যি চাও।

দিবাকর হাতখানা প্রবলবেগে টানিয়া লইয়া দ্রুত বাহির হইয়া গেল।

কিরণময়ী মনে মনে হাসিয়া তাহার পুঁথি বন্ধ করিল। তার পরে যথাস্থানে রাখিয়া দিয়া খানিক পরে দিবাকরের ঘরে আসিয়া প্রবেশ করিল।

দিবাকর মুখ ভারী করিয়া জানালার বাহিরে চাহিয়া চুপ করিয়া বসিয়া ছিল, কিরণময়ী কহিল, রাগ করে পালিয়ে এলে কেন বল ত?

দিবাকর মুখ না ফিরাইয়াই কহিল, ও-সব ঠাট্টা-তামাশা আমার ভাল লাগে না।

কিরণময়ী একটুখানি চুপ করিয়া স্নিগ্ধকণ্ঠে বলিল, তুমি যে আমার দেওর হও ঠাকুরপো! তোমার সঙ্গে যে ঠাট্টা তামাশারই সুবাদ। এ-সব না করে বাঁচি কি করে বল দেখি ভাই?

এই সস্নেহ কোমল স্বরে দিবাকরের রাগ পড়িয়া গেল। আজ তাহার সহসা প্রথম মনে হইল, সত্যিই ত! আমার লজ্জা পাবার ত কিছু নাই। আমাদের সম্পর্ক যে ঠাট্টা-তামাশারই সম্পর্ক।

তা কথাটা মিথ্যাও নয় যে, বাঙালী সমাজে দেবর-ভাজের মধ্যে একটি মধুর হাস্যপরিহাসের সম্বন্ধই বিরাজিত রহিয়াছে ; এবং কোথায় ঠিক কোন্‌খানে যে ইহার সীমারেখা তাহাও অনেকের চোখে পড়ে না, এবং পড়িবার প্রয়োজনও মনে করে না। কিন্তু এই নির্দোষ হাস্য-পরিহাসের আতিশয্যে কত সময়ে যে কত বিষের বীজ ঝরিয়া পড়ে এবং অলক্ষ্যে অজ্ঞাতসারে উপ্ত হইয়া বিষবৃক্ষে পরিণত হইয়া এক সময়ে সমস্ত পারিবারিক বন্ধন কলুষিত করিয়া তোলে, সে হিসাব কয়জনে রাখে?

দিবাকর মুখ ফিরাইয়া অভিমানের সুরে বলিল, আমি গেলুম শিখতে, আর তুমি ঠাট্টা-বিদ্রূপ করে আমাকে তাড়িয়ে তবে ছাড়লে।

কিরণময়ী বিছানার একপাশে বসিয়া কহিল, কি শিখতে গিয়েছিলে?

দিবাকর বলিল, ঐ যে বললুম, গল্প লেখার ঝোঁক আমি কিছুতে কাটাতে পারব না। তাই মনে করেচি, তুমি শিখিয়ে দেবে, বলে দেবে, আমি লিখে যাব।

কিরণময়ী সহাস্যে কহিল, সে ত আমারই লেখা হবে ঠাকুরপো।

হয় হোক, কিন্তু আমার শেখা হবে। শুধু জানলে ত হয় না, ব্যক্ত করবার ক্ষমতা থাকাও ত চাই।

তা ত চাই ; কিন্তু ব্যক্ত করবে কি শুনি?

সেই ত তুমি বলে দেবে বৌদি!

কিরণময়ী পুনরায় হাসিয়া বলিল, তবে অন্য লোক ধর গে ঠাকুরপো, এ কাজ আমার নয়। জলের মাছ যদি বুঝতে চায় মরুভূমিতে মানুষ কি করে তৃষ্ণায় মরে, তা হলে অন্য লোকের প্রয়োজন, আমার বিদ্যাবুদ্ধিতে কুলোবে না।

দিবাকর একটুখানি চুপ করিয়া থাকিয়া বলিল, বৌদি মরুভূমির তৃষ্ণা আমার জানা নেই সত্য, কিন্তু আমি জলচরও নই। তোমাদের মত ডাঙার উপরেই যখন আমারও বাস, তখন পিপাসার ধারণাটাও আছে। একবার বলেই দেখ না বুঝতে পারি কি না।

কিরণময়ী কথা কহিল না। শুধু হাসিমুখে চাহিয়া রহিল।

দিবাকরও মিনিট-খানেক স্থির থাকিয়া বলিল, এই যে এতক্ষণ রামায়ণ পড়ছিলে বৌদি, আমি তার কথাই বলি। সীতার যে রূপের আগুনে রাবণ সপরিবারে ধ্বংস হয়ে গেল, নারীর এই রূপ জিনিসটা কি? আর একা রাবণই নয়, এমন অনেক রাবণের ইতিহাসই ত আছে। কবিরা বলেন, রূপের পিপাসা। তুমিও সেইরকম উপমাই দিলে। তুমি মনে করো না বৌদি, আমি তোমার সঙ্গে তর্ক করচি—আমি জানি, তোমার পায়ের কাছে বসে আমি অনেক কিছু শিখতে পারি,—আমি শুধু জানতে চাই, একে পিপাসা বলা হয় কেন? জল দেখলেই কিছু মানুষের পিপাসা পেয়ে ওঠে না, তবে রূপ দেখলেই বা তার পিপাসা পাবে কেন?

কিরণময়ী মুখ তুলিয়া হঠাৎ হাসিয়া ফেলিয়া বলিল, পায় নাকি ঠাকুরপো?

এই হাসি ও প্রশ্নের যথার্থ তাৎপর্য ধরিতে না পারিয়া দিবাকর মুহূর্তকালের জন্য হতবুদ্ধি হইয়া গেল। কিন্তু পরক্ষণেই আপনাকে সামলাইয়া জোর দিয়া বলিয়া উঠিল, নিশ্চয় পায়।

তাহার সঙ্কুচিত ও কুণ্ঠিত সাহস অনুক্ষণ রহস্যালাপের ভিতর দিয়া ইতিমধ্যে যে কতখানি মাথা ঝাড়া দিয়া উঠিয়াছিল তাহা সে নিজেও জানিত না। বলিল, না পেলে সংসারে বড় বড় কবিরা শকুন্তলাও লিখতেন না, রোমিও-জুলিয়েতও লিখতেন না। তাই

ত জানতে চাই বৌদি, নারীর এই রূপ জিনিসটা আসলে কি? আর ভালোবাসাই বা তার সঙ্গে এমন ঘনিষ্ঠভাবে জড়িয়ে থাকে কেন?

কিরণময়ী গম্ভীর হইয়া কহিল, নাঃ, তোমার অবস্থা তত খারাপ নয়।

দিবাকর দুঃখিত হইয়া বলিল, সব কথা যদি কেবল হেসেই উড়িয়ে দেবে বৌদি, তবে থাক। আমি আর কিছুই জিজ্ঞাসা করব না।

তাহার মুখ দেখিয়া কিরণময়ী বিষাদের ভান করিয়া বলিল, আমি মূর্খ মেয়েমানুষ ঠাকুরপো, এ-সব বড় বড় কথার কি জানি বল ত, যে রাগ করচ?

দিবাকর আর একদিনের কথা স্মরণ করিল। যেদিন বেদকেও তাচ্ছিল্যের সহিত উল্লেখ করিতে শুনিয়া সে কানে আঙুল দিয়াছিল। বলিল, আমি জানি বৌদি, তুমি ভয়ানক পণ্ডিত। তুমি ইচ্ছে করলে সব বিষয় আমাকে বুঝিয়ে দিতে পার।

কিরণময়ী বলিল, পারি? আচ্ছা, তবে যদি বলি রমণীর রূপ একটা ভ্রম মাত্র। আসলে এটা কিছুই নয়—মরীচিকার মত মিথ্যা। বিশ্বাস করবে?

দিবাকর কহিল, না। তার কারণ, মরীচিকাও মিথ্যা নয়—সে যা তাই। আয়নাতে মানুষের ছায়া পড়ে। সেটা ছায়া, মানুষ নয়, এ ত জানা কথা। ছায়াকে মানুষ বলে ধরতে গেলেই ভুল করা হয়। কিন্তু রূপ ত সেরকম কোন জিনিসের ছায়া নয়। সাপকে দড়ি বলে ধরতে যাওয়া ভুল, মরীচিকাকেও জল বলে ছুটে ধরতে যাওয়া ভুল, কিন্তু রূপের পিছনে মানুষ যে নিছক রূপের তৃষ্ণাতেই ছুটে যায় বৌদি।

কিরণময়ী বলিল, ঠাকুরপো, এইমাত্র আরসিতে ছায়া দেখার একটা উপমা দিয়েছিলে। যেদিন বুঝবে রূপটাও মানুষের ছায়া, মানুষ নয়—সেইদিনই শুধু ভালবাসার সন্ধান পাবে। কিন্তু সে যাক। জিজ্ঞেসা করি, রূপের পিছনেই বা মানুষ ছুটে যায় কেন?

তা জানিনে। ভ্রমরকে ছেড়েও গোবিন্দলাল রোহিণীর পিছনে ছুটে গিয়েছিল, এইটে আমার কাছে অত্যন্ত অদ্ভুত ঠেকে।

কিন্তু তার ফল কি দাঁড়াল?

ফল যাই দাঁড়াক বৌদি, সে বিচারের ভার মানুষের হাতে নয়। রোহিণীর রূপ ছিল, গুণ ছিল না। কিন্তু রূপের সঙ্গে গুণ থাকলে গোবিন্দলালের কি হতো বলা যায় না।

কিরণময়ী চুপ করিয়া রহিল। এই বি. এ. ফেল করা ছেলেটির উপর মনে মনে তাহার শ্রদ্ধা ছিল না। শুধু ফেল করার জন্য নয়, পাস করিলেও সে মনে করিত, ইহারা শুধু পড়া মুখস্থ করিয়া পাস করিতেই পারে, আর কিছু পারে না। কিন্তু প্রয়োজন হইলে ইহাদের শিক্ষিত মন যে তর্ক করিতেও সক্ষম, এ ধারণাই তাহার ছিল না। কহিল, রূপ যে ছায়া নয়, এ কথা অত নিঃসংশয়ে স্থির করে রেখো না। যাই হোক, জিজ্ঞেসা করি ঠাকুরপো, এ-সমস্ত কি তুমি নিজেই ভেবেচ, না কারো ভাবা কথা শুনে বলচ?

দিবাকর মৃদু হাসিয়া বলিল, না বৌদি, এ আমার নিজেরই কথা। ছেলেবেলা থেকে ভগবান আমাকে অনেক কথাই ভাববার সুবিধে দিয়েছিলেন।

কিরণময়ী মুহূর্তকাল মৌন থাকিয়া কহিল, অথচ এত সুবিধাতেও রূপের তত্ত্ব খুঁজে পেলে না। কিন্তু আশ্চর্য এই যে, সতীশ-ঠাকুরপোও একদিন আমাকে ঠিক এই কথাই জিজ্ঞাসা করেছিলেন, আরও একজন করেছিলেন, আর আজ তুমিও করচ। আমি ভাবচি, আমার রূপ দেখেই কি তোমাদের এই প্রশ্ন মনে আসে?

হঠাৎ দিবাকর চমকিয়া উঠিল। লজ্জায় তাহার মাথা কাটা যাইতে লাগিল, সে মুখ নীচু করিয়া বলিল, আমাকে মাপ কর বৌদি, আমি জানতাম না।

কিরণময়ী হাসিমুখে বলিল, এক-আধবার নয় ভাই, তোমাকে এক শ'বার মাপ করলুম; বলিয়া ক্ষণকাল নীরব থাকিয়া সে যেন নিজের মনেরই একটা আগন্তুক দ্বিধাকে সবলে ঠেলিয়া ফেলিয়া দিল ; এবং অতুল সুন্দর গ্রীবা ঈষৎ উন্নত করিয়া কেমন যেন একটা মৃদু করুণ-সুরে বলিতে লাগিল, ঠাকুরপো, আজ যত কথা আমাকে জিজ্ঞাসা করেচ, তার সত্য উত্তর যদি দিতে যাই, কথাগুলো আমার দম্ভের মত শোনাবে। সেইটা তোমাকে ভুলতে হবে। নইলে নিজের ভুলে আমাকে ভুল বুঝে সমস্তই গোলমাল করে ফেলবে। আমার কথাটা বুঝতে পারচ ঠাকুরপো?

দিবাকর নীরবে ঘাড় নাড়িল।

কিরণময়ী একমুহূর্ত স্থির থাকিয়া বলিতে লাগিল, আমার দেহের এই রূপটা শুধু তোমাদের পুরুষের চোখে নয়, আমার নিজের চোখেও একটা অদ্ভুত জিনিস। তাই এর কথা আমি অনেক ভেবেচি। যা ভেবেচি, হয়ত তাই ঠিক, হয়ত না, কিন্তু সে যাই হোক, আমার এ ভাবনা আর একটি দেওরকে বলতে যখন লজ্জা করিনি, তখন তোমাকে বলতেও পেছুব না। আমার নিজেকে দেখে কি মনে হয় জান? মনে হয় সন্তান-ধারণের জন্য যে-সমস্ত লক্ষণ সবচেয়ে উপযোগী তাই নারীর রূপ। সমস্ত জগতের সাহিত্যে, কাব্যে এই বর্ণনাই তার রূপের বর্ণনা।

দিবাকর নিস্তব্ধ হইয়া চাহিয়া রহিল। কিরণময়ী তাহার স্তব্ধ মুখের উপর নবীন যৌবনের একটা সদ্যজাগ্রত ক্ষুধার মূর্তি অকস্মাৎ অনুভব করিয়া সসঙ্কোচে থামিয়া গেল। কিন্তু মুহূর্তের জন্য, পরক্ষণেই তাহাকে স্পর্ধার সহিত অতিক্রম করিয়া বলিল, বাস্তবিক ঠাকুরপো, এইখানে রূপের যেন একটা কূল পাওয়া যায়। এই জন্যই নারীর বাল্যরূপ যদি বা মানুষকে আকৃষ্ট করে তাকে মাতাল করে না। আবার যেদিন সে সন্তান-ধারণের বয়স পার হয়ে যায়, তখনও ঠিক তাই। ভেবে দেখ ঠাকুরপো, শুধু নারী নয়, পুরুষেরও এই দশা। ততক্ষণই তার রূপ, যতক্ষণ সে সৃষ্টি করতে পারে। এই সৃষ্টি করবার ক্ষমতাই তার রূপ-যৌবন, এই সৃষ্টি করবার ইচ্ছাই তার প্রেম।

দিবাকর ধীরে ধীরে বলিল, কিন্তু—

কিরণময়ী বাধা দিয়া বলিয়া উঠিল, না, কিন্তুর জায়গা এর মধ্যে নেই। বিশ্ব চরাচরের যেদিকে খুশি চেয়ে দেখ, ওই এক কথা ঠাকুরপো, সৃষ্টিতত্ত্বের মূলকথা তোমাদের সৃষ্টিকর্তার জন্যই থাক, কিন্তু এর কাজের দিকে একবার চেয়ে দেখ। দেখতে পাবে, এর প্রতি অণু-পরমাণু নিরন্তর আপনাকে নতুন করে সৃষ্টি করতে চায়। কেমন করে সে নিজেকে বিকাশ করবে, কোথায় গেলে, কার সঙ্গে মিশলে, কি করলে সে আরও সবল আরও উন্নত হবে, এই তার অক্লান্ত উদ্যম। দৃশ্যে-অদৃশ্যে অন্তরে-বাহিরে প্রকৃতির তাই এই নিত্য পরিবর্তন, এবং এই জন্যই নারীর মধ্যে পুরুষ যখন এমন কিছু দেখতে পায়—জ্ঞানে হোক, অজ্ঞানে হোক, যেখানে সে আপনাকে আরও সুন্দর আরও সার্থক করে তুলতে পারবে, সে লোভ সে কোনমতেই থামাতে পারে না।

দিবাকর আস্তে আস্তে কহিল, তা হলে, ত চারিদিকেই মারামারি কাটাকাটি বেধে যেত!

কিরণময়ী কহিল, মাঝে মাঝে যায় বৈ কি। কিন্তু মানুষের লোভ দমন করবার শক্তি,

স্বার্থত্যাগের শক্তি, সমাজের শাসন-শক্তি, এতগুলো বিরুদ্ধ-শক্তি আছে বলেই চতুর্দিকে একসঙ্গে আগুন ধরে যেতে পায় না। অথচ, এই সামাজিক মানুষেরই এমন একদিন ছিল যখন সে প্রবৃত্তি ছাড়া আর কারও শাসনই মানত না। রূপের আকর্ষণে তার সেই দুর্দান্ত প্রবৃত্তির তাড়নাই ছিল তার প্রেম,—অমন অবাক হয়ে যেয়ো না ঠাকুরপো, একেই শৌখিন কাপড়-চোপড় পরিয়ে সাজিয়ে-গুছিয়ে দাঁড় করালেই উপন্যাসের নিখুঁত ভালবাসা তৈরি হয়।

দিবাকর স্তম্ভিত হইয়া কহিল, কোথায় পাশবিক প্রবৃত্তির তাড়না, আর কোথায় স্বর্গীয় প্রেমের আকর্ষণ! যে লোক পশুর প্রবৃত্তিতে পরিপূর্ণ, সে শুদ্ধ, নির্মল, পবিত্র প্রণয়ের কতটুকু মর্যাদা বোঝে? এ বস্তু সে পাবে কোথায়? তুমি কিসের সঙ্গে কার তুলনা দিচ্চ বৌদি?

তুলনা দিইনি ভাই, দুটো যে একই জিনিস, তাই শুধু বলচি। ঠাকুরপো, ইঞ্জিনের যে জিনিসটা তাকে সুমুখে ঠেলে, সেই জিনিসটাই তাকে পিছনে ঠেলতে পারে, অপরে পারে না। যে ভালবাসতে পারে, সেই কেবল সুন্দর অসুন্দর সব ভালবাসাতেই নিজেকে ডুবিয়ে দিতে পারে, অপরে পারে না। তুমি গোবিন্দলালের কথা বলছিলে, তার যে বস্তুটা ভ্রমরকে ভালবেসেছিল, ঠিক সেই বস্তুটাই তাকে রোহিণীর দিকে টেনে নিয়ে গিয়েছিল। কিন্তু হরলাল তা পারেনি। সে সাংসারিক ভালমন্দ, কর্তব্য-অকর্তব্য সুবিধে-অসুবিধে চিন্তা করে আত্মসংযম করেছিল, কিন্তু গোবিন্দলাল পারলে না। অথচ হরলাল লোকটা গোবিন্দলালের চেয়ে ভাল ছিল না—অনেক মন্দ ছিল। তবু সে যাকে ঘৃণায় ত্যাগ করে গেল, আর একজন তাকেই মাথায় তুলে নিলে।

নেওয়াটা নানা কারণে ব্যর্থ নিষ্ফল হতেও পারে, কিন্তু সমস্ত দুঃখ-গ্লানি-লজ্জার অতিরিক্ত একটা বৃহত্তর সার্থকতার ইঙ্গিত যে একজনকে আর একজনের কাছে টেনে নিয়ে যায়নি, এমন কথাও ত জোর করে কেউ বলতে পারে না ভাই!

দিবাকর ক্ষোভের সহিত বলিল, তোমার সমস্ত কথা যদিচ আমি বুঝতে পারিনি, কিন্তু পবিত্র প্রণয় যে স্বর্গীয় নয়, এমন অদ্ভুত কথা আমি কিছুতেই মানতে পারিনে, বৌদি!

কিরণময়ী কহিল, তোমার মানামানির ওপর ত কিছু নির্ভর করে না ঠাকুরপো! আমাদের এই দেহটিও ত নিতান্ত নশ্বর, একেবারে পার্থিব বস্তু, কিন্তু তাতে ত দুঃখের কারণ দেখিনে। শিশু ভূমিষ্ঠ হবার পর থেকে যতদিন না সে তার জড় দেহটার মধ্যে সৃষ্টি-শক্তি সঞ্চয় করে, ততদিনে প্রেমের সিংহদ্বার তার সম্মুখে বন্ধই থাকে। সে সিংহদ্বার সে প্রবৃত্তির তাড়নাতেই ডিঙিয়ে যায়। তার পূর্বে সে তার বাপ-মাকে ভাই-বোনকে ভালবাসে, বন্ধু-বান্ধবকেও ভালবাসে, কিন্তু তার পঞ্চভূতের দেহটা বড় না হওয়া পর্যন্ত তোমার স্বর্গীয় প্রেমের কোন সংবাদ রাখবারই তার অধিকার জন্মায় না। ততদিন পর্যন্ত স্বর্গীয় আকর্ষণ তাকে একতিল নড়াতে পারে না। পৃথিবীর আকর্ষণ ত চিরদিনই আছে, কিন্তু সে আকর্ষণে আত্মসমর্পণ করতে গাছের পাকা ফলটিই পারে, কাঁচায় পারে না। তার আঁশ, শাঁস পৃথিবীর রসেই পাকে, স্বর্গের রসে পাকে না। সুন্দর ফুল রূপ দিয়ে, গন্ধ দিয়ে, মধু দিয়ে মৌমাছি টেনে এনে ফলে পরিণত হয়, সেই ফল আবার ঠিক সময়ে মাটিতে পড়ে অঙ্কুরে পরিণত হয়—এই তার প্রকৃতি, এই তার প্রবৃত্তি, এই তার স্বর্গীয় প্রেম। বিশ্ব জুড়ে এই যে অবিচ্ছিন্ন সৃষ্টির খেলা, রূপের খেলা চলেছে, স্বর্গীয় নয় বলে এতে দুঃখ করবার বা লজ্জা পাবার ত কিছুই দেখিনে।

একটুখানি থামিয়া কিরণময়ী বলিল, অবশ্য অন্ধকারে ভূতের ভয়ে যদি চোখ বুজেই আরাম পাও, আমি চাইতে তোমাকে বলিনে, কিন্তু, প্রবৃত্তির তাড়না চাইনে, স্বর্গীয় প্রেম উপভোগ করব—প্রেমের ব্যবসা অত সোজা নয়।

দিবাকর প্রশ্ন করিল, পৃথিবীতে তবে পবিত্র প্রেম, ঘৃণিত প্রেম, এ দুটো আছে কেন?

কিরণময়ী হাসিয়া উঠিল। বলিল, তোমার তর্কটা ঠিক সতীশ-ঠাকুরপোর মত হলো। সংসারে ও-দুটো থাকবার কথা বলেই আছে। মানুষের প্রবৃত্তি জিনিসটা যুক্তি নয় বলেই আছে। যাকে ঘৃণিত বলচ, সেটা আসলে সুবুদ্ধির অভাব। অর্থাৎ যাকে ভালবাসা উচিত ছিল না, তাকেই ভালবাসা। অসাবধানে গাছ থেকে পড়ে হাত-পা ভাঙ্গার অপরাধ মাধ্যাকর্ষণের উপর চাপান, আর প্রেমকে কুৎসিত ঘৃণিত বলা সমান কথা। ঠাকুরপো, এমনি করেই সংসারে একের অপরাধ অপরের মাথায় চেপে যায়, বলিয়া সহসা কিরণময়ী চুপ করিয়া নিজের অন্তরের মধ্যে কি কথা যেন তলাইয়া দেখিয়া আসিল। পরক্ষণেই কহিল, তোমাকে পূর্বেই বলেচি জীবের প্রতি অণু-পরমাণু, প্রতি রক্তকণা নিজের উৎকৃষ্টতর পরিণতির মধ্যে বিকাশ করবার লোভ কোনমতেই সংবরণ করিতে পারে না। যে দেহে তার জন্ম, সেই দেহের মধ্যে যখন তার পরিণতির নির্দিষ্ট সীমা শেষ হয়ে যায়, তখন সেই তার যৌবন। তখনই শুধু সে অন্য দেহ-সংযোগে অধিকতর সার্থক হবার জন্য শিরায়-উপশিরায় বিপ্লবের যে তাণ্ডব সৃষ্টি করে, তাকেই পণ্ডিতদের নীতিশাস্ত্রে পাশবিক বলে গ্লানি করা হয়। তাৎপর্য না বুঝতে পেরেই হতবুদ্ধি বিজ্ঞের দল একে ঘৃণিত বলে, বীভৎস বলে সান্ত্বনা লাভ করে। কিন্তু আজ তোমাকে আমি নিশ্চয় বলচি ঠাকুরপো, এত বড় আকর্ষণ কোন মতেই অমন হেয়, অমন ছোট হতে পারে না। এ সত্য। সূর্যের আলোর মত সত্য! ব্রহ্মাণ্ডের আকর্ষণের মত সত্য! কোন প্রেমই কোনদিন ঘৃণার বস্তু হতে পারে না।

কথা শুনিয়া দিবাকর যথার্থই বিহ্বল হইয়া উঠিল। তাহার কেমন যেন বুকের ভিতর শিরশির করিতে লাগিল। এমন উত্তপ্ত তীব্র কণ্ঠস্বর ত সে কোনদিন শুনে নাই, চোখের এমন উত্তপ্ত উৎকট চাহনিও কখন লক্ষ্য করে নাই।

ভয়ে ভয়ে ডাকিল, বৌদি?

কেন ঠাকুরপো?

আমার মতো নির্বোধকে উপদেশ দিতে তোমার বোধকরি ধৈর্য থাকে না।

সে কি ঠাকুরপো, আমার ত বেশ ভালই লাগচে।

দিবাকর একটুখানি হাসিবার প্রয়াস করিয়া কহিল, ভাল লাগলে তোমার মুখ দিয়ে এ-সব উলটো-পালটা কথা বার হবে কেন? এইমাত্র তুমি নিজেই বললে, যাকে ভালবাসা উচিত ছিল না, তাকেই ভালবাসার নাম কুৎসিত প্রেম, আবার বলচ, এর তাৎপর্য বুঝতে না পেরেই বিজ্ঞের দল এর মন্দ আখ্যা দেয়,—তবে কোন্‌টা সত্য?

কিরণময়ী তৎক্ষণাৎ বলিল, দুটোই সত্য।

বিধবা রোহিণীকে ভালবাসা কি গোবিন্দলালের মন্দ কাজ হয়নি?

ভালবাসা কি একটা কাজ যে তার ন্যায়-অন্যায় হবে? স্ত্রীকে ছেড়ে যাওয়াটাই তার মন্দ কাজ হয়েছিল।

দিবাকর আবার একবার উত্তেজিত হইয়া উঠিল। বলিল, ছেড়ে চলে যাওয়া ত নিশ্চয়ই মন্দ কাজ। সহস্রবার মন্দ কাজ। কিন্তু স্ত্রীকে ছেড়ে আর একজনকে মনে মনে ভালবাসাও

কি নিতান্ত অন্যায় নয়?

তাহার উত্তেজনায় কিরণময়ী হাসিল, কহিল, ঠাকুরপো নিজেদের অমন শক্তিমান মনে করতে নেই, অহঙ্কারটা একটু কম থাকা ভাল। তুমি কি ভাবো, ইচ্ছে করলেই মানুষ যা খুশি তাই করতে পারে? গোবিন্দলাল ইচ্ছা করলেই রোহিণীকে ভালবাসতে পারত, আবার নাও পারত, এই কি তোমার ধারণা?

না, তা আমার ধারণা নয়। ইচ্ছার সঙ্গে চেষ্টা থাকা চাই।

কিরণময়ী কহিল, আবার তার সঙ্গে ক্ষমতা কিংবা অক্ষমতা থাকা চাই। শুধু চেষ্টা করলেই হয় না। ঐ ছাদের কোণে বসে যদি তোমার মাথায় গাছ গজিয়েও যায়, তবু তুমি কালিদাসের মত আর একটা 'মেঘদূত' লিখতে পারবে না। মেঘ দেখে তোমার ঝড়-জলের আশঙ্কাই হবে। সর্দি লাগবার ভয়েই ব্যাকুল হয়ে উঠবে—বিরহীর দুঃখ ভাববার সময় পাবে না। হাজার চেষ্টা করলেও না। এই অক্ষমতা অস্থিমজ্জাগত—একে অতিক্রম করা যায় না। এই বলিয়া সে চুপ করিল।

দিবাকরও জবাব দিল না। মাথা হেঁট করিয়া নিঃশব্দে বসিয়া রহিল। বহুক্ষণ পর্যন্ত আর কোন শব্দ রহিল না। নিস্তব্ধ ঘরের কোণ হইতে শুধু একটা জীর্ণ প্রাচীন ধূলিমলিন ঘড়ির টিক্‌টিক্‌ শব্দ আসিতে লাগিল।

অনেকক্ষণ মৌন থাকিয়া কিরণময়ী হঠাৎ বড় মিঠা-গলায় কথা কহিল। বলিল, তোমাকে আরও দু-একটা কথা বলতে চাই। সেদিন তোমার 'বিষের ছুরি' নিয়ে যাই কেন না বলে থাকি ঠাকুরপো, আমি এও দেখেছিলুম যে, তোমার মধ্যে একটা জিনিস আছে যা যথার্থই প্রেমিক যথার্থই কবি। এই জিনিসটিকে যদি মেরে ফেলতে না চাও ত পরকে অপরাধী করার সুখ থেকে আপনাকে বঞ্চিত করতেই হবে। এ কথা কোনদিন ভুলো না যে, কবি বিচারক নয়। নীতিশাস্ত্রের মতের সঙ্গে যদি তোমার মত বর্ণে বর্ণে নাও মেলে, তাতে লজ্জা পেয়ো না। আমি জানি, মানুষ পরের অক্ষমতা আর অপরাধ এক তুলাদণ্ডেই ওজন করে শাস্তি দেয়, কিন্তু তাদের বাটখারা ধার করে এনে তোমার কাজ চলবে না। তুমি বারংবার গোবিন্দলালের উল্লেখ করেছিলে। সেই গোবিন্দলাল যে কত বড় শক্তির সম্মুখে পরাস্ত হয়ে সর্বস্ব ত্যাগ করে গিয়েছিল, এ সংসারে যারা নিছক ভাল-মন্দ বিচারের ভার নিয়েচে, এ প্রশ্ন তাদের নয়, এ প্রশ্ন তোমার। খুনের অপরাধে জজসাহেব যখন হতভাগ্যের প্রাণদণ্ড করেন, তখন তিনি বিচারক, কিন্তু অপরাধীর অন্তরের দুর্বলতা অনুভব করে যখন তিনি দণ্ড লঘু করেন, তখন তিনি কবি। ঠাকুরপো, এমনি করেই সংসারের সামঞ্জস্য রক্ষা হয়, এমনি করেই সংসারের ভুল, ভ্রান্তি, অপরাধ দুর্বিষহ হয়ে ওঠে না। কবি যে শুধু সৃষ্টি করে তা নয়, কবি সৃষ্টি রক্ষাও করে। যা স্বভাবতই সুন্দর, তাকে যেমন আরও সুন্দর করে প্রকাশ করা তার একটা কাজ, যা সুন্দর নয়, তাকেও অসুন্দরের হাত থেকে বাঁচিয়ে তোলা তারই আর একটা কাজ।

দিবাকর একটুখানি ভাবিয়া কহিল, তা হলে কি অন্যায়কে প্রশ্রয় দেওয়া হবে না?

কিরণময়ী কহিল, ঠিক জানিনে। হতেও পারে। শুনি, মন্দের বিরুদ্ধে অত্যন্ত ঘৃণা জাগিয়ে দেওয়াও নাকি কবির কাজ। কিন্তু, ভালর উপর অত্যন্ত লোভ জাগিয়ে দেওয়া কি তার চেয়ে ঢের বেশী কাজ নয়? তা ছাড়া পাপকে যতদিন না সংসার থেকে সম্পূর্ণ বিসর্জন দেওয়া যাবে, যতদিন না মানুষের হৃদয় পাথরে রূপান্তরিত হবে, ততদিন এ

পৃথিবীতে অন্যায় ভুল-ভ্রান্তি থেকেই যাবে, এবং তাকে ক্ষমা করে প্রশ্রয় দিতেও হবে। পাপ দূর করবার সাধ্যও নাই, সহ্য করবার ক্ষমতাও যাবে, তাতেই বা কি সুবিধা হবে ঠাকুরপো?

দিবাকর জবাব দিল, সুবিধেই ত সব নয়। অসুবিধের মধ্যেও ত ন্যায়ধর্ম পালন করা চাই। যা শুভ, যা নির্মল, যা সূর্যের আলোর মত, তাকেই ত সকলের উপর স্থান দেওয়া প্রয়োজন।

কিরণময়ী কহিল, না। পাপ যদি না মানুষের রক্তের সঙ্গে জড়িয়ে থাকত, তা হলে তোমার কথাই সত্য হতো। এক ন্যায় ছাড়া সংসারে আর কিছুই থাকতে পেত না। দয়া, মায়া, ক্ষমা প্রভৃতি হৃদয়-বৃত্তিগুলির নাম পর্যন্তও কারো জানা থাকত না। তুমি সূর্যের আলোর সাদা রঙের সঙ্গে ন্যায়ের তুলনা দিচ্ছিলে! কিন্তু, সাদা রঙ কি সবগুলো রঙের মিশ্রণে জন্মায় না? এই সাদা আলো যেমন বাঁকা কাঁচের মধ্যে দিয়ে রঙিন হয়ে ওঠে, ন্যায়ও তেমনি অন্যায়, অধর্ম, পাপ, তাপের বাঁকা পথ দিয়ে দয়া, মায়া, ক্ষমায় বিচিত্র হয়ে দেখা দেয়। অন্যায়কে ক্ষমা করলে অধর্মকে যে প্রশ্রয় দেওয়া হয়, তা মানি, কিন্তু অধর্মও যে তারই একটা রূপ নয়, এ কথাও ত স্বীকার না করে পারিনে। তর্ক করে হয়ত আমার কথা তোমাকে বোঝাতে পারব না ঠাকুরপো, কিন্তু যে ক্ষমা ভালবাসার মধ্যে জন্মলাভ করে, সেই ভালবাসার মর্ম যদি কখনো পাও, তখনই বুঝবে অন্যায়, অধর্ম, অক্ষমতাকে ক্ষমা করে প্রশ্রয় দেওয়া ধর্মেরই অনুশাসন। কিন্তু বেলা যে পড়ে গেছে ঠাকুরপো, আজ ক্ষিদে-তেষ্টা কি তোমার পায়নি?—বলিয়া ত্রস্ত-ব্যস্ত হইয়া ঘর হইতে বাহির হইয়া গেল।

সন্ধ্যার পর দিবাকর খাবার খাইতে বসিয়া আস্তে আস্তে বলিল, আজ সমস্ত দুপুরটা আমার বড় আনন্দে কেটেছে। কত নূতন কথাই যে শিখলাম, তা আর বলতে পারিনে।

কিরণময়ী হাসিমুখে কহিল, অনেক কথা শিখেচ? আমাকে তা হলে তোমার গুরু বলে মানা উচিত।

দিবাকর উদ্দীপ্ত-কণ্ঠে বলিয়া উঠিল, নিশ্চয় নিশ্চয়। এক শ' বার তোমাকে গুরু বলে স্বীকার করছি। সত্যি বলচি বৌদি, এমনি যদি চিরকাল তোমার কাছে থাকতে পাই ত আর আমি কিছু চাইনে।

বল কি! এর মধ্যেই এত টান?

দিবাকরের চিত্ত আর একভাবে মগ্ন হইয়াছিল, সরল মনে কহিল, তোমাকে ছেড়ে আর একটা দিনও কোথাও থাকতে পারব না বৌদি।

কিরণময়ী হাসিয়া ফেলিয়া বলিল, চুপ চুপ, কেউ যদি শুনতে পায় ত অবাক হয়ে যাবে।

দিবাকর সচেতন হইয়া নিদারুণ লজ্জায় একেবারে রাঙ্গা হইয়া উঠিল।

বত্রিশ

শয্যা রচনা করিতে করিতে কিরণময়ী তাহারই একাংশে বসিয়া পড়িয়া ম্লান করুণস্বরে কহিল, একি তোমার চাকরি, না ব্যবসা ঠাকুরপো, যে মনিবের মর্জির উপর কিংবা দোকানের কেনা-বেচার ওপর সফলতা বিফলতা নির্ভর করবে? এ যে নিজের বুকের ধন। বাইরের লোকের সাধ্য কি ঠাকুরপো, একে বিফল করে। বলিয়া মুহূর্তকাল চোখ বুজিয়া রহিল।

দিবাকর ভক্তিনত-চিত্তে সেই সুন্দর তদ্গত মুখখানির প্রতি চাহিয়া ধীরে ধীরে কহিল, আচ্ছা বৌদি, তুমি কি চোখ বুজলেই তোমার স্বামীর মুখ অন্তরে দেখতে পাও?

কিরণময়ী চোখ চাহিয়া একটুখানি যেন চকিত হইয়া বলিল, স্বামীর? হুঁ, দেখতে পাই বৈ কি ভাই। যিনি আমার যথার্থ স্বামী, তিনি নিশিদিনই আমার এইখানে আছেন, বলিয়া আঙুল দিয়া নিজের বক্ষঃস্থল নির্দেশ করিল।

দিবাকর কথাটাকে সরলভাবে গ্রহণ করিয়া বিনম্র-কণ্ঠে কহিল, কিন্তু ও দেখে লাভ কি বৌদি? তুমি ঠাকুর-দেবতাও মান না, ইহকাল-পরকালও স্বীকার কর না, মরণের পরে কেমন করে তাঁর কাছে তুমি যাবে?

কিরণময়ী কহিল, মরণের পর আমি কারো কাছেই যেতে চাইনে ঠাকুরপো।

কোথাও কারুর কাছেই নয়? একেবারে একা থাকতে চাও? বলিয়া দিবাকর যেন হতবুদ্ধি হইয়া চাহিয়া রহিল এবং তাহার প্রশ্ন শুনিয়া কিরণময়ীও ক্ষণকালের জন্য নির্বাক হইয়া গেল। কিন্তু পরক্ষণেই জোর করিয়া হাসিয়া উঠিয়া কহিল, কিন্তু যখন তখন আমার নিজের কথা এত শুনতে চাও কেন বল ত ঠাকুরপো?

কি জানি বৌদি, আমার ভারী শুনতে ইচ্ছা করে।

কিরণময়ী বিছানার চাদর পাতিবার ছলে মুখ ফিরাইয়া লইয়া বলিল, আমি একজনের কাছে যেতে চাই, কিন্তু, সে মরণের ওপারে নয়—এপারেই।

দিবাকর কহিল, কিন্তু তিনি ত মরণের ওপারে চলে গেছেন। এপারে কেমন করে আর তাঁকে পাবে?

কিরণময়ী হাসিয়া কহিল, সে আমার এখনো এপারে আছেই। এতদিন চলেও যেতুম, শুধু—

শুধু কি বৌদি?

শুধু যদি একবার জানাতো আমাকে চায় কি না।

দিবাকর পুনরায় বিস্ময়াপন্ন হইয়া কহিল, কে এপারে আছে? কে জানাবে, সে তোমাকে চায় কি না? কি যে তুমি বল বৌদি!

কিরণময়ীর মুখের উপর পলকের জন্য একটা ম্লান ছায়া ভাসিয়া আসিল, কিন্তু ক্ষণকালেই তাহা অপসৃত হইয়া আবার সমস্ত মুখ উজ্জ্বল হইয়া উঠিল, এবং কৃত্রিম ক্রোধের সুরে কহিল, তুমি ত বড় দুষ্টু ঠাকুরপো! নিজে মুখ ফুটে কিছুই বলতে চাও না, কেবল আমার মুখ থেকে এক শ'বার শুনতে চাও? যাও, তার খবর আমি তোমাকে দিতে পারব না। বলিয়া মুখটা একটুখানি আড়াল করিয়া টিপিয়া টিপিয়া হাসিতে লাগিল। দিবাকর এ হাসি দেখিতে পাইল এবং একটা অজ্ঞাত আবেগে তাহার হৃদস্পন্দন দ্রুততালে চলিতে

লাগিল। একটুখানি সামলাইয়া কহিল, আমার আবার কি কথা আছে বৌদি যে মুখ ফুটে তোমাকে বলব?

কিরণময়ী ফিরিয়া দাঁড়াইয়া বলিল, এত করে এতদিন যে শেখালুম, সবই কি ব্যর্থ হলো? একবার নিজের বুকে হাত দিয়ে দেখ দিকি, একটা ভয়ানক কথা ওখানে তোলপাড় করে বেড়াচ্চে কি না? সত্যি বলো?

দিবাকর মন্ত্রমুগ্ধবৎ কহিল, কি কথা? কি শেখালে তুমি?

কিরণময়ী কহিল, অবাক করলে ঠাকুরপো! এই বয়সেই কি অভিনয় করতেই শিখেচ? কিন্তু তুমি মুখ ফুটে না বললে, আমিও বলছিনে, এতে আমারই বুক ফাটুক, আর তোমারই বুক ফেটে যাক! বলিয়াই হঠাৎ হেঁট হইয়া দিবাকরের দাড়িটা হাত দিয়া একবার নাড়িয়া দিয়া ঘর হইতে দ্রুতপদে বাহির হইয়া গেল।

দিবাকর স্তব্ধ হইয়া বসিয়া রহিল। কিরণময়ী এ পর্যন্ত তাহাকে কতবার কত প্রকারে পরিহাস করিয়াছে, সহস্রবার সহস্র ছলে স্পর্শ করিয়াছে, কিন্তু, আজিকার এই পরিহাস, এ স্পর্শ তাহার কানের ভিতর দিয়া সর্বাঙ্গের স্নায়ু-শিরায় যেন প্রজ্বলিত তড়িৎ-প্রবাহ সঞ্চারিত করিয়া দিয়া গেল। নিজের দেহের প্রত্যেক রক্তবিন্দুটির এতবড় আশ্চর্য দ্রুতবেগ সে কখনো অনুভব করে নাই।

তেত্রিশ

অনেকদিন পরে আজ আবার সকালবেলায় অঘোরময়ী পাড়ার কয়েকজন বর্ষীয়সী রমণীর সহিত কালীঘাটে কালী দর্শন করিতে গিয়াছিলেন। কথা ছিল, মায়ের আরতি হইয়া গেলে, একটু রাত্রি করিয়া বাড়ি ফিরিবেন।

রাত্রি প্রায় আটটা। দিবাকর নিজের বিছানায় চুপ করিয়া শুইয়া ছিল। তাহার শিয়রে একটা মাটির প্রদীপ মিটমিট করিয়া জ্বলিতেছিল। এই স্বল্প আলোকে যে-‘দুর্গেশনন্দিনী’ বইখানা সে ইতিপূর্বে পড়িতেছিল, সেখানা মুখের উপর চাপা দিয়া বোধ করি বা মনে মনে সে আয়েষার কথাই চিন্তা করিতেছিল, কিরণময়ী ঘরে ঢুকিয়া জিজ্ঞাসা করিল, ছোটঠাকুরপো, কি ঘুমোচ্চ নাকি?

দিবাকর মুখের উপর হইতে বইখানা না তুলিয়াই কহিল, না, ভারী মাথা ধরেচে।

কিরণময়ী হাসিয়া বলিল, তা হলে ত বেশ চিকিৎসা হচ্চে। মাথার ওপর আলো জ্বেলে রাখলে কি মাথা ছাড়ে নাকি ঠাকুরপো?

দিবাকর বলিল, বইটা কালই ফিরিয়ে দিতে হবে, তাই শেষ করে ফেলচি।

কিরণময়ী কহিল, চোখ বুজে আয়েষাকে ভাবলে বই শেষ হবে না ভাই, চোখ চেয়ে পড়তে হবে। তা না হয় খেয়েদেয়েই শেষ করো—এখন চল, খাবার জুড়িয়ে যাচ্চে।

দিবাকরের উঠিতে ইচ্ছা ছিল না ; সে শ্রান্ত অনুনয়ের সুরে কহিল, এখন থাক বৌদি। মাসীমা আসুন, তার পরে খাব।

কিরণময়ী কহিল, তাঁরা কতক্ষণে ফিরবেন তার ঠিক কি ঠাকুরপো? আজ আমার নিজের শরীরও ভাল নয়। মনে করছি, তাঁর ঘরে খাবার ঢাকা দিয়ে রেখে একটু শোব।

ওঠো, তোমাকে খাইয়ে দিই গে, বলিয়া সে কাছে আসিয়া বইখানা দিবাকরের মুখের উপর হইতে তুলিয়া লইল।

অদূরে দিবাকরের লোহার তোরঙ্গটা ছিল। কিরণময়ী ফিরিয়া আসিয়া তাহার উপর উপবেশন করিয়া পুনরায় তাড়া দিয়া কহিল, ওঠো না গো।

আমার উঠতে ইচ্ছে করে না বৌদি। তার চেয়ে বরং একটা গল্প কর আমি শুনি।

শুধু গল্প শুনে ত পেট ভরে না ঠাকুরপো, সময়ে খেতেও হয়। কি বল?

দিবাকর ক্ষণকাল চুপ করিয়া থাকিয়া কহিল, আচ্ছা বৌদি, আমার নাওয়া-খাওয়া শোয়া নিয়ে তোমার এত মাথাব্যথা কেন?

কিরণময়ী হাসিমুখে কহিল, কেন জান না?

না বললে কেমন করে জানব?

এটি তোমার মিছে কথা ভাই। না বললেও জানা যায়, আর তুমিও ঠিক জান।

দিবাকরের মুখচোখ লজ্জায় রাঙ্গা হইয়া উঠিল। সে কিছুক্ষণ চুপ করিয়া পড়িয়া থাকিয়া সহসা কেমন যেন একটা উদাস করুণ-সুরে কথা কহিল। বলিল, আচ্ছা বৌদি, একটা কথা জিজ্ঞাসা করব?

একটা কেন ভাই, একশ'টা করো। কিন্তু আগে খেয়েদেয়ে আমাকে ছুটি দাও—তার পরে না হয় সারারাত ধরে তোমার কথার জবাব দেব। কেমন রাজী? বলিয়া সে হাসিতে লাগিল।

দিবাকর এই পরিহাসের একটা পালটা জবাব দিবার প্রয়াস করিয়া কৃত্রিম সহানুভূতির স্বরে বলিল, বেশ ত বৌদি! তুমি বুঝি ঐ শক্ত বাক্সটার উপর সমস্ত রাত বসে আমার কথার জবাব দেবে?

কিরণময়ী মুচকিয়া হাসিল। কহিল, ঐটার ওপর বসলে যদি তোমার ব্যথা লাগে ঠাকুরপো, না হয় তোমার নরম বিছানার উপরেই উঠে বসব। কেমন? তা হলে ত আর ক্ষোভ থাকবে না।

আবার দিবাকরের কর্ণমূল পর্যন্ত আরক্ত হইয়া উঠিল। সে লজ্জায় পাশ ফিরিয়া শুইল।

কিরণময়ী উঠিয়া আসিয়া বলিল, নাও ওঠো—আমাকে ছুটি দাও, আর পাশ ফিরে শুতে হবে না।

রান্নাঘর হইতে ঝির গলা শুনা গেল—আমি এখানে থেকে শুনতে পাচ্চি বৌমা, তুমি পাও না গা? মা যে নীচে ডাকাডাকি কচ্চেন।

কিরণময়ী ফিরিয়া আসিয়া আবার সেই তোরঙ্গটার উপর বসিল। রাগ করিয়া বলিল, আস্পর্ধা ত কম নয় ঝি? আমি গিয়ে দোর খুলে দেব, তুই পারিস নে?

আমার হাত জোড়া, তাই বলা বৌমা! বলিয়া ঝি বকিতে বকিতে দুমদুম করিয়া নীচে নামিয়া গেল।

দ্বার খুলিতেই অঘোরময়ী বকিয়া উঠিলেন, তোরা কি সব কানের মাতা খেয়েচিস ঝি? এ যে আধ-ঘণ্টা ধরে কড়া নাড়চি আমরা।

এবার ঝিও গর্জিয়া উঠিল, কানের মাতা চোখের মাতা না খেলে কি আর তোমার বাড়িতে কেউ চাকরি করতে আসে মা? এবার চোখকানবালা কাউকে রাখো গে মা, আমাকে জবাব দাও। রান্নাঘর থেকে আমি সদর-দরজার ডাক শুনতে পাব না!

অঘোরময়ী নরম হইয়া বলিলেন, বৌমা কোথায়?

ঝি অস্ফুট ঝঙ্কারে কহিল, দেওরকে নিয়ে সারাদিন সোহাগ হচ্চে—আর কি হবে! ঐ যে দোর খুলে দিতে বলেছিলুম বলে আমায় চোখ রাঙ্গিয়ে আস্পর্ধা দেখিয়ে দিলে! ও মা! এ যে বড়বাবু! বলিয়া ঝি অপ্রতিভ হইয়া পাশ কাটাইয়া দাঁড়াইল।

অঘোরময়ী মুখ ফিরাইয়া বলিলেন, উপীন, আয় বাবা ওপরে আয়।

চল মাসীমা যাচ্ছি, বলিয়া উপেন্দ্র অঘোরময়ীর পিছনে পিছনে সিঁড়ি বাহিয়া উপরে উঠিতে লাগিল। কিন্তু সমস্ত কথাই তাহার কানে গিয়াছিল।

উপরে আসিয়া অঘোরময়ী তীব্রকণ্ঠে ডাক দিলেন, কোথায় আছ একবার বার হও না বৌমা? উপীন এসেছে যে—

অন্ধকার ঘরের ভিতর বসিয়া কিরণময়ীর বুকের ভেতরটা ধড়াস করিয়া উঠিল এবং বিছানার মধ্যে দিবাকরের সর্বাঙ্গ শিথিল হিম হইয়া গেল।

অঘোরময়ী পুনরায় ডাক দিলেন, গেলে কোথায়? একখানা মাদুর-টাদুর পেতে দাও না বৌমা—উপীন দাঁড়িয়ে থাকবে নাকি গো?

কিরণময়ী বাহিরে আসিয়া বারান্দায় একখানা মাদুর পাতিয়া দিল। তাহার মুখ দিয়া সহসা কথা বাহির হইল না।

উপেন্দ্র কাছে আসিয়া প্রণাম করিয়া বলিল, ভাল আছেন বৌঠান?

কিরণময়ী নিজেকে সামলাইয়া ফেলিল। ঘাড় নাড়িয়া কহিল, হ্যাঁ। তুমি কেমন ঠাকুরপো? বৌ ভাল আছে? খবর না দিয়ে এমন হঠাৎ যে? কিন্তু কণ্ঠস্বর শুনিয়া উপেন্দ্র আশ্চর্য হইয়া গেল। গলার মধ্যে কোথাও যেন লেশমাত্র রস নাই, এমনি শুষ্ক, এমনি নীরস।

উপেন্দ্র কহিল, মক্কেলের পয়সায় আসা বৌঠান, আবার কাল বিকেলেই ফিরে যেতে হবে। কালীঘাটের দরকার সেরে বেরিয়েই দেখি মাসীমা। সেই পর্যন্ত সঙ্গে সঙ্গেই ঘুরছি। দিবাকরের খবর কি বলুন ত? সে না দেয় চিঠিপত্র, না দেয় একটা খবর। বেরিয়েছে বুঝি?

কিরণময়ী কহিল, মাথা ধরেচে বলে শুয়েছেন। কি জানি, বোধ করি ঘুমিয়ে পড়েচেন।

অঘোরময়ীর মেজাজ আজ ভাল ছিল না। একে ত বধূর দোষ দেখাইতে পারিলে সে সুযোগ তিনি কোনদিন ছাড়িতেন না, তাহাতে দিবাকরের প্রতিও তাঁহার চিত্ত প্রসন্ন ছিল না। সকালে তাহাকে সঙ্গে করিয়া কালীঘাটে যাইতে চাহিয়াছিলেন, কিন্তু কাজের অছিলায় দিবাকর অস্বীকার করিয়াছিল। তীক্ষ্ণভাবে বলিলেন, এই ত তুমি তার ঘর থেকে বেরুলে বৌমা, সে ঘুমুচ্ছে কিনা তাও জানো না?

না, জানিনে, বলিয়া কিরণময়ী শাশুড়ীর প্রতি একটা বিষদৃষ্টি নিক্ষেপ করিল।

উপেন্দ্র উচ্চকণ্ঠে ডাক দিলেন, দিবাকর?

সাড়া পাওয়া গেল না।

আবার ডাক দিলেন, দিবাকর ঘুমিয়েছিস?

সে জাগিয়াই ছিল, এ আহ্বান উপেক্ষা করিতে পারিল না। সাড়া দিয়া ধীরে ধীরে বাহিরে আসিয়া দাঁড়াইল। প্রণাম করিয়া অব্যক্তস্বরে কহিল, কখন এলে ছোড়দা?

সকালে। তোর মাথা ধরেছে নাকি?

সামান্য।

অঘোরময়ী রাগ করিয়া বলিলেন, মাথা ধরবে না বাছা! প্রথম প্রথম তবু যা হোক একটু

ঘুরে-ফিরে আসতে। এখন একেবারে বাড়ির বার হও না। সকালে বললুম, দিবু, আমার সঙ্গে একবার কালীবাড়ি চল ত বাছা। 'না মাসীমা, কাজ আছে'। তোমার কি কাজ ছিল বল ত বাপু?

দিবাকর চুপ করিয়া দাঁড়াইয়া রহিল। উপেন্দ্র জিজ্ঞাসা করিলেন, চিঠিপত্র লেখাও বন্ধ করেচিস। কোন্ কলেজে ভর্তি হলি?

দিবাকর মৃদুস্বরে বলিল, কলেজ খুললেই ভর্তি হ'ব। এখনো হইনি।

খুললে ভর্তি হব! এখনো হইনি! অসহ্য ক্রোধে উপেন্দ্রর দুই চক্ষু আগুনের মত জ্বলিয়া উঠিল—যোলো-সতের দিনের বেশী সমস্ত কলেজ খুলে গেছে—তুই তাও বুঝি জানিস নে?

দিবাকরের মুখখানা কাগজের মত সাদা হইয়া গেল। সে কাঠের মূর্তির মত দাঁড়াইয়া রহিল।

অঘোরময়ী অত্যন্ত বিরক্ত হইয়া বলিতে লাগিলেন, কি করে খবর জানবে উপীন? দুজনের কি যে রাতদিন ফষ্টি-নষ্টি, হাসি-তামাশা, ফুস্-ফুস্ গল্প-গুজব হয় তা ওরাই জানে! আমি বার বার বলি বৌমা, ও পরের ছেলে, লেখাপড়া করতে এসেছে, ওর সঙ্গে অষ্টপ্রহর অত কেন? হলোই বা দেওর—বৌ-মানুষের সোমত্ত ছেলের কাছে একটু সরম-ভরম থাকবে না? তা কে কার কথা শোনে!

উপেন্দ্রর প্রতি চাহিয়া কহিলেন, তুই বসে আছিস উপীন,—তাই—নইলে এতক্ষণে এসে আমার চুলের মুঠি ধরত—ও আমার এমন নক্ষী বৌ! আমি দিব্যি করে বলতে পারি উপীন, সমস্ত দোষ ঐ হতভাগীর।

কিরণময়ী নীরবে অদূরে দাঁড়াইয়াছিল—একটি কথারও জবাব দিল না। ধীরে ধীরে রান্নাঘরের দিকে চলিয়া গেল।

অঘোরময়ী তেমনি ক্রুদ্ধস্বরে কহিলেন, ওগো বড়মানুষের মেয়ে! বাছা আমার সারাদিন উপোসী—কিছু খাওয়া-দাওয়ার উয্যুগ কর গে? অমন করে চলে গেলে ত হবে না!

কিরণময়ী ফিরিয়া দাঁড়াইয়া একেবারে সহজ-সুরে কথা কহিল, তাই ত যাচ্চি মা। উপেন্দ্রকে উদ্দেশ করিয়া বলিল, পালিয়ো না যেন ঠাকুরপো। আমার খান-কতক লুচি ভেজে আনতে দশমিনিটের বেশী লাগবে না।

স্তব্ধ, মূর্ছিতপ্রায় দিবাকরকে কহিল, ছোট্ঠাকুরপো, তোমাকে অমনি দিয়ে দিই গে—রান্নাঘরে এসো। মা, ঝিকে একবার দোকানে পাঠিয়ে দেব, ঠাকুরপোর জন্যে কিছু মিষ্টি কিনে আনবে?

অঘোরময়ী কিংবা উপেন্দ্র কেহই তাহার জবাব দিতে পারিল না। এই বধূটির অপরিমেয় সংযম এবং অসীম অহঙ্কার যেন একই কালে বুদ্ধির অতীত হইয়া ইহাদিগকে কিছুক্ষণের জন্য নির্বাক বজ্রাহতপ্রায় করিয়া রাখিল।

প্রায় ঘণ্টা-খানেক কথাবার্তা কহিয়া অঘোরময়ী তাঁহার আহ্নিক এবং মালা-জপ সাঙ্গ করিতে উঠিয়া গেলেন। কিরণময়ী কাছে আসিয়া কহিল, আমার ঘরে তোমার খাবার দিয়েচি ঠাকুরপো, ওঠো।

উপেন্দ্র নিঃশব্দে উঠিয়া আসিয়া নির্দিষ্ট আসনে উপবেশন করিলে, কিরণময়ী অদূরে মেঝের উপর বসিয়া পড়িয়া কহিল, আজ এই দিয়েই যা হোক দুটো খাও ঠাকুরপো, বেশী

কিছু করতে গেলেই অনর্থক রাত হয়ে পড়ত।

উপেন্দ্র মুখ তুলিয়া চাহিল। ক্ষীণ দীপালোকে তাহার মুখখানা পাথরের মত কঠিন দেখাইতেছিল। খাবারের থালাটা একপাশে ঠেলিয়া দিয়া কহিল, বৌঠান, খাবার পক্ষে এই যথেষ্ট। কিন্তু আমি খেতে আসিনি—আপনার সঙ্গে নিভৃতে দুটো কথা কইতে এসেছি।

কিরণময়ী কহিল, আমার বহু ভাগ্য, কিন্তু খাবে না কেন?

উপেন্দ্র ক্ষণকাল একদৃষ্টে চাহিয়া রহিল। তাহার কঠিন মুখ যেন কঠিনতর দেখাইতে লাগিল। কহিল, আপনার ছোঁয়া খাবার খেতে আজ আমার ঘৃণা বোধ হচ্চে।

কিরণময়ী নিঃশব্দে ঘাড় হেঁট করিয়া বসিয়া রহিল। বহুক্ষণ পরে মুখ তুলিয়া ধীরে ধীরে বলিল, তা হলে খেয়ে কাজ নেই, বলিয়া আবার কিছুক্ষণ মাথা হেঁট করিয়া থাকিয়া মুখ তুলিয়া একটু হাসিল। বলিল, ঘৃণা হবার কথাই বটে! কিন্তু তোমার মুখ থেকে এ কথা শুনব আমি কখনো ভাবিনি। সে শুধু একটি লোক ছিল যে ঘৃণায় থালাটা সরিয়ে দিতে পারত—সে সতীশ। তুমি নও ঠাকুরপো।

উপেন্দ্র ক্রোধে, ঘৃণায়, বিস্ময়ে নির্বাক হইয়া চাহিয়া রহিল। কিরণময়ী তেমনি শান্ত কঠোরভাবে বলিতে লাগিল, তোমার রাগ বল, ঘৃণা বল ঠাকুরপো, সমস্ত দিবাকরকে নিয়ে ত? কিন্তু বিধবার কাছে সেও যা, তুমিও ত তাই। তার সঙ্গে আমার সম্বন্ধটা কতদূর গিয়ে দাঁড়িয়েচে, সেটা শুধু তোমাদের অনুমান মাত্র। কিন্তু সেদিন যখন নিজের মুখে তোমাকে ভালবাসা জানিয়েছিলুম, তখন ত আমার দেওয়া খাবারের থালাটা এমনি করে ঘৃণায় সরিয়ে রাখোনি! নিজের বেলা বুঝি কুলটার হাতের মিষ্টান্নে ভালবাসার মধু বেশী মিঠে লাগে ঠাকুরপো?

উপেন্দ্র ভিতরের দুর্নিবার ক্রোধ প্রাণপণে সংবরণ করিয়া কহিল, বৌঠান, স্মরণ করে দিচ্চি যে, আজও আমার সুরবালা বেঁচে আছে। সে বলে, আমাকে যে একবার ভালবেসেছে, তার সাধ্য নেই আর কাউকে ভালবাসে। আমি এই ভরসাতেই শুধু দিবাকে আপনার হাতে সঁপে দিয়েছিলুম! ভেবেছিলুম এ-সব বিষয়ে সুরবালার কখনো ভুল হয় না।

কথাটা শেষ না হইতেই কিরণময়ী অত্যন্ত অকস্মাৎ দুই হাত তুলিয়া কহিল, থামো ঠাকুরপো। তার ভুল হয়েছে তোমার হয়নি, এ কথা এমন অসংশয়ে তুমি কি করে বিশ্বাস করলে?

উপেন্দ্র হঠাৎ উঠিয়া দাঁড়াইয়া কহিল, রাত হয়ে যাচ্চে, আমার তর্ক করবার সময় নেই। আমি আপনাকে চিনি। কিন্তু এই কথাটা নিশ্চয় জেনে রাখবেন যে, ভাল আপনি কাউকে বাসতে পারবেন না—সে সাধ্যই নেই আপনার। শুধু সর্বনাশ করতেই পারবেন। ছি ছি—শেষকালে কিনা দিবাটাকে—

ঘৃণায় তাহার কণ্ঠরোধ হইয়া গেল। কিন্তু সুমুখে চাহিয়া দেখিল, কিরণময়ীর সমস্ত মুখ এমনি বিবর্ণ হইয়া গেছে—ঠিক যেন কে তাহার বুকের মাঝখানে অকস্মাৎ গুলি করিয়াছে।

দ্বারের বাহিরে দাঁড়াইয়া অঘোরময়ী জিজ্ঞাসা করিলেন, খাওয়া হলো বাবা উপীন?

না মাসীমা, আর খেলুম না—ভারী অসুখ করচে।

অসুখ করচে? সে কি রে? তা হলে আজ না হয় এইখানেই শো—আর যাসনে বাবা।

না মাসীমা, আমাকে যেতেই হবে, বলিয়া উপেন্দ্র বাহির হইয়া আসিল। দিবাকরের ঘরের সম্মুখে আসিয়া ডাক দিল, দিবা?

দিবাকর প্রদীপ নিভাইয়া দিয়া শুইয়া পড়িয়াছিল। তাহার অন্তরের কথা শুধু অন্তর্যামীই জানিতেছিলেন। অব্যক্ত-কণ্ঠে সাড়া দিয়া কম্পিতপদে বাহিরে আসিয়া দাঁড়াইল।

উপেন্দ্র কহিলেন, তোর বাক্স-বিছানা বেঁধে নে—আমার সঙ্গে যাবি।

অঘোরময়ী বিস্মিত এবং ব্যস্ত হইয়া বলিলেন, সে কি উপীন, রাত্তিরে ছেলেমানুষ কোথা যাবে?

আমার সঙ্গে যাবে, তার চিন্তা কি মাসীমা। নে রে, শিগগির ঠিক করে নে—আমি গাড়ি ডেকে আনি।

অঘোরময়ী উপেন্দ্রর হাত ধরিয়া মিনতি করিতে লাগিলেন, না বাবা, আজ অমাবস্যার রাত্রে ওর কিছুতে যাওয়া হবে না। ছেলেমানুষ, একটা অন্যায় না হয় করে ফেলেচে,—এখানে না রাখিস কাল-পরশু যাবে, কিন্তু আজ রাত্রে কিছুতে আমি ওকে যেতে দিতে পারব না।

বাধা পাইয়া উপেন্দ্র হতাশ হইয়া কহিল, কিন্তু ওকে একটা রাত্রিও আমার এখানে রাখতে ইচ্ছে হয় না মাসীমা। আচ্ছা, আজ অমাবস্যার রাত্রিটা যাক, কিন্তু কাল সকালে আর বাধা দেবেন না—বেলা দশটার মধ্যেই যেন জ্যোতিষের বাড়ি গিয়ে পৌঁছয়। বলিয়া অঘোরময়ীকে একটা নমস্কার করিয়া দ্রুতপদে নামিয়া গেল। সদর দরজার কাছে অন্ধকারে পিছন হইতে চাদরে টান পড়িল। মুখ ফিরাইতেই কিরণময়ী চক্ষের পলকে ঝুঁকিয়া পড়িয়া দুই হাত দিয়া তাহার পা চাপিয়া ধরিল—আমার বুক ফেটে যাচ্চে ঠাকুরপো, সমস্ত মিথ্যে! সমস্ত মিথ্যে! ছি ছি, এত ছোট আমাকে তুমি ভাবতে পারলে!

চুপ করুন। অনেক অভিনয় করেছেন—আর না। বলিয়া উপেন্দ্র অসহ্য ঘৃণায় তাহার মাথাটা সজোরে ঠেলিয়া দিতেই সে পা ছাড়িয়া দিয়া কাৎ হইয়া পড়িয়া গেল।

নাস্তিক! অপবিত্র, 'ভাইপার'! বলিয়া উপেন্দ্র দৃকপাতমাত্র না করিয়া দ্রুতবেগে বাহির হইয়া গেল।

কিরণময়ী বিদ্যুৎবেগে উঠিয়া বসিল। কি যেন তাহাকে চীৎকার করিয়া বলিতে গেল, কিন্তু গলা দিয়া স্বর ফুটিল না। শুধু উন্মুক্ত দরজার বাহিরে অন্ধকারে চাহিয়া রহিল এবং চোখ দিয়া যেন আগুন ছড়াইয়া পড়িতে লাগিল।

অনেকদিন পূর্বে ঠিক এইখানে দাঁড়াইয়া তাহার দুই চোখে এমনি উন্মত্ত চাহনি, এমনি প্রজ্বলিত বহ্নিশিখা দেখা দিয়াছিল, যেদিন সতীশকে সঙ্গে করিয়া উপেন্দ্র প্রথম দেখা দিয়া বাহির হইয়া গিয়াছিলেন। আবার আজ শেষ বিদায়ের দিনেও তাহার বিরুদ্ধে সেই দুটি চোখের মধ্যে তেমনি করিয়াই আগুন জ্বলিতে লাগিল।

ওমা, এ যে বৌমা! এখানে এমন করে বসে কেন মা?

তুই ঘরে যাচ্ছিস বুঝি ঝি? বলিয়া কিরণময়ী ধড়মড় করিয়া উঠিয়া দাঁড়াইয়া তাহার হাত ধরিয়া কহিল, একবার আমার ঘরে আয় বাছা, তোকে দুটো কথা বলে নিই, বলিয়া জোর করিয়া তাহাকে নিজের ঘরে টানিয়া আনিল, এবং প্রদীপ উজ্জ্বল করিয়া দিয়া বাক্স খুলিয়া একজোড়া রূপার মোটা মল ঝির হাতে দিয়া কহিল, তোর মেয়েকে পরতে দিলুম ঝি- -না না, আমার মাথা খাস, তোকে নিতেই হবে,—আর কখনো যদি দেখা না হয়; বলিতে বলিতেই সে ঝরঝর করিয়া কাঁদিয়া ফেলিল।

এ সব কি কাণ্ড বৌমা! বলিয়া ঝি বিহ্বল-দৃষ্টিতে চাহিয়া রহিল। কিরণময়ী চোখ মুছিতে

মুছিতে কহিল, তুই ছাড়া আমার আপনার কেউ নেই ঝি! আমাকে বাঁচা—আমাকে এখান থেকে পরিত্রাণ কর। এখানে থাকলে আমার বুক ফেটে যাবে!

ঝি নিঃশব্দে কিরণময়ীর আপাদ-মস্তক বারংবার নিরীক্ষণ করিয়া বলিল, সমস্তই বুঝি বৌমা, আমিও ত মেয়েমানুষ! আমার মিন্‌সে যেদিন পুকুরঘাটে কেঁদে বলেছিল, চললুম মুক্তো, আর হয়ত দেখা হবে না! তখন আমিও ত তার পায়ে পড়ে কেঁদে বলেছিলুম, ওগো, আমায় সঙ্গে নাও! ফেলে রেখে গেলে আমার বুক ফেটে যাবে। তা কাল সকালেই বুঝি ছোটবাবু এখান থেকে চলে যাচ্ছে বৌমা?

কিরণময়ী বলিল, হুঁ। কিন্তু কলকাতায় আমাদের থাকা হবে না ঝি। কোথায় যাই বল দেখি?

ঝি লেশমাত্র চিন্তা না করিয়া কহিল, তবে আরাকানে যাও মা, মনের সুখে থাকবে। আমার ছোটবোনও সেখানে—আমার নাম করলে তোমাদের সে মাথায় করে রাখবে। আজ ত মঙ্গলবার—কাল ভোরেই জাহাজ ছাড়বে। যাবে মা সেখানে?

কিরণময়ী ঝির হাত ধরিয়া বলিল, যাব।

ঝি ভরসা দিয়া বলিল, তবে তোমরা ঠিক হয়ে থেকো, আমি ভোরবেলায় গাড়ি এনে তোমাদের নিয়ে যাব। কাক-পক্ষী জানতে পারবে না—তোমরা কোথায় গেলে। যাও মা, যাও, ছোটবাবুকে ছেড়ে তুমি বাঁচবে না, বলিয়া ঝি আঁচল তুলিয়া এবার নিজের চক্ষে দিল।

ঠাকুরপো?

রাত্রি বোধ করি তখন ভোর হইয়া গেছে, দিবাকর চমকিয়া উঠিয়া বসিল। ঠিক সম্মুখেই কিরণময়ী দাঁড়াইয়া।

দিবাকর চমকিয়া কহিল, একি, বৌদি যে!

হাঁ ঠাকুরপো, আমিই, বলিয়া কিরণময়ী বিহ্বল দিবাকরের বুকের উপর অকস্মাৎ উপুড় হইয়া পড়িল। কহিল, ঠাকুরপো, আমাকে ছেড়ে নাকি তুমি যাবে? কৈ যাও দেখি!

প্রত্যুত্তরে দিবাকর একটা কথাও কহিতে পারিল না—শুধু তাহার দুই চক্ষু জলে ভরিয়া গেল।

কিরণময়ী উঠিয়া বসিয়া আঁচল দিয়া তাহার চোখ মুছাইয়া দিয়া কহিল, ছিঃ! কান্না কেন ভাই!

বৌদি, আমি যে নিরুপায়! ছোড়দা যে আজ সকালেই আমাকে চলে যেতে বলেছেন!

উপেন্দ্রর নামমাত্রই কিরণময়ী ক্রোধে অন্ধ হইয়া কহিল, কে ছোড়দা! কে সে! সে কি আমার চেয়েও তোমার বেশী আপনার? তোমাকে না দেখতে পেলে কি তার বুক ফেটে যায়? না ঠাকুরপো, সংসারে কারু সাধ্য নেই আর আমাদের আলাদা করে রাখে। বাইরে গাড়ি দাঁড়িয়ে আছে—চল আমরা যাই।

কোথায় বৌদি?

আমি যেখানে নিয়ে যাব সেইখানে ঠাকুরপো।

আচ্ছা চল, বলিয়া দিবাকর উঠিতে উদ্যত হইল। একবার তাহার মনে হইল, সে বুঝি জাগিয়া নাই, ঘুমের ঘোরে স্বপ্ন দেখিতেছে। কিন্তু পরক্ষণেই কিরণময়ীর অনুসরণ করিয়া ধীরে ধীরে ঘরের বাহিরে আসিয়া দাঁড়াইল।

চৌত্রিশ

কাঁচপোকা যেমন করিয়া পতঙ্গকে টানিয়া আনে, তেমনি করিয়া দুর্নিবার যাদুমন্ত্রে কিরণময়ী অর্ধ-সচেতন বিমূঢ়-চিত্ত হতভাগ্য দিবাকরকে জাহাজ-ঘাটে টানিয়া আনিয়া উপস্থিত করিল এবং টিকিট কিনিয়া আরাকান যাত্রী-জাহাজে চড়িয়া বসিল। এ জাহাজে ভিড় না থাকায়, জাহাজের কর্তৃপক্ষ স্বামী-স্ত্রী জানিয়া একটা কেবিনের মধ্যেই দিবাকর ও কিরণময়ীর স্থান নির্দিষ্ট করিয়া দিলেন। এইখানে কিরণময়ীকে বসাইয়া দিয়া দিবাকর ডেকের একটা নিভৃত অংশে রেলিঙ ধরিয়া চুপ করিয়া দাঁড়াইয়া রহিল। ক্রমে ডেকে প্যাসেঞ্জারের ভিড় কমিয়া গেলে, কুলিদের গোলমাল থামিয়া আসিল। নোঙ্গর তোলার কর্কশ শব্দে জাহাজের সম্মুখ দিকটার মত দিবাকরের বুকের ভিতরটাও কাঁপিতে লাগিল। ক্ষণকালেই জাহাজ ভাগীরথীর মাঝামাঝি ভাসিয়া আসিল এবং অকূল সমুদ্রে পাড়ি দিবার উদ্দেশ্যে ধীরে ধীরে গতি সঞ্চয় করিতে লাগিল। যখন ঠিক বোঝা গেল জাহাজ চলিয়াছে, তখন দিবাকরের দুই চক্ষু জলে ভরিয়া গেল এবং সে তাহার দুই করতল মুখের উপরে জোর করিয়া চাপিয়া ধরিয়া কোনমতে উচ্ছ্বসিত ক্রন্দন রুদ্ধ করিয়া লজ্জা নিবারণ করিল। পূর্বদিকের আকাশটা তখন তরুণ সূর্যের আভায় রক্তাভ হইয়াছিল এবং তখনও তাহার নিঃসন্দিগ্ধ উপীনদাদা জ্যোতিষ-সাহেবের বাটীতে শয্যাত্যাগ করিয়া উঠেন নাই। পলায়নোদ্দেশে বাটীর বাহির হওয়া পর্যন্ত যে ভীষণ অব্যক্ত গ্লানি দিবাকরের চিত্তের মাঝে জমা হইয়া উঠিতেছিল, ইহার শেষের দিকটা যে কত কুৎসিত এবং নিদারুণ, এইবার তাহার চক্ষের উপর সে দৃশ্য ফুটিয়া উঠিল। একজন ভদ্র-গৃহস্থবধূকে কুলের বাহিরে কোন এক অজানা দেশে সে নিজে লইয়া যাইতেছে, এমন অসম্ভব কাণ্ড তাহার অন্তরের মধ্যে এতক্ষণ কোথাও সত্যকার আশ্রয় পায় নাই। তাহার শিক্ষা, সংস্কার, চরিত্র, স্কুল, কলেজ, দেশ, বন্ধু-বান্ধব এবং সর্বোপরি তাহার পিতৃসম উপীনদাদা—এই সমস্ত হইতে সে যে কিরূপ নির্মমভাবে বিচ্ছিন্ন হইয়া যাইতেছে, এখনই নিঃসন্দেহে উপলব্ধি করিল, যখন দেখিল জাহাজ সত্যই চলিতে শুরু করিয়াছে। তাহার উপীনদাদার কাছে আজিও সে বালক-মাত্র। সেই উপীনদাদার মনের ভাবটা এই সংবাদে কি হইয়া যাইবে, তাহা মনে করিতে গিয়াই তাহার বক্ষস্পন্দন থামিয়া যাইতে চাহিল। সেইখানে দুই জানুর মধ্যে মুখ ঢাকিয়া বসিয়া পড়িল এবং এক নিমিষে তাহার অদম্য চক্ষের জল ঝরঝর করিয়া ঝরিয়া পড়িতে লাগিল। এমন সময় কিরণময়ী তাহার পার্শ্বে আসিয়া দাঁড়াইল এবং মাথায় হাত রাখিয়া স্নেহার্দ্রকণ্ঠে বলিল, ঠাকুরপো, একবারটি ঘরে এসো।

বহু চেষ্টায় ও বহুক্ষণে দিবাকর তাহার চক্ষের জল শুষ্ক করিয়া অধোমুখে উঠিয়া দাঁড়াইল এবং ধীরে ধীরে কিরণময়ীর অনুসরণ করিয়া কেবিনের মধ্যে আসিয়া উপস্থিত হইল। কিরণময়ী দরজা বন্ধ করিয়া দিয়া দিবাকরকে নিজের পার্শ্বে বসাইয়া তাহার দুই হাত নিজের হাতের মধ্যে লইয়া, মুখপানে চাহিয়া অত্যন্ত করুণ-কণ্ঠে জিজ্ঞাসা করিল, কাঁদছিলে কেন ভাই?

প্রশ্ন শুনিয়া দিবাকরের চোখের জল আবার গড়াইয়া পড়িল।

কিরণময়ী আঁচল দিয়া তাহা মুছাইয়া দিয়া বলিল, সত্যি করে বল দেখি ঠাকুরপো, তুমি আমাকে ভালবাস কি না?

দিবাকর কিছুই বলিতে পারিল না। নিতান্ত ছেলেমানুষের মত আকুলভাবে কাঁদিতে লাগিল।

কিরণময়ী তাহার অশ্রুসিক্ত মুখ নিজের বক্ষের উপর টানিয়া লইয়া চাপিয়া ধরিয়া রাখিল এবং ধীরে ধীরে তাহার মাথার মধ্যে অঙ্গুলি চালনা করিয়া নিঃশব্দে সান্ত্বনা দিতে লাগিল।

এমন বহুক্ষণ কাটিল; বহুক্ষণে দিবাকরের অশ্রুর ধারা আপনিই নিঃশেষ হইয়া গেলে, সে অপেক্ষাকৃত সুস্থ হইয়া উঠিয়া বসিল এবং কোন কথা না বলিয়া দরজা খুলিয়া আস্তে আস্তে বাহির হইয়া গেল। জাহাজ তখন নদীর তীর ঘেঁষিয়া আঁকিয়া বাঁকিয়া মাটি বাঁচাইয়া, জল মাপিয়া মন্দগতিতে সমুদ্রের অভিমুখে চলিয়াছে এবং ছোটবড় জেলেডিঙি ও মালবোঝাই নৌকার ক্ষুদ্র যাত্রীরা মস্ত জাহাজের মস্ত মর্যাদা রক্ষা করিয়া তফাত দিয়া অতি সাবধানে বাহিয়া যাইতেছে।

দিবাকর রেলিংয়ের পার্শ্বে একটা চৌকি টানিয়া লইয়া পুনরায় বসিয়া পড়িল এবং দূরে-অদূরে, জলে-স্থলে, যাহা-কিছু তাহার চোখে পড়িতে লাগিল, তাহারই কাছে মনে মনে অত্যন্ত বেদনার সহিত চিরবিদায় গ্রহণ করিতে করিতে অন্তরের অসহ্য দুঃখ অন্তর্যামীকে নিবেদন করিয়া দিতে লাগিল।

কিছুক্ষণে আবার কেবিনের মধ্যে ডাক পড়িল।

কিরণময়ী বলিল, বেলা অনেক হলো, স্নান করে এস। আমি ততক্ষণ তোমার খাবার ঠিক করে রাখি।

সে নিজে এইমাত্র স্নান করিয়া লইয়াছিল। পিঠের উপর আর্দ্র চুলের রাশি ছড়াইয়া দিয়া কেবিনের মেঝেতে বসিয়া হাঁড়ির মুখ খুলিয়া কি কতকগুলা আহার্য-সামগ্রীর জমা-খরচের হিসাব করিতেছিল। রাতের মধ্যে সে ঝিকে দিয়া এই সমস্ত সংগ্রহ করিয়া লইয়াছিল।

দিবাকর জবাব দিল, তুমি খাও, আমার কিছুমাত্র ক্ষিদে নেই বৌদি।

কিরণময়ী মুখ তুলিয়া চাহিল। বলিল, সে হবে না। তুমি না খেলে আমারও খাওয়া হবে না। তুমিই এখন আমার সর্বস্ব—তোমাকে না খাইয়ে আমি কিছুতেই খেতে পারব না।

কথা শুনিয়া দিবাকর লজ্জায় মরিয়া গেল এবং কোনো কথা না বলিয়া বাহিরে চলিয়া যাইতে উদ্যত হইতেই কিরণময়ী ধরিয়া ফেলিয়া বলিল, এ যে সপ্তরথীর ব্যূহ ঠাকুরপো, পালাচ্চ কোথায়? প্রবেশের পথ আছে, কিন্তু বার হবার পথ কি সবাই জানে? যদি সে ইচ্ছেই ছিল, এ বিদ্যে তোমার উপীনদাদার কাছ থেকে শিখে নাওনি কেন?

একটুখানি মৌন থাকিয়া কহিল, তামাশা নয় ঠাকুরপো, আমার অবাধ্য হয়ো না—স্নান করে এসে কিছু খাও, তার পরে বাইরে রেলিঙ ধরে যত খুশি কেঁদো, আমি আপত্তি করব না। কিন্তু এও বলে রাখি ঠাকুরপো, চোখের জলের এর পরে বিস্তর প্রয়োজন হবে, অপ্রয়োজনে বাজে খরচ করে তখন যেন আপসোস করতে না হয়।

দিবাকর জবাব দিল না। আগন্তুক দিনের এই নিষ্ঠুরতম পরিণামের ইঙ্গিত নতশিরে বহন করিয়া স্নানের জন্য নীরবে বাহির হইয়া গেল। শূন্য কক্ষে কিরণময়ীও স্তব্ধ হইয়া বসিয়া রহিল। তাহার বিদ্রূপের শূল শুধু দিবাকরকেই বিদ্ধ করিল না, তাহা সহস্রগুণিত হইয়া

নিজের বক্ষের মাঝে ফিরিয়া আসিল।

বাহিরে আসিয়া দিবাকর ইতস্ততঃ ঘুরিয়া বেড়াইতে বেড়াইতে জাহাজের যে-অংশে তৃতীয় শ্রেণীর যাত্রীরা জড়সড় হইয়া বসিয়াছিল সেইখানে নামিয়া গেল, এবং বিভিন্ন প্রদেশের নানা বর্ণের যাত্রীদের মধ্যে নিজেকে ভুলাইয়া রাখিবার পথ খুঁজিয়া ফিরিতে লাগিল। এই ভারতবর্ষের মধ্যে কত বিভিন্ন জাতি, কত বিচিত্র পোশাক-পরিচ্ছদ, কত অজ্ঞাত ভাষা যে প্রচলিত রহিয়াছে, দিবাকর এই প্রথম তাহা দেখিয়া অত্যন্ত বিস্ময়াপন্ন হইল। জাহাজের খোলের মধ্যেই সেই জনতা এবং নানাবিধ ভাষার সংমিশ্রণে যে অপরূপ শব্দরাশি উত্থিত হইতেছে তাহাই বা কি বিচিত্র! সে সিঁড়ি বাহিয়া তথায় নামিয়া গেল এবং নির্বাক-বিস্ময়ে স্তব্ধ হইয়া রহিল।

অল্প একটুখানি স্থান দখল করিয়া লইতে যাত্রীদের মধ্যে ইতিপূর্বে যে প্রবল ঠেলাঠেলি রেষারেষি এবং তর্জন-গর্জন চলিয়াছিল, তখন তাহা থামিয়া আসিয়াছে। যাত্রীরা নিজেদের অধিকৃত স্থানটুকুর উপর শয্যা বিছাইয়া জিনিসপত্রের বেড়া দিয়া যথাসাধ্য নিরাপদ হইয়া এইবার প্রতিবেশীর প্রতি মনোযোগ দিবার সময় পাইয়াছে। প্রত্যেকেই প্রত্যেকের একটা সন্তোষজনক পরিচয় গ্রহণে উৎসুক।

এক অংশে দিবাকরের দৃষ্টি পড়িতেই একজন বাঙালী দাঁড়াইয়া উঠিয়া চীৎকার করিয়া ডাকিতে লাগিল, বাবুমহাশয়, একবার এদিকে আসুন, এদিকে আসুন—

লোকটির পাশে একজন মজবুত গোছের স্ত্রীলোক বসিয়াছিল, সেও সোৎসুকনেত্রে সেই অনুরোধেরই সমর্থন করিল। দিবাকর বহু পরিশ্রমে বহু লোকের তিরস্কার ও চোখরাঙানি মাথায় করিয়া ভিড়ের মধ্যে সাবধানে পা ফেলিয়া নিকটে আসিয়া উপস্থিত হইতেই লোকটি নিকটস্থ তোরঙ্গের উপর স্থান নির্দেশ করিয়া বলিল, এটা আমার টিনের পেটি নয় মশাই, আসল লোহার,—আপনি স্বচ্ছন্দে বসুন। মশায়, আপনারা?

দিবাকর বলিল, ব্রাহ্মণ।

তৎক্ষণাৎ লোকটি দুই হস্ত প্রসারিত করিয়া দিবাকরের জুতার উপর হইতেই পদধূলি সংগ্রহ করিয়া লইয়া জিহ্বায়, কণ্ঠে ও মস্তকে স্থাপন করিয়া বলিল, ভাবছিলাম এ কটা দিন বুঝি বা বৃথায় যায়। মশায় আছেন কোথায়?

দিবাকর অঙ্গুলি নির্দেশ করিয়া উপরে দেখাইয়া দিলে, সে বলিল, কেবিনে আছেন? তা যেখানেই থাকুন দিনান্তে একটিবার পদধূলি থেকে বঞ্চিত করবেন না। যাবেন কোথায়, রেঙ্গুনে?

দিবাকর মাথা নাড়িয়া বলিল, না আরাকানে।

আরাকানে ত আমিও থাকি। আজ বিশ বৎসর ওখানে আছি, মহাশয়কে ত কখন দেখিনি। এই প্রথম যাচ্ছেন? সেখানে কেউ আত্মীয় আছেন বুঝি? নেই? তা হোক—কিছু চিন্তা করবেন না। মশায়ের বাপ-মায়ের আশীর্বাদে আমি ওখানকার একজন বাড়িওয়ালা, অনেকগুলো ঘর আমার খালি পড়ে আছে। তা যাবেন আপনি—আমার সঙ্গেই। পার্শ্বোপবিষ্টা স্ত্রীলোকটিকে দেখাইয়া বলিল, ইনি বাড়িউলী।

বাড়িউলী এতক্ষণ অনিমেষ-দৃষ্টিতে দিবাকরের পানে চাহিয়াছিল। অত্যন্ত ভারী ও মোটা গলায় জিজ্ঞাসা করিল, আপনার পরিবার সঙ্গে আছেন বুঝি?

দিবাকর মুখ রাঙ্গা করিয়া ঘাড় নাড়িয়া কোনমতে জানাইয়া দিল, আছেন। স্ত্রীলোকটির

কথা বাঁকা বাঁকা, কপালে উলকি, সীমন্তে মস্ত চওড়া সিন্দুরের দাগ, নাকে নথ এবং দুই কানে বিশ-ত্রিশটা মাকড়ি। মাথায় যে একটুখানি আঁচল দেওয়া ছিল, উৎসাহের আবেগে তাহাও নামিয়া পড়িল। কহিল, ভালই হলো। আরাকান বড় মন্দ জায়গা মশায়,—মগের দেশ। কিন্তু আমার বাড়িতে কারো দাঁত ফোটাবার জো নেই—আমি তেমনি বাড়িউলী নই। কামিনীকে ভয় করে না এমন লোক ওদেশে নেই। থাকবেন আমার বাড়িতেই, কোন ভয় নেই। ভাড়া পাঁচ টাকা করে, তা দেবেন আপনি চার টাকা করেই,—হাঁ বাড়িআলা, তোমাদের বাংশালে একটা কাজ জুটবে না?

বাড়িআলা একটু ইতস্ততঃ করিয়া বলিল, তা—তা জুটবে বৈ কি!

দিবাকর প্রশ্ন করিল, মশায়ের নাম—

হরিশ ভট্টাচায্যি! না, না, ও করবেন না—অপরাধ হবে। আমি ব্রাহ্মণ নই, কৈবর্ত। একটু শাস্তর-টাস্তর জানা আছে বলে লোকে আদর করে ভট্চায বলে ডাকে। ত্রিকণ্ঠি মালা ধারণ করেছি, মাছ-মাংস পরিত্যাগ করেছি,—আর কেন মশায়, ঢের ত করে দেখলুম ; এখন প্রায় দু'হাজার আড়াই হাজার খরচ করে চার ধামে ঘুরে এলুম, বাড়িতেও বছর-চারেক মাকে আনলুম,—আর কেন! তাই বাড়িউলীকে মাঝে মাঝে বলি, বাড়িউলী আরাকানে যা-কিছু আছে বিক্রি সিক্রি করে কোথাও একটা তীর্থধামে গিয়ে থাকি চল। বলিয়া লোকটা উদাসমুখে উপরের দিকে চাহিয়া চুপ করিয়া রহিল। বাড়িউলীও তাহার স্বাভাবিক মোটা গলায় প্রত্যুত্তর করিল, আমিও তাই বলি। কাঁচা-বয়সে অদিষ্টের ফেরে যা করেছি, তা ত করেইছি—সে কিছু আর আমার গায়ে লেখা নেই—আমিও বলি, বাড়িআলা, আর নয়, এইবার যাই চল। বলিয়া সেও ঊর্ধনেত্রে স্তব্ধ হইয়া বসিয়া রহিল। দিবাকর পাকা লোক নয়, এই সমস্ত ইতিহাসের নিগূঢ় তত্ত্ব কিছুতেই হৃদয়ঙ্গম করিতে না পারিয়া, চুপ করিয়া বসিয়া রহিল।

বাড়িউলী কথা কহিল। বলিল, হাঁ বাড়িআলা, এইবার তবে চিঁড়েগুলি ভিজিয়ে দিই?

বাড়িআলার ধ্যান ভাঙ্গিয়া গেল। ধীরে ধীরে বলিল, দাও।

সংসার অনভিজ্ঞ দিবাকর এ ইঙ্গিতের তাৎপর্যটা এখন বুঝিতে পারিল। উঠিয়া দাঁড়াইয়া বলিল, আমি এখন যাই,—আবার আসব তখন।

হরিশের নিকট হইতে বিদায় লইয়া দিবাকর অস্নাত, অভুক্ত অবস্থায় ডেকের একখানা আরাম-চৌকির উপরে ঘুমাইয়া পড়িয়াছিল। কখন যে জাহাজ নদীর ঘোলা জল পার হইয়া গেল, কখন যে অগাধ কৃষ্ণবর্ণ লবণাম্বুরাশির মাঝখানে ভাসিয়া আসিল, তাহা জানিতেও পারিল না। অস্ফুট-কোলাহলে ঘুম ভাঙ্গিয়া সম্মুখে দেখিল রাঙ্গা-সূর্য অস্ত যাইতেছে। বহু লোক তর্ক-বিতর্ক করিতে করিতে তাহাই দেখিতেছে। যে সূর্যাস্তের বিবরণ সে ইতিপূর্বে ইংরাজী বাংলা অনেক পুস্তকে অনেকবার পড়িয়াছে, এই সেই সূর্যাস্ত! এই সেই সত্যকার সমুদ্র! চতুর্দিকে চাহিয়া একবার সে অনন্ত জলরাশি দেখিয়া লইল এবং পরক্ষণে অস্তগমনোন্মুখ সূর্যদেবকে নমস্কার করিতেই তাহার চোখে জল আসিয়া পড়িল। সূর্য অস্ত গেল, সে চাহিয়া রহিল, আকাশ ম্লান হইয়া আসিল সে চাহিয়া রহিল, সন্ধ্যার অন্ধকার নামিয়া আসিতে লাগিল সে চাহিয়া রহিল, ক্রমে আকাশ ও জল গাঢ় কৃষ্ণমূর্তি ধারণ করিল, তবুও দিবাকর তেমনি করিয়াই চেয়ারে পড়িয়া নিঃশব্দে চাহিয়া রহিল।

নৈশ শীতল বায়ু হুহু করিয়া বহিয়া যাইতেছে, উপর ডেক প্রায় জনশূন্য, মাথার উপরে কৃষ্ণপক্ষের গভীর কালো আকাশ, নীচে সাগরের তেমনি গভীর কালো জল, তাহারি মাঝখানে দিবাকর নিজের অন্তরের সুগভীর কালিমাকে নিমজ্জিত করিয়া দিয়া কিছুক্ষণের জন্য স্বস্তি বোধ করিতেছিল, এমনি সময়ে হঠাৎ কাহার কোমল হস্তস্পর্শে তাহার চমক ভাঙ্গিল। ফিরিয়া দেখিল, কিরণময়ী।

কিরণময়ী বলিল, কি হচ্চে ঠাকুরপো! তুমি কি মৃত্যু পণ করে অনশন-ব্রত নিয়েচ?

দিবাকর জবাব দিল না, চুপ করিয়া রহিল।

কিরণময়ী ক্ষণকাল মাত্র উত্তরের অপেক্ষা করিয়া, ঘরে এস, বলিয়া জোর করিয়া তাহাকে কেবিনের মধ্যে টানিয়া আনিল এবং মেঝের উপরে পাতা শয্যার উপর বসাইয়া দিয়া কহিল, কিছুই যদি না বোঝ, এটা অন্ততঃ ত বুঝতে পারচ যে, শত কান্নাকাটিতেও জাহাজ তোমাকে দেশে ফিরিয়ে নিয়ে যাবে না। না খেয়ে শুকিয়ে মরলেও না, সাগরের জলে ঝাঁপিয়ে পড়লেও না। আরাকানে তোমাকে যেতেই হবে। তবে কেন মিছে নিজে শুকিয়ে আমাকে শুকোচ্চ? যা দিই, যা পার খাও, তারপরে জাহাজ যখন আরাকানে পৌঁছবে, যেখানে খুশি নেবে যেয়ো, যখন খুশি ফিরে এসো—তোমার দিব্যি করে বলচি ঠাকুরপো, আমি বাধা দেব না। বলিতে বলিতেই কিরণময়ীর কণ্ঠস্বর উগ্র এবং ক্ষুৎপিপাসাতুর দুই চক্ষু আগুনের মত দীপ্ত হইয়া উঠিল। দিবাকর মুখ তুলিয়া মুগ্ধের মত চাহিয়া রহিল। আজ এতদিন পরে তাহার মনে হইল, যবনিকার অন্তরালে সে যেন সত্য বস্তুটির অকস্মাৎ দেখা পাইয়া গেল। কিরণময়ীর সুন্দর দুই চক্ষের বাসনাদীপ্ত বুভুক্ষু দৃষ্টির মাঝে আর যাই কেন না থাক, তাহার জন্য সেখানে একবিন্দু ভালবাসা নাই। তথাপি সে কোন কথা কহিল না, নীরবে দৃষ্টি আনত করিয়া উচ্ছ্রিত দুই হাঁটুর মধ্যে মুখ গুঁজিয়া পাথরের মত বসিয়া রহিল।

ক্ষণপরেই কিরণময়ী উঠিয়া গেল এবং একটা হাঁড়ির ভিতর হইতে কিছু মিষ্টি একখানি ছোট রেকাবিতে করিয়া আনিয়া দিবাকরের সম্মুখে আসিয়া জানু পাতিয়া উঁচু হইয়া বসিল এবং জোর করিয়া একহাতে তাহার মুখ তুলিয়া ধরিয়া একটির পর একটি করিয়া তাহার মুখে গুঁজিয়া দিতে লাগিল। এমনি করিয়া সবগুলি নিঃশেষ করিয়া কিরণময়ী মুহূর্তকাল কি ভাবিয়া লইল, পরক্ষণেই নত হইয়া দিবাকরের আর্দ্র ওষ্ঠ চুম্বন করিয়া খিলখিল করিয়া হাসিয়া উঠিল।

এই বিষাক্ত চুম্বন এবং এই নিষ্ঠুর হাসি, দিবাকর তাহার সমস্ত শক্তি একত্রিত করিয়া সহ্য করিল, কিন্তু রাত্রে যখন এক শয্যায় শয়ন করিবার আয়োজন চলিতে লাগিল, তখন সে আর কিছুতেই স্থির থাকিতে পারিল না। দাঁড়াইয়া উঠিয়া বলিল, সে হবে না বৌদি, এ আমি কিছুতেই পারব না। আমাকে ছেড়ে দাও, আমি যেখানে হোক বাইরে এক জায়গায় পড়ে থাকি গে, কিন্তু তোমার এ হুকুম পালন করবার জন্যে কিছুতেই আমি এ-ঘরে রাত্রি কাটাতে পারব না—কিছুতেই না—কিছুতেই না।

কিরণময়ী তখন বিছানা পাতিতেছিল—ফিরিয়া চাহিল। দিবাকর আবার দৃঢ়কণ্ঠে বলিয়া উঠিল, এ কোনমতেই হবে না।

কিরণময়ী প্রথমটা হাসিতে চেষ্টা করিল, কিন্তু হাসি আসিল না। কহিল, কি হবে না ঠাকুরপো, শোয়া?

দুই চক্ষু তাহার বাণবিদ্ধ ব্যাঘ্রীর মত জ্বলিয়া উঠিল। সে দাঁতের উপরে দাঁত চাপিয়া আস্তে আস্তে বলিল, তুমি কি মনে কর, সমস্ত অপরাধ আমার মাথায় চাপিয়ে দিয়ে, দিব্যি ভালমানুষটার মত দেশে ফিরে গিয়ে, তোমার উপীনদাদার পা ছুঁয়ে শপথ করে বলবে, তুমি সাধু! তোমার উপীনদাদা মাথা উঁচু করে চলবে? সে হবে না ঠাকুরপো! সব কথা আমার বুঝবে না, বোঝবার প্রয়োজনও নেই—তুমি সাধু হও, না হও, সেজন্যও ভাবি না ; কিন্তু অপরাধের ভারে যখন আমার মাথা নুয়ে পড়বে, তখন তোমার উপীনদাদার ঘাড়েও উঁচু করে চলবার মত মাথা কিছুতেই রাখব না—এ তুমি নিশ্চয়ই জেনো। বলিয়াই আবার সে তাহার শয্যা-রচনায় প্রবৃত্ত হইল এবং অদূরে গদি-আঁটা বেঞ্চের উপর দিবাকর আড়ষ্ট হইয়া মাথা নীচু করিয়া বসিয়া রহিল।

রাত্রে উভয়ে পাশাপাশি শয়ন করিল। অদৃষ্টের ফেরে সর্বস্ব দান করিয়া হরিশচন্দ্র যেমন করিয়া চণ্ডালের হাতে আপনাকে সমর্পণ করিয়াছিলেন, তেমনি ঘৃণায় দিবাকর কিরণময়ীর শয্যাপ্রান্তে আত্মসমর্পণ করিল। কিন্তু এ বিতৃষ্ণা কিরণময়ীর অগোচর রহিল না।

সমস্ত রাত্রি ধরিয়া তাহার তন্দ্রাচ্ছন্ন দুই কানের মধ্যে কোথাকার অস্ফুট রোদন প্রবাহের মত আসিয়া পৌঁছিতে লাগিল এবং তাহারই মাঝে মাঝে কাহাদের ক্রুদ্ধ দীর্ঘশ্বাস রহিয়া রহিয়া গর্জিয়া উঠিতে লাগিল। ভোরের দিকে একটা দোলা খাইয়া সে একেবারে সজাগ হইয়া উঠিয়াই বুঝিল, বাহিরে প্রবলবেগে বাতাস বহিতেছে এবং জাহাজ দুলিতে শুরু করিয়াছে। চোখ চাহিয়া দেখিল, তাহার বক্ষের উপর কিরণময়ীর কোমল বাম হস্ত নিদ্রিত কালসর্পের মত পড়িয়া আছে। পাছে সজাগ হইয়া উঠিয়াই দংশন করে, এই আশঙ্কায় সে যেন উঠিতে সাহস করিল না, আবার চোখ বুজিয়া পড়িয়া রহিল। বাতাস এবং দোলনের বেগ ক্রমেই বর্ধিত হইতে লাগিল এবং কিরণময়ীর ঘুম ভাঙ্গিয়া গেল। দিবাকরের বক্ষস্থিত শিথিল হস্ত ঈষৎ চাপিয়া ধরিয়া আস্তে আস্তে জিজ্ঞাসা করিল, বাহিরে ও কি—ঝড় নাকি?

দিবাকর বলিল, হাঁ।

তবে উপায়?

দিবাকর কথা কহিল না।

কিরণময়ী বলিল, জাহাজ যেন ডুবে যায়, এই প্রার্থনাই বোধ করি ভগবানের কাছে জানাচ্চ—না ঠাকুরপো?

দিবাকর বলিল, না।

ছোট্ট একটুখানি 'না'—তুমি মানুষ, না পাথরের, ঠাকুরপো? বলিয়াই সে সুদৃঢ় বলের সহিত দিবাকরকে বক্ষের কাছে টানিয়া লইয়া বলিল, জাহাজ যদি ডোবে, আমরা যেন এমনি করেই মরি। তীরে ভেসে যাব, লোকে দেখবে, ছাপার কাগজে উঠবে, তোমার উপীনদাদা পড়বে—সে কেমন হবে ঠাকুরপো!

এই কাল্পনিক চিত্রের ঘৃণিত পরিকল্পনা দিবাকরকে ঠেলিয়া তুলিয়া দিল এবং কিরণময়ীর বন্ধন-পাশ হইতে নিজেকে সজোরে মুক্ত করিয়া টলিতে টলিতে সে ঘর হইতে বাহির হইয়া গেল।

পঁয়ত্রিশ

ডেকের উপর একখানা চৌকির উপর বসিয়া পড়িয়া সে একদৃষ্টে চাহিয়া রহিল। বুকের ভিতরটায় যে কি-রকম করিতে লাগিল, তাহাকে অস্পষ্টভাবে অনুভব করা ভিন্ন বুদ্ধিপূর্বক হৃদয়ঙ্গম করিবার শক্তি তাহার ছিল না। জাহাজের গায়ে উদ্দাম তরঙ্গ উন্মাদের মত ঝাঁপাইয়া পড়িতেছে, চূর্ণ-বিচূর্ণ হইয়া কোথায় মিলাইয়া যাইতেছে, আবার ছুটিয়া আসিয়া আবার মিলাইতেছে—এমনি করিয়া আঘাত-অভিঘাতের আশ্চর্য খেলা, দিবাকর আত্মবিস্মৃত হইয়া দেখিতে লাগিল। উপরে পূর্বদিকের আকাশে দিগন্ত হইতে ধূসর মেঘ পাহাড়ের মত জমাট বাঁধিয়া উঠিতেছিল এবং তাহারি পশ্চাতে তরুণ সূর্য উঠিল কি না, রশ্মির একটি রেখাও সে সংবাদ নীচে বহন করিয়া আনিবার পথ পাইল না। পরক্ষণেই ডেকের উপরে খালাসীরা ব্যস্ত হইয়া যাতায়াত করিতে লাগিল এৰং উপরে কাপ্তানের ঘণ্টা মুহুর্মুহুঃ শব্দিত হইয়া উঠিতে লাগিল। ঝড়ের বেগ যে উত্তরোত্তর বাড়িয়া উঠিতেছে এবং ভবিষ্যতে আরও বাড়িবে, এ ইঙ্গিত আকাশের মেঘ এবং সিন্ধুর তরঙ্গ ব্রীজের কাপ্তান হইতে নীচের কামিনী বাড়িউলী পর্যন্ত সকলের কাছেই সুস্পষ্ট ভাষায় ঘোষণা করিয়া দিল। এমন সময় একজন খালাসী আসিয়া কহিল, বাবু, বৃষ্টি পড়তে আর দেরি নেই, ঝড়জলে বাইরে বসে কেন কষ্ট পাবেন, কেবিনে যান। দেখুন, সেখানে এতক্ষণ হয়ত বা কি হচ্ছে!

দিবাকর উদ্বিগ্ন হইয়া জিজ্ঞাসা করিল, কি হয়েচে সেখানে?

খালাসী চট্টগ্রামবাসী মুসলমান। হাসিমুখে দুর্বোধ্য উচ্চারণে বলিল, কিছু হয়নি। কিন্তু জাহাজ ভারী দুলচে কিনা—তাই বলচি বাবু, গিয়ে দেখুন, মেয়েরা কি কচ্চেন। এত দুলানি সহ্য করা ভারী শক্ত। দিবাকর উঠিয়া দাঁড়াইয়াই বুঝিল, খালাসীর কথা অত্যন্ত সত্য। টলিয়া পড়িতেছিল, সে ধরিয়া ফেলিয়া বলিল, চলুন বাবু, আপনাকে দিয়ে আসি। ইহার সাহায্যে কোনক্রমে দিবাকর কেবিনের দ্বার পর্যন্ত আসিয়া পৌঁছিল। দ্বার ঠেলিয়া ভিতরে গিয়া দেখিল কিরণময়ী বিছানা ছাড়িয়া পাশের লোহার বেঞ্চের উপর উপুড় হইয়া পড়িয়া তাহারই একপ্রান্ত জোর করিয়া চাপিয়া ধরিয়া আছে। দিবাকর শিয়রের কাছে গিয়া বসিল, বলিল, কষ্ট হচ্চে বৌদি?

কিরণময়ী কথা কহিল না, মাথা তুলিল না, শুধু নিঃশব্দে দিবাকরের কোলের উপর ডান হাতখানি রাখিয়া চুপ করিয়া রহিল। জাহাজ ওলট-পালট করিতে লাগিল, বাহিরে ক্রুদ্ধ পবন গোঁগোঁ করিয়া চীৎকার করিতে লাগিল, এবং উত্তাল তরঙ্গের উচ্ছ্বসিত জলকণা প্রবলতর বেগে ক্ষুদ্র জানালার মোটা কাঁচের উপর বারংবার আছাড় খাইয়া পড়িতে লাগিল।

তাহার মাথা ঘুরিয়া উঠিল এবং বসিয়া থাকা অসম্ভব বুঝিয়া সে সঙ্কীর্ণ বেঞ্চের উপরেই কিরণময়ীর মাথার কাছে মাথা রাখিয়া মূর্ছাগ্রস্তের ন্যায় শুইয়া পড়িল।

কিরণময়ী হাত বুলাইয়া তাহার মস্তক স্পর্শ করিয়া মৃদুস্বরে বলিল, শুয়ে পড়লে, মাথা ঘুরচে বুঝি?

দিবাকর কহিল, হাঁ।

কিরণময়ী ক্ষণকাল মৌন থাকিয়া জিজ্ঞাসা করিল, আচ্ছা ঠাকুরপো, ঝড় ত ক্রমেই

বাড়চে, জাহাজ ডুববে বলে কি মনে হয়?

দিবাকর বলিল, না।

কিরণময়ী কহিল, হাঁ, নয় না,—তুমি কি আদালতে সাক্ষি দিচ্ছ ঠাকুরপো? বলিয়া সে অনেকক্ষণ পর্যন্ত চুপ করিয়া পড়িয়া রহিল। বহুক্ষণ পরে আস্তে আস্তে বলিল, ডুবলে ভাল হতো। যদি না-ই ডোবে, তা হলেই বা এমনি করে আমাদের ক'দিন চলবে?

দিবাকর উত্তর দিল না দেখিয়া কিরণময়ী দিবাকরের মাথাটা হাত দিয়া নাড়িয়া বলিল, শুনতে পাচ্চ কি?

পাচ্চি। যতদিন পারে চলুক।

তার পরে?

তার পরেও সমুদ্রে জল থাকবে, গলায় দেবার মত দড়িও জুটবে। যেটা হোক একটা বেছে নিলেই হবে।

এতক্ষণ পরে দিবাকরের মুখে একটা কঠিন কথা শুনিয়া কিরণময়ী অনেকক্ষণ পর্যন্ত চুপ করিয়া পড়িয়া রহিল, তাহার পরে সহজ-গলায় বলিল, না, তা করো না,—বাড়ি ফিরে যাও। তুমি পুরুষমানুষ, গিয়ে যা হোক একটা কিছু বললেই চুকে যাবে। খুব সম্ভব, সে প্রয়োজনও হবে না,—তোমার আপনার লোক কেউ এ নিয়ে নাড়াচাড়া করতে চাইবে না।

দিবাকর চুপ করিয়া রহিল। এমন প্রস্তাবটি যত বড় লোভনীয় হোক, সে মনের মধ্যে গ্রহণ করিতে পারিল না। বহুক্ষণ মৌন থাকিয়া কহিল, আর তুমি?

কিরণময়ী পূর্বের মত সহজ শান্তস্বরে বলিল, আমি? যেখানে যাচ্ছি—আমাকে সেখানেই থেকে যেতে হবে।

দিবাকর কহিল, কি করে থেকে যাবে, কে আছে সেখানে?

কিরণময়ী কহিল, কেউ না।

তবে?

তবুও থেকে যেতে হবে।

দিবাকর উৎকণ্ঠায় উঠিয়া বসিয়া বলিল, একটু স্পষ্ট করেই বল না বৌদি? বলচ কেউ নেই, অথচ থেকে যাবে কি করে, আমি ত ভেবে পাইনে। তুমি সেখানে একা থাকবে নাকি?

কিরণময়ী হাসিল। সে হাসি দিবাকর দেখিতে পাইল না, পাইলে বুঝিত। কিরণময়ী কিছুক্ষণ নীরবে থাকিয়া বলিল, না ঠাকুরপো, একা থাকতে পারব না,—আমার সে বয়স নয়। কিন্তু তোমার কাছে ও-সব আলোচনার প্রয়োজন নেই। বলিয়াই সে দিবাকরের ডান হাতটা মুখের উপর টানিয়া লইয়া ব্যথার সহিত বলিল, কিন্তু তোমাকে নিরর্থক কষ্ট দিলুম। সে জন্যে মাপ চাইচি ঠাকুরপো।

দিবাকর আবার অবসন্নের মত শুইয়া পড়িল। সব কথা সে নিঃসংশয়ে বুঝিল না, কিন্তু এটুকু বুঝিল যে, ঘরে ফিরিবার অন্ধকার পথে যে-আশার দীপ-শিখাটি মুহূর্ত পূর্বেই সে মূঢ়ের মত জ্বালিয়া তুলিয়াছিল, আবার তাহা নিবাইয়া ফেলিবার সময় হইল।

প্রদীপ নিবিল বটে, কিন্তু তাহার দুর্গন্ধ বাষ্পে দিবাকরের বুকের ভিতরটা একেবারে বোঝাই হইয়া গেল। সে অবরুদ্ধ নিশ্বাসের গভীর বেদনায় খাড়া উঠিয়া বসিয়া তীব্রকণ্ঠে প্রশ্ন করিল, তুমি কি তামাশা করছিলে বৌদিদি এতক্ষণ?

মুখচোরা লজ্জা-নম্র দিবাকরের এই আকস্মিক উগ্রতায় কিরণময়ী চমকিত হইল।

বলিল, কোন্ তামাশা ঠাকুরপো?

আমাদের বাড়ি ফিরে যাবার কথা! এ বিদ্রূপের কি কিছুমাত্র প্রয়োজন ছিল?

কিরণময়ী কহিল, ঠাট্টা-বিদ্রূপ ত কিছুই করিনি।

তবে এ কি সত্যি?

সত্যি বৈ কি ভাই!

তুমি একা থেকে যাবে, এও তবে সত্যি!

এও সত্যি।

ওঃ—তাই বুঝি আরাকানে যাচ্চ! কিন্তু কার কাছে কি ভাবে থাকবে শুনি?

প্রত্যুত্তরে কিরণময়ী শুধু একটা নিশ্বাস ফেলিল মাত্র। তাহাদের এই পালানোটা যে দিবাকরের পক্ষে কিরূপ ভয়াবহ, ইহার লজ্জা যে কিরূপ দুঃসহ, সে তাহার সমস্তই জানিত ; এবং এই নিদারুণ অবস্থা-সঙ্কটে পড়িয়া তাহার মনটা যে কতদূর বিকল হইয়া গেছে, কিছুই কিরণময়ীর অবিদিত ছিল না। দিবাকরকে সে ভালও বাসে নাই—বাসাও অসম্ভব। তথাপি, আশ্চর্য এই যে, ইহারই পরিপূর্ণ ঔদাসীন্যে কিরণময়ী মনে মনে এতক্ষণ ব্যথাই পাইতেছিল।

কিন্তু যে-মুহূর্তে দিবাকর তাহার রুক্ষস্বর ও তীব্রতর প্রশ্নে ভিতরের ঈর্ষার জ্বালাটা একেবারে অত্যন্ত সুগোচর করিয়া ফেলিল, সেই মুহূর্তেই কিরণময়ীর অন্তরের নিভৃত বেদনাটা হর্ষে হিল্লোলিত হইয়া উঠিল। এই পুলকের আরও একটা বড় কারণ ছিল। ইতিপূর্বে অপরিণত-বুদ্ধি এই তরুণ যুবকটি তাহার প্রথম যৌবনের সৌন্দর্য-তৃষ্ণায় এই আশ্চর্য নারীর অলৌকিক রূপের পানে যখন তিল-তিল করিয়া আকৃষ্ট হইতেছিল, কিরণময়ী তখন দেখিয়াও দেখে নাই, জানিয়াও ভ্রূক্ষেপ করে নাই। কেমন করিয়া সে মধুচক্র গড়িয়া উঠিতেছিল, কোথায় তাহার মধু সঞ্চিত হইতেছিল, নিরতিশয় অবহেলায় এদিকে সে দৃষ্টিপাত করে নাই। কিন্তু, আজ যখন খোঁচা খাইয়া অকস্মাৎ মধু ঝরিয়া পড়িল, তখন, এই নির্বাসনে যে-লোক তাহার একমাত্র অবলম্বন, তাহারই মধুচক্রের সযত্ন-সঞ্চিত প্রচ্ছন্ন মধু-ভাণ্ডারের প্রতি কিরণময়ী তাহার একান্ত সতর্ক দৃষ্টি নিবদ্ধ করিয়া রাখিল। হাসিয়া বলিল, কার কাছে কিভাবে থাকব, সে খবর শুনে তোমার লাভ কি ঠাকুরপো? যখন ফিরেই যাবে, তখন এ অনাবশ্যক কৌতূহলের কোন সার্থকতাই নেই।

দিবাকর কিছুক্ষণ স্থির হইয়া রহিল। পরে কহিল, ফিরে যাবই এ কথা ত আমি একবারো বলিনি। ওটা তোমারই মুখের কথা—আমার নয়।

কিরণময়ী বলিল, সে ঠিক। কিন্তু আমার মুখ দিয়ে তোমার মনের কথাই বার হয়ে এসেছে,—বলিয়াই সে তীব্র প্রতিবাদ প্রত্যাশা করিয়া অপেক্ষা করিয়া রহিল। কিন্তু প্রতিবাদ আসিল না। কিরণময়ী তাহাকে ভাবিবার সময় দিয়া ধৈর্য ধরিয়া রহিল। বহুক্ষণ কাটিয়া গেল—বাহিরে ঝড়-জলের অশ্রান্ত আক্রমণে জাহাজের মেরুমজ্জা কাঁপিতে লাগিল, খালাসীদের অস্পষ্ট কোলাহল মাঝে মাঝে স্পষ্ট হইয়া উঠিতে লাগিল, কিরণময়ীর ধৈর্যের বাঁধও ভাঙ্গিয়া পড়িবার উপক্রম করিল, কিন্তু এ ক্ষুদ্র কাঠের ঘরটির নিস্তব্ধতা অক্ষুণ্ণ হইয়াই রহিল।

দিবাকর প্রতিবাদ করিবে না ইহাতে কিরণময়ীর যখন আর লেশমাত্র সংশয় রহিল না, তখন দীর্ঘনিশ্বাস ফেলিয়া আস্তে আস্তে বলিল, তবে কি তোমার ফিরে যাওয়াই স্থির হলো?

দিবাকর বলিল, না।

কিরণময়ী আর কোন প্রশ্ন করিল না।

ছত্রিশ

সেই রাত্রেই ঝড়জল কমিয়া গেল। সারাদিন অবিশ্রাম মাতামাতি করিয়া মত্ত সিন্ধু ভোরের দিকে শান্ত হইয়া আসিল। কিন্তু উপরের আকাশ প্রসন্ন হইল না—মুখ ভারী করিয়া রহিল।

সকালে ক্ষণকালের জন্য সূর্যোদয় হইল বটে, কিন্তু সূর্যদেব এই জাহাজের ভয়ার্ত অর্ধমৃত যাত্রীদিগকে বাস্তবিক সান্ত্বনা দিয়া গেলেন, কিংবা চোখ রাঙ্গাইয়া অন্তর্ধান হইলেন, নিশ্চিত বুঝা গেল না।

এমনি সময়ে দিবাকর বাহিরে আসিয়া একটা ক্যাম্বিসের আরাম-চৌকির উপর কাত হইয়া শুইয়া পড়িল। কি জানি কেন, আত্মগ্লানির তুষানল আজ তাহাকে আর তেমন করিয়া দগ্ধও করিতেছিল না। লজ্জার বারিধিও আজ তত দুস্তর বোধ হইল না—কোথায় যেন নীল রঙের গাছপালায় ঘেরা একটা অস্পষ্ট কূল ঝাপসা হইয়া চোখে পড়িতে লাগিল। বুকের অসহ্য বোঝাটা এইভাবে যখন হালকা হইয়া আসিয়াছে, তখন স্থির হইয়া বসিয়া দিবাকর আর একবার কিরণময়ীর তর্কটার উপরে নিজের প্রবৃত্তির দাগা বুলাইয়া লইতে প্রবৃত্ত হইল। কাল রাত্রে কিরণময়ী এই বলিয়া তর্ক করিয়াছিল যে, আমরা যথার্থ অন্যায় তখনই করি, যখন কাহাকেও তাহার ন্যায্য অধিকার হইতে বঞ্চিত করি! সুতরাং, কোনো কাজে প্রবৃত্ত হইবার পূর্বে ইহাই দেখা প্রয়োজন যে, কাহারো সত্যিকার অধিকারে হাত দিতেছি কি না। আবার এ অধিকার বাহিরের দিকে যেমন, ভিতরের দিকেও ঠিক তেমনি। নিজের উপরেও নিজের একটা সত্য অধিকার আছে। নিজের বলিয়া সে কাহারো চেয়ে তুচ্ছ নয়। সে অধিকারেও বাহিরের কাহারো হস্তক্ষেপ সহ্য করা নিজের উপরে অন্যায় করা। এই আমার কথা।

ক্ষণকাল স্থির থাকিয়া সে আরও বলিয়াছিল, আমরা চুরি, ডাকাতি প্রভৃতি করিয়া যেমন পরের অধিকারে হাত দিয়া অন্যায় করি, মাতালকে পয়সা যোগাইয়াও ঠিক তাই করি। কেননা, সেখানে তাহার ভাল থাকিবার অধিকারে হাত দিই।

দিবাকর চুপ করিয়া শুনিতেছিল দেখিয়া কিরণময়ী পুনরায় কহিয়াছিল, যদিও সামাজিক লোকের এই অনধিকার অত্যন্ত ব্যাপক এবং কোথায় ইহার সীমারেখা, কোথায় পা দিলে অনধিকার প্রবেশ হবে না, এই নিয়ে সংসারে অনেক দ্বন্দ্ব, অনেক মতভেদ, তবুও সীমা যে একটা আছেই সে বিষয়ে কারো সন্দেহ নেই। এই সীমা অতিক্রম করবার ক্ষমতা কারও নেই, সমাজেরও না। সমাজ এই সীমা অতিক্রম করে শুধু যে পরকেই নষ্ট করে, তা নয়, নিজেকেও দুর্বল করে—ধ্বংস করে। তোমার এতটা মন ভারী করে থাকবার প্রয়োজন হতো না ঠাকুরপো, যদি একবার এই কথাটিই ভেবে দেখতে যে, আমাকে বাড়ির বাইরে এনে কারো সত্যিকার অধিকারে পা দিয়েছ কি না। আমি বিধবা, আমার উপরে কারো ন্যায়সঙ্গত দাবী নেই, তুমিও অবিবাহিত, তোমার

হৃদয়ের উপরেও কারো অধিকার নেই। অতএব, আমাকে ভালবেসে তুমি অন্যায় কিছুই করনি, এ কথাটা বোঝা ত শক্ত নয়।

দিবাকর হতবুদ্ধি হইয়া বলিয়াছিল, সে কি বৌদি, অবৈধ-প্রণয় যদি অন্যায় নয়, তবে সংসারে আর অন্যায় আছে কোথায়?

কিরণময়ী বলিয়াছিল, অবৈধ কোথায়? যাকে অবৈধ বলে মনে করচ, সে তোমার সংস্কার—যুক্তি নয়। ভাল, তোমার অবৈধ জিনিষটি কি শুনি?

দিবাকর উদ্দীপ্ত হইয়া জবাব দিয়াছিল, যাহা বিবাহের দ্বারা সুপবিত্র নয়—যাকে সমাজ স্বীকার করবে না—যাকে আত্মীয় বন্ধু-বান্ধব ঘৃণার চক্ষে দেখবে, তাই অবৈধ। এ সোজা কথা।

কিরণময়ী হাসিয়া উত্তর করিয়াছিল, কৈ সোজা? একটু ভেবে দেখলে সোজা কথাও এমনি বাঁকা হয়ে দাঁড়ায় যে, দুনিয়ার অনেক বাঁকা জিনিসই হার মেনে যায়। তোমাকে ত অনেকবার বলেচি ঠাকুরপো, তোমার ঐ সুপবিত্র অপবিত্র জ্ঞানটা সংস্কার,—যুক্তি নয়। এই সংসারেই স্ত্রী-পুরুষের এমন অনেক মিলন হয়ে গেছে, যাকে কোনমতেই পবিত্র বলা যায় না। আমি নজির তুলে আর কথা বাড়াতে চাইনে ঠাকুরপো, তোমার ইচ্ছে হয় ইতিহাস-পুরাণ পড়ে দেখো। অথচ, সে-সব মিলনকেও সমাজ স্বীকার করেছিলো এবং অবশেষে বিয়ের মন্ত্র দিয়েও সুপবিত্র করে নেওয়া হয়েছিল। ঠাকুরপো, আমাদের ঐ পাথুরেঘাটার বাড়ির পাশে যদি কন্বমুনির আশ্রম থাকত, তা হলে শকুন্তলা যে কাণ্ডটি ঘটিয়েছিলেন, তাতে শুধু মুনিঠাকুরের জাত-গুষ্টি নয়—সমস্ত পাথুরেঘাটার লোককে একঘরে হয়ে থাকতে হতো। কৈ, সে প্রণয়কাহিনী পড়তে ত কোন সতী-সাধ্বীরই চোখমুখ লজ্জায় রাঙ্গা হয়ে ওঠে না!

না না, ব্যস্ত হয়ে উঠো না ঠাকুরপো, আমি সতী-সাধ্বীর ওপর কটাক্ষ করচি নে; কিংবা একালে সেকালে মিলিয়েও দিচ্চিনে। একাল একালই হয়ে থাক, এবং তাঁরা যে যেখানে আছেন, ভাল হয়েই থাকুন, আমার কিছুতেই আপত্তি নেই, কিন্তু সেকালের শকুন্তলাকে কেন যে একালের কোন নর-নারীই অন্তরে অন্তরে মন্দ বলে ঘৃণা করতে পারে না এইটেই বিচিত্র।

ক্ষণকাল নীরব থাকিয়া আস্তে আস্তে বলিয়াছিল, ঘৃণা কেন যে করতে পারে না, জানো ঠাকুরপো, শুধু পারে না এইজন্যেই যে, মিলন তাঁর যেভাবেই হোক, মিলনের আদর্শকে তিনি খাঁটি রেখেছিলেন। যে বন্ধনে এক মুহূর্তেই নিজেকে চিরদিনের মত বেঁধে ফেলেছিলেন সে-বন্ধন পাকা নয় বলে মনের মধ্যে কোন সংশয়, কোন সঙ্কোচ রাখেন নি। তা যদি রাখতেন, তা হলে কালিদাস যতবড় এবং যত মধুর করেই লিখুন না, কোন মানুষের হৃদয়ই এমনি করে টেনে নিতে পারতেন না। কোন্‌খানটায় আসল কথা, একটু ভাল করে ভেবে দেখ দেখি?

দিবাকরের একটা কথাও ভাল লাগে নাই। সে অসহিষ্ণু হইয়া বলিয়াছিল, আদর্শ যেমনই হোক, আজকালকার সমাজ একে স্বীকার করবে না। আর, সমাজে যা স্বীকৃত হবে না, তা বৈধই হোক, অবৈধই হোক, তাতে সমাজকে আঘাত করাই হবে। সমাজে থেকে সমাজকে আঘাত করা, আর আত্মহত্যা করা ত সমান কথা।

কিরণময়ী জবাব দিয়াছিল, ঠাকুরপো, সমাজকে আঘাত করা এবং সমাজের

অবিচারকে আঘাত করা এক জিনিস নয়! তোমাকে পূর্বেই ত বলেচি, সব জিনিসেরই একটা সত্যিকার অধিকার আছে। সমাজ উদ্ধত হয়ে যখন তার সত্যিকার সীমাটি লঙ্ঘন করে, তখন তাকে আঘাত করাই উচিত। এ আঘাতে সমাজ মরে না—তার চৈতন্য হয়, মোহ ছুটে যায়। লেখাপড়া শেখার জন্যেই হোক, দেশের জন্যেই হোক, বিলাত যাওয়াটা সমাজ স্বীকার করেনি। এই নিয়ে একে বারংবার ঘা খেতে হয়েছে। তবু এমনি কঠিন পণ তার, আজও অহঙ্কার ত্যাগ করতে পারেনি। এতে কি তুমি সমাজের সৎ-বিবেচনার প্রশংসা কর?

দিবাকর বলিয়াছিল, না করিনে। ভাল মনে করার হেতু নেই বলে।

কিরণময়ী কহিয়াছিল, ঠিক তাই। কিন্তু, এই নিঃসংশয়ে স্পষ্ট উত্তর কোথায় পাচ্চ? নিজের বুদ্ধি-বিচারের কাছে—সমাজের কাছে নয় ত?

দিবাকর উত্তেজিত হইয়া উত্তর দিয়াছিল, কিন্তু সকলেই যদি সব কাজে নিজের বুদ্ধি-বিচার খাটাতে যায়, তা হলেও ত সমাজ টিঁকে না!

কিরণময়ী বলিয়াছিল, আমি ত তোমাকে এতক্ষণ এই কথাটাই বলবার চেষ্টা করচি। সব কাজে নিজের বুদ্ধি খাটাতে গেলেও যেমন সমাজ থাকে না, সমাজ যদি সব সময়ে এবং সব কাজে নিজের মতটাই চালাতে যায়, তাতেও মানুষ টিঁকে না। মানুষই ভুল করতে, অন্যায় করতে জানে, আর সমাজই জানে না ঠাকুরপো? উভয়েরই সীমা নির্দিষ্ট আছে—সে সীমা মূঢ়তায় হোক, প্রবৃত্তির ঝোঁকে হোক, অন্যায় জিদের বশে হোক—যেভাবেই হোক লঙ্ঘন করলেই অমঙ্গল। সে-অমঙ্গলকে ঠেকিয়ে রাখতে পারে, এমন ক্ষমতা তোমাদের ভগবানেরও নেই!

দিবাকর ইহার উত্তরে কোন কথাই কহে নাই। কিরণময়ীও ক্ষণকাল চুপ করিয়া থাকিয়া বলিয়াছিল, অথচ, এই সীমা কোন সমাজেই চিরদিন একটিমাত্র স্থানেই আবদ্ধ থাকে না; প্রয়োজন মত সরে বেড়ায়।

দিবাকর জিজ্ঞাসা করিয়াছিল, কে সরায়?

কিরণময়ী বলিয়াছিল, কেউ সরায় না। যে নিয়মে বিশ্ব-ব্রহ্মাণ্ড সরে, সেই নিয়মে এও আপনি সরে। সরেছে কিনা তখন টের পাওয়া যায়, যখন কেউ একে আঘাত করে।

এতক্ষণ পর্যন্ত দিবাকর কিরণময়ীর যুক্তি-তর্কের সমস্তটাই এই পালানোর অনুকূলে মিলাইয়া লইতে গিয়া মনের মধ্যে বাধাই পাইতেছিল। একে ত এই কাজটাকে যৎপরোনাস্তি গর্হিত বলিয়া তাহার লেশমাত্র সন্দেহ ছিল না, এবং সমস্ত অপরাধই সে সবিনয়ে গ্রহণ করিবার জন্য নিজেকে প্রস্তুত করিতেছিল, যখন সে স্পষ্ট বুঝিতে পারিল, এই গর্বিতা নারী এতবড় অপরাধকেও অপরাধ বলিয়া গণ্য করিতে চাহে না, বরঞ্চ সমাজকেই দোষী করিতে চায়, তখন তাহার অসহ্য বোধ হইয়াছিল, অথচ শক্ত কথা বলাও তাহার পক্ষে অত্যন্ত শক্ত। তাই সে শুধু একটুখানি বিদ্রূপ করিয়া কহিয়াছিল, এই যেমন সমাজকে আমরা আঘাত করলুম! এখন দেখা যাক, কতখানি দর্প আর কতখানি মোহ সমাজের ছোটে, কি বল বৌদি?

কিরণময়ী দুই কনুয়ের উপর ভর দিয়া উঁচু হইয়া দিবাকরের প্রতি চাহিয়া জবাব দিয়াছিল, আমরা আঘাত করলাম কৈ ঠাকুরপো? ভয়ে পালিয়ে যাওয়া, আর দাঁড়িয়ে ঘা দেওয়া কি এক জিনিস যে এতে সমাজের দর্প চূর্ণ হবে? এতে দর্প ত তার বেড়েই যাবে। কিন্তু তুমি বি. এ. পর্যন্ত পড়েচ, না? বলিয়া গায়ের চাদরটা মাথা পর্যন্ত টানিয়া দিয়া সে

শুইয়া পড়িয়াছিল।

বাহিরে মন্দীভূত ঝড়ের চাপাকান্না ভেদ করিয়া উপরে জাহাজের ঘণ্টায় বারটা বাজিয়া গেল। ডেকের একটা চেয়ারের উপর দীর্ঘশ্বাস বুকে করিয়া দিবাকর চুপ করিয়া বসিয়াছিল, হঠাৎ ধরাগলায় ডাক আসিল, ঠাকুরপো!

দিবাকর চমকিয়া উঠিল। তাড়াতাড়ি সাড়া দিল, কেন বৌদি?

কিরণময়ী কহিল, তুমি ফিরেই যাও।

দিবাকর জোর দিয়া বলিল, কিছুতেই না।

কিরণময়ী কহিল, না কেন? না বুঝে একটা অন্যায় করেছ। বুঝতে পেরেও তার প্রতিকার করবে না, পাপের বোঝা বয়ে বেড়াবে, আমি ত তার প্রয়োজন দেখিনে ঠাকুরপো।

দিবাকর কহিল, তুমি দেখ না, আমি দেখি। তা ছাড়া ফিরে গেলেই কি পাপের বোঝা নেমে যাবে বৌদি?

কিরণময়ী কহিল, আজই যে যাবে, এ কথা বলিনে। কিন্তু দু'দিন পরে যেতেও ত পারে।

দিবাকর মৃদুকণ্ঠে জিজ্ঞাসা করিল, কিন্তু যাবো কোথায়?

কিরণময়ী কহিল, তোমাদের বাড়িতে আত্মীয়-স্বজনের কাছে। তোমার উপীনদার কাছে। সমস্তই ত তোমার আছে।

দিবাকর ক্ষণকাল চুপ করিয়া থাকিয়া বলিল, যা কিছু আমার আছে বলচ—তা আমার নেই, এ কথা তুমি জান। আছে শুধু উপীনদা, কিন্তু তাঁকে কি তুমি চিনতে পারনি? তাঁর কাছেই আমাকে ফিরে যেতে বল বৌদি?

হাঁ, তার কাছেই ফিরে যেতে বলি।

দিবাকর খানিক চুপ করিয়া রহিল। তারপর ধীরে ধীরে বলিল, ভেবেছিলাম তাঁকে তুমি চিনেছ। কিন্তু চেননি। আমিও যে চিনি তাও নয়। হয়ত ভাল করে তাঁকে চেনাই যায় না। কিন্তু শিশুকাল থেকে তাঁরই হাতে মানুষ হয়ে এটুকু বুঝতে পেরেচি যে, এর পর তাঁর সামনে গিয়ে দাঁড়ানোর চেয়ে আমার পক্ষে আগুনে ঝাঁপিয়ে পড়া সহজ।

হঠাৎ কিরণময়ী চকিত হইয়া উঠিল। দিবাকরের মুখের পানে চাহিয়া বলিল, কেন, তিনি কি এতই নিষ্ঠুর? যে-দোষ তোমার নয়, সে কথা বুঝিয়ে বললেও কি তোমাকে শাস্তি দেবেন? এ কখনই সম্ভব হতে পারে না ঠাকুরপো!

কিরণময়ীর আকস্মিক উৎসাহ দিবাকর লক্ষ্য করিল না। দেয়ালের গায়ে যে আলোটা জ্বলিতেছিল, সেইদিকে চাহিয়া অন্যমনস্কের মত আস্তে আস্তে বলিল, তাঁকে কোন কথা বুঝিয়ে বলতে হয় না। কেমন করে তিনি সমস্তই জানতে পারেন। অবশ্য, তোমার মত করে আমি ভাবতে পারিনে যে, আমার দোষ নেই, কিন্তু যদি তোমার কথাই ঠিক হয়, যদি সত্যই আমি নির্দোষ হই, তা হলে যেদিন তাঁর সামনে গিয়ে দাঁড়াব, সেই দিনই তিনি জানতে পারবেন। কিন্তু দাঁড়াতে পারব না। তুমি শাস্তির কথা বলছিলে—কি করে জানব বৌদি, কি শাস্তি তিনি দেবেন! আজও কোনো দিন আমাকে তিনি শাস্তি দেননি।

আর সে বলিতে পারিল না। দুই করতল চোখের উপর চাপিয়া ধরিয়া চুপ করিয়া গেল।

কিরণময়ী কোন কথাই বলিল না—দুই চক্ষু বিস্ফারিত করিয়া তাহার মুখের পানে চাহিয়া রহিল। তাহার অন্তরের বিপ্লব শুধু তাহার অন্তর্যামী জানিলেন।

ক্ষণকাল পরেই দিবাকর কথা কহিল। নিরতিশয় ব্যথিত কণ্ঠে বলিতে লাগিল, কাল

তুমি বললে, উপীনদার মাথা হেঁট করে দেবে। সে-রাত্রে তোমাদের কি কথা যে হয়েছিল, কোন্ রাগে যে এ কথা বলেছিলে তা এখনো আমি ভেবে পাইনে। হেতু তোমার হয়ত কিছু আছেই, কিন্তু সে কারণ যাই হোক, ও-মাথা হেঁট করবার দুঃখ যে কত বড় তা যদি জানতে, অমন কথা মুখেও আনতে না। তা ছাড়া ও-সব মাথা যদি হেঁট হয়েই যায়, তবে কোনদিন নিজেদের মাথা তুলবো আমরা কোন্ দিকে চেয়ে? তুমি সে চেষ্টা করো না। যতক্ষণ না তিনি হেঁট হয়ে আমাদের পানে তাকান, ততক্ষণ তাঁর মাথা হেঁট করবার ক্ষমতা সংসারে কারও নেই বৌদি। এই কথাটা আমার সত্যি বলে বিশ্বাস ক'রো।

সেই গভীর রাত্রে এই দুটি বিপরীত প্রকৃতি উপেন্দ্রর প্রতি ভক্তি, শ্রদ্ধা ও ভালবাসার তটে আসিয়া সহসা একান্তভাবে সম্মিলিত হইল। যেখানে কোন বিরোধই ছিল না, যেখানে বলিবার অপেক্ষা শুনিবার, বুঝাইবার অপেক্ষা বুঝিবার আকাঙ্ক্ষাই নিরতিশয় প্রবল হইয়া উঠিল।

প্রত্যূষে কখন যে দিবাকর শয্যা ছাড়িয়া বাহির হইয়া গিয়াছিল, ঘুমন্ত কিরণময়ী টের পায় নাই। তাই ঘুম ভাঙ্গিতেই সে দিবাকরের জন্য উদ্বিগ্ন হইয়া উঠিল। কাল রাত্রে কথায় কথায় কিরণময়ী অনেক কথাই জানিতে পারিয়াছিল। দিবাকর যে সত্যই কত নিঃসহায়, এবং তাহার উপীনদাদা হইতে বিচ্ছিন্ন হওয়া যে তাহার পক্ষে কিরূপ মর্মান্তিক দুর্ঘটনা, ইহা অত্যন্ত নিঃসংশয়ে বুঝিতে পারা অবধি কিরণময়ী তাহার নারী-হৃদয়ের নিভৃত অন্তস্থলে এতটুকু স্বস্তি পাইতেছিল না। এই সরল, বিনীত, সত্যবাদী ও সচ্চরিত্র যুবকটিকে তাহার জীবনের প্রারম্ভেই অকারণে কক্ষভ্রষ্ট করিয়া দেওয়ার অপরাধ তাহার ঘুমের মধ্যেও তাহাকে বিঁধিয়াছিল। তাই সে ঘুম ভাঙ্গিতেই একটা অভিনব স্নেহের সহিত বেদনার সহিত এই নিরপরাধ হতভাগ্যের দিকে প্রথমেই মুখ ফিরাইয়া দেখিল, দিবাকর নাই। উঠিয়া বাহিরে সন্ধান করিয়া দেখিল, দেখা গেল না। তাহাদের 'বয়'কে ডাকিয়া অনুসন্ধান করিতে বলিল, সেও দেখা পাইল না।

সেই অবধি কিরণময়ী উৎকণ্ঠার সহিত অপেক্ষা করিতেছিল। কিন্তু আজ এই উৎকণ্ঠার মধ্যেও বহুদূরাগত মৃদু সুগন্ধের মত একটি অস্পষ্ট আনন্দের আভাস উপলব্ধি করিয়া তাহার হৃদয় পুলকিত হইয়া উঠিতেছিল।

সেই অতি তুচ্ছ দিবাকর, যাহাকে সে কোনদিন ভালবাসে নাই, কোনদিন ভালবাসিতে পারে না, বুদ্ধির বিপাকে তাহারই ঘর করিতে হইবে, ভালবাসার অভিনয় করিতে হইবে, জাহাজে উঠিয়া পর্যন্ত এই ধিক্কার ভিতরে ভিতরে তাহাকে যেন পাগল করিয়া আনিতেছিল।

আবার এইখানেই শেষ নয়। এই দেখানো ভালবাসার টানাটানি একদিন ছিঁড়িবেই ছিঁড়িবে, এই ছদ্মলীলা একদিন যে কিছুতেই ভাল লাগিবে না, ডাক্তার অনঙ্গমোহন সে-শিক্ষা ভাল করিয়াই দিয়াছিল। সেই দুর্দিনেই যে প্রাণান্তকর ঘৃণার ফাঁস কাটিয়া কাটিয়া তাহার গলায় বসিতে থাকিবে, সে দড়িটা যে সে কোন্ অস্ত্রে কাটিয়া ফেলিবে এ দুশ্চিন্তার সে কোথাও শেষ দেখিতে পায় নাই। কিন্তু কাল গভীর রাত্রে উপেন্দ্রর রাজসিংহাসন-তলে বসিয়া উভয়ের সন্ধিপত্র যখন স্বাক্ষরিত হইয়া গেল, তখন ঘুম ভাঙ্গিয়া এই নিরীহ ছেলেটার জন্যই করুণায় ব্যথায় কিরণময়ী একদিকে যেমন পীড়িত হইয়া উঠিল, এই

অবশ্যম্ভাবী ঘৃণার বিভীষিকা হইতে মুক্তি পাইয়া তেমনি হাঁফ ছাড়িয়া বাঁচিল।

একলা ঘরের মধ্যে বসিয়া সে নিশ্বাস ফেলিয়া বারংবার এই কথাই বলিতে লাগিল, আর আমার ভয় নেই—আমার কোন ভয় নেই। যাকে ভালবাসতে পারব না, অন্ততঃ স্নেহ দিয়েও তার মনের কালি অনেকখানি মুছে দিতে পারব। তথাপি একটা ভয় তাহার মনের মধ্যে উঁকি মারিতে লাগিল, পাছে অগ্নির প্রলোভন সংবরণ করিতে না পারিয়া একদিন দিবাকর পতঙ্গের মত পুড়িয়া মরিতে বদ্ধপরিকর হইয়া উঠে। তাহার রূপের আকর্ষণের যে কি দুর্নিবার শক্তি, ইহা ত তাহার অবিদিত ছিল না।

মনে পড়িল তাহার মৃত স্বামীর কথা। সেই শুষ্ক কঠোর মূর্তিমান বিদ্যার অভিমান! বিজ্ঞানের শক্ত বেড়া দিয়া যিনি অত্যন্ত সতর্ক হইয়া দিবারাত্র নিজের স্বাতন্ত্র্য রক্ষা করিয়া চলিতেন—সেই স্বামী। তাঁহার কাছে সে ত একদিনও যাইতে পারে নাই, তবু ত দিন কাটিয়াছিল। লিখিয়া পড়িয়া, ভাত রাঁধিয়া, শাশুড়ীর বকুনি খাইয়া, ঘরের কাজকর্ম করিয়া দিনের বেলা কাটিত ; রাত্রে পরকালের বিরুদ্ধে আত্মার বিরুদ্ধে লড়াই করিয়া, নালিশ করিয়া, গ্লানি করিয়া, ব্যঙ্গ করিয়া, ঘরের দেওয়ালগুলো পর্যন্ত দূষিত বিষাক্ত করিয়া দিয়া ক্লান্ত জর্জর হইয়া কোন এক সময়ে ঘুমাইয়া পড়িত ; আবার প্রভাত হইত, আবার রাত্রি আসিত, এমনি করিয়া মাসের পর মাস, বৎসরের পর বৎসর গড়াইয়া গিয়াছিল। বাড়িতে ভিক্ষা দাও মা, বলিয়া ভিখারী প্রবেশ করে নাই। কেমন আছ, বলিয়া প্রতিবেশী সংবাদ লয় নাই ; একদিনের জন্য সূর্যের কিরণ আলো ফেলে নাই, এক মুহূর্তের জন্য আকাশের বায়ু পথ ভুলিয়া প্রবেশ করে নাই,—তবু দীর্ঘ দশ বৎসর গত হইয়াছিল। তাহার মা-বাপের কথা মনে পড়ে না। শুধু মনে পড়ে বালিকা-বয়সে কালনার কাছে একটা ক্ষুদ্র গ্রামের কোন এক নিরানন্দ মাতুল সংসার হইতে বাহির হইয়া একদিন বধূর সজ্জায় এই অন্ধকার বাড়িটাতে আসিয়া প্রবেশ করিয়াছিল। স্বামী ছোট ছাত্রীটির মত তাহাকে গ্রহণ করিয়াছিলেন। সেই অবধি সেদিন পর্যন্ত গুরু-শিষ্যার কঠোর সম্বন্ধ আর ঘুচে নাই। স্বামী একদিনের জন্যও আদর করেন নাই। ভালবাসিতেন কি না, একদিনের জন্যও সে কথা বলিয়া যান নাই।

বাংলা, সংস্কৃত, ইংরাজী পাঠ দিতেন, পাঠ গ্রহণ করিতেন। পাঠ মুখস্ত করিতে না পারিলে তিরস্কার করিতেন, প্রহারও না করিতেন নয়। রাগ-অভিমানের পরিবর্তে কোনদিন সাধেন নাই, কাঁদিতে কাঁদিতে ঘুমাইয়া পড়িলে কোনদিন ঘুম ভাঙ্গাইয়া খাইতে বলেন নাই—এই ত তাহার বধূ-জীবনের ইতিহাস!

শাশুড়ীর পরীক্ষা ছিল আরও কঠোর। সেখানে অতি ক্ষুদ্র ভুলভ্রান্তিরও ক্ষমা ছিল না। অঘোরময়ী তাঁহার রান্নাঘরের হাতা-বেড়ি-খুন্তি হইতে পোড়া কাঠ পর্যন্ত সবগুলির চিহ্নই এই ছোট বধূটির দেহে অঙ্কিত করিয়া দিয়াছিলেন। একদিন কি একটা অপরাধের শাস্তিবিধান করিয়া তিনি বালিকার সমস্ত চুলগুলি কাটিয়া দিলেন। দুঃখে অভিমানে বধূ যখন রান্নাঘরের এক কোণে মুখ ঢাকিয়া ফুলিয়া ফুলিয়া কাঁদিতে লাগিল, তখন পিঠের উপরে জ্বলন্ত কাঠের খোঁচা দিয়া অঘোরময়ী চুপ করিতে আদেশ করিলেন। সেই দগ্ধ-ক্ষত আরোগ্য হইতে কিরণময়ীর এক মাস লাগিয়াছিল।

হঠাৎ যেন সেই ক্ষতটাই জ্বালা করিয়া উঠিল। কিরণময়ী মুহূর্তের জন্য চঞ্চল হইয়া আবার স্থির হইয়া বসিল।

কবে যে সে কৈশোর ছাড়াইয়া যৌবনে পা দিয়াছিল, এ কথা সে মনে করিতে পারে না। সে কথা স্মরণ করাইবার কোন স্মৃতিই তাহার নাই। বোধ করি বা ঊষার মত নিঃশব্দেই সে প্রভাতের উজ্জ্বল আলোকে ফুটিয়া উঠিয়াছিল।

যৌবনে, অজ্ঞাতে, নিরহঙ্কারে দেহের কূল-উপকূল যখন সৌন্দর্যে পরিপূর্ণ হইয়া উঠিতে লাগিল, তখন সে স্বামীর সহিত সূক্ষ্ম বিচার লইয়া ব্যস্ত হইয়া রহিল। কেন যে তাহার দৈহিক নির্যাতন শেষ হইল, কেন যে সে গৃহিণী-কর্ত্রী হইয়া উঠিল, এ কথা সে একবারো ভাবিয়া দেখিবার অবসর পাইল না। স্বামী বলিতেন, সুখই জীবের একমাত্র লক্ষ্য এবং আর সমস্ত উপলক্ষ্য! দয়া, ধর্ম, পুণ্য, এ সমস্তই ওই উপলক্ষ্য। হয় ইহকালে, নয় পরকালে ; হয় নিজের, না হয় পাঁচজনের; হয় স্বদেশের, না হয় বিদেশের—কি উপায়ে যে সুখের সমষ্টি বাড়াইয়া তুলিতে পারা যায়—ইহাই জীবের কর্ম, এবং জানিয়াই হউক, না জানিয়াই হউক, এই চেষ্টাতেই জীবের সমস্ত জীবন পরিপূর্ণ হইয়া থাকে; এবং এইটিই একমাত্র তুলাদণ্ড, যাহাতে ফেলিয়া সমস্ত ভালমন্দই ওজন করিয়া দিতে পারা যায়। নিজের কি পরের সেদিকে চাহিয়ো না। কিরণ, তুমি কেবল এটি বুঝিয়া দেখিবার চেষ্টা করিবে, ইহাতে সুখের মাত্রা বাড়ে কি না।

কিরণ কহিত, ঠিক তাই ; কিন্তু কি করিয়া জানিব, আমার কাজে সংসারে সুখের সমষ্টি বাড়িতেছে? সুখের চেহারা ত সকলের কাছে এক নয়।

হারান তাহার জ্যোতিহীন চোখের দৃষ্টি ক্ষণকালের জন্য ঝুল-মাখানো অন্ধকার কড়ি-বরগার দিকে নিবদ্ধ করিয়া বলিত, খণ্ড খণ্ড করিয়া দেখিলে এক নয় বটে, কিন্তু সমগ্রভাবে এক। তোমাকে তাহারি উপরে বিচার করিতে হইবে।

কিরণময়ীর কাছে সুখের কোন রূপই সুস্পষ্ট নয়, সে অসহিষ্ণু হইয়া বলিয়া উঠিত, 'খণ্ড খণ্ড করিয়া', 'সমগ্র করিয়া' ও-সব কথার কথা। নিজের কিসে সুখ হয়, এইটিই বড় জোর মানুষে বুঝতে পারে ; তাও আবার সব সময়ে সব অবস্থায় ঠিকমত পারে না। যখন নিজের সম্বন্ধেই মানুষ নির্ভুল নয়, তখন সমস্ত জগতের দায় হাতে করতে যার সাহস হয় হোক, আমার হয় না। ওই, ওপারের জুটমিলের কাজীরা হয়ত মনে করে, যদি সম্ভব হয় কাশীর সমস্ত মন্দিরগুলো পর্যন্ত ভেঙ্গে দিয়ে পাটের কল তৈরি করতে পারলেই মানুষের সুখের মাত্রা বাড়বে, কিন্তু সবাই কি তাই মনে করবে! সুখ জিনিসটি যে কি, এ যতক্ষণ না তুমি আমাকে বুঝিয়ে দিতে পারবে, ততক্ষণ আমি তোমার কোন কথাই শুনব না ; বলিয়া কিরণময়ী যাইবার উপক্রম করিতেই হারান হাত ধরিয়া বলিতেন, একটু বসো। এত পড়াশুনার পরেও যদি তুমি এত অল্পেই রেগে ওঠ, তা হলে সমস্তই মিছে হয়ে যায়। দেখ কিরণ, আমি তোমাকে সত্যিই বলি,—সুখ জিনিসটি যে কি, আমি ঠিক জানিনে। কোন দেশে কেউ কখনও জেনেছিল কিনা তাও আমার জানা নেই—ওটা বোধ হয় জানাই যায় না। আমাদের দেশে বহু পূর্বেই তিন রকম দুঃখ-নিবৃত্তির চেষ্টা হয়ে গেছে—ওতিনটে বাদ দিয়ে যে জিনিসটি পাওয়া যায়, তাই যে সুখ—তাও বলা চলে না।

প্রত্যুত্তরে কিরণময়ী অত্যন্ত অসহিষ্ণু হইয়া বলিয়া উঠিত, কিছুই যখন বলা চলে না, তখন কারো সুখের কল্পনাকে পরিহাস করাও যেমন অসঙ্গত, সাধারণভাবে সংসারে সুখের পরিমাণ বাড়িয়ে তোলার চেষ্টাও তেমনি ক্ষ্যাপামি। ভাল-মন্দ মেপে দেবার পূর্বেই তোমার তুলাদণ্ডটির দণ্ডটি নির্ভুল হওয়া চাই। সেইটি নির্ভুল করবে যে তুমি কোন্ আদর্শে, আমি

তাই ত ভেবে পাইনে।

হারান ক্ষণকাল চুপ করিয়া থাকিয়া হতাশ হইয়া বলিতেন, কিরণ, জানি তোমার মনের গতি কোন দিকে ঝুঁকে আছে। কিন্তু, যতদিন তুমি পরকালের কল্পনা, আত্মার কল্পনা, ঈশ্বরের কল্পনা প্রভৃতি জঞ্জালগুলি মনের মধ্যে থেকে পরিষ্কার করে ঝেঁটিয়ে না ফেলতে পারবে, ততদিন সংশয় তোমার থেকেই যাবে। সুখই যে জীবনের শেষ উদ্দেশ্য এবং সুখী হওয়াই যে জীবনের চরম সার্থকতা, এ কথা বুঝেও বুঝবে না। কেবলই মনে হতে থাকবে, কে জানে হয়ত বা আরো কিছু আছে। এই আরো কিছুর সন্ধান কোনদিনই খুঁজে পাবে না। এ তোমাকে ব্যস্ত করে রাখবে, অথচ গতি দেবে না, আকাঙ্ক্ষা জাগিয়ে তুলবে, কিন্তু পরিতৃপ্তি দেবে না। পথের গল্পই বলবে, কিন্তু কোনদিন পথ দেখিয়ে দিতে পারবে না।

এইভাবে, শিক্ষা ও সংস্কারের মাঝখানে কিরণময়ী মানুষ হইয়া উঠিয়াছে,—আজ তাহার একটি একটি করিয়া সে কথা মনে পড়িতে লাগিল।

এমনি করিয়া তাহার চিন্তার ধারা যখন বর্তমান দুঃখকে বহুদূরে অতিক্রম করিয়া অতীত দিনের অগাধ অতল দুঃখের সাগরে হাবুডুবু খাইয়া মরিতেছিল, এমনি এক সময়ে কোথা হইতে দিবাকর শুষ্ক ম্লানমুখে কেবিনের ভিতর আসিয়া প্রবেশ করিল। তাহাকে দেখিবামাত্রই কিরণময়ীর দুঃস্বপ্নের ঘোর এক নিমিষে কাটিয়া গেল ; সে মুখখানি স্নেহ-হাস্যে উজ্জ্বল করিয়া তিরস্কারের স্বরে কহিল, ব্যাপার কি বল ত ঠাকুরপো? কি করে বেড়াচ্চো, খেতে-দেতে হবে না নাকি? আচ্ছা ছেলে বাপু!

তাহার কণ্ঠস্বরে দিবাকর এতদিনের পরে একেবারে চমকিয়া গেল। অকস্মাৎ মনে পড়িল যে, কত শত সহস্র বৎসর বহিয়া গিয়াছে, বৌদিদির এই কণ্ঠস্বর সে শুনিতে পায় নাই। সে স্বরে বিদ্বেষ-বিদ্রূপের জ্বালা নাই, তাহা যথার্থই স্নেহের বেদনায় কোমল, মানুষের কান সেখানে ভুল করে না—কি করিয়া সে যেন চিনিতে পারে। দিবাকর অভিভূতের ন্যায় চুপ করিয়া রহিল।

কিরণময়ী পুনরায় মৃদু হাসিয়া কহিল, সকালবেলা থেকে এতক্ষণ ছিলে কোথা শুনি?

দিবাকর আস্তে আস্তে বলিল, নীচে।

নীচে! এতটা বেলা পর্যন্ত নীচে বসে কেন? একবার উপরে এসে কিছু মুখে দিয়ে যাবারও বুঝি ফুরসত পাওনি?

প্রত্যুত্তরে দিবাকর শুধু অপলক-চক্ষে চাহিয়াই রহিল—মুখ দিয়া একটা কথাও বাহির হইল না।

কিরণময়ী পুনরায় জিজ্ঞাসা করিল, কি করছিলে নীচে?

তাহার মুখের উপর জ্যেষ্ঠা ভগিনীর সেই নির্মল স্নেহ-হাস্য, কণ্ঠে ভালবাসার তেমনি অনুরাগ, যাহা কলিকাতায় প্রথম আসিয়া ইঁহারই কাছে লাভ করিয়া দিবাকর কৃতার্থ হইয়া গিয়াছিল। আনন্দে তাহার চোখে জল আসিবার উপক্রম হইল, সে কোনমতে তাহা নিবারণ করিয়া বলিয়া ফেলিল, বৌদি, নীচে একজন বাঙালী পরিবার নিয়ে আরাকানে যাচ্ছে,—তাঁদের সেখানে বাড়ি পর্যন্ত আছে—

কিরণময়ী উৎসুক হইয়া বলিল, বল কি ঠাকুরপো?

দিবাকর কহিল, সত্যি, বৌদি, বেশ লোক তাঁরা—

কিরণময়ী কথার মাঝখানেই বলিয়া উঠিল, তা হলে আমরা ত তাঁদের বাড়ি গিয়েই

উঠতে পারি। তাঁর পরিবারের সঙ্গে আমার ভাব করে দিতে পার না?

দিবাকর খুশী হইয়া বলিল, কেন পারব না? বাড়িউলীটি বলছিলেন, তোমার সঙ্গে একবার—

কিরণময়ী বিস্মিত হইয়া জিজ্ঞাসা করিল, বাড়িউলীটি আবার কে ঠাকুরপো?

দিবাকর কামিনীর সংক্ষিপ্ত পরিচয় দিয়া কহিল, হরিশবাবু ওই বলেই তাঁর স্ত্রীকে ডাকেন যে। একখানা বাড়ি আছে কিনা তাঁদের।

শুনিয়া কিরণময়ী মৌন হইয়া রহিল। কারণ, এই 'বাড়িউলী' শব্দটি সে ইতিপূর্বে কলিকাতার দাসীদের মুখে যে-সকল গৃহকর্ত্রীর উদ্দেশ্যে ব্যবহৃত হইতে শুনিয়াছে, তাঁহারা কেহই ভদ্রগৃহিণী নহেন। তাই দিবাকর যখন তাঁহাকে সঙ্গে করিয়া এখানে আনিবার জন্য উদ্যত হইল, তখন কিরণময়ী একটু হাসিয়া স্নিগ্ধকণ্ঠে কহিল, তিনি ভালো লোক ত ঠাকুরপো?

দিবাকর তৎক্ষণাৎ ঘাড় নাড়িয়া আবেগের সহিত বলিয়া উঠিল, চমৎকার মানুষ তাঁরা বৌদি! একবার আলাপ হলে—

কিরণময়ী বলিল, না হয় আজ থাক ঠাকুরপো। আর একদিন—

দিবাকর মাথা নাড়িয়া বলিয়া উঠিল, না বৌদি, তোমার পায়ে পড়ি, তিনি এখুনি আসতে চাচ্চেন। তাঁদের বাড়িতে গিয়ে যখন উঠতেই হবে, তখন,...যাবো বৌদি ডেকে আনতে? বলিয়া দিবাকর প্রায় অধীর হইয়া উঠিয়া দাঁড়াইল এবং সঙ্গে সঙ্গেই তাহার চোখ, মুখ কণ্ঠস্বরের ভিতর দিয়া ছোটভায়ের স্নেহের আবদার তাহার ভুলটাকে যেন তপ্ত শূলের মত করিয়া কিরণময়ীর হৃদয়ে বিঁধিল। অকস্মাৎ প্রবল বাষ্পোচ্ছ্বাস তাহার কণ্ঠ পর্যন্ত ফেনাইয়া উঠিল এবং উদ্গত অশ্রু গোপন করিতে কিরণময়ী মুখ ফিরাইয়া কোনমতে বলিল, আচ্ছা, তবে যাও—

কথাটা সত্য যে, একটা অজানা-স্থানে যাইবার পথে বন্ধুলাভ কম ভাগ্য নয়। অবশেষে এই মনে করিয়াই বোধ করি সে দিবাকরের ব্যগ্র অনুরোধ স্বীকার করিয়াছিল ; কিন্তু সে যখন সত্যই তাহাকে ডাকিয়া আনিতে দ্রুতপদে বাহির হইয়া গেল, তখন নিজের অবস্থা স্মরণ করিয়া কিরণময়ী মনের মধ্যে ভারী একটা লজ্জা বোধ করিতে লাগিল। যে আসিয়া উপস্থিত হইবে, সে বাঙালীর মেয়ে, তাহার বয়স হইয়াছে—কি জানি তাহার চক্ষুকে ফাঁকি দেওয়া সম্ভব হইবে কিনা! দিবাকরের সহিত তুলনায় তাহার নিজের বয়সটাই শুধু স্বামী-স্ত্রী হিসাবে বাঙালীসমাজে এমনি দৃষ্টিকটু যে কেবল এই কথাটা মনে করিয়াই কিরণময়ীর হৃদয় কুণ্ঠায় সঙ্কুচিত হইয়া উঠিল।

অনতিকাল পরেই দিবাকরের পিছনে বাড়িউলী আসিয়া হাজির হইল। তাহার প্রতি দৃষ্টিপাত মাত্রই কিরণময়ী টের পাইল এ ভদ্রঘরের স্ত্রীলোক নহে। যাহারা কলিকাতায় দাসীবৃত্তি করিয়া বেড়ায়, তাহাদেরই একজন। তাহার বুকের উপর হইতে একটা বোঝা নামিয়া গেল, হাসিমুখে কহিল, এসো, বসো।

রূপ দেখিয়া বাড়িউলী ক্ষণকাল অভিভূত হইয়া দাঁড়াইয়া রহিল, পরে গলায় আঁচল দিয়া গড় হইয়া প্রণাম করিয়া দ্বারপ্রান্তে বসিয়া পড়িয়া কহিল, বাবুর মুখে শুনে বাড়িআলা বলল, যা বাড়িউলী, বামুন-মাকে একটা নমস্কার করে আয়। তা মগের দেশে যাচ্চো বটে বৌমা, কিন্তু এই কামিনী বাড়িউলীর বাড়িতে টুঁ শব্দ করে যায় এমন ব্যাটা-বেটি কেউ নেই।

খেংরে বিষ ঝেড়ে দেব না? বলিয়া খ্যাংরার অভাবে বাড়িউলী শুধু হাতটাই একবার উঁচু করিয়া নাড়িয়া দিল।

কিরণময়ী খুশী হইয়া বলিল, বাঁচলুম বাছা, নতুন জায়গায় যেতে কতই না ভয় হচ্ছিল, কতই না দুজনে ভাবছিলুম।

বাড়িউলী কহিল, ভয় কি মা? আমি আরাকানের একটা ডাকসাইটে বাড়িউলী। নাম করলে যমে পথ ছেড়ে দেয়। তা চল বাছা, আমার ওখানে কোন কষ্ট হবে না। ভাড়া পাঁচ টাকা করেই বাঁধা, তা তোমরা চার টাকা করেই দিয়ো ; তার পরে বাবুর একটু কাজকর্ম হলে সে তখন বোঝা যাবে। আর সেজন্যে চিন্তা করো না বৌমা, আমার বাড়িআলা গিয়ে যে সাহেবকে ধরবে, সে নাকি আবার না বলবে? তোমার বাপ-মায়ের আশীর্বাদে তেমন খাতির আমরা রাখিনে, বলিয়া কামিনী ওষ্ঠাধর প্রসারিত করিয়া ঘাড়টা বার-দুই দক্ষিণে ও বামে হেলাইয়া দিল।

কিরণময়ী একটা নিশ্বাস ছাড়িয়া বলিল, ভগবান তোমাদের ভাল করবেন বাছা।

তাহার মুখের প্রতি বাড়িউলী হঠাৎ একটা তীক্ষ্ণ দৃষ্টিপাত করিয়া বলিয়া উঠিল, এ কি কাণ্ড বৌমা! এমনি মাথা ঘষেচ যে একফোঁটা সিঁদুরের দাগ পর্যন্ত সিঁথিতে নেই! কৌটাটা একবার দাও, পরিয়ে দিয়ে যাই।

কিরণময়ী ইহার জন্য পূর্বাহ্নেই প্রস্তুত হইয়াছিল। বাঁ হাতটা দেখাইয়া কহিল, না বাছা, মাথা ঘষার জন্যে নয়। নোয়া-সিঁদুর আমার এক বছর থেকে মা-কালীর পায়ে বাঁধা আছে। ও বছর বাবুর প্রাণের আশা আর ছিল না,—সিদুঁর নোয়া বাঁধা রেখেই ও-দুটো কোনমতে বজায় রাখতে পেরেছি মা, বলিয়া সে একটুখানি দীর্ঘশ্বাস মোচন করিয়া আড়চোখে দিবাকরের পানে চাহিয়া দেখিল, তাহার মুখখানা লজ্জায় কুণ্ঠায় একেবারে বিবর্ণ হইয়া গিয়াছে।

তাই ত বলি মা! বলিয়া বাড়িউলীও সহানুভূতি প্রকাশ করিয়া কহিল, তা আমাদের আরাকানে কালীবাড়ী আছে। পৌঁছেই একটা পূজো-আচ্চা যা হোক দিয়ে নোয়া-সিঁদুর ছাড়িয়ে নিয়ো বৌমা, নইলে পাঁচজনে পাঁচরকম ভাবতেও বা পারে। এমন হারামজাদা জায়গা আরাকানের মত আর ত্রিসংসারে আছে নাকি। শুধু আমাদের ভয়েই যা একটু শাসন আছে, নইলে—

কিরণময়ী সহাস্যে কহিল, সেই কথাই ত বাবুর সঙ্গে আজ দুদিন ধরে কেবলই হচ্ছে। কত সুখ্যাতিই যে উনি তোমাদের করছিলেন, সে আর তোমার মুখের সামনে কি বলব! জাহাজে উঠে পর্যন্তই দুজনে ভয়ে সারা হয়ে যাচ্ছি, বাছা, কি হবে! তা ভগবান—

কথাটা শেষ হইতেও পাইল না,—ভয় কি মা! বলিয়া অভয় দিয়া বাড়িউলী আত্ম-শ্লাঘায় পঞ্চমুখ হইয়া উঠিল এবং দেখিতে দেখিতে উভয়ের ঘর-কন্না সুখ-দুঃখের গল্প এমনি জমিয়া উঠিল যে, কে বলিবে দশ মিনিট পূর্বে দুজনের লেশমাত্র পরিচয়ও ছিল না।

অদূরে চৌকিটার উপর দিবাকর সেই যে আসিয়াই বসিয়া পড়িয়াছিল, আর উঠে নাই। কিরণময়ী কত মিথ্যা যে কিরূপ অসঙ্কোচে ও অবলীলাক্রমে বলিয়া যাইতে পারে, শুনিতে শুনিতে সে যেন একপ্রকার হতচেতনের মত স্তব্ধ হইয়া গিয়াছিল, এতক্ষণের পর হঠাৎ সম্বিৎ ফিরিয়া পাইয়া সে উঠিয়া বাহিরে যাইবার উপক্রম করিতেই কিরণময়ী বলিয়া উঠিল, সারাদিন খাওনি, আবার বাহিরে যাচ্চ যে?

প্রত্যুত্তরে দিবাকর যাহা কহিল তাহা শোনা গেল না, কিন্তু বুঝা গেল। কিরণময়ী ব্যস্ত হইয়া বলিল, না না, তা হবে না। তুমি একবার বাইরে গেলে আর শিগগির আসবে না, আমি বেশ জানি। বাড়িউলীর মুখের পানে চাহিয়া হাসিমুখে কহিল, শ্বশুর-শাশুড়ী নেই, বিয়ে হয়ে পর্যন্ত চিরকালটা এই আমার জ্বালা! খাওয়ার জন্যে যেন মারামারি করতে হয় বাছা। আবার একটুখানি হাসিয়া বলিল, আমি যাই, তাই জোর-জবরদস্তি করে খাওয়াতে পারি বাড়িউলী, আর কোন মেয়ে হলে তার শুধু চোখের জল আর উপোস সার হতো।

নিদারুণ লজ্জায় দিবাকরের মাথাটা একেবারে ঝুঁকিয়া পড়িল।

বাড়িউলী হাসিয়া বলিল, হাঁ বাবু, এমন করে বুঝি দুটিতে বিদেশে গিয়ে ঘরকন্না করবে। কিন্তু আমার বাড়িতে সে হবে না বাবু, বৌমাকে জ্বালাতন করতে আমি কিছুতেই দেব না, তা বলে দিচ্ছি। কিরণময়ীর মুখের প্রতি চাহিয়াই হঠাৎ প্রশ্ন করিয়া বলিল, হাঁ বৌমা, বাবু বুঝি তোমার চেয়ে বেশী বড় নয়, যেন সমবয়সী বলে মনে হয়,—না?

কিরণময়ী তৎক্ষণাৎ ঘাড় নাড়িয়া হাসিয়া কহিল, কুলীনের ঘর বাছা ; আমিই যে বড় হয়ে যাইনি, এই আমার ভাগ্যি! তা প্রায় সমবয়সী বৈ কি! ওঁর জন্ম বোশেখ মাসে, আমার জন্ম আষাঢ়ে—এই মোটে দুটি মাসের বড় বৈ ত নয়। অনেকে যে আমাকেই বয়সে বড় বলে ঠাওরায়! মা গো! কি লজ্জা! বলিয়া কিরণময়ী টিপিয়া টিপিয়া হাসিতে লাগিল।

বাড়িউলী এ হাসিতে যোগ দিল না। বরঞ্চ গম্ভীরমুখে কহিল, কুলীনের ঘরে আর লজ্জা কি মা। দশ বছরের বরের সঙ্গে পঞ্চাশ বছরের বুড়ীর বিয়েও যে হয়ে যায় শুনি। তা হোক মা, সে জন্যে নয়, তবে গিয়ে পূজোটা দিয়ে নোয়া-সিঁদুর পরো, নইলে এ'স্ত্রী মানুষকে যেন মানায় না। এখন তবে উঠি, তোমরা খাওয়া-দাওয়া কর, আবার না হয় সন্ধ্যের পরে আসব, বলিয়া বাড়িউলী কিরণময়ীর পায়ের ধূলা মাথায় লইয়া গাত্রোত্থান করিল।

সাঁইত্রিশ

সতীশের অরণ্যবাসের ব্যবস্থাটা যদিচ আজও তেমনি আছে বটে, কিন্তু তাহার সেই বৈরাগ্যসাধনের ধারাটা ইতিমধ্যে যে কতখানি বিপথে সরিয়া গিয়াছে, তাহা যে-কেহ তাহাকে মাস-দুই পূর্বে দেখিয়াছে তাহারই চোখে পড়িবে।

যে লোক স্বেচ্ছায় নির্বাসন-দণ্ড গ্রহণ করিয়া এই নির্জন নির্বান্ধব পুরীতে একাকী বাস করিতে আসিয়াছে, তাহার এই আকস্মিক বেশভূষার প্রতি অনুরাগের হেতুটাই বা কি এবং কেনই বা পাখির গানের পরিবর্তে তাহার নিজের গানের খাতাটা আবার তোরঙ্গের ভিতর হইতে বাহিরে আসিয়া পড়িল, বেহালা, সেতার, বাঁশী প্রভৃতি বাদ্যযন্ত্রগুলাই বা কেন তাহাদের অনাদৃত বাসস্থান পরিত্যাগ করিয়া সাবেক দিনের মত টেবিলের উপরে আসিয়া জুটিল, তাহার মুখচোখের সেই মলিন ছায়াটাই বা কি করিয়া সহসা তিরোহিত হইয়া গেল—এ-সব ভাবিবার কথা বটে!

বস্তুতঃ, মাস দুই-তিন পূর্বের সতীশকে এখন হঠাৎ যেন চেনাই ভার!

কিন্তু এই এতবড় অদ্ভুত পরিবর্তনের আসল কারণটা হয়ত এখানে খুলিয়া না বলিলেও চলিত, কিন্তু পাছে সাঁওতাল-পরগনার অসাধারণ জলহাওয়ার গুণ মনে করিয়া কতকগুলা

নির্বোধের দল ছুটিয়া আসিয়া পড়ে, এই শুধু ভয়!

সুতরাং এটুকু আভাসে বলা প্রয়োজন যে, কোন পক্ষ হইতেই যদিচ বিবাহের প্রস্তাবটাকে এখনও স্পষ্ট করিয়া উত্থাপিত করা হয় নাই, কিন্তু আত্মীয়-স্বজনের কাছে সতীশ-সরোজিনীর মনের কথাটা সুস্পষ্ট হইয়া উঠিতে বাকী ছিল না।

সরোজিনীর জননী জগৎতারিণীর আগ্রহটাই যে এ-বিষয়ে সবচেয়ে বেশী তাহা বছর-খানেক পূর্বে কলিকাতাতেই জানা গিয়াছিল। কিন্তু আগ্রহ এবং ব্যাকুলতা সর্বাপেক্ষা অধিক বলিয়াই বোধ করি সমস্ত লোকের মধ্যে শুদ্ধমাত্র তাঁরই মনের মধ্যে একটা সংশয়ের ছায়া ছিল, কি জানি তাঁর শিক্ষিতাভিমানিনী কন্যা চিরদিনের সমাজ ও সংস্কার কাটাইয়া সতীশকে গ্রহণ করিতে রাজী হইবে কি না। সম্প্রতি তিনি বাপের বাড়ি শান্তিপুরে গিয়াছিলেন, ফিরিয়া আসিয়াই কথাটা তিনিই পাকা করিয়া লইবেন এমনই একটা ইঙ্গিত যাইবার সময় জগৎতারিণী প্রকাশ করিয়া গিয়াছেন।

সকালে সতীশ বেহালায় নূতন তার চড়াইতেছিল, বেহারীর সঙ্গে একজন ভদ্রলোক আসিয়া উপস্থিত হইলেন। ইনি জ্যোতিষবাবুর বাড়ির সরকার। জগৎতারিণীর সঙ্গে শান্তিপুরে গিয়াছিলেন, আবার তাঁর সঙ্গেই ফিরিয়া আসিয়াছেন।

সরকার নমস্কার করিয়া জানাইল, মা আপনাকে আজ আহারের নিমন্ত্রণ করে পাঠিয়েছেন।

খবর শুনিয়া সতীশের বুকের রক্ত চমক খাইয়া গেল, কহিল, তিনি কবে ফিরে এলেন?

সরকার কহিল, আজ তিনদিন হলো।

প্রায় ছয়-সাতদিন হইল সতীশ ওদিকে যায় নাই। তাহাদের সম্বন্ধটা অত্যন্ত স্পষ্ট হইবার পর হইতে জ্যোতিষবাবুর বাড়িতে যখন-তখন বেড়াইতে যাইতে তাহার লজ্জা করিত। কহিল, আচ্ছা, মাকে জানাবেন আমি দশটা-এগারটার মধ্যেই গিয়ে হাজির হব।

যে আজ্ঞা, বলিয়া লোকটা নমস্কার করিয়া চলিয়া গেল।

সতীশকে নিমন্ত্রণ করিতে পাঠাইয়া দিয়াও জগৎতারিণী আহারের কোনরূপ উদ্যোগ না করিয়াই নিশ্চিন্ত ছিলেন, কারণ তাঁহার ধারণা ছিল, সতীশ সন্ধ্যার পূর্বে আসিবে না। এখন সরকারের মুখে খবর শুনিয়া তিনি ব্যস্ত এবং ক্রুদ্ধ হইয়া উঠিলেন।

আজ ছিল একাদশী। তাঁহার নিজের জন্য কোনরূপ আয়োজনের আবশ্যক ছিল না, এবং যে বিধবা ব্রাহ্মণকন্যার দ্বারা তাঁহার রাঁধাবাড়ার কাজ চলিত, তিনিও দিন-দুই হইতেই শান্তিপুরের কল্যাণে ম্যালেরিয়া জ্বরে শয্যাগত ছিলেন।

অত্যন্ত বিরক্ত হইয়া সরকারকে কহিলেন, তুমি এবেলা খাবার কথা বলে আসতে গেলে কেন? তোমার কি কোন বুদ্ধিই নেই?

সরকার ভয়ে ভয়ে কহিল, আমি বলিনি, তিনি নিজেই এবেলার কথা বলেছিলেন।

জগৎতারিণী তখন রাগ করিয়া হুকুম করিলেন, তবে তুমিই যাও বাপু, ভাল মাছ-টাছ কোথায় পাওয়া যায়, শিগগির নিয়ে এসো।

আজ সকাল হইতেই যেজন্য তাঁহার মন বিগড়াইয়া গিয়াছিল, তাহার হেতু ছিল। সতীশকে নিমন্ত্রণ করিতে পাঠাইবার পরে তিনি খবর পাইয়াছেন কাল রাত্রে সহসা শশাঙ্কমোহন পুনরায় আসিয়া হাজির হইয়াছেন। এই লোকটাকে উৎকট সাহেবীয়ানার

জন্য তিনি কোনদিন দেখিতে পারিতেন না, এবং বিশেষ করিয়া যখন হইতে শুনিয়াছিলেন সে সরোজিনীর পাণিপ্রার্থী, তখন হইতে লোকটি তাঁহার দু'চক্ষের বিষ হইয়া গিয়াছিল। দিন-কুড়ি পূর্বে যখন সে কি উপলক্ষ্য সৃষ্টি করিয়া কলিকাতা হইতে এখানে আসিয়াছিল তখন জগৎতারিণী তাহাকে একপ্রকার স্পষ্ট করিয়া বলিয়াছিলেন যে তাঁহার কন্যার সহিত বিবাহ অসম্ভব। তবুও বেহায়া লোকটা বলা নাই, কহা নাই, আবার আসিয়া উপস্থিত হইয়াছে শুনিয়াই তাঁহার চিত্ত সংশয়ে কণ্টকিত হইয়া উঠিয়াছিল। তা ছাড়া, এ সংবাদ একটুখানি পূর্বাহ্নে জানিতে পারিলে আজ সতীশকে হয়ত তিনি নিমন্ত্রণ করিতেই পাঠাইতেন না। কেন এ খবর যথাসময়ে তাঁহাকে জানান হয় নাই বলিয়া তিনি জ্যোতিষ হইতে বাড়ির বেহারাটা পর্যন্ত সকলের উপরেই চটিয়া গিয়াছিলেন। সরোজিনী বাইরে বসিবার ঘর হইতে বাহির হইয়া কোনমতে মায়ের চোখ এড়াইয়া উপরে যাইতেছিল—শশাঙ্কমোহনের আগমন সেও জানিত না। কিন্তু জগৎতারিণী ফিরিয়া দাঁড়াইয়া তাহার আপাদমস্তক ক্ষণকাল নিঃশব্দে নিরীক্ষণ করিয়া গূঢ় ক্রোধের স্বরে বলিলেন, বেড়ানো হলো ত? এখন জুতা-মোজাটা একদণ্ড ছাড় বাছা! সতীশ আজ এখানে খাবে, আমি নিজে না রাঁধলে ত তোমাদের এই খ্রীষ্টানের বাড়িতে সে জলস্পর্শ করবে না। যাও, ঘাগ্‌রা-টাগ্‌রা ছেড়ে আমার রান্নাঘরে এসো গে। বুড়ো মায়ের একটুখানি সাহায্য করলে তোমাদের যীশুখৃষ্ট রাগ করবেন না বাছা, যাও।

মা রাগিলে যে কিরূপ অগ্নিমূর্তি হইতেন এবং সত্য-মিথ্যা নির্বিচারে লঙ্ঘন করিয়া যা মুখে আসে বলিতেন, তাহা কাহারও অবিদিত ছিল না। সরোজিনী কুণ্ঠিত হইয়া কহিল, আমি এখুনি আসচি মা।

কিন্তু মায়ের রাগ তাহাতে কিছুমাত্র শান্ত হইল না ; বলিলেন, এসেই বা আমার কি মাথা কিনবে মা? সতের-আঠার বছরের মেয়ে হলে, আজও এক মুঠা চাল সিদ্ধ করতে শিখলে না। আমরাও গরীবের ঘরের মেয়ে ছিলুম না মা, কিন্তু ও-বয়সে সংসার চালিয়ে এসেচি। বামুনমেয়ে আজ যদি চলে যায়, আমাকে তা হলে খাবার অভাবে শুকিয়ে মরতে হবে। যে ঘর-সংসারে ধর্ম-কর্ম নেই, সে ঘরে ছেলেমেয়ে পেটে ধরাই বৃথা! এই কঠোর মন্তব্য অত্যন্ত কঠিন করিয়া ব্যক্ত করিয়া জগৎতারিণী মুখ হাঁড়িপানা করিয়া নিজেই রান্নাঘরে গিয়া প্রবেশ করিলেন। কিন্তু কেন যে তাঁহার নিজের ছেলে-মেয়ে এবং নিজের সংসারের আচার-ব্যবহারের উপর এই মর্মান্তিক আক্রোশ, তাহা তাঁহার পূর্ব-ইতিহাস হইতে অনেকটা বুঝা যাইবে।

জগৎতারিণীর পরলোকগত স্বামী পরেশনাথ ওকালতি করিয়া অগাধ অর্থ উপার্জন করিয়াও যখন অনেক বয়সে অধিকতর উপার্জনের আশায় ব্যারিস্টার হইতে কৃতসংকল্প হইলেন, তখন স্ত্রী কান্নাকাটি করিয়া, মাথা খুঁড়িয়া অশেষ প্রকারে বাধা দিবার চেষ্টা করিয়াও কৃতকার্য হইতে পারিলেন না। পরেশনাথ কোন কথা শুনিলেন না, জগৎতারিণীকে এবং বারো বৎসরের পুত্র জ্যোতিষ ও ছয় বৎসরের কন্যা সরোজিনীকে দেশের মাটিতে রাখিয়া বিলাত চলিয়া গেলেন। প্রথম কয়েকদিন জগৎতারিণী একেবারেই হাল ছাড়িয়া দিলেন, কিন্তু পরে প্রকৃতিস্থ হইয়া নায়েব-গোমস্তার সাহায্যে বিষয়কর্ম দেখিতে লাগিলেন। কিন্তু স্বামীর উপর চিত্ত তাঁহার চিরদিনের মত ভাঙ্গিয়া গেল। কিছুদিনের পর পরেশনাথ ব্যারিস্টার হইয়া ফিরিয়া আসিয়া আশাতিরিক্ত অর্থোপার্জন করিতে লাগিলেন, কলিকাতায়

নূতন অট্টালিকা প্রস্তুত করাইয়া নূতন ধরনে বাড়িঘর সাজাইতে শুরু করিলেন, বয়-বাবুর্চি নিযুক্ত করিলেন, কিন্তু জগৎতারিণী নীরবে পৃথক হইয়া রহিলেন—স্বামীর গৃহকর্মে লেশমাত্র যোগদান করিলেন না। এমনি করিয়া দিন দিন স্বামী-স্ত্রীর বিচ্ছেদ নিদারুণ হইয়া উঠিতে লাগিল। বাক্যালাপ ত বন্ধই ছিল, সংবাদ লওয়াও প্রায় বন্ধ হইয়া আসিল।

একদিন জ্যোতিষ আসিয়া কহিল মা, বাবা আমাকে বিলেতে পাঠাতে চাচ্চেন।

এ আশঙ্কা জননীর ছিলই, তিনি অত্যন্ত কঠিন হইয়া জিজ্ঞাসা করিলেন, কবে?

জোতিষ কহিল, বোধ করি মাস-দুয়ের মধ্যেই।

আচ্ছা, বলিয়া মা মুখ অন্ধকার করিয়া অন্যত্র চলিয়া গেলেন। বিলাত-যাত্রার দিন তিনি দ্বার বন্ধ করিয়া রহিলেন, জ্যোতিষ রুদ্ধ-দ্বারের সম্মুখ হইতেই প্রণাম করিয়া বিদায় লইয়া গেল। পরেশনাথ সরোজিনীকে সঙ্গে করিয়া বোম্বাই পর্যন্ত পৌঁছাইয়া দিতে গেলেন, ফিরিয়া আসিয়া শুনিলেন, জগৎতারিণী শান্তিপুরে পিত্রালয়ে চলিয়া গেছেন। কারণ অনুসন্ধান করিয়া অবগত হইলেন, ইতিমধ্যে তাঁহার খুড়শ্বশুর গোবিন্দবাবু সাক্ষাৎ করিতে আসিয়াছিলেন, কিন্তু এ বাটীতে আহারাদি করেন নাই। সুতরাং স্ত্রীর গৃহত্যাগের কারণ বুঝিতে তাঁহার বিলম্ব হইল না।

ফিরাইয়া আনিতে লোক পাঠাইলেন, কিন্তু জগৎতারিণী আসিলেন না। পরেশনাথ সরোজিনীকে বোর্ডিঙে ভরতি করিয়া দিলেন এবং প্র্যাক্‌টিস প্রায় ছাড়িয়া শূন্য বাটীতে অদ্ভুত কীর্তি আরম্ভ করিয়া দিলেন। জগৎতারিণী পিত্রালয়ে থাকিয়া স্বামীর অধঃপতনের সমস্ত বিবরণ শুনিতে পাইলেন, কিন্তু বাধা দিবার লেশমাত্র চেষ্টা করিলেন না। যে স্বামী তাঁহাকে আত্মীয়-সমাজের বাহিরে টানিয়া ফেলিয়া দিয়া গেলেন, তাঁহার উপর জগৎতারিণীর অভিমানের অবধি রহিল না।

এমনি করিয়া দীর্ঘ পাঁচ বৎসর হইয়া গেল। জ্যোতিষ ফিরিয়া আসিয়া মাকে আনিতে গেল। কিন্তু মা অটল হইয়া রহিলেন, গৃহে ফিরিলেন না। কাঁদিয়া কহিলেন, সব ত শুনেচিস জ্যোতিষ, এখন যাতে তোরা সুখে থাকিস, তাই কর গে বাবা, কিন্তু আমাকে সে নরকের মাঝে আর টানিস নে—ও আমি সইতে পারব না।

জ্যোতিষ কহিল, আমরা আলাদা বাসা করে থাকব মা, তোমাকে সে বাড়ির ছায়াও মাড়াতে হবে না। আমি যা উপার্জন করব, তাতেই আমাদের কোনমতে দুঃখেকষ্টে চলে যাবে, তুমি এসো।

অনেক কষ্টে জগৎতারিণী সম্মত হইলেন এবং পুত্রকে কলিকাতায় আলাদা বাসা ঠিক করিতে বলিয়া দিয়া যাত্রার উদ্যোগ করিতে লাগিলেন। জ্যোতিষ এক সপ্তাহের মধ্যেই ফিরিয়া আসিয়া লইয়া যাইবে বলিয়া মায়ের কাছে বিদায় লইয়া চলিয়া গেল। কিন্তু অত বিলম্বের আবশ্যক হইল না। পাঁচদিন পরেই সে ফিরিয়া আসিল, কিন্তু তাহার খালি পা, খালি গায়ে একখানা শাল জড়ানো দেখিয়াই জগৎতারিণী চীৎকার করিয়া কাঁদিয়া উঠিলেন। জ্যোতিষ যেদিন কলিকাতায় ফিরিয়া গিয়াছিল, তাহার তৃতীয় রাত্রেই অকস্মাৎ হৃদরোগে পরেশনাথের মৃত্যু হইয়াছিল।

নিদারুণ অভিমানে একদিন জগৎতারিণী বাড়ি ছাড়িয়া চলিয়া গিয়াছিলেন, সুদীর্ঘ পাঁচ বৎসর পরে আবার একদিন কাঁদিতে কাঁদিতে সে বাড়িতেই ফিরিয়া আসিলেন, কিন্তু স্বামীর সঙ্গে ইহলোকে আর দেখা হইল না।

মেয়েকে স্কুল ছাড়াইয়া বাড়ি আনিলেন এবং তাহার আগাগোড়া পুনঃ পুনঃ নিরীক্ষণ করিয়া ভয়ে বিস্ময়ে স্তব্ধ হইয়া রহিলেন। জ্যোতিষকে আড়ালে ডাকিয়া আনিয়া কহিলেন, বোনের বিয়ে দিবি কবে বল দেখি?

জ্যোতিষ মায়ের মনের ভাব বুঝিয়া হাসিয়া কহিল, ওর চেয়েও অনেক বড় বয়সের মেয়েদের বিয়ে হচ্চে মা, তুমি নির্ভাবনায় থাকো। জগৎতারিণী বিস্ময়ে চোখ তুলিয়া বলিলেন, নির্ভাবনায় থাকব কি রে! তোর বাপ যা করে গেছেন সে ত ফিরবে না জানি, কিন্তু আমি বেঁচে থাকতে ত বামুনের মেয়েকে মোসলমান খ্রীষ্টানদের হাতে দিতে পারব না, তাতে মেয়ের বিয়ে হোক আর নাই হোক। তোর জন্যে ভাবিনে, একটা প্রায়শ্চিত্ত করলেই হতে পারবে—সে বিধান আমি কাকার কাছ থেকে জেনেই এসেচি, কিন্তু হাজার প্রায়শ্চিত্ত করেও ত মেয়ের বয়স কমাতে পারা যাবে না। তার উপায় হবে কি?

জ্যোতিষ কহিল, তোমাকে বয়স কমাতে হবে না মা, কিন্তু দু'দিন সবুর করতে হবে। আমি ভাল বামুনের ছেলে এনে দেব, তোমাকে মোসলমান খ্রীষ্টানের ঘরে খুঁজে বেড়াতে হবে না।

জগৎতারিণী রাগিয়া বলিলেন, তুই আরও সবুর করতে বলিস জ্যোতিষ?

জ্যোতিষ জবাব দিল, দোষ ত আমার নয় মা, যে সবুর করতে বলায় অপরাধ হবে। দোষ তোমার এবং বাবার। আমি ত ছিলুম বিদেশে।

এ কথা যে সত্য, তাহা জগৎতারিণী মনে মনে বুঝিলেন, কিন্তু সৎ-ব্রাহ্মণসন্তান কোথায় কেমন করিয়া জুটিবে তাহাও ভাবিয়া পাইলেন না। বলিলেন, যা ভাল বুঝিস কর বাছা, কিন্তু আমি কিছুর মধ্যেই নেই তা আগে থেকে বলে দিয়ে যাচ্চি, বলিয়া ভারাক্রান্ত হৃদয়ে কাজে চলিয়া গেলেন।

প্রায়শ্চিত্ত করিয়া জ্যোতিষ পিতার শ্রাদ্ধ করিল।

ইহার অনতিকাল পরেই পাত্র জুটিল একজন বিলাত-ফেরত বাঙালী সাহেব। ব্যারিস্টারী পাস করিয়া তিনি বছর-দুই পূর্বে দেশে ফিরিয়াছিলেন।

শশাঙ্কমোহনের রঙ্‌টা নেটিভ, মেজাজটা ব্রিটিশ—তিনি বাংলা বলিতেন অশুদ্ধ, ইংরাজী বলিতেন ভুল। অল্পদিনেই তাঁহার অনিয়মিত আসা-যাওয়াটা নিয়মিত এবং সরোজিনীর প্রতি মনের ভাবটা অস্পষ্ট হইতে সুস্পষ্টতর হইয়া উঠিল।

জগৎতারিণী পর্দার আড়াল হইতে ভাবী জামাতাকে অবলোকন করিয়া ক্রোধে জ্বলিয়া উঠিলেন ; এবং সেই আক্রোশ মিটাইলেন মেয়ের উপর। তাহাকে নিভৃতে ডাকিয়া ভর্ৎসনা করিয়া কহিলেন, তুই বেহায়ার মত যার-তার সামনে বার হস কেন বল ত?

সরোজিনী লজ্জায় সঙ্কুচিত হইয়া চুপ করিয়া দাঁড়াইয়া রহিল। ক্রুদ্ধা জননী আর কিছু না বলিয়া দ্রুতপদে অন্যত্র চলিয়া গেলেন। অতঃপর শশাঙ্কমোহন অনেকবার আসিলেন গেলেন, কিন্তু যাহার জন্য যাতায়াত তাহার দেখা পাইলেন না। মায়ের অনুশাসন স্মরণ করিয়া সরোজিনী অত্যন্ত সতর্ক হইয়া অন্তরালে রহিল। জ্যোতিষ লক্ষ্য করিয়া একদিন ভগিনীকে কহিলেন, সরো, আজকাল তুই অমন পালিয়ে থাকিস কেন রে?

সরোজিনী মুখ নীচু করিয়া অস্ফুটকণ্ঠে কহিল, মা—আর কিছুই বলিতে হইল না, জ্যোতিষ নীরবে চলিয়া গেলেন। এ বাড়িতে ঐ একটা অক্ষরই যথেষ্ট।

প্রায় মাস-দুই পরে একদিন সকালে সেই পাত্রটির তরফ হইতেই প্রস্তাব লইয়া জ্যোতিষ মায়ের কাছে উপস্থিত হইয়া রীতিমত বকুনি খাইল।

ছেলেকে চুপ করিয়া থাকিতে দেখিয়া মা কিঞ্চিৎ কোমল হইয়া বলিলেন, আচ্ছা, তোরাও ত বিলেতে ছিলি বাছা, কিন্তু ওই রকমটি হয়েছিস কি?

জ্যোতিষ ধীরে ধীরে বলিল, সবাই একই রকম হয় না মা, কেউ কেউ একটু আধটু বদলেও যায়। কিন্তু তাই বলে এমন ছেলে কি হাতছাড়া করা ভাল? শশাঙ্ক ব্যারিস্টার হয়ে এসেচে, এর মধ্যেই একটু পসারও করেচে, আমার ত মনে হয় না মা, বিয়ে হলে সরোজিনী মন্দ হাতে পড়বে। চাল-চলনে যা একটু তফাত ঘটেচে, সেটুকু যদি মাপ করে নিতে পার মা, ভবিষ্যতে বোধ করি ভালই হবে।

মা বলিলেন, আমি বলচি জ্যোতিষ, এ কোনদিন ভাল হবে না। তা ছাড়া বিদেশে গিয়েই যে বিদেশী হয়ে যায়, তাকে ত আমি কোনমতেই বিশ্বাস করতে পারব না। আর এই বা কেমন কথা যে, হিন্দুস্থানে গেলে হিন্দুস্থানী হব, কাবুলে গেলে কাব্‌লি হব, কটকে গিয়ে উড়ে হয়ে যাব—না না জ্যোতিষ, তুই ওকে বিদায় কর বাছা। ওটা মানুষ নয়—বাঁদর। বাঁদরের হাতে আমি মাথা খুঁড়ে মলেও মেয়ে দিতে পারব না।

কাহারও সম্বন্ধে মত প্রকাশ করিতেও যেমন জগৎতারিণীর বিলম্ব ঘটিত না, তাঁহার প্রকাশিত মতামতের মধ্যেও তেমনি সংশয়-দ্বিধার অবকাশ মাত্র থাকিত না। তা ছাড়া, যে অপরাধে তিনি স্বামী পর্যন্ত ত্যাগ করিতে পারিয়াছিলেন, সে অপরাধ যে তিনি কোন প্রলোভনেই ক্ষমা করিবেন না, তাহা নিশ্চয় বুঝিয়া জ্যোতিষ নীরবে চলিয়া গেল, কিন্তু কিছুক্ষণ পরেই ফিরিয়া আসিয়া কহিল, মা, একটা কথা কিন্তু ভেবে দেখবার আছে।

মা জিজ্ঞাসা করিলেন, কি কথা?

জ্যোতিষ কহিল, সরোজিনীকে তোমরা যে শিক্ষা দিয়ে এসেছ, তাতে তার অমতেও কাজ করা চলবে না। সেটা সবচেয়ে মন্দ কাজ হবে। শিশুকাল থেকে ওর ভার তোমরা নিলে না, দিলে বিদেশী মেমদের ওপর। এখন বড় হয়ে ওর মনের টানটা যে কোন্ দিকে ঝুঁকে থাকবে সেটা বোঝা ত শক্ত নয় মা।

জগৎতারিণী চুপ করিয়া রহিলেন।

এই কথাটা তিনি মনে মনে অস্বীকার করিতেও পারিলেন না, অথচ, প্রকাশ্যে স্বীকার করিতে পারাও অসম্ভব।

কিছুক্ষণ মৌন থাকিয়া বলিলেন, বেশ ত জ্যোতিষ, তোমরা সবাই যদি সায়েব-মেম হতে চাও, হও, কিন্তু তার আগে আমাকে কাশী পাঠিয়ে দাও। আমি এতই যদি সহ্য করতে পেরে থাকি, এও সইতে পারব।

জ্যোতিষ তাড়াতাড়ি হেঁট হইয়া মায়ের পায়ের ধূলা মাথায় লইয়া হাসিয়া কহিল, তা হলে আমাকেও কাশীতে গিয়ে থাকতে হবে। মাকে ছেড়ে যে আমার কোথাও থাকা চলবে না, সে ত দেশে ফিরেই ঠিক হয়ে গেছে মা।

জগৎতারিণী মুখ তুলিয়া চাহিলেন। তাঁহার মনের সমস্ত আগুন একমুহূর্তেই নিবিয়া জল হইয়া গেল। ক্ষণকাল গভীর স্নেহে পুত্রমুখ নিরীক্ষণ করিয়া নিশ্বাস ফেলিয়া বলিলেন, না বাছা, তুই আমাদের কাশীর বাড়িটা খালি করে দিতে চিঠি লিখে দে। আমি যে চিরকাল উপস্থিত থেকে নিজের মত নিয়ে তোদের বিব্রত করে রাখব, সেটা উচিতও নয়, দরকারও

নয়।

জ্যোতিষ হাসিয়া বলিল, তাই ভাল মা, চল, সবাই গিয়ে কাশীতে থাকা যাক। মাতা-পুত্রে উক্ত কথোপকথন কলিকাতার বাটীতে যেদিন হইয়াছিল, তাহার কিছুদিন পরেই উপেন্দ্র সতীশকে লইয়া জ্যোতিষের বাটীতে আসিয়া উপস্থিত হইয়াছিলেন। ইহার পরের ঘটনা পাঠকের অবিদিত নাই।

জগৎতারিণী সতীশকে দেখিলেন। তাহার গলায় মোটা পৈতা, সে সন্ধ্যা-আহ্নিক করে, সে মোসলমানের ছোঁয়া পাউরুটি বিস্কুট খায় না, সে শ্রীমান্, নিষ্ঠাবান্, তাহার পিতার অগাধ টাকা—জগৎতারিণী একেবারে মুগ্ধ হইয়া গেলেন। তাহার পরে ক্রমশঃ যখন আভাসে ইঙ্গিতে অনুভব করিলেন, সে বিলাতে গিয়া পাস না করিলেও, এমন কি এতগুলা কুসংস্কার থাকা সত্ত্বেও মেয়ের মনে অশ্রদ্ধার ভাব নাই, কি জানি, হয়ত বা সে মনে মনে—তখন হইতে জগৎতারিণীর চোখে সংশয়ের চেহারা আবার পরিবর্তিত এবং এতকালের পুঞ্জীভূত বেদনাও সহজ হইয়া উঠিবার পথ পাইল। সতীশের মুখের মাতৃসম্বোধনও তাঁহার ভাগ্যে ঘটিল।

কিন্তু, তার পরে বহুদিন পর্যন্ত সতীশের আর দেখা ছিল না। ইহার প্রত্যেক দিনটিই জগৎতারিণীকে বিঁধিয়া গিয়াছে, তথাপি নিজে, উদ্যোগী হইয়া এ সম্বন্ধে কোন উপায়ই খুঁজিয়া বাহির করিবার প্রয়াস করেন নাই। তাঁহার বড় একটা ভয় ছিল, পাছে চেষ্টা করিতে গেলেই একটা অত্যন্ত মন্দ সংবাদ শুনিতে হয়।

তিনি মনে মনে জানিতেন, তাঁহার নিজের কন্যার মতামতের উপরেই শুধু বিবাহের সমস্ত ফলাফল নির্ভর করে না। কারণ সতীশের বৃদ্ধ পিতা এখনও জীবিত আছেন। কি জানি তিনি কি বলিবেন। তা ছাড়া সতীশ নিজেই যে বিলাতফেরতের বাড়িতে বিবাহ করিতে ভয় পাইয়া পিছাইয়া যাইবে না, তাহারও বিশেষ কোন নিশ্চয়তা ছিল না।

এমনি করিয়া অনেকদিন অনেক দুঃখ ও দুশ্চিন্তায় কাটাইয়া সেদিন হঠাৎ যখন বৈদ্যনাথে আসিয়া দেখিতে পাইলেন সতীশ বসিয়া গল্প করিতেছে, তখন আনন্দে তাঁহার চোখে জল আসিয়া পড়িল। সতীশ কাছে আসিয়া প্রণাম করিয়া পদধূলি লইল।

সে কলিকাতা হইতে পলাইয়া আসিয়া অজ্ঞাতবাস করিতেছিল। সরোজিনীই তাহাকে আবিষ্কার করিয়াছে, ইহা জ্যোতিষ গল্প করিয়া মাকে শুনাইল। নিজের কন্যার দুর্ঘটনার বিবরণ শুনিয়া তিনি সতীশের মাথায় হাত দিয়া তাহাকে অসংখ্য আশীর্বাদ করিলেন, এবং এই উপলক্ষে ইংরাজী শিখিয়া ইংরাজের নকল করাকে অজস্র গালি পাড়িয়া বলিলেন, বাবা সতীশ তুমি যে মেয়েটাকে রক্ষা করেছ এ কথা যেন ওরা কোনদিন না ভুলে যায়। কিন্তু জঙ্গলের মধ্যে একলা থাকার দরকার কি সতীশ? তুমি এ-বাড়ির ছেলে, যতদিন আমরা এখানে আছি, ততদিন এই বাড়িতেই এসে কেন থাক না?

সতীশ হাসিয়া বলিল, বেশ আছি মা। আমার সেখানে কোন কষ্ট নেই।

জগৎতারিণী কহিলেন, কষ্টের জন্য নয় বাবা, একা থাকার অনেক বিপদ। এ বাড়িতে অনেক ঘর খালি পড়ে আছে, তুমি চলে এস। জল-হাওয়া সেখানেও যা, এখানেও ত তাই।

সরোজিনী কহিল, তা হলে ওঁর জাত যাবে মা।

জগৎতারিণী তখনও ভিতরের কথা জানিতেন না, মনে মনে অত্যন্ত বিরক্ত হইয়া বলিলেন, তুই ত খুব মেয়ে সরি! কেন, আমরা কি, যে আমাদের এখানে, লোকের জাত

যাবে? না বাবা সতীশ, তুমি ওর কথা বিশ্বেস করো না। আর তাই যদি হবে, উপীন বৌ নিয়ে আমাদের বাড়িতে অতদিন থেকে গেলেন কি করে? তাদের কৈ জাত গেল না? তুই অমন মিছে করে ওকে ভয় দেখাস নে বলে দিচ্চি।

সরোজিনী মুখ ফিরাইয়া হাসিতে লাগিল ; সতীশ কহিল, না মা, জাত যাবে কেন? আমি ত প্রায় প্রত্যহই আসি, রাত্রের খাওয়াটাও ত আমার এ বাড়িতেই হয়।

শুনিয়া জগৎতারিণী পুলকিত-চিত্তে বলিতে লাগিলেন, তাই এসো বাবা। অন্ততঃ আমি যে ক'দিন আছি, আমার কাছেই তোমাকে রোজ খেয়ে যেতে হবে। বলিয়া তিনি তৎক্ষণাৎ খাবার ব্যবস্থা করিতে অন্যত্র চলিয়া গেলে সরোজিনী কহিল, আপনি যে আমাকে গান শেখাবেন বলেছিলেন?

সতীশ কহিল, আমি ত প্রায় রোজ আসি, শিখলেই ত পারেন।

সরোজিনী বলিল, আপনি এলেই ত সমস্ত ভদ্রলোক আপনার গান শুনতে আসেন—তার মধ্যেই বুঝি শেখা যায়?

সতীশ হাসিয়া কহিল, 'নো অ্যাডমিশন' বলে ফটকে দরোয়ান বসিয়ে দিন না কেন?

সরোজিনী বলিল, তার চেয়ে মা যা বললেন তাই করুন। সেই জঙ্গলের মধ্যে আর পড়ে থাকবেন না।

কিন্তু জঙ্গলে থাকার প্রয়োজন আর যাহাকেই বলা যাক, সরোজিনীর কাছে বলা চলে না। সতীশ চুপ করিয়া রহিল।

সরোজিনী পুনরায় কহিল, আচ্ছা, দাদা যে বললেন, পাঁচ-ছদিন পরে কলকাতায় যাবেন, তখন আমাদের দেখবে কে?

সতীশ জিজ্ঞাসা করিল, ক'দিনের জন্য যাবেন?

সরোজিনী কহিল, অন্ততঃ সাত-আটদিন তাঁকে সেখানে থাকতেই হবে।

সতীশ কহিল, তা হলে সে ব্যবস্থা তিনিই করে যাবেন। আর এত ভয়ই বা কি জন্যে? আপনারা ত আমাদের হিন্দুর ঘরের মত অসূর্যস্পশ্যা নন যে, বাড়িতে পুরুষ মানুষ না থাকলেই মুশকিলে পড়ে যাবেন। আপনারাই বরঞ্চ কত পুরুষের—

সরোজিনীর মুখ পলকের জন্য আরক্ত হইয়া উঠিল, কহিল, কি আমরা করি শুনি? পুরুষের কান কেটে নিই? না, হিন্দুর ঘরের মেয়ে নই আমরা?

সতীশ অপ্রতিভ হইয়া তাড়াতাড়ি কথাটা সারিয়া লইবার জন্য মুখ তুলিয়াই দেখিতে পাইল, সম্মুখে শশাঙ্কমোহন ব্যারিস্টারকে লইয়া জ্যোতিষ ঘরে ঢুকিতেছেন। অন্যদিনের মত আজও তিনি স্টেশনে বেড়াইতে গিয়া দেখেন ব্যারিস্টার সাহেব ফার্স্টক্লাস কামরা হইতে অবতরণ করিতেছেন।

ঘরে পা দিয়াই শশাঙ্কমোহন সরোজিনীর দিকে হাত বাড়াইয়া দ্রুত অগ্রসর হইয়া করমর্দন করিয়া কুশল প্রশ্ন করিলেন এবং নিজের এইরূপ অকস্মাৎ আগমনের কৈফিয়তস্বরূপে কহিলেন, কেন যে সহসা কলিকাতা তাঁহার অসহ্য বোধ হইল, কেন যে কিছুমাত্র চিন্তা না করিয়া স্টেশনে আসিয়া দেওঘরের ফার্স্টক্লাস টিকিট কিনিয়া বসিলেন, তাহার হেতু নিজেই এখন পর্যন্ত জানেন না। অতঃপর নিকটে একটা চৌকি টানিয়া লইয়া ব্যারিস্টার-সাহেব অনর্গল বকিয়া যাইতে লাগিলেন, কিন্তু সরোজিনীর পাংশু মুখ দিয়া দুই-একটা সাধারণ কথা ছাড়া বাহির হইল না।

মিনিট-দশেক পরে সতীশকে উঠিয়া যাইতে দেখিয়া তাঁহার দৃষ্টি আকৃষ্ট হওয়ায় ঘাড়টা একটু কাত করিয়া বিস্ময়ের কণ্ঠে সরোজিনীকে কহিলেন, এঁকে কোথায় দেখেচি বলে মনে হচ্চে না!

সরোজিনীর পাংশু মুখ প্রদীপ্ত হইয়া উঠিল। সংক্ষেপে কহিল, বলতে পারি না কোথায় দেখেছেন।

অনতিকাল পরে জগৎতারিণী খাবার দিয়া সতীশকে যখন ডাকিতে পাঠাইলেন তখন দেখা গেল, সতীশ কাহাকেও কোন কথা না কহিয়া চলিয়া গিয়াছে।

ইহার পরে তিন দিন পর্যন্ত সতীশের আর দেখা না পাইয়া জগৎতারিণী ভিতরে ভিতরে ক্রুদ্ধ ও উদ্বিগ্ন হইয়া উঠিলেন। ছেলেকে নিভৃতে ডাকিয়া কড়া করিয়া প্রশ্ন করিলেন, লোকটি আর কতদিন এখানে থাকবে জ্যোতিষ? বরঞ্চ আমি বলচি, তোমরা ওঁকে স্পষ্ট করে জানিয়ে দাও যে, তাঁর থাকবার আর কোন আবশ্যক নেই।

মাতৃ-আজ্ঞা জ্যোতিষ কিভাবে পালন করিয়াছিল বলিতে পারি না, কিন্তু প্রস্থানের পূর্বে শশাঙ্কমোহন নিঃসংশয়ে শুনিয়া গেলেন যে, যে-জন্য তাঁহার আসা সে আশা লেশমাত্র নাই, এবং সতীশই যে সেই ভাগ্যবান পাত্র, তাহাও জানিতে তাঁহার অবশিষ্ট রহিল না।

সাহেবের মুখ কালো হইয়া উঠিল, কিন্তু আঘাতটা তিনি ভদ্রভাবেই গ্রহণ করিলেন। এমন কি, যাইবার সময় তিনি সরোজিনীর সহিত সাক্ষাৎ করিতেও চেষ্টা করিলেন না।

ট্রেনে উঠিয়া বসিয়া বিদায় লইবার ঠিক পূর্বক্ষণেই অত্যন্ত অকস্মাৎ জ্যোতিষকে জিজ্ঞাসা করিলেন, সতীশবাবু কোথায় যে ডাক্তারি শেখবার চেষ্টা করছিলেন, তা হয়েচে?

জ্যোতিষ মাথা নাড়িয়া কহিল, বোধ হয় না। হোমিওপ্যাথি স্কুলে কিছুদিন পড়েছিলেন মাত্র।

ওঃ হোমিওপ্যাথিক স্কুল! বলিয়া শশাঙ্ক অন্য কথা পাড়িলেন।

আটত্রিশ

সহসা ভ্রাতার অসুখের টেলিগ্রাম পাইয়া জগৎতারিণীকে তাড়াতাড়ি শান্তিপুরে যাইতে হইয়াছিল। সুতরাং সতীশের কাছে প্রস্তাবটা উত্থাপন করিবার তখন সুযোগ পান নাই। আজ তাহাকে ভাল করিয়া খাওয়াইয়া কথাটা পাড়িবেন, মনে মনে এই সঙ্কল্প স্থির করিয়া সকালে উঠিয়াই সরকারকে নিমন্ত্রণ করিয়া আসিতে পাঠাইয়া দিয়াছিলেন। ইতিমধ্যে এই অভাবনীয় কাণ্ড ঘটিল। যাহার আগমন সবচেয়ে অপ্রীতিকর, অকস্মাৎ সেই শশাঙ্কমোহন সকালের ট্রেনে আসিয়া উপস্থিত হইয়াছেন শুনিয়া জগৎতারিণীর বিরক্তির আর অবধি রহিল না। মানুষের অত্যন্ত কামনার বস্তু হঠাৎ বাধাপ্রাপ্ত হইলে তাহার সন্দেহের আর হিসাব-নিকাশ থাকে না। সুতরাং ঠিক সেই সময়ে বাহির হইতে সরোজিনীকে আসিতে দেখিয়া তাঁহার সর্বাঙ্গে বিষের জ্বালা দিয়া মনে হইল, শশাঙ্কর এই আকস্মিক প্রত্যাবর্তনের মধ্যে হয়ত বা এই হতভাগা মেয়েটারও কোন হাত আছে। তাঁহার ব্যারিস্টার ছেলেকে ত তিনি কোনদিনই সম্পূর্ণ বিশ্বাস করিতে পারেন নাই। বস্তুতঃ, তাঁহাকে দোষ দেওয়াও যায় না। তাঁহার হিন্দু আচারভ্রষ্ট ছেলে-মেয়েরা যে সতীশের আচারপরায়ণতা প্রীতির চক্ষে

দেখিতে পারে, এ কথা তিনি হৃদয়ের মধ্যে গ্রহণ করিতে পারিতেন না।

মেয়েকে কটূক্তি করিয়া তিনি রান্নাঘরে প্রবেশ করিয়া ঝিকে রান্নার আয়োজন ঠিক করিয়া রাখিতে আদেশ দিয়া স্নানে চলিয়া গেলেন। কিন্তু ঘন্টা-খানেক পরে ফিরিয়া আসিয়া কন্যার প্রতি চাহিয়া জননীর চক্ষু জুড়াইয়া গেল।

ইতিমধ্যে তাড়াতাড়ি সে স্নান সারিয়া লইয়া পট্টবস্ত্র পরিয়া মায়ের রান্নাঘরে ঢুকিয়া অপটুহস্তে বঁটিতে তরকারি কুটিতেছিল এবং ঝি অদূরে বসিয়া দেখাইয়া দিতেছিল।

জগৎতারিণী নীরবে ক্ষণকাল চাহিয়া থাকিয়া বলিলেন, হিঁদুর মেয়ে যে আর কোন পোশাকেই সাজে না, তোকে দেখে আজ তা টের পেলুম বাছা! তোর পানে চেয়ে এত আহ্লাদ আর আমার কোনদিন হয়নি।

সরোজিনী লজ্জায় মুখ নত করিয়া কাজ করিতে লাগিল ; মা তাহাকেই খোঁচা দিয়া বলিতে লাগিলেন, আমি সব বুঝি মা, সব বুঝি। তা সে যতই পাস করুক, বাঁদর ছাড়া তাকে আমি কিছুই বলিনে। আর যার ইশারা পেয়েই কেন না বেহায়াটা আবার ফিরে আসুক, আমি থাকতে তা হবে না, তা সত্যি করে বলে দিচ্ছি বাছা!

একটুখানি স্থির থাকিয়া পুনরায় কহিলেন, জ্যোতিষ বলে, ছেলেবেলায় যে যেমন শিক্ষা পেয়ে আসে, মনের টানটা তার সেইদিকেই যায়। কিন্তু তাই বা সত্যি হবে কেন? দিন-রাত হ্যাট-কোট পরে না থাকলে পছন্দ হবে না, এই বা কোন্ শাস্ত্রে লেখা আছে মা?

আয়োজন সম্পূর্ণ করিয়া লইয়া জগৎতারিণী রাঁধিতে বসিয়া একসময়ে কহিলেন, আমার মনের বাসনা ভগবান যদি পূর্ণ করেন, তুই দেখিস দিকি বাছা, তাতে তোর ভালই হবে।

সরোজিনী আনতমুখে মায়ের মনের বাসনাটা স্পষ্ট শুনিবার প্রত্যাশায় উৎকর্ণ হইয়া রহিল, জগৎতারিণী আর তাহা প্রকাশ করিয়া বলিলেন না, নিজের মনে রাঁধিতে লাগিলেন। তিনি নীরবে মনে মনে কি আলোচনা করিতে লাগিলেন সরোজিনী তাহা বুঝিল এবং হ্যাট-কোটধারী সম্বন্ধে যে লজ্জাকর অপবাদের ইঙ্গিতে তাহাকে পুনঃ বিদ্ধ করিলেন, তাহারও প্রতিবাদ করা কঠিন ছিল না, কিন্তু নিরতিশয় অসহিষ্ণু-প্রকৃতি জগৎতারিণীকে কোন কথাই শেষ পর্যন্ত শুনানো যায় না জানিয়াই সে স্তব্ধ হইয়া বসিয়া রহিল।

বেলা প্রায় দশটা বাজে এমন সময় একটা গোল বাধিল। সরকারমশাই কোথা হইতে খুঁজিয়া পাতিয়া একটা প্রকাণ্ড বড় রুইমাছ আনিয়া হাজির করিলেন। জগৎতারিণী রান্নাঘরের ভিতর হইতে উঁকি মারিয়া দেখিয়া খুশী হইয়া বলিলেন, বাঃ—বেশ মাছ কিন্তু—

সরোজিনী কহিল, সতীশবাবুর আসতে এখনও দেরি আছে মা, এখনও দশটা বাজেনি।

জগৎতারিণী বলিলেন, বাজা-বাজির কথা নয় মা, আজ আমার একাদশী, আমি ত মাছ ছোঁব না। ভাবচি, তোদের বামুনঠাকুর রাঁধতে পারবে কি? আচ্ছা দেখ ত এলোকেশী, ও-ঘরের রান্না কতদূর এগুলো?

ঝি বাহিরে যাইতেই সরোজিনী লজ্জিত-মুখে আস্তে আস্তে বলিল, তুমি দেখিয়ে দিলে আমি কি পারব না?

জগৎতারিণী বিস্মিত-মুখে বলিলেন, পারবি তুই?

পারব না? তুমি কেবল দেখিয়ে দাও।

ঝি থমকিয়া দাঁড়াইল। এমন চারু-দর্শন বৃহদায়তন রোহিত একটা আনাড়ীর হাতে পড়িয়া সম্পূর্ণ নষ্ট হইবার আশঙ্কায় সে ভীত হইয়া উঠিল। কহিল, সে কিং হতে পারে মা, বাইরের লোক খাবে যে।

জগৎতারিণী ক্ষণকাল কি ভাবিয়া লইয়া কহিলেন, তা হোক, সতীশ আমার বাইরের লোক নয়, সে আমার ঘরের ছেলে। তুই হাঁ করে দাঁড়িয়ে থাকিস্ নে এলোকেশী, ওধারের উনুনটা বেশ করে নিকিয়ে দিয়ে মাছ কুটে আন্। তুইও এক কাজ কর মা। গরদের কাপড় পরে ত সুবিধে হবে না—আচ্ছা তা হোক্ না হয় আঁচলটা বেশ করে কোমরে জড়িয়ে নে। হাসিয়া বলিলেন, আজ আঁশ-হাতেই তোর হাতেখড়ি হয়ে যাক, সরি, আশীর্বাদ করি, চিরকাল আজকের দিনের মত যেন তোর আঁশ-হাতই হয়।

এই আশীর্বাদে সরোজিনী মুখখানি আরও একটু অবনত করিল। ঘন্টা-খানেক পরে জ্যোতিষ মায়ের কাছে কি কাজের জন্য রান্নাঘরের দরজার কাছে আসিয়া নিরতিশয় বিস্ময়ে অবাক হইয়া গেল। ঠাহর করিয়া দেখিয়া কহিল, ওখানে রাঁধে কে মা? সরো না কি?

মা একটু হাসিয়া বলিলেন, দেখ দেখি, চিনতে পারিস কি না!

চিনতে না পারারই কথা মা। কিন্তু ও কি সত্যিই রাঁধচে, না তোমার ঢাক ঘাড়ে করে আছে?

মা একটা নিগূঢ় ইঙ্গিত করিয়া বলিলেন, রাঁধাবাড়ার কাজ কি হিঁদুর মেয়েকে শিখতে হয় রে, এ ত আমাদের জন্মকাল থেকেই শেখা হয়ে থাকে। কিন্তু—

কি মা?

ছেলেকে একটু আড়ালে লইয়া জগৎতারিণী বলিলেন, কিন্তু আমি এখন ভাবছি সতীশ শুনলে কি জানি ওর হাতে খাবে কি না!

জ্যোতিষ হাসিয়া উঠিতেই সরোজিনী মুখ তুলিয়া চাহিল। জ্যোতিষ কহিল, মা, তুমি সতীশকে মস্ত একটা মনু-পরাশর গোছের লোক ভাবো কেন বল দেখি?

মা বলিলেন, সে তোদের চেয়ে ত ভাল?

জ্যোতিষ কহিল, এমনই বা কি ভাল শুনি? ঐ সরো গিয়ে তাদের ভাত ডাল রেঁধে দিয়ে এসেছিল বলে সে রাত্রে খেতে পেয়েছিল, নইলে উপোস করে থাকতে হতো—সে জান?

মা পুলকিত বিস্ময়ে ব্যগ্র হইয়া কহিলেন, কবে রে?

জ্যোতিষ সে রাত্রের সমস্ত ঘটনা বিবৃত করিয়া কহিলেন।

তিনি আনন্দে বিহ্বলপ্রায় হইয়া ক্ষুণ্ণ অভিমানের সুরে মেয়েকে বলিলেন, ধন্যি মেয়ে মা তুই! আমি তখন থেকে ভেবে মরচি, আর তুই চুপ করে আছিস?

জ্যোতিষ হাসিয়া বলিল, ওই বা কি করে জানবে মা, তুমি নিজের মনে ভেবে সারা হচ্চ? কিন্তু সেদিন ত খেতে পাইনি, আজ খেয়ে দেখি পোড়ারমুখী পেট থেকে পড়েই কেমন রাঁধতে শিখেছে। বলিয়া হাসিতে হাসিতে চলিয়া গেলেন।

জগৎতারিণী মেয়ের লজ্জাবনত মুখখানির পানে চাহিয়া গভীর স্নেহে কহিলেন, লজ্জা কি মা? আপনার জনকে রেঁধে-বেড়ে খেতে দেবে এর চেয়ে সৌভাগ্য মেয়েমানুষের কি আর আছে! আমি আহ্নিকটা ততক্ষণ সেরে নি গে, বলিয়া কিছুক্ষণের জন্য বাহির হইয়া

গেলেন।

তারপর সমস্ত দিন গেল, কিন্তু সতীশের দেখা নাই। না আসার কারণও কেহ জানাইয়া গেল না। সারাদিন ছটফট করিয়া জগৎতারিণী সন্ধ্যার পর জ্যোতিষকে ডাকিয়া বলিলেন, তার নিশ্চয় কিছু একটা হয়েচে, কাউকে খবর নিতে একবার পাঠিয়ে দিলিনে কেন?

জ্যোতিষ নিতান্ত তাচ্ছিল্যভরে জবাব দিল, কাকে অতদূর আবার পাঠাতে যাব মা!

জগৎতারিণী আশ্চর্য হইয়া বলিলেন, কেন, দরোয়ান একবার যেতে পারত না?

দরকার কি মা?

তুই বলচিস কি জ্যোতিষ? তার অসুখ-বিসুখ হলো, না কি হলো, একবার খবর নেওয়াও আবশ্যক নয়?

কি আবশ্যক? সে আমাদের আত্মীয়ও নয়, বন্ধুও নয়, তার জন্যে ভেবে মরার আমি কোন প্রয়োজনই দেখিনে, বলিয়া জ্যোতিষ বাহিরে চলিয়া গেল।

সতীশের সম্বন্ধে ছেলের মুখে জবাব শুনিয়া জগৎতারিণী হতবুদ্ধি হইয়া গেলেন।

মাত্র এই একটা বেলার মধ্যে সতীশ আর তাহাদের কেহ নয়? তাঁহার মুখের উপর ছেলের এই স্পর্ধিত উত্তর ক্ষণকালের জন্য তাঁহার কাছে দুঃস্বপ্নের মত ঠেকিল। সেইখানে দাঁড়াইয়া কয়েক মুহূর্তেই কত কি যে তাঁর উপবাসক্ষীণ মাথার মধ্য দিয়া ছুটিয়া গেল, তাহা ভাল করিয়া ঠাহর করিতেও পারিলেন না।

ধীরে ধীরে উপরে গিয়া নিজের শয্যায় শুইয়া পড়িয়া সরোজিনীকে কাছে ডাকাইয়া আনিয়া জগৎতারিণী মেয়ের মুখের প্রতি দৃষ্টিপাত করিয়া আরও ভয় পাইয়া গেলেন। একটুখানি চুপ করিয়া থাকিয়া বলিলেন, সরি, সতীশ এলো না কেন জানিস?

সরোজিনী বলিল, না।

কন্যার এই সংক্ষিপ্ত উত্তরে জগৎতারিণী উঠিয়া বসিয়া কহিলেন, না! যদি জানোই না, তবে লোক পাঠিয়ে জানতে কি হয়েছিল? এও কি আমাকে বলে দিতে হবে নাকি?

সরোজিনী মৃদুকণ্ঠে কহিল, দাদা বললেন লোক পাঠাবার দরকার নেই।

কেন নেই, সেইটাই জানতে চাই। যাও এখ্‌খুনি দারোয়ানকে পাঠিয়ে দাও, তার খবর নিয়ে আসুক।

সে ত নেই মা, দাদা তাকে উপীনবাবুকে টেলিগ্রাম করতে পাঠিয়েছেন!

উপীনবাবুকে! হঠাৎ তাকে টেলিগ্রাম করা কেন?

আমি সব কথা জানিনে মা, তুমি দাদাকে জিজ্ঞাসা কর, বলিয়া সরোজিনী মাকে এক প্রকার উপেক্ষা করিয়াই চলিয়া গেল।

এইবার জগৎতারিণীর অকস্মাৎ মনে হইল সতীশকে নিশ্চয়ই ইতিমধ্যে নিষেধ করিয়া দেওয়া হইয়াছে। ইহার হেতু যে কি, তাহা কেহই তাঁহার কাছে ব্যক্ত করিতে চাহে না বটে, কিন্তু সে যে গুরুতর, তাহাতে কোন সন্দেহ নাই ; এবং এই ভীষণ অনিষ্টের মূলে যে ঐ শশাঙ্কমোহন এবং এই দুরভিসন্ধি লইয়াই সে পুনরায় আসিয়া উপস্থিত হইয়াছে তাহাতেও তাঁহার কোন সংশয় রহিল না। কিন্তু, কারণ যতবড় ভয়ানকই হোক, তিনি স্বয়ং উপস্থিত থাকিতেও যে ছেলে-মেয়েরা তাঁহার অনুমতি না লইয়া সতীশকে মানা করিয়াছে, ইহা মনে করিতেই তাঁহার চিত্ত ক্রোধে পরিপূর্ণ হইয়া উঠিল। তৎক্ষণাৎ এলোকেশীকে দিয়া জ্যোতিষকে ডাকাইয়া আনিয়া জিজ্ঞাসা করিলেন, তুই সতীশকে এ বাড়িতে আসতে

বারণ করেছিস?

জ্যোতিষ আশ্চর্য হইয়া বলিল, না, এ তোমাকে কে বললে?

উপীনকে তুই সতীশের কথা নিয়ে টেলিগ্রাম করেচিস?

হ্যাঁ।

সতীশ কি করেচে?

জ্যোতিষ একটু চুপ করিয়া থাকিয়া বলিল, যা করেচে, সে যদি সত্যি হয়, তা হলে তার সঙ্গে আমাদের আর কোন সম্বন্ধই নেই।

এ খবর তোকে কে দিলে, শশাঙ্কমোহন? দুষ্টু লোক, ওর কথা আমি একতিল বিশ্বেস করিনে।

জ্যোতিষ কহিল, আমি বিশ্বাস করি। কিন্তু তার অর্ধেকও যদি সত্যি হয়, তা হলেও আমি বলচি মা, সতীশের ছায়া মাড়াতেও আমাদের ঘৃণা হওয়া উচিত।

ছেলের উত্তপ্ত কণ্ঠস্বরে জগৎতারিণী নরম হইয়া বলিলেন, বেশ ত, আমাকে খুলেই বল না বাছা কি হয়েচে। সতীশ কিছু চুরি-ডাকাতিও করেনি, খুন করেও পালিয়ে আসেনি যে, তার ছায়া মাড়াতেও তোমাদের ঘৃণা হবে। ছেলেমানুষ, মনের ভুলে যদি কিছু দোষ-ঘাট করেই থাকে—এমন কত লোকই ত করে—শুধরে নিতে কতক্ষণ?

জ্যোতিষ ঘাড় নাড়িয়া কহিল, না মা, সে সব অপরাধ মাপ করা যায় না। অন্ততঃ সরোজিনী পারবে না, এ তোমাকে আমি নিশ্চয় বলচি।

জগৎতারিণী একটু চিন্তা করিয়া বলিলেন, অপরাধটা কি শুনি?

কাল শুনো মা। উপীনের চিঠি না পাওয়া পর্যন্ত এ আলোচনায় আর কাজ নেই, বলিয়া জ্যোতিষ দ্বিতীয় অনুরোধের পূর্বেই ঘর হইতে বাহির হইয়া গেল।

এতক্ষণ উত্তেজনার আবেগে জগৎতারিণী বিছানায় উঠিয়া বসিয়াছিলেন, ছেলে চলিয়া যাইতেই একেবারে নির্জীবের মত শয্যা গ্রহণ করিলেন, দীর্ঘশ্বাস ফেলিয়া বলিলেন, ভগবান! এ কলিকালে কি কাউকে বিশ্বাস করবার তুমি জো রাখোনি ঠাকুর।

আভাসে অনুমানে তিনি অনেক কথাই বুঝিলেন। তাই শুধু সতীশের জন্যে নয়, স্বামীর কথা মনে পড়িয়াও তাঁহার দুচক্ষু বহিয়া এখন হুহু করিয়া অশ্রু ঝরিতে লাগিল।

রাত্রে একবার মেয়েকে ডাকিতে পাঠাইয়াছিলেন, এলোকেশী সরোজিনীর সাড়া না পাইয়া ফিরিয়া আসিয়া জানাইল, দিদিমণি ঘুমিয়ে পড়েছে।

শুনিয়া তিনি কপালে করাঘাত করিলেন। যে মেয়ে এত দুঃসংবাদ শুনিয়াও ঘুমাইতে পারে, অর্থাৎ সে যে সতীশের চেয়ে মনে মনে ওই বাঁদরটার প্রতি বেশী অনুরাগী, এ কথা মনে করিয়া তাঁহার মেয়ের প্রতি ক্রোধ ও অশ্রদ্ধার অন্ত রহিল না।

পরদিন বেলা প্রায় তিনটা বাজে, গেটের থামে সাইকেল কাত করিয়া রাখিয়া সতীশ বাহিরের বসিবার ঘরে আসিয়া প্রবেশ করিল।

তাহার শুষ্ক মুখ, এলোমেলো রুক্ষ চুল, উপস্থিত সকলেরই দৃষ্টি আকর্ষণ করিল। সরোজিনী মুখ তুলিয়া চাহিল, কিন্তু কথা কহিল না। জ্যোতিষ জিজ্ঞাসা করিল, আপনার অসুখ করেচে নাকি সতীশবাবু?

সতীশ একটু হাসিবার চেষ্টা করিয়া বলিল, না।

কেহই আর কোন কথা কহিল না দেখিয়া সতীশ মনে মনে বিস্মিত হইল। সে ভাবিতে

ভাবিতে আসিতেছিল আজ উপস্থিত হওয়ামাত্র অভিযোগ অনুযোগের অন্ত থাকিবে না। তাই, সে তখন বাড়ির ভিতরের দিকে অগ্রসর হইবার উদ্যোগ করিয়া নিজেই কহিল, কালকের অপরাধের জন্য আগে মায়ের কাছে মাপ চেয়ে আসি, তার পরে অন্য কাজ।

শশাঙ্ক এতক্ষণ তীব্রদৃষ্টিতে সতীশের পানে চাহিয়া ছিল, সে-ই কথা কহিল। বলিল, মা এখন ঘুমোচ্চেন, তাঁকে জাগিয়ে মাপ চাইবার এত তাড়া কি? একটু বসুন, আপনার সঙ্গে কিছু আলোচনা করবার আছে।

তাহার কথার ধরনে সতীশ অত্যন্ত আশ্চর্য হইয়া কহিল, আমার সঙ্গে আলোচনা?

শশাঙ্ক কহিল, আজ্ঞে হাঁ, দুর্ভাগ্যক্রমে আছে বৈ কি।

জ্যোতিষকে দেখাইয়া কহিল, আপনি নিশ্চয় জানেন, আমি ওঁর একজন পরম বন্ধু—না না, জ্যোতিষবাবু, আপনি উঠবেন না—ও কি, আপনারাই বা পালালে চলবে কেন? আমার যা নালিশ তা আপনাদের সামনেই করতে চাই। দুজনেই বসুন,—বলিয়া, সরোজিনীর প্রতি একটা কটাক্ষ করিল। কিন্তু সরোজিনী এমনি ঘাড় হেঁট করিয়া রহিল যে, সে ইহার কিছুই দেখিতে পাইল না।

শশাঙ্ক সুমুখের টেবিলের উপর একটা চড় মারিয়া বলিল, আমার ছেলেবেলা থেকেই এই স্বভাব যে, যাদের ভালবাসি, তাদের সম্বন্ধে কিছুতেই চোখ বুজে উদাসীন থাকতে পারিনে। তাই গতবারে শুনেই মনে মনে বললুম, এ ত ভাল কথা নয়। সতীশবাবুর এই নির্জন-বাসের একটা খবর নেওয়া উচিত। আপনি হয়ত রাগ করবেন সতীশবাবু, কিন্তু আমিও ত আমার নিজের স্বভাবের বিরুদ্ধে যেতে পারিনে। কি বলেন জ্যোতিষবাবু?

জ্যোতিষ নিঃশব্দ নতমুখে বসিয়া রহিল। সতীশও চুপ করিয়া চাহিয়া রহিল। সমস্ত শ্রোতাদের সমবেত নীরবতার মাঝখানে শশাঙ্কর উত্তেজনার বেগ আপনিই ঢিলা হইয়া আসিল। সে অপেক্ষাকৃত সংযত-কণ্ঠে কহিল, জ্যোতিষ আমার পরম বন্ধু বলেই আপনাকে গুটিকয়েক প্রশ্ন করবার আমার অধিকার আছে। আপনি ত জানেন—

কথার মাঝখানেই সতীশ ঘাড় নাড়িয়া বলিল, না, আমি বন্ধুত্বের কথা কিছুই জানিনে কিন্তু আপনার প্রশ্ন কি শুনি?

শশাঙ্ক একটা ঢোক গিলিয়া বলিল, আমি জানতে চাই আপনি এখানে এসে আছেন কেন?

সতীশ কহিল, আমার ইচ্ছে। আপনার দ্বিতীয় প্রশ্ন?

শশাঙ্ক থতমত খাইয়া জ্যোতিষকে উদ্দেশ করিয়া বলিতে লাগিল, সতীশবাবুর কলকাতার বাসা খুঁজে বার করতে আমাদের অনেক কষ্ট পেতে হয়েচে। রাখালবাবুকে উনি চেনেন, তিনি বললেন—

সতীশের দুই চক্ষু জ্বলিয়া উঠিল, কহিল, চুলোয় যাক রাখালবাবু। আপনার নিজের কথা বলুন।

এবার জ্যোতিষ মুখ তুলিয়া বলিল, সতীশবাবু, শশাঙ্ক আমার অনুরোধেই আপনাকে জিজ্ঞেসা করচে। আপনি ইচ্ছা করলে জবাব না দিতেও পারেন, কিন্তু ওঁকে অপমান করবেন না। আমাদের সঙ্গে আপনি যে ব্যবহার করেচেন তাতে কোন প্রশ্ন না করাই উচিত ছিল, শুধু আমার মায়ের জন্যই আপনার নিজের মুখ থেকে একবার শোনার প্রয়োজন। বেশ, আমিই না হয় প্রশ্ন করচি, সাবিত্রী কে? এবং তার সঙ্গে আপনার সম্বন্ধই বা কি?

সতীশ ক্ষণকাল চুপ করিয়া চাহিয়া রহিল, পরে কহিল, সাবিত্রী কে তা আমি জানিনে জ্যোতিষবাবু। কিন্তু তার সঙ্গে আমার কি-সম্বন্ধ, সে উত্তর দেওয়া আমি আবশ্যক মনে করিনে।

কেন?

কারণ, বললেও আপনারা বুঝতে পারবেন না।

কিন্তু যেমন করেই হোক আমাদের বুঝা একান্ত আবশ্যক। ভাল, তাকে কোথায় এনে রেখেচেন, এ সংবাদ দিলে বোধ করি বুঝতে পারব।

সতীশ জ্যোতিষের মুখের উপর তাহার জ্বলন্ত চক্ষু নিবদ্ধ করিয়া শান্তকণ্ঠে কহিল, দেখুন জ্যোতিষবাবু, আমি কোনদিন গায়ে পড়ে আপনাদের সঙ্গে ঘনিষ্ঠতা করবার চেষ্টা করিনি, সুতরাং প্রশ্নোত্তরের ছলে কতকগুলো অপ্রিয় কথা-কাটাকাটির দরকার মনে করিনে। আমি বুঝতে পেরেচি, কি ঘটেচে। অতএব, আপনাদের যতটুকু জানা প্রয়োজন আমি নিজেই জানাচ্চি। সাবিত্রী কোথায় গেছে আমি জানিনে। কেন, কি বৃত্তান্ত, এ-সব সম্পূর্ণ অনাবশ্যক। তবে এ কথা খুব সত্যি, সাবিত্রী যাই হোক, যদি নিজের ইচ্ছেয় সে আমাকে ছেড়ে চলে না যেত, আমি যতদিন বাঁচতুম, তাকে মাথায় করে রাখতুম। এ কথা শুধু আপনাদের সাক্ষাতে নয়, সমস্ত পৃথিবীর সামনে স্বীকার করতেও আমি লজ্জা বোধ করিনে। আশা করি, এর পরে আপনাদের আর কোন জিজ্ঞাসা নেই। থাকলেও আমি জবাব দিতে পারব না।

সতীশের এই সুস্পষ্ট এবং অতিশয় সংক্ষিপ্ত উত্তরে সকলেই যুগপৎ বিস্ফারিতচক্ষে চাহিয়া পাথরের মূর্তির মত বসিয়া রহিল। সরোজিনীর মুখের উপরেই তাহার এই অমানুষিক হৃদয়হীন স্পর্ধা তাহার অসীম নির্লজ্জতাকেও বহুদূরে অতিক্রম করিয়া গেল। বহুক্ষণ স্তম্ভিতের মত বসিয়া থাকিয়া জ্যোতিষ প্রবল চেষ্টায় নিজেকে সচেতন করিয়া ঘাড় নাড়িয়া কহিল, না, আপনার কাছে আমাদের আর কিছুই জিজ্ঞাস্য নেই। যেটুকু ছিল, উপীনের জবাবে সেটুকু পূর্ণ হয়েচে। এই দেখুন, বলিয়া সে টেলিগ্রামের কাগজখানা সম্মুখে ছুঁড়িয়া দিল।

উপীনদার টেলিগ্রাম? কৈ দেখি, বলিয়া সতীশ ব্যগ্রহস্তে কাগজখানা তুলিয়া লইল। ভাঁজ খুলিয়া ধীরে ধীরে সমস্তটা পড়িয়া ফিরাইয়া দিয়া, ক্ষণকাল চুপ করিয়া রহিল। তার পরে একটা নিশ্বাস ফেলিয়া কহিল, সমস্ত সত্য। আমার উপীনদা কখনও মিথ্যা বলেন না। যথার্থই আমি ভাল নই, যথার্থই আমার সঙ্গে কারও সংস্রব রাখা উচিত নয়। বোধ করি নিজেই এ কথা মনে মনে টের পেয়েছিলাম বলেই এই জঙ্গলের মধ্যে এমন করে একদিন পালিয়ে এসেছিলাম। বলিতে বলিতেই তাহার কণ্ঠস্বর যেন কোন মন্ত্রবলে জলভারাক্রান্তের ন্যায় গদগদ হইয়া আসিল। কিন্তু কেহই কোন কথা কহিল না এবং সতীশ নিজেও স্তব্ধ হইয়া বসিয়া রহিল। পরক্ষণেই একটা বুকচেরা দীর্ঘশ্বাসের সঙ্গে তাহার মনে হইল, একটা বড় জটিল সমস্যার আজ অত্যন্ত অদ্ভুত মীমাংসা হইয়া গেল। কাল সকালেও তাহার জগৎতারিণীর নিমন্ত্রণের সঙ্গে সঙ্গে কত চিন্তাই না মনে উদয় হইয়াছিল! সরোজিনীর হৃদয় পাইবার আকাঙ্ক্ষা হঠাৎ কবে যে তাহার অন্তরে প্রথম জাগিয়া উঠিয়াছিল, এইমাত্র এ কথা সে স্মরণ করিতে পারে নাই সত্য, কিন্তু নিভৃত অন্তরের মধ্যে তাহার আকাঙ্ক্ষা ত ছিলই! না হইলে এমনটি ঘটিয়াছিল কি করিয়া? এ অমৃত সঞ্জাত হইয়াছিল কোন্ সিন্ধু

মন্থন করিয়া ? সাবিত্রীকে হারাইয়া পর্যন্ত এই সত্যটার সে সাক্ষাৎলাভ করিয়াছিল যে, যুবতী রমণীর মন পাওয়া এক, কিন্তু সে পাওয়া কাজে লাগানো সম্পূর্ণ ভিন্ন বস্তু। কারণ, পাওয়া যখন নর-নারীর নিভৃত হৃদয়ে গোপনে, নিঃশব্দে সম্পূর্ণ হইয়া উঠিতে থাকে, বাহিরের সংসার তাহার সাড়া পায় না, কিন্তু যেদিন এই সংসারের সম্মতি না লইয়া আর এক পদও অগ্রসর হইবার উপায় থাকে না, সেই দিনই দারুণ দুঃখের দিন। এ পাওয়া যে কত কঠিন, এ রত্ন যে কত দুর্লভ, বাহিরের সংসার সে বিচারের দিক দিয়া যায় না—সে কেবল তাহার শাস্ত্র লইয়া, সমাজ লইয়া, লোকাচার লইয়া বিরুদ্ধ স্বরে কলরব করে, বাধা দেয়, নিষ্ফল করে—এই শুধু তাহার কাজ। সরোজিনীকে হয়ত সে ভালবাসে। সেদিকেও প্রতিদান যদি এমনি উন্মুখ হইয়াই উঠিয়া থাকে ত তাহাকে প্রতিষ্ঠা করিবে সে কোন্‌খানে। উভয়ের সমাজ যে বিভিন্ন। কালও তাহার বৃদ্ধ পিতার চিন্তিত গম্ভীর মুখ বারংবার মনে পড়িয়াছে, উপীনদাদাদের বাড়ির শুষ্ক ভট্টাচার্যের শুষ্কতর তীব্রস্বর সহস্রবার তাহার কানে আসিয়া বিঁধিয়াছে, পাড়ার শত্রু-মিত্র সমস্ত লোকের তীব্র শিরশ্চালন তাহার হৃৎপিণ্ডের উপর বহুবার ধাক্কা মারিয়া গিয়াছে, তবুও এই বিরুদ্ধ জগতের সমস্ত লোকের সম্মিলিত 'না' 'না' রবের মাঝখানে শুধু কেবল নিঃশব্দ সরোজিনীর লজ্জাবনত মুখখানিই তাহাকে সবল রাখিতে পারিয়াছিল।

কিন্তু আজ আর কোন ভয় নাই। একদিনে অচিন্তনীয় উপায়ে সমস্ত গ্রন্থি সমস্ত দুশ্চিন্তার শান্তি হইল। বাঁচা গেল!

কথাটা নিজের মনে বলিয়াই সে চমকিয়া মুখ তুলিয়া চাহিয়া দেখিল, সবাই ঠিক তেমনি নীরবে অধোবদনে বসিয়া আছে। সরোজিনীর মুখের দিকে সে চাহিয়া দেখিল, কিন্তু, প্রায় কিছুই দেখা গেল না। তখন তাঁহাকেই সম্বোধন করিয়া কহিল, তুমি—আপনি আমার সাবেক বাসায় একদিন যাঁর কাপড় শুকোতে দেখে এসেছিলেন, তাঁর নাম সাবিত্রী। আমি ভেবেছিলুম, একদিন নিজেই সমস্ত কথা আপনাকে জানাব, কিন্তু কোনদিন সে সুযোগ হলো না, সে সাহসও ছিল না। বলিয়া উঠিয়া দাঁড়াইয়া কহিল, জ্যোতিষবাবু দোষ আমার। এ আমি প্রতিদিনই টের পাচ্ছিলাম, তাই, মনে আমার সুখ ছিল না। বলিয়া একটুখানি চুপ করিয়া থাকিয়া কহিল, অথচ আমি কোন বিষয়ে কাউকে ঠকাই নি, ও-সব আমি জানিও নে। তবু বলবারও আমার কিছু নেই।

জ্যোতিষ মুখ তুলিয়া কি বলিতে গেল, কিন্তু তাহার গলা দিয়া স্বর ফুটিল না।

সতীশ নিজেও বোধ করি যেন একটা কঠিন বাষ্পোচ্ছ্বাস সংবরণ করিয়া ফেলিল। কহিল, আমি চললাম। আমার একটা অনুরোধ, আমার কথা আলোচনা করে আপনারা মন খারাপ করবেন না। আমি কখনো কোন ছলে আর আপনাদের সুমুখে আসব না—আমাকে আপনারা ভুলে যাবেন। বলিয়া ধীরে ধীরে বাহির হইয়া গেল।

জ্যোতিষ পার্শ্বে চাহিয়া সভয়ে দেখিল, সরোজিনীর মাথাটা একেবারে তাহার জানুর কাছে ঝুঁকিয়া পড়িয়াছে!—ওরে,ও সরো, বলিয়া চীৎকার করিয়া উঠিতে না উঠিতে সরোজিনীর শিথিল মুষ্টি চেয়ারের হাতল হইতে স্খলিত হইয়া সে নীচে কার্পেটের উপর মূর্ছিত হইয়া পড়িয়া গেল। অভিমান ও অপমানের ক্রোধে জ্যোতিষের বুদ্ধি এমনি আচ্ছন্ন হইয়া গিয়াছিল যে, সতীশের বিদায়-পালাটা সরোজিনীর সাক্ষাতে ঘটিলে যে আঘাতটা

তাহার কি কঠিন হইয়া বাজিবে এ হিসাবই তাহার মনে ছিল না।

তাই, অনেক শুশ্রূষার পর সরোজিনীর চৈতন্য ফিরিয়া আসিলে সে যখন কাঁপিতে কাঁপিতে টলিতে টলিতে ঘর ছাড়িয়া চলিয়া গেল, তখন জ্যোতিষের মাথায় একেবারে বাজ ভাঙ্গিয়া পড়িল।

ভগিনীকে শুধু যে সে প্রাণাধিক ভালবাসিত তাই নয়, তাহার সর্বরূপলাবণ্যবতী শিক্ষিতা ভগিনীর দৃপ্ত আত্মমর্যাদাজ্ঞানের উপরেও তাহার অগাধ বিশ্বাস ছিল। কিন্তু ভিতরে ভিতরে সে যে এত ভালও বাসিতে পারে যে, এ-সব কিছুই কোনো কাজে লাগিবে না, সমস্ত জানিয়াও সে একটা চরিত্রহীন লম্পটের পরম অন্যায়ের পদতলে সমস্ত বিসর্জন দিয়া চেতনা হারাইয়া শুষ্ক তৃণখণ্ডের মত লুটাইয়া পড়িবে, এ আশঙ্কা সে কল্পনাও করে নাই। তাহার মুখের উপর বেদনার যে ছবি ফুটিয়া উঠিতে সে এইমাত্র স্বচক্ষে দেখিল, সে যে কত বড়, তাহা নিরূপণ করিবার শক্তি এবং অভিজ্ঞতা তাহার ছিল না, তথাপি সে বহুক্ষণ পর্যন্ত অসাড়ের মত বসিয়া থাকিয়া শশাঙ্কমোহনের প্রতি চাহিয়া কহিল, আপনি বোধ হয় আজ রাত্রের ট্রেনেই কলকাতায় ফিরবেন?

শশাঙ্ক বলিল, না, তেমন কিছু জরুরী কাজ নেই সেখানে।

জ্যোতিষ আর কোন প্রশ্ন না করিয়া উঠিয়া ভিতরে চলিয়া গেল এবং নিজের ঘরে গিয়া দোর দিয়া শুইয়া পড়িল। সে রাত্রে ডিনারটা শশাঙ্কমোহনকে একাই সমাধা করিতে হইল, কারণ, জ্যোতিষের একেবারেই সাড়া পাওয়া গেল না।

জগৎতারিণী একটি একটি করিয়া ছেলের মুখে সমস্ত শুনিয়া গভীর দীর্ঘশ্বাস ত্যাগ করিয়া অনেকক্ষণ স্তব্ধ হইয়া রহিলেন, তারপরে বলিলেন, এ-সব আমারই পোড়া কপালের ফল, জ্যোতিষ। পরলোকগত স্বামীকে স্মরণ করিয়া কহিলেন, নিজে ত সারা জীবন এই নিয়ে জ্বলে-পুড়ে মলুম, বাকীটুকু ছেলে-মেয়েদের জন্যেই যদি না জ্বলতে হবে ত ষোল-আনা পাপের প্রায়শ্চিত্ত হবে কিসে! বেশ বাবা, তোমাদের যাকে পছন্দ হয় তার সঙ্গেই বোনের বিয়ে দাও গে, আমি আর কথাটি ক'ব না।

আর একটি দীর্ঘনিশ্বাস মোচন করিয়া বলিলেন, মন অন্তর্যামী— তাই হঠাৎ ওর আসা শুনেই সেদিন বুক আমার দমে গিয়েছিল জ্যোতিষ।

কিন্তু জ্যোতিষ কোন কথা কহিল না। সে মনে মনে বুঝিতেছিল যে ব্যাপারটা অত সহজ নহে। সুতরাং যাহা হইয়া গেছে, তাহা হইয়া গেছে বলিয়া চোখ বুজিয়া বসিয়া থাকিলেই চলিবে না, হয়ত বা একদিন এই চরিত্রহীনটাকেই নিজে গিয়া সাধিয়া ফিরাইয়া আনিতে হইবে।

কাল সারাদিনের মধ্যে সে সরোজিনীকে একবার ঘরের বাহিরে পর্যন্ত আসিতে দেখে নাই, কিন্তু আজ বিকালে চা খাইতে বাহিরের ঘরে ঢুকিয়াই দেখিল সরোজিনী ইতিপূর্বেই আসিয়াছে এবং শশাঙ্কমোহনের সঙ্গে আস্তে আস্তে গল্প করিতেছে।

জ্যোতিষ কাছে আসিয়া একখানা চেয়ার টানিয়া লইয়া উপবেশন করিল। যদিচ ভগিনীর শ্রীহীন মলিন মুখের পানে চাহিয়া তাহার বুঝিতে কিছুই বাকী রহিল না, তবুও বুকের উপর হইতে একটা ভারী পাথর নামিয়া গেল।

খাওয়ার পরেও অনেকক্ষণ পর্যন্ত অনেক কথাবার্তা হইল, কিন্তু সেদিনের কেহই কোন ইঙ্গিত করিল না। সন্ধ্যার পরে অনেকটা স্বচ্ছন্দচিত্ত ভগিনীকে চলিয়া যাইতে দেখিয়া

জ্যোতিষ মনে মনে কহিল, দুর্ঘটনাকে সে যত বড় ভাবিয়াছিল, তত বড় নয়। হয়ত বা অনতিকাল মধ্যেই আবার সমস্ত ঠিকঠাক হইয়া যাইবে, তাহার এমন আশাও হইল।

সেইদিন অনেক রাত্রি পর্যন্ত দুই বন্ধুতে আলাপ-আলোচনা চলিল। এমন কি জ্যোতিষ তাহার আশার কথাটাও ইঙ্গিতে ব্যক্ত করিল। বস্তুতঃ সরোজিনী যে তাহার প্রথম ঝঞ্ঝাট সামলাইয়া লইবার পরেও সতীশের এতবড় ঘৃণিত আচরণের সঙ্গে মনে মনে শশাঙ্কমোহনের তুলনা করিয়া দেখিবে না, ইহা একপ্রকার অসম্ভব বলিয়াই উভয়ের বোধ হইল।

পরদিন দ্বিপ্রহরে খাওয়া-দাওয়ার পরে সরোজিনী তাহার উপরের শোবার ঘরের খোলা জানলার সামনে একটা চৌকি টানিয়া লইয়া পথের পানে চাহিয়া বসিয়াছিল, হঠাৎ মনে হইল খানিক দূরে একখানা বোঝাই-দেওয়া গরুর গাড়ির পিছনে পিছনে যে দুটি লোক ছাতা মাথায় ধীরে ধীরে চলিয়াছে, তাহার একজন বেহারী। সরোজিনী সতর্ক হইয়া গরাদ ধরিয়া উঠিয়া দাঁড়াইল। গাড়ি ক্রমশঃ তাহার জানালার কাছে আসিতে একটা লোক মুখ তুলিয়া উপর পানে চাহিতেই স্পষ্ট দেখা গেল সে বেহারী। সরোজিনী হাত নাড়িয়া আহ্বান করিতেই বেহারী তাহার সঙ্গীকে অগ্রসর হইতে বলিয়া ছাতি মুড়িয়া জানালার নীচে আসিয়া দাঁড়াইল। সরোজিনী কহিল, বেহারী, ঢুকেই বাঁ-হাতি সিঁড়ি। ওপরে এসো।

তখন বাড়ির সকলেই দিবানিদ্রায় সুপ্ত, বেহারী অনতিবিলম্বে সিঁড়ি দিয়া সরোজিনীর উপরের ঘরে ঢুকিয়া তাহাকে প্রণাম করিয়া পায়ের ধূলা জিহ্বায়, কণ্ঠে ও মস্তকে ধারণ করিল।

সরোজিনী মনে মনে তাহাকে আশীর্বাদ করিয়া কহিল, তোমাদের গাড়ি ত সেই রাত্রি এগারটার পরে—এখনো তার ঢের সময় আছে। ঠাকুর সঙ্গে আছে, সে জিনিসপত্র মুটে দিয়ে নামিয়ে রাখতে পারবে, তুমি একটু বসো।

জিজ্ঞাসা না করিয়াই বুঝিয়াছিল সতীশ এখানকার বাসা উঠাইয়া অন্যত্র চলিয়াছে।

বেহারী তাহার উড়ুনীর অঞ্চলে কপালের ঘাম মুছিয়া মেঝের উপর উপবেশন করিল।

ক্ষণকাল স্থির থাকিয়া সরোজিনী এইপ্রকারে ভূমিকা করিল ; কহিল, আচ্ছা বেহারী, তুমি ত কখনো বামুনের মেয়ের কাছে মিথ্যা কথা বলো না।

বেহারী জিভ কাটিয়া কহিল, বাপ্ রে! তা হলে কি রক্ষে আছে দিদিমণি! সাতজন্ম কাশীবাস করলেও যে এ পাপের মোচন হবে না।

সরোজিনী স্নিগ্ধদৃষ্টিতে এই পল্লীবাসী ধর্মভীরু বৃদ্ধের মুখের পানে চাহিয়া স্নেহহাস্যে কহিল, সে ত জানি বেহারী, তুমি কখনো মিছে বলো না, কিন্তু আমি যা জিজ্ঞাসা করব, সে তুমি কারো কাছে বলতে পাবে না—তোমার মনিবের কাছেও না।

বেহারী কহিল, আমার দরকার কি দিদিমণি, কারো কাছে বলবার!

সরোজিনী একটুখানি মৌন থাকিয়া আসল কথা পাড়িল, জিজ্ঞাসা করিল, আচ্ছা, সাবিত্রী মেয়েটি কে বেহারী?

বেহারী সরোজিনীর মুখের পানে চাহিয়া বলিল, আমার সাবিত্রী মায়ের কথা জিজ্ঞেসা কচ্চ দিদিমণি? জানিনে দিদিমণি, মা-জননী আমার কার শাপে পৃথিবীতে জন্ম নিয়ে এত দুঃখ পাচ্চেন! আহা, মা যেন লক্ষ্মীর প্রতিমে!

অনেকদিন হইয়া গেল বেহারী সাবিত্রীর নামটা পর্যন্ত মুখে উচ্চারণ করিবার সুযোগ

পায় নাই। তাহার কণ্ঠস্বর গদগদ এবং চোখের দৃষ্টি অশ্রুজলে ঝাপসা হইয়া উঠিল।

সাবিত্রীর উল্লেখমাত্রই বুড়োর এতখানি ভাবান্তর লক্ষ্য করিয়া সরোজিনী আশ্চর্য হইয়া গেল।

বেহারী হাত-দিয়া চোখ মুছিয়া বলিল, মা আমার যেদিন রাখালবাবুর মেসে দাসীবৃত্তি করতে এলেন, তখন মানুষগুলো সব দেখে অবাক হয়ে গেল। মুখে যেন হাসিটি লেগেই রয়েছে। রাখালবাবু ম্যানেজার, আর আমি ত চাকর, কিন্তু মায়ের কাছে সবাই সমান—সবাইকে সমান যত্ন। একাদশীর দিন কাঠফাটা উপোস করেও কখনও মায়ের মুখ বেজার দেখিনি দিদিমণি।

বৃদ্ধ যেন সমস্ত হৃদয় দিয়া কথা কহিতেছিল। তাই এই তাহার অকৃত্রিম ভক্তি-উচ্ছ্বাসে সরোজিনী মুগ্ধ হইয়া গেল এবং তাহার বিদ্বেষের জ্বালাও যেন গলিয়া অর্ধেক ঝরিয়া পড়িল। বেহারী কহিতে লাগিল, দিদিমণি, শাস্তরে লেখা আছে, মা-লক্ষ্মী একবার কি যেন একটা অপরাধ করে নারায়ণের হুকুমে দাসী-বৃত্তি করেছিলেন, আমার মাও যেন ঠিক তেমনি কোন দোষে চাকরি করতে এসে নানান দুঃখ পেয়ে শেষকালে চলে গেলেন। যেদিন চলে গেলেন, সেদিনটা আমার বুকের মাঝে আজও যেন গাঁথা হয়ে আছে দিদিমণি!

সরোজনী আস্তে আস্তে প্রশ্ন করিল, তিনি এখন কোথায় আছেন বেহারী?

বেহারী এ প্রশ্নের সহসা উত্তর দিল না, মুখপানে চাহিয়া চুপ করিয়া রহিল।

সরোজিনী পুনরায় জিজ্ঞাসা করিল, জান না বেহারী?

বেহারী এবার ঘাড় নাড়িয়া বলিল, ঠিক জানিনে বটে, কিন্তু তবুও জানি। কিন্তু সে কথা জানাতে যে মায়ের মানা আছে দিদিমণি, আমি ত বলতে পারব না।

সরোজিনী জিজ্ঞাসা করিল, মানা কেন?

মানা যে কেন, তাহা বেহারী নিজেও ভাবিয়া ঠিক করিতে পারিত না। তথাপি এই নিষেধ চিরদিন মান্য করিয়া চলা, সে কেমন আছে জানিতে না পাওয়া, তাহাকে এ জীবনে আর একবার চক্ষে দেখিতে না পাওয়া, এ-সকল যে বেহারীর পক্ষে কত দুরূহ, তাহা সে শুধু নিজেই জানিত। বিশেষ করিয়া যখনই কোন কথাবার্তায় তাহার মায়ের বিরুদ্ধে সতীশের তীব্র কুৎসিত ইঙ্গিত প্রকাশ পাইত, তখন সমস্ত কথা ব্যক্ত করিয়া ফেলিতে তাহার মনের মধ্যে আবেগের ঝড় বহিয়া যাইত, কিন্তু তবুও বুড়া আজ পর্যন্ত তাহার শপথ ভঙ্গ করে নাই। যদি কোনদিন অসহ্য হইয়াছে, তখনই সে এই কথাই স্মরণ করিয়াছে যে, সাবিত্রী যখন নিজে এতবড় কলঙ্ক নীরবে বহন করিতেছে, তখন নিশ্চয়ই ভিতরে এমন কিছু একটা আছে, যাহা তাহার বুদ্ধির অগোচর। সাবিত্রীর প্রতি তাহার বিশ্বাস ও শ্রদ্ধার অন্ত ছিল না।

কিন্তু, এখন আর একজন যখন সে কথা জানিবার জন্য ঔৎসুক্য প্রকাশ করিতে লাগিল, তখন সমস্ত ব্যাপারটা বলিয়া ফেলিতে তাহার প্রাণটাও আকুলি-বিকুলি করিয়া উঠিল। কিছুক্ষণ চুপ করিয়া থাকিয়া কহিল, বলতে পারি দিদিমণি, তুমি যদি আমার বাবুকে না বল।

সরোজিনী মনে মনে ভারী আশ্চর্য হইল। বেহারী জানে অথচ সতীশ জানে না এবং তাহাকেই জানাইতে বিশেষ করিয়া সাবিত্রীর নিষেধ—ইহার কি কারণ সে ভাবিয়া পাইল না। কহিল, না বেহারী, আমি কাউকে বলব না, তুমি বল।

বেহারী মিনিট-দুই সম্পূর্ণ নিস্তব্ধ থাকিয়া বোধ করি চিন্তা করিয়া দেখিল, ইহাতে অসত্যের পাপ তাহাকে স্পর্শ করিবে কিনা, তাহার পরে ধীরে ধীরে সমস্ত ইতিহাস সে একটি একটি করিয়া বিবৃত করিয়া বলিল।

সাবিত্রী যে সতীশকে প্রাণাধিক ভালবাসিত এবং এইজন্যই যে রাখালবাবু গায়ের জ্বালায় ঝগড়া করিয়া বাবুকে বাসা হইতে বিদায় লইতে বাধ্য করিয়াছিল এবং সতীশবাবু মাঝে মাঝে মদও খাইতেন, ইত্যাদি কোন কথাই সে গোপন করিল না।

সমস্তক্ষণ সরোজিনী মন্ত্রমুগ্ধের মত বসিয়া শুনিল। বোধ করি এমন একাগ্রচিত্তে, এত মনোযোগ দিয়া আর কেহ কখনও কাহারও কথা শুনে নাই। যে রাখালবাবুর কাছে শশাঙ্কমোহন খবর সংগ্রহ করিয়াছিলেন, দৈবাৎ সে লোকটির ইতিহাসও আজ সরোজিনীর অপরিজ্ঞাত রহিল না।

সাবিত্রীর কোথায় বাড়ি, কিংবা তাহার পিতৃকুল বা শ্বশুরকুলের পরিচয় কি, সকল সন্ধান বেহারী না দিতে পারিলেও সে যে ব্রাহ্মণের মেয়ে, বিধবা, সুরূপা, লেখাপড়া জানে—শুধু অদৃষ্টের বিড়ম্বনায় দাসীবৃত্তি করিতে আসিয়াছিল, এ কথা সে বার বার করিয়া কহিয়া বলিল, এত ত ভালবাসতেন, কিন্তু তবুও বাবু মাকে যেন বাঘের মত ভয় করতেন দিদিমণি! মদ খেয়ে বাসায় ঢোকবার পর্যন্ত তাঁর সাহস ছিল না। বিপিনবাবু বলে বাবুর একজন বজ্জাত বন্ধু ছিল, তার সঙ্গে মিশে গান-বাজনা করতে বাবু একটা কুস্থানে যাতায়াত করতেন, মায়ের কানে যাওয়ামাত্রই সেখানে যাওয়া তাঁর একেবারে বন্ধ হয়ে গেল। এমন ক্ষমতা হলো না যে, আমার সাবিত্রী মাকে তুচ্ছ করে আর সেখানে যান! বলিয়া বেহারী সগর্বে সরোজিনীর মুখের প্রতি দৃষ্টিপাত করিল।

সতীশের উপর আর একজন নারীর এতবড় অধিকারের সংবাদ সরোজিনীর বুকে শেলের মত বিঁধিল, তথাপি সে ধীরে ধীরে প্রশ্ন করিল, আচ্ছা বেহারী, তাঁকে এত ভয় করবার সতীশবাবুর দরকার কি ছিল?

বেহারী যেমন বুঝিয়াছিল তেমনি বলিল, আমার মা যে ভয়ানক রাশভারী লোক ছিলেন দিদিমণি! শুধু আমাদের বাবুই নয়, বাসাসুদ্ধ লোক তাকে মনে মনে ভয় করত যে। একটা দিনের কথা বলি। সেদিন অনেক রাত্তিরে বাবু কোথা থেকে মদ খেয়ে আর একটা মদের বোতল সঙ্গে নিয়ে বাসায় ফিরলেন। ভেবেছিলেন অত রাত্তিরে সাবিত্রী মা নিশ্চয়ই তার বাসায় চলে গেছে। আমি জেগে ছিলাম, দোর খুলে দিলাম। জিজ্ঞাসা করলেন, সাবিত্রী চলে গেছে না বেহারী? বললাম, না বাবু, আজ তিনি যাননি—এখানেই আছেন। যাই শোনা, অমনি মদের বোতল রাস্তায় ফেলে দিয়ে আস্তে আস্তে চোরের মত বাসায় ঢুকলেন। ভয়ে নেশাটেশা চোখের পলকে উবে গেল। বল ত দিদিমণি, তিনি ছাড়া বাবুকে কি আর কেউ কোনদিন শাসন করতে পারবে!

সরোজিনী নিঃশব্দে কিছুক্ষণ বসিয়া থাকিয়া কহিল, সতীশবাবু কি এখনো মদ খান বেহারী?

বেহারী ঘাড় নাড়িয়া বলিল, না। কিন্তু আবার শুরু করতে কতক্ষণ দিদিমণি? তাইতে ত আজ দুদিন ধরে কেবলি ভাবচি এই দুঃসময়ে আমার সাবিত্রী মা যদি একবার আসতেন।

সরোজিনী উৎসুক হইয়া জিজ্ঞাসা করিল, কেন বেহারী?

বেহারী কহিল, আমি বরাবর দেখি, বাবু মন খারাপ হলেই মদ খেতে আরম্ভ করেন।

এক উপীনবাবুকে ভয় করেন, তা তাঁর সঙ্গেও কি জানি কি হয়ে গেছে। সে রাত্রিতে তিনি বাসায় উঠে হঠাৎ সাবিত্রী মাকে চোখে দেখতে পেয়েই সেই যে চলে গেলেন, তার পর থেকে কেউ আর কারও নাম করেন না। তবে বল দিকি দিদিমণি, মা ছাড়া বাবুকে আর কে সামলাতে পারে?

একটুখানি থামিয়া বলিতে লাগিল, অসুখের খবর পাওয়া পর্যন্ত এই পাঁচ-ছ'টা দিন বাবুর যে কি করে কেটেচে, সে তো আমি চোখের ওপরেই দেখলুম। পরশু ঘুম থেকে উঠে তারের খবর পেয়ে সেই যে মুখ থুবড়ে পড়লেন, সারাদিন আর উঠলেন না। তার পরে রাত্তিরের গাড়িতে বাড়ি চলে গেলেন। আমাকে শুধু এই কথাটি বলে গেলেন, বেহারী, তোরা সব নিয়ে-থুয়ে বাড়ি চলে আয়।

সরোজিনী ব্যগ্র হইয়া কহিল, কার অসুখ বেহারী?

বেহারী আশ্চর্য হইয়া কহিল, যাবার পথে বাবু তোমাদের বলে যাননি দিদিমণি?

সরোজিনী মাথা নাড়িয়া বলিল, না। কার অসুখ?

বেহারী নিশ্বাস ফেলিয়া বলিল, তা হলে মনের ভুলে অমনি সোজা চলে গেছেন, এ বাড়িতে ঢোকেন নি। যেদিন সকালে এখানে নেমন্তন্ন খেতে আসবেন, সেইদিনই চিঠি এলো বড়োবাবুর অসুখ। তাই আর খেতে আসতে পারলেন না। টেলিগ্রাফ করে নিজেই সারাদিন পোস্টাফিসে দাঁড়িয়ে কাটালেন। কিন্তু কোন খবর এলো না। তার পরে পরশু সকালে একেবারে শেষ খবর এলো। রাত্তিরের গাড়িতে বাবু বাড়ি চলে গেলেন।

সরোজিনী চমকিয়া উঠিল, সতীশবাবুর বাবা মারা গেলেন?

বেহারী বলিল, হাঁ দিদিমণি।

কি হয়েছিল?

অনেক বয়স হয়েছিল, শুধু একটা উপলক্ষ্য করে প্রাণটা বেরিয়ে গেল, বলিয়া বেহারী আর্দ্রচক্ষু মার্জনা করিয়া কহিল, অন্য কিছুর জন্যে দুঃখ করিনে, কিন্তু, এই বুড়োটা ছাড়া বাবুর আপনার বলতে আর কেউ রইল না। তাই এই দুটো দিন এই শুধু ভাবচি, তাহার সিক্ত চোখ দুটো একবার ভাল করিয়া মুছিয়া লইল।

সরোজিনীর নিজের চোখেও জল আসিয়া পড়িতে লাগিল। কহিল, এবার থেকে সতীশবাবু ভাল হয়েও যেতে পারেন। মন্দই যে হবেন, এ ভয় তোমার কেন হচ্চে বেহারী?

বেহারী অন্যমনস্কের মত বলিল, কি জানি! তার পরে মুখ তুলিয়া কহিল, তোমার মুখে ফুল-চন্দন পড়ুক দিদিমণি, বাবু ভালই হোন—আর যেন সেদিকে মতিগতি না হয়। কিন্তু যাবার সময় গাড়িতে উঠে নাকি বললেন, যাক, এক রকমে বাঁচা গেল বেহারী, সংসারে আর কারো জন্যে ভাবনা-চিন্তে করতে হবে না। তোমাকে সত্যি বলচি দিদিমণি, সেই থেকে যখনই মনে পড়চে তখনই বুকের ভিতর হু হু করে উঠচে। হাতে কত টাকাই ত এবার পড়বে—সঙ্গী-সাথীও বাবুর সব ভাল নয়—মন্দ পথে গেলে এখন কে ঠেকাবে? শুধু পারে আমার মা। বলিয়া বেহারী অজ্ঞাতসারে আর একবার তাহার শ্রোতার বক্ষে তপ্ত শেল হানিয়া হাত-দুটা জোড় করিয়া মাথায় ঠেকাইল।

সরোজিনী আঘাত সহ্য করিয়া লইয়া মৃদুকণ্ঠে কহিল, বেশ ত বেহারী, তাঁকেই কেন আসতে চিঠি লিখে দাও না?

বেহারী বলিল, ঠিকানা ত জানিনে। নিজে যদি একবার কাশী যেতে পারতাম, যেমন

করে হোক খুঁজে-পেতে ফিরিয়ে আনতে পারতাম, কিন্তু আমার ত সে জো নেই; বাবুকে একলা ফেলে রেখে যেতেও ত মন সরে না। তা ছাড়া, আমি ত কখনো কাশী যাইনি,—সে দেশ ত চিনিনে, বলিয়া সে নিরুপায়ের মত সরোজিনীর মুখের প্রতি চাহিল। স্পষ্ট বোঝা গেল সতীশের এই পরম হিতৈষী বৃদ্ধ ভৃত্য প্রভুর অবশ্যম্ভাবী অমঙ্গলের আশঙ্কায় ব্যাকুল হইয়া তাহার কাছে নীরবে আশ্বাসের প্রতীক্ষা করিতেছে। কিন্তু সরোজিনী তাহাকে কোন ভরসাই দিল না, শুধু নীরবে চাহিয়া রহিল।

আজ তা হলে আসি দিদিমণি, বলিয়া বেহারী উঠিয়া আসিয়া পায়ের কাছে গড় হইয়া প্রণাম করিল এবং পুরনায় পদধূলি গ্রহণ করিয়া ঘর হইতে বাহির হইয়া গেল। কিন্তু, পরক্ষণেই অকস্মাৎ ফিরিয়া আসিয়া হাতজোড় করিয়া সম্মুখে দাঁড়াইল।

কি বেহারী?

একটা কথা নিবেদন করব দিদিমণি?

সরোজিনী অনেক কষ্টে একটুখানি ম্লান হাসি টানিয়া আনিয়া কহিল, কি কথা?

বেহারী তেমনি যুক্তকরে করুণ-কণ্ঠে কহিল, আমি গোয়ালা চাষা, তাতে বুড়োমানুষ। কি বলতে যদি কি বলে ফেলি, অপরাধ নেবেন না?

সরোজিনীর চোখ ফাটিয়া জল আসিয়া পড়িল। কিন্তু প্রাণপণে তাহা নিরোধ করিয়া ঘাড় নাড়িয়া শুধু বলিল, না।

তাহার মুখের এই একটিমাত্র 'না' শব্দ শুনিয়াই বেহারীর যেন চমক ভাঙ্গিয়া গেল। সে নিজেকে চাষা প্রভৃতি বলিয়া নিজের বুদ্ধিহীনতার সহস্র পরিচয় দিলেও সে আসলে নির্বোধ ছিল না। সুতরাং কেন যে সরোজিনী সাবিত্রীর কথা জিজ্ঞাসা করিতে তাহাকে পথ হইতে ডাকিয়া আনিয়াছিল, কেন যে সে এমন গভীর মনোনিবেশপূর্বক তাহার কাহিনী শুনিতেছিল, সমস্ত ব্যাপারটা তাহার কাছে অকস্মাৎ সূর্যের আলোর মত নির্মল হইয়া উঠিল। এবং না জানিয়া সে যে তরুণীকে এতক্ষণ ধরিয়া বিঁধিয়া এত বেদনা দিয়াছে, সেজন্য তাহার মনস্তাপের অবধি রহিল না। তখন বেহারী নিরতিশয় করুণ-কণ্ঠে কহিল, আমি জানি তোমার কথা কখনো ঠেলতে পারবেন না—তুমিও ইচ্ছে করলে বাবুকে অসময়ে রক্ষে করতে পার। কিন্তু আমার মন বলে, তুমি যেন তাঁকে ত্যাগ করেছ মা। বেহারী এই প্রথম সরোজিনীকে মাতৃ-সম্বোধন করিল। 'মা' বলিয়া কাজ আদায় করিবার ফন্দিটা বুড়া বেশ জানিত।

সরোজিনীর অশ্রু আর মানা মানিল না, দুই চক্ষু প্লাবিয়া বড় বড় ফোঁটা ঝরঝর করিয়া বুড়ার সাক্ষাতেই ঝরিয়া পড়িল। কিন্তু তাড়াতাড়ি মুছিয়া ফেলিয়া কহিল, না বেহারী, আমার দ্বারা কিছু হবে না—আমি আর তাঁর কোন কথায় নেই।

বেহারী ঘাড় নাড়িয়া কহিল, মা বলে ডেকেচি, আমি তোমার ছেলের মত। দোষ-ঘাট তাঁর যাই হয়ে থাক, আমি ঘাট মানচি, বলিয়া বেহারী ঝুঁকিয়া পড়িয়া সরোজিনীর পায়ের ধূলা মাথায় লইয়া বলিল, কিন্তু তুমি ত আমার বাবুকে চেনো? এই বিপদের দিনে অভিমান করে তাঁকে মেরে ফেলতে তোমাকে ত আমি কিছুতে দেব না মা!

সরোজিনীর নিদারুণ অভিমান গলিয়া গিয়া সতীশকে ক্ষমা করিবার জন্য একবার উন্মুখ হইয়া উঠিল বটে, কিন্তু সঙ্গে সঙ্গেই বুড়ার মুখের সাবিত্রীর সমস্ত প্রসঙ্গ মনে পড়িয়া তাহার বিগলিত চিত্ত চক্ষের পলকে পুনরায় শুকাইয়া কাঠ হইয়া উঠিল। সে ঘাড় নাড়িয়া শান্ত

কঠোর-স্বরে কহিল, না বেহারী, তুমি ভয় করো না, সাবিত্রী এসে পড়লেই আবার সব ঠিক হয়ে যাবে। কিন্তু, আমাকে দিয়ে তোমাদের কোন উপকার হবে না।

এই নিষ্ঠুর প্রত্যুত্তরের জন্য বেহারী একেবারেই প্রস্তুত ছিল না। তাহার নিজের সর্বজয়ী ভালবাসার কাছে এই শুষ্ক কণ্ঠস্বর এমন কঠিন হইয়া বাজিল যে, সে কিছুক্ষণের জন্য বিহ্বলের মত শুধু চাহিয়া রহিল। তার পরে আর একটি কথাও না বলিয়া আর একবার প্রণাম করিয়া বাহির হইয়া গেল।

ঊনচল্লিশ

যক্ষ্মারোগগ্রস্ত স্ত্রীকে লইয়া উপেন্দ্র মাস পাঁচ-ছয় নৈনিতালে বাস করিয়া মাত্র কয়েকদিন হইল বক্সারে ফিরিয়া আসিয়াছে। এটা সুরবালার শেষ ইচ্ছা। সেদিন, সন্ধ্যার পর স্নিগ্ধ দীপালোকের পানে অনেকক্ষণ চুপ করিয়া চাহিয়া থাকিয়া এই পরলোকের যাত্রীটি ধীরে ধীরে স্বামীর হাতের উপর ডান হাতটি রাখিয়া বলিল, তোমার কথায় আমার কখনো কোনদিন সন্দেহ হয় না। আজ আমাকে একটি কথা সত্যি করে বলবে? ভুলোবে না বল?

উপেন্দ্র মুমূর্ষু স্ত্রীর মুখের উপর ঝুঁকিয়া পড়িয়া কহিল, কি কথা পশু?

সুরবালা মুহূর্তকাল নীরব থাকিয়া বলিল, তোমাকে আমি আবার পাব ত?

উপেন্দ্র স্ত্রীর কপালের উপর হইতে রুক্ষ চুলগুলি সরাইয়া দিয়া শান্ত দৃঢ়স্বরে কহিল, পাবে বৈ কি!

আচ্ছা, কতদিনে পাব? আমি ত শিগগিরই চললুম, কিন্তু ততদিন কোথায় তোমার জন্যে বসে থাকব?

স্বর্গে থাকবে। সেখানে থেকে আমাকে সর্বদাই দেখতে পাবে।

কিন্তু, একলাটি কেমন করে থাকব আমি? আচ্ছা, ডাক্তারে সবাই জবাব দিয়ে দিয়েছে? এমন কোন ওষুধ নেই যাতে আমি বাঁচি? আমি গেলে তোমার হয়ত কত কষ্টই হবে।

একফোঁটা চোখের জল উপেন্দ্র কোনমতেই সামলাইতে পারিল না—টপ করিয়া সুরবালার কপালের উপর ঝরিয়া পড়িল।

সমস্ত হৃদয়টা তাহার মথিত করিয়া নালিশ ধ্বনিয়া উঠিল, ভগবান! স্বামীর বুকে এতবড় ভালবাসাই শুধু দিলে, কিন্তু এতটুকু শক্তি দিলে না যে, স্নেহাস্পদটিকে সে একটা দিনও বেশি ধরিয়া রাখে।

সুরবালা শীর্ণ হাতখানি তুলিয়া স্বামীর চোখ মুছাইয়া দিয়া বলিল, তোমার কান্না আমি সইতে পারিনে,—আমার আর একটি কথা রাখবে?

উপেন্দ্র ঘাড় নাড়িয়া বলিল, রাখব।

সুরবালা কহিল, তা হলে আমার ছোটবোন শচীর সঙ্গে ছোটঠাকুরপোর বিয়ে দিয়ো, আমি অনেকদিন তাঁকে দেখিনি, দু-চারদিনে পড়ার এমন কি ক্ষতি হবে,—একবার কলকাতা থেকে আসতে টেলিগ্রাফ করে দাও না।

উপেন্দ্রর বুকে আর একবার শেল বিঁধিল। দিবাকরকে সুরবালা যে কত ভালবাসিত

তাহা সে জানিত। তথাপি তাহার শেষ ইচ্ছা পূর্ণ করিবার কোন উপায় নাই। দিবাকরের চরম কীর্তি চিরদিনই সে পত্নীর কাছে গোপন রাখিয়াছিল, আজও তাহা প্রকাশ করিল না। টেলিগ্রাফ করিবার অনুরোধটা এড়াইয়া গিয়া কহিল, কিন্তু তার সঙ্গে শচীর বিয়ে দিতে প্রথমে ত তোমার মত ছিল না পশু! শুধু আমার মতেই শেষে মত দিয়েছিলে। এখন আমার নিজের মত বদলে গেছে, শচীর জন্যে ঢের ভাল সম্বন্ধ আমি ঠিক করে দেব, কিন্তু এ বিয়েতে কাজ নেই সুরো।

সুরবালা বলিল, না, সে হবে না। ছোটঠাকুরপোর সঙ্গেই শচীর বিয়ে দিয়ো।

উপেন্দ্র একটু আশ্চর্য হইয়া বলিল, কেন বল ত?

সুরবালা কহিল, তার মুখ দেখে তুমি কোনদিন আর আমাদের পর হতে পারবে না। তা ছাড়া, সে বাড়িতে থাকলে তোমাকেও দেখতে পারবে।

উপেন্দ্র অন্যমনস্কের মত কহিল, আচ্ছা, যদি অসম্ভব না হয় দেব।

ইহার তিনদিন পরে খবর পাইয়া উপেন্দ্রের নিষেধসত্ত্বেও মহেশ্বরী আসিয়া পড়িলেন। সুরবালা তাঁহার কোলের উপর মাথা রাখিয়া কহিল, আমি গেলে ওঁর ওপরে একটু দৃষ্টি রেখো দিদি। আমি ত জানি, উনি আর কখনো বিয়ে করবেন না, কিন্তু ভারী কষ্ট হবে। তোমরা সবাই ওঁকে দেখো, তোমাদের কাছে এই আমার শেষ মিনতি, বলিয়া তাহার চোখ দিয়া জল পড়িতে লাগিল।

মহেশ্বরী তাহার বুকের উপর উপুড় হইয়া পড়িয়া কাঁদিয়া উঠিলেন, কিন্তু মুখ দিয়া একটা কথাও উচ্চারণ করিতে পারিলেন না।

এমনি করিয়া আরও চার-পাঁচদিন কাটিল, তাহার পরে একদিন সকালে স্বামীর কোলের উপর মাথা রাখিয়া, সমস্ত পাড়াটা শোকের সাগরে মগ্ন করিয়া দিয়া সতীসাধ্বী স্বর্গে চলিয়া গেল।

উপেন্দ্র শান্ত-স্থিরভাবে পত্নীর শেষ কর্তব্য সমাপন করিয়া মহেশ্বরীকে লইয়া বাড়ি ফিরিয়া আসিলেন। উপেন্দ্রর পিতা শিবপ্রসাদবাবু পুত্রের জন্য অত্যন্ত উৎকণ্ঠিত হইয়াছিলেন, কিন্তু এখন ছেলের মুখ দেখিয়া অনেকটা আশ্বস্ত হইলেন। মনে মনে বলিলেন, না, যতটা ভয় পেয়েছিলাম সে-রকম নয়। এমন কি, তিনি অচির ভবিষ্যতে আর একটি টুকটুকে বধূ ঘরে আনিবার আশাও হৃদয়ে স্থান দিলেন। কিন্তু অন্তর্যামী বোধ করি অলক্ষ্যে থাকিয়া বৃদ্ধের জন্য সেদিন দীর্ঘনিশ্বাস ফেলিলেন।

দিন-কয়েক পরেই উপেন্দ্রকে শামলা মাথায় দিয়া কোর্টে বাহির হইতে দেখিয়া শিবপ্রসাদ অত্যন্ত তৃপ্তি বোধ করিলেন। এমন কি পুলকের আতিশয্যে পুত্রকে কিছুক্ষণের জন্য কাছে ডাকিয়া সংসারের অনিত্যতা সম্বন্ধে অনেক হিত-কথা কহিয়া অবশেষে বলিলেন, উপীন, তোমাকে আর বোঝাব কি বাবা, তুমি নিজেই সমস্ত জানো, সমস্তই বোঝো! এ সংসারে কিছুই চিরস্থায়ী নয়— আজ যা আছে, কাল তা নেই, কাল যা আছে, আজ তা নেই—কেউ কারো নয়—সব মিছে, সমস্তই মায়ার খেলা! এই কথাটি সর্বদা মনে রেখো বাবা, কখনো আখের নষ্ট করো না। প্রাণপণে উন্নতি করবার এই ত সময়। কে কার? শাস্ত্রে আছে, চলাচলমিদং সর্ব্বং কীর্ত্তির্যস্য স জীবতি! অর্থাৎ কিনা, মান বল, সম্ভ্রম বল, সমস্তই হচ্ছে টাকা। টাকা রোজগারের ওপরেই সমস্ত নির্ভর। দেখ না, সতীশের বাবা কিরকম টাকাটা

রেখে গেলেন বল দেখি? বলিয়া গম্ভীরভাবে মাথা নাড়িতে লাগিলেন। উপেন্দ্র আনত-মুখে নিঃশব্দে সমস্ত শুনিয়া 'যে আজ্ঞা' বলিয়া কাছারি চলিয়া গেল।

আদালতে সতীশের দাদার সঙ্গে সাক্ষাৎ হইল, তিনি এই দুর্ঘটনার জন্য অত্যন্ত দুঃখ প্রকাশ করিয়া অবশেষে, সতীশের কথা পাড়িলেন। উপেন্দ্রর ধারণা ছিল যে, সতীশ পিতার মৃত্যু হইতে বাড়িতেই আছে, কিন্তু এখন শুনিতে পাইল যে, সে বাড়িতেই আছে বটে, কিন্তু এখানের নহে, দেশের। টুনুবাবু সতীশের বৈমাত্রেয় বড় ভাই। কোনদিন তাহাকে সুনজরে দেখেন নাই—এক বাড়িতে বাস করিয়াও কখনো তাহার একটা সংবাদ পর্যন্ত রাখার প্রয়োজন বোধ করেন নাই। বস্তুতঃ সতীশের সহিত তাঁহার সম্বন্ধ ছিল না বলিলেও অন্যায় হয় না। পিতার মৃত্যুতে অর্ধেক শরিক হইয়া সে দাদার আরও বিষদৃষ্টিতে পড়িয়াছে। বলিলেন, এর মধ্যেই প্রায় ত্রিশ-চল্লিশ হাজার টাকা খরচ করে মস্ত দুই ডিস্‌পেনসারী খুলেছে, এক শ' টাকা মাইনে দিয়ে এক ডাক্তার এনেছে, তা ছাড়া বাড়িটাকে পর্যন্ত হাসপাতাল করে তুলেছে।

উপেন্দ্র সহজভাবে বলিল, হাঁ, এ মতলব তার অনেকদিন থেকেই ছিল, শুধু টাকার অভাবেই এতদিন পারেনি বোধ করি।

টুনুবাবু শ্লেষ করিয়া একটু হাসিয়া কহিলেন, সে তো আমিও বোধ করি হে উপীন। কিন্তু, শুধু ডিস্‌পেনসারি খোলার মতলবই ত তুমি জানতে, কিন্তু তার সাধন-ভজনের মতলবটা ত আর জানতে না ভায়া।

উপেন্দ্র আশ্চর্য হইয়া জিজ্ঞাসা করিল, সাধন-ভজন কি রকম?

টুনুবাবু বলিলেন, এই যেমন চক্র, কারণ, পঞ্চমকার ইত্যাদি। শুধু ফিলানথ্রপিস্ট নয় হে, 'সতীশস্বামী' এখন একজন উঁচুদরের সাধক। গেরুয়া বসন, বড় বড় চুল-দাড়ি, রুদ্রাক্ষ-মালা, কপালে সিঁদুরের ফোঁটা—সদাই ঘূর্ণিত লোচন! তার একটা সই নেবার জন্যে রাসবিহারীকে পাঠিয়েছিলাম, সে ত ভয়ে দু'দিন কাছেই ঘেঁষতে পারেনি—আর এই চিঠিখানা পড়ে দেখ, তার চাকর বেহারী আমাকে লিখে পাঠিয়েচে—জবাব দেওয়া এখনো হয়নি, তাই পকেটে পকেটেই ঘুরছে, বলিয়া তিনি একখানা হলদে রঙের ভাঁজকরা কাগজ বাহির করিয়া উপেন্দ্রর সম্মুখে রাখিয়া দিলেন।

নিরুপায় বেহারী সতীশের অগ্রজের কাছে উপায় ভিক্ষা করিয়া এই পত্রখানি পাঠাইয়াছে। খুব সম্ভব, সে গ্রামের কোন অজ্ঞ বালককে ধরিয়া পত্রখানি লিখাইয়া লইয়াছে। আগাগোড়া চিঠিখানি পড়া গেল না বটে, কিন্তু যতটুকু গেল, ততটুকু উপেন্দ্রকে বহুক্ষণের নিমিত্ত স্তম্ভিত করিয়া রাখিল।

তাহার আবাল্যসুহৃদ, তাহার ডান হাত, তাহার ছোট ভাই—সেই সতীশ আজ অধঃপাতের এতই নিম্নস্তরে নামিয়া গিয়াছে যে, গ্রামের মধ্যে প্রকাশ্যে এই-সমস্ত বীভৎস কীর্তি করিয়া বেড়াইতে লজ্জাবোধ ত করেই না, বরঞ্চ ধর্মসাধন করিতেছে মনে করিয়া আত্মপ্রসাদ লাভ করিতেছে। হয়ত সেই কুলটা দাসীটাও সঙ্গে যোগ দিয়াছে। তা ছাড়া, বেহারীর পত্রের ভাবে ইহাও বুঝা যায় যে, গ্রামের নিষ্কর্মা কয়েকজন লোকও তাহার সঙ্গী জুটিয়াছে।

অন্যমনস্ক হইয়া উপেন্দ্র চিঠিখানি পকেটে পুরিয়া আদালত হইতে বাড়ি ফিরিয়া আসিল, টুনুবাবুকে ফিরাইয়া দিবার কথা তাহার মনে পড়িল না।

বেহারী পত্রখানি ডাকে ফেলিয়া দিয়া প্রথম কয়েকদিন স্বয়ং টুনুবাবুর প্রত্যাশা করিয়া উদ্‌গ্রীব হইয়া রহিল, পরে একখানি উত্তরের জন্য অধীর হইয়া দিন কাটাইতে লাগিল, কিন্তু দিনের পর দিন অতিবাহিত হইয়া গেল, না আসিলেন বড়বাবু, না আসিল তাঁহার একখণ্ড জবাব।

বিশেষ করিয়া 'থাকোবাবা'র দৌরাত্ম্যেই বেহারী অতিষ্ঠ হইয়া উঠিয়াছে। ইনি তান্ত্রিক সন্ন্যাসী, সিদ্ধ-পুরুষ। সতীশের মন্ত্র-গুরু। অষ্টপ্রহর মদ ও গাঁজায় মেজাজ দুর্বাসা অপেক্ষাও তীক্ষ্ণ। মুখ এত খারাপ যে, শুধু রাগের উপর নয়, তাঁহার বহালতবিয়তের আলাপেও কানে আঙুল দিতে হয়।

কিন্তু ইহাই নাকি তান্ত্রিক সিদ্ধ-সাধুর একটা লক্ষণ। তা ছাড়া সতীশের গুরু যে!

বেহারীর নিজের তরফ হইতেও ইহার প্রতি ভক্তি-শ্রদ্ধা অল্প ছিল না; কিন্তু পূর্বেই বলা হইয়াছে যে, সতীশের কোনরূপ অনিষ্টের গন্ধ পাইলেও বেহারী হিতাহিত জ্ঞানশূন্য হইয়া উঠিত।

'গুরুবাবা'র শিক্ষকতায় সতীশ ও তাহার দলের নিশীথের নিভৃত চক্রসাধনা ও ততোধিক নিভৃত আনুষঙ্গিক অনুষ্ঠানাদি এতদিন বেহারী কোনমতে সহিয়াছিল, কিন্তু যেদিন দিনের বেলা সতীশ মদ ও গাঁজা 'বাবা'র প্রসাদ পাইল, সে দৃশ্য এই ভৃত্য কিছুতেই সহ্য করিতে পারিল না। সতীশের অবর্তমানে সে গুরুবাবার ঘরে ঢুকিয়া তাঁহার পদধূলি লইয়া জোড়হাতে ভক্তিভরে কহিল, বাবা, আপনি দিনের বেলায় আর বাবুকে গাঁজা মদ খাওয়াবেন না।

অগ্নিতে ঘৃতাহুতি পড়িল। 'বাবা' একমুহূর্তেই সপ্তমে চড়িয়া চীৎকার করিয়া উঠিলেন, তুই শালা মদ বলিস!

বেহারী বিনীত স্বরে কহিল, কি জানি, আমাদের দেশে ত ওরে মদই কয়।

'বাবা' বলিলেন, মদ! কিন্তু তোর শালার কি? তুই বলবার কে?

বেহারীও অসহিষ্ণু হইয়া উঠিতেছিল, সেও দৃঢ়স্বরে বলিল, আমি বাবুর চাকর।

ওরে আমার চাকর! বলিয়া সঙ্গে সঙ্গেই 'বাবা' একটা অশ্রাব্য গালাগালি দিয়া দাঁত খিঁচাইয়া কহিয়া উঠিলেন, কিন্তু আমি তোর বাবুর বাবা, তা জানিস!

বেহারী বসিয়া ছিল, তড়াক করিয়া দাঁড়াইয়া উঠিয়া চেঁচাইয়া বলিল, খবরদার! আমার সামনে ও-সব তুমি বলো না, তা বলে দিচ্চি!

থাকোবাবার এমনিই ত দিবারাত্রির মধ্যে সহজ-চৈতন্য প্রায়ই থাকে না, বেহারীর তিরস্কারে একেবারে দিগ্বিদিকজ্ঞানশূন্য হইয়া পড়িলেন। কি করবি রে শালা! বলিয়া সুমুখের খড়মটা তুলিয়া লইয়া বেহারীর মাথা লক্ষ্য করিয়া সজোরে নিক্ষেপ করিলেন।

নাক দিয়া বেহারীর ঝরঝর করিয়া রক্ত ঝরিয়া পড়িল, এবং একমুহূর্তেই তাহার হৃদয়ের কোন্ এক অজ্ঞাত স্থান হইতে চল্লিশ বৎসর পূর্বেকার গরম রক্ত একেবারে মগজে চড়িয়া গেল। সে ঘরের কোণ হইতে 'বাবা'র চারি হাত দীর্ঘ লোহার ত্রিশূল চক্ষের নিমেষে টানিয়া 'বাবা'র মাথার উপর উদ্যত করিয়া ধরিল। ভয়ে দুই হাত সুমুখে তুলিয়া 'বাবা' কুকুরের মত চীৎকার করিয়া উঠিলেন, এবং সেই অমানুষিক চীৎকারে বেহারীর নিজেরও চমক ভাঙ্গিয়া গেল। সে হাতের ত্রিশূলটা যথাস্থানে রাখিয়া দিয়া নাকের রক্ত মুছিতে মুছিতে চলিয়া গেল।

ঘণ্টা-খানেক পরে সতীশ জিজ্ঞাসা করিল, সত্যি?

বেহারী বলিল, হাঁ। কিন্তু, সে নিজের রক্তপাতের উল্লেখ করিল না।

সতীশ পলকমাত্র স্থির থাকিয়া বলিল, তোকে এ-বাড়িতে থাকতে দিতে আর পারব না। কিন্তু তোকে জবাবও দেব না। শ'-দুই টাকা নিয়ে তুই বাড়ি যা, তোর মাইনে আমি মাসে মাসে তোর বাড়িতে পাঠিয়ে দেব।

বেহারী নত মুখে ঘাড় নাড়িয়া কহিল, যে আজ্ঞে।

সে ক্ষোভ প্রকাশ করিল না, ক্ষমা ভিক্ষা চাহিল না, দুই শত টাকা উত্তরীয়প্রান্তে বাঁধিয়া লইয়া প্রভুর পায়ের ধূলা মাথায় লইয়া সন্ধ্যার পূর্বেই গ্রাম ত্যাগ করিয়া চলিয়া গেল।

সতীশ উপরের বারান্দা হইতে যতক্ষণ দেখা গেল তাহার পানে চাহিয়া রহিল। ক্রমে বিধু পালের দোকানের আড়ালে তাহার দেহটা যখন অদৃশ্য হইল তখন শুধু একটা নিশ্বাস ফেলিয়া বলিল, যাক—এতদিনে বেহারীটাও গেল!

এবার আশ্বিনের প্রথম সপ্তাহেই মহামায়ার পূজা। এখন তাহার দেরি ছিল, কিন্তু সতীশের বন্ধু-মহলে ইহারই মধ্যে আলোচনা উঠিয়াছে, এবার মায়ের কি কি করা চাই। মহাষ্টমীর জন্য এখন হইতেই যে প্রস্তুত হওয়া কর্তব্য। কিন্তু ভাদ্রের মাঝামাঝি ম্যালেরিয়ার প্রকোপ অত্যন্ত বৃদ্ধি পাইল; এমন কি, দুই-চারটি সান্নিপাতিক জ্বরের জন্যও ডাক্তারবাবুর হাঁটাহাঁটি আরম্ভ হইয়া গেল।

আজ কয়দিন হইতেই সতীশের দেহটা তেমন ভাল বোধ হইতেছিল না। বেহারী যেদিন চলিয়া গেল সে রাত্রে জ্বরের লক্ষণ স্পষ্ট অনুভব করিল। হয়ত একাদশীর জন্য হইয়া থাকিবে বলিয়া সে পরদিন সকালে উড়াইয়া দিতে গেল, কিন্তু যাহা বাস্তব, যাহার ভার আছে, তাহাকে অত সহজে উড়ানো চলে না। সমস্তদিন ধরিয়া তাহাকে মানিতেই হইল যে, তাহার দেহ সুস্থ নয়।

তিনদিন পরে, পূর্বপ্রথামত আজিকার চতুর্দশী রাত্রিতেও ঘটা করিয়া পূজার আয়োজন হইয়াছিল, কিন্তু সতীশ স্বয়ং যোগ দিতে এবার অস্বীকার করিল। অপরাহ্ণ-বেলায় গুরুবাবা আসিয়া সতীশের মাথায় শান্তিবারি সিঞ্চন করিয়া কমণ্ডলু দেখাইয়া হাস্যপূর্বক কহিলেন, বাবা, এর ওপর ত যমের অধিকার নেই। তা ছাড়া, তুমি যে মূলাধার, তুমি না থাকলে যে সব পণ্ড।

গুরুজীর কথা সতীশ অগ্রাহ্য করিত না, তাই নিজের ইচ্ছার বিরুদ্ধেই রাজী হইল। বস্তুতঃ, বিহারীকে বিদায় করার পর হইতে সমস্ত কথা মনে মনে আলোচনা করিয়া এ-সব তাহার কিছুই ভাল লাগিতেছিল না। যদিচ, কোনমতেই তাহার বিশ্বাস হয় না যে, বেহারী একেবারে চলিয়া গিয়াছে, আর আসিবে না, তথাপি যত শীঘ্র হয় তাহাকে ফিরিয়া পাইবার জন্য প্রাণ তাহার ব্যাকুল হইয়া উঠিয়াছিল। তা ছাড়া, আরও একটা চিন্তা তাহাকে ভিতরে ভিতরে যাতনা দিতেছিল। কি জানি, বেহারী নিজের বাড়িতেই গেছে, কিংবা তাহাদের পশ্চিমের বাড়িতেই গেছে; গিয়া সমস্ত ব্যাপার প্রচার করিয়া কি একটা বিশ্রী কাণ্ড বাধাইবার চেষ্টায় আছে, কিংবা, আর কোন মতলব করিতেছে। যাই হোক, তাহাকে আবার চোখে না দেখা পর্যন্ত সতীশ কিছুতেই সুস্থির হইতে পারিতেছিল না।

সন্ধ্যার পূর্বেই দ্বিতলের ঘরটিতে সমবেত হইয়া দুই-এক পাত্র সেবন করার পরে

সতীশের সেই নির্জীব ভাবটা কাটিয়া গিয়াছিল। কিন্তু, তবুও অন্তরে পীড়ার গ্লানি তাহাকে ভিতরে ভিতরে পীড়াই দিতেছিল। ঠিক এমনিই সময়ে পাশের ঘরে অকস্মাৎ বেহারীর গলা শুনিতে পাইয়া সতীশ পুলকিত-বিস্ময়ে চঞ্চল হইয়া উঠিল।

হাঁক দিয়া ডাকিল, বেহারী নাকি রে?

বেহারী দ্বারের কাছে আসিয়া সসম্ভ্রমে সাড়া দিল, আজ্ঞে!

'গুরুবাবা'র মুখ কালি হইয়া গেল। কহিলেন, এ ব্যাটা আবার ফিরে এলো নাকি বাবা? শালা ও-ঘরে ঢুকেছে কেন!

এই ঘরেই তাঁদের নিশীথ-চক্রের আয়োজন চলিতেছিল।

সতীশ এ-সকল প্রশ্নের উত্তর না দিয়া বেহারীকে জিজ্ঞাসা করিল, তুই বাড়ি গিয়েছিলি নাকি রে?

বেহারী কহিল, আজ্ঞে না, আমি কাশী গিয়েছিলুম।

কাশী? কাশীতে কেন?

মাকে আনতে।

সতীশ চমকিয়া উঠিল। বেহারী কাহাকে যে 'মা' বলে সতীশ তাহা জানিত। কহিল, সে কাশীতে থাকে নাকি?

আজ্ঞে, হাঁ।

তুই তার ঠিকানা জানতিস?

বেহারী কহিল, না। কিন্তু, আমি জানতুম, মা যেখানেই থাকুন, বাবার মন্দিরে একদিন দেখা হবেই।

দেখা হয়েছিল?

আজ্ঞে হাঁ।

সতীশের বুকের ভিতরটায় তোলপাড় করিতে লাগিল। কিছুক্ষণ স্থিরভাবে আপনাকে সামলাইয়া লইয়া শুষ্ককণ্ঠে কহিল, কিন্তু আমাকে না জানিয়ে সেখানে যাওয়া তোর ভাল কাজ হয়নি। তাদের মান-সম্ভ্রম লজ্জা-শরমের জ্ঞান নেই—তোকে আহাম্মক পেয়ে তোর সঙ্গে যদি চলেই আসত, আজ তা হলে তুই কি বিপদেই পড়তিস বল্ ত?

বেহারী নীরবে দাঁড়াইয়া রহিল।

সতীশ তখন নিজেই আবার কহিতে লাগিল, বাড়ি ঢুকতে ত দিতাম না,—ফটকের বাইরে থেকেই দরোয়ান দিয়ে দূর করে দিতাম। তাকে নিয়ে এই রাত্রে তুই কি মুশকিলে পড়ে যেতিস ভেবে দেখ্ দেখি? সাধে কি আর লোকে তোদের ভেমো-গয়লা বলে রে! আচ্ছা যা, খাওয়া-দাওয়া কর গে যা। কালীচরণ, বেশ একটু বড় করে একপাত্র দাও ত ভাই।

হুকুমমাত্র কালীচরণ একপাত্র 'কারণ' মূল সাধকের হাতে তুলিয়া দিল।

বেহারী মৃদুকণ্ঠে কহিল, বাবু, মা একবার আপনাকে ডাকচেন!

সতীশ পাত্র মুখে তুলিতে যাইতেছিল, চমকিয়া কহিল, কে ডাকচেন বললি?

বেহারী বলিল, মা।

সতীশ হতবুদ্ধির মত হাতের পাত্রটা পিকদানিতে উপুড় করিয়া দিয়া কহিল, তোর সঙ্গে এসেচে? তা আগে বললি নে কেন?

বেহারী তাহার জবাব না দিয়া পুনরায় কহিল, তিনি এখুনি একবার ডাকচেন।

সতীশ গলা একটু খাটো করিয়া বলিল, তুই বল্ গে বেহারী, যে, বাবুর জ্বর হয়েছে, তাই বাইরের জন-কয়েক বন্ধু তাঁকে দেখতে এসেছেন। আধ-ঘণ্টা পরে যাচ্চি, বল্ গে যা।

বেহারী তাহার হাতের পাশের দরজাটা চোখের ইঙ্গিতে নির্দেশ করিয়া আস্তে আস্তে বলিল, মা এই যে দাঁড়িয়ে রয়েচেন, একবার বেরিয়ে আসুন।

সতীশ চকিত হইয়া নিঃশব্দে অঙ্গুলি-সংকেতে প্রশ্ন করিল, এই ঘরে?

বেহারী ঘাড় নাড়িয়া জবাব দিল, হাঁ, এই যে।

সতীশ চট করিয়া গোটা-দুই লবঙ্গ এলাচ মুখে ফেলিয়া দিয়া উঠিয়া ধীরে ধীরে বাহিরে আসিয়া দেখিল তাহার পাশের দরজার অন্তরালেই সাবিত্রীর অঞ্চল-প্রান্ত দেখা যাইতেছে! সে যে স্বকর্ণে সমস্ত শুনিয়াছে, তাহাতে কোন সংশয় নাই। তাহার ইচ্ছা করিতে লাগিল বোকা বেহারীকে বেশ করিয়া দুই গালে চড়াইয়া দেয়।

সাবিত্রী উঁকি মারিয়া দেখিয়া চুপি চুপি কহিল, ঘরের ভিতরে এসো।

এই কণ্ঠস্বরের সুরে তাহার বুকের সমস্ত তারগুলা যেন বাঁধা ছিল,—সমস্ত এক সঙ্গে ঝমঝম করিয়া ঝঙ্কৃত হইয়া উঠিল। সে ঘরে ঢুকিতেই সাবিত্রী কহিল, জ্বর হয়েচে বলছিলে যে?

সতীশ মাথা নাড়িয়া বলিল, জ্বর হয়েচে ত।

কৈ দেখি? বলিয়া সতীশের কাছে আসিয়া হাত বাড়াইয়া সতীশের কপালের উত্তাপ অনুভব করিয়া চমকিয়া বলিল, হাঁ—সত্যিই জ্বর যে! গা যেন পুড়ে যাচ্চে,—এসো, আমি বিছানা করে দিচ্চি, ঘরে গিয়ে শুয়ে পড়বে চল। বেহারী, বাবুর ঘরে একটা আলো জ্বেলে দেবে এসো, বলিয়া সাবিত্রী তেতালার সিঁড়ির দিকে অগ্রসর হইয়া গেল। সে বাড়ি ঢুকিয়াই বাবুর শোবার ঘরটা বেহারীকে জিজ্ঞাসা করিয়া লইয়াছিল।

পালঙ্কের উপর শয্যা প্রস্তুত করাই ছিল, শুধু আঁচল দিয়া একবার ঝাড়িয়া দিতেই সতীশ শান্ত বালকের মত চোখ বুজিয়া শুইয়া পড়িল। শিয়রে এবং পায়ের দিকের জানালা দুটা বন্ধ করিয়া দিয়া বেহারীকে জিজ্ঞাসা করিল, সাধুটি থাকেন কোন্ ঘরে?

বেহারী পাশের ঘরটা দেখাইয়া দিলে সাবিত্রী কহিল, তাঁর কি কি আছে ওখানে নীচে দিয়ে এসো বেহারী। বাইরের এক সার ঘর ত অমনি পড়ে আছে—তার কোন একটাতে বেশ থাকতে পারবেন তিনি। বেহারী চলিয়া যাইতেছিল, সাবিত্রী ডাকিয়া বলিয়া দিল, এমনি যাঁরা বাবুকে দেখতে এসেছিলেন, তাঁদেরও বাড়ি যেতে বলে দিয়ো। বলো, বাবুর জ্বর বেশী হয়েচে, আর নামতে পারবেন না।

সতীশ একটা কথাতেও কথা যোগ করিল না, মুখ বুজিয়া পড়িয়া রহিল।

বেহারী বীর-দর্পভরে আদেশ প্রতিপালন করিতে প্রস্থান করিতে সাবিত্রী বলিল, আর উঠো না যেন। আমি খাবার ব্যবস্থাটা ঠিক করে দিয়ে আসি। বলিয়া দ্বার বন্ধ করিয়া নিঃশব্দ-পদসঞ্চারে চলিয়া গেল।

তাহার ভয় ছিল, 'সাধুবাবা' বোধ হয় বিদ্রোহ করিবেন, তাই অলক্ষ্যে আসিয়া দ্বারের আড়ালে দাঁড়াইয়া ছিল।

পরক্ষণেই ওধারের দরজা দিয়া বেহারী প্রবেশ করিয়া জোর গলায় কহিল, মা বলে দিলেন, আপনারা বাড়ি যান। বাবুর জ্বর বেড়েচে, আজ আর তাঁর নামা চলবে না।

'থাকোবাবা'কে লক্ষ্য করিয়া বলিল, তোমার জিনিসপত্তর ঠাকুর, নীচে নিবারণের ঘরের পাশের ঘরে রেখে দিতে মা হুকুম দিয়েচেন। তুমি সেইখানেই থাকবে।

'বাবা'র উগ্রতা প্রকাশ পাইল না। তিনি শান্তভাবে প্রশ্ন করিলেন, মা কে বেহারী?

বেহারী কটুকণ্ঠে জবাব দিল, সে খোঁজে তোমার দরকার কি ঠাকুর? যা বলচি তাই কর,—নীচে যাও। মনে মনে কহিল, কে তা টের পাবে। বিনি পয়সার মদ-গাঁজা খেয়ে খড়ম মারা তোমার কাল আমি বার করব।

সকলেই হতবুদ্ধির ন্যায় পরস্পরের মুখ চাওয়া-চাওয়ি করিয়া উঠিবার উপক্রম করিল। কেহই বুঝিতে পারিল না বটে, কিন্তু আদেশ যখন সত্যকার আদেশরূপে অকুণ্ঠিত-স্বরে বাহির হইয়া আসে, তা সে যাহারই মুখ দিয়া আসুক, মানুষ কেমন করিয়া যেন নিশ্চয় অনুভব করিতে পারে ইহা অগ্রাহ্য করা চলিবে না।

বেহারী রান্নাঘরে আসিয়া দেখিল, সাবিত্রী বামুনঠাকুরকে দিয়া দুধ জ্বাল দিবার উদ্যোগ করিতেছিল। কহিল, রাত হয়ে গেল, তোমার ত এখনও পর্যন্ত স্নান-আহ্নিক হয়নি মা। সারাদিন গাড়িতে একফোঁটা জল পর্যন্ত খাওনি,—চল, আগে তোমাকে স্নানের জায়গা-টায়গাগুলো দেখিয়ে দিয়ে আসি, ততক্ষণে বাবুর দুধটুকু জ্বাল দেওয়া হয়ে যাবে এখন। বলিয়া সাবিত্রীকে একরকম জোর করিয়াই লইয়া গেল।

তাহাকে পাঠাইয়া দিয়া বেহারী বাবুর জন্য তামাক সাজিয়া গুড়গুড়িটি হাতে করিয়া নিঃশব্দে দ্বার ঠেলিয়া বাবুর ঘরে ঢুকিল। সতীশ চুপ করিয়া পড়িয়া ছিল, চোখ মেলিয়া কহিল, কে বেহারী?

হাঁ বাবু, তামাক সেজে এনেচি।

আয়। সে কোথায় রে?

বেহারী কহিল, এখন পর্যন্ত একফোঁটা জল মুখে যায়নি। তাই জোর করে চান করতে পাঠিয়ে দিয়ে তবে আসচি বাবু!

সতীশ কহিল, বেশ করেচিস। কিন্তু, তোকে আমি খুঁজছিলাম বেহারী।

বেহারী ব্যস্ত হইয়া উঠিল—কেন বাবু? দেহটা এখন কেমন আছে?

সতীশ মাথা নাড়িয়া বলিল, ভাল নেই বেহারী। তোকে তাই আমি খুঁজছিলাম। দোরটায় খিল দিয়ে আমার কাছে এসে একটু বস।

বেহারী দ্বার রুদ্ধ করিয়া শঙ্কিত-চিত্তে প্রভুর পায়ের কাছে আসিয়া মেঝের উপর উবু হইয়া বসিল।

সতীশ জিজ্ঞাসা করিল, আচ্ছা বেহারী, তুই ফাঁড়া মানিস?

বেহারী সবিস্ময়ে কহিল, ফাঁড়া? ফাঁড়া মানিনে আবার? পাঁজিপুঁথির লেখা কখনো কি মিথ্যে হতে পারে বাবু?

সতীশ একটুখানি চুপ করিয়া থাকিয়া বলিল, এবার আমার একটা মস্ত ফাঁড়া আছে বেহারী!

বেহারী শিহরিয়া উঠিল; বলিল, না না, অমন কথা বলবেন না বাবু!

সতীশ নিজের মনে বার-দুই মাথা নাড়িয়া কহিল, আমি টের পেয়েচি বেহারী, এই জ্বরই আমার শেষ জ্বর,—এবার আমি আর বাঁচব না।

চক্ষের পলকে বেহারী প্রভুর দুই পা চাপিয়া ধরিয়া বলিয়া উঠিল, ও-কথা মুখে

আনবেন না বাবু, আপনার সব আপদ-বালাই নিয়ে আমি যেন মরি, আমার পেরমাই নিয়ে আপনি বেঁচে থাকুন বাবু, আমরা সবাই তা হলে মরে যাব, একটি প্রাণীও বাঁচব না। বলিতে বলিতে বেহারী হুহু করিয়া কাঁদিয়া উঠিল।

সতীশ গম্ভীর-মুখে বলিল, মরা-বাঁচার কথা ত বলা যায় না বেহারী, যদি না-ই বাঁচি, তোকে যা জিজ্ঞেসা করব, সত্যি কথা বলবি?

বেহারী কাঁদিতে কাঁদিতে কহিল, এই আপনার পা ছুঁয়ে দিব্যি করচি বাবু, একটি কথাও মিছে বলব না।

কিছুই লুকোবি নে বল্?

না বাবু, একটি কথাও গোপন করব না।

তখন সতীশ কহিল, আচ্ছা বস গে।

বেহারী চোখ মুছিয়া স্বস্থানে ফিরিয়া আসিয়া বসিলে, সতীশ জিজ্ঞাসা করিল, আচ্ছা, সাবিত্রীকে কোথায় পেলি বল্ দেখি?

ঐ যে বললুম কাশীতে।

সেখানে বিপিনবাবুর সঙ্গে তোর দেখা হলো?

বেহারী জিভ কাটিয়া ঘৃণাভরে বলিয়া উঠিল, রাম! রাম! সে হারামজাদা আমাদের কে যে তার সঙ্গে দেখা হবে বাবু!

সতীশ কহিল, কিন্তু তুই যে নিজের চোখে তাকে ওর বিছানায়—

বেহারী দুই হাত তুলিয়া সতীশকে কথাটা শেষ করিতেও দিল না। সহসা অত্যন্ত উত্তেজিত হইয়া নিজের গালে মুখে ঠাস্-ঠাস্ করিয়া গোটাকতক সশব্দে চড় কশাইয়া দিয়া বলিতে লাগিল, তার শাস্তি এই! এই! এই! তবু, না জেনে বলেছিলুম বলেই এখনো পাঁচজনের কাছে মুখ বার করতে পারচি, না হলে এই জিভটা আমার এতদিনে পচে খসে পড়ত।

সতীশ আশ্চর্য হইয়া উঠিয়া বসিয়া কহিল, কি হলো রে তোর?

বেহারী লজ্জা পাইয়া তখন স্থির হইয়া বসিয়া একটি একটি করিয়া বলিতে আরম্ভ করিল। এতটুকু বাড়াইল না, একবিন্দু গোপন করিল না। নিজে যাহা জানিত, মোক্ষদার কাছে, চক্রবর্তীর কাছে যাহা শুনিয়াছিল, সাবিত্রীর নিজের মুখ হইতে যাহা-কিছু জানিতে পারিয়াছিল, সমস্ত একে একে ব্যক্ত করিয়া কহিল।

সতীশ পাথরের মূর্তির মত স্তব্ধ হইয়া বসিয়া রহিল। বেহারীর মুখেও আর কথা রহিল না।

বহুক্ষণ পরে সতীশ একটা দীর্ঘনিশ্বাস ফেলিয়া কহিল, এতদিন এ-সব কথা তবে বলিস নি কেন বেহারী?

বেহারী কহিল, কতদিন বলবার জন্যে আমার যেন বুক ফেটে যেত বাবু, কিন্তু কিছুতেই মুখ ফুটোতে পারতুম না।

কেন শুনি?

আমার সাবিত্রী-মায়ের মাথার দিব্যি দিয়ে নিষেধ ছিল বাবু।

সতীশ আবার একটুখানি মৌন থাকিয়া বলিল, আচ্ছা, সে যেন হলো বেহারী, কিন্তু সেদিন রাত্রে সাবিত্রী নিজের মুখেই ত বলে গিয়েছিল সে বিপিন ছাড়া কাউকে চায়

না,—তার সঙ্গেই সে চলে যাচ্চে। তার কি বল দেখি?

বেহারী বলিল, এই কথাটা আমি নিজেও বুঝতে পারিনে বাবু। তবু আমি নিশ্চয় জানি, এ মিথ্যে! মিথ্যে! একেবারে ঘোর মিথ্যে! এ যদি মিথ্যে না হয় ত আমার একটা ছেলেও যেন বাঁচে না বাবু। মায়ের যাবার সময় কেঁদে বললুম, কেন এ মিথ্যে কলঙ্কের ডালি নিজের মাথায় তুলে নিলে মা? তবু, মা আমাকে প্রকাশ করবার হুকুম দিলেন না। আমায় নিজেও কাঁদতে কাঁদতে বললেন, বেহারী, আমার মাথার দিব্যি রইল বাবা, বাবুকে এ-সব কথা তুমি বোলো না। তিনি আমাকে ঘেন্না করুন, আর কখনো মুখ না দেখুন, সেও আমার ঢের ভাল, তবু তাঁকে বলো না যে, আমি নিজের পায়ে কুড়ুল মেরে চলে গেলুম। বলিয়া বেহারী সে-রাত্রের স্মৃতির বেদনায় ঝরঝর করিয়া কাঁদিয়া ফেলিল।

কিন্তু, প্রভুর চোখ দিয়াও যে হুহু করিয়া জল পড়িতেছিল, বৃদ্ধ ভৃত্য তাহা দেখিতেও পাইল না।

অনেকক্ষণ পরে সতীশ অলক্ষ্যে অশ্রু মুছিয়া ফেলিয়া বলিল, তুই বুঝতে পারিস নি বেহারী, কিন্তু আমি বুঝেছি, কেন সে নিজের পায়ে নিজে কুড়ুল মেরেছিল। কিন্তু মিথ্যের ত জয় হয় না বেহারী—

বাহির হইতে দ্বারে করাঘাত পড়িল—ও কি দোর বন্ধ করে ঘুমোলে নাকি গো? খিল খুলে দাও।

বেহারী প্রভুর মুখের পানে চাহিল, কিন্তু প্রভু নিরুত্তরে চোখ বুজিয়া চুপ করিয়া শুইয়া পড়িলেন।

বাহির হইতে পুনরায় শব্দ আসিল—দোর খুলে দাও না, হাত পুড়ে গেল যে!

বেহারী উঠিয়া কবাট খুলিয়া নীরবে পাশ কাটাইয়া সরিয়া পড়িল।

চল্লিশ

এক বাটি গরম দুধ হাতে সাবিত্রী ঘরে ঢুকিয়া তাড়াতাড়ি সেটা পাশের টিপয়ের উপর নামাইয়া রাখিল। তাহার পরনে ধপধপে গরদের শাড়ি, সদ্যস্নাত সুদীর্ঘ সিক্ত কেশভার পিঠ ছাড়াইয়া নীচে ঝুলিয়া পড়িয়াছে, কয়েকটা চূর্ণকুন্তল মুখের উপর কপালের উপর আসিয়া পড়িয়াছে, সতীশ আড়চোখে চাহিয়া দেখিল। তাহার হঠাৎ মনে হইল, সাবিত্রীকে আজ যেন সে এই প্রথম দেখিল।

কিন্তু সে সতীশের আর্দ্র চক্ষু-পল্লব এই ক্ষীণ দীপালোকে দেখিতে পাইল না। একটুখানি সরিয়া কাছে আসিয়া মুখ টিপিয়া হাসিয়া বলিল, দোর দিয়ে বসে প্রভু-ভৃত্যে কি পরামর্শ হচ্ছিল শুনি? বেহায়া আপদটাকে কি করে ফটকের বাইরে দূর করে দেওয়া যায়, এই না?

সতীশ সাড়া দিল না। পাছে কথা কহিলে কণ্ঠস্বরে ভিতরের দুর্বলতা ধরা পড়ে, এই ভয়ে চুপ করিয়া রহিল।

সাবিত্রী বলিল, ছেলেবেলায় সেই বেড়ালের গলায় ঘণ্টা-বাঁধার গল্প পড়েচ ত? আমিও দেখতে চাই এ-ক্ষেত্রে ঘণ্টা বাঁধতে কে এগিয়ে আসে। তুমি নিজে, না তোমার ও সাধুজীটি!

তবুও সতীশ কথা বলিল না, যেমন চুপ করিয়া ছিল তেমনি রহিল।

একটা চৌকি টানিয়া লইয়া সাবিত্রী কাছে বসিল। কিন্তু এবার তাহার পরিহাস-তরল কণ্ঠস্বর গম্ভীর হইল। কহিল, তামাশা যাক, কাণ্ডটা কি আমাকে বুঝিয়ে দিতে পার? উপীনদার সঙ্গে ঝগড়া করলে, শেষে কিনা সরোজিনীর সঙ্গে পর্যন্ত ঝগড়া করে চলে এলে! তা না হয় একদিন মিটে যাবে জানি, কিন্তু এ কি হচ্ছে? আমার গা-ছুঁয়ে দিব্যি করেছিলে মদ ছোঁবে না, তা মদ চুলোয় যাক, গাঁজা খেতে ধরেচ! তাও আবার সোজা নয়,—যত সমস্ত অভাগার দল জুটিয়ে, গেরুয়া কাপড় পরে যন্ত্র-মন্ত্রের ঢাক পিটে প্রকাশ্যে বুক ফুলিয়ে খাওয়া চলেচে!

সাবিত্রীর মুখে সরোজিনীর উল্লেখে সতীশের গা জ্বলিয়া গেল। বেহারী যে কিছুই বলিতে বাকী রাখে নাই, তাহা সে বুঝিল। একবার তাহার ঠোঁটে আসিয়া পড়িল তোমার জন্যেই আমার সর্বনাশ—তুমিই আমার শনি! কিন্তু সে কথা চাপিয়া গিয়া শুধু ধীর-গম্ভীর গলায় সংক্ষেপে বলিল, বুক ফুলিয়ে মদ-গাঁজা খাওয়ার দোষ কি?

দোষ কি সে তুমি জানো না?

না।

আচ্ছা, তাও যদি না জানো, এটা ত জানো যে, আমার গা-ছুঁয়ে প্রতিজ্ঞা করেছিলে খাবে না?

তুমি আমার কে যে, কবে জোর করে দিব্যি করিয়ে নিয়েচ বলে সে একটা মস্ত বাধা!

সাবিত্রী কোনমতে হাসি চাপিয়া মাথা নাড়িয়া বলিল, কেউ নয় আমি? একেবারেই কেউ নয়?

সতীশও ঘাড় নাড়িয়া বলিল, না।

তবে মদের গেলাস পিকদানিতে ঢেলে ফেলে এলাচ চিবোতে চিবোতে এসেছিলে কেন?

সে শুধু তুমি বকাবকি করবে এই ভয়ে।

সাবিত্রী হাসিয়া ফেলিয়া বলিল, তবু সাবিত্রী কেউ নয়। আচ্ছা, এখন একটু দুধ খেয়ে ঘুমোও। বলিয়া উঠিয়া গিয়া দুধের বাটিটা হাতে লইয়া সতীশের সুমুখে দাঁড়াইল। সতীশ আপত্তি করিল না, উঠিয়া বসিয়া সমস্ত দুধটুকু পান করিয়া শুইয়া পড়িল।

সাবিত্রী বাটিটা হাতে করিয়া চলিয়া যাইতেছিল, সতীশ ডাকিয়া জিজ্ঞাসা করিল, তোমার আহ্নিক সারা হয়েছে?

সাবিত্রী ফিরিয়া দাঁড়াইয়া বলিল, হাঁ।

কি খেলে?

এখনো খাইনি। এইবার গিয়ে যা হোক কিছু খাব।

শোবে কোথায়?

দেখি, ফটকের বাইরে কোথাও একটু জায়গা-টায়গা পাওয়া যায় কিনা! নইলে গাছতলায়। বলিয়া নিজেই একটু হাসিয়া কহিল, আচ্ছা, কথাগুলো মুখ দিয়ে বার করতেও কি একটু কষ্ট হয় না? ধন্য তুমি! বলিয়া পরম স্নেহে সতীশের কপালের উপর হইতে চুলগুলি হাত দিয়া উপরে তুলিয়া দিতে গিয়া তাহার ললাটের উত্তাপ অনুভব করিয়া চমকিয়া উঠিল। বেহারী ঘরে ঢুকিয়াই বলিল, মা, তোমার বিছানাটা—

সাবিত্রী পাশের ঘরটা হাত দিয়া দেখাইয়া কহিল, এই ঘরটাতেই আমার বিছানা হবে বেহারী, বাবুর জ্বরটা কিছু বেশী বোধ হচ্চে—আমি এই পাশের ঘরেই শোবো। মাঝের দরজাটা খোলা থাকবে—তোমাকেও আজ এই ঘরের মেঝেতেই শুতে হবে। সতীশকে কহিল, আর রাত জেগো না, একটু ঘুমোবার চেষ্টা কর, বলিয়া ধীরে ধীরে দরজাটা বন্ধ করিয়া দিয়া গেল।

অল্পকাল পরে সামান্য কিছু আহার করিয়া ফিরিয়া আসিয়া সে পাশের ঘরেই একটা মাদুর বিছাইয়া শুইয়া পড়িল এবং ক্লান্ত চক্ষু-দুটি তাহার দেখিতে দেখিতে গভীর নিদ্রায় মুদ্রিত হইয়া গেল।

অতি প্রত্যূষেই ঘুম ভাঙ্গিতে সাবিত্রী ধড়ফড় করিয়া উঠিয়া এ ঘরে আসিয়া দেখিল, শয্যার উপর সতীশ যাতনায় ছটফট করিতেছে। কপালে হাত দিয়া দেখিল উত্তাপে পুড়িয়া যাইতেছে। তাহার শীতলস্পর্শে সতীশ চোখ মেলিল—দু'চক্ষু জবাফুলের মত রাঙ্গা।

জ্বরের অবস্থা দেখিয়া সাবিত্রী ভয়ে সেই শয্যার উপরেই ধপ করিয়া বসিয়া পড়িল, জিজ্ঞাসা করে তাহার এ ক্ষমতা রহিল না।

সতীশ তাহার হাতটা টানিয়া লইয়া নিজের তপ্ত ললাটের উপর চাপিয়া ধরিয়া বলিল, আমি কালকেই টের পেয়েছিলাম। কালই আমি বেহারীকে বলেছি—এই জ্বর আমার শেষ জ্বর—এবার আমি আর বাঁচব না।

জ্বরের তীব্র যাতনায় সে এমন করিয়া হাঁপাইয়া হাঁপাইয়া এই কথাগুলি কহিল যে, সাবিত্রী তাহাকে সান্ত্বনা দিবে কি, অদম্য কান্নায় তাহার নিজেরই কণ্ঠরোধ হইয়া গেল; এবং সমস্ত রাত্রি নিশ্চিন্ত হইয়া ঘুমাইয়াছে বলিয়া অনুশোচনায় তাহার নিজের মাথাটা ছেঁচিয়া ফেলিতে ইচ্ছা করিতে লাগিল।

সতীশ কহিল, আমার একটা সাহস যে তুমি আমার কাছে আছ, বলিয়া সে পাশ ফিরিয়া শুইল।

আজ সে-ই তাহার সকলের বড় অবলম্বন, কাল রাত্রে যাহাকে সে অভিমানের স্পর্ধায় বলিয়াছিল, তুমি আমার কে!

কিন্তু ক্ষণকালের জন্য সাবিত্রীর এ সাধ্যটুকুও রহিল না যে, বেহারীকে ডাকিয়া ডাক্তার আনিতে বলে। শুধু সতীশের একটা উচ্ছ্রিত বাহুর উপর হাত রাখিয়া পাথরের মূর্তির মত বসিয়া রহিল।

ক্ষণেক পরেই সতীশ আবার এ-পাশে ফিরিল। আবার সাবিত্রীর হাতটা টানিয়া লইয়া বুকের উপর চাপিয়া ধরিয়া বলিল, আমিও ত কিছু কিছু ডাক্তারি পড়েচি, আমি নিশ্চয় জানি আমার এ জ্ঞান হয়ত ও-বেলা পর্যন্ত থাকবে না, কিন্তু এখনো আমার বেশ হুঁশ আছে। কিন্তু সে জ্ঞান যদি আর আমার ফিরে না আসে ত উপীনদাকে বলো, ওই দেরাজের মধ্যে আমার উইল আছে। সে আমার মুখ দেখবে না জানি, কিন্তু এও জানি, আমার মরণের পরে আমার শেষ ইচ্ছার সে অপমান করবে না। সাবিত্রী, সংসারে এক তুমি ছাড়া আর কেউ বোধ হয় তার চেয়ে আমার বেশী আপনার নেই।

উইলের উল্লেখ সাবিত্রীকে আত্মহারা করিয়া দিল, এবং এতকালের সংযমের বাঁধ আজ তাহার একমুহূর্তের আবেশে ভাঙ্গিয়া পড়িল। সতীশের বুকের উপর লুটাইয়া পড়িয়া সে একেবারে ছেলেমানুষের মত কাঁদিয়া উঠিল।

বেহারী প্রায় সমস্ত রাত্রি বিনিদ্র থাকিয়া ভোরবেলাটা ঘুমাইয়া পড়িয়াছিল, সে চমকিয়া উঠিয়া বসিয়া হতবুদ্ধির মত চাহিয়া রহিল।

তখন সতীশ দুই হাত দিয়া জোর করিয়া সাবিত্রীর মুখখানি তুলিয়া ধরিয়া ক্ষণকাল একদৃষ্টে চাহিয়া থাকিয়া সেই নিমীলিত অশ্রু-উৎস নিজের অগ্ন্যুত্তপ্ত শুষ্ক ওষ্ঠাধরের উপরে টানিয়া নিঃশব্দে স্থির হইয়া রহিল।

তাহার মুখ, তাহার চিবুক, তাহার গলা সাবিত্রীর দুই চক্ষুর অশ্রুপ্রবাহে ভাসিয়া যাইতে লাগিল, এবং সে প্রবাহ যে তাহার প্রাণাধিকের রোগোৎপন্ন প্রবল প্রদাহকেও কতখানি ভিজাইয়া শীতল করিল, তাহা অন্তর্যামীর অগোচর রহিল না বটে, কিন্তু সংসারে ওই বৃদ্ধ বেহারীর বিস্ময়মুগ্ধ বিহ্বল চক্ষু ছাড়া তাহার আর দ্বিতীয় সাক্ষী রহিল না।

বাহিরে শরতের স্নিগ্ধ প্রভাত তখন দিনের আলোকে ফুটিয়া উঠিতেছিল, সাবিত্রী আত্মসংবরণ করিয়া উঠিয়া বসিল এবং আঁচলে নিজের চোখ মুছিয়া প্রিয়তমের মুখ হইতে সমস্ত অশ্রুচিহ্ন সযত্নে মুছিয়া লইল, উঠিয়া আসিয়া ঘরের সমস্ত দরজা-জানালা খুলিয়া দিতেই স্বর্ণাভ রৌদ্রকিরণে ঘর ভরিয়া গেল।

বেহারীর চোখ দিয়া তখন ফোঁটা ফোঁটা জল পড়িতেছিল, সাবিত্রী মুখের ভাবটা সামলাইয়া ফেলিয়া শান্ত সহজ-কণ্ঠে শুধু কহিল, ভয় কি বেহারী, আমি থাকতে ওর কোন ভয় নেই,—বাবু ভাল হয়ে যাবেন। আমি ততক্ষণ বাবুর কাপড়-চোপড় ছাড়িয়ে বিছানা বদলে দিই, তুমি গিয়ে ডাক্তারবাবুকে ডেকে আনো গে, বলিয়া রোগশয্যায় পুনরায় ফিরিয়া গেল।

ডিস্পেন্সারির ডাক্তারবাবু আসিয়া পুঙ্খানুপুঙ্খরূপে সতীশকে পরীক্ষা করিয়া মুখ বিকৃত করিয়া কহিলেন, তাই ত! এ যে নিমোনিয়ার লক্ষণ দেখি। ভয় নেই, রোগ এখনও বাড়তে পারেনি।

ভরসা দিয়া, সান্ত্বনা দিয়া, ডাক্তারবাবু স্বহস্তে ঔষধ প্রস্তুত করিবার জন্য নীচে চলিয়া গেলেন, সতীশ কষ্টে একটুখানি হাসিয়া সাবিত্রীর মুখের পানে চাহিয়া কহিল, ভয় আমি একতিল করিনে। বলিয়া বালিশের তলায় হাত দিয়া একটা চাবির গোছা বাহির করিয়া দেখাইয়া কহিল, এটা চিনতে পার সাবিত্রী? নিজে ইচ্ছে করে একদিন যাকে আঁচলে বেঁধেছিলে, আজ আমিই তাকে তোমার আঁচলে বেঁধে দিই, বলিয়া সাবিত্রীর অশ্রুশিক্ত আঁচলখানি টানিয়া লইয়া ধীরে ধীরে তাহার চাবির রিংটা বাঁধিয়া দিয়া, একটা শান্তির নিশ্বাস ফেলিয়া পাশ ফিরিয়া শুইল।

সাবিত্রীর প্রতি বেহারীর নির্ভরতার অন্ত ছিল না; তাহার কাছে সাহস পাইয়া সে প্রথমটা প্রফুল্ল হইল বটে, কিন্তু সে ত ছেলেমানুষ নহে, দিন-কয়েক পরে সে-ই সাবিত্রীর মুখের চেহারা দেখিয়া মনে মনে ভীত হইয়া উঠিল। সে লক্ষ্য করিয়া স্পষ্ট দেখিতেছিল, এই অসীম কর্মপটু সহিষ্ণু রমণীর শান্ত মুখের উপর একটা পাণ্ডুর ছায়া ক্রমশঃ ঘনীভূত হইয়া উঠিতেছে।

আট-দশদিন পরে একদিন সন্ধ্যায় সে সাবিত্রীকে নিভৃতে পাইয়া সহজ-কণ্ঠে কহিল, মা, এই বুড়োকে ভুলিয়ে কি হবে? তোমার ওই কচি বুকে যা সহ্য হবে, তাই এই বুড়ো হাড়ে কি সইবে না মা? তার চেয়ে আমাকে সব কথা খুলে বল, আমি দেখি যদি কিছু

উপায় করতে পারি।

সাবিত্রী একটুখানি স্থির থাকিয়া বলিল, তোমাকে এখনো বলিনি বেহারী, কিন্তু তোমার নাম করে উপীনবাবুকে আজ সকালে আমি চিঠি লিখে দিয়েচি। দু'দিন অপেক্ষা করে দেখি, যদি তিনি না আসেন, তোমাকে নিজে একবার তাঁর কাছে যেতে হবে বেহারী।

বেহারী উৎকণ্ঠিত হইয়া কহিল, আমাকে না বলে এ কাজ কেন করলে মা!

কেন বেহারী, তিনি কি আসবেন না?

বেহারী মাথা নাড়িয়া আস্তে আস্তে বলিল, তিনি আসতেও পারেন, কিন্তু আমাকে কেন একবার জানালে না মা?

কেন বেহারী?

বেহারী সঙ্কোচে চুপ করিয়া রহিল। কথাটা বলা দরকার। কিন্তু এই অত্যন্ত অপমানকর বাক্যটা তাহার মুখ দিয়া সহসা বাহির হইতে চাহিল না।

সাবিত্রী কহিল, এ-সময়ে তাঁর আসা যে নিতান্ত দরকার বেহারী?

বেহারী বহু কষ্টে সঙ্কোচ কাটাইয়া বলিয়া উঠিল, সে ত জানি মা, কিন্তু তুমি কাছে না থাকলে পৃথিবীর সমস্ত লোক বাবুর বিছানা ঘিরে থাকলেও ত তাঁকে বাঁচাতে পারা যাবে না, সে-কথা কেন ভেবে দেখনি মা!

সাবিত্রী কহিল, ভেবেচি বেহারী। আমি বাড়ির যেখানে হোক নুকিয়ে থেকে আমার কাজ করতে পারব, কিন্তু উপীনবাবুর যে না এলেই নয়! তা ছাড়া আমি মেয়েমানুষ, এ বিপদের কতটুকু ভাল-মন্দই বা বুঝি! না বেহারী, তিনি আসুন।

বেহারী ঘাড় নাড়িতে নাড়িতে কহিল, উপীনবাবুর কথা জানিনে মা, কিন্তু বাবুর কথা জানি। নির্বোধ বটে, কিন্তু এই ষাট বচ্ছর ধরে সংসারটা ত দেখচি? কটা পুরুষমানুষ তোমার চেয়ে ভাল-মন্দ বেশী বোঝে মা? তা সে যাই হোক, তুমি কাছ থেকে সরে গেলে এ-যাত্রা বাবুকে যে ফেরাতে পারব না, এ কথা আমি তোমার পা ছুঁয়ে পর্যন্ত দিব্যি করে বলতে পারি। এমন কাজ কোরো না মা, তুমি আমার বাবুকে ছেড়ে আর কোথাও পালিয়ে থেকো না।

এ কথা বেহারীর চেয়ে সাবিত্রী যে কম জানিত তাহা নহে, কিন্তু চুপ করিয়া রহিল। তাহাকে হাতের কাছে না পাইলে সতীশের ব্যাকুলতা যে কতখানি বাড়িবে, সে সতীশই জানে; কিন্তু এই নিদারুণ রোগশয্যায় সতীশকে চোখের আড়াল করিয়া সাবিত্রী আপনিই বা বাঁচিবে কি করিয়া? তাহাদের প্রতি উপেন্দ্রর ঘৃণা তাহার অবিদিত ছিল না। তিনি আসিলে তাহাকে আত্মগোপন করিতেই হইবে, তাহাতে লেশমাত্র সংশয় নাই—সমস্তই সে মনে মনে আলোচনা করিয়া দেখিয়াছিল, কিন্তু যাহার জন্য এতদিন এত দুঃখ সহিয়াচে, তাহার জন্য এ দুঃখও সহিবে; এই মনে করিয়াই সে উপেন্দ্রকে পীড়ার সমস্ত বিবরণ খুলিয়া লিখিয়া, আসিবার জন্য অনুরোধ করিয়াছিল।

সাবিত্রী দৃঢ়কণ্ঠে কহিল, না বেহারী, সে হতে দিতে পারব না। তিনি পরশুর মধ্যে না এসে পড়লে, তোমাকে নিজে গিয়ে তাঁকে আনতে হবে।

বেহারী ম্লানমুখেই কহিল, এ কথা কেন বলচ মা! আমি চাকর, আমাকে যা হুকুম করবে, তাই আমাকে করতে হবে। কিন্তু আমিও ত মানুষ? তোমার চোরের মত নুকিয়ে থাকা যদি কোনদিন সয়ে উঠতে না পারি মা, আমাকে গাল দিতে পারবে না, তা কিন্তু

আগে থেকে বলে দিচ্ছি, বলিয়া ক্ষুণ্ণচিত্তে চলিয়া গেল।

কিন্তু, সাবিত্রীর সে চিঠি উপেন্দ্রর হাতে পড়িল না। পিতা ও মহেশ্বরীর পুনঃ পুনঃ অনুরোধে সে মাস-খানেক পূর্বে নিজের সম্পূর্ণ ইচ্ছার বিরুদ্ধেও জলহাওয়া বদলাইতে পুরী যাইতে বাধ্য হইয়াছিল। এখানে কাহারো সহিত পরিচয় ছিল না বলিয়া প্রথম রাত্রে তাহাকে একখানা ছোট-রকম হোটেলে আশ্রয় লইতে হইয়াছিল। ইচ্ছা ছিল পরদিন সকালে একটা ভাল জায়গা অনুসন্ধান করিয়া লইবে। স্বত্বাধিকারী ভুবন মুখুয্যে মহাশয় কিন্তু খাতির-যত্নের অবধি রাখিলেন না—আলাদা ঘরে বিছানা করিয়া দিলেন, এমন কি, যতদিন খুশি এখানে থাকিলেও যত্নের ত্রুটি হইবে না ভরসা দিলেন।

সকালে একজন প্রৌঢ়া-গোছের স্ত্রীলোক ঘর ঝাঁট দিতে আসিয়া উপেন্দ্রকে বার বার নিরীক্ষণ করিয়া অবশেষে ঝাঁটাটা ফেলিয়া গড় হইয়া প্রণাম করিয়া কহিল, বাবুর কি কোন ব্যারাম হয়েছিল? বড্ড রোগা দেখচি যে! সে চেহারা নেই সে বর্ণ নেই—

উপেন্দ্র বিস্ময়াপন্ন হইয়া জিজ্ঞাসা করিল, তুমি আমাকে চেন নাকি?

স্ত্রীলোকটি কহিল, আমি যে মোক্ষদা, বাবু, আপনাকে চিনিনে?

উপেন্দ্রর মনে পড়িল, এ সেই মোক্ষদা, যে বহুকাল পূর্বে সতীশের বাড়িতে চাকরি করিত। কহিল, তুমি এখানে চাকরি কর বুঝি?

মোক্ষদা সলজ্জভাবে কহিল, না—হাঁ—তা একরকম চাকরি করা বৈ কি! মুখুয্যেমশাই বললে, আর কলকাতায় পড়ে থাকা কেন, বরং চল কোন তীর্থস্থানে গিয়ে থাকি গে। যা হোক একটা হোটেল-টোটেল করে—

উপেন্দ্র বাধা দিয়া কহিলেন, তা হোটেল চলচে ভাল?

তাঁহার বিরক্তি মোক্ষদার দৃষ্টি এড়াইল না। কহিল, অমনি চলে যাচ্ছে। তা বাবু, এই বয়সে আমার চাকরি করতেই বা হবে কেন? আর মুখুয্যেরই বা ছায়া মাড়াতে হবে কেন? মেয়েটাকে ধরতে গেলে আমিই ত একরকম মানুষ করলুম। মাসী বলে ডাকত, সত্যিকারের মাসীর মতই তাকে বুকে করে রেখেছিলুম, এ না জানে কে? সাবি বললে, মাসী, এ-সব করব না, আমি চাকরি করে মাসী-বোনঝির পেট চালাব। তাই সই। বাবুদের মেসের বাসায় চাকরি করে দিলুম, বাবুরা ঝি বলে ভাবত না, বাড়ির গিন্নী বলে মানত। না যাবে সে, না আজ আমাকে এ-সব করতে হবে। কিন্তু যাই বল বাবু, আমি সত্য কথা বলব,—আমাদের ছোটবাবু হতেই ত আজ আমার এত দুঃখ।

উপেন্দ্র উৎসুক হইয়া প্রশ্ন করিলেন, ছোটবাবু কে? আমাদের সতীশ?

মোক্ষদা ঘাড় নাড়িয়া কহিল, হাঁ। ছুঁড়ি কি চোখেই যে ছোটবাবুকে দেখলে, তার জন্যে সর্বস্ব ত্যাগ করলে! আর তাই, ছোটবাবুকেই কি ধরা-ছোঁয়া দিলে? তাও দিলে না। বিপিনবাবু লক্ষপতি জমিদার। আমার বাসায় রাত নেই, দিন নেই, হাঁটাহাঁটি কাঁদাকাটি করে পায়ের তলা ক্ষইয়ে ফেললে। সোনা রূপা জড়োয়া গয়নার দশ হাজার টাকা ধরে দিতে চাইলে, কিন্তু ছুঁড়ি ত তার মুখ পর্যন্ত দেখলে না! কি মেয়ের তেজ বাবা, দশ দশ হাজার টাকার মায়া যেন খোলামকুচির মত পা দিয়ে ছুঁড়ে ফেলে দিয়ে, নিজের ঘর দুয়ার জিনিসপত্তর পর্যন্ত ফেলে রেখে এক কাপড়ে বেরিয়ে গিয়ে, চেতলার কোন্ এক বামুনের ঘরে ছ মাস চাকরি করে খেটে খেটে হাড়-পাঁজরা সার করে শেষে কোথায় যে চলে গেল,

মা দুর্গাই জানেন, হতভাগী বেঁচে আছে না মরে গেছে! বলিয়া মোক্ষদা পূর্বস্মৃতির আবেগে আঁচল দিয়া চোখ মুছিল।

উপেন্দ্র চুপ করিয়া চাহিয়া রহিলেন।

মোক্ষদা চোখ মুছিয়া কাঁদ-কাঁদ গলায় জিজ্ঞাসা করিল, হাঁ বাবু, ছোটবাবু এখন কোথায়? একবার দেখা পেলে জিজ্ঞাসা করি, তাঁর খোঁজ-টোজ কিছু জানেন কি না!

উপেন্দ্র মৃদুস্বরে কহিলেন, সতীশ যে এখন ঠিক কোথায়, তা আমিও জানিনে। শুনেচি তাদের দেশের বাড়িতে আছে। আচ্ছা, এই সাবিত্রী মেয়েটি কে মোক্ষদা?

মোক্ষদা একমুহূর্তেই প্রজ্বলিত হইয়া উঠিয়া বলিল, কে! কুলীন বামুনের মেয়ে বাবু, আসল কুলীনের মেয়ে! বাছা ন'বছর বয়সে বিধবা হয়ে ঘরেই থাকে, এই মুখপোড়া মিন্‌সে বিয়ে করব, রাজরানী করব বলে ভুলিয়ে বের করে নিয়ে এসে শেষে হাড়ির হাল করে ফেলে পালালো। আমি যাই, তাই মুখ দেখি,—নইলে বামুন নয়, ও চামার! চামারের হাতের জল খেতে আছে ত, ওর নেই।

উপেন্দ্র বুঝিতে না পারিয়া কহিলেন, কার কথা বলচ মোক্ষদা?

মোক্ষদা উদ্ধতভাবে বলিল, এই মুখপোড়া ভুবন মুখুয্যে! নইলে এমন চামার ত্রিসংসারে আর কে আছে, তুই বড় ভগিনীপতি, তোর এই কাজ? অ্যাঁ!

উপেন্দ্র অত্যন্ত আশ্চর্য হইয়া জিজ্ঞাসা করিল, এই হোটেল যাঁর? তিনি?

মোক্ষদা কহিল, হাঁ বাবু, হাঁ, এই লক্ষ্মীছাড়া হাভাতে মিনসে। অতঃপর অনুপস্থিত মুখুয্যেকে সম্বোধন করিয়া কহিতে লাগিল, কিন্তু কি করতে পারলি তার? অকূলে ভাসিয়ে দিলিং, তা ছাড়া কোনদিন তার গা ছুঁতে পারলি কি? নিয়ে এসে, আজ নয় কাল করে মাস-খানেক কাটিয়ে যেদিন বললি বিয়ে হবে না, সেইদিনই মুখে নাথি মেরে দূর করে দিলে! ছেলেমানুষ অল্পবুদ্ধি মেয়ে, তবু কি আর কখনো তার ঘরের চৌকাঠ মাড়াতে পারলি! এ ত আর মুকি নয়, যে দুটো সোহাগের কথা বলে ভুলোবি? সে সাবিত্রী! যে দশ হাজার টাকার জড়োয়া গয়নায় নাথি মেরে চলে যায়—সে!

উপেন্দ্র অনেকক্ষণ মৌন থাকিয়া কহিলেন, তোমার মুখুয্যেমশাইকে একবার ডাকতে পার, দুটো কথা জিজ্ঞাসা করব?

মোক্ষদা কহিল, মিন্‌সে বাজারে গেছে। একটুখানি থামিয়া পুনরায় বলিল, মাঝে একদিন রাস্তায় চক্কোবত্তি-ঠাকুরের সঙ্গে দেখা। ঠাকুর বলে আর কাঁদে—মাকে আমার সবাই ভালবাসত। যেমন রূপ, তেমনি গুণ, তেমনি দয়া-মায়া কিনা!

উপেন্দ্র জিজ্ঞাসা করিল, চক্রবর্তীঠাকুর কে?

মোক্ষদা বলিল, তিনি বাবুদের মেসের বাসায় রাঁধত কিনা, সব কথাই জানত। বেহারীর মুখে শুনে সমস্ত আমাকে বললেন। চেতলার বামুনবাড়ি থেকে ব্যারাম হয়ে মা আমার ছুটি চাইলে, তা—আচ্ছা বাবু, বামুন মাত্রেই কি এত নিষ্ঠুর! সে স্বচ্ছন্দে বললে, তোমার ওষুধের দেনা হয়েচে সাত টাকা। দিয়ে, তবে যাও। টাকা ক'টি শোধবার জন্যে সাবিত্রী সতীশবাবুর বাসায় সারা পথ হেঁটে আসে। তা ছোটবাবুর একদিকে মেজাজটা খুব উঁচু কিনা—টাকাকড়ি চাইলে তা যতই হোক, কখনো না বলেন না ত! কিন্তু এমনি পোড়া অদেষ্ট যে, সেই রাতেই বাবুর কোন্ এক মুখপোড়া বন্ধু পরিবার নিয়ে এসে হাজির। সমস্তদিনের পর চানটি কোরে বাছা যেই ঘরে উঠেচে, অমনি তাঁরা এসে পড়লেন। বন্ধুমানুষ, এসেচিস, রাতটা থাক! তা

নয়, রাগ করে পরিবারের হাত ধরে ফরফর করে বেরিয়ে গেলেন। ছোটবাবু ত অবাক। কিন্তু সাবি আমার বড় অভিমানী মেয়ে। তার কি এ অপমান সয়! জল-গ্রহণ না করে বাছা সেই যে বেরিয়ে গেল, আর ত তার কোন খোঁজ পাওয়া গেল না।

উপেন্দ্র স্তব্ধ হইয়া বসিয়া রহিলেন। তাঁহার সেই রাত্রের নিষ্ঠুর ইতিহাস চোখের উপর উজ্জ্বল হইয়া ফুটিয়া উঠিল ; এবং বার বার মনে হইতে লাগিল, মোক্ষদার কাহিনী যদি অর্ধেকও সত্য হয়, তাহা হইলে যাহার নামটাকে পর্যন্ত সে ঘৃণা করিয়া আসিতেছে, সে কি আশ্চর্য নারী!

মোক্ষদা নিজের কাজে চলিয়া গেল, কিন্তু উপেন্দ্র সেইখানে নিস্পন্দের ন্যায় বসিয়া রহিল। ছয়মাস পূর্বেও সে এ-সকল কথা কানেও তুলিত না। যাহা অসৎ যাহা মিথ্যা, যাহা লেশমাত্রও কলঙ্কের বাষ্পে কলুষিত, তাহা চিরদিনই তাঁহার কাছে বিষবৎ ত্যাজ্য। যে সতীশকে ত্যাগ করিতে পারিয়াছে, আজ মোক্ষদার কথায় তাহারই চোখের পাতা ভারী এবং দৃষ্টি ঝাপসা হইয়া আসিল। তাহার মর্মরের মত শুভ্র হৃদয় পাথরের মতই কঠিন ছিল, তবে কেন যে আজ অজ্ঞাত নারীর কলঙ্কিত প্রণয়-বেদনার কাহিনী সেই অকলঙ্ক শুভ্রতায় ছায়াপাত করিল, তাহা ভাবিয়া দেখিলে দেখা যাইত এ দুর্বলতা এতদিন সেই পাষাণ-তলেই চাপা ছিল,—শুধু সুরবালা যখন তাঁহার অর্ধেক শক্তি হরণ করিয়া চলিয়া গেল, তখন সুযোগ পাইয়া ইহাই প্রচণ্ড উৎসের মত তাহার পাষাণ-বক্ষ বিদীর্ণ করিয়া বাহির হইয়া আসিয়াছে। সুরবালা যে তাহাকে কতখানি শক্তিহীন করিয়া গিয়াছে, জানিতে পারিলে উপেন্দ্র আজ ভয় পাইত।

কিন্তু সেদিকে তাহার লক্ষ্য ছিল না। সে শুধু শূন্যদৃষ্টি লইয়া সুমুখের দিকে চাহিয়া বসিয়া রহিল, এবং কোন অজানা সাবিত্রীর ভালবাসার ইতিহাস তার সুরবালার শেষ-মুহূর্তের সেই অনির্বচনীয় করুণ চোখ-দুটির মত তাহার চোখের উপর চোখ পাতিয়া স্থির হইয়া রহিল।

তাহার চমক ভাঙ্গিল ভুবন মুখুয্যের কণ্ঠস্বরে। লোকটা সাড়া দিয়া ঘরে ঢুকিয়া বলিল,বাবু, আমাকে কি ডেকেছিলেন?

উপেন্দ্র কহিল, বসো। তুমি সাবিত্রীকে চেনো?

মুখুয্যে মাথা হেঁট করিয়া বলিল, আজ্ঞে চিনি।

তার সম্বন্ধে যা জানো আমাকে বলতে পারবে?

আজ্ঞে পারব, বলিয়া এই নির্লজ্জ লোকটা তাহার গভীর অপরাধের ইতিহাস একে একে ব্যক্ত করিয়া শেষে কহিল, আমিও ভদ্রলোকের ছেলে বাবু, কিন্তু আগে যদি তাকে চিনতে পারতাম, এ পথে পা দিয়ে আজ বিদেশে হোটেলের রাঁধুনি-বামুনের কাজ করে দিন কাটাতে হতো না। শুধু আমার এই স্বস্তি যে, তার দেহে প্রাণ থাকতে কেউ তাকে নষ্ট করতে পারবে না।

উপেন্দ্র প্রশ্ন করিল, তাতে তোমার স্বস্তিটা কি?

মুখুয্যে কহিল, তবু পরকালে জবাব দিতে পারব সে নষ্ট হয়ে যায়নি।

তাহাকে বিদায় দিয়া উপেন্দ্র তেমনি অসাড়ের মতই বসিয়া রহিল, শুধু তাহার মন তাহাকে অবিশ্রাম এই বলিয়া বিঁধিতে লাগিল, ভাল কর নাই উপেন, ভাল কর নাই। যে নিরুপায় নারী এতবড় প্রলোভন অনায়াসে জয় করিয়া চলিয়া যাইতে পারে, তাহাকে

অপমান করার তোমার অধিকার ছিল না।

সেইদিন অপরাহ্নেই উপেন্দ্র ভুবন মুখুয্যের আশ্রয় ত্যাগ করিয়া অন্যত্র চলিয়া গেল।

কিন্তু কিছুতেই সমুদ্রের জলবায়ু তাঁহাকে খাড়া করিতে পারিল না। বেলা যতই পড়িয়া আসিতে থাকে, চোখমুখ জ্বালা করিয়া জ্বর আসে এবং প্রতিদিনান্ত যে তাঁহাকে তিল তিল করিয়া তাঁহার পরলোকবাসিনী স্বামীহারা সুরবালার কাছেই অগ্রসর করিয়া দিতেছে, ইহাই যেন সে অন্তরের মধ্যে স্পষ্ট অনুভব করিতে থাকে।

এইভাবে সমুদ্রতটের এই নির্জনবাসে ইহকালের মিয়াদ যখন প্রতিদিন ফুরাইয়া আসিতে লাগিল, এমনি এক সকালের ডাকে বেহারীর পত্র বাটীর ঠিকানা হইতে পুনঃপ্রেরিত হইয়া উপেন্দ্রর হাতে আসিয়া পৌঁছিল।

যাহাকে মনে পড়িলেই তাঁহার বুকে ছুঁচ ফুটিয়াছে, তাঁহার সেই চিরদিনের বন্ধুকে অপমান করিয়া ত্যাগ করার দুঃখ যে তাঁহার অন্তরে অহরহ কত বড় হইয়া উঠিতেছিল সে শুধু অন্তর্যামীই দেখিতেছিলেন, কিন্তু, আজ যখন তাহারই কঠিন পীড়ার সংবাদ বহন করিয়া বেহারীর পত্র চিকিৎসা ও শুশ্রূষার অভাব নিবেদন করিল, তখন অনেকদিনের পরে উপেন্দ্রের শুষ্ক ওষ্ঠাধরে হাসি দেখা দিল। সে বেচারা জানে না, যাহার দিনগুলা পর্যন্ত গণনায় আসিয়া ঠেকিয়াছে, তাহারই হাতে সে আর একজনের সেবার গুরুভার ন্যস্ত করিতে চাহিতেছে। তবুও উপেন্দ্র সেইদিনই তল্পি বাঁধিয়া পুরী ত্যাগ করিলেন।

একচল্লিশ

জ্যোতিষ হাইকোর্ট হইতে ফিরিয়া বাটীতে পা দিয়াই দেখিতে পাইল সম্মুখের বারান্দায় দুখানা আরাম-চৌকির উপর শশাঙ্ক ও সরোজিনী মুখোমুখি বসিয়া গল্প করিতেছে।

শশাঙ্ক উঠিয়া দাঁড়াইয়া সহাস্যে জবাবদিহি করিল, আজ কাজকর্ম একটু সকাল সকাল শেষ হয়ে গেল, ভাবলুম এইখান থেকেই চা খেয়ে একসঙ্গে ক্লাবে যাব।

বেশ, বেশ। বলিয়া জ্যোতিষ একটুখানি হাসি গোপন করিয়া বাড়ির মধ্যে চলিয়া গেল।

সরোজিনী দাদার সঙ্গে সঙ্গে আসিবার উপক্রম করিতেই জ্যোতিষ ফিরিয়া দাঁড়াইয়া কৃত্রিম ভর্ৎসনার সুরে কহিল, অতিথিকে একলা ফেলে— এ তোর কি বুদ্ধি বল ত সরো?

সরোজিনী আরক্ত-মুখে পুনরায় চৌকির উপর বসিয়া পড়িল। ভগিনীর এই লজ্জাটুকু জ্যোতিষের চোখে পড়িতে বাকী রহিল না।

জননীর আদেশে তাহাকে আদালত হইতে ফিরিয়া কাপড় ছাড়িয়া হাতমুখ ধুইয়া তবে জলযোগ করিতে হইত। মায়ের সহিত দেখা হইতেই কহিল, শশাঙ্ক এসেচেন, আজ খাবার বাইরে পাঠিয়ে দাও মা।

মা বলিলেন, আচ্ছা। বাইরে সরি আছে বুঝি?

জ্যোতিষ ঘাড় নাড়িয়া জানাইল, আছে। একটুখানি চুপ করিয়া থাকিয়া কহিল, আচ্ছা মা, এমন মানুষ কোথায় আছে জানো, যার শরীরে দোষ নেই, শুধুই গুণ?

প্রশ্নটাকে জগৎতারিণী প্রসন্নচিত্তে গ্রহণ করিলেন না, কহিলেন, কেন তোরা যখন-তখন

আমাকে ও-কথা বলিস জ্যোতিষ? আমি ত অনেক বার বলেচি, আর আমার আপত্তি নেই। তোরা ভাল বুঝিস ওর হাতেই সরিকে দে না।

জ্যোতিষ কহিল, দোষ ছাড়া মানুষ নেই মা। কিন্তু আমি অনেকরকম করে ভেবে দেখেচি, সরোজিনী অসুখী হবে না। তা ছাড়া, ও বড় হয়েচে, ওর অমতেও কাজ করা যায় না। বলিয়াই দেখিতে পাইল, সরোজিনী আসিয়া ধীরে ধীরে দাদার পিঠ ঘেঁষিয়া দাঁড়াইল।

মা ভাঁড়ার ঘরের দরজার ভিতর হইতে কথা কহিতেছেন, সুতরাং তিনি কন্যার আগমন টের পাইলেন না। জ্যোতিষের কথার উত্তরে বিরক্তিপূর্ণ স্বরে বলিলেন, এ কথা ত আমি কোনদিন বলিনে জ্যোতিষ, ঐ ধাড়ি-মেয়ের বিয়ে তার অমতেই দেওয়া হোক। আমার যা সাধ ছিল, সে যখন তোরা দু' ভাই-বোনে মিলে ঘুচিয়ে দিলি, তখনই কি মেয়ের মনের ভাব আমি বুঝিনি বাছা! আমি সব বুঝি, বুঝেই ত মুখ বুজে আছি। এখন আমাকে মিথ্যে খোঁটা দেওয়া জ্যোতিষ, বলিয়া তিনি জলখাবার সাজাইতে বসিলেন। সঙ্কোচে, লজ্জায় সরোজিনী মাটির সঙ্গে মিশিয়া গেল। মা কিন্তু তাহার কিছুই জানিলেন না। জ্যোতিষ জবাব দিবার পূর্বেই তিনি নিজের কথার অনুবৃত্তিস্বরূপে পুনরায় বলিতে লাগিলেন,—যাকে পেলে তোমার বোন খুশী হবেন, তাকেই দাও গে বাছা, আমার মত আর বার বার জানতে হবে না। আমার মত আছে, তোমাদের বলে দিলাম।

ভগিনীর নিরতিশয় সঙ্কোচে জ্যোতিষ নিজেও অত্যন্ত সঙ্কোচ বোধ করিতেছিল, তবুও জোর করিয়া একটু হাসিয়া বলিল, কিন্তু মতটা প্রসন্নমনে দেওয়া চাই মা!

জগৎতারিণী কহিলেন, প্রসন্নমনেই দিচ্চি বাছা, প্রসন্নমনেই দিচ্চি। আমাকে আর বিরক্ত করো না তোমরা।

জ্যোতিষ একটুখানি চুপ করিয়া ভাবিয়া দেখিল, ব্যাপারটা যদি এতটাই গড়াইল, তবে-মায়ের বিরক্তি সত্ত্বেও আজই একটা মীমাংসা করিয়া লওয়া উচিত। কারণ, তাহাদের ক্লাবে, লাইব্রেরীতে এ কথাটা আজকাল প্রায়ই আলোচিত হইতেছে, অথচ, ঠিক কি হইবে তাহাও বুঝা যাইতেছে না। বাড়িতেও কথাটা প্রায়ই উঠে বটে, কিন্তু এমনি করিয়াই থামিয়া যায়—অগ্রসর হইতে পারে না। শশাঙ্ককেও এইরূপ অনিশ্চিতের মধ্যে দীর্ঘকাল ফেলিয়া রাখা যায় না। সুতরাং বর-কন্যার সুনিশ্চিত কামনার বিরুদ্ধে জননীর স্পষ্ট অনিচ্ছা জ্যোতিষ মাথায় পাতিয়া লইয়াই যা হোক একটা কিছু এখনি স্থির করিয়া ফেলিবার জন্য কহিল, তা হলে আমি মনে করচি মা, দু-চারজন বন্ধু-বান্ধবদের সামনে পরশু রবিবারেই কথাটা পাকা হয়ে যাক,—কি বল?

মা বলিলেন, ভালই ত।

সরোজিনী ধীরে ধীরে তাহার ঘরে চলিয়া গেল।

রবিবারের সকালে জ্যোতিষের বসবার ঘরটা বন্ধু-বান্ধবে পরিপূর্ণ হইয়া উঠিতেছিল। নব-দম্পতির বিবাহ সম্বন্ধে পাকা কথা হইবার পরে এইখানেই মধ্যাহ্ন-ভোজেরও একটা আয়োজন করা হইয়াছিল। আজ শশাঙ্কর বেশভূষাতেই শুধু যে বিশেষ একটা পরিপাট্য লক্ষিত হইতেছিল তাহা নয়, তাহার মুখ চোখেও আজ এমন একটু শ্রী ফুটিয়াছিল—যাহাতে তাহাকে সুন্দর দেখাইতেছিল। কয়েকটি মহিলাও উপস্থিত ছিলেন, কিন্তু উপস্থিত ছিল না

শুধু সরোজিনী। বেহারাকে দিয়া ডাকাইবার পরে জ্যোতিষ নিজে গিয়া তাহার ঘরের দ্বারে করাঘাত করিয়া সত্বর বাহির হইবার জন্য অনুরোধ করিয়া আসিয়াছিল। অন্য কোনদিন হইলে তাহার এই আচরণ অপরাধ বলিয়া গণ্য হইতে পারিত, কিন্তু আজ মার্জনা পাইবার অধিকার আছে জানিয়া সস্নেহ-কৌতুকে অতিথিরা জ্যোতিষকে শুধু তাড়া দিয়াছিলেন মাত্র।

তার পরে অনেক ডাকাডাকিতে বেলা দশটার কাছাকাছি সরোজিনী যখন উপস্থিত হইল, তখন তাহার চেহারা দেখিয়া উপস্থিত সকলেই বিস্ময়াপন্ন হইলেন। তাহার মুখ পাণ্ডুর, চোখের নীচে কালি পড়িয়াছে, যেন সারারাত্রি সে এতটুকু ঘুমায় নাই। জ্যোতিষ নির্বাক হইয়া শুধু ভগিনীর মুখের প্রতি চাহিয়া বসিয়া রহিল,—আকৃতি দেখিয়া সে যেন হতবুদ্ধি হইয়া গেল।

কিন্তু, ইহার অপেক্ষাও শতগুণ বড় বিস্ময় যে মুহূর্তকাল পরেই তাহার অদৃষ্টে ছিল তাহা সে জানিত না। সেই প্রচণ্ড বিস্ময় যেন উপেন্দ্রর অতীতের ছায়া লইয়া সম্মুখের পর্দা সরাইয়া ঘরে প্রবেশ করিল। জ্যোতিষ চমকাইয়া উঠিল, বলিল, এ কি, উপীন নাকি!

সরোজিনী কহিল, উপীনবাবু!

বস্তুতঃ, দিনের বেলা না হইলে তাহাকে বোধ হয় ইহারা চিনিতেই পারিত না। সহসা নিজের চক্ষুকেই যেন অবিশ্বাস হয়—যেন ভাবা যায় না মানুষের দেহ এমন করিয়া পরিবর্তিত হইতে পারে! উপেন্দ্র একটা চৌকির উপর বসিয়া পড়িয়া কহিল, শরীরটা তেমন ভাল নেই,—পুরী থেকে আসচি। আজ ব্যাপার কী?

সরোজিনী উঠিয়া আসিয়া উপেন্দ্রর হাতটা নিজের হাতের মধ্যে লইয়া, মুখপানে চাহিয়া কহিল, কি অসুখ হয়েচে উপীনবাবু? বলিতেই তাহার দুই চক্ষু অশ্রুপূর্ণ হইয়া উঠিল।

উপেন্দ্র তাহার বিবর্ণ ওষ্ঠপ্রান্তে হাসি টানিয়া কহিল, অসুখ ত একটা নয় বোন।

উপেন্দ্র আজ এই প্রথম সরোজিনীকে ভগিনী সম্বোধন করিল। সরোজিনী তাড়াতাড়ি চোখের জল মুছিয়া ফেলিয়া কহিল, চলুন, ও ঘরে বসি গিয়ে, বলিয়া তাহার হাত ধরিয়া টানিয়া লইয়া এই জনাকীর্ণ কক্ষ হইতে ধীরে ধীরে বাহির হইয়া গেল। এবং সঙ্গে সঙ্গেই এ ঘরের সমস্ত আনন্দ-উৎসব একেবারে যেন নিবিয়া গেল। জ্যোতিষ আসিয়া যখন সরোজিনীকে কহিল, উপীন ততক্ষণ বিশ্রাম করুক, তুমি একবার ও ঘরে এস ; সরোজিনী তখন ঘাড় নাড়িয়া শুধু সংক্ষেপে বলিল, আজ থাক দাদা।

জ্যোতিষ হতবুদ্ধি হইয়া কহিল, থাকবে কি রকম?

সরোজিনী তেমনি মাথা নাড়িয়া বলিল, না, আজ থাক।

জগৎতারিণী খবর পাইয়া ঘরে ঢুকিয়া কাঁদ-কাঁদ হইয়া বলিলেন, কেমন করে এত রোগা হলি বাবা! কিন্তু, আর কোথাও তোর থাকা হবে না উপীন, আমার কাছে থেকে ডাক্তার দেখাতে হবে। নইলে এ অসুখ সারবে না।

সরোজিনী জোর দিয়া বলিল, হাঁ উপীনদা, তোমাকে আমাদের কাছেই থাকতে হবে। সেও আজ এই প্রথম উপেন্দ্রকে দাদা বলিয়া ডাকিল। উপেন্দ্র যে চিকিৎসার জন্যই পুরী হইতে চলিয়া আসিয়াছে, তাহা জিজ্ঞাসা না করিয়াই সবাই ধরিয়া লইয়াছিলেন।

উপেন্দ্র হাসিয়া বলিল, ফিরে এসে না হয় আপনাদের কাছেই থাকব, কিন্তু আজ আমাকে এক ঘণ্টার মধ্যেই ছেড়ে দিতে হবে।

জগৎতারিণী সবিস্ময়ে কহিলেন, আজই এখ্‌খনি? কেন উপীন?

উপেন্দ্র সতীশের কঠিন পীড়ার উল্লেখ করিয়া তাহার দাতব্য চিকিৎসালয় প্রভৃতির সংবাদ যতদূর জানিত বিবৃত করিয়া পকেট হইতে বেহারীর পত্রখানি সরোজিনীর হাতে দিয়া কহিল, সাড়ে এগারোটার সময় ট্রেন আছে, যা হোক কিছু খেয়ে নিয়ে আমাকে তাতেই যেতে হবে। যদি ফিরে আসতে পারি, তখন আপনার আশ্রয়েই থাকব।

জগৎতারিণীর মাতৃহৃদয় আলোড়িত হইয়া আবার চোখে অশ্রু দেখা দিল। সতীশকে তিনি মনে মনে অত্যন্ত স্নেহ করিতেন,—সেই সতীশ আজ পীড়িত, কিন্তু উপেন্দ্র এই দেহ লইয়া তাহার সেবা করিতে চলিয়াছে শুনিয়া তাঁহার বুক ফাটিয়া যাইতে লাগিল। তিনি চোখ মুছিতে মুছিতে উপেন্দ্রর খাবার ব্যবস্থা করিতে ঘর হইতে বাহির হইয়া গেলেন।

সরোজিনী চিঠিখানি আগাগোড়া দুইবার তিনবার পড়িয়া সেখানি ফিরাইয়া দিয়া কিছুক্ষণ স্তব্ধ-ভাবে বসিয়া রহিল, তাহার পরে কহিল, তোমার সঙ্গে আমিও যাব উপীনদা!

উপেন্দ্র কহিল, এত বেলায় অনর্থক স্টেশনে গিয়ে কি হবে বোন?

সরোজিনী কহিল, স্টেশনে নয়, সতীশবাবুর বাড়িতে,—আমাকে তুমি সঙ্গে নিয়ে চল।

উপেন্দ্র অবাক হইয়া কহিল, পাগল হয়েচ? তুমি সেখানে যাবে কি করে?

তোমার সঙ্গে।

উপেন্দ্র কহিল, ছিঃ, তা কি হয়? এরা তোমাকে যেতে দেবেন কেন, আর তুমিই বা সেখানে যাবে কেন?

সরোজিনী প্রবলবেগে মাথা নাড়িয়া শুধু বলিল, না, আমি যাবই। বলিয়া উঠিয়া গেল।

অফিস-ঘরে একটা কোচের উপর বসিয়া জ্যোতিষ নিভৃতে শশাঙ্কর সহিত কথা কহিতেছেন, বোধ করি এই আলোচনাই হইতেছিল, সরোজিনী আস্তে আস্তে গিয়া দাদার পিঠের কাছে দাঁড়াইয়া তাঁহার কাঁধের উপর হাত রাখিতেই তিনি চকিত হইয়া মুখ ফিরাইয়া কহিলেন, কি রে সরো?

সরোজিনী দাদার কানের কাছে মুখ আনিয়া মৃদুকণ্ঠে বলিল, সতীশবাবুর ভারী অসুখ।

জ্যোতিষ ঘাড় নাড়িয়া দুঃখিত হইয়া কহিলেন, তাই ত শুনলুম। উপেন এই এগারোটার ট্রেনেই যাচ্ছে নাকি?

সরোজিনী কহিল, হ্যাঁ, আমিও তাঁর সঙ্গে যাব।

জ্যোতিষ চমকাইয়া কহিলেন, তুমি যাবে? কোথায় যাবে?

সরোজিনী কহিল, সেখানে।

জ্যোতিষ ফিরিয়া বসিয়া বলিলেন, সেখানে মানে? সতীশের বাড়িতে নাকি?

সরোজিনী কহিল, হাঁ।

শশাঙ্ক দুই চক্ষু বিস্ময়ে বিস্ফারিত করিয়া চাহিয়া রহিল। জ্যোতিষ উত্তেজিত-স্বরে বলিলেন, তুই পাগল হলি নাকি? তার অসুখ ত তোর কি? তুই যাবি কেন?

সরোজিনী শান্ত দৃঢ়কণ্ঠে কহিল, আমি যাব না ত কে যাবে? না দাদা, তাঁর শক্ত অসুখ, আমাকে যেতেই—আর সে বলিতে পারিল না। কান্নায় রুদ্ধকণ্ঠ হইয়া দাদার কাঁধের উপর মুখ লুকাইয়া ফুঁপাইয়া কাঁদিয়া উঠিল।

জ্যোতিষের চোখের উপর হইতে অনেক দিনের একটা কালো পর্দা যেন প্রচণ্ড ঘূর্ণা হাওয়ায় চক্ষের পলকে ছিঁড়িয়া উড়াইয়া লইয়া গেল। কিছুক্ষণ নিঃশব্দে বসিয়া থাকিয়া

পরে বোনের মাথায় হাত রাখিয়া ধীরে ধীরে বুলাইতে বুলাইতে বলিলেন, আচ্ছা যা। সঙ্গে ঝি আর দরোয়ানও যাক। কেমন থাকে গিয়েই টেলিগ্রাফ করিস—আমি কাল-পরশু তা হলে রমণী ডাক্তারকে সঙ্গে নিয়ে গিয়ে পড়বো। বলিয়া তাহাকে একটু সুমুখে টানিবার চেষ্টা করিতেই সরোজিনী দুই হাতে মুখ ঢাকিয়া ঘর হইতে ছুটিয়া পলায়ন করিল।

শশাঙ্ক মূঢ়ের মত চাহিয়া থাকিয়া সেই প্রশ্নই করিল, সতীশবাবুর অসুখ, তাতে উনি কেন যাবেন, এ ত বুঝতে পারলুম না জ্যোতিষবাবু? এ-সব কি ব্যাপার বলুন ত?

জ্যোতিষের কানে এ প্রশ্ন পৌঁছিল কিনা বলা শক্ত। সে যেন স্বপ্নাবিষ্টের মত বলিতে বলিতে বাহির হইয়া গেল—তার জন্যে ও এত ব্যাকুল হবে এ ত স্বপ্নেও ভাবিনি! এরা বলে একরকম—করে অন্যরকম—এ-সব কি কাণ্ড হতে চলল!

স্টেশনে নামিয়া উপেন্দ্র যে ভদ্র যুবকটির কাছে সতীশের গ্রামের পথ জিজ্ঞাসা করিলেন, ভাগ্যক্রমে সে ছোকরা তাহারই ডিসপেন্সারির কম্পাউণ্ডার, নিজের কি একটা কাজে স্টেশনে আসিয়াছিল। বাবুর বাড়িই গন্তব্য স্থান শুনিয়া সে বিস্তর ছুটাছুটি করিয়া একখানা মাত্র পালকি সরোজিনীর জন্য যোগাড় করিতে পারিল এবং উপেন্দ্রকে কহিল, ঐ ত মহেশপুর দেখা যাচ্ছে, চলুন না, কথা কইতে কইতে হেঁটে যাই,—যেতে আধ-ঘণ্টাও লাগবে না। নইলে, গোরুর গাড়িতে গেলে অনেক দেরি হবে।

হাঁটিবার অবস্থা উপেন্দ্রর নয়, কিন্তু গো-শকটের ভয়ে পদব্রজেই স্বীকার করিলেন।

সরোজিনীকে পালকিতে বসাইয়া দিয়া এবং দারোয়ান ও দাসীকে সঙ্গে দিয়া উপেন্দ্র ছেলেটির সঙ্গে রওনা হইয়া পড়িলেন। তাহার বয়স সতেরো-আঠারোর বেশী নয়,—খুব চালাক চটপটে, নাম এককড়ি। তাহার ভরসা আছে, আর বছর খানেক কোনমতে তাহাদের পাস-করা ডাক্তারবাবুর সঙ্গে ঘুরিতে পারিলে সেও আলাদা প্র্যাক্‌টিস করিতে পারিবে। তাহার মতে ডাক্তারিটা কিছুই নয়, ও কেবল একটু হাতযশ হওয়া চাই। নইলে যে বাঁচবার সে বাঁচে, যে মরবার সে কিছুতেই বাঁচে না।

উপেন্দ্রর তাহাতে কিছুমাত্র মতভেদ নাই জানাইয়া জিজ্ঞাসা করিলেন, তোমাদের বাবু এখন কেমন আছেন?

এককড়ি কহিল, বাবু? আজ বাইশ দিন হলো, তিনি ত ভাল হয়ে গেছেন। মশায়, সমস্ত ওষুধ আমিই দিয়েচি। বলিয়া সে বার-কয়েক নিজের বুক নিজেই ঠুকিয়া দিল।

উপেন্দ্র অনেকটা নিশ্চিন্ত হইয়া প্রশ্ন করিলেন, অসুখটা কি খুব বেশী হয়েছিল, এককড়িবাবু?

এককড়ি কহিল, বেশী? তিনি ত মরেই গেছলেন। গিন্নীমা না এসে পড়লে ত শিবের অসাধ্যি ছিল। হবে না মশাই? দিনরাত থাকোবাবার সঙ্গে মদ আর মদ, গাঁজা আর গাঁজা। কি না কালীসিদ্ধ হচ্চে। ছাই হচ্চে! ও-সব কি আমরা ডাক্তারেরা বিশ্বাস করি মশাই? আমরা সায়েন্টিফিক্ মেন। কিন্তু গিন্নীমা এসেই থাকোবাবার বাবাত্বি বের করে দিলেন—টান মেরে ত্রিশূল ফ্রিশূল ফেলে দিয়ে দূর করে দিলেন। ব্যাটা দিন-কতক কি কম কাণ্ডই করলে! সেই যেন বাবু,—একে তেড়ে মারতে যায়, ওকে তেড়ে মারতে যায়,—একদিন সামান্য কথায় মশাই, আমাকে এমনি দাঁতঝাড়া দিয়ে উঠল! আমি নেহাত নাকি ভালমানুষ, কারো সঙ্গে ঝগড়া-বিবাদ করতে চাইনে, নইলে, আর কেউ হলে দিত ব্যাটার মাথাটা সেদিন ফাটিয়ে। বলিয়া এককড়ি হাতের ছাতাটা একবার শূন্যে আস্ফালন

করিয়া লইল।

উপেন্দ্র একটু আশ্চর্য হইয়াই জিজ্ঞাসা করিলেন, গিন্নীমা কে?

এককড়ি কহিল, তা কি জানি মশাই। সবাই বলে গিন্নীমা, আমিও বলি গিন্নীমা।

উপেন্দ্র কহিলেন, তাঁকে তুমি দেখেচ?

এককড়ি কহিল, হাঁ সে এক-রকম দেখাই বৈ কি।

উপেন্দ্র জিজ্ঞাসা করিলেন, তাঁর বয়স কত বলতে পার?

এককড়ি একটু ভাবিয়া কহিল, তা চল্লিশ-পঞ্চাশ হবে বোধ হয়। নইলে বাবুকে কি কেউ শাসন করতে পারে মশাই? ডাক্তারবাবু ত বলেন, তিনি না এলে ত হয়েই গেছল।

এককড়ির সঙ্গে উপেন্দ্র যখন সতীশের বাটীতে আসিয়া পৌঁছিলেন তখন বেলা ডোবে-ডোবে। সরোজিনী পূর্বেই পৌঁছিয়াছিল, তাহার পালকি ফটকের বাহিরে বটগাছতলায় নামাইয়া দরোয়ান অপেক্ষা করিতেছে। সুমুখেই দাতব্য-চিকিৎসালয়, সেখানে লোকজনের অসম্ভব জনতা।

এককড়ি সকলকে সঙ্গে করিয়া আনিয়া নীচের বসিবার ঘরে বসাইয়া বেহারীকে ডাকিতে গেল, কিন্তু তাহার দেখা মিলিল না। ডাক্তারবাবুও বাহিরে রোগী দেখিতে গিয়াছিলেন, সমস্ত লোক ভিড় করিয়া তাঁহার জন্যই অপেক্ষা করিতেছে।

উপেন্দ্রর এই গিন্নীমা সম্বন্ধে অত্যন্ত সংশয় ছিল, তাই সরোজিনীকে সেইখানেই অপেক্ষা করিতে বলিয়া সোজা সুমুখের সিঁড়ি দিয়া উপরে উঠিয়া গেলেন।

সতীশ শয্যার উপর ঘুমাইতেছিল। তাহার শিয়রে বসিয়া সাবিত্রী জ্বরের কাগজখানা নিবিষ্ট-মনে পরীক্ষা করিতেছিল। ও-ধারের খোলা জানালা দিয়া সূর্যাস্ত-আভা মেঝের উপর রাঙ্গা হইয়া ছড়াইয়া পড়িয়াছিল।

এমনি সময় দ্বারের ভারী পর্দা সরানোর শব্দে সাবিত্রী মুখ তুলিয়া দেখিল—একজন অপরিচিত ভদ্রলোক।

শশব্যস্তে মাথায় আঁচল তুলিয়া দিয়া উঠিয়া পড়িবার চেষ্টা করিতেই আগন্তুক নিকটে আসিয়া কহিলেন, আপনি উঠবেন না—আমি উপেন। আপনি সাবিত্রী ত?

সাবিত্রী ঘাড় নাড়িয়া জানাইল, হাঁ। কিন্তু ভয়ে, লজ্জায়, সঙ্কোচে একেবারে যেন মরিয়া গেল।

উপেন জিজ্ঞাসা করিলেন, সতীশ ঘুমুচ্চে? এখন কেমন আছে?

সাবিত্রী পূর্বের মতই মাথা নাড়িয়া জানাইল, ভাল আছেন।

উপেন্দ্র তখন ধীরে ধীরে খাটের একাংশে আসিয়া বসিলেন। নিজের কর্তব্য তিনি পূর্বেই স্থির করিয়া লইয়াছিলেন, বলিলেন, আমাকে সে চিঠি যে আপনিই লিখেছিলেন তা এখন বুঝতে পারচি। আমাকে আসতে বলে নিজের সুখ-দুঃখ, ভাল-মন্দ যে আপনি কতখানি তুচ্ছ করেছিলেন, মনে করবেন না সে আমি বুঝিনি। এই ত চাই। এই ত নিজের পরিচয়।

সাবিত্রীর মনে হইল, সে বুঝি স্বপ্ন দেখিতেছে। এ বুঝি আর কেহ, এ বুঝি সতীশের সে উপীনদা নয়।

উপেন্দ্র ক্ষণকাল চুপ করিয়া থাকিয়া বলিলেন, তোমার চেয়ে আমি বয়সে বড়। তোমাকে আমি সাবিত্রী বলে ডাকব, তুমি আমাকে দাদা বলে ডেকো ; আজ থেকে তুমি আমার ছোট বোন।

সাবিত্রী নীরবে উঠিয়া আসিয়া গলায় আঁচল দিয়া উপেন্দ্রর পায়ের কাছে প্রণাম করিল এবং দুই হাত বাড়াইয়া উপেন্দ্রর জুতার ফিতা খুলিতে খুলিতে অধোমুখে প্রশ্ন করিল, আসতে এত দেরি হলো কেন? চিঠি কি সময়ে পাননি?

উপেন্দ্র সাবিত্রীর কাজে বাধা দিলেন না। সহজভাবে বলিলেন, না ভাই, পাইনি। আমি পরশু পুরীতে তোমার চিঠি পেয়ে আসচি। কিন্তু তোমার যে একটা ভারী শক্ত কাজ বাকী রয়েচে দিদি,—কথাটা এইখানে উপেন্দ্রর মুখে বাধিয়া গেল।

সাবিত্রী জুতাজোড়াটা একপাশে সরাইয়া রাখিয়া মোজা খুলিতে খুলিতে বলিল, কি কাজ দাদা?

তথাপি উপেন্দ্রর মুখে একবার বাধিল। তার পর যেন জোর করিয়াই ভিতরের সঙ্কোচ কাটাইয়া বলিলেন, কিন্তু তুমি ছাড়া এ কাজ আর কারুর সাধ্য নয় করে। আর একজন পারত, সে সুরবালা—

সাবিত্রী মৌনমুখে অপেক্ষা করিয়া আছে দেখিয়া উপেন্দ্র কহিলেন, সরোজিনীর নাম শুনেচ?

সাবিত্রী ঘাড় নাড়িয়া বলিল, শুনেচি।

সমস্তই শুনেচ বোধ হয়?

সাবিত্রী তেমনিই মাথা নাড়িয়া জানাইল, সে সমস্তই জানে।

তখন উপেন্দ্র ধীরে ধীরে বলিলেন, সতীশের অসুখ শুনে তাকে কোনমতেই ধরে রাখা গেল না, আমার সঙ্গে সে এসেচে। নীচের ঘরে অপেক্ষা করে বসে আছে,—তার কোন উপায় কর দিদি।

সাবিত্রী ত্রস্তপদে উঠিয়া দাঁড়াইয়া কহিল, তিনি এসেছেন! আমি এখুনি গিয়ে—কিন্তু আমি কি তাঁর কাছে যেতে পারি দাদা?

এ ইঙ্গিত উপেন্দ্র বুঝিলেন। দুই চক্ষু প্রসারিত করিয়া মুক্তকণ্ঠে বলিয়া উঠিলেন, তুমি যেতে পারো না? আমার ছোটবোন সংসারে কি কোন মেয়ের চেয়ে ছোট সাবিত্রী, যে, কোথাও তার মাথা উঁচু করে দাঁড়াতে সঙ্কোচ হবে? আমার বোন, পৃথিবীতে সে কি সোজা পরিচয় দিদি!

সাবিত্রী আর সহিতে পারিল না, চক্ষের নিমিষে তাহার মাথাটা উপেন্দ্রর দুই পায়ের উপর একেবারে লুটাইয়া পড়িল। বার বার করিয়া সেই শীর্ণ পা-দুখানির ধূলা মাথায় তুলিয়া লইয়া সে যখন সোজা হইয়া উঠিয়া দাঁড়াইল, তখন তাহার মুখে আবরণ নাই, দুই চোখ দিয়া জল পড়িতেছে। সেই অশ্রুসিক্ত মুখখানির উপর নারী-চরিত্রের বৃহৎ মহিমা উপেন্দ্র নির্নিমেষ-চক্ষে নিরীক্ষণ করিতে লাগিলেন।

চোখ মুছিয়া সাবিত্রী যখন ঘর হইতে বাহির হইয়া গেল, উপেন্দ্র পিছন হইতে বলিলেন, যাও দিদি, যার বোন বলে তার কাছে নিজের পরিচয় দেবে, তাকে বোলো, আমরা দু'ভাই-বোন আজ পর্যন্ত কখনো সংসারে ছোট কাজ করিনি।

সাবিত্রী চলিয়া গেলে তিনি নিদ্রিত সতীশের প্রতি দৃষ্টিপাত করিয়া ডাকিলেন, সতে? ওরে সতীশ?

ঘুম ভাঙ্গিয়া সতীশ ধড়ফড় করিয়া উঠিয়া বসিয়া চোখ রগড়াইয়া চাহিয়া রহিল।

তোর উপীনদা—আমায় চিনতে পারিস নে?

উপীনদা! সতীশ বিহ্বল-চক্ষে নির্বাক হইয়া চাহিয়া রহিল।

কি রে, এখনো চিনতে পারিস নি?

সতীশ ঠিক যেন ঘুমের ঘোরে কথা কহিল—যেন এখনো তাহার ঝোঁক কাটে নাই—এমনিভাবে কহিল, চিনতে পেরেচি। তুমি এসেচ উপীনদা?

হাঁ ভাই, এসেচি।

তবে পা-দুটি একবার তোল না উপীনদা, অনেকদিন তোমার পায়ের ধুলো মাথায় দিতে পাইনি।

উপেন্দ্র দুই হাত বাড়াইয়া তাহার চিরদিনের বন্ধুকে বুকে টানিয়া লইলেন। কিছুক্ষণ পর্যন্ত অচেতন মূর্তির মত উভয়ে উভয়ের বক্ষ-সংলগ্ন থাকিবার পরে উপেন্দ্র আস্তে আস্তে বলিলেন, আর দেরি করিস নে সতীশ, একটু শিগগির সেরে ওঠ ভাই, আমার অনেক কাজ তোর জন্যে পড়ে রয়েচে।

কি কাজ উপীনদা? বলিয়া সতীশ পায়ের শব্দে পিছনে চাহিয়া একেবারে স্তম্ভিত হইয়া রহিল। সাবিত্রীর হাত ধরিয়া সরোজিনী আসিতেছে!

সে একবার উপেন্দ্রর পানে চাহিয়া, আর একবার ভাল করিয়া চোখ রগড়াইয়া এই দুটি রমণীর মুখের দিকে চুপ করিয়া চাহিয়া রহিল। সে যে নিজের দৃষ্টিকে প্রত্যয় করিতে সাহস করিতেছে না তাহা উপেন্দ্র এবং সাবিত্রী উভয়েই বুঝিল।

সরোজিনী মুহূর্তকাল সতীশের কঙ্কালসার পাণ্ডুর মুখের প্রতি দৃষ্টিপাত করিয়া দ্রুতপদে অগ্রসর হইয়া তাহার পায়ের কাছে বিছানার উপর উপুড় হইয়া পড়িয়া উচ্ছ্বসিত ক্রন্দন দমন করিতে লাগিল। কেহই কথা কহিল না, কিন্তু এই কান্নার ভিতরে যে কত বড় বেদনা ও ক্ষমাভিক্ষা ছিল, তাহা কাহারও বুঝিতে বাকী রহিল না। সতীশ নির্বাক কাষ্ঠপুত্তলির মত বসিয়া রহিল, তাহার হৃদয়ের একপ্রান্ত অব্যক্ত আনন্দের উচ্ছ্বাসে যেমন তরঙ্গিত হইয়া উঠিতে লাগিল, অপর প্রান্ত তেমনি নিদারুণ সমস্যার অভিঘাতে ভীত, সংক্ষুব্ধ হইয়া উঠিল। বহুক্ষণ পর্যন্ত কাহারও মুখে কথা নাই,—দিবাশেষের এই প্রায়ান্ধকার স্তব্ধ ঘরটার মধ্যে শুধু কেবল সরোজিনীর দুর্নিবার ক্রন্দনের বেগ তাহার প্রাণপণ শাসনের নীচে রহিয়া রহিয়া উচ্ছ্বসিত হইয়া উঠিতে লাগিল। এই নীরবতা ভঙ্গ হইল উপেন্দ্রর কণ্ঠস্বরে। তিনি সরোজিনীর মাথার উপর ধীরে ধীরে তাঁহার দক্ষিণ হস্ত রাখিয়া কহিলেন, অপরাধ যারই হয়ে থাক সতীশ, আমার এই বোনটিকে আজ তুই মাপ কর। ওর বুকের ভেতরের অনেক দিনের অনেক সঞ্চিত দুঃখ আজ তোকে সেবা করবার জন্যেই আমার সঙ্গে ওকে পাঠিয়ে দিয়েচে। কিন্তু সাবিত্রী, তুমি দিদি অমন মুখটি বিমর্ষ করে দাঁড়িয়ে থাকলে ত হবে না! তোমার এই মরণোন্মুখ দাদাটির অনেক উৎপাত অনেক ভার আজ থেকে তোমাকে বইতে হবে বোন। এসো, আমার কাছে এসে বসো।

সাবিত্রীর নামে সরোজিনী লজ্জা, শরম, বেদনা সমস্ত ভুলিয়া মুখ তুলিয়া দাঁড়াইল। এতক্ষণ পর্যন্ত সে তাহাকে উপেন্দ্রর কোনরূপ আত্মীয়া বলিয়াই মনে করিয়াছিল।

সাবিত্রী নিঃশব্দে আসিয়া উপেন্দ্রর পায়ের কাছে মেঝের উপর বসিল। উপেন্দ্র তাহার মাথার উপর হাত রাখিয়া বলিলেন, তুমি মনে করো না দিদি, তোমার কাছে মাপ চেয়ে তোমার আমি অমর্যাদা করব। কিন্তু সতীশ, তুই আমাকে মাপ কর। তোর যত অপমান,

যত অনিষ্ট আমি করেচি, সমস্ত আজ ভুলে যা ভাই।

সতীশ কথা কহিবে কি, সে অবাক হইয়া শুধু নিষ্পলক-চক্ষে চাহিয়া রহিল।

উপেন্দ্র একটুখানি ম্লান হাসিয়া কহিলেন, আমি বুঝেচি, সতীশ, তোরা কি ভাবচিস। ভাবচিস যে, সেই উপীনদা ছেলেমানুষের মত এত বকে কেন! কিন্তু তোরা জানিস নে ভাই, কতকাল তোদের উপীনদার এই মুখখানা একেবারে মূক হয়ে ছিল। তাই, যত কথা জমা হয়েছিল, সব আজ মাতালের মত বেরিয়ে আসচে, কাকে আটকে রাখি বল ত!

উপেন্দ্রর কথার ভঙ্গীতে সতীশের বুকের ভিতরটায় কি এক রকমের অজানা ভয়ে তোলপাড় করিতে লাগিল, কি একটা কথা সে জানিতেও চাহিল, কিন্তু, না পড়িল তাহার প্রশ্নটা মনে, না তাহার মুখ দিয়া কথা ফুটিল। সে যেমন চাহিয়া ছিল তেমনি চাহিয়া রহিল।

পরক্ষণেই উপেন্দ্র সরোজিনীর মুখের প্রতি চাহিয়া সতীশকে বলিলেন, তুই ভাল হ', আশীর্বাদ করি তোরা সুখী হ'—আমি আমার এ বোনটিকে নিয়ে চলে যাব। বলিয়া উপেন্দ্র আস্তে আস্তে সাবিত্রীর মাথার উপর আঙুলের ঘা মারিয়া কহিলেন, তুমি ছাড়া আমার ভার নেবার আর কেউ নেই দিদি। আর যে অসুখ তাতে আর কাউকে কাছে ডাকতে সাহসও হয় না, হওয়া উচিতও নয়। শুধু তোমার মত যার পরের জন্যই কেবল বেঁচে থাকা, আমার সেই বোনটির ওপরেই নিজেকে সঁপে দিতে পারি। যাবে দিদি আমার সঙ্গে? সতীশকে ছেড়ে যেতে কষ্ট হবে,—তা হলোই বা। এর চেয়ে কত বেশী দুঃখ-কষ্ট যে ভগবান মানুষকে সইতে দিয়ে মানুষ করে তোলেন ভাই!

সতীশের মনের মধ্যে এতক্ষণের সেই বিস্মৃত প্রশ্নটা যেন বিদ্যুতের রেখায় খেলিয়া গেল। সে সহসা বলিয়া উঠিল, উপীনদা, আমাদের পশু-বৌঠান কেমন আছেন? তাঁর যে অসুখ শুনে এসেছিলাম।

উপেন্দ্র একমুহূর্তের জন্য দাঁত দিয়া জোর করিয়া অধর চাপিয়া ধরিলেন, তার পরে অভ্যাসমত একবার উপরের দিকে চাহিয়া বলিলেন, পশু নেই—মারা গেছে।

সরোজিনী চেঁচাইয়া উঠিল, সুরবালা-বৌদি নেই?

উপেন্দ্র ঘাড় নাড়িয়া বলিলেন, না।

সতীশ মোটা বালিশটায় হেলান দিয়া মূর্ছাহতের মত শূন্যদৃষ্টিতে চাহিয়া বসিয়া রহিল।

সুরবালা নাই, সে মারা গেছে! এই বার্তা উপেন্দ্রর মুখ দিয়া অতি সহজেই বাহির হইয়া আসিল ; কিন্তু এ 'নাই' যে কি না-থাকা, এ যাওয়া যে কি যাওয়া, সতীশের চেয়ে কে বেশী জানে! সরোজিনীর চেয়ে কে বেশী দেখিয়াছে! সাবিত্রীর চেয়ে কে বেশী শুনিয়াছে!

তথাপি সুরবালা নাই—সে মরিয়াছে। সতীশের মুখের প্রতি চাহিয়া উপেন্দ্র একটুখানি হাসিয়া কহিলেন, ভগবান নিলেন, তার আর নালিশ কি! কিন্তু এ সময়ে দিবা-ছোঁড়াটা যদি কাছে থাকত! মা-বাপ নেই, ছেলেবেলা থেকে মানুষ করে এত বড় করলাম, সেও কোথায় গেল! কি জানি মরবার আগে একবার তাকে দেখতে পাব কি না।

সতীশ তেমনি মূর্ছাহতের মত থাকিয়াই জিজ্ঞাসা করিল, দিবার কি হলো উপীনদা?

উপেন্দ্র কহিলেন, কি জানি তার কি হলো! কলকাতায় হারানদার বাড়িতে থেকে পড়তে দিলাম—এ লজ্জার কথা কারুকে বলাও যায় না, বলতে ইচ্ছেও করে না—বাড়িতে আজও জানে, সে কলকাতায় পড়চে, সুরো তাকে ভারী ভালবাসতো, সে বেচারা মরবার আগে দেখতে চেয়েছিল, কিন্তু এ সাধ তার পূর্ণ করতে পারলাম না। হারানবাবুর স্ত্রীর সঙ্গে

কোথায় যে চলে গেল তার উদ্দেশও নেই।

তিনজন শ্রোতাই একসঙ্গে অব্যক্ত-কণ্ঠে কি একটা চীৎকার করিয়া উঠিল, কিন্তু কোন কথাই স্পষ্ট হইল না।

তার পরে সমস্ত নীরব। সমস্ত ঘরটা যেন একটা শূন্য শ্মশানের মত থমথম করিতে লাগিল।

কেহই উপেন্দ্রর মুখের পানে চাহিতেও পারিল না, কিন্তু প্রত্যেকেরই মনে হইতে লাগিল, তাহাদের এতদিনের দুঃখ-কষ্ট-মান-অভিমানগুলা যেন এই অভ্রভেদী বেদনার কাছে একেবারে তুচ্ছ হইয়া গেছে।

সাবিত্রী সতীশের কাছে সকল কথাই শুনিয়াছিল। সকল কথাই জানিত। সে ভাবিতে লাগিল, এই বিপুল শূন্যতা এই লোকটা কি দিয়া ভরিয়াছে! এ ব্যথা, সে কেমন করিয়া তাহার দৈনন্দিন জীবন-যাত্রার মধ্যে এত সহজে বহিয়া বেড়াইতেছে! বুকের ভিতরে যাহার এতবড় হাহাকার, বাহিরে তাহার এতটুকু আক্ষেপ নাই কেন? এ কি পাইয়াছে? কে ইহার সুখ-দুঃখ এমন সহজ সুসহ করিয়া দিয়াছে!

সে পায়ের উপর আস্তে আস্তে হাত বুলাইতে বুলাইতে কহিল, দাদা, এ-সব ব্যারামে তোমার পক্ষে পাহাড়ের হাওয়া খুব ভাল, না?

উপেন্দ্র তাহার মাথায় হাত দিয়া কহিলেন, হাঁ ভাই, তাই ত ডাক্তারেরা বলেন, কিন্তু ভগবান যাকে তলব করেন, তার কিছুই কাজে লাগে না।

সবিত্রী বলিল, তা হোক দাদা, আমরা কিন্তু পাহাড়ে গিয়েই থাকব।

উপেন্দ্র হাসিয়া বলিলেন, আচ্ছা, তাই হবে।

মহামায়ার পূজা আসন্ন হইয়া আসিল এবং সতীশ সম্পূর্ণ সুস্থ হইবার পূর্বেই বাঙালীর সর্বশ্রেষ্ঠ আনন্দোজ্জ্বল দিনগুলি সুখ-স্বপ্নের মত অতিবাহিত হইয়া গেল। আরও কিছুদিন এখানে থাকিবার কথা ছিল, কিন্তু উপেন্দ্রর দেহের প্রতি লক্ষ্য করিয়া সাবিত্রী ত্রয়োদশীর দিন যাত্রা করিবার জন্য দিন স্থির করিয়া ফেলিল। উপেন্দ্রর আপত্তির বিরুদ্ধে জিদ করিয়া বলিল, সে হবে না দাদা। সতীশবাবুর অসুখ আর নেই, কিন্তু, তাঁর শরীর সবল হবার জন্যে অপেক্ষা করতে গেলে তোমাকে আর খুঁজে পাব না। পরশু আমাদের যেতেই হবে, তুমি অমত করো না দাদা।

উপেন্দ্র মৃদু হাসিয়া কহিলেন, আচ্ছা, সে দেখা যাবে। কিন্তু, তা হলেই কি আমাকে খুঁজে পাবে দিদি?

সাবিত্রী তর্ক না করিয়া কাজে চলিয়া গেল। উপেন্দ্রর দিনগুলা এখানে শান্তিতে কাটিতেছিল, তাই যাবার জন্য তাঁহার তাড়া ছিল না এবং যাত্রার দিন যে সত্যিই এত আসন্ন হইয়াছে তাহাও বোধ করি তিনি বিশ্বাস করিলেন না, কিন্তু সতীশের মুখ শুকাইল। কারণ, এই জিদের সহিত তাহার ঘনিষ্ঠ পরিচয় ছিল। ইহা যে কোন বাধা মানে না এবং যে-কেহ ইহার সংস্রবে আছে, তাহাকেই যে শেষ পর্যন্ত নত হইতে হয়, তাহা সে ভাল করিয়াই জানিত। সুতরাং ত্রয়োদশী যে কিছুতেই পার হইবে না, তাহাতে তাহার লেশমাত্র সংশয় রহিল না। কিন্তু, কোন কথা কহিল না। পরদিনও এ সম্বন্ধে সে সম্পূর্ণ নির্বাক হইয়া রহিল। তাহার সাক্ষাতেই বেহারী সজলনয়নে সাবিত্রীকে যখন প্রশ্ন করিল, আবার কতদিনে দেখা দেবে মা, তখনও সতীশ মৌন হইয়া রহিল।

সাবিত্রী সতীশের মুখের প্রতি কটাক্ষে চাহিয়া গাম্ভীর্যের সহিত বলিল, তোমার বাবুর যেদিন বিয়ে হবে বেহারী, তখন আবার দেখা হবে। অবিশ্যি তোমার বাবু যদি দয়া করে আনেন তবেই।

দিন-দশেক পূর্বে সরোজিনীকে লইয়া যাইবার জন্য জ্যোতিষ নিজে আসিলে উপেন্দ্রর মধ্যস্থতায় বিবাহের পাকা কথাবার্তাই হইয়া গিয়াছিল।

সতীশ কিছুমাত্র আপত্তি করে নাই, স্থির হইয়াছিল তাহার কালাশৌচ গত হইলেই বিবাহ হইবে। সাবিত্রী এখন সেই ইঙ্গিতই করিল এবং সতীশ চুপ করিয়াই শুনিল।

যাবার দিন সকালে উপেন্দ্র একটু চিন্তান্বিত হইয়াই প্রশ্ন করিলেন, তোর শরীর কি তেমন সুস্থ বোধ হচ্চে না, সতীশ? কাল থেকে যেন তোকে ভারী শুক্‌নো দেখাচ্চে।

সতীশ উদাস-কণ্ঠে কহিল, না, বেশ ভালই ত আছি।

উপেন্দ্র চলিয়া গেলে সাবিত্রী ঘরে ঢুকিল। তাহার দু'চক্ষু রাঙ্গা, চোখের পল্লব ভিজিয়া ভারী হইয়া উঠিয়াছে, তাহা চাহিলেই চোখে পড়ে। মাথার দিব্যের কথা পুনঃ পুনঃ স্মরণ করাইয়া বলিল, কথা রাখবে?

সতীশ বলিল, রাখব।

মদ গাঁজা হাত দিয়েও কখনো ছোঁবে না?

না।

আমাকে জিজ্ঞাসা না করে তন্ত্র-মন্ত্রের দিকেও যাবে না?

না।

যতদিন না শরীর একেবারে সারে দু'দিন অন্তর চিঠি লিখবে?

লিখব।

তাতে কোন কথা লুকোবে না?

না।

তবে চললুম, বলিয়া সাবিত্রী তাড়াতাড়ি একটা নমস্কার করিয়া বাহির হইয়া গেল।

সতীশ বিছানার উপর বসিয়াছিল, শুইয়া পড়িল। বিদায় দিবার জন্য নীচে নামিবার চেষ্টাও করিল না।

বাহিরে দুখানা পালকি প্রস্তুত ছিল। কাছে দাঁড়াইয়া উপেন্দ্র ডাক্তারবাবুর সঙ্গে আস্তে আস্তে আলাপ করিতেছিলেন, মোটা চাদরে সর্বাঙ্গ আবৃত করিয়া সাবিত্রী ধীর-পদবিক্ষেপে আসিয়া অন্যটায় প্রবেশ করিবার উপক্রম করিতেই বেহারী ছুটিয়া আসিয়া চুপি চুপি কহিল, একবার ফিরে চল মা, বাবু কি একটা বিশেষ দরকারে ডাকচেন।

সাবিত্রী ফিরিয়া গেল, উপেন্দ্র কথা কহিতে কহিতে তাহা লক্ষ্য করিলেন।

সাবিত্রী ঠিক এই ভয়ই করিতেছিল। ঘরে প্রবেশ করিয়া দেখিল, সতীশ ও-ধারে মুখ করিয়া শুইয়া আছে। বিছানার সন্নিকটে আসিয়া হাসির ভান করিয়া কহিল, ব্যাপার কি? আমাদের ট্রেন ফেল করে দেবে নাকি?

সতীশ মুখ ফিরিয়া একেবারেই হাত বাড়াইয়া সাবিত্রীর গায়ের চাদরটা চাপিয়া ধরিয়া বলিল, বসো। আমি তোমাকে যেতে দেব না। এ আমার গ্রাম, আমার বাড়ি—আমার ইচ্ছার

বিরুদ্ধে তোমাকে জোর করে নিয়ে যেতে পারে এ সাধ্য দশটা উপীনদার নেই।

সাবিত্রী অবাক হইয়া গেল। চাহিয়া দেখিল, সতীশের চোখে এমন একটা হিংস্র তীব্র দৃষ্টি, যাহাকে কোনমতেই স্বাভাবিক বলা চলে না।

সাবিত্রী বুঝিল জোর খাটিবে না। শয্যার একপ্রান্তে বসিয়া পড়িয়া স্নিগ্ধ ভর্ৎসনার কণ্ঠে কহিল, ছি, ও কি কথা! তিনি ত আমাকে জোর করে নিয়ে যাননি—তাঁর স্ত্রী নেই, ভাই নেই, তুমি নেই—এতবড় সাংঘাতিক অসুখে সেবা করবার কেউ নেই। তাই ত তিনি আমাকে তোমার কাছ থেকে চেয়ে নিয়ে যাচ্চেন। একে কি জোর করা বলে?

সতীশ প্রবলবেগে মাথা নাড়িয়া বলিল, ও মিছে কথা—স্তোক দেওয়া। তিনি তাঁর বন্ধু জ্যোতিষবাবুর মুখ চেয়েই শুধু তোমাকে সরিয়ে নিতে চান। এই দু'দিন আমি দিবা-রাত্রি ভেবে দেখেছি, যে চুপ করে সহ্য করে, সবাই তার ওপর অত্যাচার করে। তা সে কারণ যার যাই থাক, আমি তোমাকে যেতে দেব না। যাক্, এ নিয়ে তর্কাতর্কি করে মাথা গরম করতে আমি চাইনে—বেহারীকে দিয়ে নীচে বলে পাঠাও তোমার যাওয়া হবে না। বেহা—

সাবিত্রী তাড়াতাড়ি হাত দিয়া তাহার মুখ চাপিয়া ধরিয়া বলিল, তুমি কি পাগল হয়ে গেলে? বেশ, তার না হয় ভাল মতলবই নেই, কিন্তু তুমিই বা আমাকে নিয়ে করবে কি শুনি?

সতীশ মুহূর্তকাল চুপ করিয়া থাকিয়া কহিল, যদি বলি বিয়ে করব!

সাবিত্রী বলিল, আর আমি যদি বলি আমার তাতে মত নেই?

সতীশ কহিল, তোমার মতামতে কিছুই আসে যায় না।

সাবিত্রী সভয়ে হাসিয়া বলিল, তবে কি জোর করে বিয়ে করবে নাকি? বলিয়া মুখের হাসিকে গাম্ভীর্যে পরিণত করিয়া তাহার ললাট হইতে রুক্ষ চুলগুলি গভীর স্নেহে হাত দিয়া ধীরে ধীরে মাথার উপর তুলিয়া দিতে দিতে কহিল, ছি, এমন কথা কখনো ভ্রমেও মনে কোরো না। আমি বিধবা, আমি কুলত্যাগিনী, আমি সমাজে লাঞ্ছিতা, আমাকে বিয়ে করার দুঃখ যে কত বড়, সে তুমি বোঝোনি বটে, কিন্তু যিনি আজন্ম শুদ্ধ, শোকের আগুন যাঁকে পুড়িয়ে হীরের মত নির্মল করেচে, তিনি বুঝেচেন বলেই এই হতভাগিনীকে আশ্রয় দিতে সঙ্গে নিয়ে যাচ্চেন। তাঁর মঙ্গল-ইচ্ছা আজ তুমি ঝোঁকের উপর দেখতে পাবে না, কিন্তু তাই বলে তাঁকে মিথ্যা দোষারোপ করে অপরাধী হয়ে থেকো না। বলিতে বলিতেই তাহার চোখ দিয়া জল গড়াইয়া পড়িল।

এই চোখের জল সতীশকে আজ শান্ত করিতে পারিল না, বরং সে অধিকতর উত্তেজিত হইয়া বলিল, সমস্ত মিথ্যে। তুমি এমনি করেই নিজেকে আমার কাছ থেকে ঠেকিয়ে রেখে আমার সর্বনাশ করেচ। উপীনদাই বলেছেন, তুমি সংসারে কারো চেয়ে ছোট নয়—এই সত্য কথা।

সাবিত্রী বলিল, না, তা নয়। দাদা এখন সমাজের অতীত, ইহলোকের অতীত, তাই তাঁর মুখে যা সত্য, অন্যের মুখে অন্যের প্রয়োজনে সে সত্য নয়। তুমি বলবে সত্য হোক মিথ্যা হোক আমি সমাজ চাইনে, তোমাকে চাই। কিন্তু আমি ত তা বলতে পারিনে। সমাজ আমাকে চায় না, আমাকে মানে না জানি, কিন্তু আমি ত সমাজ চাই, আমি

ত তাকে মানি। আমি ত জানি শ্রদ্ধা ছাড়া ভালবাসা দাঁড়াতে পারে না। সমাজ যে স্ত্রীকে তার সম্মানের আসনটি দেয় না, কোন স্বামীরই ত সাধ্য নেই নিজের জোরে সেই আসনটি তার বজায় করে রাখেন! ওগো, এ অসাধ্যসাধনের চেষ্টা করো না!

সতীশ দুই হাত দিয়া সাবিত্রীর দুটো হাত সবলে চাপিয়া ধরিয়া বলিয়া উঠিল, সাবিত্রী, এ-সব কথা শোনবার আজ আমার ধৈর্য নেই, বোঝবার শক্তি নেই, আজ শুধু আমাকে ছুঁয়ে তুমি এই সত্য কথাটা সোজা করে বল, আমাকে তুমি ভালবাস কি না? বলিয়া সে যেন তাঁহার সমস্ত ইন্দ্রিয়, সমস্ত শরীরটাকে পর্যন্ত উন্মুখ করিয়া সাবিত্রীর মুখের প্রতি তাকাইয়া রহিল।

এই একান্ত ব্যথিত ব্যগ্র চোখ-দুটির পানে চাহিয়া সাবিত্রীর আবার চোখ দিয়া জল পড়িতে লাগিল। কহিল, ভালবাসি কি না! নইলে কিসের জোরে তোমার ওপর আমার এত জোর? কিসের জন্য আমার এত সুখ, আমার এতবড় দুঃখ? ওগো, তাই ত তোমাকে এত দুঃখ দিলুম, কিন্তু কিছুতে আমার এই দেহটা দিতে পারলুম না! বলিয়া আঁচলে নিজের চোখ মুছিয়া কহিল, আজ আমি তোমার কাছে কোন কথা গোপন করব না। এই দেহটা আমার আজও নষ্ট হয়নি বটে, কিন্তু তোমার পায়ে দেবার যোগ্যতাও এর নেই। এই দেহ নিয়ে যে আমি ইচ্ছে করে অনেকের মন ভুলিয়েচি, এ ত আমি কোনমতেই ভুলতে পারব না! এ দিয়ে আর যারই সেবা চলুক, তোমার পূজা হবে না। আজ কি করে তোমাকে সে কথা বোঝাব! এত ভাল যদি না বাসতুম, হয়ত এমন করে তোমাকে আজ আমায় ছেড়ে যেতে হতো না। বলিয়া সাবিত্রী বারংবার চক্ষু মার্জনা করিল।

সতীশ স্তব্ধভাবে কিছুক্ষণ পড়িয়া থাকিয়া অকস্মাৎ বলিয়া উঠিল, তবে আর চাইনে। কিন্তু তোমার মন? এ দিয়ে ত তুমি কাউকে কখনও ভোলাতে যাওনি! এ ত আমার।

সাবিত্রী তৎক্ষণাৎ কহিল, না, এ দিয়ে কোনদিন কাউকে ভোলাতে চাইনি—এ তোমারই। এখানে তুমিই চিরদিন প্রভু। বলিয়া সে বুকের উপর হাত রাখিয়া কহিল, অন্তর্যামী জানেন, যতদিন বাঁচব, যেখানে যেভাবেই থাকি, এ তোমার চিরদিন দাসীই থাকবে।

সতীশ খপ্ করিয়া তাহার হাতটা নিজের ডান হাতের মধ্যে টানিয়া লইয়া বলিল, ভগবানের নাম নিয়ে আজ যে অঙ্গীকার করলে এই-ই আমার যথেষ্ট। আমি এর বেশী কিছু চাইনে।

তাহার কথার ভাবে সাবিত্রী মনে মনে আবার শঙ্কিত হইল।

এমনি সময়ে বেহারী দ্বারের বাহির হইতে ডাকিয়া কহিল, মা, বাবু বললেন আর ত সময় নেই।

চল যাচ্ছি, বলিয়া সাবিত্রী উঠিতে গেল, সতীশ জোর করিয়া ধরিয়া রাখিয়া বলিল, কখনো তোমার কাছে কিছু চাইনি—আজ যাবার সময় আমাকে একটা ভিক্ষে দিয়ে যাও।

আমার কি আছে যে তোমাকে দেব? কিন্তু কি চাই বল?

সতীশ কহিল, আমি এই ভিক্ষা চাই, কেউ কখনো যদি আমাদের সম্বন্ধে কথা জিজ্ঞাসা করে, আমার স্বামীত্ব স্বীকার করবে বল?

সাবিত্রী ঠিক এই আশঙ্কাই করিতেছিল, তথাপি এই অদ্ভুত অনুরোধে হাসিল। কহিল, কেন বল ত? সাক্ষীর জোরে শেষকালে জোর করে ঘরে পুরবে নাকি?

সতীশ কহিল, তোমার নিজের বুকের অন্তর্যামীই আমাদের সাক্ষী—অন্য সাক্ষীতে আমাদের দরকার নেই। আর, বাইরের সাক্ষীর জোরে শেষকালে ঘরে পুরব এই তোমার ভয়? কিন্তু, নিজের জোরে আজই যদি ঘরে পুরি ত কে ঠেকাবে বল ত?

সাবিত্রী দ্বিরুক্তি করিল না।

সতীশ কহিল, তোমার যেখানে-সেখানে যা খুশি ভাবে থাকা আমার পছন্দ নয়।

সাবিত্রীর মুখ উত্তরোত্তর পাংশু হইয়া উঠিতেছিল, কিন্তু এ অবস্থায় সতীশকে উত্তেজিত করিবার ভয়ে সে চুপ করিয়া রহিল। সতীশ বলিল, উপীনদা পাথরের দেবতা, নইলে রক্ত-মাংসের দেবতা হলেও আমি সঙ্গে পাঠাতাম না। আচ্ছা, আজ যাচ্চ যাও, কিন্তু বেশীদিন বোধ করি সেখানে রাখা আমার সুবিধে হয়ে উঠবে না।

তোমার ইচ্ছে, বলিয়া সাবিত্রী নমস্কার করিয়া বাহির হইয়া গেল।

বিয়াল্লিশ

অপরাহ্ণ সাড়ে-পাঁচটায় কাঠের কারখানার ছুটি হইলে দিবাকর আরাকানের একটা রাস্তা দিয়া চলিয়াছে। ধূলায় ধূলায় করাতের গুঁড়ায় তাহার সর্বাঙ্গ সমাচ্ছন্ন। গলায় উত্তরীয় নাই, পিরানখানি জীর্ণ মলিন, নানাস্থানে সেলাই করা, পরিধেয় বস্ত্রও তদুপযুক্ত, ডান পায়ের জুতাটার গোড়ালি ক্ষইয়া একপেশে হইয়া গেছে, বাঁ পায়ের বুড়া আঙুলের ডগাটা জুতার সুমুখ দিয়া দেখা যাইতেছে—হঠাৎ দেখিলে যেন চেনাই যায় না,—সারাদিন পেটে অন্ন নাই—এ অবস্থায় সে ধুঁকিতে ধুঁকিতে কামিনী বাড়িউলীর বাড়িতে আসিয়া উপস্থিত হইল। মাসিক চার টাকা ভাড়ায় নীচের তলার একটি ঘরে তাদের বাসা। অপ্রশস্ত বারান্দাটির একধারে রান্না হয়, একধারে কাঠ ঘুঁটে জলের বালতি প্রভৃতি ঠেসাঠেসি করিয়া রাখা।

দিবাকরের পায়ের শব্দে পাশের একটা ঘর হইতে বাড়িউলী বাহির হইয়া ঝঙ্কার দিয়া কহিল, আসা হলো? তা বেশ, এ-সব কি বাপু তোমাদের! রান্না-বাড়া নেই, নাওয়া-খাওয়া নেই—কেবলি রাত-দিন ঝগড়া, কিচি-কিচি, দাঁতের বাদ্যি—এ যে আমাদের শুদ্ধ লক্ষ্মী ছাড়িয়ে দেবার জো করলে তোমরা।

দিবাকর ম্লান-মুখে মাথা হেঁট করিয়া রহিল। সে দুপুরবেলায় ভাত খাইতে আসিয়া কিরণময়ীর সহিত ঝগড়া করিয়া অস্নাত অভুক্ত অবস্থাতেই পুনরায় তাহার কাজে ফিরিয়া গিয়াছিল ; এখন ছুটি হইবার পরে বাসায় আসিয়াছে। কিন্তু তাহার অবস্থা দেখিয়া বাড়িউলীর রাগ পড়িল না, সে পুনরায় কহিল, ও তোমার বিয়ে করা পরিবার নয় বাপু, যে এত জোর-জুলুম নাগিয়েচ। বের করে যেমন এনেছিলে, সেও তেমনি ধর্ম রেখেচে। এখন তোমারও যা হোক একটা চাকরি-বাকরি হয়েচে—এইবার সরে যাও। আর কেন বাপু তাকে দুঃখ দেওয়া! অমন সোমত্ত মেয়েমানুষটা খাওয়া-পরা বিহনে একেবারে শুক্‌নো কাঠ হয়ে গেল যে! একটুখানি চুপ করিয়া কহিল, নইলে

ওর ভাবনা কি? মোড়ের মাথায় গোলদার মারাড়িবাবু আমাকে নিত্যি লোক পাঠাচ্চে। বলে, সোনায় সর্বাঙ্গ মুড়ে দেবে। আর তোমারি বা মেয়েমানুষের ভাবনা কি বাপু? ভাত ছড়ালে নাকি কাকের অভাব! যাও, সরে যাও। আমার কথা শোন, ক'দিন থেকে বলচি, আর তোমাদের বনিবনাও হবে না।

দিবাকর তাড়াতাড়ি বাধা দিয়া কহিল, থাক থাক, আমার কথায় কাজ নেই। কিন্তু ওঁরও কি তাই মত নাকি? তুমিই তা হলে তাঁর মন্ত্রিমশাই কিনা!

ঠিক এই সময়ে কিরণময়ী তাহার ঘরের ভিতর হইতে বাহির হইল। অবস্থার পরিবর্তনে মানুষের দৈহিক, মানসিক, সর্বপ্রকার পরিবর্তন যে কত দ্রুত কিরূপ একান্ত হইয়া উঠিতে পারে তাহা দেখিলে অবাক হইতে হয়।

আজ তাহার প্রতি চাহিয়া হঠাৎ কে বলিবে এ সেই সৌন্দর্যের প্রতিমা কিরণময়ী! ছয় মাস পূর্বে সেই যে একদিন যে সমাজকে ধর্মকে ব্যঙ্গ করিয়া মানুষ্যত্বকে পদদলিত করিয়া এক অবোধ অপরিণামদর্শী যুবককে রূপ ও ভালবাসার মোহে প্রতারিত করিয়া তাহার সর্বপ্রকার সার্থকতা হইতে বিচ্যুত করিয়া আনিয়াছিল, আজ সেই প্রতারণার ফাঁসিই কিরণময়ীর নিজের গলায় আঁটিয়া বসিয়াছে।

পাপের সহিত নিষ্ফল ক্রীড়া করিতে গিয়া সেই দিবাকরের বুকের ভিতর হইতেই আজ বাসনার যে রাক্ষস বাহির হইয়া আসিয়াছে, আত্মরক্ষা করিতে তাহারই সহিত অহর্নিশি লড়াই করিতে করিতে কিরণময়ী আজ ক্ষত-বিক্ষত।

তাহার মাথায় চুলগুলা রুক্ষ, বিপর্যস্ত, বস্ত্র মলিন ও জীর্ণ, মুখের উপর কি এক প্রকারের শুষ্ক ক্ষুধা যেন হতাশ্বাসের শেষ সীমায় পৌঁছিয়াছে, দেহের সর্বাঙ্গ ঘেরিয়া কদর্য শ্রীহীনতায় দৃষ্টি পীড়িত হয়—সেই মূর্তিমতী অলক্ষ্মীর মত সে ধীরে ধীরে আসিয়া বারান্দায় একটা খুঁটি ঠেস দিয়া উভয়ের দিকে চাহিয়া চুপ করিয়া দাঁড়াইল।

তাহাকে দেখিবামাত্র ক্ষুধার্ত দিবাকর গর্জন করিয়া উঠিল।

নির্লজ্জতার অন্ত নাই। সেই মুখচোরা দিবাকর যে আজ একবাড়ি লোকের সামনে এই ভাষা হাঁকিয়া উচ্চারণ করিতে পারে, তাহা প্রত্যয় করা সহজ নয়। কিন্তু বাস্তবিকই সে চীৎকার করিয়া কহিল, কি গো বৌঠান, তাই নাকি? এখন মারোয়াড়ী, মুসলমান, মগ, মাদ্রাজী—এদের দরকার নাকি? ওঃ—তাই দিনরাত ঝগড়া? তাই আমি হয়েছি দুচক্ষের বিষ?

কিরণময়ী প্রথমটা যেন কিছু বুঝিতে পারিল না এমনিভাবে শুধু চাহিয়া রহিল। কিন্তু তাহার জবাব দিল বাড়িউলী। সে এক-পা আগাইয়া আসিয়া হাত নাড়িয়া চোখ-মুখ ঘুরাইয়া বলিল, কেন চাইবে না শুনি? আমরাও আর গেরস্তর মাঠাকরুন নই গো, যে একজনকেই কামড়ে পড়ে থাকতে হবে। আমরা হলুম সুখের পায়রা—বেবুশ্যে! যেখানে যার কাছে সুখ পাব, সোনা-দানা পাব, তার কাছেই যাব। এতে লজ্জাই বা কি, আর ঢাকাঢাকিই বা কিসের জন্য!

দিবাকর ক্রোধে প্রজ্বলিত হইয়া তাহাকে ধমক দিয়া উঠিল, তুই থাম্ মাগী! যাকে জিজ্ঞাসা করচি সে বলুক।

এবার বাড়িউলীও বারুদের মত জ্বলিয়া উঠিল, মারমুখী হইয়া কহিল, কি! আমার বাড়িতে দাঁড়িয়ে আমাকে মাগী! বেরো বলচি আমার বাড়ি থেকে।

দিবাকরও রুখিয়া উঠিল। ছয় মাস পূর্বে তাহার অতি বড় দুঃস্বপ্নেও বোধ করি কল্পনা করা সম্ভবপর হইত না যে, সে একটা অন্ত্যজ গণিকার মুখে এতখানি অপমানের পরেও কোমর বাঁধিয়া তুই-তোকারি করিয়া বিবাদ করিতেছে! কিন্তু, সে ত আর উপেন্দ্র সুরবালার স্নেহে, শাসনে, লালিত-পালিত সে দিবাকর নাই! তাই, সেও চোখ-মুখ রাঙ্গা করিয়া গর্জাইয়া উঠিল, কি! আমাকে বেরো? ভাড়া খাসনে তুই?

বাড়িয়ালী ঠিক তেমনি তর্জন করিয়া কহিল, ইস্! ভাড়া দেনেবালা! তোকে ছি! তোর গলায় দেবার দড়ি জোটে না রে! বেরো বলচি, নইলে ঝাঁটা মেরে দূর করব।

আচ্ছা, বের করাচ্চি! বলিয়া দিবাকর দাঁতে দাঁত ঘষিয়া উন্মত্তপ্রায় দ্রুতপদে ছুটিয়া আসিয়া নির্বাক কিরণময়ীকে সজোরে ধাক্কা মারিল। সমস্তদিন ক্ষুৎপিপাসায় ক্লান্ত, অবসন্ন কিরণময়ী সে ধাক্কা সামলাইতে পারিল না, প্রথমটা গিয়া সে একটা রঙের শূন্য বালতির উপর পড়িয়া তথা হইতে গড়াইয়া একটা ঘুঁটের ঝুড়ির উপরে মুখ গুঁজিয়া পড়িল।

উন্মত্ত দিবাকর বলিল, যাও বেরোও। কে তোমার মারোয়াড়ী আছে,—দূর হও। বলিয়া ঘরের ভিতর গিয়া ঢুকিল।

বাড়িউলী বিকট চীৎকার করিয়া উঠিল। কারখানা হইতে সদ্যপ্রত্যাগত পুরুষের দল যে-যাহার হাত-মুখের কালিঝুলি প্রক্ষালিত করিতেছিল, চীৎকারে চকিত হইয়া হাতের সাবান ফেলিয়া ছুটিয়া আসিল। বাড়িউলী সুউচ্চ নাকীসুরে নালিশ করিতে লাগিল—বৌটাকে মেরে ফেলেছে গো! হতভাগা ছোঁড়াটাকে তোমরা মারতে মারতে দূর করে দাও—আর না আমার বাড়ি ঢোকে।

বাড়িউলীর আদেশে তাহারা ভিড় করিয়া ঘরের মধ্যে প্রবেশ করিবার উদ্যোগ করিতেই কিরণময়ী মাথায় আঁচল তুলিয়া দিয়া উঠিয়া বসিয়া দৃঢ়স্বরে কহিল, ঝগড়াঝাঁটি কার ঘরে না হয়? আমার গায়ে হাত দিয়েচে তা তোমাদের কি? তোমরা ঘরে যাও, বলিয়া তৎক্ষণাৎ উঠিয়া পড়িয়া নিজের ঘরের মধ্যে প্রবেশ করিয়া খিল বন্ধ করিয়া দিল।

লোকগুলা বিক্রম-প্রকাশের সুযোগ হারাইয়া ক্ষুণ্ণমনে ফিরিয়া গেল। বাড়িউলী বাহিরে দাঁড়াইয়া গালে হাত দিয়া শুধু বলিল, অবাক কাণ্ড!

দ্বার রুদ্ধ করিয়া কিরণময়ী দেশলাই বাহির করিয়া আলো জ্বালিল। কাঠের ঘর অপ্রশস্ত হইলেও দীর্ঘ, একধারে দড়ির খাটের উপর দিবাকরের শয্যা অপর প্রান্তের কাঠের মেঝের উপর কিরণময়ীর বিছানাটি গুটান রহিয়াছে। পায়ের দিকে কতগুলি হাঁড়ি-কলসী উপরি উপরি সাজানো এবং সেই কোণেই কাঠের শিকায় রান্নার হাঁড়ি, কড়া, চাটু প্রভৃতি তোলা রহিয়াছে। ইহাই তাহাদের গৃহস্থালীর সমস্ত সাজ-সরঞ্জাম।

আলো জ্বালিয়া কিরণময়ী দ্বারের কাছে মেঝের উপর স্থির হইয়া বসিল। কাহারও মুখে কথা নাই—খাটের উপর দিবাকর ঘাড় গুঁজিয়া চুপ করিয়া বসিয়া,—এমনি বহুক্ষণ পর্যন্ত উভয়েই নিঃশব্দে বসিয়া থাকার পরে কিরণময়ী ধীরে ধীরে উঠিয়া আসিয়া সুমুখে দাঁড়াইয়া সহজভাবে কহিল, হাঁড়িতে ভাত রান্না আছে, বেড়ে দিই, খাও।

দিবাকর রুদ্ধকণ্ঠে কহিল, না।

তাহার কণ্ঠস্বরে বোধ হইল, এতক্ষণ সে নীরবে কাঁদিতেছিল।

কিরণময়ী বলিল, না কেন? সারাদিন খাওনি, আজ না খেলেও কাল খেতে হবে।

খাওয়া-পরার উপর রাগ করা কারও চলে না—হাত-মুখ ধুয়ে এসে যা পারো দুটি খাও—আমি ভাত বেড়ে দিচ্চি।

দিবাকর সাড়া দিতে পর্যন্ত পারিল না। লজ্জায় অনুশোচনায় সে পুড়িয়া যাইতেছিল। সে সত্যই কিরণময়ীকে ভালবাসিয়াছিল।

এখানে আসা অবধি অনেকদিন পর্যন্ত বাহিরের কেহ জানিতে না পারিলেও, ভিতরে অত্যন্ত সঙ্গোপনে আসক্তি ও বিরক্তির যে নির্মম সংগ্রাম উভয়ের মধ্যে প্রত্যহ ঘটিতেছিল, তাহার সমস্ত অভিঘাতই দিবাকর নীরবে সহ্য করিয়াছিল।

কিছুদিন হইতে এই সমর প্রকাশ্য ও অত্যন্ত দুর্বার হইয়া উঠিবার মধ্যেও এমন উত্তেজনা বহুবার ঘটিয়া গিয়াছে, কিন্তু, আজিকার পূর্বে কোনদিন সে এইরূপ আত্মবিস্মৃত হইয়া এতবড় পাশব আচরণ করে নাই। বস্তুতঃ, কোন কারণে কোন অত্যাচারের ফলেই সে যে কিরণময়ীর গায়ে হাত তুলিতে পারে, এবং সত্য সত্যই এইমাত্র তুলিয়াছে, তাহা এখনও সে ঠিকমত মনের মধ্যে গ্রহণ করিতে পারিতেছিল না। তাই, ঘরে ঢুকিয়া সে স্বপ্নাবিষ্টের মত তাহার বিছানায় আসিয়া বসিয়া ছিল। কিন্তু ক্ষণেক পরেই কিরণময়ী যখন নিজের সমস্ত লাঞ্ছনা ঝাড়িয়া ফেলিয়া বাড়ির লোকের আক্রমণ ও নির্যাতন হইতে তাহাকে রক্ষা করিয়া ঘরে ঢুকিয়া খিল দিল, তখনই শুধু তাহার চৈতন্য ফিরিয়া আসিল। কিরণময়ীর অনুরোধ শেষ না হইতেই তরঙ্গ যেমন শৈলমূলে আছাড় খাইয়া পড়ে, তেমনি করিয়া সজোরে এই রমণীর পায়ের উপর উপুড় হইয়া পড়িয়া উচ্ছ্বসিত আবেগে কাঁদিয়া উঠিল। বলিল, আমি পশু আমাকে মাপ কর বৌদি।

কিরণময়ী কিছুক্ষণ নির্বিকার স্তব্ধ থাকিয়া আগের মতই সহজ-কণ্ঠে কহিল, তোমার একার দোষ নয়, মানুষমাত্রকেই এ-সব কাজে পশু করে ফেলে। আমাকেও একতিল কম পশু করেনি ঠাকুরপো!

দিবাকর প্রবলবেগে মাথা নাড়িয়া বলিল, না না, অন্য কারও কথায় আমার কাজ নেই, বৌদি, কিন্তু আমার আজকের অপরাধের প্রায়শ্চিত্ত হবে কি করে? আমাকে বলে দাও,—আমি তাই প্রাণপণে করব।

কিরণময়ী কহিল, অপরাধ আবার কি? শোননি, এতে মানুষে মানুষকে খুন করে ফেলে? তুমি ত শুধু ঠেলে দিয়েছ,—অপরাধ আমি করিনি? সব কি কেবল তোমারই দোষ? কিন্তু, যাক গে এ-সব। সমস্ত অভিযোগ অনুযোগের আজ শেষ হয়ে গেছে—এতে তোমারও ভবিষ্যতে আর দরকার হবে না, আমারও না। এখন যাও, হাত-মুখ ধুয়ে এসে ভাত খেতে বসো। আমি যেন আর দাঁড়াতে পাচ্চিনে।

দিবাকর ধীরে ধীরে উঠিয়া বসিল। কিরণময়ীর কণ্ঠস্বরে সে বুঝিয়াছিল, আর কথাবার্তা কহিতেও সে ইচ্ছুক নয়।

সমস্তদিন উপবাসের পর দিবাকর খাওয়া শেষ করিয়া বাহিরে আঁচাইতে গেল। তাহার মনের গ্লানিটাও কমিয়া আসিয়াছিল। আঁচাইয়া হৃষ্টচিত্তে ঘরে ঢুকিয়া একটু আশ্চর্য হইয়াই দেখিল কিরণময়ী তাহার বিছানাটা গুটাইয়া খাট হইতে নীচে নামাইয়া রাখিয়াছে। জিজ্ঞাসা করিল, নামাচ্চ কেন?

কিরণময়ী অবিচলিত-স্বরে কহিল, আগে বললে হয়তো তোমার খাওয়া হতো না, তাই বলিনি। আজ থেকে আমাদের মধ্যে আর দেখা-সাক্ষাৎ হবে না। রাত এখনো

বেশী হয়নি, আজকের মত কালীবাড়িতে গিয়ে শোও গে, কাল সুবিধে মত একটা বাসা খুঁজে নিয়ো। আর যদি এ দেশে না থাকতে চাও, পরশু স্টিমার আছে, আমি টাকা দেব, দেশে ফিরে যেয়ো। মোট কথা, যা ইচ্ছে হয় করো, আমার সঙ্গে আর তোমার কোন সম্বন্ধ থাকবে না।

দিবাকর হতজ্ঞানের মত কথাগুলা শুনিয়া যাইতেছিল। তাহার মনে হইতেছিল, কিরণময়ীর মমতা-লেশহীন এক-একটি শব্দ যেন কঠিন পাষাণখণ্ডের মত তাহাদের মাঝখানে চিরদিনের অভেদ্য প্রাচীর গাঁথিয়া তুলিতেছে।

তাহার কথা শেষ হইলে, সে স্বপ্নাবিষ্টের মত কহিল, আর তুমি?

কিরণময়ী কহিল, আমার কথা শুনে তোমার লাভ নেই, তবে এ দেশে যদি থাকো, কাল-পরশু শুনতেই পাবে।

দিবাকর কহিল, তা হলে বাড়িউলীর কথাই সত্যি—সেই খোট্টা মারোয়াড়ীটাই—

কিরণময়ী কঠিনস্বরে জবাব দিল, হতেও পারে। কিন্তু, আর যাই হোক, তোমার কাঁধে ভর দিয়ে অধঃপথে নেমেছিলুম বলেই যে তার শেষ ধাপটি পর্যন্ত তোমাকেই আশ্রয় করে নামতে হবে, তার কোন মানে নেই। আমার শরীর ভাল নেই, এখুনি শুয়ে পড়ব—আর তুমি অনর্থক দেরি করো না, যাও! কাল সকালে তোমার জিনিসপত্র তোমাকে পাঠিয়ে দেব।

দিবাকর কহিল, এত তাড়া! আজ রাত্রের মতও আমাকে তুমি থাকতে দেবে না?

কিরণময়ী কহিল, না।

দিবাকর ক্ষণকাল স্থির থাকিয়া কহিল, তা হলে আমার শুধু সর্বনাশ করবার জন্যই এই বিপদে টেনে এনেছিলে? কোনদিন ভালও বাসনি?

কিরণময়ী কহিল, না ; কিন্তু তোমার নয়, আর একজনের সর্বনাশ করচি ভেবেই তোমার ক্ষতি করেচি। আর আমার? যাক আমার কথা। সমস্তই আগাগোড়া ভুল হয়ে গেছে। আর, ভুলের জন্যেই আজ তোমার পায়ে ধরে মাপ চাচ্চি ঠাকুরপো।

এই নির্বিকার পাষাণ-প্রতিমার মুখের প্রতি চাহিয়া দিবাকর দীর্ঘশ্বাস ফেলিয়া কহিল, আমার সর্বনাশের ধারণা নেই তোমার, তাই তুমি এত সহজে মাপ চাইতে পারলে। কিন্তু, এই সর্বনাশের চেয়েও আজ আমার ভালবাসা অনেক বড়, তাই এখনো বেঁচে আছি, নইলে বুক ফেটে মরে যেতুম। কিন্তু একটা কথা আমাকে বুঝিয়ে বলো। যার কাছে তুমি যাবে, তাকেও ত ভালবাস না, হয়ত চেনোও না, তবু আমাকে ছেড়ে সেখানে যেতে চাও কেন? আমি ত কোনদিন তোমার কোন অনিষ্ট করিনি! কিন্তু সত্যিই কি যাবে?

কিরণময়ী ঘাড় নাড়িয়া বলিল, সত্যিই যাব। তার পরে বহুক্ষণ পর্যন্ত মাটির দিকে চুপ করিয়া চাহিয়া থাকিয়া মুখ তুলিয়া কহিল, না, আজ আর কিছুই গোপন করব না।

আমি ভগবান মানিনে, আত্মা মানিনে, জন্মান্তর মানিনে, স্বর্গ নরক ও-সব কিছুই মানিনে —ও সমস্তই আমার কাছে ভুয়ো, একেবারে মিথ্যে। মানি শুধু ইহকাল, আর এই দেহটাকে। জীবনে কেবল একটা লোকের কাছে একদিন হার মেনেছিলুম সে সুরবালা। কিন্তু সে কথা থাক। সত্যি বলচি ঠাকুরপো, আমি মানি শুধু ইহকাল, আর

এই সুন্দর দেহটাকে। কিন্তু আমার এমনি পোড়াকপাল যে, এই দিয়ে অনঙ্গের মত পতঙ্গটাকেও একদিন মজাতে চেয়েছিলুম।—বলিয়া ক্ষুদ্র একটি নিশ্বাস ফেলিয়া কিরণময়ী স্তব্ধ হইয়া রহিল।

মিনিট-দুই স্থির থাকিয়া সে সহসা যেন জাগিয়া উঠিয়া কহিল, তার পরে একদিন—যেদিন সত্যি সত্যিই ভালবাসলুম ঠাকুরপো, সেদিনই টের পেলুম, কেন আমার সমস্ত দেহটা এতদিন এমন করে এর জন্যে উন্মুখ হয়ে অপেক্ষা করেছিল!

দিবাকর ব্যগ্র হইয়া কহিল, কাকে ভালবাসলে বৌদি?

কিরণময়ী একটু হাসিয়া, যেন নিজের মনেই বলিতে লাগিল, ভেবেছিলুম, আমার এ ভালবাসার তুলনা বুঝি তোমাদের স্বর্গেও নেই। কিন্তু সে গর্ব টিকল না। সেদিন মহাভারতের গল্প নিয়ে সেই যে মেয়েটার কাছে হেরে এসেছিলুম, আবার তার কাছেই হার মানতে হলো—ভালবাসার দ্বন্দ্বেও মাথা হেঁট করে ফিরে এলুম। মোহের ঘোর কেটে স্পষ্ট দেখতে পেলুম, তাকে রূপ দিয়ে ভোলাতে পারি এ সাধ্য আমার নেই।

দিবাকরের একবার মনে হইল তাহার নিবিড় অন্ধকার বুঝি স্বচ্ছ হইয়া আসিতেছে।

কিরণময়ী কহিতে লাগিল, সেই মেয়েটার কাছে একটা জিনিস শেখবার বড় লোভ হয়েছিল—সে আমার আপন স্বামীকে ভালবাসা—হয়ত শিখতেও পারতুম, কিন্তু, এমনি পোড়া অদৃষ্ট, সে পথও দুদিনে বন্ধ হয়ে গেল। ভাল কথা, কি জিজ্ঞাসা করছিলে ঠাকুরপো, তোমাকে ভালবাসিনি কেন? কে বললে বাসিনি? বেসেছিলুম বৈ কি! কিন্তু বয়সে আমি বড়, তাই যেদিন তোমার উপীনদা আমার হাতে তোমাকে সঁপে দিয়ে যান, সেই দিন থেকে তোমাকে ছোটভাইটির মত ভালবেসেছিলুম। তাই ত এই ছটা মাস নিজের ছলনায় আমি ক্ষত-বিক্ষত। তোমার চোখের ক্ষুধায়, তোমার মুখের প্রেম-নিবেদনে আমার সমস্ত দেহ ঘৃণায় লজ্জায় কেমন করে শিউরে ওঠে, তা কি একটা দিনও বুঝতে পারনি ঠাকুরপো? যাও, এবার তুমি সরে যাও। আমার পাপ-পুণ্য স্বর্গ-নরক না থাক, কিন্তু এই দেহটার ওপর তোমার লুব্ধদৃষ্টি আর আমি সইতে পারিনে। বলিয়া সে বিছানাটা তুলিয়া আনিয়া দিবাকরের সুমুখে ফেলিয়া দিয়া বলিল, আর তোমাকে আমার বিশ্বাস হয় না। আমার আরও একটি ছোটভাই আজও বেঁচে আছে। সেই সতীশের মুখ চেয়েও আমার চিরদিন তোমার কাছ থেকে আত্মরক্ষা করতে হবে। তুমি যাও—

দিবাকর আর দ্বিরুক্তি না করিয়া বিছানাটা তুলিয়া লইয়া বাহিরের অন্ধকারে নিষ্ক্রান্ত হইয়া গেল।

তেতাল্লিশ

সকাল বেলা কিরণময়ী শ্রান্ত অবসন্ন দেহে কাজ করিতেছিল, কামিনী বাড়িউলী আসিয়া দোরগোড়ায় দাঁড়াইয়া একগাল হাসিয়া কহিল, গেছে ছোঁড়া? বালাই গেছে। কাল আমারে যেন মারমুখী! আরে, তোর কর্ম মেয়েমানুষ রাখা? ছাগলকে দিয়ে যব মাড়ানো গেলে লোকে আর গোরু পুষত না।

কিরণময়ী মুখ তুলিয়া প্রশ্ন করিল, কে বললে সে গেছে?

বাড়িউলী আসিয়া চোখ ঘুরাইয়া বলিল, নাও আর ঢঙ করতে হবে না। কে বললে? আমি হলুম বাড়িউলী, আমাকে আবার বলবে কে গা? নিজে কান পেতে শুনেচি। নইলে কি এতকাল এ-বাড়ি রাখতে পারতুম, কোন্‌কালে পাঁচ-ভূতে খেয়ে ফেলত তা জানো?

কিরণময়ী নীরবে গৃহকর্ম করিতে লাগিল ; জবাব না পাইয়া বাড়িউলী নিজেই বলিতে লাগিল, কতদিন থেকে বলচি বৌমা, তাড়াও আপদটাকে। তা না, থাক কোথায় যাবে! আরে, কোথায় যাবে তার আমি জানি কি! অত ভাবতে গেলে ত চলে না। খাও, পরো, মাখো, সোনা-দানা গায়ে তোলো, সঙ্গে সঙ্গে পীরিতও কর। তা এ কোন্ দিশি ছিষ্টিছাড়া পীরিত করা বাছা!

কিরণময়ী একবারমাত্র মুখ তুলিয়াই আবার দৃষ্টি আনত করিল। বাড়িউলী বুঝিল, তাহার বহুদর্শিতার উপদেশাবলী কাজে লাগিতেছে। সতেজে কহিতে লাগিল, আর এই কি বাছা, তোমার পিরিত করবার সময়? সোমত্ত মেয়েমানুষ, এখন শুধু দু'হাতে লুটবে। তার পর দু'পয়সা হাতে করে নিয়ে গ্যাঁট হয়ে বসে ভারী বয়সে পীরিত করো না, কে তোমাকে মানা করচে! হাতে পয়সা থাকলে কি ছোঁড়ার অভাব? কতগণ্ডা চাই? দু'পায়ে যে তখন জড়ো করে উঠতে পারবে না।

কিরণময়ী বিমনা হইয়াছিল—কি জানি সব কথা তাহার কানে গেল কি না। কিন্তু সে কোন কথা কহিল না।

বাড়িউলীর নিজের ঘরের কাজ তখনও বাকী ছিল। তাই আর দেরি করিতে না পারিয়া দুপুরবেলায় পুনরায় আসিবার ইচ্ছা প্রকাশ করিয়া প্রস্থান করিল।

এ বাটীর সকলেই প্রায় কারখানায় চাকরি করে। সকালে কাজে যায়, দুপুরবেলা খাইবার ছুটি পাইয়া ঘরে আসে এবং স্নানাহার সারিয়া পুনরায় কাজে গিয়া সন্ধ্যার প্রাক্কালে সেদিনের মত অবসর পায়।

আজও সকালে কাজে চলিয়া গেলে বেলা দুটো-আড়াইটার পর বাড়িউলী আসিয়া পুনরায় দরজার কাছে দাঁড়াইল। স্নিগ্ধকণ্ঠে কহিল, খাওয়া হলো বৌমা? কি রাঁধলে?

কিরণময়ী আজ উনানে আগুন পর্যন্ত দেয় নাই, তথাপি বাড়িউলীর প্রশ্নে ঘাড় নাড়িয়া বলিল, হাঁ হয়েচে। এসো, বসো।

বাড়িউলী দরজার কাছে আসন গ্রহণ করিল। সে ঘরে ঢুকিয়াই বুঝিয়াছিল কিরণময়ীর মন ভাল নাই, তাই সহানুভূতির স্বরে কহিল, তা হবে বৈ কি বাছা, দু'দিন মনটা খারাপ হবে। একটা পশু-পক্ষী পুষলে মন কেমন করে, তা এ ত মানুষ। যেমন করে হোক, ছ-সাতটা মাস ঘর-সংসারও ত করতে হয়েচে! তা ঐ দুটো দিন—তিন দিনের দিন আর কেউ নাম-গন্ধও করে না বৌমা, চোখের ওপর কত গণ্ডা দেখলুম।

কিরণময়ী জোর করিয়া একটু হাসিয়া কহিল, সে ত সত্যিই।

বাড়িউলী চোখ-মুখ ঘুরাইয়া তৎক্ষণাৎ প্রতিধ্বনি করিল, সত্যি নয়? তুমিই বল না বাছা, সত্যি নয় কি! আবার নতুন মানুষ আসুক, নতুন করে আমোদ-আহ্লাদ কর,—বাস্, সব শুধরে গেল। কি বল, এই নয়?

কিরণময়ী ঘাড় নাড়িয়া সায় দিল বটে, কিন্তু এই গায়ে-পড়া আলাপে ক্রমশঃ চিত্ত

তাহার উদ্‌ভ্রান্ত হইয়া উঠিতেছিল।

অকস্মাৎ বাড়িউলী চোখ-মুখ কুঞ্চিত ও গলা খাটো করিয়া কহিল, ভাল কথা মনে পড়েচে বৌমা, খোট্টা মিন্‌সেকে ত সকালেই খবর পাঠিয়েছিলুম। ব্যাটার আর তর্ সয় না, বলে, লোকজন কাজে বেরিয়ে গেলে দুপুরবেলাতেই আসব। কি জানি, এখুনি এসে পড়বে নাকি—

কিরণময়ী সন্ত্রস্ত হইয়া উঠিল—এখানে কেন?

বাড়িউলী কথাটাকে অত্যন্ত কৌতুকের মনে করিয়া কৃত্রিম ক্রোধের ছলে কহিল, আ মর্ ছুঁড়ি, সে আসবে না ত কি তুই সেখানে যাবি নাকি? তোর কথা শুনলে যে হাসতে হাসতে পেটের নাড়ী ছিঁড়ে যায়। বলিয়া শুষ্ক হাসির ছটায় ঢলিয়া একেবারে কিরণময়ীর গায়ের উপর গিয়া পড়িল।

কিরণময়ী কথা কহিল না,. শুধু একটুখানি সরিয়া বসিল। বাড়িউলী আত্মীয়তার আবেশে আজ প্রথম তাহাকে 'তুই' সম্বোধন করিয়াছিল।

কিন্তু, সখিত্বের এই একান্ত মাখামাখি সম্ভাষণ এই ইতর স্ত্রীলোকটার মুখ হইতে কিরণময়ীর কানের ভিতর গিয়া একেবারে তীরের মত বিঁধিল। তাহার হৃদয়ের মধ্যে আজিও যে মহিমা মূর্ছাহতের মত পড়িয়া ছিল, এই একটিমাত্র শব্দের কঠিন পদাঘাতে তাহার ঘুম ভাঙ্গিয়া গেল এবং মুহূর্তমধ্যেই ভদ্রনারীর লুপ্ত মর্যাদা তাহার মনের মধ্যে দৃপ্ত হইয়া উঠিল। কিন্তু তবুও সে আত্মসংবরণ করিয়া চুপ করিয়াই রহিল।

বাড়িউলী ইহার কিছুই লক্ষ্য করিল না, সে আপনার ঝোঁকেই বলিয়া যাইতে লাগিল, তুই দেখিস দিকিন বৌ, ছ'মাসের মধ্যে যদি না তোর বরাত ফিরিয়ে দিতে পারি ত, আমার কামিনী বাড়িউলী নাম নয়। তুই শুধু আমার কথামত চলিস্—আর আমি কিছুই চাইনে।

কিরণময়ীর মনে হইল, ঐ স্ত্রীলোকটা তাহার কানের সমস্ত স্নায়ুশিরা যেন পোড়ানো সাঁড়াশি দিয়া ছিঁড়িয়া বাহির করিতেছে, কিন্তু নিষেধ করিবার কথা তাহার মুখে ফুটিল না। শুধু চুপ করিয়া শুনিতেই লাগিল।

বাড়িউলী কহিল, খোট্টা মারোয়াড়ী ; দু'পয়সা আছে। ঝোঁকে পড়েচে, দু'হাত দিয়ে দুয়ে নে ; তার পর যাক না বেটা গোল্লায়,—আবার কত এসে জুটবে। এমন হয়ে আছিস তাই,—নইলে তোর রূপটা কি সোজা রূপ বৌ!

এমনি সময়ে বাহিরের বারান্দার প্রান্ত হইতে ভাঙ্গা-গলার ডাক আসিল, বাড়িউলী?

এই যে যাই, বলিয়া সাড়া দিয়া বাড়িউলী বাহিরে যাইবার উপক্রম করিতেই কিরণময়ী দুই হাত বাড়াইয়া তাহার আঁচলটা সজোরে চাপিয়া ধরিয়া বলিয়া উঠিল, না না, এখানে কিছুতেই না—এ ঘরে কেউ যেন না ঢোকে।

বাড়িউলী হতবুদ্ধি হইয়া কহিল, কেন? কে আছে এখানে?

কিরণময়ী দৃঢ়কণ্ঠে কহিল, কেউ থাক, না থাক—এখানে না—কিছুতেই না—

আগন্তুক লোকটার পদশব্দ ক্রমশঃ নিকটবর্তী হইতে লাগিল।

বাড়িউলী অবাক হইয়া কহিল, তুই ত আর কারো কুলের বৌ ন'স! মানুষ-জন তোর ঘরে আসবে, বসবে, তাতে ভয়টা কাকে শুনি? তুই হলি বেবুশ্যে।

কিরণময়ী চীৎকার করিয়া উঠিল, কি আমি? আমি বেশ্যা?

তাহার মনে হইল, বজ্রাগ্নি-রেখা তাহার পদতল হইতে উঠিয়া ব্রহ্মরন্ধ্র বিদীর্ণ করিয়া বুঝি বাহির হইয়া গেল।

তাহার আরক্ত চক্ষু ও তীব্র কণ্ঠস্বরে বাড়িউলী বিস্মিত ও বিরক্ত হইয়া কহিল, তা নয় ত কি বল্? ন্যাকামি দেখলে গা জ্বালা করে— এখন আমরাও যা, তুইও সেই পদার্থ। ভদ্দরনোক আসচে, নে ঘরে বসা।

এই 'ভদ্দরনোক'টির কাছে বাড়িউলী টাকা খাইয়াছিল এবং আরও কিছুর প্রত্যাশা রাখে। ভদ্রলোক দরজার কাছে আসিয়া দাঁড়াইল, এবং দাঁত বাহির করিয়া হাসিয়া বলিল, কেয়া বাড়িউলী, খবর সোব ভাল?

বাড়িউলী আঁচল টানিয়া লইয়া বিনয়-সহকারে কহিল, যেমন তোমাদের মেহেরবানি। যাও, ঘরে গিয়ে বসো গে—আমি পান সেজে আনি। একটু হাসিয়া বলিল, এখন এ ঘর-দোর সব তোমার বাবুজী ; ভাল করে সাজিয়ে গুজিয়ে দিতে হবে তা কিন্তু বলে রাখচি।

আচ্ছা আচ্ছা, সে সোব হোবে, বলিয়া লোকটা বিন্দুমাত্র সঙ্কোচ না করিয়া ঘরে ঢুকিয়া খাটের উপর বসিতে গেল।

কিরণময়ীর স্নায়ু-শিরার সহিষ্ণুতা ইস্পাতের অপেক্ষাও দৃঢ়, তাই এতক্ষণ পর্যন্ত বরদাস্ত করিতে পারিয়াছিল, কিন্তু আর পারিল না। তাহার রূপ-যৌবনের এই অপরিচিত হিন্দুস্থানী খরিদ্দারের গৃহ-প্রবেশের সঙ্গে সঙ্গেই সে চৈতন্য হারাইয়া বাতাহত কদলী বৃক্ষের ন্যায় মাটিতে লুটাইয়া পড়িল।

লোকটা চমকাইয়া ফিরিয়া চাহিয়া এই আকস্মিক বিপৎপাতে হতবুদ্ধি হইয়া গেল। বাড়িউলীর প্রবল চীৎকারে বাড়ির সমস্ত স্ত্রীলোক কাঁচা ঘুম ভাঙ্গিয়া মুহূর্তে ছুটিয়া আসিয়া পড়িল এবং কেহ জল, কেহ পাখা লইয়া হতভাগিনীর শুশ্রূষা করিতে ব্যস্ত হইয়া উঠিল।

আর বাড়িউলী দোরগোড়ায় বসিয়া তারস্বরে অবিশ্রাম ঘোষণা করিতে লাগিল, সে এই কাজে চুল পাকাইয়া ফেলিল বটে, কিন্তু, এখনও এত নষ্টামি, এত ঢঙ শিখিতে পারে নাই। আজও নাগর দেখিয়া দাঁত-কপাটি লাগাইবার কৌশল তাহার আয়ত্ত হয় নাই।

অকস্মাৎ এই দুর্ঘটনার মধ্যে আবার এক নূতন গোলমাল শোনা গেল। সদর দরজায় কে একটা নূতন বাবু আসিয়া দিবাকর ও বৌঠানের নাম ধরিয়া মহা হাঙ্গামা বাধাইয়া দিয়াছে খবর আসিল। চাকরটার কাছে বাড়িউলী আগন্তুক বাবুর সবিশেষ পরিচয় গ্রহণ করিতে করিতেই এক দীর্ঘকায় পুরুষ প্রকাণ্ড একটা চামড়ার ব্যাগ বামহস্তে স্বচ্ছন্দে বহন করিয়া লইয়া সম্মুখে আসিয়া গম্ভীরকণ্ঠে ডাক দিল, বৌঠান!

তাহার ডান হাতের আঙুলে প্রকাণ্ড একটা হীরার আংটি রবিকরে ঝলমল করিয়া উঠিল, বাড়িউলী সসম্ভ্রমে দাঁড়াইয়া বলিল, কাকে খুঁজছেন?

দিবাকর থাকে এখানে?

বাড়িউলী বলিল, না।

আমার বৌঠান? কিরণময়ী বৌঠান? কোন্ ঘরে থাকেন?

বাড়িউলীর সঙ্গে সঙ্গে আরও দুই-চারিজন কৌতূহলী স্ত্রীলোক গলা বাড়াইয়া

দেখিতেছিল, কে একজন কহিল, সেই ত মূর্ছা হয়েছে গো।

মূর্ছা হয়েছে? কৈ দেখি, বলিয়া আগন্তুক ভদ্রলোক তিন লাফে ভিড় ঠেলিয়া ঘরের মধ্যে আসিয়া উপস্থিত হইল। অচেতন কিরণময়ী তখন মাটিতে পড়িয়া। সর্বাঙ্গ জলে ভাসিতেছে—চক্ষু মুদ্রিত, মুখ পাংশু, চুলের রাশি সিক্ত বিপর্যস্ত, অঙ্গের বসন স্রস্ত—

আগন্তুক সতীশ। তাহার চোখ পড়িল হিন্দুস্থানীটার উপর। এতক্ষণ সে কাছে সরিয়া আসিয়া নির্নিমেষ-চক্ষে কিরণময়ীর প্রতি চাহিয়াছিল। সতীশ বিস্মিত ও অত্যন্ত ক্রুদ্ধ হইয়া প্রশ্ন করিল, এই, তুম্ কোন্ হ্যায়?

তাহার হইয়া বাড়িউলী জবাব দিল, আহা উনি যে আমাদের মারোয়াড়ীবাবু গো। ঐ যে—

কিন্তু পরিচয় দেওয়া শেষ হইবার পূর্বেই সতীশ লোকটাকে দরজা নির্দেশ করিয়া কহিল, বাহার যাও—

মারোয়াড়ীর টাকা আছে, সে নবীন প্রেমিক, বিশেষতঃ এতগুলা স্ত্রীলোকের সামনে সে হীন হইতেও পারে না, সুতরাং সাহসে ভর করিয়া কহিল, কাহে?

অসহিষ্ণু সতীশ কাঠের মেঝের উপর সজোরে পা ঠুকিয়া ধমক দিল, বাহার যাও উল্লু!

সমস্ত লোকগুলার সঙ্গে সমস্ত বাড়িটা পর্যন্ত চমকাইয়া উঠিল, এবং দ্বিরুক্তি না করিয়া মারোয়াড়ী বাহির হইয়া গেল।

সতীশ কিরণময়ীর দেহের উপর তাহার স্খলিত বস্ত্র তুলিয়া দিয়া নিজেই একটা হাতপাখা লইয়া সবেগে বাতাস করিতে লাগিল এবং তাহাদিগকে বেষ্টন করিয়া সমবেত নারীমণ্ডলী বিচিত্র কলরব করিতে লাগিল। ইহাদের নানাবিধ আলোচনার মধ্য হইতে সতীশ অল্পকালের মধ্যে অনেক তথ্যই সংগ্রহ করিয়া লইল। বাড়িউলী আক্ষেপ এবং অত্যন্ত বিস্ময় প্রকাশ করিয়া বার বার বলিতে লাগিল, সে তাহার পিতাঠাকুরের বয়সেও এমন সৃষ্টিছাড়া মেয়েমানুষ দেখে নাই যে, বেবুশ্যেকে বেবুশ্যে বলিলে তাহার চোখ উলটাইয়া দাঁত-কপাটি লাগিয়া যায়।

মিনিট-কুড়ি পরে সংজ্ঞা পাইয়া কিরণময়ী মাথার বসন তুলিয়া দিয়া উঠিয়া বসিল। ক্ষণকাল একদৃষ্টে চাহিয়া থাকিয়া ক্ষীণকণ্ঠে কহিল, ঠাকুরপো?

সতীশ প্রণাম করিয়া পায়ের ধূলা মাথায় তুলিয়া লইয়া কহিল, হাঁ বৌঠান, আমি। কিন্তু কি কাণ্ড বল ত। যেমন কাপড়-চোপড়, তেমনি ঘরদোর, তেমনি শ্রী,—কে বলবে যে ইনি সতীশের দিদি! যেন কোথাকার একটা অনাথা পাগলী! ছেলেমানুষী ত ঢের হলো, এখন কালকের জাহাজে বাড়ি চল। মেয়েদের দিকে চাহিয়া বলিল, আর দরকার নেই, তোমরা ঘরে যাও।

কিরণময়ী নিশ্চল পাষাণ-মূর্তির মত অধোমুখে চাহিয়া রহিল। তাহার অন্তরের কথা অন্তর্যামীই জানুন, কিন্তু বাহিরে লেশমাত্র ব্যক্ত হইল না।

মেয়েরা বাহির হইয়া গেলে সতীশ কহিল, সে শুয়োর কৈ বৌঠান?

কিরণময়ী মুখ না তুলিয়াই কহিল, এতদিন ত এইখানেই ছিল, কাল রাত্রে অন্যত্র গেছে।

কেন?

আমি চলে যেতে বলেছিলুম বলে।

কিন্তু ডাকলে কি একবার আসে না?

ডাকিয়ে দেখচি, বলিয়া কিরণময়ী বাহিরে গিয়া বাড়ির চাকরকে কালীবাড়ি পাঠাইয়া দিয়া পুনরায় ফিরিয়া আসিয়া বসিল। কহিল, তুমি আসবে এ আমার স্বপ্নের অতীত ঠাকুরপো।

সতীশ কহিল, আমার আসাটা কি আমার নিজেরই স্বপ্নের অতীত নয় বৌঠান?

তা বটে, বলিয়া কিরণময়ী আবার ঘাড় হেঁট করিয়া বসিয়া রহিল। তাহার অনেক কথাই জানিবার আবশ্যক ছিল, সতীশ যে তাহাদের বাটীর মুক্ত দাসীর কাছে সন্ধান লইয়া আসিয়াছে, তাহা বুঝা শক্ত নয়, কিন্তু অকস্মাৎ এতকাল পরে অনুসন্ধান করিযা ফিরাইয়া লইয়া যাইতে এতদূরে আসার যথার্থ হেতু অনুমান করা সত্যই কঠিন।

কিন্তু আসিবার হেতু সতীশ নিজেই ক্রমশঃ ব্যক্ত করিল, কহিল, কাল জাহাজ আছে, তোমাদের নিতে এসেচি বৌঠান।

কিরণময়ী মুখ তুলিয়া কহিল, উপীনঠাকুরপো পাঠিয়েছেন ত? বেশ, দিবাকরকে নিয়ে যাও। প্রার্থনা করি সে যেন যেতে পারে।

সতীশ কহিল, শুধু পরের হুকুম তামিল করতেই এতদূরে আসিনি, আমার নিজের তরফ থেকেও বড় তাগিদ আছে। ভাবচ, তবে এতকাল পরে কেন? খবর পাইনি। তার পরে বাবা মারা গেলেন, নিজেও যেতে বসেছিলুম, হয়ত আর দেখাই হতো না।

কিরণময়ী মুখ তুলিয়া চাহিল। তাহার দুই চক্ষু দিয়া জগতের সমস্ত স্নেহ যেন সতীশের সর্বাঙ্গে বর্ষিত হইল। ক্ষণকাল পরে করুণ-কণ্ঠে কহিল, আমি কার কাছে যাব ঠাকুরপো, আমার কে আছে?

আমার কাছে যাবে বৌঠান, আমি আছি।

কিন্তু আমাকে আশ্রয় দেওয়া কি ভাল হবে?

সতীশ কহিল, তোমার কি মনে নেই বৌঠান, অনেকদিন আগে এই ভাল-মন্দ একদিন চিরকালের জন্য স্থির হয়ে গিয়েছিল, যেদিন ছোটভাই বলে আমাকে ডেকেছিলে? অন্যায় যদি কিছু করে থাকো, তার জবাব দেবে তুমি, কিন্তু আমার জবাবদিহি এই যে, আমি ছোটভাই,—তোমাকে বিচার করবার অধিকার আমার নেই।

কথা শুনিয়া কিরণময়ীর মনে হইতে লাগিল, কোথাও ছুটিয়া গিয়া একবার প্রাণ ভরিয়া কাঁদিয়া আসে, কিন্তু আত্মসংবরণ করিয়া কহিল, কিন্তু ঠাকুরপো, সমাজ আছে ত?

সতীশ বাধা দিয়া বলিল, না নেই। যার টাকা আছে, গায়ের জোর আছে, তার বিরুদ্ধে সমাজ নেই। ও দুটো জিনিসই আমার একটু বেশী রকম যোগাড় হয়ে গেছে বৌঠান।

তাহার কথা বলার ভঙ্গীতে কিরণময়ীর মুখে হাসি আসিল। একটুখানি চুপ করিয়া থাকিয়া বলিল, ঠাকুরপো, টাকা আর গায়ের জোরে তুমি সমাজ না মানতে পার, কিন্তু নিজের অশ্রদ্ধার হাত থেকে এই পাপিষ্ঠাকে বাঁচাবে কি করে?

সতীশ অধীর হইয়া বলিয়া উঠিল, আমি লেখাপড়া শিখিনি, আমি গোঁয়ার মুখ্যু-মানুষ বৌঠান, অত তর্কের জবাব দিতেও আমি পারিনে, অত চুলচিরে লোকের ভাল-

মন্দর হিসেব করতেও আমি জানিনে। আর, এ কি সত্য যুগ যে, পৃথিবী সুদ্ধ সবাই উপীনদার মত যুধিষ্ঠির হয়ে বসে থাকবে? এ হলো কলিকাল, অন্যায়-অকাজ ত লোকে করবেই! তার কে আবার জমা-খরচ খতিয়ে বসে আছে? আমার উলটো বিচার, তা ভালই বল আর মন্দই বল বৌঠান, আমি দেখি কে কি কাজ করেচে! হারাণদার মৃত্যুকালে তোমার সেই স্বামিসেবা, সে ত আমিই চোখে দেখেচি। সেই তুমি হবে অসতী! এ আমি মরে গেলেও বিশ্বাস করব না। তা সে যাই হোক, নিয়ে তোমাকে আমি যাবই। অসুখটায় একটু কাহিল আমাকে করেচে বটে, তা এ-পাড়ার লোকের সাধ্যি নেই যে, তোমাকে সাহায্য করে আমার হাত থেকে ছাড়িয়ে নেয়। কাল তোমাকে কাঁধে করে জাহাজের ওপর আমি তুলবই, তা সে তুমি যত আপত্তিই কর না কেন?

কিরণময়ী হাসিয়া ফেলিল। অপরাধের সমস্ত কালিমা বিদূরিত হইয়া সরল স্নিগ্ধ হাস্যচ্ছটায় তাহার সমস্ত মুখ উদ্ভাসিত হইয়া উঠিল। ক্ষণকালের জন্য তাহার মনে হইল, সে যেন কোন গর্হিত কর্মই করে নাই, শুধু রাগ করিয়া দুটো দিনের জন্য শ্বশুরবাড়ি হইতে বাপের বাড়ি চলিয়া আসিয়াছিল, স্নেহময় দেবর ফিরাইয়া লইয়া যাইবার জন্য সাধাসাধি করিতে বসিয়াছে।

এমনি সময়ে কপাটের বাহির হইতে ডাক দিয়া দিবাকর প্রবেশ করিল। কহিল, আমাকে ডেকে পাঠিয়েছিলে? বলিয়াই তাহার খাটের উপর দৃষ্টি পড়ায় যেন ভূত দেখিয়া চমকিয়া উঠিল। বাহিরের আলোক হইতে ঘরের অন্ধকারে ঢুকিয়া প্রথমে সে সতীশকে দেখিতে পায় নাই। এখন চিনিতে পারিয়া তাহার মুখ বিবর্ণ হইয়া গেল।

সতীশ হাসিয়া কহিল, আমি উপীনদা নই রে, সতীশদা—কুকাজের রাজা। আমাকে দেখে অমন শুকিয়ে কাঠ হবার দরকার নেই। নে বস্, বস্। উপীনদার পরোয়ানা নিয়ে এসেছি, কাল ভোর সাড়ে-ছটার আগেই জাহাজ ছাড়বে মনে থাকে যেন।

দিবাকর সেইখানে বসিয়া পড়িয়া দুই হাঁটুর মধ্যে মুখ গুঁজিয়া অনেকক্ষণ পরে কহিল, আমি যাব না সতীশদা।

সতীশ কহিল, তোর ঘাড় যাবে। উপীনদার হুকুম—জীবিত কি মৃত, বিদ্রোহী দিবাকরের মুণ্ড চাই-ই!

দিবাকর কহিল, তবে তার মরা মুণ্ডই নিয়ে যেয়ো সতীশদা। সে আমি কাল সকালে ছ'টার মধ্যে তোমাকে অনায়াসে দিতে পারব।

সতীশ মুখে একটা আওয়াজ করিয়া বলিল, আরে বাপ রে, ছেলের রাগ দেখ! কিন্তু যাবিনে কেন?

দিবাকর কহিল, তুমি কি পাগল হয়েছ সতীশদা? সংসারে কি কেউ আছে, এর পরে তাঁর কাছে গিয়ে মাথা উঁচু করে দাঁড়াতে পারে?

সতীশ বলিল, বেশ ত, মাথা উঁচু করতে আপত্তি থাকে, নীচু করে গিয়েই দাঁড়াস্। কিন্তু যেতে তোকে হবেই। আরে, তুই আর এ কি এমন বেশী করেছিস যে লজ্জায় মরে যাচ্ছিস? আমি যে-সব কাণ্ড এর মধ্যে করে বসে আছি, সে-সব গিয়ে শুনিস। মায় 'পঞ্চমকার' পর্যন্ত! ভূত-সিদ্ধি—বেতাল-সিদ্ধি—এ-সব নাম শুনেচিস কোন কালে? নে, চল্, উপীনদা আর সে উপীনদা নেই—আমরা পাঁচজনে তাকে একরকম ঠিক করেই এনেচি। বৌঠান, যা গুছিয়ে নেবার নাও, আমি টিকিট কিনতে চললুম।

তাহার শেষ কথাটা কিরণময়ীর কানে খট করিয়া বাজিল, জিজ্ঞাসা করিল, ঠিক করে আনা কি-রকম ঠাকুরপো?

সতীশ জোর করিয়া হাসিয়া বলিল, গেলেই দেখতে পাবে বৌঠান।

তাহার শুষ্ক হাসি কিরণময়ী লক্ষ্য করিয়া ক্ষণকাল স্থির থাকিয়া কহিল, কিন্তু আমি ত তোমাকে বলেচি ঠাকুরপো, আমি যেতে পারবো না।

দিবাকরও দৃঢ়স্বরে কহিল, আমিও কিছুতে যাব না সতীশদা, তুমি মিথ্যে আমার জন্যে টাকা নষ্ট করো না।

সতীশ উঠিতে যাইতেছিল, হতাশভাবে বসিয়া পড়িল। উপেন্দ্রর পীড়ার সংবাদ এখনও পর্যন্ত সে গোপন রাখিয়াছিল, কিন্তু আর রাখা চলিল না, কহিল, আমি অনেক গর্ব করে বলে এসেচি তাদের আনবই। আমার মুখ তোমরা না হয় নাই রাখবে, কিন্তু তিনি কি তোমাদের কাছে এমন কোন গুরুতর অপরাধ করেছেন যে এই ব্যথা তাঁকে দিতে হবে? আমি শুধু-হাতে ফিরে গেলে তাঁর যে কত বাজবে, সে ত আমি চোখে দেখেই এসেচি। দিবাকর, এত অধর্ম করিস নে রে! তোকে দেখবার জন্যই তাঁর প্রাণটা এখনো আটকে রয়েচে, নইলে অনেক আগেই যেত।

উভয় শ্রোতাই একসঙ্গে অস্ফুট চীৎকার করিয়া উঠল।

সতীশ কহিতে লাগিল, এই মাঘের শেষে যক্ষ্মারোগে পোশ্‌-বৌঠান যখন স্বর্গে গেলেন, তখনই বোঝা গেল উপীনদাও চললেন। কিন্তু তার যাবার তাড়া যে এত ছিল সে কেউ আমরা টের পাইনি। চিরকালই কম কথা কন,—স্বর্গের রথ একেবারে দোরগোড়ায় এসে হাজির না হওয়া পর্যন্ত একটা খবরও দিলেন না যে, তাঁর সমস্তই প্রস্তুত। তোর ভয় নাই রে দিবাকর, নির্ভয়ে চল্‌। আমাদের সে উপীনদা আর নেই। এখন সহস্র অপরাধেও আর অপরাধ নেন না,—শুধু মুচকে মুচকে হাসেন,—ছি ছি, ঐ ধুলোবালির ওপর ওখানে অমন করে শুয়ো না বৌঠান। আচ্ছা, আমরা বাইরে যাচ্চি, তুমি একটু শোও—উঠো না যেন।—বলিয়া তাড়াতাড়ি উঠিয়া আসিয়া সতীশ পায়ের উপর একটু ঠেলা দিয়াই বুঝিল, কিরণময়ী সংজ্ঞা হারাইয়া লুটাইয়া পড়িয়াছে—ইচ্ছা করিয়া ভূ-শয্যা গ্রহণ করে নাই।

সতীশ এবং দিবাকর উভয়েই পরস্পরের মুখের প্রতি চাহিয়া স্তব্ধ হইয়া দাঁড়াইয়া রহিল। মুহূর্ত-কয়েক পরে সতীশ ধীরে ধীরে কহিল, ঠিক এই ভয়ই আমার ছিল দিবাকর। আমি জানতুম এ-খবর উনি সইতে পারবেন না।

দিবাকর চকিত হইয়া সতীশের মুখের প্রতি চাহিল, সতীশ বিস্ময়াপন্ন হইয়া বলিল, এতদিন এত কাছে থেকেও কি তুই এ কথা টের পাসনি দিবা? আবার ভয় হয়, বুঝি বা বৌঠানকে আমি মেরে ফেলতেই নিয়ে যাচ্চি। কিন্তু তবুও নিয়ে যেতেই হবে। এ জগতে দুটি লোক কিছুতেই সে শোক সইতে পারবে না, কিন্তু একটি ত স্বর্গে গেছেন, আর একটি—কিন্তু যা, জল নিয়ে আয় দিবাকর, আমি বাতাস করি—ও কি রে, কথা কস্‌নে কেন?

অকস্মাৎ দিবাকরের আপাদমস্তক বারংবার কাঁপিয়া উঠিল, পরক্ষণেই সে অচেতন কিরণময়ীর দুই পদতলের উপর উপুড় হইয়া পড়িয়া বলিতে লাগিল, আমি সমস্ত বুঝেচি বৌদি, তুমি আমার পূজনীয়া গুরুজন, তবে, কেন এতকাল গোপন করে আমাকে

নরকে ডোবালে। আমি এ মহাপাপ থেকে কি করে উদ্ধার পাবো বৌদি!

চুয়াল্লিশ

উপেন্দ্র বলিয়াছিলেন, সাবিত্রী, হাড়-ক'খানা আমার গঙ্গায় দিস দিদি—অনেক জ্বালায় জ্বলেচি, তবু একটু ঠাণ্ডা হব।

সাবিত্রীকে তিনি আজকাল কখনো 'তুমি' কখনো 'তুই' যা মুখে আসিত, তাই বলিয়াই ডাকিতেন। সাবিত্রী তাঁহার সেই শেষ ইচ্ছা এবং শেষ চিকিৎসার জন্য কিছুদিন হইল কলিকাতার জোড়াসাঁকোয় একটা বাড়ি ভাড়া লইয়া আসিয়াছিল। আজ সন্ধ্যার পর এক পসলা ঝাড়াবৃষ্টি হইয়া গেলেও আকাশে মেঘ কাটে নাই। উপেন্দ্র অনেকক্ষণ পরে ক্লান্ত চোখ-দুটি মেলিয়া আস্তে আস্তে কহিলেন, সুমুখের জানালাটা একটু খুলে দে দিদি, সেই বড় নক্ষত্রটি একবার দেখি।

সাবিত্রী তাঁহার কপালের রুক্ষ চুলগুলি ধীরে ধীরে সরাইয়া দিতে দিতে মৃদুকণ্ঠে কহিল, গায়ে জোলো-হাওয়া লাগবে যে দাদা!

লাগুক না বোন! আর আমার তাতে ভয় কি?

ভয় তাঁহার শুধু আজ কেন, যেদিন হইতে সুরবালা গিয়াচে সেদিন হইতেই নাই। কিন্তু তাই বলিয়া সাবিত্রীর ত ভয় ঘুচে নাই। তাহার বুঝি যতক্ষণ শ্বাস, ততক্ষণই আশ ; তাই মৃত্যু যখন শিয়রের পাশে তাহার সঙ্গে সমান আসন দখল করিয়া বসিয়া গেছে, তখনও সে তুচ্ছ জোলো-হাওয়াটাকে পর্যন্ত ঘরে ঢুকিতে দিতে সাহস পায় না। অনিচ্ছুক-কণ্ঠে কহিল, কিন্তু নক্ষত্র ত দেখা যায় না দাদা, আকাশে যে মেঘ করে আছে।

উপেন্দ্র ম্লান চক্ষু-দুটি উৎসাহে বিস্ফারিত করিয়া বলিলেন, মেঘ? আহা, অসময়ে মেঘ দিদি, খুলে দে, খুলে দে—একবার দেখে নিই, আর ত দেখতে পাব না।

বাহিরে আর্দ্র বায়ু জোরে বহিতেছিল ; সাবিত্রী কপালে বুকে হাত দিয়া দেখিল জ্বর বাড়িতেছে; মিনতি করিয়া বলিল, ভাল হও, মেঘ কত দেখবে দাদা,—বাইরে ঝড় বইচে, আজ আমি জানালা খুলতে পারব না।

তাহার হাতটা নিজের হাতের মধ্যে টানিয়া লইয়া উপেন্দ্র রাগ করিয়া বলিলেন, ভাল চাস তো খুলে দে সাবিত্রী, নইলে বর্ষার দিনে যখন মেঘ উঠবে, তখন কেঁদে কেঁদে মরবি তা বলে দিয়ে যাচ্চি। আমি আর দেখবার সময় পাব না।

সাবিত্রী আর প্রতিবাদ না করিয়া একফোঁটা চোখের জল মুছিয়া উঠিয়া গিয়া জানালা খুলিয়া দিল।

সেই খোলা জানালার বাহিরে উপেন্দ্র নির্নিমেষ-চক্ষে চাহিয়া রহিলেন। আকাশের কোন্ এক অদৃশ্য প্রান্ত হইতে ক্ষণে ক্ষণে বিদ্যুৎ স্ফুরিত হইতেছিল, তাহারি আলোকচ্ছটায় সম্মুখের গাঢ় মেঘ উদ্ভাসিত হইয়া উঠিতেছে, চাহিয়া চাহিয়া উপেন্দ্রর কিছুতেই যেন আর সাধ মিটে না এমনি মনে হইতে লাগিল।

সাবিত্রী নিজেও একটা গরাদ ধরিয়া সেইদিকে চাহিয়াই চুপ করিয়া দাঁড়াইয়া ছিল,

উপেন্দ্রর দৃষ্টি হঠাৎ তাহার উপরে পড়িতে মনে মনে একটু হাসিয়া বলিলেন, আচ্ছা দে দে, জানালা বন্ধ করে দিয়ে কাছে এসে বস। কিন্তু এত মায়া ত ভাল নয় দিদি। একটুখানি গায়ে হাওয়া লাগতে দিতে চাও না, কিন্তু আমি চলে গেলে কি করবে বল ত!

সাবিত্রী জানালা বন্ধ করিয়া দিয়া কাছে ফিরিয়া আসিয়া কহিল, তুমি ত আমাকে কাজ দিয়ে যাবে বলেছ। আমি তাই সারাজীবন ধরে করব। তুমি আমার চোখের ওপরেই দিনরাত থাকবে!

পারবে করতে?

সাবিত্রী আস্তে আস্তে বলিল, কেন পারব না দাদা? তোমার কথায় উনি ত কখনো না বলবেন না।

উপেন্দ্র হাসিমুখে কহিল, উনি কে? সতীশ ত?

সাবিত্রী ঘাড় হেঁট করিয়া চুপ করিয়া রহিল।

উপেন্দ্র তাহার সলজ্জ মৌন মুখের পানে চাহিয়া নিশ্বাস ফেলিলেন। বলিলেন, সাবিত্রী, সতীশ যে আমার কি, সে পরের পক্ষে বোঝা শক্ত। বাইরে থেকে যেটা দেখা যায়, তাতে সে আমার সঙ্গী, আমার আজন্ম সুহৃৎ। কিন্তু যে সম্বন্ধটা দেখা যায় না, সেখানে সতীশ আমার ছোটভাই, আমার শিষ্য, আমার চিরদিনের অনুগত সেবক। সেই রাত্রে তুই যদি দিদি, আত্মপ্রকাশ করে আমাদের ফিরিয়ে নিয়ে যেতিস, আমার শেষ-জীবনটা হয়ত এত দুঃখে কাটত না। দিবাকরও হয়ত আমাকে এত ব্যথা দেবার সুযোগ পেত না।

সাবিত্রী সজল-চক্ষে কহিল, আমি ফেরাতে তোমাদের চেয়েছিলুম দাদা, কিন্তু উনি কিছুতেই যেতে দিলেন না, দুই চৌকাঠে হাত দিয়ে আমার পথ আটকে রাখলেন। বললেন, আমি তোমাদের সামনে গেলে তোমাদের অপমান করা হবে।

তাঁরই ইচ্ছে, বলিয়া উপেন্দ্র উপর দিকে চাহিয়া একটা দীর্ঘশ্বাস ত্যাগ করিয়া নীরব হইলেন।

বাড়িতে উপেন্দ্রর পিতা শিবপ্রসাদ বাতে শয্যাগত, তাঁহাকে এবং সংসার ফেলিয়া মহেশ্বরী সঙ্গে আসিতে পারেন নাই, কিন্তু মেজভাই অভিভাবক হইয়া কলিকাতার বাসায় ছিলেন, তাঁহার এবং আর একজনের পদশব্দ সিঁড়িতে শোনা গেল।

পরক্ষণেই তিনি কবিরাজ সঙ্গে করিয়া ঘরে প্রবেশ করিলেন। কবিরাজ উপেন্দ্রর নাড়ী দেখিয়া জ্বর পরীক্ষা করিয়া ঔষধ পরিবর্তন করিবার প্রস্তাব করিতেই উপেন্দ্র হাতজোড় করিয়া কহিল, ঐটে আমাকে মাপ করতে হবে কবিরাজমশাই। আপনার অগোচর ত কিছু নেই—তবে, যাবার সময়ে আর কেন দুঃখ দেবেন।

প্রাচীন চিকিৎসকের চক্ষু সজল হইয়া উঠিল, বলিলেন, আমরা চিকিৎসক, আমাদের শেষ-মুহূর্তটি পর্যন্ত যে নিরাশ হতে নেই বাবা। তা ছাড়া ভগবান সমস্ত আশা শেষ করে দিলেও ত যাতনা নিবারণ করবার জন্যে ঔষধ দেওয়া চাই।

উপেন্দ্র আর প্রতিবাদ না করিয়া মৌন হইয়া রহিল।

তখন ঔষধ পরিবর্তন করিয়া, ব্যবস্থা নির্দেশ করিয়া বিচক্ষণ চিকিৎসক প্রস্থান করিলেন। তাঁহার ভরসা ত বিন্দুমাত্রও ছিল না, অধিকন্তু আজ সুস্পষ্ট অনুভব করিয়া

গেলেন যে, রোগীর মৃত্যুক্ষণ অত্যন্ত দ্রুতগতিতেই অগ্রসর হইয়া আসিতেছে।

তিনদিন পরে সোমবারের সকালবেলা সাবিত্রী একখানি টেলিগ্রাফ হাতে করিয়া ঘরে ঢুকিয়া কহিল, কাল সকালে তাঁরা জাহাজে উঠেছেন।

কারও নাম দেয়নি সতীশ? কৈ দেখি?

উপেন্দ্রর প্রসারিত হাতের উপর সাবিত্রী কাগজখানি তুলিয়া দিল।

কাগজখানি তিনি উলটিয়া-পালটিয়া নিরীক্ষণ করিয়া সাবিত্রীকে ফিরাইয়া দিয়া শুধু একটা নিশ্বাস ফেলিলেন। এই নিশ্বাসটুকুর অর্থ সাবিত্রীর অগোচর রহিল না।

যাবার সময় সতীশ তাহাকে নিভৃতে বলিয়া গিয়াছিল, কিরণময়ীর দেখা পাইলে সে যেমন করিয়া হোক তাহাকে ফিরাইয়া আনিবেই। তাহাদের ভাই-বোন সম্বন্ধটাও সে উল্লেখ করিয়া যাইতে ত্রুটি করে নাই।

এই পরমাশ্চর্য রমণীকে একবার চোখে দেখিবার কৌতূহল সাবিত্রীর বহুদিন হইতে ছিল, কিন্তু, পাছে কাণ্ডজ্ঞানহীন সতীশ তাহাকে এই বাটীতেই আনিয়া হাজির করে, এ আশঙ্কাও তাহার যথেষ্ট ছিল। কহিল, তিনি সব দিক বিবেচনা করে কাজ করেন না ; আমার ভয় হয় দাদা, পাছে কিরণবৌঠানকে তিনি এখানেই এনে তোলেন।

উপেন্দ্রর পাংশু ওষ্ঠাধরে বেদনার একটুখানি শুষ্ক হাসি দেখা দিল, কহিলেন, এ বাড়িতে সে আসবে কেন বোন? এদেশে যদি সে ফিরেও আসে, তার অন্য হেতু আছে, কিন্তু সে ত আর সাবিত্রী নয়, সে ত আর নির্বোধ নয়, তোর মত ইহকাল পরকাল এক করে বসে নেই, সে কেন সাধ করে এই ভয়ানক ব্যাধির গারদের মধ্যে ঢুকতে যাবে বল ত?—বলিতে বলিতেই সাবিত্রীর পানে চাহিয়া স্নেহে, শ্রদ্ধায়, করুণায়, বেদনায় তাঁহার গলা কাঁপিয়া গেল।

সাবিত্রী দৃষ্টি আনত করিয়া কষ্টে অশ্রু সংবরণ করিল। একটুখানি সামলাইয়া লইয়া উপেন্দ্র পুনরপি কহিলেন, অথচ আশ্চর্য দ্যাখ্ সাবিত্রী, একসময়ে সে নাকি সত্যি সত্যিই আমাকে ভালবেসেছিল।

শুনিয়া সাবিত্রী সত্যই আশ্চর্য হইল, কারণ এ কথাটা সে সতীশের কাছে শুনে নাই। কহিল, ওঁর কাছে শুনেছিলুম তাঁর স্বামিসেবার কাহিনী—এ কি তবে সত্যি নয় দাদা?

উপেন্দ্র বলিলেন, তাও সত্যি বোন। সে এক অদ্ভুত ব্যাপার। তোকে আর সুরোকে না জানলে আমার মনে হত, এমন সেবাও বুঝি আর কোন মেয়েমানুষ পারে না, স্বামীকে এত ভালবাসাও বুঝি আর কারো সাধ্য নয়।

সাবিত্রী কহিল, কিন্তু, এ জিনিস কখনো ছলনা হতে পারে না দাদা।

উপেন্দ্র তৎক্ষণাৎ সায় দিয়া কহিলেন, না, ছলনা ত নয়। সে ত কখনো কাউকে দেখাতে চায়নি, কখনো কারো কাছে প্রকাশও করেনি। তার পতিসেবার সাক্ষী শুধু ভগবানই ছিলেন, আর ছিলুম আমরা দুজন—সতীশ আর আমি। পরক্ষণেই তাঁহার ডাক্তার অনঙ্গমোহনের কথা মনে পড়িল। একটু স্থির থাকিয়া বলিলেন, আজ ত আমার কারো উপর রাগ নেই, ঘৃণা নেই, বিতৃষ্ণা নেই—আজ আমার বড় ব্যথার সঙ্গে কি মনে হচ্ছে জানিস দিদি, —মনে হচ্চে সে সারা জীবন শুধু হাতড়েই বেড়িয়েচে, কিন্তু ও কোন দিন কিছু পায়নি। আমাকেও সে কখনো ভালোবাসে নি। এতটুকু ভালবাসলে

কি কেউ এত ব্যথা দিতে পারে? দিবাকর যে আমাদের কি ছিল, সে ত সে জানত! তার হাতেই ত তাকে সঁপে দিয়ে গিয়েছিলুম। ভেবেছিলুম, আমার স্নেহের বস্তুকে সেও স্নেহের চক্ষে দেখবে। উঃ—কত বড় ভুলই হয়েছিল।

উপেন্দ্র কিছুক্ষণ থামিয়া কহিলেন, তাই ভাবচি, সতীশ যদি না বুঝে সকলকে নিয়ে এখানেই এসে ওঠে!

সাবিত্রী মাথা নাড়িয়া কহিল, না, সে কিছুতেই হতে পারবে না দাদা, তাঁর বোনের থাকবার ব্যবস্থা তিনিই করুন, কিন্তু এখানে নয়।

উপেন্দ্র কি একটা বলিতে যাইতেছিলেন, কিন্তু মুখের কথা মুখেই রহিল, অঘোরময়ী কেমন করিয়া পীড়ার সংবাদ পাইয়া উপেন্দ্রর গুণরাশির বিরাট তালিকা নাকী-সুরে মুখে মুখে রচনা করিতে করিতে কাঁদিতে কাঁদিতে ঘরে ঢুকিলেন।

এ পীড়ার সাংঘাতিকতার স্পষ্ট ধারণা তাঁহার বিশেষ কিছু ছিল না, তথাপি এই বলিয়া বিলাপ করিতে লাগিলেন যে, এ পোড়ামুখ লইয়া ভিক্ষা করার পথও যখন হতভাগীর জন্য হারাইয়াছে, এবং কিছু একটা ঘটিলে না খাইয়া শুকাইয়া মরাই যখন অনিবার্য, তখন উপীনের সমস্ত বালাই লইয়া তাঁহার মরণ হইতেছে না কেন? ইত্যাদি ইত্যাদি।

উপেন্দ্র এত দুঃখেও হাসিয়া কহিলেন, খেতে পাবে না কেন মাসী? সাবিত্রীকে দেখাইয়া বলিলেন, আমি গেলেও আমার এই বোনটিকে রেখে গেলুম, তোমাদের ও কষ্ট দেবে না।

অঘোরময়ী সাবিত্রীকে ইতিপূর্বে দেখেন নাই। সুতরাং কঠোর পরিশ্রমে ও নিরতিশয় মনঃকষ্টে শ্রীহীন এই সম্পূর্ণ অপরিচিত ভগিনীটির পানে চাহিয়া তাঁহার বিস্ময়ের অবধি রহিল না। কিন্তু, কৌতূহল-নিবৃত্তির উদ্যোগ করিতেই সাবিত্রী কাজের ছুতা করিয়া ঘর ছাড়িয়া চলিয়া গেল।

বৃহস্পতিবার দিন বেলা দশটা-এগারোটার সময় সতীশ জাহাজঘাটে নামিয়া গাড়ি ভাড়া করিতেছিল, দেখিল, বেহারী দাঁড়াইয়া আছে। প্রভুকে দেখিতে পাইয়া সে কাছে আসিয়া প্রণাম করিল। কিরণময়ী অদূরে দাঁড়াইয়া ছিল, বেহারীর একবার সন্দেহ হইল হয়ত তিনিই। সে পূর্বে কখনো দেখে নাই, শুধু শুনিয়াছিল ইনি অসাধারণ রূপসী। অথচ রূপের বিশেষ কিছুই এই মলিন বস্ত্র-পরিহিতা সাধারণ রমণীটির মধ্যে খুঁজিয়া না পাইয়া সে এই স্ত্রীলোকটিকে অপর কেহ মনে করিয়া, আস্তে আস্তে বলিল, বাবু, মা বলে দিলেন, সেই বৌটি যদি এসে থাকে, তাঁকে আর কোথাও রেখে আপনারা দু'জনে বাসায় আসবেন। সঙ্গে আনবেন না যেন।

সতীশ ক্ষুধা-তৃষ্ণায়-শ্রান্তিতে এমনিই বিরক্ত হইয়া ছিল, বেহারীর এই অপমানকর প্রস্তাবটা কিরণময়ীর মুখের উপরেই হইতে শুনিয়া আগুন হইয়া কহিল, কেন শুনি? তাঁকে গাছতলায় বসিয়ে রেখে আমরা বাসায় গিয়ে উঠব? যা বল গে, আমরা কেউ সেখানে যেতে চাইনে।

বেহারীর মুখ চুন হইয়া গেল। কিরণময়ী তখন সরিয়া আসিয়া একটু ম্লান হাসিয়া কহিল, এ ত ঠিক কথা ঠাকুরপো। এতে রাগ করবার ত কিছু নেই। এখন বাবু কেমন

আছেন বেহারী?

বেহারী জবাব দিবার পূর্বেই সতীশ অধিকতর ক্রুদ্ধ হইয়া কহিল, কে তোকে বলতে পাঠিয়েছে,—সাবিত্রী? তার ভারী আস্পর্ধা হয়েচে দেখচি।

সাবিত্রীর প্রতি এই রূঢ় ভাষায় ব্যথিত হইয়া বেহারী কিরণময়ীর মুখের প্রতি চাহিয়া বলিল, আপনি ঠিক বলচেন মা। বাবু না বুঝেই রাগ করচেন। এ-সব খারাপ ব্যারামে কেউ কি সেখানে যেতে চায়? উপীনবাবু কাল রাত্তিরে সাবিত্রী-মাকে ডেকে নিজেই বললেন, ভয় নেই, কিরণ বৌঠান আমার ব্যারামের নাম শুনলে এ বাসায় কেন, এ পাড়ায় ঢুকবেন না। সাবিত্রী-মার মত সকলের ত আর মরা-বাঁচার—

কিরণময়ীর ম্লান মুখখানি ব্যথায় একেবারে বিবর্ণ হইয়া গেল। কহিল, এ কথা কি বাবু বলেছিলেন বেহারী?

বেহারী মাথা নাড়িয়া উৎসাহে কি একটা বলিবার উপক্রম করিতেই সতীশ ধমক দিয়া উঠিল, তুই থাম, হতভাগা গাধা।

ধমক খাইয়া বেহারী সঙ্কুচিত হইয়া গেল, কিরণময়ী কহিল, ওর ওপর রাগ করলে কি হবে ঠাকুরপো? তারপরে বেহারীর প্রতি চাহিয়া কহিল, তোমার বাবুকে বলো ভয় নেই, তাঁর হুকুম না পেয়ে আমি সেখানে যাব না। সতীশকে কহিল, ঠাকুরপো, আজ আমাকে কোন হোটেলে রেখে,—একটা ছোট বাড়ি-টাড়ি ভাড়া পাওয়া যায় না?

সতীশ উত্তেজিতভাবে বলিল, কলকাতা শহরে বাড়ির ভাবনা বৌঠান, এক ঘণ্টার মধ্যে আমি সমস্ত ঠিক করে ফেলব। আয় রে দিবাকর, একটু পা চালিয়ে আয়, বলিয়া ডাক দিয়া সে কিরণময়ীকে গাড়িতে তুলিয়া দিয়া নিজে কোচবাক্সে উঠিয়া বসিল।

গাড়ি চলিয়া গেলে ক্ষুব্ধ লজ্জিত বেহারী বিষণ্ণ-মুখে ধীরে ধীরে বাসার দিকে প্রস্থান করিল।

সুবিধা পাইলেই সাবিত্রী সকালে তাড়াতাড়ি গঙ্গায় একটা ডুব দিয়া যাইত। সতীশ ফিরিয়া আসিবার পরে এ-কয়দিন সে প্রায় নিত্যই গঙ্গাস্নান করিতে আসিত।

দিন-চারেক পরে, একদিন সকালে সে স্নানাহ্নিক করিয়া উঠিয়াই দেখিল, ঘাটের উপরে একটা গোলমাল বাধিয়াছে। এক বৃদ্ধ ব্রাহ্মণ স্নানান্তে নামাবলী-গায়ে মন্ত্র আবৃত্তি করিতে করিতে বাড়ি ফিরিতেছিলেন, কোথাকার একটা পাগলী আসিয়া তাঁহার পথরোধ করিয়াছে। পাছে স্পর্শ করিয়া গঙ্গাস্নানের সমস্ত পুণ্যটা মাটি করিয়া দেয়, এই ভয়ে বৃদ্ধ বিব্রত হইয়া উঠিয়াছেন। পাগলী নির্বন্ধ-সহকারে অদ্ভুত প্রশ্ন করিতেছে, ঠাকুর, ভগবানকে আপনি বিশ্বাস করেন? তাঁকে ডাকলে তিনি আসেন? কি করে আপনারা তাঁকে ডাকেন? আমি পারিনে কেন? আমার বিশ্বাস হয় না কেন?

প্রত্যুত্তরে ব্রাহ্মণ ছোঁয়াছুঁয়ির ভয়ে সঙ্কুচিত হইয়া কহিতেছেন, দেখবি মাগী, পাহারাওয়ালা ডাকবো? পথ ছাড় বলছি।

দুই-চারিজন প্রৌঢ়া স্ত্রীলোকও আশেপাশে দাঁড়াইয়া তামাশা দেখিতেছিল, কে একজন কহিল, পাগল নয়, পাগল নয়, দেখচ না, ছুঁড়ি সারারাত মদ খেয়েছে।

শুনিতে পাইয়া পাগলী কাতর হইয়া কহিল, আমি ভদ্রলোকের মেয়ে গো, আমি মদ খাইনে। ঐ ওখানে আমার বাসা—আমি শুধু তোমাদের হাতজোড় করে জিজ্ঞাসা করছি, ভগবান কি সত্যি আছেন? তোমরা কি তাঁকে ভাবতে পার? ভক্তি করতে পার?

আমি পারিনে কেন? আমি ত পরশু থেকে তাঁকে কত ডাকচি! বলিতে বলিতেই তাহার দুই চোখ বহিয়া দরদর করিয়া জল পড়িতে লাগিল।

সাবিত্রীরও তাহাকে পাগল বলিয়াই মনে হইল, কিন্তু তথাপি, এই অপরিচিতা উন্মাদিনীর অশ্রুজল-সিক্ত অদ্ভুত ব্যাকুল প্রার্থনা তাহার আপনার শত-দুঃখ-বেদানাপূর্ণ হৃদয়ের উপর যেন হাহাকার করিয়া পড়িল, এবং মুহূর্তেই তাহারও দুই চক্ষু অশ্রুপ্লাবিত হইয়া গেল। পাগলীর দৃষ্টি হঠাৎ এদিকে পড়িতেই সে বৃদ্ধকে ছাড়িয়া সাবিত্রীর সুমুখে আসিয়া কহিল, তুমিও ত পূজা-আহ্নিক কর, তুমি আমাকে বলে দিতে পার?

চারিদিকে ভিড় জমা হইয়া উঠিতেছে দেখিয়া সাবিত্রী খপ করিয়া তাহার হাত ধরিতেই সে চমকিয়া কহিল, আমাকে আপনি ছুঁলেন?

সাবিত্রী কহিল, তাতে কোন দোষ নেই। আপনি বাড়ি চলুন, পথে যেতে যেতে আপনার উত্তর দেব, বলিয়া হতভাগিনীর হাত ধরিয়া পথে বাহির হইয়া পড়িল।

দুই-একটা কথা কহিয়াই সাবিত্রী বুঝিল, স্ত্রীলোকটি উন্মাদ নয়, কিন্তু কোন দিকে মন দিবার মতও তাহার মনের অবস্থা নয়, কথার মাঝখানেই সে হঠাৎ বলিয়া উঠিল, আমি ভগবানকে দিনরাত জানাচ্চি, তাঁর পায়ে ত আমি অনেক অপরাধ করেচি, তাই তাঁর ব্যামো আমাকে দিয়ে তাঁকে ভাল করে দাও। আচ্ছা ভাই, এ কি হতে পারে? উপোস করে দিনরাত ডাকলে কি সত্যি সত্যিই তাঁর দয়া হয়? তুমি জানো? বলিয়া সে তীব্র দৃষ্টিতে সাবিত্রীর মুখের প্রতি চাহিল।

সাবিত্রী কি যে জবাব দিবে, তাহা ভাবিয়াই পাইল না। কিন্তু অধিকক্ষণ ভাবিতে হইল না, পরক্ষণেই সে সাবিত্রীর হাত ছাড়িয়া দিয়া বলিল, যাই আমি গঙ্গাস্নান করে আসি। গঙ্গাস্নানে অনেক পাপ কেটে যায়—না? বলিয়া সে উত্তরের জন্য প্রতীক্ষামাত্র না করিয়াই যে পথে আসিয়াছিল, সেই পথে দ্রুতবেগে চলিয়া গেল।

পঁয়তাল্লিশ

সাবিত্রীর দুই চক্ষু দিয়া শ্রাবণের ধারা নামিয়া ভাসিয়া যাইতেছে। আজ তাহারই ক্রোড়ের উপর উপেন্দ্র মৃত্যুশয্যা বিছাইয়াছে। শীর্ণশীতল পা-দুখানির উপর মুখ গুঁজিয়া দিবাকর নিঃশব্দ-রোদনে অন্তরের অসহ্য দুঃখ নিবেদন করিয়া দিতেছে। তাহার পরিতাপ, তাহার ব্যথা, অন্তর্যামী ভিন্ন আর কে জানিবে! ও-ঘরে মহেশ্বরী ভূমিশয্যায় পড়িয়া বিদীর্ণ-কণ্ঠে কাঁদিতেছেন। এই সর্বগ্রাসী শোকের মধ্যে শুধু সতীশই একা স্থির হইয়া পাশে বসিয়া আছে।

আজ সকাল হইতে উপেন্দ্রর মুখ দিয়া রহিয়া রহিয়া যে রক্তধারা পড়িতেছে, সহস্র চেষ্টাতেও তাহা রোধ করা গেল না। নিশ্বাস ক্রমশঃই ভারী এবং কঠিন হইয়া উঠিতেছিল। তাহারই দুঃসহ ক্লেশ সহ্য করিয়া উপেন্দ্র নিমীলিত-নেত্রে নিঃশব্দে পড়িয়া ছিলেন এবং চক্ষু মেলিয়া সাবিত্রীর মুখের পানে চাহিয়া অস্ফুটে ধীরে ধীরে জিজ্ঞাসা করিলেন, রাত কত দিদি, এ কি ফুরোবে না?

সাবিত্রী আঁচল দিয়া তাহার ওষ্ঠপ্রান্তের রক্ত-রেখা মুছিয়া লইয়া হেঁট হইয়া কহিল,

আর বেশী বাকী নেই দাদা! এখন কি বড্ড কষ্ট হচ্চে?

উপেন্দ্র বলিল, না দিদি, সকলের যা হয় তাই হচ্চে, বেশী হবে কেন?

একটু স্থির থাকিয়া তেমনিভাবে বলিলেন, সতীশ, বৌঠানকে কি খুঁজে পাওয়া গেল না?

আজ চার দিন হইতে কিরণময়ী সম্পূর্ণ নিরুদ্দেশ। কলিকাতায় পৌঁছিবার দিনই সতীশ কাছাকাছি বাসা ভাড়া করিয়া, দাসী নিযুক্ত করিয়া, সমস্ত আবশ্যকীয় আয়োজন ঠিক করিয়া দিয়া আসিয়াছিল, কিন্তু উপেন্দ্রর পীড়া অত্যন্ত বৃদ্ধি হওয়ায় সে দুই-তিন দিন নিজে যাইয়া খোঁজ লইতে পারে নাই। তিন দিন পরে গিয়া দেখিল কোন জিনিস সে স্পর্শ করে নাই। নূতন হাঁড়িটা কিনিয়া যেখানে রাখিয়া দিয়া আসিয়াছিল সেটা সেইখানে সেই অবস্থাতেই পড়িয়া আছে। চুলার গায়ে একবিন্দু কালির দাগ পর্যন্ত নাই।

ঝি আসিয়া বলিল, কাজ কার করব বাবু? বৌমা সেই যে এসে জানলার গরাদ ধরে রাস্তার পানে চেয়ে বসল, আর উঠল না, চান করলে না, মুখে জল দিলে না—পাতা-বিছানা পড়ে রইল, উঠে এসে একবার শুলে না। তার পরে কাল সকাল থেকে ত আর দেখচি নে। জিনিসপত্তর কি করবে বাবু কর, আমি খালি ঘরে পাহারা দিয়ে থাকতে পারব না।

খবর শুনিয়া সতীশ মাথায় হাত দিয়া খানিকক্ষণ বসিয়া থাকিয়া শেষে ঝির হাতে আরও পাঁচটা টাকা গুঁজিয়া দিয়া ফিরিয়া আসিল। সেই অবধি লোক দিয়া অনুসন্ধানের ত্রুটি করে নাই, কিন্তু ফল হয় নাই।

সমস্ত কথাই উপেন্দ্রর কানে গিয়াছিল।

সাবিত্রীর অত্যন্ত ব্যথার সহিত মাঝে মাঝে মনে হইত, সেদিন সকালে গঙ্গার ঘাটে যাহাকে দেখিয়াছিল, সে-ই কিরণময়ী নয় ত? কিন্তু কিরণময়ী যে অসামান্য সুন্দরী! সে পাগলীটার মধ্যে রূপ থাকিলেও তাহাকে সুন্দরী বলা ত যায় না!

কিন্তু সে কেন গেল, কোথায় গেল, কি জন্যে গেল?

উপেন্দ্রর প্রশ্নের উত্তরে সতীশ শুধু ঘাড় নাড়িয়া বলিল, না।

আর তিনি কোন প্রশ্ন করিলেন না, এবং পরক্ষণেই তন্দ্রায় আচ্ছন্ন হইয়া পড়িলেন। এইভাবে বাকী রাত্রিটুকুর অবসান হইল।

বেলা দশটার পর আবার একবার চোখ মেলিয়া ঠাহর করিয়া দেখিয়া হঠাৎ যেন চিনিতে পারিয়া ক্ষীণকণ্ঠে বলিয়া উঠিলেন, ও কে, সরোজিনী?

সরোজিনী মেজের উপর হাঁটু গাড়িয়া শয্যার উপর মুখ লুকাইয়া কাঁদিয়া উঠিল। উপেন্দ্র আস্তে আস্তে ডান হাতটি তুলিয়া তাহার মাথার উপর রাখিয়া বলিলেন, এসেচ দিদি? তোমাকেই আমি মনে মনে খুঁজছিলাম, কিন্তু কিছুতেই স্মরণ করতে পারছিলাম না—আজ না এলে হয়ত আর দেখাই হতো না, বলিয়া আবার কিছুক্ষণ ধরিয়া কি যেন চিন্তা করিতে লাগিলেন। স্পষ্টই বুঝা গেল, আজ আর সব কথা স্মরণ করিবার তাঁহার শক্তি নাই। হঠাৎ যেন মনে পড়ায় ডাকিলেন, সতীশ কৈ রে?

ও-ধারের জানালা ধরিয়া সতীশ বাহিরের দিকে চাহিয়া চুপ করিয়া দাঁড়াইয়া ছিল, কাছে আসিয়া দাঁড়াইতেই উপেন্দ্র বলিলেন, তোদের বিয়েটা আমার চোখে দেখে যাবার

সময় হলো না সতীশ, কিন্তু এই লক্ষ্মী বোনটিকে আমার তুই কোনদিন দুঃখ দিসনে। তোর ডান হাতটা একবার দে ত রে, আয়, আমিই তোদের প্রথম পুরুতের কাজ করে যাই। বলিয়া নিজের কঙ্কালসার হাতখানি উপরের দিকে তুলিলেন। সাবিত্রীর আনত মুখের পানে চাহিয়া মুহূর্তের জন্য সতীশের বুকের ভিতরটায় ধক্ করিয়া উঠিল, কিন্তু পরক্ষণেই সে হাত বাড়াইয়া উপেন্দ্রর কম্পিত হাতখানি নিজের বলিষ্ঠ দক্ষিণ হাতের মধ্যে ধরিয়া ফেলিল।

উপেন্দ্র মনে মনে জগৎতারিণীর কথা স্মরণ করিয়া বলিলেন, সতীশ, তুই সরোজিনীর মাকে ত জানিস। তাঁর কাছে আমি জোর করে কথা দিয়েছিলুম যে, আমার সতীশ ভাইটিকে তোমাকেই দেব। দেখিস রে, আমার মরণের পরে কেউ যেন না বলতে পারে আমার কথা তুই রাখিস নি।

সতীশ চোখের জল আর সামলাইতে পারিল না, কাঁদিয়া কহিলেন, না উপীনদা, এ কথা কেউ বলবে না তোমার কথা আমি অবজ্ঞা করেছি কিন্তু তবু ত গোপন করা চলে না—আমার সকল কথাই ত খুলে বলা দরকার। আমি ভাল নই, বহু দোষ, বহু অপরাধে অপরাধী—তবু কেমন করে সরোজিনী আমাকে গ্রহণ করবেন। বরঞ্চ আমাকে তুমি এই অধিকার দিয়ে যাও যেন কারও ভয়ে, কোন লোভে, কোন দুর্বলতায় তাকে না অস্বীকার করি, যে আমাকে ভালবাসতে শিখিয়েছে; বলিয়া সে সাবিত্রীর মুখের প্রতি মুখ তুলিতেই দুজনের চারি চক্ষের দেখা হইয়া গেল। কিন্তু তখনই উভয়ে দৃষ্টি আনত করিল।

উপেন্দ্র হাসিলেন, বলিলেন, আজও কি সে কথা আমার জানতে বাকী আছে সতীশ? আমি সব জানি। সমস্ত জেনেই তোদের আমি এক করে দিয়ে গেলুম।

সতীশ বলিয়া উঠিল, কিন্তু আমাকে নিয়ে কি সরোজিনী সুখী হতে পারবেন?

জবাব দিতে গিয়া উপেন্দ্র সাবিত্রীর মুখের পানে একবার চাহিবামাত্রই সাবিত্রী উচ্ছ্বসিত আবেগে বলিয়া উঠিল, সে ভার আমি নিলুম দাদা,—তুমি নিশ্চিন্ত হও।

উপেন্দ্র কথা কহিলেন না, শুধু নির্নিমেষ-চক্ষে তাহার মুখের পানে চাহিয়া রহিলেন।

কিছুক্ষণ পরে বলিলেন, আসক্তির বন্ধন আর তোমার জন্যে নয়, সাবিত্রী। দুর্ভাগ্য যদি তোমাকে কুলের বাইরেই এনে ফেলেচে বোন, আর তার ভেতরে যেতে চেয়ো না। চিরদিন বাইরে থেকেই তাকে বুকে করে রেখো, এই আমার অনুরোধ।

শুনিয়া পাষাণ-মূর্তির মত সাবিত্রী নতনেত্রে বসিয়া রহিল। আজ সতীশ আর একজনের, তাহার উপর আর তাহার লেশমাত্র অধিকার রহিল না। তাহার ভাবনার, তাহার বাসনার, তাহার পরম সুখের, চরম দুঃখের, তাহার সুদুঃসহ বেদনার আজ তাহার চোখের উপরেই সমাধি হইল, কিন্তু ক্ষুদ্র একটা নিঃশ্বাস পর্যন্ত সে পড়িতে দিল না। ব্যথায় বুকের ভিতরটা মুচড়াইয়া উঠিতে লাগিল, কিন্তু সর্বংসহা বসুমতী যেমন করিয়া তাঁহার অন্তরের দুর্জয় অগ্ন্যুৎপাত সহ্য করেন, ঠিক তেমনি করিয়া সাবিত্রী অবিচলিত মুখে সমস্ত সহ্য করিয়া স্থির হইয়া বসিয়া রহিল।

উপেন্দ্র তাহার অবনত মুখের প্রতি পুনরায় দৃষ্টিপাত করিয়া কহিলেন, আমি সমস্তই টের পাচ্ছি বোন, কিন্তু বইতে না পারলে কি এ ভার তোকে দিয়ে যেতাম রে?

প্রত্যুত্তরে সাবিত্রী শুধু তাঁহার কপালের চুলগুলি নাড়িয়া দিল।

অকস্মাৎ সতীশ চীৎকার করিয়া উঠিল, অ্যাঁ, এ যে বৌদি?

সাবিত্রী চমকিয়া মুখ তুলিয়া দেখিল, এ সেই গঙ্গার ঘাটের পাগলী। পা টিপিয়া অত্যন্ত সন্তর্পণে ঘরে ঢুকিতেছে। চক্ষের পলকে ঘরটা একেবারে চকিত হইয়া উঠিল।

কিরণময়ীর সুদীর্ঘ রুক্ষ চুলের রাশি মুখে, কপালে, পিঠের উপর সর্বত্র ছড়াইয়া পড়িয়াছে; পরনের বস্ত্র ছিন্ন মলিন, চোখে শূন্য তীব্র চাহনি—এ যেন কোন উন্মাদ শোকমূর্তি ধরিয়া সহসা ঘরের মাঝখানে আসিয়া দাঁড়াইয়াছে।

সতীশের পানে চাহিয়া ফিসফিস করিয়া কহিল, খুঁজে আর পাইনে ঠাকুরপো। কত লোককে জিজ্ঞাসা করি, কেউ কি ছাই বলে দিতে পারলে না বাড়িটা কোথায়। আজ কালীবাড়ি থেকে আসছিলুম, ভাগ্যে বেহারীর সঙ্গে পথে দেখা হলো—তাই তার পেছনে পেছনে আসতে পারলুম।

উপেন্দ্রের দিকে ফিরিয়া চাহিয়া জিজ্ঞাসা করিল, আজ কেমন আছ ঠাকুরপো? উপেন্দ্র হাত নাড়িয়া জানাইল—ভাল নয়।

কিরণময়ী অত্যন্ত বেদনার সহিত কহিল, মরে যাই! সুরবালা আর নেই শুনে আমি কেঁদে বাঁচিনে। সেই ত আমার গুরু! সেই ত আমাকে বলেছিল, ভগবান আছেন! তখন যদি তার কথাটা বিশ্বাস হতো! সহসা তাহার চক্ষু দিবাকরের পাণ্ডুর মুখের উপর পড়িতেই বলিয়া উঠিল, আহা! তুমি কেন অমন কুণ্ঠিত হয়ে রয়েছ ঠাকুরপো, তোমাকে কি এরা লজ্জা দিচ্ছে? বলিয়াই উপেন্দ্রর প্রতি তীব্র দৃষ্টি নিক্ষেপ করিয়া কহিল, ওকে তোমরা দুঃখ দিয়ো না ঠাকুরপো, আমার হাতে যেমন ওকে সঁপে দিয়েছিলে, সে সত্য একদিনের জন্যে ভাঙিনি—ওকে প্রাণপণে রক্ষে করে এসেচি। কিন্তু আর আমার সময় নেই—এবার ওকে তুমি ফিরিয়ে নাও।

হঠাৎ শান্ত হইয়া স্নিগ্ধকণ্ঠে বলিল, আমার আঁচলে মা কালীর প্রসাদ বাঁধা আছে ঠাকুরপো, একটু খাবে? হয়ত ভাল হয়ে যাবে। শুনেচি এমন কত লোকে ভাল হয়ে গেছে।

একদিন যে রমণীর রূপেরও সীমা ছিল না, বিদ্যা-বুদ্ধিরও অবধি ছিল না, এ সেই কিরণময়ী, আজ সে কি বলিতেছে, সে নিজেই জানে না।

সতীশ আর সহ্য করিতে না পারিয়া উঃ—করিয়া ঘর ছাড়িয়া চলিয়া গেল এবং এতদিনের পর উপেন্দ্রর চোখ দিয়া কিরণময়ীর জন্য জল গড়াইয়া পড়িল।

কিরণময়ী হেঁট হইয়া আঁচল দিয়া অশ্রু মুছাইয়া দিয়া কহিল, আহা কেঁদো না ঠাকুরপো, ভাল হয়ে যাবে।

এইবার সাবিত্রীর প্রতি তাহার দৃষ্টি পড়িল। ক্ষণকাল ঠাহর করিয়া দেখিয়া কহিল, সেদিন তোমার সঙ্গেই গঙ্গার ঘাটে দেখা হয়েছিল না গা? একটু সর না ভাই, তোমার মত আমিও একটু ঠাকুরপোকে কোলে নিয়ে বসি!

সরোজিনী তাহার হাত ধরিয়া কহিল, আমাকে চিনতে পার বৌদি?

কিরণময়ী অত্যন্ত সহজ গলায় বলিল, পারি বৈ কি। তুমি ত সরোজিনী।

সরোজিনী কহিল, চল বৌদি, আমরা ও-ঘরে গিয়ে একটু গল্প করি গে,—বলিয়া এক রকম জোর করিয়াই পাশের ঘরে টানিয়া লইয়া গেল।

তাহারা গৃহের বাহির হইতে না হতেই উপেন্দ্রর সংজ্ঞা লোপ হইল। বোধ করি

পরিশ্রম ও উত্তেজনা তাঁহার অসহ্য হইয়াছিল। সাবিত্রী তেমনি কোলে করিয়াই বসিয়া রহিল, আর সে জলটুকু পর্যন্ত মুখে দিবার জন্য উঠিল না।

সমস্ত দুপুরবেলাটা অজ্ঞান অবস্থায় কাটিল, কিন্তু সন্ধ্যার পর জ্বর-বৃদ্ধির সঙ্গে সঙ্গেই আবার তাঁহার চেতনা ফিরিয়া আসিল।

চোখ মেলিয়া প্রথমেই চোখে পড়িল, সাবিত্রী। ক্ষীণকণ্ঠে বলিলেন, বসে আছিস বোন? তোকে ছেড়ে যেতেই আমার চোখে জল আসে সাবিত্রী।

সাবিত্রী কাঁদিয়া কহিল, আমাকেও তুমি সঙ্গে নাও দাদা।

উপেন্দ্র তাহার উত্তর না দিয়া সতীশকে বলিলেন, বৌঠান কোথায় রে?

সতীশ বলিল, নীচের ঘরে ঘুমুচ্চেন, তাঁকে আমি চোখে চোখেই রেখেছি।

চোখে চোখেই রাখিস ভাই, যতদিন না আবার প্রকৃতিস্থ হন। কিন্তু তোর ভয় নেই সতীশ, ওঁর অন্তরের আঘাত যে কত দুঃসহ, সে উপলব্ধি করার শক্তি নেই আমাদের, কিন্তু সে যত নিদারুণ হোক, অতবড় বুদ্ধিকে চিরদিন সে আচ্ছন্ন করে রাখতে পারবে না।

সতীশ বলিল, সে আমি জানি উপীনদা! ক্ষণকাল মৌন থাকিয়া বলিল, তোমার দিবাকরের ভারও আমি নিলাম যদি বিশ্বাস করে দিয়ে যাও।

প্রত্যুত্তরে উপেন্দ্র শুধু একটু হাসিবার চেষ্টা করিয়া পাশ ফিরিয়া শুইলেন। অনেক কথা, অনেক উত্তেজনা জীবন-দীপের শেষ তৈলকণাটুকু পর্যন্ত পুড়াইয়া নিঃশেষ করিয়া দিল। অল্পক্ষণেই দেখা গেল মুখ দিয়া রক্ত গড়াইতেছে, নিঃশ্বাস আছে কিনা সন্দেহ।

ধরাধরি করিয়া সকলে নীচে নামাইয়া ফেলিল—উপেন্দ্র নিষ্পাপ বিরহ-জর্জর প্রাণ তাঁহার সুরবালার উদ্দেশে প্রস্থান করিল।

তখন সকলের বিদীর্ণ কণ্ঠের গগনভেদী ক্রন্দনে সমস্ত বাড়িটা কাঁপিয়া উঠিল, কিন্তু নীচের ঘরে কিরণময়ী নিরুদ্বেগে ঘুমাইতেই লাগিল।